HEYNE BÜCHER

Fantasy

Herausgegeben von Wolfgang Jeschke

Von Henry Rider Haggard erschienen in der Reihe
HEYNE SCIENCE FICTION & FANTASY:

Sie · 06/4130
Allan Quatermain · 06/4131
Ayesha – Sie kehrt zurück · 06/4133
Sie und Allan · 06/4133
König Salomons Diamanten · 06/4134
Die heilige Blume · 06/4135
Das Halsband des Wanderers · 06/4136
Tochter der Weisheit · 06/4137
Das Sehnen der Welt · 06/4138
Morgenstern · 06/4146
Als die Welt erbebte · 06/4147
Das Nebelvolk · 06/4148
Das Herz der Welt · 06/4149
Kleopatra · 06/4310
Der Geist von Bambatse · 06/4311

Weitere Ausgaben sind in Vorbereitung.

HENRY RIDER
HAGGARD

Als die Welt erbebte

Fantasy Roman

14. Band der Haggard-Ausgabe

Mit einem Nachwort
von Bernhard Heere

WILHELM HEYNE VERLAG
MÜNCHEN

HEYNE SCIENCE FICTION & FANTASY
Band 06/4147

Titel der englischen Originalausgabe
WHEN THE WORLD SHOOK
Deutsche Übersetzung von Hans Maeter
Das Umschlagbild schuf Vicente Segrelles/Norma

Redaktion: Wolfgang Jeschke
Die Erstausgabe des Romans erschien als Fortsetzung
in der Zeitschrift »The Quiver« zwischen November 1918
und April 1919. Die englische Buchausgabe im März 1919
im Verlag Cassell, London; die amerikanische im Mai 1919
im Verlag Longmans, Green, New York

Printed in Germany 1985
Umschlaggestaltung: Atelier Ingrid Schütz, München
Satz: Schaber, Wels
Druck und Bindung: Elsnerdruck, Berlin

ISBN 3-453-31261-9

Inhalt

WIDMUNG

Ditchingham, 1918

Mein lieber Curzon,
vor über dreißig Jahren haben Sie versucht, mich, der ich Ihnen damals ein Fremder war, vor den wohl absurdesten und hinterhältigsten Anschuldigungen zu schützen, die jemals gegen einen Schriftsteller erhoben wurden.

So vollständig war die Demaskierung der Methoden jener Menschen, die versuchten, den Ruf eines Mannes zu ruinieren, vom dem sie wohl wußten, daß er unschuldig war, daß sie sich, wie Ihnen erinnerlich sein mag, weigerten, Ihre Analyse zu publizieren, welche ihre Anklagen zunichte machte und, nebenher, auch ihre Motive enthüllte.

Obwohl aus diesem Grund meine öffentliche Rechtfertigung von anderer Seite herbeigeführt wurde, bleibt Ihre Freundlichkeit doch unvergessen, da, was immer auch das unmittelbare Ergebnis eines jeden Bemühens sein mag, es am Ende nur die Absicht ist, die wirklich zählt.

Deshalb bitte ich Sie, als Zeichen meiner Dankbarkeit und zur Erinnerung, diesen Roman zu akzeptieren, da ich weiß, daß Sie das Lesen von Romanen während der Pausen, die Ihre Arbeit im Dienste des Imperiums Ihnen läßt, nicht verschmähen.

Die Bedeutung dieser Parabel für unseren Entwicklungsstand und unsere Möglichkeiten – diesseits oder jenseits der Blicke auf den Mond – abzuschätzen, möchte ich Ihnen überlassen.

In immerwährender, aufrichtiger Freundschaft,

Ihr

H. RIDER HAGGARD

An
Earl Curzon of Kedleston, K.G.

1

Arbuthnot stellt sich vor

Ich denke, daß ich, Humphrey Arbuthnot, diese Geschichte, in welcher das Schicksal mir eine so bedeutende Rolle zugeschrieben hatte, damit beginnen sollte, Ihnen etwas über mich und meine Lebensumstände zu sagen.

Ich wurde vor vierzig Jahren in diesem selben Dorf in Devonshire, in dem ich jetzt schreibe, geboren, doch nicht in demselben Haus. Jetzt wohne ich in der Priorei, einem sehr alten und auf seine Weise sehr schönen Gebäude, mit seinen holzgetäfelten Wänden und seinen wunderbaren Gärten, in welchen dank dieses milden Klimas neben unseren einheimischen Pflanzen auch viele andere gedeihen, welche man eher in Ländern anzutreffen vermutete, welche der Sonne näher liegen, und seinem grünen, leicht welligen Park, in dem große, alte Bäume stehen. Auch der Ausblick ist perfekt; hinter dem Gebäude und zu beiden Seiten erstreckt sich die liebliche Landschaft von Devonshire mit ihren Hügeln und Tälern und ihren steilen Klippen von rotem Sandstein, und voraus, in einiger Entfernung, das Meer. Es liegen ein paar kleinere Ortschaften in der Nähe, die zumeist vom Fremdenverkehr leben, doch sind diese so in den Konturen des Bodens versteckt, daß man sie von der Priorei aus nicht sehen kann. Eine davon ist Fulcombe, in der ich lebe, obwohl ich aus ersichtlichen Gründen ihren wahren Namen nicht nennen kann.

Vor vielen Jahren war mein Vater, der Reverend Humphrey Arbuthnot, dessen einziges Kind ich bin und nach dem ich auch Humphrey getauft wurde, der Vikar dieses Ortes, zu dem unsere Familie, wie behauptet wird, eine etwas vage erbliche Verbindung haben soll. Wenn dem so sein sollte, so wurde sie in der Carolinischen Ära beendet, da meine Vorfahren auf seiten des Parlaments kämpften.

Mein Vater war ein Eigenbrötler und Witwer, denn meine Mutter, eine Schottin, starb kurz nach meiner Geburt. Als fanatischer Anhänger der Hochkirche stand er sich in jenen Tagen nicht gut mit der Familie, welche die Priorei vor mir besaß. Ihr Oberhaupt, ein ziemlich vulgärer Kerl namens Enfield, der sein Geld beim Handel gemacht hatte, hätte ihn beinahe unter Anklage gestellt, was ihm, als örtlichem Magnaten und Eigner des rektoralen Zehnten durchaus möglich gewesen wäre.

Ich erwähne dies nur deshalb, weil ich mir als Junge fest vorgenommen hatte, daß sein Haus eines Tages mir gehören und ich auf seinem Stuhl sitzen würde, ein recht verwegener Vorsatz zu jener Zeit. Doch prägte er sich fest in mich ein, wie es viele Pläne in unseren jungen Jahren tun, und als sich in späteren Jahren die Möglichkeit dazu ergab, führte ich ihn aus. Der arme, alte Enfield! Er hat großes Pech gehabt, denn immer wieder hatte er seinen Lieblingssohn zu retten versucht, der ein unheilbarer Spieler und Verschwender war, und ein undankbarer Bursche, so daß er schließlich völlig ruiniert wurde und, als schlechtere Zeiten kamen, gezwungen war, seine Liegenschaft in Fulcombe zu verkaufen. Ich denke jetzt in Freundlichkeit an ihn zurück, denn er war alles in allem doch gut zu mir, er gewährte mir viele Tage der Jagd und erlaubte mir, im Fluß nach Forellen zu fischen.

Bei den armen Leuten des ganzen Bezirks, denn die Gemeinde ist sehr klein, war mein Vater jedoch sehr beliebt, obwohl er die Beichte verlangte, Talar trug und brennende Kerzen auf den Altar stellte und sogar behauptet wurde, er habe den Wunsch geäußert, einen Weihrauchkessel auf der Empore schwingen zu sehen, ein Wunsch, der ihm jedoch nicht erfüllt wurde. Die Kirche, welche sehr groß und prächtig ist, da sie von Mönchen erbaut wurde, war an Sonntagen immer bis auf den letzten Platz gefüllt, weil viele der Besucher von weit her kamen, einige von ihnen zweifellos aus reiner Neugier, wegen seines papistischen Rufes, und auch, weil die Predigten meines Vaters, auf eine gelehrte Weise, wirklich sehr gut waren.

Was mich betrifft, so habe ich das Gefühl, daß ich dieser Einstellung meines Vaters zur Hochkirche viel verdanke. Sie hat mir einige Türen geöffnet und mich einiges von den Mysterien gelehrt, die allen Religionen zugrunde liegen und ihren Sitz in der inspirierten Seele des Menschen haben, aus denen die Religionen geboren werden. Die Tragik ist nur, daß er in neunundneunzig von hundert Fällen diese vergrabenen Sehnsüchte nicht entdeckte, nicht einmal erahnt, niemals einen Bohrer in diese geheime, doch überaus kostbare Erzader hinabgeschickt hat.

Ich habe bereits gesagt, daß mein Vater ein sehr gelehrter Mann war, doch ist das ein recht unterschwelliger Ausdruck, da ich niemals jemanden kennengelernt habe, der so gelehrt war wie er. Er war einer jener Männer, die auf allen Gebieten so gut sind, daß sie auf keinem außergewöhnlich werden. Ein Kenner der Klassik ersten Ranges, ein anerkannter Mathematiker, ein Experte auf dem Gebiet der Theologie, ein Kenner mehrerer fremder Sprachen und Literaturen, ein Forscher auf dem Gebiet der Soziologie, ein erstklassiger Musikhistoriker, obwohl sein Orgelspiel die meisten Menschen verstörte, weil es zu korrekt war, eine wirklich führende Autorität auf dem Gebiet der Feuersteingeräte, der beste Gemüsebauer des Countys, und seine Äpfel hatten ebenfalls einen guten Ruf – dieses waren einige seiner Leistungen. Und das war es, was seine Predigten so beliebt machte, da hin und wieder eines dieser Themen darin zum Durchbruch kam, weil seine Theorie darin bestand, daß Gott durch alle diese Dinge zu uns spräche.

Doch wenn ich mich in eine Analyse der Fähigkeiten meines Vaters abtreiben ließe, könnte ich nie wieder aufhören. Ich müßte ein Buch schreiben, um sie alle anzuführen. Und trotzdem: mit ihnen ist sein ganzer Name für die heutige Welt so tot, als ob er niemals gewesen wäre. Licht, das von hundert Facetten reflektiert wird, verstreut sich im Raum und ist verloren: doch wenn es in einen konzentrierten Strahl gebündelt würde, könnte es Sterne durchdringen.

Jetzt will ich ehrlich über mich sprechen, denn was wäre eine Niederschrift wie diese ohne Ehrlichkeit? Dann wird sie zu nicht mehr als einer Konvention, oder, besser gesagt, zu einer konventionellen Methode, die octoroonische* Art von Wahrheit auszudrücken, mit denen die hochzivilisierten Rassen sich füttern, so wie verwöhnte Damen Kuchen und Brot essen, denen so gut wie alle Nährstoffe entzogen worden sind.

Tatsache ist, daß ich die meisten von meines Vaters Fähigkeiten ererbt habe, ausgenommen seine Liebe zu Feuersteingeräten, die mich immer tödlich gelangweilt haben. Denn wenn sie auch durch ihren Bezug zum Alltag unserer fernen Vorfahren die menschlichsten aller Gerätschaften sind, konnten sie mir aus irgendeinem Grunde doch niemals eine Vorstellung von Menschlichkeit vermitteln. Außerdem besitze ich eine starke praktische Veranlagung, durch die er, wenn auch er sie gehabt hätte, sicher Erzbischof geworden wäre, anstatt als Vikar einer unbekannten Gemeinde zu sterben. Außerdem besitze ich ein spirituelles Empfinden – ›mystisch‹ wäre vielleicht ein besserer Ausdrück dafür –, das meines Vaters Naturell bei all seiner Religiosität vermissen ließ.

Denn ich glaube, daß er trotz seiner Mildtätigkeit und Gläubigkeit niemals mehr als die Schale der Dinge ritzte, sie jedoch niemals knackte und seine Zähne in den Kern schlug, der allein imstande ist, unsere Seelen zu nähren. Sein scharfer Intellekt – um ein Beispiel zu nennen – erkannte jede einzelne der Schwierigkeiten unseres Glaubens und leuchtete hierhin und dorthin ins Dunkel, in dem Versuch, Erklärungen zu finden, Licht zu verbreiten, zu vermitteln, zu erläutern. Er war nicht groß genug, all dies beiseite zu schieben und sich direkt der darunter liegenden, informierenden Seele zuzuwenden, die sich überall auszudrük-

---

* Octoroon = Mischling mit einem Achtel Negerblut

ken versucht, selbst durch solche Schalen hindurch, welche wir die Welt, das Fleisch und den Teufel nennen, wenn auch bis jetzt nicht immer mit Erfolg.

Es ist dieses Zaudern vor Äußerlichkeiten, dieses Starren in Fallgruben, dieses ständige Bestreben, zu beweisen, daß das, was die Sinne, über die wir verfügen, uns als unmöglich erkennen lassen, in Wirklichkeit doch möglich ist, was die Überwältigung so manchen ernsthaften, suchenden Herzens bewirkt und seine Mühen, in eine falsche Richtung geleitet, unwirksam macht. Diese *werden* ihr Vertrauen in sich selbst und in ihre eigene Intelligenz setzen und sich nicht damit begnügen, von den Klippen menschlicher Erfahrungen in die ewigen Arme jenes Unendlichen zu springen, die sich ihnen entgegenstrecken, um sie aufzufangen und ihnen Ruhe und den Schlüssel des Wissens zu geben. Wann wird der Mensch endlich lernen, was ihn von alters her gelehrt wurde; daß der Glaube das einzige Floß ist, auf dem er auf diesem Meer treiben kann, und daß seine armseligen Mühen zu nichts führen; und auch, daß der Glaube ein Floß ist, das aus vielerlei Hölzern besteht, vielleicht, um unseren unterschiedlichen Gewichten angemessen zu sein?

Ehrlich gesagt glaubte ich also, auf eine gewisse Weise meinem Vater überlegen zu sein, und ich wußte, daß er derselben Ansicht war. Vielleicht war dies auf das Blut meiner schottischen Mutter zurückzuführen, das sich gut mit dem seinen mischte; vielleicht lag es daran, daß der mir gegebene Geist, obwohl in seine Form gegossen, so völlig anders war als der seine – oder aus einer anderen Legierung bestand. Verstehen wir wirklich, frage ich mich oft, daß es Millionen und Milliarden solcher Legierungen gibt, so viele, genau genommen, daß die Natur, oder das, was hinter der Natur stehen mag, niemals zweimal dieselbe verwendet? Das ist der Grund dafür, weshalb es niemals zwei Menschen gibt und geben wird, die einander völlig gleich sind. Ihr Fleisch, der Körper ihrer Demütigung, ist bei allen identisch, wie es jeder Chemiker nachweisen kann, doch das, was das Fleisch belebt, ist bei jedem grundlegend individuell und unterschiedlich, weil es aus dem Hause jener unerschöpflichen Vielfalt stammt, die notwendig ist, um das äußerste Stadium der Evolution jenes Guten und Bösen herbeizuführen, die wir als Himmel und Hölle symbolisieren.

Außerdem besaß ich – und besitze es zu einem gewissen Grade noch immer – einen anderen Vorteil gegenüber meinem Vater, der gewiß ein Erbteil meiner Mutter war, die, wie ich von allen Beschreibungen und den wenigen verbliebenen Bildern schließen kann, eine außerordentlich schöne Frau war. Ich bin mit einem erheblich besseren Aussehen gesegnet als mein Vater. Er war klein und dunkelhaarig, ein Mann mit tiefliegenden Augen und zerfurchter Stirn. Ich bin ebenfalls dunkelhaarig, doch überdurchschnittlich groß und gut proportioniert. Ich glaube nicht, daß ich mehr über mein Aussehen sagen muß, ein für mich recht unerquickliches Thema, doch ist es nun einmal Tatsache, daß man mich auf der Universität den ›hübschen Humphrey‹ nannte und ich der Kapitän unseres Bootes war und viele Preise bei sportlichen Wettkämpfen gewann, wenn ich die Zeit dazu hatte, dafür zu trainieren.

Bis ich nach Oxford ging, wurde ich von meinem Vater unterrichtet, zum Teil weil er wußte, daß er besser war als jeder andere Lehrer, zum Teil um das Schulgeld einzusparen. Das Experiment verlief äußerst erfolgreich, da meine Liebe zu allen Freiluftsportarten und jeder Art von kleinen, gefährlichen Abenteuern, die sich mir bieten mochten, und auch mein Zusammensein mit den Fischern, die durch die Gefahren des Meeres zu Männern unter Männern geformt wurden, mich davor bewahrten, ein Stubenhocker zu werden. Außerdem lernte ich mehr von meinem Vater, dem ich immer Freude zu machen versuchte, da ich ihn liebte, als es mir in der besten und teuersten Schule möglich gewesen wäre. Das erwies sich sehr deutlich, als ich ein Stipendium zum Besuch des College erhielt und mich dort als einer der besten erwies.

Hier sollte ich vielleicht auch einige meiner Fehler anführen, die mich in ihrer Summe zum Versager werden ließen.

Ja, zu einem Versager im wahrsten Sinne des Wortes, obwohl, wie ich annehme, zu einem, den Stevenson einen ›gläubigen Versager‹ nennt. Diese Fehler haben ihre Wurzel in einer Empfindlichkeit und jenem Mangel an Durchhaltevermögen, das in Wirklichkeit einen Mangel an Glauben darstellt, wobei dieser Begriff wieder in seinem höheren und weiteren Sinne verstanden werden sollte. Denn wenn jemand wirklich Glauben besitzt, wird er immer durchhalten, im Wissen, daß in jeder Arbeit, die zum Erreichen eines hohen Zieles unternommen wird, ein Element der Vornehmheit ruht, ganz gleich, wie bescheiden und unbeachtet diese Arbeit auch erscheinen mag. Gott ist schließlich der Gott der Arbeit, wie es mit großen Lettern auf die Oberfläche des Universums geschrieben steht. Ich will mich über diesen Gedanken nicht verbreiten, da mich das zu weit vom Thema wegführen würde, doch werden solche, die verstehen können, begreifen, was ich damit sagen will.

Was nun jene Eigenschaft betrifft, die ich als Empfindlichkeit, oder, etwas salopper, als Mäkeligkeit bezeichne, so ist sie nicht leicht zu erklären. Vielleicht mag eine Definition helfen. Ich bin wie ein Mensch mit einem überentwickelten Geruchsempfinden, der, wenn er durch eine fremde Stadt schreitet, und mag sie auch noch so sauber und gepflegt sein, stets die üblen Gerüche wahrnimmt, die mit einer solchen Stadt untrennbar verbunden sind. Noch mehr: seine scharfe Wahrnehmung dieser Gerüche überlagert alle anderen Sinneseindrücke und stört den Genuß seines Spaziergangs. Das Ergebnis ist, daß ihm, wann immer er sich später an jene herrliche Stadt erinnern mag, nicht ihre historischen Gebäude einfallen, oder ihre breiten Boulevards, oder was sie sonst zu bieten haben mochten, sondern ihr uralter, fischig-dumpfer Geruch. Zumindest erinnert er sich dessen, durch den Defekt seines Naturells, als erstes.

Und so ist es mit allem. Der Anblick einer schönen Frau wird einem verdorben, weil sie zu gierig ist oder eine zu hohe Stimme hat; er hat keinen Spaß an der Jagd, weil die Landschaft flach und reizlos ist, oder am Angeln, weil die

Mücken zahlreicher sind als die Forellen. Kurz gesagt, ihm mißfällt die Welt, so, wie sie ist. Außerdem ist dies eine Eigenschaft, die, wenn sie einmal existiert, nicht überwunden werden kann; sie befällt Tagelöhner genauso wie wohlhabende Gentlemen. Sie ist einem Menschen eingeboren.

Vielleicht hat der zweite zum Versagen führende Fehler, der Mangel an Durchhaltevermögen, seine Wurzeln in dem ersten, auf jeden Fall war es bei mir so. So wurde ich nach Beendigung meines Studiums, das ich mit guten Noten abgeschlossen hatte, durch Vermittlung eines mir bekannten Juristen und anderer Verbindungen, zum Rechtsanwalt bestellt, und hatte einen guten Start. Aufgrund meines ausgezeichneten Gedächtnisses und meines Fleißes kam ich während meines ersten Jahres gut voran und konnte sogar dann schon etwas Geld verdienen. Da wurde unsere Kanzlei mit einem unangenehmen Fall beauftragt, und da mein Senior-Partner plötzlich erkrankte, mußte ich allein damit zurechtkommen. Der Mann, den ich vor Gericht zu vertreten hatte, war, wie ich glaube, einer der größten Schurken, die es jemals gab. Es ging um die Anfechtung eines Testaments, und wenn er den Prozeß gewönne, würde er dadurch zwei ehrenhafte Frauen mittleren Alters an den Bettelstab bringen, die einen rechtmäßigen Anspruch auf das Erbe hatten, zu dessen Erlangung er – dessen bin ich überzeugt – eine Fälschung begangen hatte – ganz zu schweigen von dem Meineid, der zwangsläufig damit verbunden war.

Nun, dank meiner Hilfe hat er den Prozeß gewonnen und die beiden Frauen mittellos gemacht, die, wie ich später erfuhr, in eine solche Notlage gerieten, daß eine von ihnen vor Elend starb, während die andere ihr Leben als Zimmervermieterin fristen mußte. Die Einzelheiten spielen keine Rolle, doch möchte ich erwähnen, daß diese beiden Frauen von reizloser Erscheinung und unvorteilhaftem Benehmen waren und unter meinem Kreuzverhör zusammenbrachen, was den Eindruck erweckte, als ob sie gelogen hätten, während sie lediglich völlig verwirrt waren. Außerdem entwickelte ich anhand der gegebenen Fakten eine schlaue Theorie, die zwar von dem Richter mit sehr viel Mißtrauen betrachtet wurde, die wie üblich stupiden Geschworenen jedoch überzeugte, die mir daraufhin den Sieg in diesem Prozeß zusprachen.

Jeder gratulierte mir zu meinem Triumph, und zu der Zeit fühlte ich mich überaus geschmeichelt, besonders, da mein Senior-Partner vorher erklärt hatte, daß man diesen Fall unmöglich gewinnen könne. Später jedoch wurde ich von meinem schlechten Gewissen überwältigt, so vollkommen, daß ich, von der falschen Voraussetzung dieses Prozesses ausgehend, zu dem Schluß kam, daß die Jurisprudenz keine angemessene Tätigkeit für einen ehrlichen Menschen sei. Ich gelangte nicht zu dem großzügigen Überblick des Ganzen, daß ich, wenn ich in diesem einen Fall Schaden verursacht haben mochte, in vielen anderen Fällen Gutes tun konnte und vielleicht ein gerechter Richter werden würde, sogar ein großer. Hier sollte ich vielleicht erwähnen, daß ich in späteren Jahren, als ich reich geworden war, die Überlebende der beiden Damen von ihrem Dasein als Zimmervermieterin erlöste, obwohl sie bis heute nicht weiß, wer ihr anonymer Gönner war. Also stahl ich mich nach und nach, ohne etwas darüber verlauten zu lassen, da ich mein Büro beibehielt, aus der Praxis, zur großen Enttäuschung aller, die mich gern beschäftigt hätten, und wandte mich der Schriftstellerei zu.

Ein Wunder geschah: Mein erstes Buch wurde zu einem Riesenerfolg. Die ganze Welt sprach davon. Eine führende Zeitschrift, die glücklich war, einen neuen Autor entdeckt zu haben, brachte eine ausgezeichnete Rezension, und andere zogen, dem Gesetz der Trägheit folgend, nach. Eine von ihnen, die, wie ich mich erinnere, mein Werk mit drei oder vier niederschmetternden Zeilen abgetan hatten, brachte jetzt eine zweite, doppelspaltige Kritik. Es verkaufte sich wie die sprichwörtlichen frischen Brötchen, und ich muß annehmen, zu recht, da es noch immer gelesen wird, obwohl nur wenige wissen, daß ich es geschrieben habe, da es unter einem Pseudonym veröffentlicht wurde.

Wieder fühlte ich mich äußerst ermutigt, jedenfalls begann ich sofort ein zweites und, wie ich glaubte, viel besseres Buch zu schreiben. Doch war durch diesen plötzlichen Aufstieg zum Ruhm eines unbekannten Mannes Neid hervorgerufen worden, der durch einen dummen Artikel, den ich in Beantwortung einer Kritik schrieb, und in dem ich meine Meinung mit absoluter Ehrlichkeit und beißendem Sarkasmus ausdrückte, noch verstärkt wurde. Ja, ich war verrückt genug, Namen zu nennen und das Beispiel jener sehr mächtigen Zeitschrift anzuführen, welche mein Werk zuerst verrissen, und dann, als es in Mode gekommen war, in den Himmel gehoben hatte. All dieses schuf mir erbitterte Feinde, wie ich erfahren sollte, als mein zweites Buch erschien.

Es wurde in der Luft zerrissen, es wurde als unmoralisch und unreligiös verdammt, was zu jenen Tagen treffsichere Pfeile waren. Es wurde ein pubertäres, halbgebildetes Elaborat genannt – ich halbgebildet! –, außerdem wurde eine völlig unbegründete Anschuldigung des Plagiatismus gegen mich vorgebracht, und sie war so abgefeimt und so hinterhältig formuliert, daß eine große Anzahl von Menschen daraus schloß, ich sei ein Dieb der allerschlimmsten Sorte. Und zum guten Schluß machte mir mein Vater, vor dem ich das Geheimnis nicht länger bewahren konnte, strenge Vorhaltungen, da beide Bücher seine Mißbilligung fanden, die, wie ich zugeben muß, starke radikale und antikirchliche Tendenzen aufwiesen. Das Ergebnis davon war unser erster, ernsthafter Streit, und bevor ich mich mit ihm versöhnen konnte, starb er plötzlich.

Jetzt taten wieder meine Empfindlichkeit und mein Mangel an Durchhaltevermögen ihr Teil, und ich schwor, nie wieder ein Buch zu schreiben, ein Schwur, den ich bis jetzt gehalten habe, zumindest, was die Publikation betrifft, und den ich jetzt nur breche, weil ich es als meine Pflicht empfinde, es zu tun, und nicht von irgendwelchen pekuniären Beweggründen dazu veranlaßt werde.

Auf diese Weise endete mein zweiter Versuch, mir eine

Karriere aufzubauen. Inzwischen jedoch war ich hart und zynisch geworden, und auch ziemlich rachsüchtig, wie ich zugeben muß. Da ich mir bewußt war, starke Fähigkeiten verschiedenster Art zu besitzen, setzte ich mich hin, um alles genau zu überdenken und meine bitteren Erfahrungen zu verdauen. Und dabei fiel mir ein altes Sprichwort ein, nämlich, daß Geld Macht ist. Wenn ich genügend Geld hätte, könnte ich mich, zum Beispiel, über die ungerechten Kritiker lustig machen; und sie oder ihre Verlage würden es kaum wagen, mich zu kritisieren, aus Angst, daß ich die Macht haben könnte, ihnen zu schaden. Außerdem könnte ich nach meinen eigenen Vorstellungen leben und vielleicht etwas Gutes in der Welt tun, und in einer Umgebung leben, wie ich sie anstrebte. Das war mir so klar wie das Licht des Tages – aber, wie konnte ich zu genügend Geld kommen?

Ich besaß ein kleines Kapital aus dem Erbe meines Vaters, etwa 8000 Pfund, dazu eine kleine Summe, die meine beiden Bücher mir eingebracht hatten. Auf welche Weise konnte ich es zu meinem besten Vorteil einsetzen? Ich erinnerte mich, daß ein Vetter meines Vaters, und deshalb mein Verwandter, ein erfolgreicher Börsenmakler war, und daß eine enge persönliche Beziehung zwischen den beiden bestanden hatte. Ich suchte ihn auf; er war ein netter, umgänglicher Mann, der offensichtlich erfreut war, mich zu sehen, und bot ihm an, 5000 Pfund in sein Geschäft zu investieren, da ich nicht bereit war, alles zu riskieren, was ich besaß, wenn er mich am Gewinn beteiligen würde. Er lachte schallend über meinen Mut.

»Mein lieber Junge«, sagte er, »da du in diesem Spiel völlig unerfahren bist, könntest du allein in einem Monat mehr als das verlieren. Doch mir gefällt dein Mut – ja, dein Mut gefällt mir –, und ich habe wirklich vor, dir zu helfen. Ich werde es mir überlegen und dir schreiben.«

Er überlegte es sich und bot mir schließlich an, es für ein Jahr mit mir zu versuchen, mit einem festen Gehalt und einer Art von Partnerschaft, wenn ich seinen Erwartungen entsprechen sollte. Und meine 5000 Pfund würden in meiner Tasche bleiben.

Ich nahm sein Angebot an, nicht ohne einigen Widerwillen, da ich mit der Ungeduld der Jugend alles auf einmal haben wollte. Ich arbeitete hart in dem Büro und beherrschte mein neues Metier innerhalb kürzester Zeit, denn meine Kenntnis von allem, was Zahlen betraf – ich hatte auf dem College Mathematik belegt und einen erstklassigen Abschluß gemacht –, kam mir dabei sehr zustatten, wie auch, auf eine gewisse Weise, meine Vertrautheit mit der Jurisprudenz und der Literatur. Außerdem hatte ich eine natürliche Begabung für das, was allgemein Hochfinanz genannt wird. Und schließlich zeigte mir auch Fortuna, wie immer, ein freundliches Gesicht.

Nach einem Jahr erhielt ich die Partnerschaft, mit einem kleinen Anteil an den riesigen Gewinnen des Geschäfts. Nach zwei Jahren trat der über mir stehende Partner in den Ruhestand, und ich trat an seine Stelle – mit einem Drittelanteil an der Firma. Nach drei Jahren erkannte mein Verwandter, daß sein Büro sich in guten Händen befand, ließ sich kaum noch dort sehen und widmete seine Zeit ganz der Gärtnerei, welche sein Steckenpferd war. Nach vier Jahren zahlte ich ihn aus, obwohl ich dazu Geld auf unseren Namen aufnehmen mußte, da durch unsere Abmachung der Name der Firma unverändert bleiben sollte. Dann kam jene außergewöhnliche Boom-Periode, die vielen noch in schmerzlicher Erinnerung sein wird. Ich ging ein riskantes Geschäft ein und gewann. An einem gewissen Samstag, als ich Bilanz machte, stellte ich fest, daß mein Vermögen sich nach Begleichung aller Verbindlichkeiten auf nicht mehr als 20000 Pfund belief. Als ich zwei Samstage darauf wieder Bilanz machte, waren es 153000 Pfund *L'appétit vient en mangeant.* Diese Summe kam mir jetzt lächerlich vor, wenn so viele andere Millionen besaßen.

Während des nächsten Jahres arbeitete ich so hart, wie es wohl wenige andere jemals getan haben, und als ich am Ende dieses Jahres einen Überschlag machte, stellte ich fest, daß mein Vermögen, in Geld und in Anlagepapieren, vorsichtig geschätzt, etwa eineinhalb Millionen Pfund betrug. Ich war so erschöpft, daß diese Erkenntnis, wie ich mich erinnere, mich überhaupt nicht aufregte. Ich war dieser Jagd nach Reichtum, und auch der Stadt und ihrer Hektik völlig müde. Außerdem schlugen jetzt meine Empfindlichkeit und mein Mangel an Durchhaltevermögen wieder durch. Ich überlegte mir, etwas spät, zugegebenermaßen, wieviel Unglück diese Spekulationen Tausenden von Menschen gebracht haben mochten, von denen mir kurz zuvor einige bedauernswerte Fälle bekannt geworden waren, und wieder einmal stellte ich mir die Frage, ob dies die richtige Karriere für einen aufrechten Mann sei. Ich besaß jetzt ein Vermögen. Warum sollte ich es nicht dazu verwenden, das Leben zu genießen?

Außerdem – und hier meldete sich mein geschäftlicher Scharfsinn – war ich sicher, daß dieser Trend nicht anhalten konnte. Es ist leicht, bei einem expandierenden Markt Geld zu machen, doch wenn er schrumpft, sieht die Lage ganz anders aus. Innerhalb von fünf Minuten war mein Entschluß gefaßt. Ich schickte nach meinen Junior-Partnern – ich hatte zwischenzeitlich zwei aufgenommen – und erklärte ihnen, daß ich mich ab sofort vom Geschäft zurückziehen würde. Sie waren beide sehr betroffen über diesen Verlust, denn *ich* war die Firma, und außerdem würden sie, wie sie mir klarmachten, nicht mehr genügend Betriebskapital besitzen, wenn ich mein Vermögen aus der Firma nähme.

Einer von ihnen, ein ehrlicher und offener Mann, sagte mir ins Gesicht, daß es unehrenhaft wäre, wenn ich das täte. Ich wollte ihm eine scharfe Antwort erteilen, doch fiel mir noch rechtzeitig ein, daß das ja zutraf.

»Gut«, sagte ich. »Ich werde Ihnen 600000 Pfund lassen, für die Sie mir fünf Prozent Zinsen zahlen, jedoch keinen Anteil am Gewinn.«

Zu diesen Bedingungen lösten wir unsere Partnerschaft auf, und innerhalb eines Jahres hatten sie die 600000 Pfund verloren, denn die Baisse setzte ein, und das mit unerwarteter Heftigkeit.

Ich habe sie jedoch vor dem Ruin gerettet, und heute haben sie wieder ein vernünftiges Einkommen. Aber ich habe sie nie nach den 600000 Pfund gefragt.

2

Bastin und Bickley

Sehen wir uns noch einmal einen Mann ohne Beschäftigung an, der nun jedoch ein Vermögen von 900000 Pfund besaß. Es war ein beachtliches Vermögen, wenn nicht sogar ein großes, im England jener Zeit; zwar nicht gerade die Millionen, von denen ich geträumt hatte, doch absolut ausreichend. Um das Beste daraus zu machen und dafür zu sorgen, daß es mir erhalten blieb, investierte ich es in sicheren Anlagen, zumeist in großen Hypotheken zu vier Prozent, die, wenn ihre Sicherheit gewährleistet ist, zu keinerlei Wertverlust des Kapitals führen. Nie wieder habe ich eine spekulative Aktie angefaßt, da ich entschlossen war, nicht mehr an Geld zu denken. Zu jener Zeit war es, daß ich die Liegenschaft in Fulcombe kaufte. Sie kostete mich etwa 120000 Pfund meines Kapitals, oder, zusammen mit den Umbauten, Reparaturen, und so weiter, rund 150000 Pfund, für welche Summe sie zweieinhalb Prozent Rendite abwerfen mochte, auf keinen Fall mehr.

Diese rund 3700 Prund habe ich stets in die Instandhaltung von Haus und Grund gesteckt, die deshalb in erstklassigem Zustand sind. Den Rest des Geldes verbrauchte ich für meinen Lebensunterhalt und sparte.

Diese Angelegenheiten, zusammen mit Ausbau und Möblierung des Hauses und der Restauration der Kirche, zur Erinnerung an meinen Vater, beschäftigten und unterhielten mich für etwa ein Jahr oder so, doch als sie abgeschlossen waren, begann die Zeit schwer auf mir zu lasten. Wozu war es gut, über ein Jahreseinkommen von etwa 20000 Pfund zu verfügen, wenn es nichts gab, wofür man es ausgeben konnte? Denn meine eigenen Bedürfnisse waren einfach und bescheiden, und der Kauf von wertvollen Gemälden und kostbaren Möbeln wurde durch den vorhandenen Raum beschränkt.

Oh, auf meine bescheidene Weise war ich wie der ermüdete König des Predigers Salomo, denn auch ich hatte mir viel Arbeit gemacht und große und kleine Herden besessen (ich hatte mich in der Landwirtschaft versucht und dabei Geld verloren!) und Silber und Gold gehortet, und jenen besonderen Schatz der Könige, welcher meiner Ansicht nach darin besteht, was ein Mann in einer Machtstellung hauptsächlich haben will, und so weiter. Doch siehe! ›Wie ist alles so nichtig! Es ist alles umsonst! Was hat der Mensch für Gewinn von all seiner Mühe, womit er sich abmüht unter der Sonne?‹

Also geschah es, daß ich, trotz meines Reichtums und meiner Gesundheit und der Ehrfurcht, die einem reichen Mann entgegengebracht wird, besonders dann, wenn das Ausmaß seines Reichtums nicht bekannt ist, das ›Leben zu hassen‹ begann, und das in einem Alter von nur wenig mehr als dreißig Jahren. Ich wußte nicht, was ich tun sollte, denn für die Gesellschaft, so wie dieses Wort allgemein verstanden wird, hatte ich keinen Sinn; sie langweilte mich: Pferderennen und Kartenspiele waren mir zuwider, da ich schon zu viel in einem weitaus größeren Rahmen gespielt hatte. Des Tötens von Tieren unter dem Vorwand des Sports wurde ich bald überdrüssig, und ich begann mich sogar zu fragen, ob es rechtens sei, während meine Stellung als Junior County Magistrate* mich nur eine oder zwei Stunden im Monat in Anspruch nahm.

Außerdem hatte ich nur wenige Nachbarn, und diese wa-

* Kreisrichter

ren, bei aller Hochachtung vor ihnen, ausgesprochen langweilig. Jedenfalls konnte ich sie nicht verstehen, weil es an ihnen nichts zu verstehen zu geben schien, und ich bin sicher, daß auch sie mich nicht verstanden. Und als sie erfuhren, daß ich radikale Ansichten vertrat und gewisse ›schokkierende‹ und irgendwie sozialistische Bücher in Romanform geschrieben hatte, begannen sie mich als Feind ihrer besonderen Sektion der menschlichen Rasse zu fürchten und mich abzulehnen. Da ich unverheiratet war und auch keine Neigung in dieser Richtung zeigte, erklärten ihre Frauen und Töchter, aus intimer Kenntnis heraus, daß ich ein unmoralisches Leben führe, obgleich ein wenig Nachdenken sie zu der Erkenntnis gebracht hätte, daß es in der ganzen Nachbarschaft, die ich zu der Zeit nur selten verließ, nicht ein einziges weibliches Wesen gab, daß einen gebildeten Menschen auf einen solchen Weg zu verleiten vermocht hätte.

Schrecklich ist das Los eines Mannes, der noch jung ist und über den für einen Erfolg notwendigen Intellekt verfügt, jedoch keinerlei Ehrgeiz besitzt. Und ich hatte überhaupt keinen. Ich wollte mir nicht einmal auf diese oder jene Weise einen Adelstitel kaufen, und, wie bei meinem Vater, waren meine Interessen so vielfältig und so orthodox, daß ich mich an keines von ihnen verlieren konnte. Sie waren niemals mehr als Ablenkung für mich. Ein Hobby macht aber nur wirklich Spaß, wenn es zur Besessenheit wird.

Schließlich wurde meine Einsamkeit so drückend, daß ich Schritte unternahm, sie zu beenden. Während meiner Studienzeit hatte ich zwei besondere Freunde, die ich, wie ich glaube, deshalb ausgewählt hatte, weil sie so völlig anders waren als ich.

Sie hießen Bastin und Bickley. Bastin – sein Vorname war Basil – war ein ungeschlachter, dickköpfiger, plattfüßiger Mensch, von gewaltigen körperlichen Ausmaßen, einer genauso überwältigenden Ehrlichkeit und einem fast unglaublich simplen Verstand. Nichts konnte ihn überraschen, da es ihm an der geistigen Fähigkeit des Überraschtwerdens ermangelte. Er war wie jener riesige Fisch, der am Grund des Meeres liegt und alles verschlingt, was vor sein gewaltiges Maul gerät, ohne auf seinen Geschmack zu achten. Metaphorisch gesprochen waren himmlisches Manna und faulender Abfall für Bastin das gleiche. Er war nicht wählerisch, und beides war ihm geistige Nahrung – einer gewissen Art – zusammen mit allem, was zwischen diesen beiden Extremen lag. Doch war er ein guter Mensch, so schmerzlich gut, daß man das Gefühl hatte, er habe ohne sich zu überanstrengen ein Billet erster Klasse direkt zum Himmel gebucht, daß sein Schutzengel ihm es sogar schon bei seiner Geburt um den Hals gehängt hatte, damit er es nicht verliere, bereits numeriert und mit einem Datum versehen, wie eine Erkennungsmarke.

Ich muß hier hinzufügen, daß Bastin niemals sündigte, weil er nicht die geringste Versuchung dazu verspürte. Und dies ist meiner Ansicht nach wirkliche Tugend, da nach den Worten einiger Bibelsprüche ein Mensch, der in Versuchung gerät und geneigt ist, dieser Versuchung nachzugeben, genauso ein Sünder ist wie einer, der ihr tatsächlich nachgibt. Um wirklich gut zu sein, sollte man auch zu gut sein, um in Versuchung zu geraten, oder zu schwach, um den Versucher zu reizen – kurz gesagt: seines Pulvers nicht wert zu sein.

Ich brauche sicher nicht zu sagen, daß Bastin sich der Kirche zuwandte, er hätte gar nicht anders können; sie nahm ihn wie selbstverständlich in sich auf, so wie es zweifellos eines Tages auch der Himmel tun wird. Doch fürchte ich, daß die Engel, bevor sie ihn besser kennen lernen, von ihm so gelangweilt sein werden, daß sie ihn ständig weiter nach oben abschieben. Außerdem wird er, wenn sie irgendein Gefühl zurückbehalten haben sollten, ihnen wahrscheinlich ständig auf die Zehen treten, eine Kunst, in der er nach meinen Erfahrungen unerreicht ist. Trotzdem habe ich Bastin immer gemocht, vielleicht weil kein anderer ihn mochte, ein Umstand, dessen er sich nie wirklich bewußt wurde, und der darin liegen mochte, daß er jedem auf brutale Weise das sagte, was er für die Wahrheit hielt, was jedoch, da er weniger Phantasie besaß als eine Haselmaus, nur selten der Fall war. Denn wenn die Wahrheit ein Juwel ist, so ist es eines, das von vielen verschiedenen Lichtern und Atmosphären verfärbt und verschleiert ist.

Bleibt nur noch hinzuzufügen, daß er auf seine theologische Art recht gebildet war, und daß zu seinen weiteren Eigenheiten eine langsame, monotone Sprechweise gehörte, mit der er seine Ansichten in ellenlangen Sätzen äußerte, und seine absolute Gleichgültigkeit gegenüber gegensätzlichen Meinungen, so logisch und überzeugend sie auch sein mochten.

Mein anderer Freund, Bickley, war ein Mensch von völlig anderem Charakter. Wie Bastin, war er gebildet, doch ging sein Naturell in die entgegengesetzte Richtung. Wenn Bastins unersättlicher Schlund ein Kamel schlucken konnte, besonders ein theologisches Kamel, so filterte Bickleys selbst die kleinste Mücke heraus, besonders eine theologische Mücke. Er war der beste und aufrichtigste Mann, den man sich vorstellen kann, doch glaubte er an nichts, das er nicht sehen, schmecken oder anfassen konnte. So war er, zum Beispiel, überzeugt, daß der Mensch eine vom Tier abstammende Zufallsentwicklung sei, und nicht mehr, daß das, was wir die Seele oder den Verstand nennen, von bestimmten Reaktionen der grauen Masse des Gehirns produziert würde, daß es für alles anscheinend Unerklärliche eine absolut weltliche Erklärung gäbe, wenn sie nur gefunden werden könnte: daß Wunder bestimmt niemals geschehen seien und niemals geschehen würden; daß alle Religionen die Früchte menschlichen Hoffens und menschlicher Ängste seien, und der überzeugendste Beweis menschlicher Schwäche; daß wir alle, ungeachtet unserer unendlichen Unterschiedlichkeiten, Untertanen des einzigen Gesetzes der Natur seien und die Opfer eines blinden, schwarzen, brutalen Zufalls.

So war Bickley, der Mann mit dem intelligenten, wohlgeformten Gesicht, das mich immer an eine Kamee erinnerte, mit der nachdenklichen Stirn, mit seinen kräftigen, schlanken Händen und seinem etwas hart wirkenden Mund, dessen Linie allein auf Kontroversen der kompromißlosen Art schließen ließ. So natürlich, wie die Kirche Bastin übernommen hatte, war Bickley von der Medizin vereinnahmt worden.

Nun wollte es der Zufall, daß der Nachfolger meines Vaters als Vikar von Fulcombe ein besseres Angebot bekam und fortzog, kurz nachdem ich den Besitz erworben hatte, und mit ihm das Pfründenbesetzungsrecht. Gerade zu dieser Zeit erhielt ich auch einen Brief, in der großen, breitflächigen Handschrift Bastins abgefaßt, von dem ich seit Jahren nichts gehört hatte. Er kam direkt zur Sache und sagte, er, Bastin, habe gehört, daß der letzte Vikar von Fulcombe, das sich in meinem Besitz befände, zurückgetreten sei und er mir deshalb sehr verbunden wäre, wenn ich diesen Posten ihm überlassen würde, da seine jetzige Stellung in Yorkshire der Gesundheit seiner Frau unzuträglich sei.

Hier sollte ich anführen, daß ich später herausfand, was Mrs. Bastins Gesundheit nicht zuträglich war. Es war die außerordentlich hübsche Organistin. Mrs. Bastin war eine von Natur aus so eifersüchtige Frau, daß sie es sogar fertig brachte, Bastin zu mißtrauen, den sie in einem unbewachten Moment gekapert hatte, als er mit ganz anderen Dingen beschäftigt war, und der genausowenig daran dachte, Frauen auch nur anzusehen, als Baal anzubeten. Genaugenommen brauchte er Monate, um eine Frau von der anderen unterscheiden zu können. Außer als Sammlerinnen von Kirchenbeiträgen und Staffagen für Müttertreffen besaßen Frauen keinerlei Bedeutung für ihn.

Doch zurück zum Thema: Mit der entwaffnenden Ehrlichkeit, von der ich bereits sprach, führte Bastin alle seine Schwächen an, welche ihn, wie er gestand, wahrscheinlich für den Posten, welchen er anstrebte, ungeeignet machen würden. Er sei Kleriker der Hochkirche, eine Tatsache, die wahrscheinlich viele befremden mochte; er hätte kein Recht, sich Prediger zu nennen, obwohl er mit den frühchristlichen

Schriften außerordentlich gut vertraut sei. (Was, um alles in der Welt, hatte das mit seiner Anfrage zu tun, fragte ich mich.) Andererseits sei er als guter Seelsorger bekannt und als guter Fußgänger (was bedeuten sollte, daß er auch abgelegen wohnende Gemeindemitglieder aufsuchte, was er jedoch nicht ausdrücklich sagte).

Es folgten eineinhalb Seiten Betrachtungen über die Übel des derzeitigen Systems für das Leben von Privatpersonen, die damit schlossen, daß ich wahrscheinlich eine Sünde begangen hätte, als ich jenes Pfründenbesetzungsrecht erwarb, um meine lokale Autorität zu verstärken, ein Umstand, dessen ich mir bis dahin überhaupt nicht bewußt gewesen war. Schließlich informierte er mich darüber, daß er, da er ein krankes Kind, das fünf Meilen entfernt in einem bestimmten Moorgebiet lebte, taufen müsse, und es zu feucht sei, um mit dem Fahrrad zu fahren, seinen Brief beenden müsse. Und das tat er damit auch.

Da war jedoch eine Nachschrift zu diesem Brief, die wie folgt lautete:

›Irgend jemand hat mir gesagt, daß du vor einigen Jahren gestorben seist, und es könnte natürlich ein anderer Mann gleichen Namens sein, der jetzt der Eigentümer von Fulcombe sei. In diesem Fall wird die Post meinen Brief zweifellos zurückschicken.‹

Das war die einzige Bemerkung für die Existenz meines bescheidenen Ichs auf all diesen verworrenen Seiten. Es war lange her, seit ich einen Brief erhalten hatte, der mich so herzlich lachen ließ, und natürlich antwortete ich ihm postwendend, und sagte ihm sogar, daß ich die mit dem Posten verbundene Stipendie zu einer Summe aufstocken würde, welche ich für ihn angemessen hielte.

Etwa zehn Tage darauf erhielt ich einen weiteren Brief von Bastin, den er, wie eine auf den Umschlag gekritzelte Anmerkung bewies, eine Woche lang in seiner Tasche herumgetragen und aufzugeben vergessen hatte. Außer einer kurzen Erwähnung enthielt er keinerlei Dank für meine Großzügigkeit. Er betonte jedoch, daß er es für einen Fehler hielte, eine Angelegenheit von so großer spiritueller Bedeutung mit solcher Eile erledigt zu haben, obwohl er bemerkt habe, daß reiche Männer immer selbstsüchtig seien, wenn es um ihre Zeit ging. Außerdem sei er der Ansicht, daß ich vorher doch nach seinem Charakter, seinen derzeitigen Umständen und Leistungen hätte fragen sollen, und so weiter, und so weiter.

Auf diesen Brief antwortete ich telegraphisch dahingehend, daß ich genausogut Erkundigungen über den Charakter eines Erzengels hätte einziehen können, oder über den der Heiligen seiner Hochkirche. Dieses Telegramm betrachtete er, wie er mir später erklärte, als ungehörig und sogar sündig, besonders, da der Postmeister großen Anstoß daran nahm, der einer der Pfeiler seiner Kirche war.

So kam es, daß ich den Reverend Basil Bastin zum Vikar von Fulcombe ernannte, da ich sicher war, daß er für mich eine endlose Quelle des Vergnügens darstellen und als moralisches Tonikum wirken würde. Außerdem mochte ich die brutale Ehrlichkeit dieses Menschen. Wenig später traf er ein, und ich muß zugeben, daß mir nach einigen Sonntagen Zweifel an der Weisheit meiner Entscheidung kamen, so glücklich ich auch darüber sein mochte, ihn bei mir zu haben. Seine Predigten langweilten mich, und wenn sie mich nicht in den Schlaf wiegten, riefen sie in mir den Wunsch nach einer harten Debatte wach. Wie konnte er eine so profunde Kenntnis von den Mysterien besitzen, vor denen die Welt seit Äonen sprachlos gestanden hatte? Gab es für ihn denn nichts, das auf eine geistige Art zu heiß oder zu schwer war, um es mit ein paar plumpen und nebensächlichen Worten abtun zu können, wie irgendeinen alltäglichen Vorgang im gewöhnlichen Leben? fragte ich mich. Auch seine Vorstellungen über die Lehren der Hochkirche deckten sich nicht mit den meinen, und auch nicht mit denen irgendeines anderen Menschen, fürchte ich. Doch will ich nicht versuchen, sie anzuführen.

Seine Eigenheiten ließen sich leicht entschuldigen und wurden von der umfassenden Güte seines Wesens überdeckt, die ihn bald bei allen Menschen des Ortes beliebt machten, denn obwohl er die meisten Dinge für sündig hielt, kann ich mich nicht erinnern, daß er jemals eine Sünde entdeckt hätte, für die es keine Vergebung gab. Bastin war wirklich ein äußerst gütiger Mensch, und auf seine Weise recht großzügig.

Jemand, den ich nicht ausstehen konnte, war jedoch seine Eheliebste, die nach meiner Ansicht mehr einer Flasche ähnelte – einer sehr häßlichen Flasche, die mit Essig gefüllt war – als einer Frau. Ihr Name war Sarah, und sie war klein, unansehnlich, flachbusig, flachshaarig und widerwärtig – und außerdem besessen von ihrer Eifersucht auf Reverend Basil, von dem sie glaubte, daß jede Frau unter fünfzig im ganzen Sprengel sich ihm an den Hals würfe.

Hier will ich eingestehen, daß ich, wann immer mir sich die Gelegenheit bot, dafür sorgte, daß es wirklich diesen Anschein hatte, das heißt: wenn immer seine Frau anwesend war, instruierte ich andere, sich mit ihm in dunkle Ekken zurückzuziehen, ihm Blumen zu überreichen, und so weiter. Ein paar von ihnen hatten Spaß an diesem Spiel, und ich sah ihn eine Abendeinladung verlassen, gefolgt von einer finsterdreinblickenden Sarah, beladen mit Sträußen von Rosen und Veilchen, ganz zu schweigen von den traditionellen Gaben, wie Hausschuhen, bestickten Lesezeichen, und so weiter. Dies war meine Art, mich an ihr zu rächen, und ich glaube, daß sie es wußte, denn sie verfolgte mich mit einem giftigen Haß.

So viel von Basil Bastin. Nun zu Bickley. Ihn hatte ich seit unserer Studienzeit mehrere Male getroffen und ihm, nachdem ich mich in der Priorei niedergelassen hatte, von Zeit zu Zeit angeboten, bei mir zu wohnen. Schließlich kam er, und ich stellte fest, daß er sich in seiner Londoner Praxis alles andere als wohl fühlte, da sie seinem Naturell absolut zuwider war, und daß er auch mit seinen Partnern nicht zurechtkam. Nach einigem Überlegen machte ich ihm deshalb ein Angebot. Ich wies ihn darauf hin, daß die Gegend um Fulcombe durch ihre zunehmende Beliebtheit bei Feriengästen einen starken Aufschwung nehme, und es hier zwar eine Reihe von Ärzten gäbe, jedoch im Umkreis von vielen Meilen nicht einen einzigen erstklassigen Chirurgen.

Nun war Bickley ein erstklassiger Chirurg, der eine lange Krankenhauserfahrung besaß und noch immer im Krankenhaus tätig war. Warum, fragte ich ihn, wollte er nicht herkommen und sich eine eigene Praxis einrichten? Ich würde ihn zum Arzt meines Besitzes ernennen und zum Leiter eines kleinen Landhospitals, das ich stiften wollte, wobei ihm freigestellt blieb, es nach seinen Wünschen zu erbauen und einzurichten. Außerdem würde ich ihm – da ich es für einen großen Vorteil hielt, einen wirklich qualifizierten Mann in greifbarer Nähe zu haben – für die Dauer von drei Jahren ein Einkommen in der gleichen Höhe garantieren, wie er es in London hatte.

Er dankte mir herzlich und nahm mein Anerbieten schließlich an – mit überraschenden Ergebnissen, was seine eigene Zukunft betraf. Innerhalb kurzer Zeit hatte sein außergewöhnliches Können sich herumgesprochen, und er verdiente mehr Geld, als er als unverheirateter Mann ausgeben konnte. Es gab kaum eine größere Operation in irgendeiner Stadt im Umkreis von zwanzig Meilen und sogar weiter entfernt, bei der er nicht hinzugezogen wurde.

Ich brauche nicht besonders zu betonen, daß seine Anwesenheit ein großer Vorteil für mich war, denn da er in einem in der Nähe der Priorei gelegenen Hause wohnte, das ich ihm vermietet hatte, kam er, wenn immer er einen freien Abend hatte, zum Dinner herüber, und wir diskutierten von unseren entgegengesetzten Standpunkten aus alle möglichen irdischen und göttlichen Dinge. So war es mir möglich, meinen Geist am harten Stahl seines wachen Intellekts zu schärfen, der jedoch, auf eine gewisse Weise, so beschränkt war.

Ich muß hinzufügen, daß es mir nie gelang, ihn zu meiner Art des Denkens zu überreden, und ihm nicht, mich zu der seinen, genausowenig, wie er Bastin bekehren konnte, für den er seltsamerweise eine starke Vorliebe an den Tag legte.

Sie hieben aufeinander ein, wobei Bickley meistens als Sieger aus der Redeschlacht hervorging, und wenn Bastin sich schließlich erhob, um zu gehen, machte er immer wieder die Bemerkung:

»Es ist wirklich traurig, mein lieber Bickley, einen Mann deines Intellekts zu finden, dessen Denken so absolut falsch und irregeleitet ist. Ich habe dich heute mindestens ein halbes Dutzend Mal des Irrtums überführt, und wenn du das nicht zugeben willst, so ist es reine Dickschädeligkeit. Gute Nacht. Ich bin sicher, daß Sarah noch wach ist und auf mich wartet.«

»So ein sturer, alter Idiot!« pflegte Bickley dann zu sagen und die Faust zu schütteln. »Die einzige Möglichkeit, ihn die Wahrheit erkennen zu lassen, besteht darin, seinen Kopf aufzusägen und sie hineinzuschütten.«

Dann lachten wir beide.

Dies also waren meine beiden engsten Freunde, obwohl ich zugeben muß, daß unser Verhältnis fast so war, als ob der Äquator versuchte, Beziehungen zu Nordpol und Südpol aufzunehmen. Zweifellos war Bastin so weit von Bickley entfernt, wie diese beiden Erdpunkte auseinander liegen, während ich sozusagen in gleicher Entfernung zwischen den beiden saß. Trotzdem waren wir alle drei sehr glücklich miteinander, da es bei bestimmten Chrakteren nur wenige Dinge gibt, die Männer enger aneinander binden, als tiefgreifende Meinungsverschiedenheiten.

Jetzt muß ich mich meinen persönlicheren Angelegenheiten zuwenden. Schließlich ist es einem Mann unmöglich, seine Seele, falls er irgend etwas besitzt, das auch nur auf die entfernteste Weise diesen Namen verdient, mit den Schalen von Reichtum, Luxus und Trägheit zu befriedigen, ergänzt von gelegentlichen theologischen und anderen Disputationen zwischen seinen Freunden. Da ich von dieser Wahrheit mehr und mehr überzeugt wurde, begann ich mich nach etwas umzublicken, das ich tun konnte, vermochte jedoch, wie Noahs Taube über der Weite des Wassers, nichts zu entdecken. Dann befragte ich Bickley und Bastin nach ihrer Meinung darüber, welcher Kurs für meine Zukunft der beste sei. Bickley erwies sich als eine Niete. Er rieb sich die Nase und schlug vage vor, ich sollte mich ›Forschungsaufgaben‹ widmen, was natürlich nur seine eigenen Ambitionen wiedergab. Ich fragte ihn pikiert, wie ich so etwas ohne jede wissenschaftliche Vorbildung anstellen sollte. Er stimmt zu, daß darin eine gewisse Schwierigkeit läge, meinte jedoch, daß ich andere finanzieren könnte, die diese Qualifikationen besäßen.

»Mit anderen Worten, ich soll die zu melkende Kuh für nuckelnde Wissenschaftler werden«, antwortete ich und brach das Gespräch ab.

Bastins erste Idee war, daß ich Unterricht in einer Sonntagsschule geben sollte; die zweite, daß ich die Weihe empfangen und Missionar werden könne, falls die als erstes vorgeschlagene Karriere nicht alle meine Erwartungen erfüllen sollte.

Als ich seine brillanten Vorschläge zurückwies, bemerkte er, daß er mir dann nur noch raten könne, zu heiraten und eine große Familie zu gründen, was möglicherweise ein Gewinn für die Nation sein und schließlich das Königreich des Himmels bereichern mochte, obwohl man bei solchen Dingen niemals sicher sein könne. Auf jeden Fall sei er der Ansicht, daß ich derzeit meine Pflichten praktisch vernachlässigte, was immer die sein mochten, und genaugenommen einer jener Parasiten der Erde sei, welche, wie er aus der Zeitung erfahren habe, die er kaufte und las, wenn er die Zeit dazu hatte, sehr zutreffend ›die untätigen Reichen genannt würden‹.

»Was mich daran erinnert«, setzte er hinzu, »daß die Finanzen des Bekleidungssammlungs-Clubs sich in einem desolaten Zustand befinden, genauer gesagt, er hat 25 Pfund Schulden, eine Summe, die du als Grundherr dieser Gemeinde sicher erlegen wirst, nicht als Almosen, sondern als Verpflichtung.«

»Hör mal, mein Freund«, sagte ich, ohne auf seine letzte

Bemerkung einzugehen, »würdest du mir eine einfache Frage beantworten? Findest du die Ehe so erstrebenswert, daß du es für deine Pflicht hältst, sie anderen zu empfehlen? Und wenn es der Fall sein sollte, warum hast *du* dann nicht die große Familie, von der du sprichst?«

»Natürlich nicht«, antwortete er mit der ihm eigenen Offenheit. »Ehrlich gesagt, ist sie auf vielerlei Art so unangenehm, daß ich überzeugt bin, es muß so richtig sein, und dem Guten aller Beteiligten dienen. Was die große Familie anbetrifft, so weiß ich wirklich nicht, warum wir keine haben, doch Sarah mag keine Kinder, was vielleicht etwas damit zu tun haben könnte.«

Er seufzte und setzte hinzu: »Du siehst, Arbuthnot, daß wir die Dinge so nehmen müssen, wie wir sie in dieser Welt vorfinden, und auf eine bessere hoffen.«

»Genau das ist es doch, was ich zu erreichen versuche, du verbohrter, alter Esel!« schrie ich ihn an und ließ ihn sitzen, während er den Kopf schüttelte, über die Dinge im allgemeinen, doch hauptsächlich über Sarah, vermute ich.

Übrigens glaube ich, daß die Dorfbewohner die Essignatur dieser Dame erkannten. Jedenfalls nannten sie sie ›Saure Sally‹.

3

Natalie

Doch was Bastin mir über die Ehe gesagt hatte, setzte sich in meinem Gehirn fest, wie es bei seinen plumpen Bemerkungen häufig der Fall war, vielleicht wegen des Körnchens ehrlicher Wahrheit, das oft in ihnen enthalten war. Wahrscheinlich war es für mich in meiner Position mehr oder weniger eine Pflicht, zu heiraten. Doch der Haken dabei war, daß ich noch nie irgendwelche Neigungen in dieser Richtung verspürt hatte. Ich war genauso gut ein Mann wie alle anderen, vielleicht sogar mehr so als viele andere, und ich mochte Frauen – fühlte mich jedoch gleichzeitig von ihnen abgestoßen.

Meine alte Empfindlichkeit spielte dabei eine Rolle; für meinen Geschmack hatte jede von ihnen irgendwelche Fehler. Während sie einen Teil meiner Natur anzogen, stießen sie einen anderen ab, und im allgemeinen zog ich es vor, ohne ihre intime Gesellschaft zu leben, anstatt diesen zweiten und höheren Teil meiner Natur zu vergewaltigen. Außerdem hatte ich zu Beginn meines Berufslebens die Beobachtung gemacht, daß ein Mann allein besser im Leben vorankommt, als wenn er einen anderen Menschen mit sich zerren muß oder vielleicht von ihm mitgezerrt wird. Trotzdem war eine richtige Ehe, wie sie sich die meisten Männer und einige Frauen in ihren jungen Jahren erträumen, immer eins meiner Ideale gewesen; über und um diese Vorstellung hatte ich sogar mein erstes Buch geschrieben, das so erfolgreich gewesen war. Da ich jedoch keinerlei Zweifel daran hegte, daß dieses Ziel, trotz Bastins gegenteiliger Bemerkungen, in unserer unvollkommenen Welt nicht erreichbar war, schob ich die ganze Angelegenheit als Hirngespinst wieder aus meinem Gedächtnis.

Als Alternative dachte ich über eine politische Karriere nach, die zu beginnen ich noch nicht zu alt war, und spielte sogar mit einer oder zwei Möglichkeiten, die mir angeboten wurden, wie es bei Männern von Vermögen und Intelligenz häufig der Fall ist. Es wurde jedoch nichts daraus; ich erkannte, wie widerlich und unehrlich Parteipolitik ist, so daß ich mich nicht dazu bereitfinden konnte, meinen Nacken unter ihr Joch zu beugen. Wenn ich es versuchte, dessen war ich sicher, würde ich darin noch vollständiger versagen, als ich es bei der Jurisprudenz und der Schriftstellerei getan hatte. Und auch hier war ich ziemlich sicher, daß ich recht hatte.

Das Ergebnis all dessen war, daß ich Zuflucht in jener letzten Rettung müder Engländer suchte, dem Reisen; nicht als Globetrotter, sondern in Gemächlichkeit und mit aufnahmebereitem Verstand, wobei ich zwar vieles lernte, doch schließlich, wie jener alte Schriftsteller, den ich bereits zitierte, feststellen mußte, daß es nichts Neues unter der Sonne gibt, sondern alles mit gewissen Variationen, immer wieder das gleiche ist.

Nein, ich will eine Ausnahme gelten lassen: der Osten hat mich enorm beeindruckt. Dort war es auch, in Benares, daß ich in Kontakt mit gewissen Denkern kam, die mir die Augen öffneten. Sie lösten eine verborgene Feder in mir aus, die bis dahin vergeblich versucht hatte, durch die Kruste unserer Konventionen und ererbter Ideen zu brechen. Ich weiß jetzt, daß das, was ich suchte, nicht weniger war als das Unendliche, daß ich ›unsterbliche Sehnsüchte‹ in mir trug. Ich lauschte all ihren ernsthaften Reden von Epochen und Jahren, welche für den Menschen unmeßbar sind, und überlegte voller innerer Erregung, daß der Mensch dennoch an jeder von ihnen seinen Anteil haben konnte. Ja, dieser Zugvogel, der er zu sein schien, der von einer Dunkelheit in die andere flog, mochte dennoch vor Millionen und Abermillionen von Jahren seine Flügel im Licht anderer Sonnen ausgebreitet haben, und sie noch immer dort ausbreiten werden, leuchtend und prachtvoll, in Millionen und Abermillionen von Jahren einer noch ungeborenen Zeit.

Wenn ich nur die Wahrheit wüßte. War das Leben (wie nach Bickleys Ansicht) lediglich eine kurze Aktivität, die hinten und vorne vom Nichts begrenzt wurde, oder (wie nach Bastins Meinung) eine konventionelle, von goldenen Harfen und Heiligenscheinen bekränzte Unsterblichkeit, ein Wort, dessen Bedeutung er nicht im mindesten verstand?

Oder war es etwas ganz anderes als jedes der beiden, etwas so Großes und Erhabenes, daß es jenseits unseres Gesichtsfeldes lag, etwas Gottergebenes, das seinen Anfang und sein Ende im Ewigen Absoluten hatte und zumindest Anteil an Seinen Attributen und Seiner Natur besaß, und von Äon zu Äon von Seinem Licht durchglüht war? Aber wie konnte man die Wahrheit erfahren? Ich fragte meine Freunde im Osten danach, und sie sprachen vage von langen, asketischen Vorbereitungen, von Jahren und Jahren des Lernens, doch von wem man lernen sollte, konnte ich nicht in Erfahrung bringen. Nicht von ihnen, dessen war ich sicher, weil sie es offensichtlich nicht wußten; sie gaben lediglich weiter, was sie anderen Orts erfahren hatten, wann oder wie konnten oder wollten sie mir nicht erklären. Also gab ich es schließlich auf, nachdem ich mich davon überzeugt hatte, daß all dies nichts anderes war als ein Produkt orientalischer Phantasie, ins Leben gerufen durch den sanften Einfluß östlicher Sterne.

Ich gab auf und reiste ab, in der Annahme, daß ich alles vergessen würde. Aber ich konnte nicht vergessen. Ich war erfüllt von einer neuen Hoffnung, oder zumindest mit einem neuen Ziel, und dieses geheime Kind heiligen Sehnens wuchs und wuchs in meiner Seele, bis schließlich in mir die Erkenntnis aufblitzte, daß diese, meine Seele selbst der verborgene Meister war, von dem ich meine Lektionen lernen mußte. Kein Wunder, daß jene östlichen Freunde mir nicht seinen Namen nennen konnten, da alles, was sie wußten, im Unterschied zu dem, was sie gehört hatten – und es war wenig genug –, jeder von ihnen von den Lehren seiner eigenen Seele gelernt hatte.

So wurde also auch ich zum Träumer mit nur einer Sehnsucht, der Sehnsucht nach Weisheit, nach jener Berührung durch den Geist, welche mir die Augen öffnen sollte, damit ich sehen mochte.

Doch seltsamerweise geschah es gerade da, als ich kaum noch Interesse an weltlichen Dingen zu haben schien, und am wenigsten an Frauen, daß ich, der einen anderen Gast in sich aufgenommen hatte, von diesen weltlichen Dingen heimgesucht wurde, und zwar in der Gestalt der Unvermeidlichen Frau. Wahrscheinlich war es mir vom Schicksal so bestimmt worden, denn steht nicht geschrieben, daß kein Mensch allein leben kann oder sich darin verlieren mag, das Wachsen seiner Seele zu beobachten und zu fördern?

Es geschah so. Auf der Rückreise von Indien gelangte ich nach Rom und blieb dort für eine Weile. Am Tage nach meiner Ankunft trug ich mich in das Buch unseres damaligen Gesandten in Italien, Sir Alfred Uptons, ein, nicht in der Absicht, von ihm zum Dinner geladen zu werden, sondern weil ich erfahren hatte, daß er ein Mann von archäologischer Bildung war, und ich hoffte, er könnte mir vielleicht helfen, Dinge zu sehen, die ich sonst nicht sehen mochte.

Wie es der Zufall wollte, wußte er durch einige meiner Nachbarn in Devonshire, mit denen er befreundet war, von mir, und so bat er mich tatsächlich für den kommenden Tag zum Dinner. Ich nahm die Einladung an und fand mich in einer großen Ansammlung von Menschen, darunter einigen Mitgliedern der englischen Gesellschaft, die Orden trugen, wie es üblich ist, wenn man bei einem Vertreter unseres Souveräns speist. Als ich diese Männer sah – und dies beweist, daß in den meisten von uns die Eitelkeit nur flüchtig unterdrückt ist –, tat es mir zum ersten Mal in meinem Leben leid, daß ich nichts vorzuweisen hatte und nur der simple Mr. Arbuthnot war, welcher, wie mir Sir Alfred höflich klarmachte, als letzter zu Tisch gehen müsse, da alle anderen Anwesenden Titel besaßen, und sogar ohne Tischdame, da keine für mich übrig war.

Und meine Situation verbesserte sich auch nicht, als wir Platz genommen hatten, denn ich stellte fest, daß man mich zwischen eine italienische Gräfin und einen russischen Prinzen plaziert hatte, von denen keiner englisch sprach, während ich bedauerlicherweise keine Fremdsprache beherrschte, nicht einmal Französisch, in dem sie mich ansprachen und sehr erstaunt schienen, als ich sie nicht verstand. Ich fühlte mich beschämt über meinen Mangel an Bildung, obgleich das nicht zutraf, ich hatte nur eine klassische Bildung genossen. Darin war ich sogar sehr gut gewesen, und ich hatte meine Kenntnisse mehr oder weniger vertieft und erweitert, besonders, seit ich nichts mehr zu tun gehabt hatte. In meiner Verwirrung fiel mir ein, daß die italienische Gräfin vielleicht das Lateinische beherrschte, aus dem ihre Sprache sich ja entwickelt hatte, und sprach sie auf Lateinisch an. Sie starrte mich überrascht an, und Sir Alfred, der nicht weit von mir saß und meine Worte hörte (auch er sprach Lateinisch), begann laut zu lachen und erklärte den Witz mit lauter Stimme, zuerst auf Französisch und dann auf Englisch, und alle anderen wurden von seiner Heiterkeit angesteckt und starrten mich neugierig an.

Dies war der Augenblick, in dem ich zum ersten Mal Natalie sah, denn durch ein Versehen meines Fahrers war ich etwas spät eingetroffen und ihr nicht vorgestellt worden. Als einzige Tochter Sir Alfreds – ihre Mutter war gestorben – hatte man sie ans Ende der Tafel gesetzt, hinter einen Strauß weißer Madonnen-Lilien, und sie neigte sich vor, um mich anzublicken, wie alle anderen, doch tat sie das auf eine solche Art, daß es von meinem Blickwinkel aus erschien, als ob ihr Kopf von Lilien eingerahmt und gekrönt würde. Ja, der größte Künstler hätte keinen schöneren Effekt erzielen können, der jedoch reiner Zufall war.

Ein Engel, der durch die Lilien des Himmels auf die Erde hinabblickt – das war der recht absurde Gedanke, der durch mein Gehirn zuckte. Ich hatte im ersten Moment kaum einen Eindruck von ihrem Gesicht – außer der flüchtigen Erscheinung einer dunklen Schönheit. Ihr welliges Haar hing tief in ihre Stirn, und ihre großen, sanften Augen waren grau. Ich wußte nicht, und weiß es bis heute nicht, ob sie wirklich schön war, doch ist gewiß, daß das Licht, das aus diesen Augen strahlte und von ihren feinen Gesichtszügen reflektiert zu werden schien, die Schönheit selbst war. Er war wie das Schimmern einer Vase aus reinstem Alabaster, in welche man eine Lampe gesetzt hatte, und ich hatte das Gefühl, daß diese Wirkung nicht auf eine Zufälligkeit zurückzuführen war, wie die Lilien-Umrahmung, sondern vom Licht des Geistes kam, das in ihrem Inneren leuchtete.

Unsere Blicke trafen sich, und sie sah das Erstaunen und die Bewunderung in dem meinen. Auf jeden Fall erlosch ihr amüsiertes Lächeln, und ihr Gesicht wurde ernst, doch noch immer lieblich ernst, und es wurde von einer leichten Röte überzogen, wie der perlfarbene Himmel von den ersten Farben der Morgendämmerung. Dann zog sie sich hinter den Fächer der Lilien zurück, und für den Rest des Essens, das mir unendlich vorkam, sah ich sie nicht mehr. Als sie den Speisesaal verließ, sah ich, daß sie nicht besonders groß war, doch eine schlanke, weiblich gerundete Figur hatte, und daß ihre Hände auffallend zierlich waren.

Später, im Wohnzimmer, stellte ihr Vater, mit dem ich bei Tisch gesprochen hatte, mich ihr vor.

»Meine Tochter ist eine besessene Archäologin«, sagte er, »und wenn Sie irgendwelche Fragen haben, Mr. Arbuthnot, wird sie Ihnen sicher helfen können.«

Dann eilte er davon, um mit einigen seiner wichtigen Gäste zu sprechen, von denen er, wie ich annehme, politische Informationen zu erhalten hoffte.

»Mein Vater übertreibt«, sagte sie mit einer sanften und sehr sympathischen Stimme, »aber vielleicht ...« Sie bedeutete mir, neben ihr Platz zu nehmen.

Wir sprachen von Orten und Dingen, die mich besonders interessierten, und – das Ende der Geschichte war, daß ich mich in Natalie verliebt hatte, als ich zu meinem Hotel zurückfuhr: und, wie sie mir später eingestand, war auch sie in mich verliebt, als sie an diesem Abend zu Bett ging.

Es war ein seltsames Erlebnis, mehr wie das Wiedersehen mit einem alten Freund, von dem man durch irgendwelche Umstände für zwei Jahrzehnte getrennt worden war, als irgend etwas anderes. Wir waren, sozusagen, vom ersten Augenblick an miteinander vertraut; wir wußten alles voneinander, obwohl es hier und dort etwas Neues gab, etwas anderes, an das wir uns nicht erinnern konnten, Gedankengänge, Erinnerungen, die uns nicht gemeinsam waren. In einem Punkt bin ich mir absolut im klaren: es war nicht allein die alltägliche und uralte Anziehungskraft von Frau zu Mann, von Mann zu Frau, die uns zueinander zog, obwohl diese ohne Zweifel einen Anteil an unserer Verbindung hatte, wie es unter unseren normalen, menschlichen Umständen unvermeidlich ist, da die Natur diese als Köder benutzt, um den Fortbestand der Art zu sichern. Es war etwas anderes, etwas, das weit jenseits dieses elementaren Impulses lag.

Auf jeden Fall liebten wir uns, und eines Abends, im Schatten der dunklen Mauern des großen Kolosseums von Rom, das zu jener Stunde für alle anderen Menschen geschlossen war, gestanden wir uns unsere Liebe. Ich bin überzeugt, daß wir diesen Ort durch ein schweigendes, gegenseitiges Übereinkommen gewählt haben mußten, weil wir ihn für so passend dafür hielten. Er war so uralt, so durchdrungen von aller menschlichen Erfahrung, von dem schlimmsten Verbrechen des Tyrannen, der sich für einen Gott hielt, bis zum hehrsten Opfer des Märtyrers, der bereits ein halber Gott war: und auch mit jedem Laster und jeder Tugend, die zwischen diesen beiden Extremen liegen, daß es uns als der passendste Altar erschien, auf dem wir unsere Herzen opfern konnten, und alles, was sie zum Schlagen brachte, der eine dem anderen.

So verlobten wir, Natalie und ich, uns einen Monat nach unserem ersten Treffen. Drei Monate später waren wir verheiratet, denn was gab es, die Hochzeit zu verhindern oder aufzuschieben? Natürlich war Sir Alfred überglücklich, da er nur ein geringes privates Vermögen besaß und ich in der Lage war, seine Tochter gut zu versorgen, die sich bisher bei der Frage einer Verehelichung als recht schwierig erwiesen hatte und nun schon fast siebenundzwanzig Jahre alt war. Also waren alle glücklich, und alles lief so glatt wie ein Schlitten, der einen schneebedeckten Hang hinabgleitet, und die Nebel der Zeit verhüllten, was am Ende jenes Hangs verborgen sein mochte. Wahrscheinlich eine sanfte Ebene, schlimmstenfalls ein aufwärtsführender Hang des normalen Lebens.

Das ist es, was wir dachten, falls wir überhaupt etwas dachten. Natürlich träumten wir nicht einmal von einem Abgrund. Warum sollten wir auch, die wir relativ jung, gesund und reich waren? Wer denkt unter solchen Umständen an Abgründe, wenn jedes Unheil ausgeschaltet und der Tod noch ein großes Stück entfernt scheint?

Und doch hätten wir es tun sollen, denn wir hätten wissen müssen, daß glatte Oberflächen, die den Kufen keinen Widerstand entgegensetzen, oft in so etwas enden.

Ich muß anführen, daß Bastin, als wir nach Fulcombe zurückkehrten, wo wir natürlich mit großem Gepränge empfangen wurden, einschließlich des (verstimmten) neuen Glockengeläuts, das ich der Kirche gestiftet hatte, mich sofort darauf hinwies.

»Deine Frau scheint eine sehr nette und schöne Dame zu sein, Arbuthnot«, reflektierte er laut nach dem Essen, als Mrs. Bastin, finster wie immer, obwohl ich mir nicht denken kann, weshalb, von Natalie aus dem Zimmer geleitet worden war, »und wenn man es genauer überlegt, bist du vom Glück gesegnet. Du besitzt ein großes Vermögen, ein viel größeres, als du beanspruchen kannst, das zu erlangen du nur sehr wenig geleistet hast und das du nicht so verwendest, wie du es meiner Ansicht nach verwenden solltest, und diesen Besitz, der das Eigentum vieler Menschen sein sollte, was du, nach den Ansichten, die du vertrittst, sicher zugeben wirst, und alles andere, was ein Mann sich wünschen mag. Es ist sehr seltsam, daß du so bevorzugt werden solltest, und nicht etwa aufgrund irgendwelcher persönlichen Verdienste, die ich erkennen könnte. Doch bin ich überzeugt, daß am Ende alles ausgeglichen werden wird und du deinen Anteil von Lasten erhältst, wie jeder andere. Vielleicht wird Mrs. Arbuthnot keine Kinder bekommen, da so viel da ist, das sie ererben können. Oder vielleicht wirst du all dein Geld verlieren und mußt dir deinen Lebensunterhalt verdienen, was dir sehr gut tun würde. Oder ...«, fuhr er fort, noch immer laut denkend, wie es seine Art war, »vielleicht wird sie jung sterben – sie hat das Gesicht dazu, obwohl ich natürlich hoffe, daß das nicht der Fall sein wird«, setzte er hastig hinzu.

Ich weiß nicht, warum, doch seine brabbelnden Worte ließen mich erschauern; die sprichtwörtliche Totenglocke beim

Hochzeitsbankett war nichts dagegen. Ich nehme an, daß ich in einem Aufblitzen von Intuition erkannte, daß sie wahr werden würden, und daß er eine vom Schicksal bestimmte Kassandra war. Vielleicht überwältigte dieses unheimliche Wissen meine natürliche Empörung über eine solche Super-*gaucherie,* der niemand anderer als Bastin fähig gewesen wäre, und hinderte mich daran, überhaupt zu antworten, so daß ich nur reglos dasaß und ihn anstarrte.

Doch Bickley antwortete ihm, und mit angebrachter Schärfe.

»Entschuldige meine Offenheit, Bastin«, sagte er, und man spürte, wie sein ganzes Fell sich sträubte, »aber deine Bemerkungen, ob sie sich mit den Prinzipien deiner Religion im Einklang befinden mögen oder nicht, sind von einmalig schlechtem Geschmack. Sie würden selbst einer Versammlung von Frühchristen den Magen umgedreht haben, die gewiß die Menschen mit den schlechtesten Manieren der Welt gewesen sind, und bei jedem anständigen Heiden-Bankett hätte man dir als einem Vogel bösen Omens den Hals umgedreht.«

»Warum?« fragte Bastin unschuldig. »Ich habe doch nur gesagt, was ich für die Wahrheit halte. Und die Wahrheit ist besser als das, was du guten Geschmack nennst.«

»Dann will ich dir auch etwas sagen, was ich für die Wahrheit halte«, antwortete Bickley, der jetzt wütend wurde. »Die Wahrheit ist, daß du dein Christentum als Deckmantel für schlechte Manieren gebrauchst. Es lehrt Mitgefühl und Sympathie für andere, doch davon scheint bei dir nichts vorhanden zu sein. Und außerdem – wenn du von dem Tod der Frauen anderer Männer sprichst, will ich dir etwas über deine eigene Frau sagen, was ich als Arzt tun kann, da sie nicht meine Patientin ist. Es ist meiner Ansicht nach sehr wahrscheinlich, daß sie vor Mrs. Arbuthnot sterben wird, die eine sehr gesunde Frau ist und gute Aussicht auf ein langes Leben hat.«

»Vielleicht«, sagte Bastin. »Wenn es so sein sollte, so ist es der Wille Gottes, und ich werde mich nicht beklagen« – (hier lachte Bickley spöttisch auf) – »obwohl ich nicht einsehen kann, was du daran ändern könntest. Aber warum lästerst du über die Frühchristen, die Menschen von starken Prinzipien waren und in harten Zeiten lebten und Krieg gegen eine etablierte Teufelsanbetung führen mußten? Ich weiß, daß du wütend auf sie bist, weil sie die Statuen von Venus und so weiter zerschmettert haben, doch wenn ich an ihrer Stelle gewesen wäre, hätte ich das gleiche getan.«

»Natürlich hättest du das, wer kann daran zweifeln? Doch was die Frühchristen und ihr ikonoklastisches Verhalten angeht – sie seien verflucht, das ist alles!« Er sprang auf und verließ das Zimmer.

Ich folgte ihm.

Man darf aus der eben geschilderten Szene nicht schließen, daß eine Feindschaft zwischen Bastin und Bickley aufgekommen wäre. Dazu waren sie einander viel zu sehr verbunden, und ein Streit dieser Art bedeutete nichts anderes als ein Ausdruck ihrer individuellen Ansichten, woran sie seit ihrer College-Zeit gewöhnt waren. So schwärmte Bastin, zum Beispiel, ständig von den Frühchristen und von den Missionaren, während Bickley beide haßte, die Frühchristen wegen der Zerstörungen, die sie in Ägypten, Griechenland, Italien und anderen Ländern angerichtet hatten, die Vernichtung all dessen, was schön war, und die Missionare, weil sie, wie er sagte, die natürlich lebenden Rassen degradierten, indem sie sie zwangen, Kleidung zu tragen, wodurch sie für Krankheiten anfällig wurden. Bastin pflegte darauf zu antworten, daß ihre Seelen wichtiger seien als ihre Körper, worauf Bickley antwortete, daß es so etwas wie Seelen nicht gäbe, außer in der stupiden Vorstellung von Priestern, und er deshalb völlig anderer Meinung sei. Da es für jeden der beiden unmöglich war, den anderen zu überzeugen, fand das Gespräch an dieser Stelle zumeist sein Ende oder glitt zu einem Thema ab, das sie beide interessierte, wie Naturgeschichte, oder die Hygiene von Fulcombe.

Hier möchte ich anführen, daß Bickleys scharfer, professioneller Blick sich nicht irrte, als er den Gesundheitszustand von Mrs. Bastin bedenklich nannte. Sie litt an einer Herzkrankheit, die ein Arzt oft an der Farbe der Lippen und so weiter erkennen kann, und die unter den folgenden Umständen zu ihrem Tode führte:

Ihr Ehemann war zu einer kirchlichen Veranstaltung in eine über zwanzig Meilen entfernten Stadt gefahren und wollte mit einem Zug zurückkehren, der gegen fünf Uhr nachmittags eintraf. Als er mit diesem Zug nicht zurückkam, wartete sie auf der Bahnstation, bis der letzte Zug gegen sieben Uhr eintraf – ohne ihren geliebten Basil. Dann lief sie durch die kalte Winternacht zur Priorei und bat mich, ihr meinen Einspänner zu leihen, um damit in die Stadt zu fahren und nach ihm zu suchen. Ich widersetzte mich der Torheit eines solchen Vorhabens und versicherte ihr, daß Basil ganz gewiß nichts zugestoßen sei und er nur vergessen hatte, ihr zu telegraphieren oder aber den Sixpence sparen wollte, den das Telegramm gekostet haben würde.

Dann stellte es sich zu Natalies und meinem Vergnügen heraus, daß dieser ganze Aufstand ein Ergebnis ihrer Eifersucht war, von der bereits gesprochen wurde. Sie erklärte, daß sie seit ihrer Hochzeit noch nie eine Nacht von ihrem Mann getrennt geschlafen habe, und mit so vielen ›schlechten Personen‹ um ihn herum könne sie nicht wissen, was passieren mochte, wenn sie es täte, besonders, da er ›so beliebt und so hübsch‹ sei. (Bastin war auf seine grobschlächtige Art wirklich ein gut aussehender Mann.)

Ich schlug vor, daß sie ein wenig Vertrauen in ihn setzen solle, worauf sie nur düster antwortete, daß sie keinem Menschen traue.

Das Ende der Geschichte war, daß ich ihr den Wagen lieh, mit einem schnellen Pferd und einem guten Kutscher, und sie fuhr fort. Als sie die Stadt etwa zweieinhalb Stunden später erreichte, suchte sie überall, durch Wind und Wetter und Schneetreiben nach Basil, konnte ihn jedoch nirgends finden. Wie es sich herausstellte, war er nach Exeter gefahren, um sich die dortige Kathedrale anzusehen, an der gerade Bauarbeiten vorgenommen wurden, hatte den letzten Zug versäumt und die Nacht dort verbracht.

Gegen ein Uhr nachts, nachdem sie beinahe als Verrückte eingesperrt worden war, fuhr sie zu ihrem Haus zurück, fand jedoch auch dort keinen Basil. Und selbst da ging sie noch nicht zu Bett, sondern tobte in ihrer durchnäßten Kleidung durch das Haus, bis sie völlig erschöpft umsank. Als ihr Mann am folgenden Morgen zurückkehrte, voller Neuigkeiten über die Kathedrale, war sie schwer krank und starb, während sie ihm bittere Vorhaltungen über sein vermeintlich verdächtiges Verhalten machte.

Dies war das Ende dieser wirklich abscheulichen britischen Matrone.

In späteren Jahren kanonisierte Bastin sie, durch einen eigenartigen Geistesprozeß, in seiner Vorstellung zu einer Art Heiligen.

»So liebevoll«, pflegte er zu sagen, »eine so hingebungsvolle Frau! Ja, mein lieber Humphrey, selbst in ihrem Todeskampf galten ihre letzten Gedanken nur mir.« Worte, die Bickley dazu veranlaßten, noch lauter als sonst durch die Nase zu schnauben, bis ich ihm unter dem Tisch einen Tritt versetzte.

4

Tod und Aufbruch

Jetzt muß ich von meinem eigenen furchtbaren Leid sprechen, das mein Leben in Bitterkeit verwandelte, und alle meine Hoffnungen zu Asche werden ließ.

Niemals sind ein Mann und eine Frau glücklicher miteinander gewesen als Natalie und ich. Geistig, körperlich und seelisch waren wir wie füreinander geschaffen, und wir liebten einander innigst. Wahrlich, wir waren wie eines. Und doch war da etwas um sie, das mich mit einer vagen Furcht erfüllte, besonders, nachdem sie feststellte, daß sie Mutter wurde. Wenn ich mit ihr von dem Kind sprechen wollte, seufzte sie nur, und schüttelte den Kopf, und ihre Augen füllten sich mit Tränen, und sie sagte, daß wir nicht auf das Andauern eines Glückes wie des unseren zählen dürften, da es zu groß sei.

Ich versuchte mit einem Lachen über ihre Zweifel hinwegzugehen, doch wenn immer ich das tat, war es mir, als ob ich Bastins Stimme hörte, die so nüchtern und unbeteiligt sagte, daß sie bald sterben könnte, als ob er über die Qualität des Clarets* spräche. Schließlich bekam ich es wirklich mit der Angst zu tun und fragte sie, was sie meine.

»Das weiß ich auch nicht, Liebster«, antwortete sie, »besonders, da ich mich ausgezeichnet fühle. Aber ... aber ...«

»Aber was?« rief ich.

»Aber ich glaube, daß unser Zusammensein für eine kleine Weile unterbrochen werden wird.«

»Für eine kleine Weile!« rief ich.

»Ja, Humphrey. Ich glaube, daß ich dir genommen werden werde – du weißt, was ich damit meine.« Und sie deutete mit einer Kopfbewegung auf den Kirchhof.

»Oh, mein Gott!« stöhnte ich.

»Ich möchte dir dieses sagen«, setzte sie rasch hinzu. »Falls so etwas geschehen sollte, wie es jeden Tag geschieht, möchte ich dich, mein geliebter Humphrey, bitten, nicht zu verzweifelt zu sein, da ich sicher bin, daß du mich wiederfinden wirst. Nein, ich kann dir nicht sagen, wie, oder wo, oder wann, da ich das nicht weiß. Ich habe um Erleuchtung gebetet, doch ist sie mir nicht gewährt worden. Alles, was ich weiß, ist, daß ich damit nicht ein Wiedersehen in Mr. Bastins konventionellem Himmel meine, von dem er so spricht, als ob man, um ihn zu erreichen, nur eine Minute durch die Dunkelheit in ein wunderbares, neues Haus gleich nebenan stolperte, wo ausgezeichnete Diener alles für

---

* Roter Bordeaux – *Anm. d. Übers.*

deine Ankunft vorbereitet haben und alle Lampen angezündet sind. Es ist etwas völlig anderes als das – und sehr viel wirklicher.«

Dann beugte sie sich vor, um den Kopf eines kleinen Cokker-Spaniels zu streicheln, der Tommy hieß und ihr als Welpe geschenkt worden war, ein sehr kluges und anhängliches Tier, das wir beide liebten, und das Natalie liebte, wie nur ein Hund lieben kann. Doch ich wußte, daß sie sich nur vorbeugte, um ihre Tränen zu verbergen, und floh aus dem Zimmer, damit sie die meinen nicht sähe.

Als ich hinauslief, hörte ich den Hund auf eine seltsame Art winseln, als ob seiner wunderbaren animalischen Intelligenz irgendein sympathetisches Wissen teilhaftig geworden wäre.

An diesem Abend sprach ich mit Bickley über diese Angelegenheit und berichtete ihm genau, was geschehen war. Wie ich erwartet hatte, lächelte er auf seine ernste, etwas sarkastische Art und nahm sie nicht weiter ernst.

»Mein lieber Humphrey«, sagte er, »mach dir keine Sorgen um solche Phantastereien. Sie sind bei Frauen, die sich im Zustand Natalies befinden, gang und gäbe. Manchmal nehmen sie diese Form an, manchmal eine andere. Wenn sie erst ihr Baby hat, wirst du nichts mehr davon hören.«

Ich versuchte, mich damit zu trösten, doch gelang es mir nicht.

Die Tage und Wochen waren wie ein endloser Alptraum, und dann war es so weit. Bickley war bei der Entbindung nicht zugegen: es sei nicht seine Fachrichtung, sagte er, und er zöge es vor, daß für die Frau eines Freundes ein anderer Arzt gerufen werden sollte. So wurde sie in die Hände eines sehr guten örtlichen Arztes gelegt, der größere Erfahrung in solchen häuslichen Angelegenheiten hatte.

Wie soll ich davon berichten? Es ging alles schief; was die Einzelheiten angeht, so wollen wir sie ruhen lassen. Schließlich operierte der herbeigeeilte Bickley sie, und wenn überragendes Können sie gerettet haben könnte, wäre sie gerettet worden. Doch der andere Arzt hatte die Gefahr unterschätzt, und es war zu spät; nichts konnte Mutter und Kind retten, ein kleines Mädchen, das kurz nach seiner Geburt starb, doch nicht, bevor es getauft worden war, ebenfalls auf den Namen Natalie.

Ich wurde hereingerufen, um von meiner Frau Abschied zu nehmen, und fand sie strahlend, sogar triumphierend in ihrer Schwäche.

»Ich weiß es jetzt«, sagte sie mit kaum hörbarem Flüstern. »Ich verstand es, als die Wirkung des Chloroforms verging, doch ich kann es dir nicht sagen. Es ist alles gut, mein Geliebter. Geh dorthin, wohin du gerufen zu werden scheinst, weit, weit fort. Oh – wie wundervoll der Ort ist, an dem du mich wiederfinden wirst, ohne zu wissen, daß du mich gefunden hast. Lebe wohl für eine kleine Weile, nur für eine kleine Weile, mein Geliebter, mein Geliebter.«

Dann starb sie. Und auch ich schien zu sterben, konnte es jedoch nicht. Ich begrub sie und das Kind hier in Fulcombe, das heißt, ich begrub ihre Asche, da ich mich nicht dazu überwinden konnte, ihren geliebten Körper der Verwesung zu überlassen.

Später, als alles vorbei war, sprach ich mit Bickley und Bastin über Natalies letzte Worte, denn irgendwie schien ich begierig, ihre unterschiedlichen Meinungen darüber zu hören.

Bastin war bei ihrem Tod in seiner Eigenschaft als Geistlicher zugegen gewesen, sollte ich vielleicht erklären, doch glaube ich nicht, daß er auch nur im mindesten etwas von dem Drama begriffen hat, das sich vor seinen Augen abspielte. Seine Gebete und die Taufe hatten ihn völlig in Anspruch genommen, und er war noch nie ein Mann gewesen, der an mehr als ein Thema gleichzeitig denken konnte.

Als ich ihm genau schilderte, was geschehen war und die Worte wiederholte, die Natalie gesprochen hatte, zeigte er sich auf seine eigene, nebulöse Art sehr interessiert und sagte, daß es wunderbar sei, ein solches Musterbeispiel einer guten Christin kennengelernt zu haben, wie meine Frau es gewesen sei, die tatsächlich etwas vom Himmel erblickt habe, bevor sie dorthin gegangen sei. Sein eigener Glaube sei, Gott sei Dank, sehr gefestigt, doch wirke ein unzweifelhaftes Erlebnis dieser Art dennoch wie eine Erfrischung, »wie ein warmer Regen auf eine ausgetrocknete Wiese, weißt du«, setzte er hinzu und lächelte zufrieden.

Ich bemerkte, daß sie nicht in dem Sinne gesprochen habe, den er andeute, sondern anscheinend etwas gemeint habe, das weitaus näher läge und mehr oder weniger unmittelbar bevorstünde.

»Ich weiß nicht, was näher liegen könnte als das Jenseits«, antwortete er. »Ich vermute, sie hat damit gemeint, daß du wahrscheinlich bald sterben und ihr ins Paradies folgen wirst, falls du dessen wert sein solltest. Aber natürlich ist es nicht klug, den letzten Worten von Menschen eine allzu große Bedeutung beizumessen, weil sie oft nicht wissen, was sie sagen. Manchmal glaube ich sogar, daß dies bei meiner eigenen Frau der Fall war, die wirklich einen Haufen wirres Zeug zu sprechen schien. Auf Wiedersehen. Ich habe der Witwe Jenkins versprochen, sie heute nachmittag aufzusuchen und mit ihr über ihre Krampfadernoperation zu sprechen, und darf meine Zeit nicht mit angenehmer Konversation vergeuden. Ihr sind ihre Krampfadern genauso wichtig wie uns der Verlust unserer Frauen.«

Ich frage mich, was Bastins Vorstellung von einer *unangenehmen* Konversation sein mag, dachte ich, als ich ihn fortgehen sah, bereits in Gedanken über ein anderes Thema versunken, wahrscheinlich die Häresie eines jener ›frühen Kirchenväter‹, welche die meisten seiner Gedanken in Anspruch nahmen.

Bickley hörte sich meine Erzählung in mitfühlendem Schweigen an, so wie ein Arzt einem Patienten zuhören mag. Als er schließlich gezwungen war, zu antworten, erklärte er, daß dies ein interessantes Beispiel für die Tendenz gewisser Intellekte zu romantischen Visionen sei, die sich manchmal selbst im Todeskampf durchsetzte.

»Du weißt«, setzte er hinzu, »daß ich an keines dieser

Dinge glaube. Ich wünschte oft, ich könnte es, doch sowohl die Logik, als auch die Wissenschaft zeigen mir, daß sie jeder Grundlage entbehren. Die Welt als ganzes ist ein trauriger Ort, an den wir durch die Leidenschaften anderer geschickt werden, welche ihnen von der Natur eingepflanzt worden sind, die, obwohl ihr der individuelle Tod gleichgültig ist, zärtlich für die Impulse der Rassen jeder Art sorgt, um ihr kollektives Leben zu erhalten. Genau genommen *ist* dieser Impuls die Natur, oder zumindest ihre hauptsächliche Manifestation. Folglich müssen wir, ob wir nun Mücken oder Elefanten sind, oder irgend etwas, das dazwischen oder jenseits davon liegen mag, selbst Sterne, nach allem, was ich weiß, das Beste aus den Dingen machen, so wie sie sind, das Gute und das Schlechte nehmen, wie sie sich ergeben, und alles aus dem Leben zu nehmen, was wir uns nehmen können, bevor es uns verläßt, und über das Nachher brauchen wir uns keine Gedanken zu machen. Du hattest für eine Weile eine gute Zeit und warst glücklich darin; jetzt hast du eine schlechte Zeit und bist unglücklich. Vielleicht wirst du in der Zukunft, wenn du dich seelisch gefangen hast, am Nachmittag deiner Tage wieder eine glückliche Zeit erleben, bevor das Dämmerlicht und das Dunkel einsetzen. Das ist alles, worauf man hoffen kann, und wir sollten diesen Dingen ruhig ins Gesicht sehen. Doch muß ich zugeben, mein lieber Freund, deine Erfahrung hat mich endgültig davon überzeugt, daß eine Heirat unter allen Umständen vermieden werden sollte. Ehrlich gesagt habe ich mich schon lange gefragt, wie irgend jemand die Verantwortung auf sich nehmen kann, ein Kind in die Welt zu setzen. Doch tut das wahrscheinlich niemand vorsätzlich, abgesehen von irregeleiteten Idioten wie Bastin«, setzte er hinzu. »Er hätte zwanzig Kinder gezeugt, wenn sein Glück das nicht verhindert haben würde.«

»Du glaubst also an gar nichts, mein Freund«, sagte ich.

»An gar nichts, so leid es mir tut, außer dem, was ich sehen und mit meinen fünf Sinnen wahrnehmen kann.«

»Du leugnest also jede Möglichkeit eines Wunders ab?«

»Das hängt davon ab, was du als Wunder bezeichnest. Die Wissenschaft kennt vieles, was unsere Großväter ein Wunder genannt hätten, doch sind dies nichts anderes als Naturgesetze, die wir erst jetzt zu verstehen beginnen. Gib mir ein Beispiel!«

»Was wäre«, sagte ich auf gut Glück, »wenn man dir versichern würde, daß ein Mensch tausend Jahre leben könnte?«

»Ich würde ihm antworten, daß er entweder ein Narr oder ein Lügner sei, das ist alles. Weil es absolut unmöglich ist.«

»Oder daß dieselbe Identität, Geist, belebendes Prinzip – nenn es, wie du willst – von einem Körper zum anderen übergehen kann, in – sagen wir: aufeinanderfolgenden Zeitaltern. Oder daß die Toten in Kommunikation mit dem Lebenden treten können?«

»Überzeuge mich von einem dieser Dinge, Arbuthnot – und glaube mir, daß ich überzeugt werden *will* –, und ich werde jedes Wort zurücknehmen, das ich gesagt habe und mit einem weißen Laken bekleidet durch Fulcombe marschieren und mich öffentlich zum Narren erklären. Doch jetzt muß ich ins Hospital und der Witwe Jenkins ihre Krampfadern herausschneiden. Die sind auf jeden Fall greifbar und real; so ziemlich die größten, die ich jemals sah, um ehrlich zu sein. Gib deine Träumerei auf, alter Junge, und wende dich etwas Nutzbringendem zu. Du könntest doch wieder Romane schreiben; du scheinst dafür eine Begabung zu besitzen, und du brauchst die Geschichten doch nicht zu veröffentlichen, außer zur Erbauung deiner Freunde.«

Mit diesem Parthischen Pfeil nahm Bickley seinen Abschied und machte sich auf den Weg, um die Beine der Witwe Jenkins aufzuschneiden.

Ich nahm seinen Rat an. Während der folgenden Monate schrieb ich etwas, das meine Gedanken mehr oder weniger beschäftigte. Das Manuskript liegt bis heute in meinem Safe, da ich mich aus irgendeinem Grunde nicht dazu überwinden konnte, etwas zu verbrennen, das mich so viel körperliche und geistige Arbeit gekostet hat.

Als ich damit fertig war, kehrte meine Melancholie mit doppelter Heftigkeit zurück. Alles in diesem Haus bekam eine Zunge und schrie von vergangenen Tagen. Seine Wände warfen eine Stimme zurück, die ich nie wieder hören sollte; in den Spiegeln sah ich die Reflexion einer verlorenen Präsenz. Obwohl ich jetzt in einem kleinen Zimmer am anderen Ende des Gebäudes schlief, schienen sich nächtens Schritte meinem Bett zu nähern, und ich hörte das Rascheln eines wohlvertrauten Kleides vor der Tür. Das Haus wurde mir verhaßt, und ich wußte, daß ich ihm entfliehen mußte, weil ich sonst verrückt werden würde.

Eines Nachmittags erschien Bastin, mit einem Buch in der Hand und in einem Zustand höchster Erregung. Dieses Elaborat, erklärte er, sei von irgendeinem Lästermaul von Reisendem geschrieben worden und ziehe den Charakter der Missionare auf den Südseeinseln in den Schmutz, besonders jener der Missionsgesellschaft, die ihm nahestünde, und er warf es in gerechtfertigter Empörung auf den Tisch. Bickley nahm es auf und öffnete es auf einer Seite, die die Photographie eines sehr hübschen Südseemädchens zeigte, das mit ein paar Blumen und sonst nichts bekleidet war. Er hielt es Bastin entgegen und fragte: »Ist es dieses Naturkind, das deinen Anstoß erregt? Ich finde sie ausgesprochen reizvoll, obwohl sie vielleicht ihre Hibiskusblüten etwas anders trägt als unsere Frauen – ein wenig tiefer.«

»Der Teufel ist immer reizvoll«, antwortete Bastin düster. »Naturkind, wahrlich! Ich nenne sie ein Kind der Sünde. Diese Photographie allein reichte aus, daß sich meine arme Sarah im Grabe umdrehen würde.«

»Warum?« fragte Bickley. »Es liegt doch eine weite See zwischen dir und jener dunkelhäutigen Venus. Außerdem glaubte ich, daß nach der hebräischen Legende die Sünde mit der Bastkleidung eingeführt worden sei.«

»Du solltest die Heilige Schrift gründlicher studieren, Bickley«, unterbrach ich ihn, »und dich um Genauigkeit bemühen. Es war ein Feigenblatt, das die Ankunft der

Sünde symbolisierte. Die Kleidung, die aus Tierfellen bestand, so weit ich mich erinnere, kam später.«

»Vielleicht«, fuhr Bickley fort, der eine Seite umgeblättert hatte. »Sie« – er meinte damit die verstorbene Mrs. Bastin – »würde sie bestimmt so lieber gesehen haben.« Er hielt uns ein anderes Photo des gleichen Mädchens entgegen.

Es zeigte die Eingeborenenschönheit nach ihrer Bekehrung, in ein zerbrochenes Korsett gezwängt – ich nehme an, daß es ein Korsett war –, aus dem sie in alle Richtungen zu quellen und zu fließen schien, und in ein verschmutztes, weißes Kleid, das ihr mehrere Nummern zu klein war; mit einer Art Heilsarmee-Schute ohne Oberteil auf dem Kopf und mit einem Gebetbuch in der Hand, das sie an ihren Leib gedrückt hielt: Der Gesamteindruck war entsetzlich, und auf eine seltsame Weise unanständig.

»Selbstverständlich«, sagte Bastin, »obwohl ich zugeben muß, daß die Sachen ihr nicht ganz zu passen scheinen und sie sie nicht ordentlich zugeknöpft hat, wie es sich gehört. Doch beklage ich mich nicht so sehr über die Bilder, wie über den Text, mit seinen falschen und skandalösen Anschuldigungen.«

»Warum beklagst du dich?« fragte Bickley. »Wahrscheinlich ist er sehr zutreffend, obwohl wir uns dessen natürlich nicht sicher sein können, ohne das Heim dieser Dame besucht zu haben.«

»Wenn ich es mir leisten könnte«, rief Bastin mit aufquellender Wut, »würde ich sofort dorthin gehen und diesen gewissenlosen Beschmutzer meines Talars bloßstellen.«

»Das würde ich auch tun«, antwortete Bickley, »um diese Verbreiter von Schwindsucht, Masern und anderen europäischen Krankheiten, ganz zu schweigen von Gin, unter einem unschuldigen und arkadischen Volk bloßzustellen.«

»Wie kannst du diese Leute unschuldig nennen, Bickley, wenn sie Missionare töten und essen?«

»Ich würde sagen, daß wir alle einen Missionar essen würden, Bastin, wenn wir wirklich Hunger hätten«, war die

Antwort, nach der etwas geschah, das zu einem Themenwechsel führte.

Ich hatte mir das Buch genommen und las es als neutraler Beobachter, und ich kam zu dem Schluß, daß diese Südseeinseln, ein Land, in dem es immer Sommer war, ein herrlicher Ort sein mußten, wo vielleicht die Sterne der Tropen und der Duft der Blumen es einem ermöglichen mochten, ein wenig Vergessen zu finden, oder zumindest die Erinnerung ein wenig zu entschärfen. Warum sollte ich sie nicht aufsuchen und einem langen und trostlosen englischen Winter entgehen? Nein, ich konnte es nicht allein tun. Wenn Bastin und Bickley bei mir sein würden, mochten ihre ewigen Streitereien mich ein wenig aufheitern. Und warum sollten sie nicht mitkommen? Wenn man Geld hat, läßt sich alles möglich machen.

Die Idee, die ihre Wurzeln in dieser absurden Konversation hatte, ergriff auf eine seltsame Art von mir Besitz. Ich dachte den ganzen Abend über sie nach, als ich allein dasaß, und in dieser Nacht tauchte sie in meinen Träumen wieder auf. Ich träumte, daß meine verlorene Natalie zu mir trat und mir ein Bild zeigte. Es war ein Bild von einem langgestreckten, flachen Land, einem weit geschwungenen Strand, dessen Enden sich außerhalb des Bildes befanden, an dem hohe Palmen standen, und auf dessen gleißendem Sand sich die Wellen brachen.

Dann schien das Bild zur Realität zu werden, und ich sah Natalie selbst, seltsam veränderlich in ihrer Erscheinung, seltsam variierend an Gestalt und Gesicht, seltsam hell, die an der Einmündung eines Passes stand, dessen niedrige Felseinfassung mit Büschen und niedrigen Bäumen bewachsen waren, deren Grün fast völlig von herrlichen Blüten verdeckt wurde. Dort stand sie, in meinem Traum, lächelte geheimnisvoll und streckte mir ihre Arme entgegen.

Als ich erwachte, glaubte ich ihre Stimme zu hören, die ihre letzten Worte sprach: »Geh dorthin, wohin du gerufen zu werden scheinst, weit, weit fort. Oh, wie wundervoll der

Ort ist, an dem du mich wiederfinden wirst, ohne zu wissen, daß du mich gefunden hast.«

Mit einigen Variationen suchte mich dieser Traum zweimal in jener Nacht heim. Am Morgen erwachte ich mit dem festen Entschluß, zu den Inseln der Südsee zu fahren, selbst, wenn ich es allein tun müßte. An diesem Abend waren Bickley und Bastin zum Dinner bei mir. Ich sagte ihnen nichts von meinem Traum, denn Bastin träumte nie, und Bickley würde ihn auf Verdauungsbeschwerden zurückgeführt haben. Doch als der Tisch abgedeckt worden war und wir unseren Portwein tranken – sowohl Bastin, als auch Bickley tranken nur ein Glas, ersterer, weil er Portwein für eine sündige fleischliche Völlerei hielt, letzterer, weil er befürchtete, davon die Gicht zu bekommen –, bemerkte ich beiläufig, daß sie beide recht abgearbeitet wirkten und daß sie einmal gründlich ausspannen sollten. Beide erklärten, daß ich damit recht hätte, zumindest behauptete jeder, diese Symptome beim anderen bemerkt zu haben. Bastin gab jedoch offen zu, daß die Feuchtigkeit und Kälte in der Kirche, in welcher er seine täglichen Andachten abhielt, wobei seine Gemeinde allein aus der alten Frau bestand, welche sie reinigte, ihm einen solchen Rheumatismus eingebracht hätten, daß er kaum noch schlafen könne.

»Nenn die Dinge doch bei ihrem richtigen Namen«, unterbrach Bickley. »Ich habe dir doch gestern gesagt, daß du an einer Nervenentzündung deines rechten Arms leidest, die chronisch werden wird, wenn du sie weiter vernachlässigst. Ich habe dasselbe Leiden, also muß ich es wissen, und wenn ich nicht für eine Weile mit dem Operieren aussetze, könnten meine Finger steif werden. Außerdem habe ich Sehschwierigkeiten, Überbeanspruchung wahrscheinlich, so daß ich immer stärkere und stärkere Gläser brauche. Ich denke, daß ich die Praxis für eine Weile meinem Partner Ogden überlassen muß, und mich für eine Weile in eine Gegend zurückziehen werde, wo die Sonne scheint. Hier scheint sie nicht vor Juni.«

»Das würde ich auch tun, wenn ich mir einen *locum te-*

*nens** leisten könnte und ganz sicher wäre, daß es nicht falsch ist«, murmelte Bastin.

»Ich bin froh, daß ihr beide so denkt«, sagte ich, »da ich euch einen Vorschlag machen will. Ich möchte in die Südsee reisen, über die wir gestern abend gesprochen haben, um die gründliche Veränderung vorzunehmen, zu der Bickley mir geraten hat, und ich wäre euch beiden sehr dankbar, wenn ihr mich als meine Gäste begleiten würdet. Du, Bickley, verdienst so viel Geld damit, andere Leute aufzuschneiden, daß du deine Angelegenheiten während deiner Abwesenheit selbst ordnen kannst. Und was dich betrifft, Bastin, so werde ich mich um das nötige Kleingeld für deinen *locum tenens* und alles andere kümmern.«

»Das ist sehr freundlich von dir«, sagte Bastin, »und es wäre mir wirklich sehr daran gelegen, diesen irregeführten Autor bloßzustellen, der sein anstößiges Buch wahrscheinlich abgefaßt hat, ohne zu bedenken, daß es sich nachteilig auf die Zuschüsse für die Missionsgesellschaften auswirken könnte, und außerdem, um Bickley zu beweisen, daß er nicht immer recht hat, was er offensichtlich zu glauben scheint. Doch würde ich nicht einmal im Traum daran denken, dein Angebot anzunehmen, ohne vorher die Erlaubnis meines Bischofs einzuholen.«

»Vielleicht solltest du auch die Erlaubnis deiner Kinderschwester einholen, falls sie noch am Leben sein sollte«, sagte Bickley sarkastisch. »Was seine Lordschaft betrifft, so wird er sicher keinerlei Einwände erheben, wenn er das Attest sieht, das ich über deinen Gesundheitszustand ausstellen werde. Er hat unbedingtes Vertrauen zu mir, seit ich ihm das Karbunkel aus seinem Nacken geschnitten habe, das er bekommen hat, weil er nicht genug ißt. Was mich betrifft, so komme ich mit, und sei es nur, um dir zu zeigen, wie gründlich und wie hartnäckig du dich irrst. Aber, Arbuthnot, wie gedenkst du in die Südsee zu reisen?«

»Das weiß ich nicht. Mit einem Postdampfer, denke ich.«

---

* Stellvertreter

»Eine Yacht wäre erheblich besser.«

»Das ist eine ausgezeichnete Idee, denn damit könnte man von den ausgetretenen Pfaden abweichen und die Orte sehen, die niemals, oder nur selten, aufgesucht werden. Ich werde sofort Erkundigungen einholen. Und jetzt, zur Feier dieses Entschlusses, wollen wir uns ein zweites Glas Portwein genehmigen und darauf anstoßen.«

Sie zögerten und waren sich nicht sicher. Bastin murmelte schließlich, daß er zur Sühne für diese Völlerei am kommenden Tag auf sein gewohntes Stout verzichten würde. Dann fragten beide, worauf wir trinken sollten, wobei jeder von ihnen etwas vorschlug, das den anderen in völlige Verwirrung stürzen sollte.

Ich schüttelte den Kopf, worauf Bastin, nach weiterem Nachdenken, vorschlug, daß das Unbekannte etwas sehr Passendes wäre. Bickley meinte, daß dies eine verrückte Idee sei, da fast alles, das zu kennen wert sei, bereits bekannt wäre, und wozu sollte es gut sein, auf den kümmerlichen Rest zu trinken? Ein Toast auf die Wahrheit sei viel angebrachter.

Mir kam ein Gedanke.

»Laßt uns doch beides verbinden und auf die Unbekannte Wahrheit trinken«, schlug ich vor.

Und das taten wir auch, obwohl Bastin murmelte, daß er sich dabei wie Pilatus vorkäme.

»Jeder von uns ist auf seine Art ein Pilatus«, bemerkte ich mit einem Seufzen.

»Genau das ist es, was ich jedesmal denke, wenn ich eine Diagnose stelle«, rief Bickley.

Ich lachte und fühlte mich aus irgendeinem Grund so glücklich, wie ich mich seit Monaten nicht mehr gefühlt hatte. Oh, wenn dieser Schreiber jener Touristengeschichte über die Südseeinseln nur wüßte, welche Früchte seine leichtfertig verstreute Saat uns und der Welt tragen mochte!

Ich setzte mich mit einer Londoner Agentur in Verbindung, die Yachten vermietete oder sie an die untätigen Reichen verkaufte. Wie ich es vermutet hatte, war das Angebot groß, wenn man den Preis dafür aufbringen konnte, doch die Summe, die man von dem Käufer eines geeigneten Schiffes verlangte, versetzte selbst mir, der ich nicht gerade arm war, einen gelinden Schock. Schließlich charterte ich eine Yacht für mindestens sechs Monate, mit der Option für eine Verlängerung, so lange ich es wollte. Die Eigner bezahlten die Versicherung und alles andere, unter der Bedingung, daß sie den Kapitän bestimmten und den Ersten Offizier sowie den Maschinisten, denn diese Yacht, die *Star of the South* hieß, war nicht nur ein Segelschiff, sondern besaß auch eine Dampfmaschine, die sie mit zehn Knoten Geschwindigkeit vorwärts trieb.

Ich verstehe nichts von Yachten und will deshalb nicht versuchen, sie zu beschreiben; ich kann nur sagen, daß sie eine Verdrängung von fünfhundertfünfzig Tonnen besaß, gut konstruiert war und schnittig wirkte, was auch zu erwarten war, da ein inzwischen verstorbener Millionär, von dessen Testamentsvollstreckern ich sie mietete, ein Vermögen dafür ausgegeben hatte, sie auf die luxuriöseste Art zu bauen und auszustatten. Ihre Mannschaft bestand aus zweiunddreißig Mann. Eine Besonderheit des Schiffes war, daß die Kabinen, die mit allem Luxus ausgestattet waren, vor den Brückenaufbauten lagen, in der Nähe der Lagerräume des Schiffes, der Kühlkammer, und so weiter, also fast im Bug. Es war aufgrund dieser Anordnung, die sehr ungewöhnlich ist, daß es den Testamentsvollstreckern unmöglich war, das Schiff zu verkaufen, und sie deshalb froh waren, ein Angebot, wie das meine, zu erhalten, um Unkosten einzusparen. Vielleicht hatten sie sogar gehofft, daß es auf dieser Reise untergehen würde, da sie es sehr gut versichert hatten. Wenn dem so gewesen sein sollte, hatte das Schicksal sie nicht enttäuscht.

Der Kapitän, der Astley hieß, war ein umgänglicher Mann, der alle nur denkbaren Patente besaß. Er schien so außergewöhnlich fähig in seinem Beruf, daß ich persönlich den Eindruck hatte, es mußte einen dunklen Punkt in seiner

Karriere geben, der wahrscheinlich nicht ohne Beziehung zu seiner Verehrung des Gottes Bacchus stand. Und ich glaube, daß ich damit recht hatte, denn sonst würde ein Mann von solchen Fähigkeiten sicher etwas Größeres kommandiert haben als eine Privatyacht. Der Erste Offizier, Jacobsen, war ein melancholischer Däne, ein Spiritualist, der die Konzertina spielte und ohne Schlaf auskommen zu können schien. Die Besatzung war ziemlich gemischt, die meisten von ihnen gute Männer, mehr als zur Hälfte Skandinavier. Ich denke, das ist alles, was ich über die *Star of the South* sagen muß.

Die Abmachung sah vor, daß die *Star of the South* durch die Meerenge von Gibraltar nach Marseille fahren sollte, wo wir an Bord gehen würden, und dann durch den Suezkanal nach Australien, und weiter in die Südsee, um später die Rückreise anzutreten, wenn unsere Laune oder die Notwendigkeit das veranlassen würden.

Der erste Teil dieses Planes wurde auch buchstabengetreu erfüllt. Vom Rest will ich zu diesem Zeitpunkt noch nicht sprechen.

Die *Star of the South* war in jeder Hinsicht gut bevorratet. In ihren Lagerräumen befanden sich auch Medikamente und chirurgische Instrumente, die von Bickley ausgewählt worden waren, sowie eine Kiste mit Bibeln und anderen religiösen Werken, von Bastin zusammengestellt, dessen Bischof, als er den frommen Zweck seiner Reise begriff, ihn nicht nur nicht daran gehindert, sondern ihn eher noch ermutigt und ihm Krankenurlaub gewährt hatte, sowie eine große Anzahl von Romanen, Nachschlagewerken, und so weiter, die ich selbst mitgebracht hatte. Die *Star of the South* verließ zum festgesetzten Zeitpunkt die Themse und erreichte nach einer ruhigen und sicheren Reise Marseille, wo wir drei an Bord gingen.

Ich vergaß, daß wir noch einen Passagier bei uns hatten, den kleinen Spaniel Tommy. An sich hatte ich ihn zurücklassen wollen, doch während ich packte, folgte er mir mit einem solchen Verstehen um den Zweck meiner Reise überall nach, daß mein Herz gerührt war. Als ich in das Automobil stieg, um zum Bahnhof zu fahren, riß er sich winselnd von den Dienern los und nahm Zuflucht auf meinen Knien. Danach hatte ich das Gefühl, daß das Schicksal ihn zu unserem Begleiter bestimmt hatte. Außerdem: War er nicht ein Teil meiner toten Vergangenheit, und – wenn ich es nur gewußt hätte! – auch meiner lebenden Zukunft?

5

Der Zyklon

Wir genossen unsere Reise ausgiebig. In Ägypten, einem Lande, das ich nur zu gern wieder besuchte, hielten wir uns leider nur eine Woche auf, während die *Star of the South* Kohle bunkerte und den Kanal passierte, bis wir in Suez wieder an Bord gingen. Dies gab uns jedoch Gelegenheit, ein paar Tage in Kairo zu verbringen, die Pyramiden von Sakkara zu besuchen, die Bastin und Bickley noch nie gesehen hatten, und einen Tag im Ägyptischen Museum zu verbringen. Die Fahrt den Nil hinauf wurde für unsere Rückreise aufgehoben. Es war eine willkommene Unterbrechung und gab Bickley, einem besessenen Leser, der mit der ägyptischen Geschichte und Theologie wohl vertraut war, eine Gelegenheit, Bastin zu beweisen, daß das Christentum lediglich eine Weiterentwicklung des ägyptischen Glaubens darstellte. Die sich daraus entwickelnden Dispute kann man sich leicht vorstellen. Keinem der beiden schien der Gedanke zu kommen, daß alle Glauben progressiv sein könnten und es wahrscheinlich auch sind; kurz gesagt: verschiedene Lichtstrahlen, die von verschiedenen Facetten desselben Kristalls zurückgeworfen werden, der wiederum von der Sonne der Wahrheit beschienen wird.

Unsere Passage durch das Rote Meer war kühl und angenehm. Von dort aus nahmen wir Kurs auf Ceylon. Hier blieben wir wieder einige Tage, um Kandy zu besuchen und die Ruinen von Anuradhapura, mit ihren großen buddhistischen Stupen, die selbstverständlich wieder zu einem hitzigen Disput zwischen meinen beiden Freunden führten. Nachdem wir Ceylon verlassen hatten, durchquerten wir den Indischen Ozean nach Perth in West-Australien.

Es war eine lange Reise, da wir, um unsere Kohle zu sparen, zumeist unter Segel fuhren. Doch war sie nicht langweilig, da Kapitän Astley ein guter Gesellschafter war und wir selbst durch den melancholischen Dänen, Jacobsen, einige Unterhaltung hatten. Er bestand darauf, in der Kabine Séancen abzuhalten, bei denen die üblichen Phänomene auftraten. Der Tisch verschob sich, man hörte Stimmen, und Jacobsens Konzertina jammerte Trauerweisen über unsere Köpfe hinweg. Diese Ereignisse trieben Bickley zu einer Art Wahnsinn, da es Phänomene waren, für die er keinerlei Erklärung fand. Er war überzeugt, daß irgend jemand ihn mit einem Trick hereinzulegen versuchte und ersann die raffiniertesten Fallen, um den Täter zu entdecken, doch ohne jeden Erfolg.

Zuerst beschuldigte er Jacobsen, der sehr pikiert reagierte, und dann mich, der ich nur lachte. Schließlich verließen Jacobsen und ich den ›Cercle‹ und die Kabine, die hinter uns abgeschlossen wurde, so daß nur Bastin und Bickley in dem dunklen Raum zurückblieben. Kurz darauf hörten wir die Geräusche eines Streits, und Bickley stürzte heraus, das Gesicht fast dunkelrot vor Wut, gefolgt von Bastin, der laut protestierte: »Wie soll ich etwas dafür können, daß jemand dir in die Nase gezwickt und die Brille heruntergerissen hat, die dir ohnehin nichts nützt, wenn es stockfinster ist? Und wie hätte ich, der ich am anderen Ende des Tisches saß, dir die Konzertina auf den Kopf bringen und sie die Nationalhymne spielen lassen sollen, eine Sache, von der ich nicht die geringste Ahnung habe?«

»Bitte versuche nicht, irgendwelche Erklärungen abzugeben!« sagte Bickley scharf. »Ich bin mir völlig darüber im klaren, daß du mich irgendwie betrogen hast, was du zweifelsohne für einen guten Scherz hältst.«

»Mein lieber Freund«, unterbrach ich, »hältst du es für denkbar, daß unser alter Basil irgend jemanden betrügen könnte?«

»Warum nicht?« erwiderte Bickley, »wenn man bedenkt, daß er sich selbst von einem Jahr zum anderen betrügt?«

»Ich glaube«, sagte Bastin, »daß dies eine unheilige Angelegenheit ist, und daß wir beide vom Teufel betrogen worden sind. Ich jedenfalls will nichts mehr mit dieser Sache zu tun haben.« Damit verließ er uns und ging in seine Kabine, wo er wahrscheinlich die für eine solche Gelegenheit angemessenen Gebete murmelte.

Nach diesem Zwischenfall wurden die Séancen aufgegeben, doch Jacobsen holte nun ein Gerät hervor, das er eine *planchette** nannte, und es gelang ihm mit einigen Schwierigkeiten, Bickley dazu zu überreden, sie zu benutzen, was dieser unter vielen Vorsichtsmaßnahmen schließlich auch tat. Die *planchette*, ein herzförmig geschnittenes Stück Holz, das auf Räder montiert war, und aus dessen schmalem Ende ein Bleistift ragte, rollte auf dem Papierbogen, auf den es plaziert worden war, hin und her, und Bickley, dessen Hände auf ihm ruhten, starrte zur Decke der Kabine empor. Dann begann die *planchette* etwas auf das Papier zu kritzeln und stand schließlich still.

»Möchte der Doktor hinsehen?« fragte Jacobsen. »Vielleicht haben die Geister ihm etwas mitgeteilt.«

»Oh, verflucht sei all dieses Gerede von Geistern«, rief Bickley, während er seine Brille zurechtrückte und das Papier ins Licht hielt, da es bereits spät geworden war.

Er starrte auf den Bogen und warf ihn dann, mit einem Ausruf, den ich nicht wiederholen möchte, und einem wütend-mißtrauischen Blick auf den armen Dänen und uns andere, zu Boden und lief aus der Kabine. Ich hob das Pa-

---

* Auch *Ouija* genannt – Alphabettafel für spiritistische Sitzungen – *Anm. d. Übers.*

pier auf und begann schallend zu lachen. Auf seinem oberen Teil befand sich ein grobes, doch unverkennbares Porträt Bickleys, mit der Konzertina auf dem Kopf, und darunter, in einer eleganten Frauenhandschrift, die völlig anders war, als die seine, standen diese Worte aus einem Paulusbrief: ›Halte dich fern von Gelehrsamkeit, die fälschlich als solche bezeichnet wird!‹ Darunter las man, in einer breiten Schuljungenschrift, die viel Ähnlichkeit mit der Bastins aufwies, die Worte: ›Erkläre uns, wie dieses getan wurde, du alberner Doktor, der du dir so klug vorkommst.‹

»Es scheint, daß der Teufel wirklich die Heilige Schrift zitieren kann«, war Bastins einziger Kommentar, während Jacobsen nur vor sich hinstarrte und lächelte.

Bickley sprach nie über diese Angelegenheit, doch sah ich ihn mehrere Tage lang mit Papier und Chemikalien experimentieren, offenbar mit dem Ziel, irgendeine unsichtbare Tinte zu entdecken, welche bei Auflegen der Hand sichtbar wurde. Doch da er nie etwas davon verlauten ließ, nehme ich an, daß es ihm nicht gelungen ist.

Die *planchette*-Geschichte hatte ein etwas merkwürdiges Nachspiel. Wenige Abende später, als Jacobsen wieder damit experimentierte, bat er mich, eine Frage zu stellen. Um ihm einen Gefallen zu tun, begehrte ich zu wissen, an welchem Tag wir Fremantle, den Hafen von Perth, erreichen würden. Sie schrieb eine Antwort, die sich, wie ich feststellen möchte, später als absolut zutreffend erwies.

»Das war keine gute Frage«, sagte Jacobsen, »da jeder Seemann die Antwort erraten haben könnte. Versuchen Sie es noch einmal, Mr. Arbuthnot.«

»Wird auf unserer Reise in die Südsee irgend etwas Besonderes geschehen?« fragte ich, nur um ihn zufriedenzustellen.

Die *planchette* zögerte eine Weile, schrieb dann hastig und hielt inne. Jacobsen nahm das Papier auf und begann die Antwort laut vorzulesen. »A, B, der D, und B, der K, werden höchst bedeutsame Dinge erleben, wie sie noch keinem lebenden Menschen auf Erden widerfahren sind.«

»Damit müssen ich, Bickley, der Doktor, und Bastin, der Kleriker, gemeint sein«, sagte ich lachend.

Jacobsen hörte mir nicht zu, da er die folgenden Worte des Papiers las. Ich sah, daß sein Gesicht dabei bleich wurde und die Augen ihm aus dem Kopf quollen. Mit einer heftigen Bewegung riß er das Papier in Fetzen und stopfte diese in seine Tasche. Dann hob er seine mächtige Faust, stieß einen dänischen Fluch aus und zerschlug die *planchette* mit einem Hieb zu winzigen Trümmern, lief hinaus und ließ mich verwundert und ein wenig verstört zurück. Als ich ihn am kommenden Morgen wiedersah, fragte ich ihn, was auf dem Papier gestanden habe.

»Oh!« sagte er ruhig, »etwas, das ihr über-korrekten Engländer nicht sehen solltet. Etwas Unanständiges. Sie verstehen, was ich meine. Die Geister sind nicht immer brav; sie tun so etwas von Zeit zu Zeit. Das ist der Grund dafür, daß ich die *planchette* zerschlagen habe.«

Dann begann er von etwas anderem zu sprechen, und damit war die Angelegenheit abgetan.

Ich hätte erwähnen sollen, daß Bickley und Bastin seit dem Auslaufen von Marseille jeden Tag mehrere Stunden damit zubrachten, die Sprachen der Südseeinseln zu studieren, hauptsächlich wohl, um einander widersprechen zu können. Es wurde zu einer Art Wettstreit zwischen ihnen, wer am meisten lernen konnte. Nun war Bastin, so einfältig und sogar dumm er auf verschiedene Weise sein mochte, ein guter Student und besaß, wie ich von unserer College-Zeit wußte, eine ausgesprochene Sprachbegabung, durch die er bei den Prüfungen immer gute Benotungen erzielt hatte. Auch Bickley war ein außergewöhnlich fähiger Mann und verfügte über ein ausgezeichnetes Gedächtnis, besonders, wenn er herausgefordert wurde. Das Ergebnis davon war, daß die beiden, noch bevor wir die Südseeinseln erreichten, recht gute Kenntnisse in den dortigen Sprachen besaßen.

Wie es der Zufall wollte, nahmen wir später in Perth einen Samoaner und seine Frau an Bord, die aufgrund irgendeiner

›Weißes Australien‹-Verordnung nicht im Lande bleiben durften und sich uns als Diener anboten, wenn wir sie nach Apia mitnähmen, das wir ohnehin irgendwann anlaufen wollten. Mit diesen beiden redeten Bickley und Bastin den ganzen Tag lang, bis sie ihren sanften und wohlklingenden Dialekt recht fließend beherrschten. Sie wollten, daß auch ich mich mit den Sprachen befaßte, doch erklärte ich ihnen, daß dies bei zwei so ausgezeichneten Dolmetschern und den beiden Eingeborenen, die wir für einige Zeit bei uns hatten, sicher unnötig sei. Trotzdem faßte ich nebenher eine ganze Menge davon auf, so viel wie sie, vielleicht.

Eines Tages – nach einer unendlichen Fahrt, bei der wir uns manchmal wie Reisende zum Planeten Mars vorkamen – sichteten wir die flache Küste Australiens und wurden an jenem Abend von einem Schlepper an die Pier von Fremantle bugsiert, denn unsere Kohle war aufgebraucht. Wir verbrachten einige Tage mit der Besichtigung der wunderbaren Stadt Perth und ihrer Umgebung, wo es zu jener Zeit sehr heiß war, und aßen Pfirsiche und Weintrauben, bis uns schlecht davon wurde, wie es Besuchern häufig ergeht, die nicht wissen, daß man in Australien Obst nicht im Übermaß essen soll, wenn die Sonne hoch steht. Dann segelten wir weiter nach Melbourne, bevor unsere Anwesenheit sich richtig herumgesprochen hatte, da ich unseren Aufenthalt und das Ziel unserer Reise nicht bekannt werden lassen wollte.

Wir überquerten die Große Australische Bucht, die einen sehr schlechten Ruf hat, bei strahlendem Wetter; sie war wirklich so ruhig wie ein Mühlenteich, und fuhren nach kurzem Aufenthalt in Melbourne nach Sydney weiter, wo wir wieder Kohle bunkerten und neue Vorräte an Bord nahmen.

Dann begann unsere wirkliche Reise. Nach dem Plan, den wir aufgestellt hatten, wollten wir nach Suva, auf Fiji, segeln das etwa 1700 Meilen entfernt lag, und von dort, nach einem kurzen Aufenthalt, weiter nach Hawaii oder den Sandwich-Inseln, um vielleicht eine Weile auf den Phoenix-Inseln und den Zentralen Polynesischen Sporaden wie den Weihnachts- oder Fanning-Inseln zu verbleiben. Von dort aus wollten wir wieder auf Südkurs gehen, durch das Marshall-Archipel und die Carolinen, und weiter nach Neu Guinea und in das Korallen-Meer. Vor allem aber wollten wir die Osterinseln aufsuchen, wegen ihrer wunderbaren Skulpturen, die angeblich von einer prähistorischen Kultur geschaffen worden waren. Um ehrlich zu sein, hatten wir jedoch keinerlei festgelegten Plan, außer dem, uns dorthin treiben zu lassen, wohin uns die Umstände und der Zufall bringen mochten. Und der Zufall – oder etwas anderes –, sollte ich hier einfügen, machte sich diese Gelegenheit voll zunutze.

Wir erreichten Suva ohne Schwierigkeiten und Gefahren und verbrachten einige Zeit damit, die wunderbaren Fiji-Inseln zu erforschen, wo sowohl Bastin als auch Bickley eingehende Erkundigungen über die Arbeit der Missionare einzogen, wobei jeder von ihnen aufgrund der gemeinsam erkannten Tatsachen zu genau entgegengesetzten Schlußfolgerungen gelangte. Von dort aus dampften wir nach Samoa, wo wir unsere beiden Eingeborenen auf der Insel Apia ausschifften, auf der wir auch etwas Kohle nachbunkern konnten. Wir blieben jedoch nicht lange genug auf diesen Inseln, um sie genauer kennenlernen zu können, da mehrere dort ansässige Menschen, welche über gewisse Erfahrungen verfügten, uns warnten, daß sie aus einigen meteorologischen Anzeichen auf die Annäherung eines der entsetzlichsten Wirbelstürme schlössen, von denen diese Region je heimgesucht wurde, und daß wir gut daran täten, uns aus seiner Reichweite zu begeben. Also lichteten wir, nachdem wir Kohle und Wasser an Bord genommen hatten, eiligst unseren Anker.

Ich sollte hier anführen, daß wir bis zu diesem Zeitpunkt ein unglaubliches Glück gehabt hatten, was das Wetter betrifft, ein solches Glück, daß wir seit dem Auslaufen von Marseille nicht ein einziges Mal die Segel reffen mußten. Mit dem Aberglauben eines Seemannes erklärte Kapitän

Astley, als ich ihn auf diese Tatsache hinwies, kopfschüttelnd, daß uns zweifellos später die Rechnung dafür präsentiert werden würde, da ›das Glück nicht von Dauer‹ und außerdem eine Zyklon-Warnung durchgegeben worden sei.

Nachdem wir Apia verlassen hatten, wurde entdeckt, daß der dänische Erste Offizier, von dem wir angenommen hatten, daß er krank in seiner Kabine läge, da er etwas Unrechtes gegessen hatte, verschwunden war. Nun erhob sich die Frage, ob wir umkehren sollten, um nach ihm zu suchen, da wir annahmen, daß er einen Ausflug ins Innere der Insel unternommen und dort einen Unfall erlitten hatte, oder auf eine andere Weise verhindert worden war, an Bord zurückzukehren. Ich war dafür, nach ihm zu suchen, doch der Kapitän dachte an den drohenden Taifun, schüttelte den Kopf und erklärte, daß Jacobsen ein seltsamer Bursche sei, der genausogut über Bord gegangen sein mochte, wenn er glaubte, die Stimmen der Geister, die er so liebte, nach sich rufen zu hören. Während die Entscheidung über die Frage noch ausstand, trat ich zufällig in meine Kabine und entdeckte dort, an den Spiegel gesteckt, einen Briefumschlag, der in der Handschrift des Dänen an mich adressiert war. Als ich ihn öffnete, fand ich darin einen zweiten versiegelten Umschlag ohne Aufschrift, sowie einen an mich gerichteten Brief, der wie folgt lautete.

Geehrter Mr. Arbuthnot,
sicherlich werden Sie schlecht von mir denken, weil ich Sie verlassen habe, doch das beigefügte Schreiben, das ich Sie bitte, nicht zu öffnen, bis die Star of the South *nicht mehr existiert, wird Ihnen den Grund dafür erklären, und, wie ich hoffe, meine Handlungsweise rechtfertigen. Ich danke Ihnen für all Ihre Güte und bete zu den Geistern, welche die Welt regieren, daß sie Sie segnen mögen, und auch den Doktor und Mr. Bastin.*

Diesen Brief, welcher das Schicksal Jacobsens ungelöst ließ, da er sowohl bedeuten konnte, daß er vom Schiff desertiert war, als auch, daß er sich über Bord gestürzt hatte, steckte ich zusammen mit seiner versiegelten Beilage in meine Tasche. Natürlich bestand für mich keinerlei Verpflichtung, den beigefügten Brief nicht sofort zu öffnen, doch schreckte ich davor zurück, sowohl aus einem gewissen Ehrgefühl heraus, als auch, um ehrlich zu sein, aus Furcht vor dem, was er enthalten mochte. Ich hatte das Gefühl, daß sein Inhalt äußerst unerfreulich war. Außerdem – obwohl keinerlei Zusammenhang zwischen beidem bestand – mußte ich an die Szene denken, als Jacobsen die *planchette* zertrümmert hatte.

Als ich an Deck zurückkehrte, sagte ich kein Wort über meine Entdeckung des Briefes, sondern erklärte lediglich, ich sei nach einigem Überlegen anderen Sinnes geworden und stimme mit der Ansicht des Kapitäns überein, daß es nicht klug sei, zurückzukehren, um nach Jacobsen zu suchen. Also wurde der Bootsmann, ein fähiger Bursche, der bessere Tage gesehen hatte, dazu befördert, Jacobsens Wache zu übernehmen, und wir setzten unsere Reise fort, wie geplant. Wie seltsam das Schicksal in dieser Welt spielt! Aus nautischen Gründen, die mir zwar erklärt wurden, die ich jedoch nicht anführen möchte, falls ich mich ihrer überhaupt erinnern sollte, glaube ich, daß wir, hätten wir uns zu einer Rückkehr nach Apia entschlossen, dem großen Unwetter und dem darauf folgenden Zyklon entkommen wären, und damit auch vielem anderen. Doch hatte das Schicksal es anders bestimmt.

Es war am vierten Tage; wir befanden uns etwa siebenhundert Meilen nördlich von Samoa, als das Unwetter gegen Sonnenuntergang über uns hereinbrach. Der Kapitän ließ Dampf aufmachen, in der Hoffnung, durchbrechen zu können, doch an jenem Abend mußten wir zum Essen das erste Mal Sturmgedeck auflegen, und gegen elf Uhr war es so schlimm geworden, daß man in der Kabine kaum noch aufrecht stehen konnte, während die Wellen krachend über das Deck schlugen. Glücklicherweise drehte sich der Wind jedoch ein wenig, so daß er fast von achtern wehte und wir durch eine leichte Kursänderung vor dem Wind liefen (Seeleute mögen mir vergeben, wenn ich diese Dinge recht laienhaft ausdrücke), wenn auch nicht ganz in die Richtung, in die wir wollten.

Als es hell wurde, hatte der Sturm seine volle Stärke erreicht, und der Himmel war mit dunklen Wolken bedeckt, so daß wir niemals die Sonne sahen, und in der darauffolgenden Nacht weder Mond noch Sterne. Ganze zweiundsiebzig Stunden lang liefen wir mit nackten Rahen vor diesem Sturm. Das kleine Schiff hielt sich großartig und ritt die Wellen aus wie eine Ente, doch merkte ich, daß Kapitän Astley unruhig wurde. Als ich ihm eine Anerkennung über das Verhalten des Schiffes aussprach, antwortete er mir, daß es in der Tat gute Fahrt mache, die Frage sei nur: wohin? Seit wir Samoa verlassen hatten, sei es ihm nicht möglich gewesen, eine nautische Ortsbestimmung durchzuführen; beide Logs* seien losgerissen worden, so daß uns nur der Kompaß verblieben sei und er nicht die leiseste Ahnung habe, an welchem Punkt dieses riesigen, mit Inseln und Atollen übersäten Meeres wir uns befinden mochten.

Ich fragte ihn, ob er uns nicht auf unseren ursprünglichen Kurs zurückbringen könne, doch er antwortete, daß er dazu direkt ins Auge des Orkans dampfen müsse, und er bezweifele, ob die Maschine das aushalten würde. Außerdem sei dabei auch der vorhandene Kohlevorrat zu bedenken. Er hätte jedoch die Kessel unter Dampf halten lassen und würde tun, was möglich sei, sobald der Sturm etwas nachließe.

Beim Abendessen dieses Tages, das nur aus Konserven, Whisky und Wasser bestand, da das Wasser die Feuerstellen der Kombüse erreicht hatte, flaute der Sturm plötzlich ab, was von uns mit lautem Jubel begrüßt wurde. Der Kapitän kam in den Salon herab, und er wirkte bleich und verstört, fand ich, als ich ihn auf einen Whisky einlud, um sich aufzuwärmen und darauf anzustoßen, daß wir dem Sturm entronnen waren. Er nahm mir die Flasche aus der Hand und

* Geschwindigkeitsmesser

goß sich zu meinem Entsetzen ein halbes Wasserglas von dem hochprozentigen Alkohol ein, den er unverdünnt mit zwei Schlucken in sich hineinkippte.

»Jetzt fühle ich mich besser«, sagte er mit einem heiseren Lachen. »Aber was haben Sie eben davon gesagt, daß wir dem Sturm entronnen seien? Werfen Sie doch mal einen Blick auf das Barometer!«

»Das haben wir bereits getan«, erklärte Bastin. »Es steht auf Schön, wie schon während der ganzen letzten drei Tage.«

Wieder lachte Astley trocken auf, als er antwortete: »Oh, *das* Ding! Das ist das Passagier-Barometer. Ich habe dem Steward befohlen, es außer Betrieb zu setzen, damit Sie sich nicht ängstigen: das ist ein alter Trick. Sehen Sie sich dieses Ding an.« Er zog ein Taschengerät heraus.

Wir blickten darauf und sahen, daß sein Zeiger ganz unten stand.

»Das ist der niedrigste Luftdruck, den ich in meiner dreißigjährigen Praxis im Polynesischen Meer oder irgendeinem anderen Winkel der Tropen jemals gemessen habe. Und er stimmt, denn ich habe ihn mit dem von drei anderen Geräten verglichen.«

»Was bedeutet das?« fragte ich ziemlich beunruhigt.

»Einen Südseezyklon der schlimmsten Art«, antwortete er. »Dieser verdammte Däne wußte, daß er kommen würde, deshalb hat er das Schiff verlassen. Beten Sie, wie Sie noch nie zuvor gebetet haben.« Wieder streckte er seine Hand nach der Whiskyflasche aus, doch ich verstellte ihm den Weg und schüttelte den Kopf. Daraufhin lachte er zum dritten Mal auf und verließ den Salon. Obwohl ich ihn später noch ein- oder zweimal sah, waren dies die letzten Worte einer intelligenten Konversation, die ich jemals mit Kapitän Astley wechselte.

»Es scheint, daß wir uns in Gefahr befinden«, sagte Bastin so unbewegt, wie es seine Art war. »Ich glaube, daß der Kapitän uns einen recht guten Rat gegeben hat, als er meinte, daß wir den Himmel um Schutz anrufen sollten, doch da

Bickley sich dabei sicher nicht anschließen wird, werde ich in meine Kabine gehen und es alleine tun.«

Bickley schnaubte verächtlich durch die Nase. Dann sagte er: »Dieser verdammte Kapitän! Warum hat er uns einen solchen Streich gespielt, mit dem Barometer, meine ich? Humphrey, ich glaube, daß er getrunken hat.«

»Das glaube ich auch«, sagte ich mit einem Blick auf die Whiskyflasche. »Denn sonst hätte er uns sicher nichts von der Gefahr gesagt, nachdem er sich solche Mühe gegeben hatte, sie vor uns zu verbergen.«

»Immerhin«, sagte Bickley, »kann er nur durch diesen Salon an den Whisky herankommen, weil er zusammen mit den anderen Vorräten im Bugraum eingeschlossen ist.«

»Das hat nichts zu bedeuten«, antwortete ich, »weil er sicher eigene Vorräte in seiner Kabine hat; Rum, vermute ich. Wir müssen uns auf unser Glück verlassen.«

Bickley nickte und schlug vor, daß wir an Deck gehen sollten, um zu sehen, was passierte. Also taten wir es. Nicht ein Windhauch rührte sich, und der Seegang hatte merklich nachgelassen. Das schlossen wir jedenfalls aus den Bewegungen des Schiffes, da wir weder das Wasser noch den Himmel sehen konnten: die Nacht war so schwarz wie Pech. Wir hörten jedoch, wie die Seeleute Strecktaue über Deck spannten und die Luken mit einer zusätzlichen Lage von Segeltuch abdeckten und fest verkeilten. Außerdem sicherten sie die Rettungsboote mit Tauen und hantierten an den Rahen und Mastspitzen.

Kurz darauf trat Bastin zu uns, der anscheinend seine Gebete beendet hatte.

»Wirklich, es ist recht angenehm hier«, sagte er. »Man weiß eben nie, wie unangenehm so ein Wind sein kann, bevor er aufhört.«

Ich zündete meine Pfeife an und antwortete nicht. Das Streichholz brannte völlig ruhig in der absoluten Windstille.

»Was ist denn das?« rief Bickley plötzlich und starrte auf etwas, das ich zum ersten Mal bemerkte. Es sah aus wie eine lange, weiße Linie, die durch das Dunkel auf uns zukam, und aus der ein lautes Zischen ertönte, und obwohl es noch immer völlig windstill war, begann die Takelage unheimlich zu stöhnen, wie vor Schmerzen. Ein großer Wassertropfen fiel vom Himmel in meine Pfeife und brachte sie zum Erlöschen.

Dann rief ein Seemann mit heiserer Stimme: »Gehen Sie unter Deck, wenn Sie nicht über Bord gewaschen werden wollen!«

»Warum?« fragte Bastin.

»Warum? Weil der Taifun jetzt über uns hereinbricht, darum! Er stürmt heran, als ob der Teufel ihn aus der Hölle gestoßen hätte.«

Bastin schien den Mann wegen dieser Redewendung zurechtweisen zu wollen, doch wir stießen ihn den Niedergang hinab und folgten ihm, wobei wir den Spaniel Tommy mit uns nahmen. Im nächsten Moment hörten wir, wie die Seeleute den Lukendeckel des Niedergangs hastig verkeilten, und als das getan war, erkannten wir an dem Trappeln ihrer Füße über das Deck, daß auch sie sich eilig in Sicherheit brachten.

Sekunden später lagen wir in einem wirren Haufen auf dem Boden der Kabine, zusammen mit dem armen Tommy. Der Zyklon hatte das Schiff überfallen! Durch das Tosen der Wellen und das Heulen des Sturms hörten wir andere, unheimliche Laute, die zweifellos dadurch verursacht wurden, daß die Rahen in die See schlugen, denn das Schiff lag auf der Seite. Ich dachte, daß alles vorbei sei, doch kurz darauf ertönte ein berstendes Krachen. Die Masten, oder zumindest einer von ihnen, war gebrochen, und allmählich richtete das Schiff sich wieder auf.

»Das war verdammt nahe!« sagte Bickley. »Mein Gott, was ist denn das?«

Ich lauschte, denn das elektrische Licht war vorübergehend erloschen, wahrscheinlich, weil der Dynamo stillstand. Ein würgendes hohles Geräusch ertönte vom Boden der Kabine. Es klang, als ob ein Ochse mit durchgeschnittener Kehle stöhnend und gurgelnd Luft in seine Lungen zu ziehen versuchte. Dann flammte das Licht wieder auf, und wir sahen Bastin der Länge nach auf dem Teppich liegen.

»Er muß sich das Genick gebrochen haben, oder so etwas«, sagte ich.

Bickley kroch zu ihm, sah ihn sich an und rief: »Alles in Ordnung! Er ist nur seekrank. Ich ahnte, daß es ihn erwischen würde, weil er zu viel Tee trank.«

»Seekrank?« murmelte ich leise – »seekrank?«

»Das ist alles«, erklärte Bickley. »Die Magennerven beeinflussen das Hirn, oder auch umgekehrt – das heißt, falls Bastin überhaupt so etwas wie ein Hirn haben sollte.«

»Oh!« stöhnte der am Boden liegende Geistliche. »Ich wünschte, ich wäre tot.«

»Mach dir keine Sorgen darum«, antwortete Bickley. »Ich nehme an, daß du es bald sein wirst. Hier, trink einen Schluck Whisky, du Esel!«

Bastin setzte sich auf und gehorchte; er trank direkt aus der Flasche, da es unmöglich war, etwas in ein Glas zu schütten, und mit einem Resultat, das zu furchtbar war, um es hier wiedergeben zu können.

»Das war eine Gemeinheit von dir«, sagte er dann mit matter Stimme und starrte Bickley finster an.

»Ich vermutete, daß ich dir eine noch größere bieten muß, alter Junge, weil es dich ziemlich schwer erwischt hat.«

Das war wirklich der Fall, denn als Bastin richtig loslegte, glaubten wir, daß er sterben würde. Irgendwie gelang es uns, ihn in seine Kabine zu schaffen, die angrenzend zum Salon lag, und da er nicht mehr trinken konnte, gab Bickley ihm eine Morphiumspritze oder irgend etwas anderes, das ihn für eine ganze Weile bewußtlos werden ließ.

»Er muß in einem furchtbaren Zustand sein«, sagte er, »denn obwohl die Nadel mehr als einen Viertelzoll in seinen Muskel eingedrungen ist, hat er nicht geschrien, ist nicht einmal zusammengezuckt. Konnte es nicht verhindern bei dem Rollen des Schiffes.«

Doch jetzt hörte ich wieder das Stampfen der Maschine, und ich hatte den Eindruck, daß der Bug des Schiffes in den

Wind gedreht wurde, denn anstatt zu rollen, stampften wir jetzt, oder richtiger gesagt, das Schiff stand einmal auf seinem einen Ende, und dann auf dem anderen. Dies dauerte eine ganze Weile an, bis der erste Ansturm des Zyklons vorüber war. Dann hörte das Stampfen der Maschine plötzlich auf – anscheinend war sie zusammengebrochen, doch das habe ich nie erfahren – und wir schienen herumgerissen zu werden, und dabei fast zu sinken, und dann peitschte der Taifun uns mit unheimlicher Geschwindigkeit voran.

»Ich frage mich, wohin die Reise geht?« sagte ich zu Bickley.

»Zum Land des ewigen Schlafes, denke ich, Humphrey«, antwortete er in einem milderen Tonfall, als ich ihn von ihm gewöhnt war, und fügte hinzu: »Lebe wohl, alter Junge, wir sind wirklich gute Freunde gewesen, trotz einiger meiner kleinen Eigenheiten, nicht wahr? Ich wünschte jetzt, ich könnte glauben, daß an Bastins Überzeugungen irgend etwas dran wäre, doch ich kann es nicht, ich kann es nicht. Es heißt nun gute Nacht für uns arme Kreaturen!«

6

Land

Schließlich erlosch das elektrische Licht endgültig. Kurz bevor das geschah, hatte ich auf meine Uhr gesehen und sie aufgezogen, was, wie Bickley bemerkte, überflüssig und eine reine Zeitverschwendung sei. Es war zu der Zeit drei Uhr zwanzig morgens. Wir hatten Bastin, der jetzt zufrieden schnarchte, in seiner Koje mit Kissen festgekeilt und ihn sogar mit einer Schnur festbinden können – nein, es war ein großes Badetuch, wie ich mich jetzt erinnere, dessen eines Ende wir an dem kleinen Hängeregal über der Koje festgemacht hatten, und dessen anderes wir um ihr Gestell geknotet hatten. Wir selbst lagen zwischen den Beinen des Tisches, der natürlich am Boden festgeschraubt war, und dem Sofa, wobei wir uns, so gut wir konnten, gegen die Stöße zu schützen versuchten, zum Beispiel mit Kissen; zwischen zweien hatten wir auch den verängstigten Tommy in Sicherheit gebracht, der bis dahin hilflos auf dem Boden der Kabine hin und her gerutscht war. So harrten wir aus, jeden Augenblick den Tod erwartend, bis das erste Tageslicht, ein sehr trübes Licht, durch das Bullauge hereinfiel, dessen Eisendeckel irgendwie losgerissen worden war. Vielleicht aber war er auch nie geschlossen worden, ich kann mich nicht mehr erinnern.

Etwa um diese Zeit kam es zu einer Pause in diesem höllischen, heulenden Sturm; ich vermute, daß wir das Zentrum des Zyklons erreicht hatten. Ich schlug vor, an Deck zu gehen, um zu sehen, was geschehen war. Wir versuchten es, fanden jedoch das Luk des Niedergangs fest verkeilt, so daß wir nicht hinausgelangen konnten. Wir hämmerten dagegen und schrien, doch niemand antwortete uns. Ich bin der Ansicht, daß schon zu diesem Zeitpunkt alle außer uns dreien über Bord gespült worden und ertrunken waren.

Dann kehrten wir in den Salon zurück, der bis auf eine Spur von Tropfwasser wunderbarerweise völlig trocken geblieben war, und da wir hungrig waren, holten wir uns Reste von Nahrung, die wir in seinen Ecken fanden, und aßen. In diesem Moment setzte der Zyklon wieder ein, und er wütete schlimmer als zuvor, doch jetzt aus einer anderen Richtung, wie es uns schien. Er riß unsere arme, zerschlagene Yacht mit sich fort. Er tobte den ganzen Tag über, und ich wurde so müde, daß ich das unvermeidliche Ende sogar herbeisehnte. Falls meine Ansichten auch nicht ganz mit denen Bastins übereinstimmten, so deckten sie sich doch auf keinen Fall mit denen Bickleys. Ich hatte von Jugend an in dem Glauben gelebt, daß die Individualität des Menschen, sein Ego, nicht stirbt, wenn das Leben den armseligen Körper verläßt, und dieser Glaube verließ mich auch jetzt nicht. Deshalb wollte ich, daß es vorbei wäre und ich erführe, wie es auf der anderen Seite aussah.

Der Wind heulte so stark, daß wir nicht viel miteinander sprechen konnten, doch gelang es Bickley, mir etwas in dem Sinne zuzuschreien, daß er überzeugt sei, seine Partner würden seine Praxis innerhalb von zwei Jahren ruinieren, was schade sei, setzte er hinzu. Ich nickte nur, weil ich keinen Twopence dafür gab, was mit Bickleys Partnern oder ihrer Praxis geschehen mochte, oder auch mit meinem eigenen Besitz, oder mit irgend etwas anderem. Wenn einem der Tod vor Augen steht, denken die wenigsten von uns an solche Dinge, weil wir dann erkennen, wie klein und unwichtig sie sind. Ich dachte in jenen Minuten und Stunden vielmehr daran, ob ich Natalie wiedersehen würde oder nicht, und ob dies das Ende war, von welchem sie mir in jenem Traum gesprochen zu haben schien.

Wir wurden vorangepeitscht, weiter und weiter und weiter. Etwa gegen vier Uhr nachmittags hörten wir ein Geräusch aus Bastins Kabine, das mich vage an irgendeine Melodie erinnerte. Ich kroch zu der Tür und lauschte. Offensichtlich war er erwacht und sang, oder versuchte zu singen, denn Musikalität war nicht gerade eine seiner Stärken. »For those in peril of the sea.«* Ich wünschte von ganzem Herzen, daß er erhört werden möge. Dann verstummte die Stimme und ich nahm an, daß Bastin wieder eingeschlafen war.

Wieder senkte sich das Dunkel herab. Und dann, plötzlich, geschah etwas Entsetzliches. Ich hörte ein Geräusch, wie ich es noch niemals vernommen hatte, und wir wurden hin und her geschleudert. Ich hatte das Gefühl, daß das Schiff hundert Fuß hoch oder mehr durch die Luft gewirbelt wurde.

»Flutwelle, nehme ich an«, schrie Bickley.

Im gleichen Moment krachte das Schiff herab und schlug auf etwas Hartes auf, wodurch wir fast bewußtlos geschlagen wurden. Als nächstes fühlten wir, wie der Salon um

---

* »Für solche, die sich in der Gefahr des Meeres befinden« – traditioneller Seemannschoral – *Anm. d. Übers.*

uns herumgewirbelt und davongerissen wurde, und spürten, wie uns frische Luft entgegenwehte. Dann verließen uns unsere Sinne. Ich drückte Tommy an mich, der winselte und mir das Gesicht leckte, während ich in Dunkelheit versank, und mein letzter Gedanke war, daß dies das Ende sein mußte und ich bald alles erfahren würde oder nichts.

Als ich erwachte, fühlte ich mich sehr zerschlagen und verschrammt und sah, daß Licht in den Salon fiel. Seine Tür war noch immer geschlossen, doch war sie aus ihren Angeln gerissen worden, und dort fiel das Licht herein; außerdem stachen mehrere aufgerissene, zersplitterte Planken des Decks durch den Teppich. Der Tisch war aus seinen Halterungen gerissen worden und lag auf der Seite. Und alles andere war ein wüstes Durcheinander. Ich sah mich nach Bickley um. Offensichtlich war er noch nicht bei Bewußtsein. Er lag zwischen seinen Kissen und blutete aus einer Kopfwunde. Von Unruhe gepackt kroch ich zu ihm hin und drückte mein Ohr an seine Brust. Er war nicht tot, denn sein Atem war ruhig und tief. Die Whiskyflasche, die verkorkt auf dem Tisch gestanden hatte, lag unzerbrochen auf dem Boden und war noch zu zwei Dritteln gefüllt. Ich nahm einen tiefen Zug davon, und er schmeckte mir wie Nektar der Götter. Ich versuchte, Bickley etwas davon einzuflößen, doch gelang es mir nicht, also goß ich einen Schuß auf seine Kopfwunde. Der Schmerz ließ ihn sehr schnell zu sich kommen.

»Wo sind wir jetzt?« rief er. »Sag mir nur nicht, daß Bastin doch recht hatte und wir anderswo weiterleben. Oh, diese Schmach könnte ich nie ertragen!«

»Ich weiß nichts von einem Weiterleben anderswo«, sagte ich, »obwohl meine Ansicht davon ein wenig anders ist als die deine. Aber ich weiß, daß du und ich noch immer im Salon dessen sind, was von der *Star of the South* übriggeblieben sein mag.«

»Gott sei dafür gedankt! Laß uns nach Bastin sehen, ich bete darum, daß auch er alles gut überstanden hat.«

»Es ist absolut unlogisch von dir, Bickley, und völlig sinnlos«, stöhnte eine tiefe Stimme von der anderen Seite der Tür, »Gott zu danken, an den du nicht glaubst, und davon zu sprechen, für einen seiner schlechtesten und unnützesten Diener beten zu wollen, wenn du nicht an die Macht des Gebetes glaubst.«

»Da hat er dich aber richtig erwischt, mein Freund«, bemerkte ich.

Bickley murmelte etwas von der Macht der Gewohnheit und wirkte kleiner, als ich ihn jemals zuvor gesehen hatte.

Irgendwie gelang es uns, die Tür aufzubrechen; es war nicht leicht, da sie verklemmt war. In seiner Kabine, in dem Badetuch hängend, das wunderbarerweise sein Gewicht ausgehalten hatte, etwa wie ein feuchtes Wäschestück auf einer Leine, baumelte Bastin, dessen Koje irgendwie verschwunden zu sein schien. Ja, Bastin, bleich und verstrubbelt und irgendwie zusammengefallen, mit zerzaustem Haar und einem in alle Richtungen sprießenden Bart, doch nach wie vor Bastin, wenn auch sehr geschwächt.

Bickley lief zu ihm und tastete seinen Körper mit raschen, kompetenten Griffen ab.

»Nichts gebrochen«, sagte er triumphierend. »Alles in Ordnung mit ihm.«

»Wenn *du* in einem solchen Wetter stundenlang in einem Handtuch gehangen hättest, würdest du das nicht sagen«, stöhnte Bastin. »Alle meine Innereien sind ein einziger Matsch. Aber vielleicht würdest du die Güte haben, mich loszubinden.«

»Unsinn!« erklärte Bickley, als er es tat. »Alles, was dir fehlt, ist etwas zu essen. Aber erst einmal nimm einen Schluck hiervon.« Er reichte ihm die Flasche mit dem restlichen Whisky.

Bastin leerte sie bis auf den letzten Tropfen und murmelte dabei so etwas wie, daß ihm ein kleiner Schluck Wein sicher vergönnt wäre, da er ihn allein seines Magens wegen zu sich nehme: »Eine der Paulinischen Injunktionen, müßt ihr wissen«, setzte er hinzu und fühlte sich danach erheblich besser. Dann suchten wir ein wenig herum und fanden mehr Schiffszwieback und andere Nahrungsmittel, mit denen wir unseren Hunger, so gut es ging, stillten.

»Ich frage mich, was geschehen ist«, sagte Bastin. »Ich nehme an, daß wir, dank des Geschickes unseres Kapitäns, den sicheren Hafen erreicht haben, der unser Ziel war.«

Er hielt inne, rieb sich die Augen und blickte auf die Salontür, die aus ihren Angeln gerissen worden war, jetzt jedoch weiter offen stand als zuvor. Und Tommy, dessen Lebensgeister zurückkehrten, begann leise zu knurren.

»Das ist äußerst seltsam«, fuhr er fort, »und ich fürchte, daß ich unter Haluzinationen leide, doch könnte ich schwören, eben dieselbe so unzüchtig mit nur ein paar Blumen bekleidete junge Frau durch den Türspalt hereinspähen gesehen zu haben, deren Photographie in jenem greulichen und beleidigenden Buch indirekt der Anlaß für unsere stürmische Reise gewesen ist.«

»Wirklich?« antwortete Bickley. »Nun, solange sie nicht das zerbrochene Korsett und die Heilsarmee-Schute ohne Oberteil trägt, welche man ihr, wie du dich erinnern magst, aufgezwungen hatte, nachdem sie in die Hände deiner Bruderschaft gefallen war, würde das *mich* ganz gewiß nicht stören. Im Gegenteil, ich wäre entzückt über einen so hübschen Anblick.«

In diesem Augenblick hörten wir die unverwechselbaren Laute weiblichen Kicherns von der anderen Seite der Tür. Tommy bellte, und Bickley ging auf die Tür zu, doch ich rief ihn zurück.

»Sei vorsichtig! Wo Frauen sind, sind zweifellos auch Männer. Wir wollen uns auf Überraschungen vorbereiten.«

Also bewaffneten wir uns mit Revolvern; das heißt, Bickley und ich taten es, während Bastin sich allein auf seine Bibel als Schutz verließ.

Dann rückten wir auf die Tür vor, ein seltsames, abgerissenes Dreigespann, und rissen sie weit auf. Sofort entstand hastige Bewegung, und wir sahen mehrere Frauen, die mit nichts anderem als Blumen bekleidet waren, davonlaufen, die meisten von ihnen über weißen Sand auf eine Gruppe von Männern zu, welche seltsam geformte Keulen in den Händen hielten, von denen einige wie Schwerter oder Speere geschnitzt waren. Um sie zu beeindrucken, feuerte ich zwei Schüsse aus meinem Revolver in die Luft, woraufhin Männer wie Frauen in ein Dickicht von Bäumen und Unterholz flohen und darin verschwanden.

»Sie scheinen nicht an Weiße gewöhnt zu sein«, bemerkte Bickley. »Sollte es möglich sein, daß wir eine Küste entdeckt haben, auf die noch kein Missionar seinen Fuß gesetzt hat?«

»Das hoffe ich«, sagte Bastin, »denn obwohl ich dessen nicht würdig bin, wäre dies für mich eine große Gelegenheit.«

Wir blieben stehen und blickten umher. Und dies war es, was wir sahen: die hintere Hälfte des Schiffes, einschließlich der Brücke, war verschwunden; nicht die geringste Spur davon war zu entdecken; es war, als ob es in zwei Teile zerschnitten worden wäre. Außerdem befanden wir uns in einer stattlichen Entfernung vom Ufer des Meeres, das noch immer schäumte und toste, und in einer Entfernung von etwa einer Viertelmeile krachten riesige Brecher gegen ein Riff und schleuderten Wassermassen in die Luft. Landeinwärts befand sich ein zweites Riff, das anscheinend aus Fels bestand, jedoch mit Erde und Vegetation bedeckt war, und an diesem Riff war das Schiff, oder das, was von ihm übrig geblieben war, zum letzten Mal vor Anker gegangen, das heißt, es hatte seinen Bug tief in die Barriere vergraben.

»Ihr seht, was geschehen ist«, sagte ich. »Eine riesige Flutwelle hat uns hier heraufgeschleudert und ist dann zurückgerollt.«

»Das ist es«, rief Bickley. »Seht euch doch nur die Verwüstungen an.« Und er deutete auf die ausgerissenen Palmen und Büsche, und die Haufen von Seetang, aus denen noch immer Meerwasser rann, und auf die vielen toten Fische, die zwischen ihnen lagen. »Aber jedenfalls sind wir gerettet.«

»Und trotzdem gibt es noch immer Leute wie dich, die nicht an die Vorsehung glauben!« rief Bastin.

»Ich frage mich, was die Ansicht von Kapitän Astley und

der Besatzung über diesen Punkt sein mag – oder gewesen sein mag, besser gesagt«, unterbrach Bickley.

»Das weiß ich nicht«, antwortete Bastin und blickte umher. »Es ist wahr, daß ich keinen von ihnen hier sehen kann, aber wenn sie ertrunken sind, so zweifellos deshalb, weil die Zeit ihrer Nützlichkeit in dieser Welt verstrichen war.«

»Wir wollen hinabsteigen und uns umsehen«, schlug ich vor, um weitere Diskussionen dieser Art zu verhindern.

Also kletterten wir von den Resten des Schiffes hinab – wie Noah, der seine Arche verläßt, konnte Bastin sich nicht enthalten zu bemerken – auf den Strand, wo Tommy sofort hin und her zu rasen begann und vor Freude außer sich war. Hier entdeckten wir einen Pfad, der diagonal die Seite der Klippe hinaufführte, die an keinem Punkt mehr als fünfzig oder sechzig Fuß hoch war und vielleicht einst das Ufer dieses Landes gebildet hatte, oder das eines Binnensees. Diesen Pfad stiegen wir hinauf, den Spuren vieler menschlicher Füße folgend, und erreichten den Kamm der Klippe, wo wir stehenblieben und umherblickten und dabei von dem strahlenden Licht der Morgensonne gebadet wurden, denn der Himmel war jetzt völlig klar. Nach seinem letzten Ansturm, welcher das Schiff zerstört hatte, war der Zyklon weitergezogen.

Wir standen auf einer Ebene, durch welche ein Bach floß, aus dem Tommy sofort gierig trank, und wir folgten seinem Beispiel. Rechts und links von dieser Ebene, soweit das Auge reichte, erstreckte sich Buschland, aus dem zahllose Palmen aufragten, die jetzt, nachdem sie von dem Sturm gebeutelt worden waren, ziemlich zerzaust wirkten. Als wir landeinwärts blickten, sahen wir, daß das Land in dieser Richtung sanft abfiel und sich in einer Entfernung von mehreren Meilen ein großer See befand. Inmitten dieses Sees erhob sich ein hoher Berg, dessen braune Hänge aus dem Wasser aufstiegen, und an seinen Hängen sahen wir etwas, das aus dieser Entfernung wie Ruinen wirkte.

»Dies ist alles sehr interessant«, bemerkte ich zu Bickley. »Was hältst du davon?«

»Ich weiß nicht recht. Auf den ersten Blick möchte ich sagen, daß wir auf dem Kraterrand eines gewaltigen, erloschenen Vulkans stehen. Sieh doch, wie er sich nordwärts und südwärts krümmt, und wie die Hänge sich auf den See zu neigen.«

Ich nickte.

»Ein Glück, daß die Flutwelle sich nicht über die Klippe ergossen hat«, sagte ich, »denn dann wären all diese Menschen hier elend ertrunken. Ich frage mich, wohin sie verschwunden sind?«

Während ich sprach, deutete Bastin auf den Rand des Dschungels, einige hundert Meter entfernt, wo wir braune Gestalten sahen, die sich zwischen den Bäumen bewegten. Ich schlug vor, zum Ende des Pfades zurückzugehen, damit wir einen Fluchtweg hatten, falls wir einen benötigen sollten, und dort die weitere Entwicklung abzuwarten. Wir taten es und blieben dort stehen. Nach und nach traten braune Gestalten aus dem Busch hervor auf die Ebene, und es waren schließlich einige hundert, sowohl Frauen als auch Männer, wie wir erkannten. Die Frauen waren mit nichts anderem bekleidet als Blumen und einem winzigen Lendenschurz, die Männer waren alle mit Holzkeulen und -speeren bewaffnet und trugen ebenfalls Lendenschurze, jedoch keine Blumen. Die Kinder, von denen es sehr reichlich gab, waren völlig nackt.

Unter diesen Menschen entdeckten wir einen hochgewachsenen Mann, der einen Umhang trug, welcher aus herrlichen Vogelfedern zu bestehen schien, und um den sich eine Anzahl grotesker Gestalten drängten, die gräßliche Masken trugen und korbartige Kopfbedeckungen, welche mit Federbüschen verziert waren.

»Der König oder Häuptling mit seinen Priestern oder Medizinmännern. Das ist wunderbar!« rief Bickley triumphierend.

Auch Bastin betrachtete sie mit Begeisterung – als das Rohmaterial, das er zu formen hoffte.

Langsam und sehr vorsichtig näherten sie sich uns. Zu

unserer Freude sahen wir, daß ihnen mehrere junge Frauen folgten, die Holztablette mit Nahrung und Früchten trugen.

»Das sieht gut aus«, sagte ich. »Sie würden uns nichts zu essen bringen, wenn sie nicht freundliche Absichten hätten.«

Die Menschenmenge rückte langsam näher; wir standen völlig reglos und bemühten uns, so würdevoll wie möglich zu wirken, ich, als der größte von uns, in der Mitte, mit Tommy zu meinen Füßen. Als sie sich jedoch auf fünfundzwanzig Meter genähert hatten, erblickte der verdammte Köter die maskierten Priester. Er knurrte und raste laut bellend und mit fliegenden langen Ohren auf sie zu.

Die Wirkung war plötzlich und durchschlagend. Ohne Ausnahme machten diese Hunderte von Menschen kehrt und stoben in wilder Flucht davon, da sie offenbar noch nie zuvor einen Hund gesehen hatten und Tommy für eine tödliche Bestie hielten. Ja, selbst der hochgewachsene Häuptling und seine maskierten Medizinmänner flohen wie Hasen, verfolgt von Tommy, der einem von ihnen in die Wade biß, worauf der Mann entsetzt aufheulte. Ich rief den Hund zurück und nahm ihn auf meine Arme. Als die Menge sah, daß er für den Moment keine Gefahr mehr darstellte, reformierte sie sich und kam erneut näher.

Wir sahen, daß es außergewöhnlich schöne Menschen waren, groß und schlank, mit regelmäßigen Gesichtszügen, in denen keine Spur eines negroiden Erbes festzustellen war. Einige der jungen Frauen konnten sogar als wirkliche Schönheiten bezeichnet werden, wenn auch die älteren zur Korpulenz neigten. Der federgewandete Häuptling war jedoch durch eine große Wucherung entstellt, die an einem dünnen Stengel aus seinem Halse wuchs und auf seine Schulter herabhing.

»Das Ding schneide ich ihm ab, bevor er eine Woche älter geworden ist«, sagte Bickley und betrachtete die Deformierung mit großem beruflichen Interesse.

Immer näher kamen sie, wobei die Mädchen mit den Holztabletts diesmal vorangingen. Auf einem von den Tabletts war etwas, das wie gebratenes Schweinefleisch aussah, auf einem anderen Bananen und mir unbekannte birnenförmige Früchte. Die Frauen knieten nieder und boten uns ihre Gaben an. Wir betrachteten sie eine Weile. Dann schüttelte Bickley den Kopf und begann, unter den angemessenen, krampfartigen Zuckungen, seinen Magen zu reiben. Sie begriffen die Bedeutung dieser Geste sofort. Der Häuptling sprach ein paar Worte, woraufhin die Mädchen ihre Tabletts ihm und seinen Begleitern darreichten, welche ohne zu zögern und ohne auszuwählen etwas davon nahmen und aßen, um zu zeigen, daß es nicht vergiftet sei, während wir dabei ihre Kehlen beobachteten, um sicherzugehen, daß sie es auch wirklich schluckten. Dann wurde es wieder uns angeboten, doch nur Bickley aß etwas davon, nachdem ich ihm klargemacht hatte, daß er schließlich der Arzt sei, der sich auf den Gebrauch von Gegenmitteln verstünde, und es deshalb an ihm wäre, das Experiment zu machen. Es geschah jedoch nichts, und er sagte, daß es ausgezeichnet schmecke.

Danach entstand eine Pause. Bis Bastin sich plötzlich an seine polynesischen Sprachkenntnisse zu erinnern schien, die er mit so viel Mühe erworben hatte.

»Wie heißt dieser Ort?« fragte er langsam und deutlich, wobei er nach jedem Wort eine Pause machte.

Seine Zuhörer schüttelten die Köpfe, und er versuchte es erneut, diesmal mit anderer Betonung. Und wahrlich! Ein paar helle Köpfe verstanden ihn und antworteten: »Orofena.«

»Das bedeutet ein Hügel oder eine Insel, oder ein Hügel auf einer Insel«, flüsterte Bickley mir zu.

»Wer ist euer Gott?« fragte Bastin weiter.

In diesem Punkt schien einige Unsicherheit zu herrschen, doch schließlich antwortete der Häuptling: »Oro. Er, welcher kämpft.«

»Mir anderen Worten, Mars«, sagte Bickley.

»Ich werde euch einen besseren geben«, erklärte Bastin auf die gleiche, langsame Art.

Da sie glaubten, daß er damit sich selbst meinte, begannen diese Naturkinder seine eckige Gestalt mißtrauisch zu mustern und schüttelten dann die Köpfe. Jetzt sprach zum ersten Mal einer der Männer, welche Masken und korbartige Kopfbedeckungen trugen, und sagte mit hohl klingender Stimme: »Wenn du das versuchst, wird Oro dich fressen.«

»Der oberste Priester!« sagte Bickley und stieß mich an. »Der alte Bastin sollte besser etwas vorsichtig sein, sonst schlägt dieser Bursche seine Zähne in Bastins Wanst und behauptet, daß es die Zähne Oros sind.«

Wieder entstand eine Pause, nach welcher der Mann mit dem Federumhang und der Wucherung an seinem Hals, die von einem Diener gestützt wurde, sagte: »Ich bin Marama, der Häuptling von Orofena. Wir haben noch niemals Menschen wie euch gesehen, falls ihr Menschen sein solltet. Was hat euch hierher geführt, und mit euch jenes wilde und furchtbare Tier oder bösen Geist, der laute Geräusche macht und beißt?«

Jetzt blickte Bickley mich fragend an, der ich finster und majestätisch blickend neben ihm stand, das heißt, so weit ich überhaupt majestätisch blicken kann. Ich flüsterte ihm etwas zu, und er antwortete: »Die Götter und die Stürme des Meeres.«

»Was für ein Unsinn«, stieß Bastin hervor, »so etwas gibt es doch gar nicht.«

»Halt den Mund!« sagte ich. »Wir müssen hier Gleichnisse verwenden.«

Worauf er antwortete: »Ich mag keine Gleichnisse, welche die Wahrheit verzerren.«

»Denk an Neptun und Aeolus«, antwortete ich, und er schwieg, um darüber nachzudenken.

»Wir wußten, daß ihr kommen würdet«, erklärte Marama. »Unsere Medizinmänner haben uns schon vor einem Mond alles über euch gesagt. Doch wünschten wir, daß ihr auf eine sanftere Art gekommen wäret, da ihr unser Land beinahe fortgespült hättet.«

Nachdem er mich angeblickt hatte, antwortete Bickley:

»Wie dankbar müßt ihr also sein, daß wir euch in unserer großen Gnade verschont haben.«

»Zu welchem Zweck seid ihr hergekommen?« fragte Marama weiter.

Nach dem üblichen fragenden Blick auf mich antwortete Bickley: »Wir sind gekommen, um jenen Berg (er meinte das Gewächs) von deinem Hals zu nehmen und dich wieder schön zu machen, und auch, um alle Krankheiten bei deinem Volk zu heilen.«

»Und ich bin hier«, unterbrach Bastin, »um euch neue Herzen zu geben.«

Diese Eröffnungen riefen natürlich große Aufregung hervor. Nach einiger Beratung mit anderen sagte Marama: »Wir wollen keine neuen Herzen, da unsere alten gut sind, doch wünschen wir, von Beulen und Krankheiten befreit zu werden. Wenn ihr das tun könnt, werden wir euch zu Göttern machen und euch viele Frauen geben.« (Hier hob Bastin entsetzt beide Hände.) »Wann werdet ihr damit beginnen, die Beulen fortzunehmen?«

»Morgen«, antwortete Bickley. »Doch wisse dieses: falls ihr versuchen solltet, uns Schaden zuzufügen, werden wir eine zweite Welle hervorrufen, die euer ganzes Land fortspülen wird.«

Niemand schien unsere Fähigkeit in dieser Richtung anzuzweifeln, doch ein wißbegieriger Geist mit einem Korbhut auf dem Kopf fragte, wie es käme, daß wir, wenn wir den Ozean beherrschten, nur in einem halben Kanu angekommen seien, statt in einem ganzen.

Bickley antwortete etwas in der Richtung, daß Götter immer in halben Kanus reisten, um ihre höhere Natur zu demonstrieren, was alle zu befriedigen schien. Dann verkündeten wir, daß wir für diesen Tag genug von ihnen gesehen hätten und uns zurückziehen wollten, um nachzudenken, und daß wir ihnen dankbar wären, wenn sie diese Zeit dazu nutzen würden, ein Haus für uns zu errichten und uns mit solchen Nahrungsmitteln zu versorgen, wie sie sie besäßen.

»Müssen die Götter essen?« wollte der Skeptiker wissen.

»Dieser Bursche ist ein verdammter Radikaler«, flüsterte ich Bickley zu. »Sag ihnen, was die Götter tun, wenn sie nach Orofena kommen.«

Er tat es, woraufhin der Häuptling fragte: »Mögen die Götter ein hübsches, junges Mädchen, gut gebraten?«

Bastin warf sich herum und floh den Pfad hinab, als er erkannte, daß er unter Kanibalen geraten war. Wir antworteten, daß uns der Anblick lebender Mädchen weit lieber sei, und wir sie gerne morgen früh wiedersehen würden, wenn, wie wir hofften, das Haus fertig wäre.

So kam unser erstes Gespräch mit den Bewohnern Orofenas zu seinem Abschluß, und wir gratulierten einander dazu.

Als wir die Reste der *Star of the South* erreichten, sahen wir nach, was von unseren Vorräten übrig geblieben war. Zu unserem Glück stellte es sich heraus, daß es eine ganze Menge war. Wie ich bereits erwähnte, lagen alle Passagierunterkünfte der Yacht in ihrem vorderen Teil, ein gutes Stück vor der Brücke, an der der Schiffskörper in zwei Teile zerbrochen war, fast so sauber, als ob er mit einem gigantischen Messer durchtrennt worden wäre. Unsere gesamten Vorräte und alles andere, das uns gehörte, befand sich also im Vorschiff, einschließlich Bickleys Instrumenten und Medikamenten und Bastins religiöser Bücher, ganz zu schweigen von großen Mengen an Konserven und anderen Lebensmitteln. Schließlich waren da auch noch die am Oberdeck befindlichen Rettungsboote. Obwohl diese kurz vor Ausbruch des Sturms zusätzlich verzurrt und gesichert worden waren, war eines von ihnen, das auf der Backbordseite, zu Kleinholz zerschlagen worden, wahrscheinlich durch eine herabstürzende Rah. Das Steuerbordboot war jedoch intakt und, soweit wir das beurteilen konnten, seetüchtig, obwohl sein Dollbord stellenweise von Wellen eingedrückt worden war.

»Das ist etwas, mit dem wir von hier fortkommen können, falls es notwendig werden sollte«, sagte ich.

»Wohin?« bemerkte Bastin. »Wir wissen nicht, wo wir sind, oder ob es in einem Umkreis von tausend Meilen irgendein anderes Land gibt. Ich denke, daß wir besser hierbleiben sollten, wie die Vorsehung es uns bestimmt zu haben scheint, besonders, da es hier so viel Arbeit für meine Hände gibt.«

»Sei nur vorsichtig«, ermahnte ihn Bickley, »damit diese Arbeit für deine Hände nicht dazu führt, daß uns allen die Kehle durchgeschnitten wird. Es ist eine heikle Sache, sich in die Religionen von Wilden einzumischen, und ich glaube, daß diese unerleuchteten Naturkinder Missionare gelegentlich zu verspeisen pflegen.«

»Ja, davon habe ich auch gehört«, sagte Bastin. »Sie braten sie vorher am Spieß, wie Schweine. Doch glaube ich nicht, daß sie wert darauf legen würden, mich zu verspeisen« – er blickte an seiner knochigen Gestalt hinab – »besonders, da du so viel mehr Fleisch auf den Rippen hast. Auf jeden Fall darf ich mich von einer solchen Gefahr nicht von meinen seelsorglichen Pflichten abhalten lassen.«

Bickley hielt es nicht der Mühe wert, darauf zu antworten und ging ein Stück fort, um ein paar Fische einzusammeln, die von der Flutwelle an Land geworfen worden waren und in einem kleinen Tümpel von Meerwasser zappelten. Dann berieten wir uns, auf welche Weise wir das Beste aus unserer Lage machen könnten, und machten uns anschließend daran, den Salon und die Kabinen aufzuräumen, was keine allzugroßen Schwierigkeiten bereitete, da das, was von dem Schiff übriggeblieben war, auf ebenem Kiel lag. Außerdem holten wir ein paar notwendige Vorräte heraus, darunter Petroleum für die Hängelampen, mit denen das Schiff für den Fall eines Stromausfalls ausgerüstet war. Kerzen, und die Gewehre, die wir mit uns führten, damit sie für den Fall eines Angriffs bereit lagen. Als dies getan war, reparierte Bickley, der ein ausgezeichneter Tischler war, mit Hilfe der Werkzeuge, die sich im Lagerraum befanden, die Tür des Salons, was alles war, das getan werden mußte, um uns abzusichern, da die Schiffswände heil geblieben waren.

»Jetzt«, sagte er befriedigt, als er seine Arbeit beendet und sich überzeugt hatte, daß Schlösser und Riegel einwandfrei funktionierten, »könnten wir sogar eine Belagerung durchstehen, denn da der Schiffskörper aus Eisen besteht, würden sie uns nicht einmal durch Feuer hinaustreiben können, und diese schwere Teaktür hält einiges aus. Außerdem könnten wir sie zusätzlich verbarrikadieren.«

»Wie wäre es, wenn wir jetzt etwas essen würden?« fragte Bastin. »Ich will meinen Tee.«

»Dann, mein geistlicher Freund, nimm dir zwei von den Feuerlöscheimern und hol Wasser aus dem Bach. Außerdem mußt du etwas Treibholz sammeln, von dem es hier mehr als genug gibt, die Fische ausnehmen, die ich an Bord gebracht habe, und sie auf dem Ofen im Salon grillen.«

»Ich will es versuchen«, sagte Bastin, »aber ich habe mich noch nie im Kochen versucht.«

»Laß nur!« antwortete Bickley. »Es ist wohl besser, wenn ich das selbst übernehme. Aber du könntest wenigstens die Fische vorbereiten.«

Also gingen Bastin und ich, unter Beachtung der gegebenen Vorsichtsmaßnahmen, zu dem Bach, der, wie wir feststellten, in geringer Entfernung die Klippe herabfiel, in ein wunderbares Korallenbassin, das als Bad für Nymphen angelegt zu sein schien. Wir nahmen die Gelegenheit wahr und sprangen, erst ich, dann Bastin, während der andere jeweils Wache hielt, hinein, und noch nie war uns eine Badewanne willkommener gewesen als dieses Bad nach den langen Tagen des Sturms. Dann kehrten wir zurück und stellten fest, daß Bickley bereits den Tisch gedeckt hatte und dabei war, die Fische auf dem Ofen des Salons zu braten, welcher, wie sich herausstellte, für solche Zwecke bestens geeignet war. Er war jedoch wütend, als er erfuhr, daß wir gebadet hatten, da es inzwischen zu spät war, als daß er es auch noch hätte tun können.

Während er sich, so gut es ging, im Becken seiner Kabine wusch, und Bastin das Teewasser zum Kochen brachte, erinnerte ich mich plötzlich an den Brief des dänischen Schiffsoffiziers Jacobsen. Ich war sicher, daß er jetzt geöffnet werden durfte, da wir uns ganz gewiß von dem größten Teil der *Star of the South* für immer getrennt hatten. Ich las ihn. Er lautete wie folgt:

Der Grund, verehrter Herr, aus dem ich dieses Schiff verlasse, liegt darin, weil an jenem Abend, als ich das Papier zerriß, der die planchette *beherrschende Geist diese Worte darauf geschrieben hatte: ›Nach Verlassen Samoas wird die* Star of the South *von einem Sturm zerschmettert werden, wobei alle, die sich auf ihr befinden, den Tod finden, bis auf A., B. und B. Verlasse das Schiff! Verlasse es! Sei kein Narr, Jacob, falls du nicht schon jetzt zu uns herüberkommen willst! Nimm meinen Rat an und verlaß das Schiff, dann wirst du ein langes Leben haben. – SKOLL.‹*

Sir, ich bin kein Feigling, doch weiß ich, daß dies geschehen wird, denn jener Geist, der sich Skoll nennt, lügt niemals! Ich habe versucht, den Kapitän zu bewegen, in Apia zu bleiben, doch er hatte wieder getrunken, verfluchte mich vor den anderen und nannte mich einen widerlichen Feigling. Also werde ich mich davonmachen, was mich zutiefst beschämt. Doch habe ich keine Lust, schon jetzt zu ertrinken, da es ein Mädchen gibt, das ich heiraten möchte, und ich meine alte Mutter unterstützen muß. Sie werden alles sicher überstehen, und ich hoffe, daß Sie nicht allzu schlecht von mir denken. JACOB JACOBSEN.

PS: Es ist entsetzlich, die Zukunft zu kennen. Versuchen Sie niemals, es zu erlernen!

Ich gab diesen Brief Bastin und Bickley zu lesen und fragte sie dann, was sie davon hielten.

»Reiner Zufall«, sagte Bickley sofort. »Der Mann ist ein schwachköpfiger Trottel und hat aus Samoa gehört, daß ein Taifun im Anzug ist.«

»Ich glaube«, rief Bastin, »der Teufel weiß, wie er für die Seinen sorgen kann, zumindest für eine Weile. Ich würde sagen, daß er viel besser dran wäre, wenn er auch auf dem Grund des Meeres läge wie seine Kameraden.«

»Auf jeden Fall ist er ein Deserteur, der sträflich seine Pflicht verletzt hat. Ich will ihn niemals wiedersehen«, erklärte ich.

Und ich habe ihn auch nie wiedergesehen. Doch habe ich auch niemals eine Erklärung für diesen Zwischenfall erhalten, weder von Bickley, noch von Bastin.

7

Die Orofenaner

Zu unserer Schande muß ich gestehen, daß wir ein delikates Mahl aus gebratenem Fisch, der ausgezeichnet war, und Konservenfleisch zu uns nahmen. Ich sage ›zu unserer Schande‹, denn an unseren Begleitern taten sich jetzt die Haie gütlich, und eigentlich hätten wir um sie trauern sollen. Ich vermute, daß das Glück des eigenen Überlebens uns ein wenig trunken machte. Außerdem hatte keiner von uns den Kapitän wirklich gemocht, und er hatte bewußt jeden Kontakt mit den Besatzungsmitgliedern verhindert, die wir deshalb kaum kennengelernt hatten. Es stimmte zwar, daß Bastin an den Sonntagen Gottesdienste für solche abgehalten hatte, die daran teilnehmen wollten, und Bickley bei ihnen ein paar kleine Wunden und Krankheiten kuriert hatte, doch waren das, von ein paar gelegentlichen, zufälligen Gesprächen abgesehen, unsere einzigen Beziehungen zueinander gewesen.

Nun ist es eine bedauerliche Tatsache, daß es einem recht schwerfällt, von Trauer für Menschen überwältigt zu sein, die man kaum gekannt hat. Es tat uns sehr leid um sie, doch ist das alles, was darüber gesagt werden kann, außer daß Bastin, als Angehöriger der Hochkirche, mit sachlichem Tonfall verkündete, daß er beabsichtige, für ihr Seelenheil zu beten. Worauf Bickley erwiderte, daß sie dies nach dem

Eindruck, den er von ihnen gehabt hätte, sicher sehr nötig haben würden.

Ja, es war ein angenehmes Abendessen, nicht zuletzt dank einer Flasche Champagner, die Bickley und ich uns teilten. Bastin blieb bei seinem Tee, nicht weil er Champagner verachtete, sondern weil er, wie er erklärte, nachdem er mit Heiden in Berührung gekommen sei, kein schlechtes Beispiel geben dürfte, indem er geistige Getränke zu sich nähme.

»Soweit unsere Ansichten auch sonst auseinander liegen mögen, Bastin, für diese Haltung gehört dir mein Respekt«, versicherte Bickley.

»Ich weiß nicht, aus welchem Grund du dazu bewegt wirst«, antwortete Bastin, »doch wenn dem so ist, solltest du meinem Beispiel folgen.«

In jener Nacht schliefen wir wie Tote, im Vertrauen darauf, daß die stabile Teaktür, die wir mit Möbelstücken verbarrikadiert hatten, und Tommy, der ein ausgezeichneter Wachhund war, uns vor Überraschungen schützen würden. Auf jeden Fall gingen wir das Risiko ein. Es geschah jedoch nichts, obwohl Tommy gegen Morgen ziemlich viel knurrte, wodurch ich wach wurde, doch da er danach wieder einschlief, hielt ich es nicht für nötig, aufzustehen. Als es Tag geworden war, erkannte ich an frischen Fußspuren, daß zwei oder drei Männer um das Schiff herumgeschlichen waren, wenn auch in einer gewissen Entfernung.

Wir standen zeitig auf und nahmen, unter Wahrung der notwendigen Sicherheitsmaßnahmen, ein Bad in dem Korallenbassin. Dann frühstückten wir, und nachdem wir alle vorhandenen Gefäße mit Wasser gefüllt hatten, was lange Zeit in Anspruch nahm, da sich unter ihnen auch der große Tank befand, mit dem die Badewanne versorgt wurde, so daß wir für den Fall einer Belagerung mindestens eine Woche aushalten konnten, gingen wir an Deck und berieten darüber, was wir tun sollten. Am Ende beschlossen wir, zu bleiben, wo wir waren, die Entwicklung der Dinge abzuwarten, weil wir, wie ich feststellte, vor allem herausfinden mußten, ob diese Eingeborenen feindselig oder freundlich eingestellt waren. Im einen Fall würden wir uns in unserem Schiff verbarrikadieren, da wir im Freien von ihnen überwältigt werden würden, im anderen war es noch immer Zeit, tiefer ins Land zu ziehen.

Gegen zehn Uhr, als wir auf Schemeln an Deck saßen und rauchten, die Gewehre neben uns – denn angesichts der überhängenden Klippe, unter welcher der Bug unseres Schiffes sich im Sand vergraben hatte, waren wir von ihrem Rand aus geschleuderten Geschossen ausgesetzt –, sahen wir eine Anzahl von Eingeborenen den Strand von beiden Seiten auf uns zukommen. Wie tags zuvor gingen als erstes die Mädchen, welche Tabletts und Körbe mit Nahrung und Früchten trugen. Diese Menschen, die sich erregt unterhielten und lachten, wie es ihre Art war, blieben in einer gewissen Entferrung stehen, also taten wir, als ob wir sie nicht bemerkten. Kurz darauf erschien Marama, in seinen Federumhang gekleidet und wieder von seinen Priestern oder Medizinmännern umringt, auf der Höhe der Klippe, stieg den Pfad hinab, blieb an seinem unteren Ende stehen, grüßte und begann ein Gespräch mit uns, dessen Inhalt – so weit ich ihn verstehen konnte – ich hier wiedergeben will.

Er machte uns Vorwürfe, weil wir nicht zu ihm gekommen waren, wie er es erwartet habe. Wir erwiderten, daß wir es vorgezogen hätten, dort zu bleiben, wo wir waren, bis wir uns seines Willkommens sicher sein konnten, und fragten ihn, wie es damit stünde. Er antwortete, daß nur einmal, zu Zeiten seines Großvaters, Fremde an dieses Ufer gelangt seien, ebenfalls während eines großen Sturmes, so wie wir. Es seien drei Menschen gewesen, dunkelhäutig, wie sie, doch woher sie gekommen seien, habe man niemals erfahren, da sie sofort gefangengenommen und dem Gotte Oro geopfert worden seien, wie es in einem solchen Fall geboten wäre.

Wir fragten, ob er es auch für geboten hielte, uns zu opfern, und er antwortete:

Gewiß, falls wir nicht zu stark wären, da wir Götter seien, oder wenn man nicht zu einem Übereinkommen gelangen könne. Wir fragten, was für eine Art von Übereinkommen er sich vorstelle. Er antwortete, daß wir ihnen Geschenke überreichen, und außerdem das tun müßten, was wir ihm versprochen hätten, nämlich ihn – den Häuptling – von der Krankheit zu heilen, die ihn seit vielen Jahren geplagt habe. In diesem Fall würde alles zu unserer Verfügung stehen, und wir und all unser Besitz würden *tabu* sein, etwas Heiliges, das nicht berührt werden dürfe. Niemand würde dann versuchen, uns zu schaden, nichts würde uns gestohlen werden, da es bei Todesstrafe verboten wäre.

Wir forderten ihn auf, von nur einem seiner Männer begleitet an Deck zu kommen, damit seine Krankheit untersucht werden könne, und nach langem Zögern erklärte er sich dazu bereit. Bickley untersuchte die Wucherung und erklärte, daß sie fast gefahrlos entfernt werden könne, da sie nur durch einen dünnen Stengel mit dem Hals verbunden sei, mit einer solchen Operation jedoch immer ein gewisses Risiko verbunden wäre. Dieses wurde dem Häuptling mit großer Schwierigkeit klargemacht, und es kam zu einem großen Palaver zwischen ihm und seinen Leuten, welche sich unterhalb des Schiffes am Strand versammelt hatten. Sie schienen ihm von dem Experiment abzuraten, bis Marama wütend auf sie wurde, schließlich sogar in Tränen ausbrach und erklärte, daß er diese entsetzliche Last nicht länger mit sich herumschleppen wolle, wobei er seine Wucherung berührte. Lieber wolle er sterben. Da gaben sie nach.

Den Rest will ich so kurz und knapp schildern, wie es mir möglich ist.

Ein gräßliches hölzernes Idol, das in Vogelfedern und Blätter gewickelt war, wurde an Bord gebracht, und bei seinem Haupte schworen der Häuptling und seine Oberen uns Sicherheit zu, ob er leben oder sterben würde, wodurch sie uns zu Gästen des Landes erklärten. Es wurden dabei jedoch zwei Bedingungen gestellt, oder jedenfalls verstanden wir sie als solche. Diese schienen darin zu bestehen, daß wir ihren Gott weder beleidigen noch verletzen dürften, und daß wir niemals die in dem See liegende Insel betreten würden. Erst später fiel es mir ein, daß damit wahrscheinlich der Berg gemeint war, welcher aus dem in der Mitte des Landes gelegenen See herauszuwachsen schien. Auf diese Bedingungen gingen wir mit keinem Wort ein, vor allem, da die Orofenaner ständig redeten. Schließlich ratifizierten sie ihren Eid, indem ein Mann, der, wie ich vermutete, ihr Hohepriester war, sich am Arm aufritzte, und sein Blut auf die Lippen des Idols schmierte, und auch auf die des Häutlings. Ich sollte erwähnen, daß Bastin sich zurückgezogen hatte, sobald das Götzenbildnis aufgetaucht war, was ich sehr begrüßte, da ich sicher war, daß er sonst eine Szene gemacht haben würde.

Die Operation fand an diesem Nachmittag statt, und an Bord des Schiffes, denn als Marama sich einmal dazu entschlossen hatte, uns zu vertrauen, tat er das ohne jeden Vorbehalt. Sie wurde am Oberdeck vorgenommen, in Gegenwart einer ehrfürchtigen Menschenmenge, die von der Klippe aus zusah, und als diese Menschen Bickley in einem sauberen Nachthemd erscheinen und sich gründlich die Hände waschen sahen, ging ein ehrfürchtiges Stöhnen durch die Zuschauermenge. Offensichtlich betrachteten sie es als eine magische oder religiöse Zeremonie, und von diesem Tage an nannten sie Bickley den Großen Priester, oder auch den Großen Heiler. Das kränkte Bastin natürlich ungemein, da er glaubte, des ihm zustehenden Titels beraubt worden zu sein, besonders als er erfuhr, daß die Eingeborenen ihn unter sich ›den Schreier‹ nannten, wegen der lauten Stimme, mit der er auf sie einredete. Aber auch Bickley schätzte das Kompliment nicht besonders.

Unter meiner Mithilfe betäubte er den Häuptling mit Chloroform, was unter der Deckung eines Sonnensegels erfolgte, damit die Leute nicht glauben sollten, daß wir ihren Häuptling erstickten, und dann verlief die Operation reibungslos und glatt. Ich will mir die Einzelheiten ersparen, doch spielten eine elektrische Batterie und ein glühender Draht dabei eine Rolle.

»So«, sagte Bickley triumphierend, als er die Gefäße kauterisiert und alles mit sauberen Bandagen versorgt hatte. »Ich hatte ein bißchen Angst, daß er verbluten könnte, doch diese Gefahr scheint jetzt gebannt zu sein, und ich denke, daß ich es recht gut gemacht habe.« Dann trat er mit dem entsetzlichen Gewächs in der Hand an den Bordrand und zeigte es triumphierend den versammelten Menschen, die wieder laut aufstöhnten und sich zu Boden warfen. Zweifellos ist diese Wucherung bis heute die heiligste Reliquie von Orofena.

Als Marama aus seiner Betäubung erwachte, injizierte Bickley ihm etwas, das ihn für zwölf Stunden in den Schlaf schickte. Während der ganzen Zeit harrten die Menschen auf der Klippe aus und warteten. Dies war die gefährlichste Periode, da wir sie davon überzeugen mußten, daß er nicht tot war, obwohl Bickley ihnen immer wieder versicherte, daß der Häuptling schlafen müsse, während der Zauber wirke. Trotzdem war ich sehr erleichtert, als er am folgenden Morgen erwachte und zwei oder drei seiner führenden Männer sich davon überzeugen konnten, daß er noch am Leben war. Der Rest dauerte zwar eine gewisse Zeit, war jedoch einfach, da lediglich nötig war, ihn ruhig und auf einer bestimmten Diät zu halten, bis keine Gefahr mehr bestand, daß die Wunde sich öffnen konnte. Wir schafften dies mit der Hilfe einer gewissen Eingeborenen, die, wie ich vermute, eine seiner Frauen war, und fünf Tage später konnten wir ihn von seinem Leiden geheilt, wenn auch noch etwas wackelig, seinen Untertanen vorstellen.

Es gab einen großen Aufstand, wie man sich unschwer vorstellen kann. Sie trugen ihn in einer Sänfte fort, wobei die eine Eingeborenenfrau über ihn wachte, und eine andere die Reliquie trug, die in einem Korb aufbewahrt wurde, während wir von der Menge zu Göttern erklärt wurden. Also hatten wir in Orofena nichts mehr zu befürchten – außer Bastin, doch das wußten wir zu dem Zeitpunkt noch nicht.

Während all dieser Zeit hatten wir auf unserem Schiff gelebt und uns dort sehr gelangweilt, obwohl wir unsere Mußestunden durch Gespräche mit besonders ausgewählten Eingeborenen ausfüllten und dadurch unsere Sprachkenntnisse vervollkommneten. Bickley war uns gegenüber dabei sehr im Vorteil, da bereits andere Patienten einzutreffen begannen und ihn beschäftigten. Einer der ersten war jener Medizinmann, den Tommy in die Wade gebissen hatte. Er wurde in einem fast komatösen Zustand zu uns an Bord getragen und litt, allem Anschein nach, an den Folgen eines Schlangenbisses.

Er hielt Tommy für eine zwar göttliche, doch überaus giftige Eidechse, welche ein fürchterliches Geräusch von sich geben könne, und begann prompt an den Symptomen des Bisses einer solchen Kreatur zu leiden. Nichts, das Bickley zu tun vermochte, konnte ihn retten, und er starb schließlich unter schrecklichen Krämpfen, ein Umstand, welcher Tommys Ruf erheblich förderte. Um ehrlich zu sein, machten wir uns dies zunutze, um zu erklären, daß Tommy in Wahrheit ein übernatürliches Tier sei, eine Art gezähmter Dämon, welcher nur gefährlich für solche Menschen werde, die üble Absichten gegenüber denen hegte, denen er diente, oder sie versuchten, irgend etwas von deren Eigentum zu stehlen oder sie zu unpassender Zeit zu belästigen, besonders nach Einbruch der Dunkelheit. So schrecklich sei er, in der Tat, daß selbst das Können des Großen Priesters – das heißt, Bickleys – niemanden retten könne, welchen er einmal in seinem Zorn gebissen habe. Selbst von ihm angebellt zu werden, sei gefährlich und könne einen Fluch herabbeschwören, der für Generationen andauern mochte.

All dies wurde verkündet, während Bastin nicht anwesend war. Er war von Bord gegangen, um Muscheln zu suchen, wie er behauptet hatte, doch in Wahrheit, um religiöse Predigten in polynesischer Sprache zu probieren, mit den Wellen als Zuhörer, wie es Demosthenes angeblich getan haben soll, um seine Fähigkeiten als Redner zu vervollkommnen. Was mich persönlich betrifft, so muß ich zugeben, daß ich mich mehr auf die Furcht vor Tommy verließ, um uns vor Diebstahl und vor anderen Schwierigkeiten zu schützen, als vor eingeborenen *Tabus* und priesterlichen Schwüren.

Das Ende davon war, daß wir schließlich unser Wrack verließen, nachdem wir die Tür mit einem Vorhängeschloß gesichert hatten (das Vorhängeschloß wurde zu einem magischen Instrument erklärt, welches noch schlimmer bisse als Tommy), und in einer Art Triumphzug ins Landesinnere getragen wurden, wobei Priester und Sänger vorausgingen (die Orofenaner sangen außergewöhnlich schön), und Musiker folgten, welche Instrumente spielten, die wie Flöten klangen, während eine Gruppe von Trägern den Schluß machte, welche die Dinge transportierten, die wir brauchten. Man brachte uns an einen wunderbaren Ort, der in einem Palmenhain gelegen war, auf einem Berggipfel, auf welchem viele Brotfruchtbäume wuchsen, und von dem man zur einen Seite einen Blick auf das Meer hatte, und zur anderen auf den See mit dem seltsamen, braunen Berg. Hier, inmitten einer Gartenlandschaft, fanden wir ein schönes Haus, das aus einer Art Lehmziegeln für uns erbaut worden war, ein Dach aus Palmblättern hatte, von einem Hof umgeben war, dessen Umzäunung aus Wällen gestampfter Erde bestand, und breite, von überhängenden Dächern geschützte Veranden aufwies, alles in allem eine wunderbare Unterkunft in diesem herrlichen Klima. In diesem Hause nahmen wir nun Wohnung, suchten hin und wieder das Wrack auf, um nachzusehen, ob noch alles dort war, und warteten die weitere Entwicklung der Dinge ab.

Für Bickley manifestierte sich diese sehr bald durch einen immer stärker anwachsenden Strom von Patienten. Die Bevölkerung dieser Insel war recht groß, zwischen fünf- und zehntausend, würde ich sagen, so weit wir es abschätzen konnten, und unter diesen gab es natürlich eine ganze Anzahl von Kranken. Augenentzündung zum Beispiel war sehr verbreitet, und Wucherungen, wie der Häuptling eine gehabt hatte, gar nicht zu sprechen von chirurgischen Fällen und Menschen, welche an Unfallfolgen und nervösen Beschwerden litten. Bei all diesen Fällen wurde von Bickley erwartet, daß er sich mit ihnen befaßte, was er auch mit erstaunlichem Erfolg tat, unter Zuhilfenahme seiner Bücher über Tropenkrankheiten und seines reichlichen Vorrats an Medikamenten und anderem ärztlichen Zubehör.

Anfangs machte ihm seine Arbeit großen Spaß, doch etwa drei Wochen nachdem wir uns in dem Haus niedergelassen hatten, bemerkte er eines Abends, nachdem er zehn volle Stunden lang Kranke behandelt hatte, daß er eigentlich genausogut in seiner Praxis hätte bleiben können, mit dem Unterschied, daß er dort mehrere tausend Pfund im Jahr verdienen würde. In diesem Augenblick erschien eine Frau mit einem Baby, das unter Krämpfen litt, und um dessentwillen er auf sein Abendessen verzichten mußte, und danach kam ein Mann, der von einer Palme gefallen war und sich das Bein gebrochen hatte.

Und auch ich kam nicht ungeschoren davon. Nachdem ich aus irgendeinem Grund den Ruf von Weisheit erlangt hatte, wurden mir, sobald ich die Sprache einigermaßen beherrschte, alle möglichen schwierigen Fälle zur Entscheidung vorgelegt. Kurz gesagt, ich wurde zu einer Art Oberstem Richter – kein leichtes Amt, da es die Erlernung der lokalen Gesetze erforderte, welche kompliziert und eigenartig waren, besonders in Fällen des Eherechts.

Bastin beobachtete unsere Aktivitäten mit Neid und wachsendem Mißfallen.

»Ihr beiden scheint recht viel zu tun zu haben«, sagte er eines Abends, »ich aber finde keine Arbeit hier. Sie scheinen mich nicht zu wollen, und nur ein gutes Beispiel zu geben, indem ich Wasser und Tee trinke, während ihr euch an Whisky und Palmwein, oder was sonst es sein mag, delektiert, ist eine sehr negative Beschäftigung, besonders, da ich es müde werde, alles mögliche im Garten anzupflanzen und Polizist bei dem Schiffswarck zu spielen, um dafür zu sorgen, daß niemand es betritt. Selbst Tommy ist besser dran, denn er kann zumindest bellen und Ratten jagen.«

»Du mußt einsehen«, sagte Bickley, »daß wir beide lediglich unsere Berufe ausüben. Arbuthnot ist Jurist und fungiert als Richter. Ich bin Chirurg und daneben praktischer Arzt – letzteres in einer sehr bescheidenen Kapazität – und habe hier eine riesige und sehr vernachlässigte Praxis übernommen. Deshalb solltest du, als Theologe, das gleiche tun. Es leben einige zehntausend Menschen hier, doch habe ich nicht bemerkt, daß du bisher auch nur einen einzigen von ihnen bekehrt hättest.«

So sprach Bickley in einer freien und unbedachten Äußerung, und dem üblichen Ziel, Bastin auf den Arm zu nehmen. Er konnte nicht ahnen, was er damit anrichtete.

Bastin dachte eine Weile über diese Worte nach, dann sagte er: »Es ist seltsam, aus welch eigenartigen Quellen die Vorsehung manchmal Inspirationen schickt. Doch wenn Weisheit aus neugeborenen Kindern und Säuglingen fließt, warum sollte sie nicht auch aus dem Brunnen der Agnostiker und Lästerer strömen?«

»Ich kann nichts erkennen, was dagegen spricht«, sagte Bickley trocken, »außer, daß Brunnen im allgemeinen nicht strömen.«

»Dein Spott ist unangebracht und albern«, fuhr Bastin fort. »Ich wollte gerade hinzufügen, daß du mir eine Idee eingegeben hast, wie es zweifellos von der Vorsehung beabsichtigt war. Ich werde, metaphorisch gesprochen, meine Lenden gürten und versuchen, Licht in all dieses heidnische Dunkel zu tragen.«

»Dann ist es das erste Licht, das du jemals besaßest, alter Junge. Aber wozu sollte es nötig sein, deine Lenden zu gürteln, in diesem heißen Klima?« fragte Bickley unschuldig. »Ein Pyjama und dieser weiß-grüne Regenschirm, den du besitzt, wären doch völlig ausreichend.«

Bastin hielt es für unter seiner Würde, darauf zu antworten und saß für den Rest jenes Abends schweigend, tief in Gedanken versunken.

Am nächsten Morgen suchte er Marama auf und erbat von ihm die Erlaubnis, sein Volk über die Götter belehren zu dürfen. Der Häuptling erteilte sie ihm bereitwillig, wohl in der Annahme, daß Bastin damit uns selbst meinte, und erteilte entsprechende Anweisungen. Sie besagten, daß Bastin sich überall ungestört und frei bewegen und mit jedem und über jedes beliebige Thema sprechen könne, und alle ihm respektvoll zuhören müßten.

Auf diese Weise begann seine Missionarslaufbahn in Orofena, und er ergab sich ihr, seinem anständigen, ernsten Charakter entsprechend, mit einem Eifer, der selbst Bickley Bewunderung abforderte. Er richtete eine Schule für Kinder ein, wo der Unterricht unter einem prächtigen, weit ausladenden Baum abgehalten wurde. Die Kinder paßten gut auf, und da sie von bemerkenswert rascher Auffassungsgabe waren, machten sie sich sehr bald die Grundlagen von Wissen zueigen. Doch als er sie dazu zu überreden versuchte, ihre kleinen, nackten Körper zu bekleiden, erlitt er eine vollkommene Niederlage, wenngleich einige der größeren Mädchen sich nach vielem Zureden dazu bereitfanden, eine Blumengirlande anzulegen – sie trugen sie um den Hals.

Er unterrichtete auch die Erwachsenen, und war dabei ebenfalls auf eine gewisse Weise recht erfolgreich, besonders nachdem er die Sprache völlig beherrschte. Sie hörten ihm zu; sie verstanden ihn auch bis zu einem gewissen Grad; sie argumentierten, und legten dem armen Bastin die verfänglichsten Fragen vor, die eine Bischofs-Konferenz in Verlegenheit gebracht haben würde. Doch fand er irgendwie Antworten darauf, und sie akzeptierten höflich seine Interpretationen ihrer theologischen Rätsel. Ich beobachtete, daß er am besten mit ihnen zurechtkam, wenn er Geschichten aus dem Alten Testament erzählte, wie von der Erschaffung der Welt und der Menschen, oder von der Sintflut, und so weiter. Einer ihrer Ältesten sagte sogar: ja, dies sei die reine Wahrheit. Sie hätten alle von ihren Vätern gehört, daß die Sintflut einst um Orofena herum stattgefunden und große Länder verschlungen habe, sie jedoch verschont habe, weil sie so gut seien.

Bastin war davon überrascht und fragte sie, wer diese

Sintflut hervorgerufen habe. Sie antworteten: Oro, welches der Name ihres Gottes war, Oro, der auf jenem Berg lebte, welcher sich aus der Insel erhob, und den sie in Form von Idolen anbeteten. Er antwortete ihnen, daß Gott im Himmel wohne, worauf sie ihm mit ruhiger Gewißheit erklärten: »Nein, nein, er wohnt auf jenem Berg im See«, und das sei der Grund dafür, daß sie es niemals wagten, sich jenem Berg zu nähern.

Schließlich gelang es Bastin nur, einen gewissen Fortschritt zu erzielen, indem er seinen Gott Oro nannte und zugab, daß Er sowohl auf dem Berg wohnen könne wie auch an jedem anderen Ort. Nachdem er ihnen dieses Zugeständnis gemacht hatte – nicht ohne Skrupel –, gelang es ihm jedoch, gute Fortschritte zu erzielen, so gute, daß die Priester Oros, wie ich bemerkte, sehr eifersüchtig auf ihn wurden, und auf die wachsende Autorität, die er bei den Menschen genoß. Bastin triumphierte natürlich darüber und verkündete uns sogar begeistert, daß er innerhalb eines Jahres die Hälfte der Inselbevölkerung taufen würde.

»Innerhalb eines Jahres, mein lieber Freund«, sagte Bickley, »wird man dir bei einer Opferung die Gurgel durchschneiden, und uns wahrscheinlich auch. Was natürlich sehr schade wäre, da es mir innerhalb dieses Zeitraums gelungen sein sollte, die Augenentzündung und ein paar andere auf dieser Insel grassierenden Krankheiten ausgerottet zu haben.«

Hier möchte ich Bastin und seine guten Werke für einige Zeit beiseite lassen und ein wenig über die Insel erzählen. Aus Erkenntnissen, die ich während einiger Ausflüge machen konnte, sowie durch Befragen des Häuptlings Marama, welcher uns sehr ergeben war, stellte ich fest, daß Orofena eine recht große Insel war. Sie war kreisrund, mit einem breiten Streifen Landes um den in ihrem Zentrum liegenden großen See herum, von dem ich bereits sprach, welcher seinerseits eine Insel umgab, wo sich der Berg erhob. Soweit bekannt war, gab es kein anderes Land in der Nähe von Orofena, das noch nie von Fremden aufgesucht worden war, mit Ausnahme jener, die vor hundert Jahren oder so dorthin verschlagen wurden und geopfert und gegessen worden waren. Der größte Teil der Insel war von Dschungel bedeckt, den zu roden die Eingeborenen weder die nötige Energie, noch die entsprechenden Werkzeuge besaßen. Sie waren ein außergewöhnlich faules Volk und bauten nur soviele Bananen oder andere Früchte an, wie sie für ihren täglichen Bedarf brauchten. Genaugenommen lebten sie hauptsächlich von Brotfrucht und anderen Produkten wilder Bäume.

So kam es, daß sie in mageren Jahren, welche durch Trokkenheit oder andere klimatische Ursachen hervorgerufen wurden, und welche die Bäume des Dschungels daran hinderten, Früchte zu tragen, oft große Not litten. In solchen Jahren waren Hunderte von ihnen verhungert und die anderen der schrecklichen Praxis des Kannibalismus verfallen. Manchmal blieben auch die Fischschwärme aus, was ebenfalls große Not bedeutete. Ihr einziges Haustier war das Schwein, und man sah diese Tiere halbwild und nicht sehr zahlreich auf der Insel umherstreunen, da diese Menschen sich nie die Mühe gemacht hatten, sie in Stallhaltung zu züchten. Ihre Lebensgrundlage war deshalb recht schmal, was die Ursache für die relativ geringe Zahl der Bevölkerung war, die durch die grausame Gewohnheit des Kindermordes noch weiter reduziert wurde, einer Praxis, mit der sich die Menschen die Last des Aufziehens von Kindern ersparten.

Sie besaßen keinerlei Kenntnis darüber, wie sie auf diese Insel gelangt waren. Sie glaubten, daß sie von Anbeginn an hier gelebt hätten, sagten jedoch, daß ihr Volk zu Zeiten ihrer Vorväter erheblich größer gewesen sei als jetzt. Sie besaßen poetische Neigungen, sangen Lieder in einer Sprache, die sie selbst nicht verstehen konnten; sie sagten, daß dies die Sprache sei, die ihre Vorväter gesprochen hatten. Außerdem verfügten sie über einige seltsame Bräuche, deren Ursprung ihnen nicht bekannt war. Nach meiner Ansicht, die von Bickley geteilt wurde, waren sie der geschrumpfte und degenerierte Rest einer ehemals hochstehenden Rasse, die jetzt durch Alter und Inzucht ihrem Untergang entgegenging. Tatsächlich waren sie, trotz ihrer primitiven Wildheit, welche in ihren Ausdrucksformen starke Ähnlichkeit mit der anderer polynesischer Völker aufwies, von einer seltsamen Aura von Antiquität umgeben. Man hatte das Gefühl, daß sie die ältere Welt und ihre Geheimnisse gekannt hätten, obwohl beides jetzt in Vergessenheit geraten war. Auch ihre Sprache, die wir im Laufe der Zeit vollkommen beherrschten, war formenreich, musikalisch und ausdrucksvoll in ihren Redewendungen.

Einen Umstand muß ich noch erwähnen. Bei meinen Streifzügen durch das Land bemerkte ich überall gewaltige Krater im Boden, von denen einige fast hundert Meter Durchmesser hatten und eine Tiefe von mehr als fünfzig Metern aufwiesen, und dies nicht im Schwemmland, obwohl auch dort Spuren davon sichtbar waren, sondern in gewachsenem Fels. Aus welchem Gestein dieser Fels bestand, weiß ich nicht, da keiner von uns geologische Kenntnisse besaß, doch schien es meiner Meinung nach eine Art von Granit zu sein. Auf jeden Fall waren es keine Korallen, wie man sie an und vor der Küste fand, sondern eine Formation aus Urgestein.

Als ich Marama nach dem Ursprung dieser Krater fragte, hob er nur die Schultern und sagte, er wüßte ihn nicht, doch ihre Vorväter hätten behauptet, daß sie von Steinen verursacht worden seien, die vom Himmel gefallen wären. Das ließ mich natürlich an Meteoriten denken. Ich sprach mit Bickley über diese Möglichkeit, und da er ausnahmsweise gerade nichts zu tun hatte, kam er mit mir, um diese Möglichkeit an Ort und Stelle zu überprüfen.

»Wenn es Meteoriten gewesen sein sollten, von denen in einem lange zurückliegenden geologischen Zeitalter ein ganzer Schwarm die Erde hier traf, müßte alles Leben vernichtet worden sein und Reste von ihnen müßten am Boden dieser Krater liegen. Nach meiner Ansicht sehen sie eher wie Sprengtrichter mächtiger Explosionen aus, doch das ist natürlich unmöglich, obwohl ich mir nicht erklären kann, was sonst diese Krater hervorgerufen haben könnte.«

Dann ging er wieder an seine Arbeit zurück, da er an Dingen, die die Vergangenheit betrafen, kein großes Interesse hatte. Die Gegenwart und ihre Probleme reichten ihm völlig, pflegte er zu sagen, da er weder in der Vergangenheit gelebt habe, noch erwarte, einen Anteil an der Zukunft zu haben.

Da meine Neugier jedoch bestehen blieb, stieg ich kurze Zeit darauf in einen dieser Krater hinab, wobei ich ein paar Eingeborene mitnahm, die ihre Holzwerkzeuge bei sich hatten. Am Boden des Kraters fand ich eine dicke Erdschicht, die entweder durch Regenwasser hineingeschwemmt worden war, oder ein Verwitterungsprodukt des Felsens sein mochte, obwohl seltsamerweise nichts darin wuchs. Ich befahl den Männern, zu graben, und nach einger Zeit legten sie zu meiner Verwunderung die Ecke eines großen, behauenen Steines frei, dessen Material völlig anders war als das des Kraters, es schien in der Tat Marmor zu sein. Weitere Untersuchungen ergaben, daß dieser Stein mit wunderbaren Bas-Reliefs verziert war, anscheinend mit Blumen- und Rankenmustern. In der aufgegrabenen Erde entdeckte ich außerdem eine lebensgroße Frauenhand aus Marmor, die wunderbar gearbeitet und offenbar von einer Statue abgebrochen war, welche die Schöpfung eines der großen griechischen Meister sein konnte. An dem dritten Finger dieser Hand befand sich die Nachbildung eines Ringes, dessen Platte jedoch bedauerlicherweise zerstört worden war.

Ich steckte die Marmorhand in die Tasche, doch da die Dunkelheit hereinbrach, konnte ich meine Arbeit nicht fortsetzen und diesen Steinblock ausgraben. Als ich am nächsten Tag zu dem Krater zurückkehren wollte, wurde ich von Marama höflich darauf hingewiesen, daß es nicht gut sei, das zu tun, da die Priester Oros erklärt hätten, daß mein Aufdecken der ›vergrabenen Dinge den Gott erzürnen und Unheil über mich bringen würde‹.

Als ich darauf bestand, es trotzdem zu tun, erklärte er mir, daß ich dann allein gehen müsse, da kein Eingeborener mich begleiten würde, und beschwor mich inständig, davon abzulassen. So war ich zu meinem großen Bedauern gezwungen, mein Vorhaben aufzugeben.

8

Bastin greift nach der Märtyrerkrone

Jener behauene Stein und die Marmorhand beschäftigten mich ungemein. Was mochten sie bedeuten? Wir waren sie auf den Grund jenes Kraters gelangt, falls sie nicht Teile eines Bauwerkes und seiner Ornamentik gewesen waren, das in seiner Umgebung zerstört worden war? Der Stein, von dem wir lediglich eine Ecke freigelegt hatten, schien viel zu groß, um von einem Schiff aus dorthingebracht worden zu sein; er mußte mehrere Tonnen wiegen. Außerdem transportierten Schiffe so etwas nicht um die Welt, und auf jeden Fall hatte keines während der letzten zwei Jahrhunderte diese Insel angelaufen, denn ein solches Ereignis hätte mit Sicherheit in der örtlichen Fama Spuren hinterlassen. Hatten also einst mit eleganten Reliefs verzierte Bauwerke an dieser Stelle gestanden, und waren diese mit wunderbaren Statuen geschmückt gewesen, welche die Werke der besten Perioden griechischer Kunst in den Schatten gestellt haben würden? Die Sache war absolut unglaublich, es sei denn, daß es sich um die Überreste einer völlig untergegangenen Zivilisation handelte.

Bickley war genauso ratlos wie ich. Alles, was er dazu sagen konnte, war, daß die Welt sehr alt sei und vieles auf ihr geschehen sein mochte, wovon uns nichts überliefert worden sei. Selbst Bastin war für kurze Zeit davon fasziniert, doch da sein Vorstellungsvermögen durch die Ziffer Null repräsentiert wurde, war alles, was er dazu zu sagen hatte: »Ich nehme an, daß irgend jemand sie zurückgelassen hat, aber das spielt ja keine große Rolle, nicht wahr?«

Ich jedoch, der ich eine starke Vorliebe für das Antike und das Geheimnisvolle besitze, konnte mich nicht auf eine solche Art zufriedenstellen lassen. Ich dachte an den unerreichbaren Berg in der Mitte des Sees und erinnerte mich, an seiner Flanke etwas bemerkt zu haben, das wie eine Ruine aussah, als ich ihn vom Rand der Klippe durch ein Fernglas betrachtet hatte. Dies war auf jeden Fall ein Punkt, den ich vielleicht aufzuklären vermochte.

Ohne irgend etwas von meinem Vorhaben verlauten zu lassen, schlich ich mich eines Morgens fort und marschierte zum Ufer des Sees, eine Strecke von fünf oder sechs Meilen über rauhes Terrain. Als ich dort angekommen war, sah ich, daß der kegelförmige Berg in seiner Mitte, der etwa eine Meile vom Ufer entfernt lag, erheblich höher war, als ich angenommen hatte, gute dreihundert Fuß schätzte ich, und einen ziemlich großen Umfang hatte. Außerdem schienen seine Hänge einst terrassiert gewesen zu sein, und es war auf einer dieser breiten Terrassen, auf halber Höhe des Hangs und der aufgehenden Sonne zugewandt, wo diese mächtigen Ruinen standen. Ich betrachtete sie durch mein Fernglas. Zweifellos handelte es sich um die Reste zyklopischer Bauten, die aus mächtigen Quadern farbigen Gesteins errichtet und durch ein Erdbeben oder eine Explosion zerstört worden waren. Ich sah die Pfeiler eines riesigen Portals und die Überreste von Mauern.

Ich zitterte vor Aufregung, während ich wie gebannt hinüberstarrte. Konnte ich nicht auf diese Insel gelangen und mir diese Ruinen genauer ansehen? Ich entdeckte, daß von dem mit dichtem Gebüsch bewachsenen Ufer am Fuße des Berges etwas hervorragte, das wie die Reste einer Pier aussah, und dessen Ende eine große, flache, zwischen zwei- und dreihundert Metern breite Felsplattform bildete. Doch sie war zu weit entfernt, als daß man sie schwimmend hätte erreichen können. Außerdem konnte ich ja nicht wissen, ob sich nicht vielleicht Krokodile in dem See befanden. Ich schritt an seinem Ufer auf und ab, bis ich schließlich einen Pfad entdeckte, der in eine Art Palmenhain führte.

Ich folgte diesem Pfad und gelangte zu einem Bootshaus, das mit Palmwedeln bedeckt war. In ihm befanden sich zwei stabile Kanus, mit ihren Paddeln, welche im Wasser schwammen und mit Seilen aus Kokosfasern an Baumstämmen festgemacht waren. Sofort stand bei mir der Entschluß fest, daß ich zu der Insel hinüberpaddeln und sie mir genauer ansehen würde. Gerade als ich in eins der Kanus steigen wollte, wurde es plötzlich dunkel in dem Bootshaus. Ich blickte auf und sah eine Gestalt im Eingang stehen, worauf ich schuldbewußt innehielt.

»Freund-von-der-See« (das war der Name, den diese Inselbewohner mir gegeben hatten), sagte die Stimme Maramas, »sage mir: was tust du hier?«

»Ich wollte ein wenig auf den See hinauspaddeln«, sagte ich mit einem harmlosen Lächeln.

»Wirklich, Freund. Haben wir dich so schlecht behandelt, daß du deines Lebens müde bist?«

»Was willst du damit sagen?«

»Komm zu mir ins Licht der Sonne, Freund, dann will ich es dir erklären.«

Ich zögerte, doch als ich sah, daß Marama den schweren Speer hob, den er in der Hand hielt, trat ich hinaus.

»Was hat dies alles zu bedeuten, Häuptling?« fragte ich wütend, als wir den Palmenhain verlassen hatten.

»Es bedeutet, mein Freund, daß du nahe daran warst, eine längere Reise anzutreten, als du beabsichtigt hattest. Hab ein wenig Geduld und hör mir zu! Ich habe heute früh gesehen, wie du das Dorf verlassen hast, und da ich ahnte, was du vorhattest, bin ich dir gefolgt. Ja, ich bin dir gefolgt, ohne den Priestern Oros etwas davon zu sagen, welche glücklicherweise anderweitig beschäftigt waren, da sie aus ihren eigenen Gründen den Schreier beobachteten. Ich habe gesehen, wie du das Geheimnis des Berges betrachtetest, durch diese magischen Röhren, welche Dinge, die klein sind, groß machen, und Dinge, die entfernt sind, heranholen, und ich bin dir zu den Kanus gefolgt.«

»All das verstehe ich, Marama. Aber warum?«

»Habe ich dir nicht gesagt, Freund-von-der-See, daß jener Berg, welcher Orofena genannt wird, heilig ist?«

»Das hast du gesagt, doch was ist damit?«

»Dieses: wer seinen Fuß auf jenen Berg setzt, muß sterben, und auch du, so mächtig du auch sein magst, könntest dann sterben, wie die anderen. Und, obwohl ich dich liebe, war ich dabei, das festzustellen, wenn du nicht von dem Kanu weggegangen wärst.«

»Wozu werden die Kanus dann gebraucht?« fragte ich aufgebracht.

»Siehst du jenen flachen Fels, mein Freund, hinter dem sich ein Loch befindet? Es ist der Eingang einer Höhle, der erst durch den großen Sturm freigelegt wurde, welcher euch zu unserem Land brachte. Sie werden dazu gebraucht, Opfergaben hinüberzubringen, welche auf jener Felsenplatte niederlegt werden. Jenseits davon darf niemand seinen Fuß setzen, und seit Menschengedenken hat das auch niemand getan.«

»Opfergaben? Für wen?«

»Für die Oromatuas, die Geister der großen Toten, welche dort wohnen.«

»Oromatuas? Oro! Alles hier hat irgend etwas mit Oro zu tun. Wer oder was ist Oro?«

»Oro ist ein Gott, Freund, obwohl es zutreffen mag, daß über ihm, wie die Priester behaupten, ein noch größerer Gott steht, der Degai genannt wird, der Schöpfer, das Schicksal, welcher alle Dinge geschaffen hat und alle Dinge leitet.«

»Dem mag so sein, doch warum glaubst du, daß Oro, der Diener Degais, in jenem Berg wohnt? Ich dachte, daß er in einem Hain beim Dorf wohne, wo deine Priester, wie ich hörte, eine Statue von ihm anbeten.«

»Ich weiß es nicht, Freund-von-der-See, doch so ist es von Anbeginn an berichtet worden. Die Statue im Hain wird lediglich hin und wieder von seinem Geist aufgesucht. Und nun bitte ich dich, mit mir zurückzugehen, bevor die Priester entdecken, daß du hier gewesen bist, und zu vergessen, daß es Kanus an diesem See gibt.«

Da ich es für das klügste hielt, die Sache mit einem Lachen abzutun, ging ich mit ihm zum Dorf zurück. Unterwegs versuchte ich, noch etwas mehr aus ihm herauszuholen, jedoch ohne Erfolg. Er wußte nicht, wer die Bauwerke auf dem Berg errichtet hatte, oder wodurch sie zerstört worden waren. Er wußte nicht, auf welche Weise die Terrassen entstanden waren. Er konnte mir nur sagen, daß während des Aufbäumens der Natur, durch welches die Flutwelle hervorgerufen worden war, die unser Schiff auf das Ufer der Insel geworfen hatte, der Berg, wie man deutlich gesehen hätte, sich geschüttelt habe wie ein Baum im Wind, als ob gewaltige Kräfte in seinem Innern am Werk gewesen wären. Dann habe man gesehen, wie er sich ein großes Stück weiter aus dem See erhoben habe, was man an der Wassermarke an seinem Ufer deutlich erkennen könne, und dabei sei der Zugang zu der Höhle freigelegt worden. Die Priester sagten, all dies sei geschehen, weil die Oromatuas, welche in ihm lebten, sich geregt hätten, was große Ereignisse ankündige. Und es waren ja auch große Ereignisse eingetreten: waren wir nicht in ihrem Lande erschienen?

Ich dankte ihm für das, was er mir gesagt hatte, und da von ihm nicht mehr zu erfahren war, ließ ich das Thema ruhen, das auch nicht wieder zwischen uns zur Sprache kommen sollte, jedenfalls für lange Zeit nicht. Innerlich jedoch war ich fest entschlossen, auf jenen Berg zu gelangen, selbst wenn ich dafür mein Leben riskieren mußte. Irgend etwas schien mich an jenen Ort zu rufen; es war, als ob ich wie durch einen Magneten von ihm angezogen würde. Wie es sich herausstellte, sollte ich wirklich bald zu diesem Berg gelangen, wenn auch nicht aus freiem Willen, sondern unter Zwang. Und das geschah so: Eines Abends fragte ich Bastin, wie er mit seinem Missionierungswerk vorankäme. Er antwortete: sehr gut, doch versperre ein großes Hindernis ihm seinen Weg: das Idol im Palmenhain. Wenn es nicht um dieses verfluchte Ding wäre, sei er sicher, daß die ganze Insel christlich werden würde. Ich bat ihn, sich deutlicher auszudrücken. Er erklärte mir, daß seine ganze Arbeit durch dieses Idol zunichte gemacht würde, weil seine Konvertiten erklärten, sie wagten nicht, sich taufen zu lassen, solange dieses Ding im Palmenhain säße. Wenn sie das täten, würde der Geist, der darin sei, sie verhexen, oder vielleicht sogar des nachts herauskommen und sie töten.«

»Wobei dieser Geist unsere Freunde, die Medizinmänner, sein dürften.«

»Das ist es, Arbuthnot. Weißt du, ich glaube, daß diese Teufelspriester ihrem satanischen Fetisch gelegentlich sogar Menschenopfer darbringen, wenn eine Dürre eintritt oder etwas anderes dieser Art.«

»Das glaube ich gerne«, antwortete ich, »doch da sie sich kaum dazu bereitfinden werden, ihren Gott aufzugeben, und damit ihre Autorität und ihren Lebensunterhalt, und da *wir* nicht geopfert werden wollen, können wir wohl kaum etwas dagegen tun, fürchte ich.«

In diesem Moment wurde ich von Bickley gerufen. Als ich das Haus verließ, hörte ich Bastin etwas von Märtyrern murmeln, maß dem jedoch keinerlei Bedeutung bei. Ich konnte ja nicht ahnen, was in seinem frommen, aber eigenwilligen Kopf vor sich ging. Es war, kurz gesagt, dieses: wenn kein anderer sich dazu bereit fand, das Idol zu beseitigen, so würde er es eben selbst tun.

Doch ging er dabei sehr verschlagen vor, beinahe jesuitisch, möchte ich sagen. Nicht ein Wort verlor er mir gegenüber über seinen dunklen Plan, und gegenüber Bickley schon gar nicht. Er fuhr fort, seinen Unterricht zu erteilen, beklagte sich von Zeit zu Zeit über den Stolperstein des Idols und fragte mich, auf welche Weise dieser durch eine wirkliche Bekehrung der Inselbewohner oder auf eine andere Weise umgangen werden könnte. So traurig es ist, aber der liebe, alte Bastin kam im Zusammenhang mit dieser Angelegenheit dem Lügen so nahe, wie noch nie zuvor in seinem Leben. Und das geschah wie folgt: Eines Tages entdeckte Bickleys scharfes Auge, daß Bastin etwas in seiner Tasche trug, das wie eine Whiskyflasche aussah.

»Hallo, alter Junge«, sagte er, »ist die Zeit deiner Enthaltsamkeit vorbei? Ich wußte nicht, daß du heimlich trinkst.« Und er deutete auf die Flasche.

»Falls du damit andeuten willst, daß ich zum Säufer geworden bin, liegst du damit noch mehr daneben als gewöhnlich, was wirklich etwas heißen will. Diese Flasche enthält keinen Whisky, sondern Petroleum, obwohl ich zugeben will, daß ihr Etikett dich zu falschen Schlüssen geführt haben mag, zu unbeabsichtigten, will ich gerne zugeben.«

»Was willst du mit dem Petroleum?« fragte Bickley.

Bastin errötete leicht unter seiner Sonnenbräune und antwortete verlegen: »Petroleum ist sehr gut dafür, Moskitos zu vertreiben, wenn man den Geruch auf der Haut ertragen kann. Aber nicht nur dazu habe ich es mitgebracht. Ehrlich gesagt, will ich mit einer Lampe, die ich selbst entworfen habe, experimentieren, einer Lampe, aus ... ah ... einem Holz dieser Insel.« Damit verdrückte er sich eilig.

»Wenn der alte Bastin wieder mal eine Lüge erzählt«, kommentierte Bickley, »sollte er sich vorher überlegen, was er sagen will, und dann dabei bleiben. Ich frage mich wirklich, was er mit dem Petroleum anfangen will. Hoffentlich hat er nicht vor, irgendeinen meiner Patienten damit zu beglücken. Vor einigen Tagen hat er mir ernsthaft erklärt, daß es, innerlich angewendet, von großer medizinischer Wirkung sei.«

»Vielleicht hat er vor, sich selbst einen Schluck davon zu genehmigen, nur um zu beweisen, daß er recht hat«, meinte ich.

»Die Magenpumpe liegt immer bereit«, sagte Bickley lachend, und damit war das Thema für uns erledigt.

Am kommenden Morgen stand ich schon vor Anbruch der Dämmerung auf. Da ich ein paar elementare Kenntnisse der Astronomie besaß, die mir aus meiner Jungend verblieben waren, als ich mich für dieses Gebiet sehr interessiert hatte, und die ich jetzt mit Hilfe einer Enzyklopädie aufzufrischen versuchte, die ich vom Schiff mitgebracht hatte, wollte ich an Hand der Sterne festzustellen versuchen, wo wir uns befinden mochten. Dieses Bemühen, muß ich zugeben, wurde zu einem absoluten Fehlschlag, da ich nicht wußte, wie man Ortsbestimmungen nach den Sternen vornimmt.

Als ich unser Eingeborenenhaus verließ, sah ich im Licht der Laterne, die ich bei mir hatte, daß das türlose Abteil, in welchem Bastin wohnte, leer war, und wunderte mich, wohin er zu dieser frühen Stunde gegangen sein mochte. Als ich meinen Beobachtungsstand erreichte, eine felsige Erhebung auf offener Fläche, wo ich mich, mit meinem Teleskop, und Tommy mir zur Seite niederließ, war ich erstaunt zu sehen, oder zu hören, besser gesagt, daß eine große Anzahl von Eingeborenen an dieser Erhebung vorbei in Richtung Busch zog. Dann erinnerte ich mich daran, daß irgend jemand – Marama, glaube ich – mir gesagt hatte, daß bei Sonnenaufgang dieses Tages eine große Opferung zu Ehren Oros stattfinden sollte. Danach beschäftigte ich mich nicht weiter mit dieser Angelegenheit, sondern konzentrierte mich auf das Studium der Himmelskörper. Aber es war vergeblich. Schließlich brach die Dämmerung an und setzte meinen Bemühungen ein Ende.

Als ich von diesem kleinen Hügel aus umherblickte, sah ich etwa eine halbe Meile entfernt zwischen den Bäumen, wo, wie ich wußte, die Statue Oros verborgen war, plötzlich eine helle Flamme auflodern. Ich war niemals darauf neugierig gewesen, sie mir selbst anzusehen, da ich wußte, daß sie nichts anderes war, als ein häßliches, mit Federn und anderem Putz beklebtes Idol. Die Flamme schoß senkrecht in die stille Luft empor, und Sekunden später hörte ich das Krachen einer Explosion, worauf die Flamme erlosch. Und dann hörte ich etwas anderes: den Wutschrei einer aufgebrachten Menschenmenge.

Am Fuß des Hügels blieb ich stehen und fragte mich, was

dies alles bedeuten mochte. Plötzlich tauchte Bickley neben mir auf, der einen dringenden Fall behandelt hatte, und fragte mich, wer Schießpulver zur Explosion gebracht habe. Ich sagte ihm, daß ich keine Ahnung hätte.

»Aber ich«, antwortete er. »Es war dieser Esel Bastin, der irgendeine Dummheit begangen hat. Jetzt kann ich mir denken, wozu er das Petroleum herumgeschleppt hat. Hör dir doch nur an, wie sie toben! Was haben sie vor?«

»Vielleicht wollen sie Bastin opfern«, antwortete ich, halb im Scherz. »Hast du einen Revolver bei dir?«

Er nickte. Wir trugen immer unsere Waffen, wenn wir bei Dunkelheit aus dem Hause gingen.

»Dann sollten wir vielleicht lieber nachsehen.«

Wir marschierten los und hatten noch keine hundert Meter zurückgelegt, als ein Mädchen, das wir als eine von Bastins Konvertiten erkannten, auf uns zugestürzt kam und rief: »Hilfe! Hilfe! Sie töten den Schreier mit Feuer! Sie braten ihn wie ein Schwein!«

»Genau wie ich es vermutet habe«, sagte Bickley.

Nun liefen wir, so schnell wir konnten, da offensichtlich keine Zeit zu verlieren war. Während wir liefen, preßte ich aus dem völlig verstörten Mädchen heraus, das wir zwangen, uns zu begleiten, daß in dem Augenblick, als das Opfer gebracht werden sollte, Bastin aufgetaucht sei, ›Feuer gemacht‹ und es an den Gott Oro gehalten habe, der sofort in hellen Flammen stand. Dann sei er zurückgelaufen, wobei er schrie, daß der Teufel jetzt tot sei. Während er fortlief, habe es laut geknallt, und Oro sei in Stücke geflogen. Sein brennender Kopf sei hoch in die Luft emporgeschleudert worden, habe beim Herabfallen einen der Priester getroffen und ihn erschlagen. Daraufhin hätten die anderen Priester und die Menschen den Schreier gepackt und gebunden. Und jetzt seien sie dabei, ein Feuer zu machen, über dem sie ihn braten wollten. Wenn er gar sei, würden sie ihn zu Ehren Oros essen.

»Und recht geschieht ihm!« keuchte Bickley, der wegen seines Leibesumfanges kein guter Läufer war. »Warum kann er die Götter anderer Menschen nicht in Ruhe lassen? Muß er sie mit Schießpulver in die Luft sprengen?«

»Das weiß ich auch nicht«, sagte ich. »Hoffentlich erreichen wir ihn noch rechtzeitig.«

»Um mit Bastin gemeinsam gebraten und gegessen zu werden?« keuchte Bickley, und dann hatte er keine Luft mehr, um weiterreden zu können.

Wie sich herausstellte, kamen wir noch zur rechten Zeit, da diese großen Feuergruben eine ganze Weile brauchen, um heiß genug zu werden. Neben einer flammenden Grube, Hände und Füße mit Kokosfaserschnüren gefesselt, stand Bastin, völlig unbeteiligt, ja mit einem verzückten Lächeln auf dem Gesicht, was uns beide auf das höchste irritierte. Um ihn herum tanzten die wütenden Priester Oros, und um diese herum, vor Wut schreiend und heulend, der größte Teil der Bevölkerung Orofenas. Wir tauchten so plötzlich und überraschend auf, daß niemand versuchte, uns aufzuhalten, und stellten uns links und rechts neben ihn, mit gezogenen Revolvern.

»Ich danke euch für euer Kommen«, sagte Bastin in die Stille, die plötzlich eintrat, »doch glaube ich nicht, daß es irgendeinen Sinn hat. Ich kann mich zwar nicht erinnern, daß irgendeiner der frühen Märtyrer gebraten und gegessen wurde, doch war es natürlich durchaus üblich, sie in kochendes Wasser oder Öl zu werfen. Ich nehme an, daß dieser Ritus eine Opferung ist und, wenn auch in einem überaus niedrigen Sinne, eine Sakralhandlung darstellt und nicht nur gewöhnlichen Kannibalismus.«

Ich starrte ihn sprachlos an, und Bickley rief: »Wenn du aufgegessen werden sollst, was kommt es dann darauf an, aus welchem Grunde du gegessen wirst?«

»Oh!« antwortete Bastin, »das macht einen gewaltigen Unterschied, obwohl es einer ist, den du sicher nicht begreifen kannst. Und jetzt sei bitte still, da ich mein letztes Gebet sprechen möchte. Ich vermute, daß diese Steine in etwa zwanzig Minuten heiß genug sein werden, um ihren Zweck zu erfüllen, und das ist nicht sehr lange.«

In diesem Augenblick erschien Marama, offensichtlich in einem Zustand höchster Erregung. Mit ihm kamen mehrere der Priester oder Zauberer, die um Bastin herumgetanzt waren, so, wie ich glaube, die Priester Baals um dessen Idol, und sie waren von finsterer Wut erfüllt. Sie rollten die Augen, sie streckten ihre Zungen hervor, sie stießen wilde Schreie aus und schüttelten ihre Holzmesser vor dem Gesicht des in sich gekehrten Bastin.

»Was geht hier vor?« fragte ich den Häuptling scharf.

»Dieses, Freund-von-der-See: Als bei Anbruch der Dämmerung Oro das Opfer dargebracht werden sollte, sprang dieser Schreier vor, warf etwas zwischen die Füße der Gottesfigur, goß gelbes Wasser darüber und ließ sie durch Feuer in Flammen aufgehen. Dann lief er fort und verhöhnte den Gott, welcher kurz darauf in Stücke flog und jenen Mann tötete. Deshalb muß der Schreier geopfert werden.«

»Wem denn?« fragte ich. »Das Bildnis ist nicht mehr, und der Teil davon, der herabgestürzt ist, hat nicht den Schreier getötet, was geschehen wäre, wenn der Gott einen Zorn auf ihn gehabt hätte, sondern einen seiner eigenen Priester. Deshalb ist er es, welcher von dem Gott selbst getötet wurde, der gegessen werden sollte, und nicht der Schreier, welcher lediglich das tat, was der Geist ihm befahl.«

Dieses geistreiche Argument schien eine gewisse Wirkung auf Marama nicht zu verfehlen, doch die Priester waren gar nicht davon beeindruckt.

»Wir essen sie alle!« schrien sie. »Es sind Feinde Oros, die dem Gott gelästert haben!«

Und die Masse der Menschen schien, nach ihrem Verhalten zu urteilen, auch dieser Ansicht zu sein. Unsere Lage begann sehr ungemütlich zu werden. Die Priester liefen auf uns zu und bedrohten uns mit ihren hölzernen Waffen, und einer von ihnen schlug damit nach Bickley, den er nur knapp verfehlte.

»Hört zu, meine Freunde«, sagte der Arzt, dessen Geduld am Ende war. »Ihr nennt mich den Großen Priester und den Großen Heiler, nicht wahr? Doch seht euch vor. Ich möchte euch nicht beweisen müssen, daß ich genausogut auch töten kann!«

Der Mann, ein wild herausgeputzter Bursche, der vor Wut wahrhaftig Schaum vor dem Mund hatte, ließ sich dadurch jedoch nicht beeindrucken und sprang wieder mit erhobener Keule auf Bickley los, in der Absicht, ihm den Schädel einzuschlagen.

Plötzlich hob Bickley seinen Revolver und feuerte. Die Kugel traf den Mann ins Herz, und er fiel tot zu Boden. Es herrschte Totenstille, denn diese Menschen hatten noch nie gesehen, daß wir auf irgend etwas schossen, und waren mit Feuerwaffen überhaupt nicht vertraut, welche sie bis dahin lediglich für Lärminstrumente gehalten hatten. Sie starrten den Toten an, sie schrien auf vor Angst und Verwunderung, und dann stoben sie davon, von dem wütend kläffenden Tommy verfolgt, so daß wir mit den beiden Toten allein zurückblieben.

»Es war an der Zeit, ihnen eine Lektion zu erteilen«, sagte Bickley, während er die verschossene Patrone nachlud. Dann packte er den Toten und rollte ihn in die Feuergrube.

»Richtig«, sagte ich, »aber wenn sie sich von ihrem Schock erholt haben, werden sie zurückkommen, und *uns* eine Lektion erteilen.«

Bastin sagte nichts, er schien zu betäubt, um wahrnehmen zu können, was um ihn herum vorging.

»Was schlägst du vor?« fragte Bickley.

»Flucht«, antwortete ich.

»Wohin? Zum Schiff? Das könnten wir vielleicht halten.«

»Nein, genau das würden sie vermuten. Hört! Sie sind schon dabei, uns den Weg dorthin abzuschneiden. Wir müssen zur Insel im See, wohin sie uns nicht zu folgen wagen, weil sie heilig ist.«

»Und wovon sollen wir auf der Insel leben?« fragte Bickley.

»Das weiß ich nicht«, war meine Antwort, »doch bin ich völlig sicher, daß wir sterben werden, wenn wir hierbleiben.«

»Gut«, sagte er, »wir wollen es versuchen.«

Während wir sprachen, hatte ich Bastins Fesseln zerschnitten.

»Ich danke dir«, sagte er. »Es ist eine große Erleichterung, wieder die Arme ausstrecken zu können, nachdem sie so lange verschnürt waren. Doch weiß ich nicht so recht, ob ich dir wirklich dankbar bin. Die Märtyrerkrone war greifbar nahe über mir, und jetzt ist sie in der Feuergrube verschwunden, wie jener, den Bickley ermordet hat.«

»Hör mal zu!« rief Bickley aufgebracht. »Wenn du noch ein Wort von dir gibst, Bastin, werfe ich dich auch in die Grube, damit du dort nach deiner Märtyrerkrone suchen kannst, denn ich glaube, daß du für einen Morgen genug Unheil angerichtet hast.«

»Falls du versuchen solltest, die Schuld an dem Tode jenes Unglücklichen mir anzulasten ...«

»Oh! Halt den Mund und setze dich in Bewegung!« fuhr Bickley ihn an. »Diese verdammten Wilden mit deinen geliebten Konvertiten als Vorhut sind im Anmarsch.«

Also ›setzten wir uns in Bewegung‹, und in einer recht flotten Gangart, und als wir an dem Kopf der Orostatue vorbeiliefen, bückte Bastin sich und hob ihn auf, etwa so, wie Atlanta dies auf den Akademiegemälden mit den Äpfeln tut, und schleppte ihn triumphierend mit sich.

»Ich weiß, daß er verkohlt ist«, stieß er keuchend hervor, »aber sie könnten diesen Götzen reinigen und auf einen neuen Körper stecken. Jetzt ist das nicht mehr möglich, weil nichts davon übrig geblieben ist.«

Um ehrlich zu sein, befanden wir uns auf unserer Flucht niemals in ernstlicher Gefahr, da unsere Verfolgung nur halbherzig erfolgte. Einmal hatten die Orofenaner, welche uns mochten, jetzt, nachdem die erste Wut verraucht war, nicht mehr den Wunsch, uns zu töten, während der Eifer der Priester, welche durchaus diesen Wunsch hatten, nach der mysteriösen Zerstörung ihres Idols und dem gewaltsamen Tod zweier der ihren (was, wie sie fürchteten, an ihnen wiederholt werden mochte), sehr stark abgekühlt war.

So kam es, daß die Verfolgungsjagd zwar sehr geräuschvoll war, doch nicht sehr ernsthaft, und uns niemals zu nahe kam.

Wir erreichten das Ufer des Sees und das Bootshaus, von dem bereits die Rede war, wobei wir kaum mehr als einen leichten Trott liefen. Hier ließen wir Bastin das bessere der beiden Kanus losmachen, welches zu unserer Freude fast bis zum Rand mit Opfergaben gefüllt war, die, dem Brauch gemäß, an diesem hohen Feiertage Oro dargebracht werden mußten, während wir an der Tür des Bootshauses Wache hielten, um uns gegen Überraschungen abzusichern. Als Bastin fertig war, sprangen wir, gefolgt von Tommy, ins Kanu und stießen das schwer beladene Boot in den See.

In einer Entfernung von etwa vierzig Schritten vom Ufer, wo wir jenseits der Wurfweite der Holzspeere waren, ließen wir unsere Paddel sinken und warteten ab, was weiter geschehen würde. Die ganze Masse der Inselbewohner hatte inzwischen das Seeufer erreicht, blieb dort stehen und starrte uns an. Bastin, der dies für eine willkommene Gelegenheit hielt, hob das greuliche Haupt des Idols, das er sorgfältig abgewaschen hatte, empor, und begann über den Fall des ›Gottes im Palmenhain‹ zu predigen.

Diese Zeremonie schien Erinnerungen und Ängste in den Köpfen seiner Zuhörer hervorzurufen. Vielleicht mochte auch eine uralte Prophezeiung dabei eine Rolle spielen – ich weiß es nicht. Jedenfalls rief einer der Priester etwas, worauf alle gleichzeitig zu sprechen begannen. Dann bückten sie sich und schütteten Wasser des Sees über sich, rieben Sand und Schlamm in ihr Haar, wobei sie sich ständig in Richtung des Berges verneigten, und dann wandten sie sich um und gingen fort.

»Haltet ihr es nicht für richtiger, daß wir zurückgehen sollten?« fragte Bastin. »Offensichtlich haben meine Worte sie berührt, und ihre Herzen schmelzen im Licht der Wahrheit.«

»Oh! Sicher«, antwortete Bickley sarkastisch, »denn dann

werden ihre Speere *uns* berühren, und unsere Körper werden bald im Feuer jener Grube schmelzen.«

»Vielleicht hast du recht«, sagte Bastin. »Auf jeden Fall hast du die Situation durch die ungerechtfertigte Ermordung dieses Priesters erheblich verschlimmert, der sicherlich nicht vorhatte, dich ernsthaft zu verletzen und alles in allem kein schlechter Kerl war, wenn auch auf eine gewisse Art recht voreingenommen. Außerdem glaube ich nicht, daß von irgend jemandem erwartet wird, seinen Kopf in eine Märtyrerkrone zu stecken. Wenn sie sich auf ihn herabläßt, ist das eine andere Sache.«

»Wie ein Schmetterling!« rief Bickley wütend.

»Ja, wenn du es so ausdrücken willst, obwohl das Gleichnis recht armselig ist; wie ein Sonnenstrahl, wäre wohl besser.«

Hier stieß Bickley sein Paddel so heftig ins Wasser, daß er das Kanu beinahe umwarf.

Wenig später erreichten wir den Opferstein, der sich als so breit wie ein doppelter Croquetrasen erwies, und als erheblich länger.

»Was sind diese Dinger?« fragte ich und deutete auf ein paar Erhebungen am Rande des Felsens, an einer Stelle, wo eine gekrümmte Ausbuchtung einen kleinen Hafen schuf.

Bickley betrachtete sie prüfend und antwortete: »Ich würde sie für die Überreste von Pollern halten, die im Laufe vieler Jahrtausende verwittert sind. Ja, sieh doch, da sind noch die Rillen von Tauen zu erkennen, und sehr dicke Taue müssen es gewesen sein.«

Wir starrten einander an – das heißt, Bickley und ich taten es, während Bastin noch immer damit beschäftigt war, den geschwärzten Kopf des Gottes zu betrachten, den er gestürzt hatte.

9
Die Insel im See

Wir machten das Kanu fest und stiegen auf den großen Felsen, der, wie wir jetzt feststellten, eigentlich eine Halbinsel war, das heißt, er war mit der Insel durch eine Landbrücke von gut fünfzig Metern Breite verbunden die zum Eingang der Höhle führte. Auf dieser Landbrücke entdeckten wir etwas sehr Bemerkenswertes, nämlich zwei Furchen, die genau neun Fuß voneinander entfernt waren, auf die Öffnung der Höhle zuliefen und dort verschwanden.

»Erkläre!« sagte Bickley.

»Wege«, antwortete ich, »von unzähligen Füßen ausgetreten, die Tausende von Jahren auf ihnen gegangen sind.«

»Du solltest die Kunst der Beobachtung besser pflegen, Arbuthnot«, erwiderte er. »Was sagst du dazu, Bastin?«

Er starrte durch seine Brillengläser auf die Furchen und antwortete: »Ich sage gar nichts dazu, außer, daß ich mir nicht vorstellen kann, wie irgend jemand hier Wege ausgetreten haben könnte. Diese Insel erscheint mir völlig menschenleer, und die Orofenaner haben mir versichert, daß sie niemals hierhergekommen seien, da sie sterben müßten, wenn sie das täten. Das ist natürlich Teil ihres abergläubischen Unsinns. Falls du irgendwelche Vorstellungen haben solltest, so sag sie uns rasch, bevor wir frühstücken, denn ich bin jetzt hungrig.«

»Das bist du immer«, bemerkte Bickley, »selbst in Situationen, die anderen Menschen jeden Appetit nehmen würden. Nun, ich glaube, daß diese große Plattform einst ein Landeplatz für Flugmaschinen war, und das dort der Unterstellraum oder die Garage für sie ist.«

Bastin starrte ihn an.

»Sollten wir nicht doch erst einmal frühstücken?« fragte er. »Da sind zwei gebratene Schweine in dem Kanu, und ein Haufen anderes Zeug, genügend, um eine Woche davon leben zu können, möchte ich sagen. Natürlich begreife ich, daß das Blut, das du vergossen hast, dich verwirrt haben muß. So etwas hat nun einmal, wie ich glaube, eine solche Wirkung, ausgenommen bei den völlig Verhärteten. Flugmaschinen sind erst vor wenigen Jahren von den Brüdern Wright in Amerika erfunden worden.«

»Bastin«, sagte Bickley, »allmählich tut es mir leid, daß ich dich nicht an einem anderen Frühstück teilnehmen ließ – ich meine, als Hauptgericht.«

»Es war die Vorsehung und nicht du, welche das verhindert hat, wahrscheinlich, weil ich eines solchen erhabenen Endes unwürdig bin.«

»Dann ist es ein Glück, daß die Vorsehung ein guter Revolverschütze ist. Hör endlich auf, Unsinn zu reden, und hör mir zu! Wenn dieses von Füßen ausgetretene Wege wären, würden sie mehr an den Rändern des Felsens verlaufen. Doch das tun sie nicht. Sie beginnen in jener leichten Senke und führen in einem ziemlich steilen Winkel aufwärts. Die Flugmaschinen, die offensichtlich sehr groß waren, sind in dieser Senke gelandet, wie Vögel, und von dort aus auf Rädern oder auf Schlittenkufen entlang dieser Furchen zu dem Unterstellraum im Berg gefahren. Komm mit zu der Höhle, dann wirst du es sehen!«

»Nicht vor dem Frühstück«, erklärte Bastin kategorisch. »Ich werde ein Schwein heraufholen. Um ehrlich zu sein, hatte ich gestern abend kein Abendessen, weil ich eine Klasse von Eingeborenenknaben unterrichten mußte und anschließend einige eigene Vorkehrungen zu treffen hatte.«

Was mich betraf, so stieß ich nur einen leisen Pfiff aus. Und doch, wie konnte so etwas möglich sein?

Wir entluden das Kanu und aßen. Bastin bewies einen ausgezeichneten Appetit. Ich mußte ihn daran erinnern, daß wir nichts weiteres finden würden, wenn dieser Vorrat verbraucht war.

»Sorget euch nicht um den morgigen Tag«, zitierte er. »Ich habe keinerlei Zweifel, daß von irgendwoher Hilfe kommen wird«, sagte er und nahm sich ein weiteres Rippenstück.

Noch nie zuvor hatte ich ihn so sehr bewundert. Vor weniger als zwei Stunden wäre er beinahe grausam ermordet und gegessen worden. Doch schien ihm das nicht das geringste auszumachen. Bastin war der einzige Mann, den ich jemals kennengelernt hatte, der den wirklichen Glauben besaß. Es ist dies etwas, das zu besitzen sich lohnt, und das zum Glück führt. Wie großartig ist es doch, wenn es einem egal ist, ob man nun gefrühstückt wird oder frühstückt!

»Ich sehe, daß es hier eine Menge Treibholz gibt«, bemerkte er, »doch bedauerlicherweise haben wir keinen Tee, also ist es uns kaum von Nutzen, falls wir nicht ein paar Fische fangen und sie braten können.«

»Hör endlich auf, vom Essen zu reden, und hilf uns, das Kanu heraufzuziehen«, sagte Bickley.

Zu dritt schleiften wir das Kanu ein ganzes Stück vom Ufer fort, damit die Eingeborenen es uns nicht samt unserer Vorräte wegnehmen konnten. Nachdem wir dann auch Tommy sein Frühstück von den Resten gegeben hatten, gingen wir zum Eingang der Höhle hinauf. Ich blickte meine beiden Begleiter an. Bickleys Gesicht strahlte vor wissenschaftlichem Eifer. Hier sind keine Träume oder Spekulationen, sondern Fakten, die ich erforschen kann, und die ich erforschen werde, schien es zu sagen. Die Vergangenheit wird mir ihr Geheimniss offenbaren und mir sagen, wie die Menschen vor unendlich langer Zeit gelebt haben und gestorben sind, und wie weit sie auf der Straße der Zivilisation fortschreiten konnten, auf der jetzt ich in der flüchtigen Stunde meiner Existenz stehe.

Das Gesicht Bastins zeigte mildes Interesse, nicht mehr. Offensichtlich war die Hälfte seines Bewußtseins mit etwas anderem beschäftigt, wahrscheinlich mit seinen Konvertiten und mit dem Unterrichtsbeginn der Schulklasse, welchen einzuhalten ihm von den Umständen verwehrt wurde. Offen gesagt, genau wie die Frau Lots blickte er immer wieder zu dem Ort zurück, von dem zu fliehen er gezwungen worden war.

Weder für die Vergangenheit noch für die Zukunft schien Bastin ein wirkliches Interesse zu haben, genausowenig wie Bickley, wenn auch aus völlig anderen Gründen. Für Bickley war sie erledigt, und Bastin war es zufrieden, sie in anderen Händen zu wissen. Falls er sich überhaupt darüber Gedanken machen sollte, so erschien ihm diese Insel als ein großes, freundliches Paradies, wo es keine Ungläubigen oder falsche Doktrinen gab, und alle Sünder streng unterdrückt wurden, und in welchem er, angetan mit einem weißen Chorhemd und allem kirchlichen Zubehör, auf ewig mit den Vätern seines Glaubens argumentieren und nach einer angemessenen Zeit Bickley vernichten konnte – natürlich nur in moralischem Sinne. Persönlich und als Mensch fühlte er sich sehr zu Bickley hingezogen, welchen er als ein mißgeleitetes und notwendiges Übel betrachtete, mit dem man sich abfinden mußte.

Und ich? Was empfand ich? Ich weiß es nicht; ich kann es nicht beschreiben. Eine außergewöhnliche Anziehung, eine halb-spirituelle Euphorie, möchte ich sagen. Der Höhleneingang mochte ein Magnet gewesen sein, der meine Seele anzog. Mein Körper hätte sich davor fürchten müssen, was auch der Fall war, da unsere Lage recht verzweifelt aussah. Hier waren wir nun, Schiffbrüchige auf einer Insel, die wahrscheinlich auf keiner Karte verzeichnet war, eine von Tausenden in der Weite des Ozeans, von der zu entkommen, wir kaum eine Chance hatten. Außerdem waren wir, nachdem wir die religiösen Gefühle der primitiven Einwohner dieser Insel verletzt hatten, gezwungen worden, auf einen Berg in der Mitte eines Sees zu fliehen, wo uns, wenn die Nahrung, welche wir durch reinen Zufall bei uns hatten, aufgebraucht war, zweifellos nur die Wahl zwischen dem Tod durch Verhungern, oder, falls wir uns zurückzuziehen versuchen sollten, durch die Hände der recht empörten Eingeborenen bleiben würde. Und dennoch bedrückten mich diese Tatsachen nicht, denn ich wurde vom Eingang jener Höhle angezogen, angezogen durch etwas, das ich nicht benennen kann, und wenn es zu meinem Verderben sein sollte – was kam es darauf an?

Deshalb machte sich keiner von uns Sorgen; Bastin, weil sein Glaube jeder Situation gewachsen war, und weil es für ihn ja immer den von weißgekleideten Engeln bevölkerten Himmel gab, über welchen hinaus seine Vorstellungskraft nicht reichte (ich habe mich oft gefragt, ob er sich auch vorstellte, daß Mrs. Bastin dort auf ihn wartete; wenn ja, so ließ er niemals etwas darüber verlauten); Bickley, weil er als Kind der Gegenwart und des Wissens die Zukunft nicht fürchtete, da sie, wie er glaubte, für ihn nicht existierte, und es ihm sogar gleichgültig war, wann seine Tage gezählt sein würden; und ich, weil ich das Gefühl hatte, daß dort meine wirkliche Zukunft lag; ja, und auch meine wirkliche Vergangenheit, obwohl ich, um sie zu entdecken, jenes Portal durchschreiten würde müssen, welches wir als den Tod kennen.

Wir erreichten den Eingang der Höhle. Seine Ausmaße waren gewaltig; der Bogen hatte eine Höhe von etwa hundert Fuß, und ich konnte sehen, daß er einst mit Skulpturen geschmückt gewesen war. So gut diese auch durch den überhängenden Fels geschützt gewesen sein mochten, denn der Eingang der Höhle war tief in die Flanke des Berges eingegraben, waren sie doch so verwittert, daß es unmöglich war, Details zu erkennen. Die Zeit hatte an ihnen genagt wie eine Säure. Doch welches Maß von Zeit? Ich vermochte es nicht abzuschätzen, doch mußte es enorm sein, wenn der harte, geschützte Fels so stark zerfallen war.

Diese Erkenntnis wurde mir in noch verstärktem Maße bewußt, als wir bei späteren Untersuchungen feststellten, daß der gesamte Höhleneingang einen unermeßlichen Zeitraum lang verschlossen gewesen war. Man mag sich erinnern, daß Marama mir berichtete, der Berg habe sich während des entsetzlichen Zyklons, der uns hier an Land geworfen hatte, ein ganzes Stück höher aus dem See herausgehoben, und damit auch der Höhleneingang, der bis dahin unsichtbar gewesen war. An den Wassermarken an den Flanken des Berges war klar ersichtlich, daß etwas dieser Art vor sehr kurzer Zeit geschehen sein mußte, zumindest an dieser östlichen Flanke des Berges. Das bedeutete, daß entweder der flache Felsen ein Stück abgesunken sein mußte, oder aber daß der ganze Vulkan nach oben gedrückt worden war.

Einst, in einer weit zurückliegenden Vergangenheit, war die Höhle so gewesen, wie wir sie vorgefunden hatten. Dann war sie soweit abgesunken, daß der flache Felsen ihren Zugang versperrt hatte. Jetzt war dieser Zugang erneut offen, und die Furchen, von denen ich bereits berichtet habe, liefen jetzt – obwohl sich natürlich eine Unterbrechung in ihnen befand – auf einer von dem flachen Felsen nur wenig verschobenen Ebene in den Höhleneingang. Und doch waren die Skulpturen, obwohl sie durch eine mächtige Steinabdeckung geschützt gewesen waren, vom Zahn der Zeit so stark zernagt. Natürlich mochte das geschehen sein, *bevor* sie durch eine uralte Katastrophe begraben worden waren, um in der Stunde unserer Ankunft auf der Insel wieder freigelegt zu werden.

Ohne uns damit aufzuhalten, diese zerbröckelten Skulpturen näher zu untersuchen, traten wir in den klaffenden Rachen der gewaltigen Höhle, indem wir den parallelen Furchen folgten, ja, tatsächlich in ihren Vertiefungen schritten. Nach einiger Zeit verbreiterte sich die Höhle zu einer riesigen Kaverne, so wie ein Korridor in einen ummauerten Hof führen mag, ja, zu einem so immensen Raum, daß wir in dem trüben Licht weder seine Decke, noch seine Ausdehnung erkennen konnten. Wir wußten nur, daß er gewaltig sein mußte, denn das verrieten uns die Echos unserer Stimmen und unserer Schritte, da diese von hoch, hoch oben und von weit, weit entfernt zurückgeworfen wurden.

Bickley und ich sagten nichts, doch Bastin bemerkte: »Seid ihr schon in Olympia gewesen? Ich habe dort einmal eine Art Schauspiel gesehen, wo die Menschen nichts sagten, sondern nur elegant gekleidet hin und her liefen. Man sagte mir, daß es ein religiöses Stück sei, eines, das ein Geistlicher gesehen haben sollte. Ich habe es jedoch ganz und gar nicht religiös gefunden. Es ging da um eine Nonne, die ein Kind hatte.«

»Und? Was ist damit?« fragte Bickley ungehalten.

»Nichts besonderes, außer daß Nonnen keine Kinder haben, und wenn doch, so sollte diese Tatsache nicht an die große Glocke gehängt werden. Doch daran dachte ich nicht. Ich dachte, daß diese Kaverne wie ein unterirdisches Olympia ist.«

»Ach, halt den Mund!« sagte ich, denn obwohl Bastins Vergleich nicht schlecht war, empfand ich seine monotone, schleppende Stimme in dieser feierlichen Stille als störend.

»Seid vorsichtig und paßt auf, wohin ihr tretet!« flüsterte Bickley, denn selbst er schien beeindruckt. »Es könnten Löcher im Boden sein.«

»Ich wünschte, wir hätten Licht«, antwortete ich und blieb stehen.

»Falls Kerzen von Nutzen sind, so habe ich zufällig ein Paket davon in der Tasche«, erklärte Bastin. »Ich habe sie heute morgen für einen bestimmten Zweck eingesteckt.«

»Der sicher gar nichts mit dem Petroleum und dem brennenden Idol zu tun hatte, vermute ich«, sagte Bickley. »Gib sie her!«

»Ja, wenn mir nur etwas mehr Zeit geblieben wäre, wollte ich ...«

»Es ist doch völlig egal, was du wolltest; wir wissen, was du getan hast, und das reicht uns völlig«, sagte Bickley unwirsch, während er Bastin das kleine Paket aus der Hand riß und es öffnete. »Gütiger Himmel! Ich habe keine Streichhölzer bei mir, und du auch nicht, Arbuthnot!«

»Ich habe ein Dutzend Schachteln Wachshölzchen in meiner anderen Tasche«, sagte Bastin. »Wißt ihr, nur die brennen gut genug, wenn man ein feuchtes Idol in Brand setzen will. Und ihr mögt bemerkt haben, daß es auch hier recht feucht ist.«

Also wurden auch sie hervorgeholt, und ich nahm sie in

Verwahrung, da sie zu kostbar waren, um sie in Bastins Obhut zu lassen. Dann nahm ich eine der Schachteln aus dem Paket und entzündete zwei Kerzen von der kurzen, dicken Art, wie man sie in Wagenlaternen verwendet.

Sie flammten auf und waren zwei Lichtpunkte im Dunkel, deren Schein jedoch nicht stark genug war, um das Dach oder die Wände der Höhle zu erreichen. Mit ihrer Hilfe setzten wir unseren Weg fort, immer weiter den Furchen folgend, bis diese plötzlich aufhörten. Jetzt war überall um uns her nur eine glatte Felsfläche, wie wir deutlich erkannten, als wir den Staub beiseite schoben, der sich im Lauf der Zeitalter in einer dicken Schicht auf dem Boden abgesetzt hatte, wahrscheinlich durch die allmähliche Erosion der Felswände. Der Boden schien ehemals poliert gewesen zu sein und wirkte wie schwarzer Marmor. Einige Risse im Boden schienen sogar mit irgendeiner dunklen Zementmasse gefüllt worden zu sein. Ich blieb stehen und blickte auf sie hinab, während Bickley, etwas nach rechts abweichend, weiterging und kurz darauf nach mir rief. Ich ging zu ihm. Bastin folgte mir auf den Fersen, da ich die andere Kerze hatte, und auch der kleine Hund, Tommy, dem es in dieser Umgebung ganz und gar nicht wohl war, und der mir deshalb nicht von den Füßen wich.

»Sieh her!« sagte Bickley und hielt seine Kerze empor, »und sag mir, was das ist?«

Vor mir, nur vage zu erkennen, stand eine seltsame Stangenkonstruktion aus einem gelblichen Metall, die durch Drähte zusammengehalten wurde. Die Konstruktion mochte um die vierzig Fuß hoch sein und in der Länge an die hundert Fuß messen. Ihr unterer Teil war in der dicken Staubschicht vergraben.

»Was ist das?« fragte Bickley noch einmal.

Ich antwortete nicht, da ich angestrengt nachdachte.

Bastin jedoch sagte: »Das ist schwer zu erkennen bei diesem schlechten Licht, doch würde ich sagen, daß es sich um die Reste eines Käfigs handelt, in welchem die Menschen, die hier lebten, sich Affen hielten, oder es mag vielleicht ein

Avarium gewesen sein. Seht doch diese kleinen Leitern dort, die sicher dazu bestimmt waren, daß Affen daran herumkletterten, oder daß Vögel auf ihren Sprossen sitzen konnten.«

»Bist du sicher, daß es keine zahmen Engel waren?« fragte Bickley.

»Was für eine lächerliche Frage! Wie kann man Engel in einem Käfig halten? Ich glaube ...«

»Flugzeug!« sagte ich fast flüsternd zu Bickley.

»Das ist es!« antwortete er. »Die Rahmenkonstruktion eines Flugzeugs, und eines verdammt großen. Aber warum ist sie nicht verrostet?«

»Es muß aus irgendeinem unzerstörbaren Metall bestehen«, meinte ich. »Gold, zum Beispiel, rostet nicht.«

Er nickte und sagte: »Wir müssen es ausgraben. Es steckt mehrere Fuß tief im Staub; aber ohne Spaten ist das nicht zu schaffen. Also kommt weiter!«

Wir gingen um das Ende des Gebildes herum und gelangten zu einem zweiten. Und als wir weitergingen, zu einer dritten; alle standen sie exakt hintereinander in einer Reihe.

»Was habe ich euch gesagt?« triumphierte Bickley. »Eine ganze Garage voll, eine richtige Flotte von Flugmaschinen!«

»Das ist doch Unsinn«, erwiderte Bastin, »denn ich bin sicher, daß diese Orofenaner so etwas nicht herstellen können. Sie haben ja nicht einmal Metall und schlachten sogar ihre Schweine mit Holzmessern.«

Ich ging weiter und hielt mich dabei etwas nach links, um auf unsere ursprüngliche Route zurückzugelangen. Mit diesen Metallskeletten konnten wir nichts anfangen, und ich hatte das Gefühl, daß es weiter hinten noch mehr zu entdecken geben mußte. Kurz darauf sah ich etwas vor mir aufragen und beschleunigte meine Schritte, nur um plötzlich erschrocken zurückzufahren. Denn dort, knapp dreißig Fuß von mir entfernt und etwa dreihundert vom Höhleneingang, erschien plötzlich etwas, das wie ein gigantischer Mann aussah. Tommy sah ihn ebenfalls und kläffte, wie Hunde kläffen, wenn sie verängstigt sind, und das Echo seines Gekläffs hallte endlos von allen Seiten wider, was ihn verschreckt zum Schweigen brachte. Nachdem ich mich wieder gefaßt hatte, trat ich darauf zu, denn nun hatte ich erkannt, daß es kein Mann war, sondern lediglich eine Statue.

Das Ding stand auf einem großen Sockel, der stufenförmig gearbeitet war – acht Stufen waren es, wenn ich mich recht erinnere – und sich so nach oben hin stark verjüngte. Der Fuß dieses Sockels war ein Quadrat von mindestens fünfzig Fuß Seitenlänge; sein oberster Absatz, auf welchem die Statue stand, maß jedoch sicher nicht mehr als sechs Fuß. Die Figur selbst war überlebensgroß, jedenfalls für unsere Maße, und mochte eine Höhe von gut sieben Fuß aufweisen. Und sie war auf vielerlei Art sehr merkwürdig.

Zum einen war nichts von ihrem Körper sichtbar, da sie wie eine Mumie fest in Tücher gewickelt war. Aus dieser Umhüllung ragte ein Arm hervor, der rechte, dessen Hand die Nachbildung einer brennenden Fackel hielt. Der Kopf war nicht verhüllt, es war der eines Mannes mit einer langen Nase, einem schmallippigen Mund und ernstem Gesicht, das einen Ausdruck tiefer und unbeschreiblicher Ruhe zeigte, etwa wie die Ruhe Buddhas – nur nicht so gütig. Auf dem Kopf befand sich eine Bedeckung, die einem orientalischen Turban ähnlich sah, und an der links und rechts kleine Flügel saßen, die in gewisser Weise denen an dem berühmten Kopf des Hypnos glichen, des griechischen Gottes, der für den Schlaf zuständig war. Zwischen den Falten der Umhüllung ragten auf dem Rücken zwei weitere Flügel hervor, Flügel von gewaltigen Ausmaßen, gekrümmt wie die eines Vogels, der sich in die Luft schwingen will. Die ganze Haltung der Figur deutete darauf hin, daß sie sich von der Erde abstoßen und in die Lüfte erheben wollte. Sie war aus schwarzem Basalt oder einem ähnlichen Stein geformt und sehr sorgfältig gearbeitet. So konnte man zum Beispiel an den bloßen Füßen und an dem Arm, der die Fackel emporreckte, jeden Muskel erkennen, und sogar einige der Venen, genauso alle Einzelheiten des Schädels, obwohl sie auf den ersten Blick nicht sichtbar waren. Wir vergewisserten uns dessen, indem wir auf den Sockel stiegen und das Gesicht mit den Händen abtasteten.

Hier muß ich feststellen, daß die feine, naturgetreue Ausführung dieses Kopfes, wie auch die der Hand und der Füße, Bickley, der natürlich ein erstklassiger ausgebildeter Anatom war, höchste Verwunderung abnötigte. Er sagte, er hätte es nie für möglich gehalten, daß eine solche Genauigkeit von einem Künstler erzielt werden könne, der mit einem so harten Material arbeitete.

Wir studierten die Statue so gründlich, wie es uns im Licht unserer beiden Kerzen möglich war, und äußerten unsere Meinungen über ihre Bedeutung. Bastin meinte, wenn diese Dinger, die sie weiter vorn gesehen hätten, tatsächlich die Überreste von Flugzeugen sein sollten, was er bezweifele, könnte diese Statue nichts mit ihnen zu tun haben, was ja durch den Umstand bewiesen würde, daß sie Flügel an ihrem Kopf und an ihren Schultern trüge. Außerdem, fügte er hinzu, nachdem er ihr Gesicht eingehend gemustert hatte, sei dieser Kopf jenem des Idols, das er in die Luft gesprengt habe, auf eine unheimliche Art ähnlich. Es zeige die gleiche lange Nase und den gleichen strengen, geschlossenen Mund. Wenn er recht hatte, so war dies nichts anderes, als ein weiteres Idol Oros, welches er ebenfalls vernichten würde, und zwar sofort, bevor die Inselbewohner herüberkämen, um es anzubeten.

Bickley knirschte mit den Zähnen, als er das hörte.

»Vernichten? Das hier?« stieß er hervor. »Vernichten! *Vernichten!* Oh, du ... du verdammter hirnverbrannter Frühchrist!«

Hier sollte ich feststellen, daß Bastin völlig recht hatte, wie wir später herausfanden, als wir den Kopf der Statue mit dem des Fetischs verglichen, den er, wie man sich erinnern mag, mit sich gebracht hatte. Unter Berücksichtigung eines enormen Niedergangs der Kunst, waren sie in ihren Gesichtscharakteristiken beinahe identisch. Das ließ natürlich auf eine starke Rückentwicklung künstlerischer Tradition im

Laufe unzähliger Generationen schließen. Es mochte natürlich auch absolut zufällig sein. Ich bin nicht sicher, doch halte ich es für möglich, daß unzählige Jahrhunderte lang andere alte Statuen in Orofena existiert haben, von denen das Idol kopiert worden ist. Oder daß irgendein mutiger und unfrommer Geist, der es gewagt hatte, in lange zurückliegenden Zeiten in diese Höhle vorzudringen, den lokalen Gott nach diesem uralten Vorbild geschaffen hatte.

Bickley wurde sofort, genau wie ich, an die Ähnlichkeit mit dem ägyptischen Gott Osiris erinnert. Natürlich bestanden gewisse Unterschiede. Zum Beispiel hielt diese Göttergestalt statt Krummstab und Geißel eine Fackel in der Hand. Und an Stelle der Krone Ägyptens trug sie eine geflügelte Kopfbedeckung, obwohl es zutrifft, daß diese nicht unähnlich der geflügelten Scheibe jenes Landes war. Die Flügel, welche aus ihren Schultern sprossen, waren eher babylonisch als ägyptisch, oder erinnerten an die assyrischen Bullen, welche gleichermaßen ausgestattet sind. Alle möglichen symbolischen Vergleiche mochten aus jener Figur gezogen werden. Doch was war sie?

Wie ein Blitz kam mir die Antwort darauf. Eine Darstellung des Geistes des Todes! Nicht mehr und nicht weniger. Dort war das Totengewand; dort das kalte, unergründliche Gesicht, welches auf Geheimnisse hindeutete, die es verbarg. Doch was war mit der Fackel und den Flügeln? Nun, die Fackel war das Licht, das den Seelen auf ihrem Weg in die andere Welt leuchtete, und auf den Flügeln flogen sie zu ihr hin. Wer immer diese Statue geschaffen haben mochte, hoffte auf ein anderes Leben, davon war ich jedenfalls überzeugt.

Ich erläuterte meine Ideen. Bastin fand sie phantastisch und zog seine eigene Vorstellung von der eines fliegenden Menschen vor, da es ihm unmöglich war, in irgendeiner Religion außer seiner eigenen einen Geistesgehalt zu sehen. Bickley stimmte mir insoweit zu, als es sich wahrscheinlich um eine allegorische Darstellung des Todes handele, konnte sich mit meiner Interpretation von Fackel und Flügeln jedoch auf keinen Fall einverstanden erklären, da er aus Prinzip nicht annahm, daß der Unsinn des Glaubens an Unsterblichkeit sich schon in einem so frühen Zeitalter entwikkelt haben konnte, zumindest nicht bei einem so hoch zivilisierten Volk, das diese Statue geschaffen haben mußte.

Was keiner von uns verstehen konnte, war, warum dieses Abbild mit seinem kalten, toten Antlitz in einem Flugzeugschuppen stand, und den Grund dafür haben wir auch niemals entdeckt. Wahrscheinlich hatte es schon hier gestanden, lange bevor die Höhle für diesen Zweck benutzt worden war. Sie mochte anfangs als Tempel eingerichtet worden und als das auch weiter benutzt worden sein, bis irgendwelche Umstände die Menschen dazu gezwungen hatten, ihre Lebensweise zu ändern, oder sogar ihren Glauben.

Wir untersuchten dieses wundervolle Werk und den Sokkel, auf dem es stand, so genau, wie es uns bei dem schwachen Licht unserer Kerzen nur möglich war. Ich war begierig darauf weiterzugehen und zu sehen, was sich jenseits dieser Statue befinden mochte, und so gingen wir weiter, etwa zwanzig Schritte weit, in die Tiefe der Höhle hinein.

Dann entdeckte Bickley etwas, das wie ein Brunnen aussah, in den wir beinahe hineingestürzt wären, und Bastin beschwerte sich, daß ihm heiß und er sehr durstig sei; außerdem erklärte er uns, daß er zur Zeit genug habe von Höhlen und Idolen.

»Höre, Arbuthnot«, sagte Bickley, »diese Kerzen sind fast heruntergebrannt, und wir wollen nicht noch mehr vergeuden, wenn es nicht unbedingt nötig ist, da wir die, welche noch übrig sind, später sehr dringend brauchen könnten. Nach der Anzeige meines Taschenkompasses weist die Mündung dieser Höhle genau nach Osten; wahrscheinlich ist sie ursprünglich aus astronomischen Gründen oder zur Abhaltung von Gottesverehrungen zu verschiedenen Jahreszeiten nach der aufgehenden Sonne ausgerichtet worden. Von der Position der Sonne zu der Zeit, als wir an diesem Morgen auf dem Felsen landeten, aus zu schließen, würde ich sagen, daß sie jetzt fast genau gegenüber dem

Höhleneingang steht. Wenn dem so sein sollte, sollte morgen früh, zur Zeit der Dämmerung, zumindest für eine gewisse Zeit, das Licht bis zu der Statue hereinfallen, und vielleicht sogar weiter. Ich möchte vorschlagen, daß wir unsere weiteren Untersuchungen bis dahin aufschieben.«

Ich stimmte mit ihm überein, besonders, da ich mich durch die überwältigenden Eindrücke sehr müde fühlte und Zeit zum Nachdenken haben wollte. Also gingen wir zurück. Als wir das taten, merkte ich, daß Tommy verschwunden war, und fragte besorgt nach ihm, da ich befürchtete, daß er in den Brunnenschacht gestürzt sein könnte.

»Dem ist nichts passiert«, versicherte mir Bastin. »Ich sah ihn vorhin an dem Sockel der Statue herumschnüffeln. Wahrscheinlich hat er dort eine Ratte entdeckt, oder eine Schlange.«

Richtig fanden wir Tommy auch dort, seine schwarze Nase gegen den Stein der untersten Stufe gepreßt, welche den Sockel der Statue bildete, und laut schnüffelnd. Er kratzte aufgeregt im Staub, wie es ein Hund tut, der ein Kaninchen in einem Loch gewittert hat. So hingegeben war er dabei, daß ich Schwierigkeiten hatte, ihn wegzulocken.

Ich maß dieser Angelegenheit zu der Zeit keine große Bedeutung bei, erinnerte mich jedoch später wieder daran und nahm mir vor, jene Steine bei der ersten sich bietenden Gelegenheit genau zu untersuchen.

Auf unserem Rückweg gingen wir an den Resten der Flugmaschinen vorbei und erreichten ohne jeden Zwischenfall den Damm. Nachdem wir uns gewaschen und ein wenig geruht hatten, machten wir uns daran, unser Kanu mit seinem unersetzlichen Inhalt zum Zugang der Höhle hinaufzuschleppen, wo wir es, so gut es uns möglich war, versteckten.

Als dieses getan war, gingen wir um den Fuß des Berges herum. Er erwies sich als erheblich größer, als wir angenommen hatten. Sein Umfang betrug mehr als zwei Meilen. Überall um ihn herum befand sich ein Gürtel fruchtbaren Landes, von dem großen See angeschwemmt, wie ich vermutete, und das Ergebnis verrotteter Vegetation. Der größte Teil dieses Gürtels war von altem Dschungel bedeckt, und davor erstreckte sich ein Watt, das offensichtlich erst kürzlich entstanden war, vielleicht durch die Flutwelle, welche uns nach Orofena verschlagen hatte. Auf dem höheren Teil dieses Gürtels befanden sich mehrere seltsame kraterartige Löcher, von denen es, wie ich bereits erwähnte, viele auf der gesamten Insel gab; man hatte tatsächlich den Eindruck, daß sie einem ständigen und heftigen Bombardement ausgesetzt gewesen war.

Nachdem wir unseren Rundmarsch beendet hatten, stiegen wir an dem Berghang hinauf, um die Terrassen zu untersuchen, von denen ich bereits sprach, und die Ruinen, welche ich durch meinen Feldstecher entdeckt hatte. Es stimmte, was ich angenommen hatte: es waren Terrassen, die mit unendlich viel Arbeitsaufwand aus dem gewachsenen Fels herausgeschlagen worden waren, und auf denen eine Stadt gestanden hatte, die jetzt zu Staub und Trümmern zerfallen war. Wir stolperten über zerbrochene Steinblöcke, die wir für die Reste eines Tempels hielten, und standen am Rande eines Kraters, denn zweifellos war dieser Berg ein erloschener Vulkan, oder vielmehr sein Gipfel. Alles, was wir ausmachen konnten, war, daß sich dort einst ein großes Gebäude erhoben haben mußte, denn die Umrisse seiner Höfe waren noch immer erkennbar, und wir sahen auch Fragmente von Treppen und Säulen.

Diese Säulen schienen einst reich verziert gewesen zu sein, doch hatte das Vergehen zahlloser Zeitalter die Arbeit ausgelöscht, und wir konnten diese riesigen Blöcke nicht umdrehen, um zu sehen, ob auf ihren Unterseiten irgend etwas verblieben war. Es war, als ob der Gott Thor alles mit seinem Hammer zerschlagen oder Jehova es durch Blitzschläge vernichtet hätte. Nichts anderes konnte eine solche völlige Zerstörung verursacht haben, außer, wie Bickley nachdrücklich bemerkte, die wissenschaftliche Anwendung moderner Sprengmittel.

Wir folgten einer Markierung, die einen Weg zu bezeichnen schien, und gelangten so zum Rand des Vulkans, wo wir, wie erwartet, den üblichen Krater vorfanden, aus welchem sich einst Feuer und Lava ergossen hatten, wie aus dem Hekla und dem Vesuv. Der Krater war jetzt ein See mit einem Durchmesser von über einer Viertelmeile. Und so war er auch schon zu jenen Zeiten gewesen, als die Gebäude auf den Terrassen gestanden hatten, denn wir entdeckten die Überreste von Stufen, die zum Wasser hinabführten. Vielleicht hatte er als der geheime See des Tempels gedient.

Wir starrten verwundert hinab und stolperten dann, müde geworden, durch die Ruinen, die übrigens aus einem anderen Stein als der Lava des Berges bestanden, zum Höhleneingang zurück.

10

Die Bewohner der Grabkammer

Inzwischen war es fast Sonnenuntergang geworden, also begannen wir, uns so gut wie es uns möglich war, auf die Nacht vorzubereiten. Als erstes sammelten wir Treibholz, das in großen Mengen am Ufer lag, damit wir ein Feuer machen konnten, obwohl wir bedauerlicherweise nichts hatten, was wir darauf kochen konnten.

Während wir so beschäftigt waren, sahen wir ein Kanu, das sich der Felsplatte näherte und erkannten Marama und einen der Priester in ihm. Nachdem sie das Kanu für eine Weile in einem gewissen Abstand treiben gelassen hatten, paddelten sie es heran, bis sie in Rufweite waren, doch nahmen wir keine Notiz von ihnen und überließen es Marama, den Anfang zu machen.

»O Freund-von-der-See«, rief er, womit er mich meinte, »wir sind gekommen, dich und den Großen Heiler zu bitten, zu uns zurückzukommen und unsere Gäste zu sein, wie zuvor. Die Menschen leben im Dunkel, da ihnen deine Weisheit verloren gegangen ist, und die Kranken schreien laut nach dem Heiler; zwei von denen, die er mit dem Messer geschnitten hat, liegen im Sterben.«

»Und was ist mit dem Schreier?« fragte ich und deutete auf Bastin.

»Den würden wir auch gerne zurückhaben, Freund-von-der-See, damit wir ihn opfern und essen können, welcher unseren Gott mit Feuer zerstört und den Heiler dazu gezwungen hat, seinen Priester zu töten.«

»Das ist sehr ungerecht!« rief Bastin. »Mich reut das Blut, das bei der Gelegenheit vergossen wurde – völlig unnötigerweise, wie ich glaube.«

»Dann geh doch hinüber und zahl dafür mit deinem eigenen«, sagte Bickley, »und alle werden zufrieden sein.«

Ich gebot den beiden zu schweigen.

»Hast du den Verstand verloren, Marama, daß du uns aufforderst, in die Gesellschaft von Menschen zurückzukehren, die uns zu töten versuchten, nur weil der Schreier ein Holzidol mit Feuer verbrannt und verursacht hat, daß ihm der Kopf von den Schultern flog, was er allein deshalb tat, um euch zu zeigen, daß es keine Macht besaß, sich selbst zusammenzuhalten, obwohl ihr es einen Gott nennt? Nein, Marama, wir sind mit euch fertig; wir lassen euch euren eigenen Weg gehen, bis ihr vielleicht, nachdem ihr von viel Unglück heimgesucht worden seid, uns zu Füßen kriecht und mit Opfergaben und Gebeten anfleht, zu euch zurückzukommen.«

Ich schwieg, um die Wirkung meiner Worte abzuwarten. Sie war ausgezeichnet, denn Marama und der Priester rangen ihre Hände und stöhnten.

Nun fuhr ich fort: »Inzwischen aber haben wir euch etwas zu sagen: Wir haben die Höhle betreten, von der ihr behauptet habt, daß niemand seinen Fuß in sie setzen darf, und haben ihn erblickt, der in ihr wohnt, den wahren Gott.« (Hier versuchte Bastin, mich zu unterbrechen, wurde jedoch von Bickley daran gehindert.)

Sie blickten einander angstvoll an und stöhnten noch lauter als zuvor.

»Er schickt euch eine Botschaft, welche euch zu übermitteln wir an dieses Ufer gekommen sind, da er uns euer Kommen vorausgesagt hat.«

»Wie kannst du so etwas sagen?« empörte sich Bastin, der jedoch wieder von Bickley zur Ruhe gebracht wurde.

»Diese Botschaft lautet, daß er, Oro, glücklich darüber sei, daß der falsche Oro, dessen Gesicht von dem seinen kopiert wurde, endlich zerstört sei. Die Botschaft befiehlt euch, Tag für Tag große Mengen von Nahrung herzubringen und sie auf den Opferfelsen niederzulegen, wobei ihr nicht vergessen dürft, frische Fische aus dem Meer heranzuschaffen, und mit diesen Opfern all die Dinge, welche sich in dem Hause befinden, in dem wir, die Fremden aus dem Meer, für eine Weile zu wohnen geruhten, bis wir euch verließen, da ihr in eurer Schlechtigkeit sie zu ermorden suchtet.«

»Und wenn wir uns weigern, das zu tun, was dann?« fragte der Priester, der jetzt zum ersten Male sprach.

»Dann wird Oro Tod und Verderben über euch bringen. Dann wird die Nahrung für euch ausbleiben, und ihr werdet an Hunger und Krankheit sterben, und die Oromatuas, die Geister der großen Toten, werden euch nachts im Schlaf heimsuchen, und Oro wird eure Seelen aufessen.«

Bei diesen entsetzlichen Drohungen stießen beide ein jammerndes Geheul aus, wonach Marama fragte: »Und wenn wir alles tun, was er verlangt, was dann?«

»Dann«, antwortete ich, »mögen wir vielleicht eines Tages zu euch zurückkehren, damit ich euch an meiner Weisheit teilhaben lassen und der Große Heiler eure Kranken kurieren und der Schreier euch durch sein Tor führen kann, und euch in seiner großen Güte mit seinen eigenen Augen sehen läßt.«

Dieser letzte Punkt meines Arguments schien dem Priester nicht recht zu gefallen, der jetzt eine Weile auf Marama einredete, obwohl wir nicht hören konnten, was er sagte. Schließlich schien er jedoch nachzugeben. Jedenfalls rief

Marama uns zu, daß alles so getan werden würde, wie wir es verlangt hätten, und daß er uns bäte, bei dem Oro in der Höhle Fürsprache einzulegen, ihn anzuflehen, seine Geister von ihnen zurückzuhalten und sie vor Unheil zu bewahren. Ich versprach ihm, daß wir unser Bestes tun würden, ihm jedoch nichts garantieren könnten, da ihre Sünde sehr groß sei.

Dann wandten wir uns ab und schritten würdevoll zurück, um ihm zu zeigen, daß das Gespräch beendet sei, wobei wir Bastin vor uns herstießen, um zu verhindern, daß er die Wirkung durch einige seiner unpassenden und manchmal allzu ehrlichen Bemerkungen zunichte machte.

»Das ist großartig«, sagte Bickley, als wir uns außer Hörweite befanden. »Der Feind hat kapituliert. Wir können hierbleiben, so lange es uns gefällt, mit allem Lebensnotwendigem von der Hauptinsel versorgt, und falls wir aus irgendeinem Grunde von hier fortgehen wollen, ist unser Weg gesichert.«

»Ich weiß nicht, was du daran so großartig findest«, rief Bastin. »Mir kommt es eher so vor, als ob all diese Lügen, die Arbuthnot von sich gegeben hat, lediglich dazu dienten, uns ins Verderben zu führen. Ich werde sofort zu Marama zurückgehen und ihm die Wahrheit sagen.«

»Ich habe noch nie einen Menschen gekannt, der so versessen darauf war, gebraten und gegessen zu werden«, bemerkte Bickley. »Außerdem bist du zu spät dran, das Kanu ist inzwischen sicher dreihundert Fuß vom Ufer entfernt, und das unsere kriegst du nicht. Erinnere dich an die Paulinischen Maximen, alter Junge, die du so gerne zitierst, und sei allen Menschen alles, und ein anderes, etwas moderneres lautet, daß man in Rom das tun soll, was die Römer tun, und ein drittes besagt, daß Not kein Gebot kennt, und ein viertes, daß in der Liebe und im Krieg alle Mittel erlaubt sind.«

»Ich bin sicher, Bickley, daß Paulus seine Worte nicht in dem niedrigen Sinne gemeint hat, den du ihnen unterstellst ...« begann Bastin, doch an diesem Punkt scheuchte ich ihn fort, damit er Feuer machte, eine Tätigkeit, bei der er sich als Experte erwiesen habe, erklärte ich ihm.

Wir schliefen in dieser Nacht unter dem überhängenden Fels dicht neben der Höhle, jedoch nicht in ihrem Eingang, wegen des scharfen Luftzugs, der mal in die riesige Kaverne hinein- und ein andermal aus ihr herauswehte. Bei dem milden Klima war es nicht beschwerlich, im Freien zu übernachten, auch wenn wir keine Decken besaßen. Doch obwohl ich sehr müde war, konnte ich lange keinen Schlaf finden. Bastin schnarchte zufrieden vor sich hin, völlig unbeeindruckt von seiner knappen Errettung, die für ihn lediglich ein kleiner Zwischenfall bei seiner alltäglichen Arbeit war, und auch Bickley schlief fest – nur daß er nicht schnarchte. Mich jedoch hinderte das Wunderbare und Geheimnisvolle dessen, das wir entdeckt hatten, und all dessen, was noch zu entdecken sein mochte, daran, einzuschlafen.

Was bedeutete es? Was konnte es bedeuten? Meine Nerven waren angespannt wie Harfensaiten und schienen unter der Berührung unsichtbarer Finger zu vibrieren, obwohl ich die Melodie, die sie spielten, nicht interpretieren konnte. Ein paarmal glaubte ich auch, wirkliche Musik in meine körperlichen Ohren dringen zu hören, eine Musik von überaus seltsamer Art. Sanft und leise und verträumt schien sie aus dem Innern der riesigen Höhle hervorzuquellen, ein klagendes Lied in einer unbekannten Sprache, von einer Frauenstimme gesungen, oder von mehreren Frauenstimmen, und geheimnisvoll von Echos vervielfältigt. Dies jedoch mußte reine Phantasie gewesen sein, da sich keine Sängerinnen hier befanden.

Schließlich schlief ich ein, um wieder aufzuschrecken, als ein großer Fisch sich aus dem Wasser schnellte und mit lauten Platschen zurückfiel. Ich setzte mich auf und starrte ins Dunkel, da ich fürchtete, das Geräusch wäre vielleicht von einem Paddel hervorgerufen worden, denn ich rechnete durchaus mit der Möglichkeit eines Angriffs. Doch war alles, was ich sehen konnte, die flache Linie des entfernten Ufers, und darüber die verblassenden Sterne, welche das

Aufsteigen der Sonne ankündigten. Ich weckte die anderen, und wir wuschen uns eilig und aßen, da unsere Zeit nach dem Aufgang der Sonne kostbar sein würde.

Schließlich stieg sie über den östlichen Horizont, strahlend an einem wolkenlosen Himmel, und, wie ich gehofft hatte, fiel ihr Schein direkt in die Öffnung der Höhle. Unter Mitnahme einiger Kerzen und einiger kräftiger Treibholzknüppel, welche wir am Vorabend mit unseren Messern so zurechtgeschnitzt hatten, daß sie uns als Hebel und Schaufeln dienen mochten, traten wir in die Höhle. Bickley und ich waren voller erregter Erwartung und Hoffnung auf das, was uns bevorstehen mochte, doch Bastin zeigte nur wenig Interesse für unsere Suche. Sein Herz war bei seinen halbbekehrten Wilden jenseits des Seeufers, und ich bin sicher, daß sie ihm wichtiger waren als alle archäologischen Schätze der Erde. Trotzdem kam er mit uns, in der Hand den rauchgeschwärzten Kopf Oros, welchen er, in unfreiwilligem Humor, in der vergangenen Nacht als Kopfkissen benutzt hatte, da er, wie er sagte, ›immerhin weicher ist als nackter Stein‹. Außerdem glaube ich, daß er insgeheim hoffte, eine Gelegenheit zu finden, die größere und ältere Version Oros in der Höhle zerstören zu können, bevor sie von den Eingeborenen entdeckt wurde, die sie zu einem Gegenstand ihres Götzendienstes machen mochten. Tommy kam ebenfalls mit, und er zeigte sich eifriger, als ich es erwartet hatte, da Hunde normalerweise dunkle Orte scheuen. Als wir die Statue erreichten, erkannte ich den Grund dafür: er erinnerte sich an den Geruch, den er am Vortag an ihrem Sockel entdeckt hatte, der Bastins Meinung nach von einer Ratte stammen mußte, und war begierig, seine Nachforschungen fortzusetzen.

Wir gingen sofort zu der Statue, obwohl Bickley mit offensichtlichem Bedauern an den halb-vergrabenen Maschinen vorbeiging. Wie wir gehofft hatten, fiel das helle Licht der aufgehenden Sonne direkt auf die Statue und enthüllte die meisterhafte Arbeit, mit der sie geschaffen worden war, und die Majestät – kein anderes Wort könnte es beschreiben

– des etwas furchterregenden Antlitzes, das aus den Falten des Totenlakens hervorschaute. Ich war in der Tat überzeugt, daß dieses Standbild ursprünglich an dieser Stelle aufgestellt worden war, damit es an gewissen Tagen des Jahres so vom vollen Licht der Sonne getroffen würde, an denen sich wahrscheinlich die Gläubigen hier versammelten, um ihr heiliges Idol anzubeten. Schließlich war dies in alten Zeiten sehr gebräuchlich gewesen; man nehme das Beispiel der drei hehren Gestalten, welche tief im Innern des Tempels von Abu Simbel am Nilufer sitzen.

Wir starrten die Statue lange schweigend an, jedenfalls Bickley und ich taten das, während Bastin einen sorgfältigen Vergleich zwischen dem Kopf seines hölzernen Oros und dem der Statue anstellte.

»Es besteht nicht der geringste Zweifel daran, daß eine große Ähnlichkeit zwischen beiden besteht«, sagte er dann. »Aber ... Was hat denn der Hund? Ich glaube, daß er verrückt geworden ist.« Er deutete auf Tommy, der knurrend am unteren Rand der ersten Stufe des Sockels scharrte, wie er es zu Hause bei Wurzeln getan hatte, hinter denen sich ein Kaninchenbau verbarg.

Tommys Energie war so bemerkenswert, daß er schließlich unsere volle Aufmerksamkeit auf sich zog. Offensichtlich hatte das auch in seiner Absicht gelegen, da er hin und wieder zurücksprang und mich anbellte, dann wieder zu dem Sockel lief und weiter schnüffelte und kratzte.

Bickley kniete sich auf den Boden und roch an dem Stein. »Es ist seltsam, Humphrey, aber da ist wirklich ein starker Geruch, und zwar ein sehr angenehmer, wie nach Sandelholz oder Rosenwassser.«

»Ich habe noch nie gehört, daß eine Ratte nach Sandelholz oder Rosenwasser riecht«, sagte Bastin. »Paßt auf, es könnte eine Schlange sein!«

Ich kniete mich neben Bickley nieder, und als wir die dicke Staubschicht von dem Boden neben der untersten Stufe des Sockels wegräumten, die etwa vier Fuß hoch sein mochte, stieß ich ungeschickterweise mit meinem behelfsmäßigen Spaten ziemlich kräftig gegen ihre untere Kante, mit der sie auf dem Felsboden ruhte.

Im nächsten Augenblick geschah ein Wunder. Der ganze, massige Steinblock begann auswärts zu kippen, wie an einem Scharnier! Ich sah ihn herabkommen, packte Bickley beim Kragen und riß ihn fort, so daß wir uns gerade noch in Sicherheit rollen konnten, bevor der riesige Steinblock, der mehrere Tonnen gewogen haben mußte, herabstürzte. Tommy hatte die Gefahr ebenfalls erkannt und stob davon, jedoch ein wenig spät, denn die Kante des Steinblocks erwischte die Spitze seines Schwanzes, und der Schmerz ließ ihn laut aufheulen. Doch wir dachten nicht an Tommy und seine Sorgen, wir dachten auch nicht an Flucht oder irgend etwas anderes, wegen des Wunders, das sich unseren Augen bot. Auf dem Boden hockend, auf den wir beim Zurückspringen geschleudert worden waren, konnten wir in den Raum blicken, welcher hinter der umgestürzten Stufe des Sockels lag, da das Licht der Sonne direkt in ihn hineinfiel.

Der erste Gedanke, den sein Anblick in mir auslöste, war, daß es der juwelengeschmückte Schrein eines mittelalterlichen Heiligen sein mußte, welcher durch irgendeinen glücklichen Umstand der Plünderung entgangen war; es gibt noch ein paar von diesen auf der Welt. Es funkelte und glitzerte, anscheinend von Gold und Diamanten, obwohl es, wie wir später feststellten, weder Gold noch Diamanten waren, die so funkelten, sondern ein uraltes Metall, oder besser gesagt, eine Legierung, die der Welt inzwischen verloren gegangen war, dieselbe, die man auch für das Gestänge der Flugmaschinen verwendet hatte. Ich vermute, daß sie eine gewisse Menge Gold enthielt, bin mir dessen jedoch nicht sicher. Auf jeden Fall war sie genauso dauerhaft wie Gold und sogar noch schöner, wenn auch von etwas hellerer Färbung.

Dieses reich geschmückte Gelaß, das einer riesigen Grabkammer glich und den gesamten Raum unter dem Sockel der Statue einnahm, war völlig leer, bis auf zwei funkelnde

Gegenstände, welche parallel zueinander standen, jedoch mit einem Abstand, der fast die ganze Breite der Kammer einnahm.

Ich deutete stumm mit dem Finger auf sie, da der Anblick mir die Sprache verschlagen hatte.

»Särge!« flüsterte er. »Särge aus Glas oder Kristall, in denen Menschen liegen. Komm weiter!«

Kurz darauf krochen wir in die Grabkammer, während Bastin, der immer noch den Kopf Oros in den Armen hielt, als ob er ein Baby wäre, davor stand und etwas von der Entweihung geheiligter Gräber murmelte.

Gerade als wir hineingelangt waren, wurde es dunkel um uns, da die Sonne höhergestiegen war, und wir standen in einer Art Zwielicht. Bickley zog Kerzen aus der Tasche und suchte nach Streichhölzern. Während er das tat, bemerkte ich zweierlei: erstens, daß es hier wirklich wie in einer Parfümerie roch, und zweitens, daß die Särge mit einer Art Phosphoreszenz leuchteten, da die Lichtquelle sich in ihnen selbst zu befinden schien, zwar nicht sehr stark, doch ausreichend, um sie in dem Halbdunkel erkennen zu können. Dann flammten die Kerzen auf und wir konnten wieder sehen.

In dem Sarg, welcher vom Zugang aus gesehen an der linken Seite stand, sahen wir – denn das Kristall, aus dem er bestand, war so klar wie Tafelglas – einen würdigen, alten Mann liegen, der in eine glänzende, bestickte Robe gekleidet war. Sein langes Haar, in der Mitte gescheitelt, wie wir es unter dem Rand der bestickten und mit Perlen besetzten Kappe, die er trug, erkennen konnten, und auch sein Bart waren schlohweiß. Der Mann war groß, fast sieben Fuß, schätzte ich, und ziemlich hager. Seine Hände waren lang und schmal und sehr feingliederig, wie auch seine mit Sandalen bekleideten Füße.

Doch war es sein Gesicht, das unsere ganze Aufmerksamkeit auf sich zog, denn es war so edel geschnitten wie das eines Gottes und wies, wie wir sofort feststellten, große Ähnlichkeit mit der über uns stehenden Statue auf. Die Stirn war hoch und breit, die Nase gerade und lang, der Mund streng und schmal, es zeigte hohe Wangenknochen und geschwungene Augenbrauen. Dieses waren die Charakteristika vieler alter Männer edlen Blutes, und wie die Mumien von Seti und andere bewiesen, waren sie es schon seit vielen Jahrtausenden. Doch unterschied sich dieser Mann von allen anderen durch die unbeschreibliche Würde, die sein Gesicht ausstrahlte. Während ich es ansah, mußte ich unwillkürlich an den Propheten Elias denken, wie er ausgesehen haben mußte, als er zum Himmel emporgefahren war, verstärkt durch die mehr erdgebundene Schönheit Salomos, denn obwohl das Aussehen dieser Patriarchen uns nicht bekannt ist, besitzen wir doch feste Vorstellungen von ihnen. Doch war ich der Meinung, daß Elias gütiger ausgesehen haben mochte. In diesem Gesicht gab es keine Güte, sondern nur den Ausdruck unbezähmbarer Macht und unendlicher Weisheit.

Während ich es ansah, erschauerte ich ein wenig und empfand Dankbarkeit dafür, daß er tot war. Denn um ehrlich zu sein, hatte ich Angst vor diesem gebieterischen Gesicht, welches, wie ich hinzufügen sollte, so weiß wie Papier war, obwohl die Wangen noch eine Spur von Röte aufwiesen, so wunderbar war der Körper erhalten.

Ich starrte ihn noch immer an, als ich Bickley in einem Tonfall von Verwunderung rufen hörte: »Sieh doch, dort, in dem anderen Sarg!«

Ich wandte mich um und blickte hinüber – und wäre fast zusammengesunken, denn Schönheit trifft uns manchmal wie ein Schlag. Oh – vor mir lag eine solche Schönheit, wahrlich die Personifizierung der Schönheit, daß ich unwillkürlich ausrief: »Was für ein Jammer, daß sie tot ist!«

Eine junge Frau, zumindest sah sie jung aus, von etwa fünf- oder sechsundzwanzig Jahren, schätzte ich. Dort lag sie, ihre hochgewachsene und schlanke Gestalt halb verborgen unter der Masse ihres schwarzen Haares, das einen leichten, rötlichen Schimmer aufwies. Ich weiß nicht, wie sonst ich es beschreiben könnte, da ich noch nie Haare von ähnlicher Färbung gesehen hatte. Außerdem leuchtete es mit einer Art innerem Feuer, als ob es mit Gold gepudert wäre. Von den Massen des Haares eingerahmt sah ich ein Gesicht, das man nur als göttlich beschreiben kann. Es enthielt alle Schönheit, die eine Frau erlangen kann, von den langen, gebogenen Wimpern bis zu den sanft geschwungenen, Warmherzigkeit verratenden Lippen. Zu diesen Reizen kamen noch ein wunderbares Lächeln und ein Ausdruck gütiger Würde, der so völlig anders war als der herrische Stolz, welcher auf das Gesicht des alten Mannes geprägt war, ihres Gefährten im Tode.

Sie war in eine eng anliegende Robe aus einem weißen Material gekleidet, welches mit Goldfäden bestickt war. Eine Perlenkette lag um ihren Hals, die bis zu den Ansätzen ihres perfekt geformten Busens reichte, ein mit Juwelen besetzter Goldgürtel umschlang ihre schlanke Taille, und an ihren kleinen Füßen staken Sandalen, die mit roten Steinen verziert waren, wahrscheinlich Rubinen. Ja, sie war wahrlich eine Schönheit, und doch kam ihre Schönheit mir mehr wie die des Geistes vor, denn die des Fleisches. Sie war in der Tat auf eine gewisse Weise unirdisch. Meine Sinne waren verwirrt, der Anblick rührte mir ans Herz, und doch schien eine unbeschreibbare Fremdheit Erinnerungen in mir wachzurufen, obwohl ich nicht sagen kann, woran. Eine ungebändigte Phantasie stieg in mir auf und sagte mir, daß ich dieses himmlische Wesen schon in einem früheren Leben gekannt hatte.

Inzwischen war Bastin, angezogen von meinem Ausruf und von der Haltung Bickleys, der mit einem starren Gesichtsausdruck in den Sarg blickte – nicht unähnlich dem eines Vorstehhundes, der Wild riecht –, zu uns gekommen und betrachtete auf seine träge Art das Wunder, welches in dem Kristallsarg ruhte.

»Na sowas!« sagte er. »Glaubt ihr, daß diese glitzernde Dame menschlich ist?«

»Die glitzernde Dame ist tot, doch glaube ich, daß sie, als

sie noch lebte, ein Mensch gewesen ist«, sagte ich in einem ehrfürchtigen Flüstern.

»Natürlich ist sie jetzt tot, denn sonst würde sie ja nicht in diesem Glassarg liegen. Ich denke, daß ich für sie die Begräbnisriten abhalten sollte, was sicherlich nicht getan worden ist, als sie hier hereingebracht wurde.«

»Woher willst du wissen, daß sie tot ist?« fragte Bickley, der zum ersten Male sprach, mit scharfer Stimme. »Ich habe Hunderte von Leichen gesehen, und auch Mumien, doch noch nie eine, die so gut erhalten wie diese aussahen.«

Ich starrte ihn an. Es war seltsam, Bickley, den Mann, der jede Möglichkeit von Wundern bestritt, sagen zu hören, daß dieses größte aller Wunder geschehen sein mochte.

»Sie müssen schon seit sehr langer Zeit hier liegen«, sagte ich, »denn obwohl sie menschlich sind, gehören sie, wie ich glaube, nicht irgendeiner menschlichen Rasse an, die heute auf der Erde lebt: ihre Kleidung, alles an ihnen, deutet darauf hin, obwohl vielleicht vor tausend Jahren ...« Ich verstummte.

»Richtig«, antwortete Bickley, »ich stimme mit dir überein. Aus diesem Grunde bin ich der Ansicht, daß sie einer Rasse angehören, die etwas weiß, was wir nicht wissen, nämlich, wie man den Lebensprozeß über lange Zeiträume unterbrechen kann.«

Ich sagte nichts dazu, und auch Bastin schwieg, der jetzt dabei war, den alten Mann zu betrachten und endlich einmal zutiefst beeindruckt und überwältigt schien. Bickley jedoch begann beim Licht seiner Kerze eine genaue Untersuchung der Särge. Und das tat auch Tommy, der entlang des Saums dessen, in dem die glitzernde Dame lag, schnüffelte, bis er eine Stelle erreichte, an welcher der Geruch am stärksten war, und aufgeregt mit dem Schwanz zu wedeln begann. Bickley drängte ihn zur Seite und untersuchte die Stelle.

»Wie ich es mir gedacht habe«, sagte er. »Luftlöcher – sieh her!«

Ich beugte mich nieder und entdeckte, daß sich auf der

Höhe des Mundes der Gestalt im Sarg eine Anzahl kleiner Löcher befanden, die entweder durch Zufall oder aus Absicht in der Form eines menschlichen Mundes angeordnet waren.

»Sie sind nicht luftdicht«, murmelte Bickley. »Doch wenn Luft in sie eindringen kann, wie kann sich dann menschliches Fleisch über einen langen Zeitraum so gut erhalten?«

Dann setzte er seine Untersuchung auf der anderen Seite fort.

»Der Deckel dieses Sarges ist mit Scharnieren befestigt«, erklärte er. »Hier sind sie, aus dem Kristall selbst herausgearbeitet. Ein lebender Mensch, der darin liegt, könnte ihn schließen, bevor die Sinne ihn verlassen.«

»Nein«, erwiderte ich, »denn hier ist ein Kristallbolzen, der von außen vorgeschoben worden ist.«

Das setzte ihn für eine Weile in Verwirrung, doch dann schien er einen Einfall zu haben, denn er begann den anderen Sarg zu untersuchen.

»Ich habe es!« rief er. »Der alte Gott, der in diesem Sarg liegt (aus irgendeinem Grund betrachteten wir alle den alten Mann nicht als einen normalen Menschen), hat den Sarg der glitzernden Dame geschlossen und den Deckel verriegelt. Sein eigener ist nicht verriegelt, obwohl sich ein Riegel an der gleichen Stelle befindet. Er ist nur hineingestiegen und hat den Deckel herabgezogen. Oh, was für einen Unsinn sage ich da – denn wie könnte so etwas möglich sein? Laßt uns hinausgehen und nachdenken!«

Also krochen wir aus der Grabkammer, deren parfümierte Luft uns zu ersticken begann, und setzten uns auf den Boden der Höhle, wo wir eine Weile schweigend vor uns hinstarrten.

»Ich bin sehr durstig«, sagte Bastin schließlich. »Dieser Geruch scheint mich innerlich ausgetrocknet zu haben. Ich werde etwas Tee holen – ich meine, Wasser, da wir bedauerlicherweise keinen Tee haben.« Er stand auf und ging zum Eingang der Höhle.

Wir folgten ihm, ich weiß selbst nicht, aus welchem

Grund, außer daß wir hinaus wollten, um frische Luft zu atmen, und außerdem wußten wir, daß die Grabkammer und ihr Inhalt sicher sein würden, wie sie es – seit wann? – gewesen waren.

Es war ein wundervoller Vormittag, stellten wir draußen fest. Wir gingen auf und ab und genossen ihn unbewußt, denn unsere Gedanken – das heißt, die Bickleys und die meinen – beschäftigten sich noch immer mit der Grabkammer und dem, was sich in ihr befand. Wo Bastin stecken mochte, wußte ich nicht, aber ich war sicher, daß er einen oder zwei Tage dazu brauchen würde, um die Bedeutung unserer Entdeckung zu begreifen. Auf jeden Fall war er losgezogen, ohne auch nur ein Wort über sie zu verlieren, um Wasser zu trinken, wie ich vermutete.

Plötzlich hörten wir ihn vom Ende der Felsenplatte aus laut nach uns rufen und liefen zu ihm, um nach der Ursache seines Lärmens zu sehen. Sie erwies sich als sehr erfreulich, denn während wir in der Höhle gewesen waren, hatten die Orofenaner alle unsere Habe hergeschafft, zusammen mit einem großen Vorrat an Nahrung. Nicht ein einziges Stück unseres Besitzes fehlte, selbst unsere Bücher, eine leere Konservendose und die Scherben eines zerbrochenen Handspiegels waren getreulich hergebracht worden, und mit ihnen auch ein paar Dinge, die man uns gestohlen hatte, darunter mein Taschenmesser. Offensichtlich war alles, was uns gehörte, mit einem starken Tabu belegt worden. Es lag jetzt sorgfältig ausgebreitet in einer der Furchen, die, wie Bickley vermutete, von den Rädern von Flugzeugen in den Fels gegraben worden waren.

Jeder von uns stürzte sich auf das, was er am meisten begehrte: Bastin auf eine Schachtel Tee, ich mich auf meine Bücher, und Bickley sich auf seine Kiste mit Instrumenten und Medikamenten. Diese wurde sofort in den Höhleneingang geschafft, und danach die anderen Sachen und die Nahrungsmittel, darunter auch ein Zelt und einige Camping-Möbel, welche wir vom Schiff geholt hatten. Dann kochte Bastin Tee, von dem er vier große Becher trank, nachdem er ein Dankgebet für den unerwarteten Segen gesprochen hatte, und auch wir verschmähten unseren Anteil an dem Getränk nicht, obwohl Bickley Kakao bevorzugt hätte, und ich Kaffee.

Damit trösteten Bickley und ich einander, doch dann schien er anderen Sinnes zu werden und kochte in einem besonderen Metallbehälter eine große Portion sehr starken schwarzen Kaffees, den er in eine Thermosflasche füllte, die er vorher mit heißem Wasser ausgespült hatte, füllte ein Weinglas mit Branntwein und goß es dazu. Außerdem nahm er verschiedene Medikamente aus seiner Medizinkiste, und, wie ich bemerkte, auch eine Injektionsspritze, welche er erst in einem Topf abkochte und dann in eine Glasröhre steckte, die er mit einem Glasstopfen verschloß.

Nachdem er diese Vorbereitungen abgeschlossen hatte, rief er nach Tommy, um ihm die Reste unserer Mahlzeit zu geben. Doch da war kein Tommy. Der Hund war verschwunden, und obgleich wir überall nach ihm suchten, konnten wir ihn nicht finden. Schließlich folgerten wir, daß er aus irgendwelchen Gründen das Ufer entlanggelaufen sei und irgendwann zurückkehren würde. Wir hatten jetzt keine Zeit, uns große Gedanken um Tommy zu machen.

Nachdem Bickley einige weitere Vorbereitungen getroffen hatte, verkündete er, daß wir jetzt, da wir im Besitz starker Petroleumlampen seien, von der Art, die man als Hurrikan-Lampen bezeichnete, eine eingehendere Untersuchung der Höhle vornehmen wollten.

»Ich denke, daß ich da bleibe, wo ich bin«, erklärte Bastin und goß sich einen fünften Becher Tee ein. »Diese Leichen sind zwar recht interessant, doch sehe ich im Moment keinen Sinn darin, sie weiter anzustarren. Das kann man schließlich jederzeit tun. Ich habe Marama schon einmal versäumt, weil ich in dieser Höhle war, und ich habe ihm eine Menge über meine kleine Herde zu sagen; ich möchte deshalb nicht wieder fort sein, falls er zurückkommen sollte.«

»Um unser Geschirr zu waschen, nehme ich an«, sagte

Bickley sarkastisch, »oder vielleicht, um die Teeblätter zu essen.«

»Ich habe festgestellt, daß diese Eingeborenen eine besondere Vorliebe für Teeblätter zeigen. Ich vermute, daß sie sie für Medizin halten, glaube jedoch nicht, daß sie so weit für sie kommen würden, oder vielleicht doch, in der Hoffnung, den Kopf Oros erwischen zu können. Auf jeden Fall werde ich hierbleiben.«

»Bitte tu das«, antwortete Bickley. »Bist du bereit, Humphrey?«

Ich nickte, und er reichte mir eine mit Filz bezogene Flasche, die mit kochendem Wasser gefüllt war, eine Dose mit Milch, und ein kleines Glas mit hochkonzentriertem Fleischextrakt. Dann steckten wir zwei der Hurrikan-Lampen an, nachdem wir uns vergewissert hatten, das sie randvoll mit Petroleum gefüllt waren, und gingen zur Höhle zurück.

11

Die Wiedererweckung

Wir gingen sofort zu der Grabkammer, ohne uns bei den abgestellten Maschinen aufzuhalten oder auch die herrliche Statue anzublicken, welche auf ihr stand, denn was kümmerten uns jetzt Maschinen und Statuen? Als wir uns ihr näherten, hörten wir zu unserer Verwunderung ein leises, dumpfes Knurren.

»Da scheint irgendein wildes Tier drin zu sein«, sagte Bickley. »Nein, es ist Tommy! Aber was hat der Hund?«

Wir blickten vorsichtig hinein, und wahrhaftig, da war Tommy. Er lag auf dem Sarg der glitzernden Dame, das Rückenfell gesträubt, und knurrte drohend. Als er jedoch erkannte, wer hereinkam, sprang er herab, stürzte auf mich zu und leckte meine Hand.

»Das ist äußerst seltsam«, sagte ich.

»Nicht seltsamer, als alles andere auch«, sagte Bickley.

»Was hast du vor?« fragte ich.

»Ich werde diese Särge öffnen«, antwortete er, »zuerst den des alten Gottes, da es mir lieber ist, an ihm zu experimentieren. Ich vermute, daß er sofort zu Staub zerfallen wird. Doch wenn er das nicht tut, werde ich ihm ein wenig Strychnin, gemischt mit anderen Drogen, deren Namen du nicht kennst, in die Adern injizieren und sehen, ob etwas geschieht. Wenn nicht, wird es ihm jedenfalls nicht schaden, und wenn ja – wer weiß? Hilf mir jetzt!«

Wir traten zu dem auf der linken Seite stehenden Sarg, setzten den Haken, der sich an der Rückseite meines Taschenmessers befand und eigentlich dazu gedacht war, eingetretene Steine aus Pferdehufen zu entfernen, in eins der kleinen Luftlöcher, die ich bereits erwähnte, und so gelang es uns, den schweren Kristalldeckel so weit anzuheben, daß wir ein Stück Holz zwischen ihn und den unteren Teil des Sarges zwängen konnten. Alles andere war einfach, da die Scharniere aus Kristall bestanden und nicht rosten konnten. Zwei Minuten später hatten wir ihn geöffnet.

Ein überwältigender, gewürzschwerer Duft quoll heraus, und mit ihm ein Schwall warmer Luft, vor dem wir instinktiv zurückwichen. Bickley zog ein Taschenthermometer heraus und warf einen Blick darauf. Es zeigte 30 Grad Celsius in der Grabkammer an.

Nachdem er dies festgestellt hatte, legte er das Thermometer in den Sarg, zwischen die Kristallwand und den Körper des Mannes, der in ihm lag. Dann traten wir hinaus und warteten ein wenig, damit sich der schwere Duft ein wenig verziehen konnte, denn er ließ einem schwindelig werden.

Fünf Minuten später kehrten wir zurück und blickten auf das Thermometer. Es war auf 35 Grad angestiegen, die normale Körpertemperatur eines Menschen.

»Wie ist das möglich, wenn dieser Mann tot ist?« flüsterte er.

Ich schüttelte den Kopf, dann half ich ihm, wie ich es versprochen hatte, den Körper aus dem Sarg zu heben. Er war recht schwer und mochte gut und gern 70 Kilo wiegen. Außerdem *war er nicht steif,* denn seine Hüftgelenke bogen sich durch, als wir ihn aufhoben. Wir nahmen ihn aus dem Sarg heraus und legten ihn auf eine Decke, die wir auf den Boden der Grabkammer gebreitet hatten. Während ich so beschäftigt war, sah ich etwas, daß ich ihn vor Überraschung beinahe fallen ließ. Unter seinem Kopf, unter der Mitte des Rückens und unter den Füßen befanden sich Kristallbehälter, die etwa acht mal acht Zoll messen mochten, oder vielmehr waren es Kristallblöcke, da ich in ihnen keinerlei Öffnungen erkennen konnte, und sie strahlten ein mattes, phosphoreszierendes Licht aus. Ich berührte einen der Blöcke vorsichtig und stellte fest, daß er warm war.

»Gütiger Himmel!« rief ich. »Das ist Magie!«

»So etwas gibt es nicht«, erklärte Bickley wie gewohnt. Dann schien ihm eine Erklärung einzufallen, und er fügte hinzu: »Keine Magie, sondern Radium oder so etwas. Dadurch wurde die Temperatur gehalten. In ausreichender Menge ist es praktisch unzerstörbar. Wahrhaftig, dieser alte Herr hat einiges gewußt!«

Wieder warteten wir eine Weile, um zu sehen, ob der Körper zu zerfallen beginnen würde, wenn er der Luft ausgesetzt war, und ich nahm rasch die Gelegenheit wahr, eine Skizze von ihm in mein Taschenbuch zu machen, für den Fall, daß dies eintreten sollte. Doch es geschah nicht; der Körper blieb völlig intakt.

»Also los!« sagte Bickley. »Wenn er am Leben sein sollte, wird er sich eine Lungenentzündung holen, nachdem er so lange in diesem Inkubator gelegen hat, wie ich vermute. Also ist es jetzt oder nie.«

Dann wies er mich an, den Arm des Mannes zu halten, nahm die sterilisierte Injektionsspritze, die er vorbereitet hatte, stach die Nadel in eine Vene dicht über dem Handgelenk und drückte ihren Inhalt hinein.

»Oberhalb des Herzens wäre es vielleicht besser gewesen«, flüsterte er, »doch ich dachte, ich sollte es erst einmal im Arm versuchen. Ich möchte nicht riskieren, daß er sich erkältet, wenn ich ihn entblöße.«

Ich antwortete nicht, und wieder warteten wir und beobachteten.

»Gott im Himmel, er regt sich!« flüsterte ich kurz darauf.

Ja, er regte sich wirklich, denn seine Finger begannen zu zucken.

Bickley beugte sich über ihn und legte sein Ohr an die Brust des Mannes – ich vergaß zu erwähnen, daß er ihn vorher mit dem Stethoskop abgehört hatte, jedoch keinen Herzschlag hatte feststellen können.

»Ich glaube, daß es zu schlagen begonnen hat«, sagte er mit belegter Stimme.

Dann drückte er das Stethoskop auf die Brust. »Ja, es schlägt, *es schlägt!*«

Als nächstes nahm er einen dünnen Wattefaden und legte ihn auf die Lippen des Mannes. Der Faden hob sich; der Mann atmete, wenn auch sehr flach. Bickley nahm einen Wattebausch, tränkte ihn mit einer Flüssigkeit aus einer Medizinflasche – ich glaube, es war Salmiakgeist – und legte ihn unter die Nase des Mannes.

Sonst geschah vorerst nichts, und um meine angespannten Nerven ein wenig abzulenken, blickte ich in den leeren Sarg. Und jetzt entdeckte ich etwas, das bisher unserer Aufmerksamkeit entgangen war, nämlich zwei Platten aus einem weißen Metall, auf denen etwas eingeätzt war, das ich für Sternkarten hielt. Außer diesen und den strahlenden Klötzen, befand sich nichts in dem Sarg. Ich hatte jedoch keine Zeit, mich näher mit diesen Metallplatten zu befassen, da der alte Mann in diesem Augenblick den Mund öffnete und zu keuchen begann; offensichtlich bereitete es ihm einige Mühe und Schmerzen, seine Lungen mit Luft zu füllen. Dann hoben sich seine Lider und legten zwei wundervolle, dunkle Augen frei. Als nächstes versuchte er sich aufzurichten, wäre jedoch umgesunken, wenn Bickley ihn nicht gestützt hätte.

Ich glaube nicht, daß er Bickleys Gegenwart bemerkte; er

hatte die Augen wieder geschlossen, als ob das Licht ihn blendete, und schien in eine Art Ohnmacht zu fallen. Jetzt trat Tommy in Erscheinung, der all diese Vorgänge mit dem größten Interesse verfolgt hatte; er ging auf den Mann zu, wedelte mit dem Schwanz und leckte ihm das Gesicht. Bei der Berührung durch die rote, feuchte Zunge des Hundes schlug der Mann die Augen wieder auf. Und jetzt richtete sein Blick sich – nicht auf uns, sondern Tommy, denn nachdem er ihn eine Weile betrachtet hatte, erschien etwas wie ein Lächeln auf seinem harten, doch edlen Gesicht. Darauf hob er die Hand und legte sie auf den Kopf des Hundes, als ob er ihn streicheln wollte. Doch in diesem Augenblick nahmen seine erwachenden Sinne unsere Gegenwart wahr. Das Lächeln verschwand von seinem Gesicht und machte einem furchteinflößenden Stirnrunzeln Platz.

Währenddessen hatte Bickley etwas von dem mit Branntwein versetzten Kaffee in den Schraubdeckel der Thermosflasche gegossen. Er bewegte sich auf den Mann zu, den ich jetzt stützte, und setzte ihn ihm an die Lippen. Er kostete ein wenig und verzog das Gesicht, doch dann begann er zu trinken und leerte den Becher bis auf den letzten Tropfen. Die Wirkung dieser Stimulanz war einzigartig, denn innerhalb weniger Minuten kam er wieder völlig zum Leben und konnte ohne Hilfe sitzen.

Eine ganze Weile blickte er uns mit ernstem Blick an, nahm alles wahr, was wir waren, und alles, das in irgendeiner Beziehung zu uns stand. Bickleys Arzttasche, die offenstand, darin die dünnen, vulkanisierten Schläuche, einige Instrumente und andere Dinge, die sein besonderes Interesse zu erregen schienen, und wir erkannten sofort, daß er wußte, um was es sich handelte. Sein Arm schmerzte noch an der Stelle, wo die Nadel eingedrungen war, und auf der Decke lag die Injektionsspritze. Er blickte auf seinen Arm, dann auf die Spritze und nickte. Auch die Hurrikan-Lampen erregten sein Interesse und schienen seine Anerkennung zu finden. Wir beiden Männer interessierten ihn offenbar am wenigsten von allem; er musterte lediglich uns und unsere Kleidung, besonders unsere Kleidung, mit ein paar abschätzenden Blicken, und schien sein Interesse dann Tommy zuzuwenden, der sich sehr zufrieden an seiner Seite niedergelassen hatte und ihn anscheinend als ein neues Mitglied unserer Gruppe betrachtete.

Ich muß gestehen, daß Tommys Verhalten ihm gegenüber mich etwas beruhigte. Ich bin überzeugt, daß Tiere einen guten Instinkt besitzen, ganz besonders Hunde, und war sicher, daß Tommy diesen Mann nicht in seiner Nähe geduldet haben würde, wenn er nicht in seinen wesentlichen Aspekten menschlich gewesen wäre wie wir. Gleichzeitig verriet mir die Zuneigung des Mannes für Tommy, den er öfter und viel freundlicher anblickte als uns, daß irgend etwas Gutes in ihm sein mußte, denn obwohl ein Hund in seiner wunderbaren Nachsicht auch einen schlechten Menschen lieben mag, in dem er irgendeine verborgen liegende gute Eigenschaft wittert, hat noch niemals ein wirklich schlechter Mensch einen Hund geliebt, und auch nicht, wie ich hinzufügen möchte, ein Kind, oder eine Blume.

Tatsache war, daß dieser ›alte Gott‹, wie wir ihn genannt hatten, als er in seinem Sarg lag, und wenn immer wir von ihm gesprochen hatten, Tommy viel mehr mochte als uns, ein Umstand, der schließlich nicht ohne Einfluß auf unser Schicksal sein sollte. Doch gab es einen Grund dafür, den wir erst viel später erfahren sollten. Außerdem war er nicht wirklich so freundlich, wie ich gehofft hatte.

Als wir einander eine ganze Weile angeblickt hatten, strich der Mann sich seinen Bart, dessen Länge ihn zu überraschen schien – besonders, da Tommy auf seinem Ende saß. Nachdem er dies festgestellt hatte und offensichtlich Tommy nicht stören wollte, gab er diese Beschäftigung auf und sprach uns nach zwei oder drei Ansätzen, denn seine Zunge und Lippen schienen noch lahm zu sein, in einer sonoren und musikalischen Sprache an, die keiner glich, die wir jemals gehört hatten. Wir schüttelten den Kopf. Dann fiel mir ein, ihm in der Sprache der Orofenaner ›guten Tag‹ zu sagen. Er schien über die Worte nachzudenken, als ob sie ihm entfernt vertraut wären, und als ich sie wiederholte, erwiderte er sie, zwar mit einer völlig anderen Aussprache, doch auf eine Weise, die mich davon überzeugte, daß er sehr wohl verstand, was ich gesagt hatte. Die Konversation wurde nicht weitergeführt, da er sich in diesem Augenblick an etwas zu erinnern schien.

Er saß mit dem Rücken zu dem Sarg der glitzernden Dame, die er deshalb bisher nicht bemerkt hatte. Jetzt begann er, sich umzudrehen, und da er noch zu schwach dazu war, bat er mich durch eine Geste, ihm dabei zu helfen. Ich tat es, während Bickley, welcher zu ahnen schien, was er wollte, seine Hurrikan-Lampe emporhielt, damit er besser sehen konnte. Mit einem Ausdruck tiefer Besorgnis blickte er jene an, die in dem Sarg lag, und nachdem er das getan hatte, stieß er einen Seufzer unendlicher Erleichterung aus.

Danach deutete er auf den Schraubbecher, aus dem er getrunken hatte. Bickley füllte ihn erneut aus der Thermosflasche, die, wie ich bemerkte, großes Interesse bei ihm erweckte, denn nachdem er die Flasche mit der Hand berührt und festgestellt hatte, daß sie außen kalt war, schien er sich darüber zu verwundern, wie ihr Inhalt fast kochend heiß sein konnte. Schließlich lächelte er, als ob er den Schlüssel des Geheimnisses entdeckt hätte, und trank seinen zweiten Becher Kaffee mit Branntwein. Als er das getan hatte, gab er uns durch Zeichen zu verstehen, den Sargdeckel der Dame aufzuklappen, wobei er auf einen Sicherungsstift der Verriegelung hinwies, die wir bei einem ersten Versuch nicht hatten öffnen können.

Schließlich gelang es uns, unter Anwendung der gleichen Methode, die wir zum Öffnen seines Sarges gebraucht hatten, auch diesen zu öffnen, und wurden wieder in die Flucht geschlagen von dem betäubenden Geruch wie von einem ganzen Gewächshaus voller Nachthyazinthen, der aus ihm hervorquoll und eine so narkotisierende Wirkung hatte, daß sogar Tommy Reißaus nahm.

Als wir in die Grabkammer zurückkehrten, kniete der Mann neben dem offenen Sarg, da er noch nicht aufrecht stehen konnte, blickte mit glühenden Augen in das Gesicht jener, die darin schlief, und bewegte seine langen Arme über ihr hin und her.

»Irgendeine Hypnose! Ich bin gespannt, ob sie wirkt«, flüsterte Bickley. Dann hob er die Injektionsspritze und blickte den Mann fragend an, doch der schüttelte den Kopf und fuhr mit seinen mesmerischen Bemühungen fort.

Ich trat zu ihm und stellte mich neben den Kopf der Schläferin, um ihr Gesicht beobachten zu können, was wahrlich lohnend war, während Bickley mit seinen Instrumenten und Medikamenten bei ihren Füßen Aufstellung nahm und sich damit beschäftigte, die Injektionsspritze mit Alkohol oder irgendeiner Säure zu desinfizieren. Ich vermute, daß er gerade einen Versuch machen wollte, sie zu gebrauchen, als sich das Gesicht der glitzernden Dame, wie durch die Wirkung der hypnotischen Bewegungen, plötzlich veränderte. Bis jetzt war es, so schön es auch sein mochte, ein totes Gesicht gewesen, wie das eines Menschen, der plötzlich und in der Blüte seines Lebens stehend, vor wenigen Stunden gestorben war, oder doch höchstens vor einem Tage oder so. Jetzt begann es wieder zu leben; es war, als ob sein Geist aus weiter Ferne in es zurückkehrte, und nicht ohne Schmerzen und Mühen.

Ausdruck um Ausdruck huschte über das Gesicht; seine Züge schienen sich so rasch von einem Augenblick zum anderen zu verändern, als ob sie mehreren verschiedenen Personen gehörten, wenngleich jede davon schön war. Die Tatsache dieser bemerkenswerten Veränderungen und die Andeutung einer vielfältigen Persönlichkeit, auf die sie schließen ließen, beeindruckte Bickley und mich sehr stark. Dann hob sich die Brust in einem zitternden Atemzug, schien sich sogar dagegen zu wehren, und sie öffnete die Augen. Sie waren voller Erstaunen, sogar voller Angst, doch – oh! – was für wunderbare Augen es waren. Ich weiß nicht, wie ich sie beschreiben soll, könnte nicht einmal ihre genaue Farbe benennen, außer, daß sie dunkel waren, wie das Blau von Saphiren dunkelster Tönung, und doch nicht schwarz: und so groß und sanft wie die einer Hirschkuh. Sie schlossen sich wieder, als ob das Licht ihnen weh täte, und als sie sich wieder öffneten, wanderte ihr Blick umher, jedoch anscheinend ohne etwas wahrzunehmen.

Schließlich blickten sie in mein Gesicht, denn ich stand noch immer über sie gebeugt, und der Blick blieb an ihm haften und schien es, einen Teil nach dem anderen, in sich aufzunehmen. Und dieser Blick schien eine Feder in dem noch immer schlafenden Herzen zu berühren und auszulösen. Auf jeden Fall verschwand der Ausdruck von Angst aus ihrem Gesicht und machte einem matten Lächeln Platz, wie man es manchmal auf dem Gesicht eines Patienten sehen mag, wenn die Wirkung des Anästhetikums vergeht und er erkennt, daß er in guten Händen ist. Eine Weile sah sie mich mit einem ernsten, suchenden Ausdruck an, dann hob sie plötzlich ihre Arme – es war die erste Bewegung, die sie machte – und schlang sie um meinen Hals.

Der alte Mann starrte uns an und runzelte unwillig die gebieterische Stirn, unternahm jedoch nichts. Bickley sah mich ebenfalls durch seine dicken Brillengläser an und schnaubte mißbilligend, während ich reglos blieb und gegen das wilde Verlangen ankämpfte, sie zu küssen wie ein erwachendes, geliebtes Kind. Ich bezweifele jedoch, ob ich das hätte tun können, denn es war mir unmöglich, mich zu bewegen; mein Herz schien stillzustehen und alle meine Muskeln schienen gelähmt worden zu sein.

Ich weiß nicht, wie lange ich diesen Zustand ertrug, doch ich weiß, wie er beendet wurde. Plötzlich hörte ich Bastins schwere Stimme durch die Stille dröhnen, und als ich mich umwandte, sah ich, wie er seinen dicken Kopf in die Grabkammer steckte.

»Unglaublich!« rief er. »Ihr scheint sie wahrlich auferweckt zu haben. Aber wenn du die Dame schon zu Anfang *so* behandelst, wird es bestimmt schwere Komplikationen geben, bevor du mit ihr fertig bist, Arbuthnot.«

Auf diese Weise wurde ich auf den Boden der Wirklichkeit zurückgeholt! Ich hätte Bastin umbringen können, und

Bickley, der wie ein Tiger zu ihm herumfuhr, sagte ihm, er solle Treibholz sammeln und vor der Statue ein großes Feuer machen. Ich glaube, daß Bastin widersprechen wollte, aber der Alte blickte ihn mit seinen harten Augen an, woraufhin er sich rasch verzog und wenig später mit dem Holz zurückkam.

Doch der Klang seiner lauten Stimme hatte den Bann gebrochen. Die Dame löste erschrocken ihre Arme von meinem Hals, schloß die Augen und schien bewußtlos zu werden. Bickley eilte mit seinem mit Salmiakgeist getränkten Wattebausch zu ihr und hielt ihn ihr unter die Nase. Der Alte hinderte ihn nicht daran, da er zu erkennen schien, daß er es mit einem Mann von Wissen zu tun hatte, und einem, der ihnen wohlwollte.

Schließlich gelang es uns, sie wieder ins Bewußtsein zurückzurufen, und Bickley verabreichte ihr eine Mischung aus heißem Wasser, Milch und Fleischextrakt. Die Wirkung war wunderbar, denn wenige Minuten, nachdem sie sie getrunken hatte, setzte sie sich in dem Sarg auf. Nun hoben wir sie aus ihrem engen Bett heraus, in dem sie seit – ah, seit wie langer Zeit! – geschlafen hatte, und sahen, daß sich unter ihrem Körper ebenfalls Blöcke jener leuchtenden, Wärme spendenden Substanz befanden. Wir setzten sie auf den Boden der Grabkammer und wickelten sie in eine Decke.

Jetzt geschah es, daß Tommy, der ständig um sie herumgestrichen war, als ob er einen alten Freund begrüßen wollte, sich wie selbstverständlich neben ihr niederließ und seinen schwarzen Kopf auf ihr Knie legte. Sie bemerkte es und lächelte zum ersten Mal, ein wunderbar sanftes und warmes Lächeln. Dann legte sie ihre Hand auf den Kopf des Hundes und streichelte ihn.

Bickley versuchte, ihr mehr von seiner Mixtur einzuflößen, doch sie machte eine abwehrende Geste und bedeutete ihm, sie Tommy zu geben. Das konnte er jedoch nicht tun, da ja nur ein Becher vorhanden war. Schließlich begannen beide Auferweckten zu frösteln, was Bickley in große Sorge versetzte. Er verfluchte Bastin dafür, daß dieser sich mit dem Feuer so lange Zeit ließ, und wickelte die beiden fester in ihre Decken.

Dann kam ihm ein Gedanke, und er untersuchte die leuchtenden Kristallblöcke in dem Sarg. Sie waren lose, ruhten lediglich in Hohlräumen im Boden des Sarges. Nachdem er unsere Taschentücher um seine Hand gewikkelt hatte, nahm er sie heraus und schob sie unter die Dekken seiner erwachten Patienten, eine Maßnahme, bei der der Alte anerkennend nickte. In diesem Moment kam Bastin mit einer großen Ladung Holz zurück, und kurz darauf brannte ein helles Feuer vor dem Zugang zur Grabkammer. Ich bemerkte, daß die beiden das Entzünden eines Feuers mit Hilfe eines Streichholzes sehr interessiert verfolgten.

Jetzt wurden sie gut durchwärmt, und auch wir – beinahe zu sehr. Und nun hatte ich einen Einfall. Ich wußte, daß um diese Zeit die Sonne mit aller Kraft auf den Fels schien, und schlug Bickley vor, daß wir seine Patienten ihren lebenspendenden Strahlen aussetzen sollten. Er stimmte mir zu, falls wir ihnen das verständlich machen könnten und sie in der Lage wären, zu gehen. Also versuchte ich es. Als erstes richtete ich die Aufmerksamkeit des Alten auf den Ausgang der Höhle, der in einiger Entfernung als heller Lichtkreis zu erkennen war. Er blickte ihn an, und dann mich mit einem Ausdruck ernster Aufmerksamkeit. Ich bedeutete ihm durch Zeichen, daß er sich dorthin begeben sollte, und sprach immer wieder das Wort ›Sonne‹ in der Sprache der Orofenaner. Er begriff sofort, doch ob er meine Gedanken las oder meine Worte verstand, kann ich nicht sagen. Anscheinend begriff auch die Dame, was ich meinte, und schien darauf zu brennen, hinauszugehen. Doch dann blickte sie wie bedauernd auf ihre Füße und schüttelte den Kopf. Diese Geste brachte mich zu einem Entschluß.

Ich weiß nicht, ob ich es bereits irgendwann erwähnt habe, doch ich bin ein recht hochgewachsener Mann und ziemlich kräftig. Sie war auch groß, doch, wie ich vermutete, nach einer so langen Fastenzeit sehr leicht. Jedenfalls war ich sicher, daß ich sie über diese Entfernung tragen konnte. Ich beugte mich nieder, hob sie auf und bedeutete ihr, ihre Arme um meinen Hals zu legen, was sie auch tat. Dann befahl ich Bickley und Bastin, den Alten gemeinsam zu stützen und zum Ausgang zu führen, und mit einigen Schwierigkeiten gelang es mir, die Grabkammer zu verlassen. Während ich sie durch die Höhle trug, stellte ich fest, daß sie schwerer war, als ich vermutet hatte, und doch wünschte ich, daß der Weg noch länger gewesen wäre. Sie schien sich in meinen Armen geborgen und glücklich zu fühlen, lehnte ihren Kopf an meine Schulter, und lächelte, wie ein Kind lächeln mag, besonders, als ich stehenblieb und ihr langes Haar um meinen Hals schlang, damit es nicht über den staubbedeckten Boden schleifte.

Ein Bündel Lavendel, oder ein Fuder frischgemähten Heus konnte nicht schöner zu tragen sein, und in ihrer Berührung war eine Elektrizität, die mir durch und durch ging. Nur zu bald war es vorbei, und wir verließen die Höhle und traten in das strahlende Licht der Tropensonne hinaus. Damit sich ihre Augen an die Helligkeit gewöhnen mochten, und ihr eben auferweckter Körper an die Hitze, setzte ich sie zuerst an eine Stelle, auf die der Schatten eines überhängenden Felsens fiel, in einen Segeltuchstuhl, der von Marama zusammen mit den anderen Dingen herübergebracht worden war, und legte eine Decke um ihre Schultern, um sie vor dem Wind zu schützen. Sie schmiegte sich dankbar in den weichen Sitz und schloß die Augen, da die Bewegung des Tragens sie ermüdet hatte. Ich bemerkte jedoch, daß sie die frische Luft in tiefen Zügen einsog.

Dann wandte ich mich um, weil ich die Ankunft des Alten beobachten wollte, der von Bickley und Bastin in einem sogenannten Dandy-Chair* herausgetragen wurde, der gebildet wird, indem zwei Menschen ihre Hände auf eine bestimmte Weise verschränken. Es sagt viel über die überragende Würde seiner Erscheinung aus, daß er selbst so, mit

* Samariterstuhl – *Anm. d. Übers.*

einem Arm um die Schultern Bickleys geschlungen, den anderen um die Bastins, und mit seinem fast auf dem Boden schleppenden weißen Bart, noch immer sehr eindrucksvoll wirkte.

Unglücklicherweise verlor jedoch Bastin, der sich schon immer durch besonderes Ungeschick ausgezeichnet hatte, mit einer Hand den Halt, so daß sein Passagier beinahe zu Boden gestürzt wäre. Niemals werde ich den Blick vergessen, mit dem er ihn dafür strafte. Ich bin sogar der Meinung, daß er Bastin von diesem Augenblick an haßte. Bickley respektierte er als einen Mann von Intelligenz und Bildung, obwohl diese, im Vergleich zu der seinen, infantil und roh sein mochte, und mich tolerierte er, mochte er sogar auf eine gewisse Weise; Bastin jedoch haßte er. Der einzige von uns, gegenüber dem er etwas Ähnliches wie Zuneigung empfand, war der Spaniel Tommy.

Wir setzten ihn, glücklicherweise unverletzt, auf einige Teppiche nieder, ebenfalls in den Schatten. Dann, nach einer Weile, brachten wir beide in die Sonne. Es war seltsam anzusehen, wie sie dort aufzublühen schienen. Wie Bickley später bemerkte, war das, was mit ihnen geschah, vergleichbar mit der Entwicklung eines Schmetterlings, der gerade aus dem Grab seines Kokons in die volle, strahlende Wärme des Sonnenlichts gekrochen war. Er spreizt seine feuchten Flügel, und ihre wunderbaren Farben entwickeln sich, und nach ein oder zwei Stunden ist er vollkommen, bereit zu einem Leben im Fluge, ein neues Wesen.

Genauso war es mit diesen beiden, die von einem Augenblick zum anderen Stärke und Lebenskraft in sich aufzunehmen schienen. Neben ihnen stand – es war reiner Zufall – ein großer Korb mit saftigen Früchten von der Insel, der an diesem Morgen von den Orofenanern gebracht worden war, und den die Dame mit sehnsüchtigen Blicken ansah. Mit Bickleys Erlaubnis reichte ich ihr und dem Alten einige davon, nachdem ich sie zuvor geschält hatte. Sie aßen sie gierig, machten eine volle Mahlzeit daraus, und hätten noch weitergemacht, wenn nicht Bickley, welcher unliebsame

Folgen befürchtete, den Korb beiseite geschoben hätte. Wieder war das Ergebnis wunderbar, denn schon eine halbe Stunde danach schienen sie überaus gekräftigt zu sein. Mit meiner Hilfe erhob sich die glitzernde Dame, wie ich sie noch immer bei mir nannte, da ich ihren Namen nicht wußte, zum ersten Mal von ihrem Stuhl und machte, auf mich gelehnt, ein paar zögernde Schritte. Dann blickte sie zum Himmel empor und auf das wunderbare Panorama der Natur unter ihm, und hob ihre Arme wie in Anbetung. Oh, wie wunderschön sie war, als das Sonnenlicht auf ihr himmlisches Gesicht fiel!

Und jetzt hörte ich zum ersten Mal ihre Stimme. Sie war sanft und tief, und besaß doch ein Timbre, das wie der Schall weit entfernter Glocken klang, die man aus weiter Ferne hört. Niemals zuvor hatte ich eine solche Stimme gehört. Sie deutete auf die Sonne, deren Strahlen ihr Haar und ihre Kleidung mit einem goldenen Schimmer übergossen, und nannte sie bei einem Namen, den ich nicht verstand. Ich schüttelte den Kopf, woraufhin sie einen anderen Namen nannte, der, wie ich vermutete, einer anderen Sprache entnommen war. Wieder schüttelte ich den Kopf, und sie versuchte es ein drittes Mal. Zu meiner Freude war dieses Wort praktisch gleich dem, das die Orofenaner für die Sonne gebrauchen.

»Ja«, sagte ich, sehr langsam sprechend, »so wird sie von den Menschen dieses Landes genannt.«

Sie verstand meine Worte, denn sie antwortete in derselben Sprache: »Wie nennst denn du sie?«

»Sonne«, antwortete ich.

»Sonne«, wiederholte sie, und dann sagte sie: »Wie heißt du, Reisender?«

»Humphrey«, antwortete ich.

»Hum-phe-rey«, sagte sie, als ob sie das Wort lernen wollte. »Und diese dort?«

»Bastin und Bickley«, sagte ich.

Über diese Namen schüttelte sie den Kopf; sie waren noch zu viel für sie.

»Und wie heißt du, Schläferin?« fragte ich sie.

»Yva«, antwortete sie.

»Ein sehr schöner Name für eine Dame, die so schön ist«, erklärte ich voller Enthusiasmus, natürlich in dem reichen, Orofenanischen Dialekt, den ich inzwischen vollkommen beherrschte.

Sie wiederholte die Worte ein paarmal, und schien dann plötzlich ihre Bedeutung zu begreifen, denn sie lächelte und wurde sogar ein wenig rot, und dann sagte sie hastig, mit einer Handbewegung auf den Alten, welcher in einiger Entfernung zwischen Bickley und Bastin stand: »Mein Vater, Oro; ein sehr großer Mann; ein sehr großer König; ein sehr großer Gott!«

Bei diesen Worten fuhr ich zusammen, da es natürlich überaus überraschend war, zu erfahren, hier den originalen Oro zu finden, welcher nach wie vor von den Orofenanern angebetet wurde, obwohl sie seit ungezählten Äonen nichts von seiner Existenz gewußt hatten. Außerdem war ich froh zu erfahren, daß er ihr Vater war und nicht ihr ältlicher Ehemann, denn das wäre für mich furchtbar gewesen, ein Greuel, das zu schlimm gewesen wäre, um es zu beschreiben.

»Wie lange habt ihr geschlafen, Yva?« fragte ich und deutete auf die Grabkammer in der Tiefe der Höhle.

Nach einer Weile verstand sie meine Frage und schüttelte ratlos den Kopf; doch dann sagte sie: »Die Sterne werden es heute nacht Oro sagen.«

Also war Oro sowohl ein Astronom als auch ein König und ein Gott. Doch das hatte ich bereits von den Metallplatten erraten, welche mit Sternzeichen graviert zu sein schienen.

Zu diesem Zeitpunkt wurde unser Gespräch unterbrochen, da der Alte selbst auf uns zutrat, auf die Schulter Bickleys gestützt, der in eine lebhafte Diskussion mit Bastin verwickelt war.

»Um Himmels willen«, sagte Bickley, »behalte deine theologischen Ansichten im Moment für dich. Wenn du den alten Knaben aufregst, könnte er sterben!«

»Wenn ein Mann mir erklärt, daß er ein Gott ist, so ist es meine Pflicht, ihm zu sagen, daß er ein Lügner ist«, sagte Bastin hitzig.

»Was du ja bereits getan hast, Bastin, doch glücklicherweise hat er dich nicht verstanden. Aber ich bitte dich um deinetwillen, nicht zu weit zu gehen. Er ist nicht einer, bei dem man sich etwas herausnehmen darf, möchte ich sagen. Doch scheint er jetzt durstig zu sein. Hol Wasser von dem Regenteich, nicht aus dem See!«

Bastin ging fort und kam kurz darauf mit einer gefüllten Aluminiumkanne und einem Glas zurück. Bickley goß etwas Wasser in das Glas und reichte es Yva, die dankend den Kopf neigte. Und dann tat sie etwas sehr Seltsames: Nachdem sie das Glas himmelwärts erhoben und einige Augenblicke so gehalten hatte, wandte sie sich um und vergoß mit einer demütigen Geste einige Tropfen davon vor den Füßen ihres Vaters auf den Boden.

Ein Trankopfer, dachte ich, und Bastin schien der gleichen Meinung zu sein, denn ich hörte ihn murmeln: »Ich glaube, daß sie ein heidnisches Opfer darbringt.«

Zweifellos hatte er recht, den Oro nahm die Ehrung mit einem leichten Neigen seines Kopfes entgegen. Danach, auf ein Zeichen von ihm, trank sie das Wasser. Dann wurde das Glas erneut gefüllt und Oro gereicht, der es ebenfalls himmelwärts hob. Er vergoß jedoch nichts davon, sondern trank sofort und leerte zwei Becher rasch hintereinander.

Inzwischen war die Sonne weitergewandert, so daß ihr Schein nicht mehr in den Höhleneingang fiel, und obwohl es trotzdem recht warm blieb, fröstelten beide ein wenig. Sie sprachen leise in einer Sprache, von der wir nicht ein Wort verstehen konnten, als ob sie miteinander berieten, was sie weiter unternehmen sollten. Ihr Disput war lang und ernst. Wenn wir gewußt hätten, worum es ging, hätte uns das in einige Unruhe gestürzt, denn der Kernpunkt ihrer Debatte war nichts geringeres als die Frage, ob sie uns sofort töten sollten, wozu Oro absolut fähig zu sein schien, wenn er es wollte. Yva hatte in diesem Punkt jedoch äußerst klare eigene Ansichten und schien ihm sogar damit zu drohen, uns mit Hilfe ihr gegebener eigener Fähigkeiten zu beschützen, obwohl ich keine Ahnung hatte, worin diese bestanden.

Während diese Entscheidung über unser Los noch in der Schwebe hing, brachte Tommy, der durch diese langwierigen Geschnehnisse gelangweilt wurde, einen mit Blüten besetzten Zweig herbei, den die Orofenaner, ihrem angeborenen Schmuckbedürfnis folgend, auf einen der Früchtekörbe gelegt hatten. Diesen kleinen Zweig trug er zu Oro und legte ihn ihm vor die Füße, zweifellos in der Hoffnung, daß dieser ihn aufheben und werfen würde, so daß Tommy ihn apportieren konnte, ein Spiel, das den Hund begeisterte. Aus irgendeinem Grunde sah Oro ein Omen in der simplen Handlung des Tieres, oder vielleicht mochte er auch glauben, daß es ihm ein Opfer darbrachte, denn er legte seine schmale Hand an seine Stirn, dachte eine Weile nach und winkte dann Bastin, den Zweig aufzuheben und ihm zu reichen.

Dann sprach er zu seiner Tochter, der er ein Zugeständnis zu machen schien, denn ich sah einen Ausdruck von Erleichterung auf ihrem Gesicht. Und das war kein Wunder, da er ihr seinen Entschluß verkündet hatte, uns zu verschonen und uns in ihre Gemeinschaft aufzunehmen.

Anschließend sprachen sie weiter miteinander, jedoch in einem völlig anderen Tonfall und auf eine ruhigere Art. Dann sagte die junge Dame in ihrem langsamen und archaischen Orofenanisch zu mir: »Wir wollen ruhen. Ihr dürft uns nicht folgen. Vielleicht werden wir heute abend zurückkommen, vielleicht morgen abend. Wir sind sicher. Und auch ihr seid sicher unter dem Barte Oros. Der Geist Oros wacht über euch. Verstehst du das?«

Ich sagte ihr, daß ich es verstünde, worauf sie sagte: »Lebe wohl, Hum-fe-ry.«

»Lebe wohl, Yva«, antwortete ich mit einer Verbeugung.

Daraufhin wandten sie sich um und gingen, nachdem sie jede Hilfe von uns zurückgewiesen hatten, langsam und einander stützend in die Höhle, in deren Dunkel sie verschwanden.

12

Zweihundertfünfzigtausend Jahre!

»Du scheinst deine Zeit wirklich genutzt zu haben, alter Junge«, sagte Bickley in einem etwas säuerlichen Tonfall.

»Ich habe es noch nie erlebt, daß Menschen sich nach so kurzer Zeit bei ihren Vornamen nannten«, fügte Bastin hinzu und blickte mich mißtrauisch an.

»Ich kenne nur diesen Namen«, sagte ich.

»Das mag sein, doch du zumindest hast einen Familiennamen, aber den scheinst du ihr nicht genannt zu haben. Auf jeden Fall bin ich froh, daß sie fort sind, weil ich es leid bin, von allen herumkommandiert zu werden und ihnen Holz und Wasser zu holen. Außerdem bin ich sehr hungrig, da ich nichts essen kann, bevor es Tag geworden ist. Sie haben die besten Früchte mitgenommen, auf die ich mich schon gefreut hatte, doch scheinen sie sich Gott sei Dank nichts aus Schweinefleisch zu machen.«

»Ich bin auch hungrig«, sagte Bickley, der wirklich erschöpft aussah. »Hol das Essen her! Wir werden später über alles reden.«

Als wir gegessen hatten – recht schweigsam, möchte ich sagen – fragte ich Bickley, was er von der Angelegenheit hielte, und auch, wohin die Schläfer gegangen sein mochten.

»Ich glaube, daß ich die zweite Frage beantworten kann«, unterbrach Bastin. »Ich nehme an, zu einem Ort, welcher

Kennern der Bibel wohlvertraut ist, und den sogar Bickley gelegentlich erwähnt, wenn er wütend ist. Auf jeden Fall scheinen sie die Hitze sehr zu mögen, denn selbst in ihren Särgen wollten sie sie nicht entbehren, und ihr werdet zugeben, daß sie nicht ganz natürlich sind, obwohl die glitzernde Dame recht anziehend ist, soweit es ihr Äußeres betrifft.«

Bickley wischte diese Bemerkungen mit einer Handbewegung beiseite und wandte sich an mich.

»Ich weiß nicht, was ich davon halten soll«, sagte er, »doch da dieses Erlebnis nicht natürlich ist und alles im Universum, so weit wir es kennen, eine natürliche Erklärung haben muß, bin ich geneigt, anzunehmen, daß wir unter Halluzinationen leiden, welche auf ihre Art absolut natürlich sind. Es scheint unmöglich zu sein, daß zwei Menschen tatsächlich für einen unbekannten Zeitraum geschlafen haben können, eingeschlossen in Behältnisse aus Kristall oder Glas, erwärmt von Radium oder einer ähnlichen Substanz, und sich dann, verhältnismäßig gut bei Kräften und gesund, aus ihnen erheben. Das ist gegen das Naturgesetz.«

»Und wie ist es mit den Mikroben?« fragte ich. »Von denen wir behaupten, daß sie praktisch unsterblich sind, und das sind lebende Wesen. Also wird in ihrem Falle dein Naturgesetz auch gebrochen.«

»Das stimmt«, sagte er. »Einige Arten von Mikroben scheinen, in einem Gefäß versiegelt und unter bestimmten Voraussetzungen eine unerschöpfliche Lebensdauer zu besitzen. Auch Radium hat eine unbeschränkte Lebensdauer, doch das ist ein Mineral. Diese beiden Menschen sind aber weder Mikroben, noch Mineralien. Und die Erfahrung lehrt uns, daß sie unter den Umständen, in denen wir sie gefunden zu haben scheinen, nicht länger als ein paar Monate gelebt haben konnten.«

»Was also ist deine Erklärung dafür?«

»Ich nehme an, daß wir sie nicht wirklich gefunden, sondern alles nur geträumt haben. Du weißt sicher, daß es gewisse Gase gibt, die Illusionen hervorrufen, Lachgas ist eines von ihnen, und daß solche Gase manchmal in Höhlen vorkommen. Nun war der Raum unterhalb der Statue von sehr merkwürdigen Gerüchen erfüllt, welche unsere Phantasie in diese Richtung hin beeinflußt haben könnten. Denn sonst stünden wir hier einem Wunder gegenüber, und, wie ihr wißt, glaube ich nicht an Wunder.«

»Aber ich tue es«, sagte Bastin ruhig. »Darüber kannst du alles aus der Bibel erfahren, wenn du dir die Mühe machen würdest, sie zu lesen. Warum also erzählst du uns einen solchen Unsinn über Gase?«

»Weil nur ein Gas oder irgend etwas dieser Art uns dazu gebracht haben konnte, uns das einzubilden.«

»Unsinn, Bickley! Diese beiden Menschen waren absolut vorhanden. Haben sie nicht unsere Früchte gegessen und das Wasser getrunken, das ich ihnen brachte, ohne auch nur danke zu sagen? Aber menschlich waren sie nicht. Es sind böse Geister, und was mich betrifft, so will ich sie nie wiedersehen, obwohl ich nicht daran zweifele, daß Arbuthnot es will, da jene glitzernde Dame ihre Arme um seinen Hals geschlungen hat, als sie erwachte, und er sie bereits mit ihrem Taufnamen anredet, falls man das Wort Taufe im Zusammenhang mit ihr überhaupt verwenden darf. Und der alte Knabe hatte die Unverschämtheit, uns zu erklären, daß er ein Gott sei, und es ist bedeutsam, daß er sich Oro nennt, da der Teufel, den sie auf der Insel anbeten, ebenfalls Oro genannt wird.«

»Was die Frage betrifft, wohin sie gegangen sein mögen«, fuhr Bickley fort, ohne auf Bastins Einwurf zu achten, »so kann ich das wirklich nicht sagen. Ich denke jedoch, daß wir, wenn wir morgen vormittag nach ihnen suchen – und ich meine, daß wir es nicht vorher tun sollten, damit wir genügend Zeit haben, unsere Gehirne auszulüften – die Grabkammer völlig leer finden werden, vielleicht sogar ohne die beiden Kristallsärge, die wir dort, wie wir glaubten, stehen sahen.«

»Vielleicht stellen wir sogar fest, daß es nicht einmal eine

Höhle gibt, und daß wir auf einem flachen Felsen außerhalb von ihr sitzen«, meinte Bastin sarkastisch und setzte hinzu: »Du bist auf deine Art recht klug, Bickley, aber du kannst mehr Blödsinn reden, als jeder andere Mann, den ich jemals gekannt habe.«

»Sie haben uns versprochen, heute abend oder morgen abend zurückzukommen«, sagte ich. »Und wenn sie das tun, was wirst du dann sagen, Bickley?«

»Um diese Frage zu beantworten, werde ich warten, bis sie da sind. Und jetzt wollen wir ein Stück spazierengehen, um auf andere Gedanken zu kommen. Wir sind alle überspannt und wissen kaum noch, was wir reden.«

»Eine letzte Frage«, sagte ich, als wir uns erhoben, um aufzubrechen. »Hat auch Tommy unter Halluzinationen gelitten, genau wie wir?«

»Warum nicht?« erwiderte Bickley. »Er ist ein Lebewesen, genau wie wir, oder aber wir haben uns nur eingebildet, die Dinge zu sehen, die Tommy getan hat.«

»Als du diesen Korb mit Früchten gefunden hast, Bastin, den die Eingeborenen in einem Kanu herübergebracht haben, lag da ein Zweig mit roten Blüten darauf?«

»Ja, Arbuthnot, doch nur ein Zweig, und den habe ich weggeworfen, da er mir im Weg war, als ich den Korb hierhertrug.«

»Den blühenden Zweig, welchen wir alle sahen, als der Schläfer Oro ihn mit sich nahm, nachdem Tommy ihn ihm gebracht hatte?«

»Ja, er hat mir befohlen, ihn aufzuheben und ihn ihm zu reichen«, sagte Bastin.

»Nun, wenn wir dies nicht selbst gesehen hätten, müßte er nach wie vor auf der Felsplatte liegen, da kein Wind ist und es keine wilden Tiere gibt, um ihn fortzutragen. Gibst du das zu, Bickley?«

Er nickte.

»Wenn er trotzdem verschwunden ist, wirst du also auch zugeben, daß wir gesehen haben, was wir zu sehen glaubten?«

»Ich wüßte nicht, wie man sich dieser Folgerung entziehen könnte, zumindest insoweit, als das Phänomen dieses Zweiges betroffen ist«, sagte Bickley zurückhaltend.

Dann brachen wir, ohne weitere Worte, auf und sahen uns um. An der Stelle, an der der Zweig hätte liegen sollen, lag kein Zweig, doch sahen wir auf dem Fels mehrere rote Blüten, von Tommy abgebissen, wie ich vermutete, als er den Zweig herangeschleppt hatte. Doch war das noch nicht alles. Ich glaube erwähnt zu haben, daß die glitzernde Dame Sandalen trug, die mit roten Steinen verziert waren, die wie Rubine aussahen. Auf dem Felsen lag einer dieser Steine. Ich hob ihn auf und untersuchte ihn. Er war mit einem Goldfaden angenäht gewesen. Der Rest eines solchen Fadens hing aus einem Loch heraus, das durch den Stein gebohrt war, um ihn zu befestigen. Der Faden war morsch wie Zunder, anscheinend von extremem Alter. Außerdem war der harte Edelstein selbst von winzigen Löchern übersät, als ob der Zahn der Zeit an ihm genagt hätte, was jedoch auch durch andere Einwirkungen hervorgerufen sein mochte, wie zum Beispiel von Radiumstrahlen. Ich lächelte Bickley an, der verwirrt wirkte, sogar ein wenig traurig. Es war auf eine gewisse Weise schmerzlich, zu sehen, wie die lebenslangen Theorien eines fähigen und ernsthaften Mannes auf diese Weise zunichte gemacht wurden.

Wir traten unseren Spaziergang an, wobei wir uns auf dem flachen Gelände am Fuße des Vulkankegels hielten, da wir genug der Wunder erlebt hatten und uns zu vergewissern zu müssen glaubten, daß es auch natürliche und vertraute Dinge gab. Und wir wurden tatsächlich auch durch eine Reihe nützlicher Entdeckungen belohnt. So fanden wir eine Stelle, wo Brotfruchtbäume und andere fruchttragende Bäume, von denen die meisten sich jetzt im Zustand der Reise befanden, im Überfluß wuchsen, wie auch Yamswurzeln*. Und wir gelangten auch zu einer Bucht, in der sich ungezählte Mengen von Süßwasserfischen befanden, deren

* Süßkartoffeln – *Anm. d. Übers.*

Lieblingsort sie zu sein schien. Dies mochte daran liegen, weil ein kleiner Bach von klarem Wasser hier einmündete, ein Überlauf des Kratersees.

Über diese Entdeckung waren wir sehr glücklich, da wir jetzt wußten, daß wir nicht verhungern würden, selbst wenn unsere Versorgung von der Hauptinsel versiegen sollte. Bastin, der in diesen Dingen ein großes Geschick bewies, gelang es auch sofort, vier Fische zu fangen, die jeder zwei oder drei Pfund wogen, indem er einfach ins Wasser watete und sie in eine Reuse aus Palmenblättern trieb. Es war seltsam zu beobachten, wie leicht er sich den Lebensgewohnheiten und Bräuchen primitiver Menschen anpaßte, so ohne jede Schwierigkeit, daß Bickley bemerkte, wenn er an die Wiedergeburt glaubte, er Bastin für einen Troglodyten* in seiner letzten Inkarnation auf der Erde halten würde.

Doch wie immer dem sein mochte, waren Bastins primitive Instinkte und Fähigkeiten für uns von großem Nutzen. Schon in den ersten Tagen auf der Insel hatte er uns eine primitive, mit Palmenblättern gedeckte Eingeborenenhütte gebaut, in der wir, bis uns etwas Besseres geboten wurde, was später geschah, gemeinsam aßen, und in der er und Bickley schliefen und das Zelt mir überließen. Außerdem webte er ein Netz aus Palmfasern, mit dem er eine Menge Fische fing, und er stellte Angelschnüre aus demselben Material her. Haken hatten wir glücklicherweise dabei, die wir mit Süßwassermuscheln als Köder bestückten, und mit den Innereien von Fischen. Mit deren Hilfe fingen wir ein paar wahre Monster einer Karpfenart, die sich als sehr wohlschmeckend erwiesen. Sein größter Triumph war jedoch eine Vogelattrappe aus Zweigen, mit der er eine Anzahl von Wassergeflügel einfangen konnte. Also hatten wir sehr bald eine recht gute Küche, besonders nachdem er gelernt hatte, unser Essen nach der Art der Eingeborenen auf heißen Steinen zuzubereiten. All dies war uns nur allzu recht, weil es Bickley und mir Gelegenheit gab, uns ganz unseren archäo-

---

* Höhlenbewohner – *Anm. d. Übers.*

logischen und anderen Studien zu widmen, welche für Bastin ohne jedes Interesse waren.

Als wir zu unserem Lager zurückkehrten, war es fast Abend geworden, also kochten wir unser Essen und verzehrten es, machten es uns dann, da wir erschöpft waren, so bequem wie möglich, und gingen schlafen. Bickley und mich konnten selbst unsere wunderbaren Erlebnisse nicht am Schlafen hindern, und auf Bastin hatte so etwas keinerlei Wirkung. Er nahm sie hin, und das war alles. Im Schutz des starken Panzers seines kindlichen Glaubens schnippte er nur mit den Fingern angesichts böser Geister, wofür er die Schläfer hielt, und angesichts alles anderen, das die meisten Menschen fürchten mochten.

Nun hatten wir nach unserem Gespräch mit Marama, von dem ich bereits berichtete, jede Furcht vor den Orofenanern verloren, wenngleich wir es auch nicht für klug hielten, uns zur gegenwärtigen Zeit wieder unter sie zu begeben. Mit dieser Einstellung hatten wir, was Marama und die Mehrheit seines Volkes betraf, vollkommen recht, da sie unsere ehrlichen Freunde waren. Doch was die Zauberer, Priester und ihre hinterhältige, abergläubische Bruderschaft anging, war sie ganz und gar nicht zutreffend. Sie hatten Bastin weder seine Gotteslästerung vergessen noch die Unterminierung ihrer Machtstellung durch die Verbreitung neuer Doktrinen, die, wenn sie angenommen würden, das Ende ihrer Hierarchie bedeuteten. Auch hatten sie Bickley nicht vergeben, daß er einen der ihren erschossen hatte, und keinem von uns dafür, daß wir uns der Rache ihres Gottes entzogen hatten.

So geschah es, daß sie untereinander ein Komplott schmiedeten, uns drei zu überfallen und zu verschleppen, um uns vor einem neuen Idol Oros zu opfern, das sie inzwischen angefertigt hatten. Sie wußten genau, an welcher Stelle des flachen Felsens wir schliefen, unser Feuer hatte es ihnen verraten, und sie hatten keine Furcht, den Felsen zu betreten, da sie seit Generationen daran gewöhnt waren, dort ihre Opfergaben für den Gott des Berges abzulegen.

Heimlich, damit Marama nichts davon merkte, hatten sie zwei weitere Kanus zum Ufer des Sees gebracht. In dieser Nacht, gegen drei Uhr, als der Mond gerade unterging, unternahmen sie ihren Angriff mit insgesamt einundzwanzig Männern, denn es waren große Kanus, und verließen sich auf die Dunkelheit, um uns unbemerkt fortschaffen und zu ihrem Opferungsplatz bringen zu können, wo wir beim Morgengrauen, bevor Marama es verhindern konnte, gebraten werden sollten.

Das erste, was wir von dieser Angelegenheit merkten, war das unangenehme Gefühl, daß kräftige Wilde sich auf uns warfen und uns mit Stricken aus Palmfasern banden, da wir sträflicherweise verabsäumt hatte, eine Wache aufzustellen. Sie steckten uns Ballen von trockenem Gras in dem Mund, um uns am Schreien zu hindern, doch drang genügend Luft hindurch, daß sie uns nicht erstickten. Die Überraschung war ihnen so vollkommen gelungen, daß wir uns nicht mit einem einzigen Schlag gegen sie zur Wehr setzen, und noch weniger unsere Revolver abfeuern konnten, obwohl wir sie neben uns liegen hatten. Natürlich strampelten wir und stießen um uns, soweit wir es konnten, doch war das völlig sinnlos; innerhalb von zwei, drei Minuten waren wir wehrlos wie verschnürte Kälber, die zum Schlachter gebracht werden.

Bastin gelang es, seinen Knebel aus dem Mund zu stoßen, und ich hörte ihn mit seiner langsamen, schweren Stimme sagen: »Dies, Bickley, kommt davon, wenn man mit bösen Geistern, die in Museumsvitrinen herum liegen ...« Hier wurde seine Rede erstickt, weil man ihm wieder Gras in den Mund stopfte, doch ich hörte Bickley schnauben, als er die Erwiderung entwarf, die er nicht äußern konnte. Was mich betraf, so dachte ich mir, daß es uns ganz recht geschah, weil wir keine Wache aufgestellt hatten, und überließ alles weitere dem Schicksal.

Trotzdem tat es mir, um ehrlich zu sein, jetzt viel mehr leid, sterben zu müssen, als dies noch vor achtundvierzig Stunden der Fall gewesen wäre. Dies ist eine langweilige und in vieler Hinsicht schreckliche Welt, eine, die einige von uns gerne verlassen würden, wenn sie den Mut dazu aufbrächten, um anderswo nach neuen Abenteuern zu suchen. Doch hier hatte sich mir ein großes und unvorstellbares Abenteuer geboten, und bevor ich dieses Geheimnis nicht gelöst hatte, bevor ich auch nur eine Theorie darüber entwickeln konnte, sollten mein Körper zerstört und meine darin gefangene Intelligenz weit fort geschickt werden, oder würden, wenn Bickleys Ansicht zutreffen sollte, aufhören zu existieren. Es war so traurig, daß dies in einem Moment geschah, da das Unmögliche, wie ein wandernder Mond, von dessen Vorhandensein man nichts geahnt hatte, sich über den grauen Horizont des Gewissen schob und es im Licht von Wunder und Hoffen erstrahlen ließ.

Sie schleppten uns zu den Kanus, und nicht gerade sanft; ich hörte, wie der knochige Körper Bastins auf dem Boden eines der Kanus aufschlug, und dachte, nicht ohne Schadenfreude, daß es ihm ganz recht geschähe, da er Quelle und Ursache all unserer Widrigkeiten war. Zwei der stinkenden Magier, die auf dem Kopf kleinere Exemplare ihrer zeremoniellen Korbhüte trugen, da diese zu sperrig waren, um damit körperliche Arbeit leisten zu können, und ihre Körper mit verschiedenen Farben bemalt hatten, wollten mich gerade gleich ihm in ein anderes Kanu werfen, als etwas geschah. Ich weiß nicht, was es war, doch ließen die beiden Wilden mich plötzlich los, so daß ich hart auf den Felsen fiel und dort auf dem Rücken liegen blieb.

Dann erschien am Rande meines Gesichtsfeldes, das ziemlich beschränkt war, da ich den Kopf nicht heben konnte, der obere Teil der hochgewachsenen Gestalt des Alten, welcher sich Oro nannte. Ich konnte nur Kopf und Brust von ihm sehen, doch schien er sich stark verändert zu haben. Zum Beispiel trug er jetzt eine Robe von anderer Farbe; diese war dunkelblau, und ich fragte mich, woher er sie haben mochte. Auch war sein gewaltiger Bart erheblich gestutzt worden, und auf seinem Kopf saß eine einfache Kappe, auf eigenartige Weise gesteppt, die aussah, als ob sie aus

Samt wäre. Außerdem wirkte sein Gesicht voller. Er sah noch immer alt aus, und unendlich weise, das ist wahr, doch wirkte er jetzt wie ein jüngerer Mann, so groß waren die Energie und die Lebenskraft, die er ausstrahlte. Und seine dunklen, glühenden Augen leuchteten mit einer furchtbaren Intensität. Kurz gesagt: er wirkte auf eine fast nicht vorstellbare Form beeindruckend und schrecklich.

Er blickte gelassen umher, und sagte dann mit einer tiefen, eisigen Stimme in der Orofenanischen Sprache: »Was tut ihr hier, Sklaven?«

Keiner schien fähig, ihm antworten zu können; sie waren zu entsetzt über das plötzliche Auftauchen ihres sagenhaften Gottes, dessen hölzernes Gesicht zu Fleisch und Blut geworden war. Sie warfen sich herum und wollten fliehen. Er machte eine Geste mit seiner schmalen Hand, und sie standen wie versteinert, wie Tiere, die das Ende ihrer Kette erreicht hatten. So standen sie in allen möglichen Haltungen, unbeweglich, und sahen recht lächerlich aus mit ihren Farben und Federn, einen Ausdruck von Entsetzen auf ihren Gesichtern.

Der Schläfer sprach wieder.

»Ihr wolltet morden, so wie es eure Vorväter getan haben, o Kinder von Schlangen und Schweinen, die in Menschengestalt geschaffen wurden. Ihr wolltet jene opfern, die in meinem Schatten leben, um euren Haß zu befriedigen, da sie weiser sind als ihr. Komm her, du!« Und er winkte den Obersten Magier mit seinem knochigen Finger zu sich.

Der Mann näherte sich ihm mit kurzen Sprüngen, wie ein mechanisches Spielzeug, und stand vor ihm, den kleinen Korbhut schief auf dem Kopf und die Farben auf einem Gesicht zerlaufend von seinem strömenden Angstschweiß.

»Blick in die Augen deines Gottes, du Knecht Oros!« sagte er, und der Mann tat es, wobei seine Augen ihm aus dem Kopf quollen.

»Empfange den Fluch Oros!« sagte der Alte.

Nun folgte ein entsetzliches Schauspiel. Der Mann wurde vor unseren Augen wahnsinnig. Er sprang so hoch in die

Luft, wie es einem Menschen unmöglich ist. Er warf sich zu Boden und rollte auf dem Fels hin und her. Er sprang wieder auf die Füße und taumelte umher, wobei er mit den Zähnen große Fleischfetzen aus seinen Armen riß. Er stieß unheimliche, gellende Schreie aus, wie ein Besessener. Er warf sich zu Boden und schlug seine Stirn auf den harten Fels. Dann setzte er sich auf – ganz langsam –, riß den Mund auf, würgte – und starb.

Seine Begleiter schienen von der Infektion des Todes angesteckt zu werden, wie es bei verschreckten Wilden oft der Fall ist. Auch sie begannen gräßliche Verrenkungen zu vollführen, alle bis auf drei, die wie paralysiert reglos stehen blieben. Die anderen tobten hin und her, schlugen mit den Fäusten oder mit ihren primitiven Waffen aufeinander ein, und sahen in ihrer gräßlichen Bemalung wie Teufel der finstersten Hölle aus. Sie rangen und kämpften wütend miteinander. Dann stoben sie davon und sprangen ins Wasser, in dem sie wie Steine versanken.

Es schien eine lange Weile gedauert zu haben, doch glaube ich, daß nach weniger als fünf Minuten alles vorbei war. Sie waren alle tot, nur die drei Männer, die paralysiert standen, blieben zurück und rollten angstvoll die Augen.

Der Alte winkte ihnen mit einem Finger, zu ihm zu kommen, und sie traten im Gleichschritt vor ihn, wie Soldaten.

»Holt jenen Mann aus dem Kanu!« sagte er und deutete auf Bastin. »Und zerschneidet seine Fesseln, sowie die der beiden anderen.«

Der Befehl wurde mit erstaunlicher Schnelligkeit ausgeführt. Innerhalb einer Minute waren wir frei und zogen uns die Grasknebel aus dem Mund. Der Alte deutete auf den Obersten Magier, der tot auf dem Fels lag und mit vor Entsetzen verzerrtem Gesicht und weit aufgerissenen Augen zum Himmel emporstarrte.

»Nehmt diesen Zauberer mit euch und zeigt ihn den anderen Zauberern dort drüben«, sagte er, »und sagt ihnen, wo die anderen sind. Wisset an diesem Zeichen, daß Oro, der Gott des Berges, welcher eine Weile geschlafen hat, wieder erwacht ist, und schlecht soll es jedem ergehen, der seine Macht anzweifelt oder es wagt, jenen zu nahe zu treten, welche in seinem Hause wohnen. Bringt täglich Nahrung und erwartet meine Befehle. Geht!«

Der schrecklich aussehende Tote wurde in eins der Kanus geworfen, jenes, aus dem sie Bastin gehoben hatten. Dann sprangen je einer von ihnen in eins der drei Boote, und sie paddelten so rasch davon, wie sie es noch nie getan hatten. Kurz darauf waren sie von der Dunkelheit verschluckt, und wieder war es totenstill.

»Ich werde meine Stiefel suchen«, verkündete Bastin. »Der Fels ist sehr hart, und ich habe mir die Füße verletzt, als ich nach jenen armen Burschen stieß, die ein so böses Ende gefunden zu haben scheinen, obzwar ich nicht genau verstehe, auf welche Art das geschah. Ich finde jedoch, man hätte ihnen mehr Großmut zeigen sollen, und hoffe, daß es anderen Ortes der Fall sein mag, da sie schließlich nur taten, was ihr Licht ihnen aufzeigte.«

»Ihr Licht sei verflucht!« rief Bickley und massierte seine Kehle, die bei dem Überfall aufgeschrammt worden war. »Ich bin froh, daß es ausgelöscht worden ist.«

Bastin humpelte fort, um nach seinen Stiefeln zu suchen, doch Bickley und ich blieben, wo wir waren, und blickten den Alten an. Jede Erinnerung an die eben stattgehabten schrecklichen Geschehnisse schien aus seinem Gedächtnis verschwunden zu sein, denn er blickte konzentriert zum Himmel empor. Die Sterne waren wunderbar hell und klar, seit der Mond untergegangen war, so strahlend, wie sie nur in den Tropen sein können, wenn der Himmel wolkenlos ist.

Irgend etwas brachte mich dazu, mich umzublicken, und ich sah Yva auf uns zukommen. Offensichtlich war auch bei ihr jede Schwäche gewichen, denn sie benötigte jetzt keinerlei Hilfe mehr, sondern ging mit seltsam gleitend wirkenden Bewegungen, die mich an einen über das Wasser ziehenden Schwan erinnerten. Nur zu recht hatten wir sie die glitzernde Dame benannt, denn im Sternenlicht schien sie tatsächlich zu glitzern, was offenbar von ihrer goldenen Robe hervorgerufen wurde, die jedoch, wie im Falle ihres Vaters, nicht dieselbe war, die sie im Sarg getragen hatte, und von ihrem Haar, das von innen heraus zu strahlen schien. Jedenfalls ging ein Schimmern von ihr aus, als sie auf uns zutrat, wobei ihre schlanke Gestalt sich bei jedem Schritt wiegte wie eine Weide im Wind. Als sie näherkam, erkannte ich, daß auch ihr Gesicht fülliger geworden war und jetzt gesund und kräftig wirkte, während in ihren großen Augen ein sanfter Glanz lag.

In ihren Händen trug sie jene zwei Metallplatten, die ich im Sarg des Schläfers Oro liegen gesehen hatte. Diese reichte sie ihm und trat dann aus seiner Hörweite – falls das überhaupt möglich gewesen sein sollte, ein Punkt, über den ich mir nicht sicher bin – und begann mit mir zu sprechen. Ich bemerkte sofort, daß ihre Kenntnisse der orofenanischen Sprache während der kurzen Stunden ihrer Abwesenheit erheblich verbessert worden waren, als ob sie tief von einer verborgenen Quelle der Erinnerung getrunken hätte. Jetzt sprach sie sie flüssig, genau wie Oro es getan hatte, als er mit den Zauberern sprach, obwohl viele der Worte, die sie gebrauchte, mir unbekannt waren, und die allgemeine Sprachform, die sie benutzte, archaisch zu sein schien. Wenn sie merkte, daß ich sie nicht verstand, unterbrach sie sich sofort und wiederholte den entsprechenden Satz in anderen Formulierungen, bis mir seine Bedeutung klar geworden war. Ich will jetzt zusammengefaßt wiedergeben, was sie mir sagte.

»Du bist gerettet«, sagte sie, wobei sie zuerst auf die Palmfaserstricke blickte, die am Boden lagen, und dann auf meine Handgelenke, von denen eines aufgescheuert war.

»Ja, Yva. Dank deinem Vater!«

»Du solltest sagen, dank meiner Fürsprache. Mein Vater hat an ganz andere Dinge gedacht, doch ich dachte an euch Fremde, und von dem Ort, an welchem ich mich befand, sah ich diese bösen Menschen kommen, um euch zu töten.«

»Oh! Von der Spitze des Berges, nehme ich an.«

Sie schüttelte den Kopf und lächelte, gab jedoch keine andere Erklärung, falls man ihre folgenden Worte nicht als eine solche auffassen kann.

Sie lauteten: »Ich kann auf andere Weise sehen, als mit meinen Augen, wenn ich so will.« Eine Behauptung, die Bickley, der uns zuhörte, zu der gemurmelten Bemerkung veranlaßte: »Unmöglich! Was, zum Teufel, kann sie damit meinen? Telepathie vielleicht?«

»Ich habe gesehen«, fuhr sie fort, »und habe es dem Herrn, meinem Vater, berichtet. Er ist hergekommen. Hat er sie getötet? Ich habe nicht länger zugesehen und weiß es nicht.«

»Ja. Sie liegen im See, alle außer dreien, die er als Boten fortgeschickt hat.«

»Ich dachte es mir. Der Tod ist schrecklich, o Humphrey, doch ist er ein Schwert, das jene, die herrschen, gebrauchen müssen, um die Bösen und die Wilden damit zu züchtigen.«

Da ich dieses Thema nicht weiterverfolgen wollte, fragte ich sie, was ihr Vater mit den Metalltafeln mache.

»Er liest die Sterne«, antwortete sie, »um zu erfahren, wie lange wir geschlafen haben. Bevor wir uns zum Schlaf niederlegten, hat er zwei Bilder von ihnen angefertigt, so wie sie damals standen, und wie sie zu dem Zeitpunkt stehen würden, den er für unser Erwachen festgesetzt hatte.«

»Den Zeitpunkt haben *wir* festgesetzt«, unterbrach Bickley.

»Nein, o Bickley«, antwortete sie und lächelte wieder. »Im Kopf des göttlichen Oro war er genau bestimmt. Ihr seid lediglich die Hände gewesen, die seinen Befehl erfüllten.«

Als Bickley dies hörte, glaubte ich wirklich, daß er in die Luft gehen würde, doch nahm er sich zusammen, da er begierig war, das Ende dieser mysteriösen Lügengeschichte zu hören.

»Wie lang war der Zeitraum, den Oro für euren Schlaf festgesetzt hatte?« fragte ich.

Sie zögerte, als ob sie nach den richtigen Worten suchte,

dann hielt sie beide Hände empor und sagte: »Zehn.« Dann nahm sie Bickleys Hände, nicht die meinen, und zählte auch seine zehn Finger ab.

»Zehn Jahre«, sagte Bickley. »Das ist natürlich völlig unmöglich, aber vielleicht ...« Er verstummte.

»Zehnmal zehn«, fuhr sie fort und lächelte noch mehr, »einhundert.«

»Oh!« sagte Bickley.

»Zehnmal hundert – eintausend.«

»Also wirklich!« rief Bickley.

»Zehnmal zehntausend – einhunderttausend.«

Bickley schwieg.

»Zweimal hunderttausend und ein halbes hunderttausend, zweihundertundfünfzigtausend Jahre. Das war der Zeitraum, welchen der Gott Oro, mein Vater, für unseren Schlaf festsetzte. Ob er eingehalten worden ist, wird er gleich feststellen, wenn er das Buch der Sterne gelesen und es mit dem verglichen hat, was er aufzeichnete, bevor er uns zum Schlaf niederlegte.« Sie deutete auf die Metallplatten, die der Alte studierte.

Bickley ging fort und gab Geräusche von sich, als ob ihm gleich übel werden würde, und er sah in seiner Gekränktheit so albern aus, daß ich beinahe laut losgelacht hätte. Yva lachte tatsächlich, und ihr Lachen klang sehr musikalisch.

»Er glaubt es nicht«, sagte sie. »Er ist so klug, daß er alles weiß. Doch vor zweihundertundfünfzigtausend Jahren würden wir ihn für recht dumm gehalten haben. Damals konnten wir die Sterne lesen und ihre Bewegungen bis in alle Zeiten berechnen.«

»Das können wir auch«, entgegnete ich ein wenig gereizt.

»Das macht mich froh, Humphrey, denn dann wirst du meinem Vater sagen können, ob er sich bei der Berechnung des einen oder anderen Sterns geirrt hat.«

Insgeheim hoffte ich, daß dieser Kelch an mir vorübergehen würde, und hielt es für richtig, das Thema zu wechseln, schon allein wegen Bickley, der sich erholt zu haben schien und von seiner Neugier zu uns zurückgetrieben wurde. Und auch Bastin trat jetzt zu uns, glücklich über seine wiedergefundenen Stiefel.

»Du sagst uns, Yva«, wandte ich mich wieder an sie, »daß ihr zweihundertfünfzigtausend Jahre lang geschlafen habt oder hättet schlafen sollen.« Bei diesen Worten riß Bastin Mund und Augen auf. »Wenn das der Fall gewesen sein sollte, wo war denn euer Verstand während all dieser Zeit?«

»Wenn du mit dem Verstand den Geist meinst, o Humphrey, so muß ich gestehen, daß ich das im Augenblick nicht genau weiß. Ich denke jedoch, daß er inzwischen anderswo weilte, vielleicht in anderen Körpern auf dieser Erde, oder auf einem anderen Planeten. Zumindest weiß ich, daß mein Herz voller Erinnerungen ist, die ich jedoch zur Zeit noch nicht entrollen und lesen kann.«

»Mein Gott, das ist doch Wahnsinn!« rief Bickley.

»In dem großen Universum«, antwortete sie langsam, »gibt es viele Dinge, die du, armer Mensch, für Wahnsinn halten magst, die jedoch Wahrheit und vollkommene Weisheit darstellen. Diese Dinge, oder zumindest einige von ihnen, hoffe ich euch bald zeigen zu können.«

»Tu das, wenn du es kannst!« sagte Bickley scharf.

»Warum auch nicht?« unterbrach Bastin. »Ich halte die Bemerkungen dieser Dame für sehr vernünftig. Es erscheint mir unmöglich, daß ein unsterblicher Geist für einen so langen Zeitraum – falls sie tatsächlich zweihundertfünfzig Jahrtausende geschlafen haben sollte, was ich natürlich nicht beurteilen kann – untätig gelassen werden darf. Das bedeutete doch, auf dem Pfuhl der Faulheit zu liegen und sich seiner Pflichten zu entziehen, die in Arbeit bestehen. Und du, mein lieber Bickley, bist, wie sie dir selbst bestätigt hat, in deinem Skeptizismus nicht halb so gescheit, wie du zu glauben scheinst, und ich hege nicht den geringsten Zweifel daran, daß es in anderen Welten viele Dinge gibt, die deine Unwissenheit bloßstellen würden, wenn du sie nur sehen könntest.«

In diesem Augenblick wandte Oro sich um und rief nach seiner Tochter. Sie ging zu ihm und rief uns zu: »Kommt, Fremde, damit auch ihr es erfahrt!«

Also folgten wir ihr.

»Tochter«, sagte Oro auf Orofenanisch, damit auch wir ihn verstehen mochten, »bitte diese Fremden, mir eine ihrer Lampen zu bringen, damit ich bei ihrem Licht diese Eintragungen studieren kann.«

»Vielleicht reicht auch dies dazu«, sagte Bickley, zog plötzlich eine elektrische Taschenlampe hervor und leuchtete ihm damit ins Gesicht. Es war dies eine Art Vergeltung für all das, was er durch dieses unbegreifliche Paar hatte erdulden müssen. Lassen Sie mich gleich feststellen, daß sie ein voller Erfolg war. Vielleicht hatte die Weisheit jener Ära, in der Oro gelebt hatte, solche Kleinigkeiten wie Taschenlampen übersehen, oder vielleicht hatte er nicht erwartet, daß es sie in diesen degenerierten Zeiten geben würde. Auf jeden Fall sah ich den Gott oder Herrn – das Wort hat in der Sprache der Eingeborenen beide Bedeutungen – verwirrt. Oro zuckte zusammen und trat zurück, schien einen Moment lang sogar ein wenig verängstigt. Dann murmelte er etwas über den klugen Einfall, ein solches lichterzeugendes Instrument herzustellen, und gab seiner Tochter einen Wink, es Bickley aus der Hand zu nehmen und es in einer bestimmten Position festzuhalten. Sie tat es, und im Licht der Taschenlampe begann er die gravierten Metallplatten zu studieren, wobei er jede in einer Hand hielt.

Dann gab er mir eine zu halten und deutete mit seiner nun freien Hand zuerst auf das Sternbild Orion, dann auf die Sterne Castor, Pollux, Aldebaran, Rigel, die Plejaden, Sirius und einige andere, die mir bei meinem recht mäßigen Wissen unbekannt waren. Dann zeigte er uns auf der Metallplatte, die ich hielt, dieselben Sterne und Sternbilder, und überprüfte sie eingehend.

Daraufhin erklärte er, daß alles in Ordnung sei, reichte die Platte, die er hielt, Yva, und sagte: »Die Berechnungen, die vor so lange zurückliegenden Jahren aufgestellt wurden, sind korrekt, und die Bewegungen der Sterne haben sich während dieses Zeitraums, der ja für das Universum nur eine Stunde bedeutet, nicht wesentlich verändert. Wenn du, Fremder, der du, wie ich hörte, Humphrey genannt wirst, ein Himmels-Meister sein solltest, wie ich es annehme, wirst du mich natürlich fragen, wie ich allein nach den Sternen den Zeitraum so genau, mit einer Toleranzgrenze von nur fünf- bis zehntausend Jahren, festlegen konnte. Ich antwortete dir, daß dies nach den Bewegungen der Sterne allein schwierig gewesen wäre. Deshalb habe ich, um genau zu sein, die zukünftigen Konjunktionen dieser beiden Planeten berechnet, wie ich mich erinnere.« Er deutete auf Saturn und Jupiter. »Als ich herausfand, daß eine davon zu einem bestimmten Zeitpunkt in der Nähe jenes Sterns erfolgen würde« – dabei deutete er auf eine strahlende Kugel: Spica – »beschloß ich, zu diesem Zeitpunkt aufzuwachen. Siehe! Dort sind die Sterne, so wie ich sie in meinem Vorwissen auf diese Karte eingraviert habe, und dort hängen die beiden Planeten in Konjunktion. Tochter Yva, meine Weisheit hat mich nicht im Stich gelassen. Diese unsere Welt ist nicht mehr und nicht weniger als zweihundertundfünfzigtausendmal um die Sonne gekreist, seit wir uns zum Schlafen niedergelegt haben. Das steht hier geschrieben, und dort.«

Er deutete zuerst auf die beiden gravierten Platten, und dann zum sternenübersäten Himmel empor.

Ich starrte ihn erschaudernd an, und ich glaube, daß sogar Bickley und Bastin ein Erschauern spürten, zumindest für einen Moment. Es war ein entsetzliches Gefühl, sich einem Wesen gegenüberzusehen, das allem Anschein nach mehr oder weniger menschlich war, und das behauptete, zweihundertfünfzigtausend Jahre lang im Schlaf gelegen zu haben, und es dann an Hand uralter Karten zu beweisen versuchte. Natürlich konnte ich diese Karten damals nicht überprüfen, da mir das dazu nötige Wissen fehlte, doch habe ich das später getan und festgestellt, daß sie sehr genau waren. Doch machte das keinen Unterschied, da die

Umstände und etwas in seiner Haltung mich davon überzeugten, daß er die reine Wahrheit sprach.

Er und seine Tochter hatten zweihundertfünfzigtausend Jahre lang im Schlaf gelegen. Oh, Gott im Himmel! *Zweihundertfünfzigtausend Jahre lang!*

13

Oro spricht, und Bastin widerspricht

Der Leser, der das, was ich geschrieben habe, bis hierher gelesen hat – falls es einen solchen Menschen überhaupt jemals geben sollte –, mag diesen Bericht für märchenhaft halten und voreilig schließen, daß er unmöglich ist, da er allen bisherigen Erfahrungen widerspricht. Das ist jedoch keine kluge Schlußfolgerung, wie selbst Bickley, vermute ich, heute zugeben würde, da es sicher viele Dinge gibt, die jenseits unserer beschränkten Erfahrungen liegen. Doch müssen solche, die den Schleier des Unbekannten lüften und das Neue enthüllen, stets damit rechnen, dem Unglauben zu begegnen und lernen, ihn ohne Grollen zu akzeptieren. War das nicht das Schicksal jener Männer des späten Mittelalters, welche die Bewegungen der Fixsterne entdeckten – oder wiederentdeckten, richtiger gesagt –, die Oro als Almanach dienten?

Doch will ich damit nur sagen, daß es dort, wo der Skeptiker eine Bickleyanische Rolle spielt, was das geschriebene Wort betrifft, wahrscheinlich ist, daß diese Einstellung noch verstärkt werden dürfte durch das, was mir noch zu schreiben bleibt. Wenn dem so ist, so kann ich es nicht ändern, da ich mich weigere, die Tatsachen zu verwässern oder zu verfälschen, um seinen Vorurteilen oder seiner Unwissenheit entgegenzukommen. Was mich selbst betrifft, so habe ich keine Erklärungen für diese Geschehnisse, ich weiß nur, daß sie geschehen sind, und schreibe nieder, was ich gesehen habe, was ich gehört und gefühlt habe, nicht mehr und nicht weniger.

Sobald Oro sich triumphierend davon überzeugt hatte, daß seine Sternberechnungen richtig waren, wandte er sich um und verschwand, gefolgt von seiner Tochter, in der Höhle, nachdem er uns durch eine Geste bedeutet hatte, zu bleiben, wo wir waren. Doch als die glitzernde Dame an uns vorbeiging, flüsterte sie Bastin zu, daß sie ihn in ein paar Stunden wiederzusehen wünschte, und setzte hinzu: »Wir haben vieles zu lernen, und ich hoffe, daß du der, wie ich hörte, ein Priester bist, dann beginnen wirst, uns deine Religion und andere Dinge zu lehren.«

Bastin war so verblüfft, daß ihm keine Antwort einfiel, doch als sie verschwunden war, fragte er: »Wer von euch hat ihr gesagt, daß ich Priester bin?«

Wir schüttelten den Kopf, da sich keiner von uns erinnern konnte, das getan zu haben.

»Ich habe es ihr bestimmt nicht gesagt«, fuhr Bastin fort, »da ich bisher noch keine Gelegenheit fand, überhaupt mit ihr zu sprechen. Ich nehme an, daß sie es aus meiner Kleidung geschlossen hat, obwohl ich keinen Stehkragen trage und jene Männer, die mich braten wollten, mir die weiße Krawatte abgerissen haben und ich es nicht für der Mühe wert hielt, eine neue umzubinden, da sie nur schmutzig geworden wäre.«

»Wenn du glaubst«, unterbrach ihn Bickley, »in deinem verdreckten Flanellhemd, dem eingedellten Tropenhelm, deiner ausgefransten Hose und mit dem zerrissenen grünweißen Regenschirm wie der Priester irgendeiner Religion, sei sie antik oder modern, auszusehen, Bastin, so irrst du dich gewaltig!«

»Ich gebe zu, daß meine Kleidung meinem Stand nicht angemessen ist, Bickley, doch wie sonst hätte sie es erfahren können?«

»Die beiden scheinen die Möglichkeit zu haben, sehr viele Dinge in Erfahrung zu bringen. Doch in deinem Fall, Bastin, ist der Grund dafür völlig klar. Du bist hier ständig mit dem Kopf eines Idols unter dem Arm umhergegangen. Kein Wunder, daß sie annimmt, du seist ein Priester des Gottes aus dem Palmenhain – oder Baals, oder irgendeines anderen dieser Art.«

Als Bastin das hörte, wurde sein Gesicht starr. Noch nie zuvor hatte ich einen solchen Ausdruck von Entsetzen und Empörung darauf gesehen.

»Ich muß diesen entsetzlichen Irrtum sofort aufklären«, sagte er und wollte zum Eingang der Höhle stürzen, doch wir packten ihn bei den Armen und hielten ihn fest.

»Damit solltest du besser warten, bis sie zurückkommen, alter Junge«, sagte ich lachend. »Wenn du diesem Gott Oro nicht gehorchst, könnte dir ein zweites Erlebnis einer Opferung bevorstehen.«

»Vielleicht hast du recht, Arbuthnot. Ich werde die Wartezeit dazu benutzen, mir eine ausführliche Rede zurechtzulegen.«

»Du solltest sie lieber dazu benutzen, uns ein Frühstück zu machen«, sagte Bickley. »Ich habe beobachtet, daß du dabei am besten nachdenken kannst.«

Bastin machte das Frühstück, doch auf eine recht verdrehte Weise, ich überraschte ihn tatsächlich dabei, wie er den Tee in der Bratpfanne kochte. Bastin schien das Gefühl zu haben, daß sein großer Augenblick gekommen war, und bereitete sich darauf vor, sich ihm gewachsen zu zeigen.

Auch schienen wir zu fühlen – wir alle drei –, daß wir recht schäbig aussahen, und obwohl keiner von uns ein Wort darüber verlor, begannen wir, unsere Erscheinung aufzubessern. Als erstes schnitt Bastin mir und Bickley die Haare, wonach ich ihm den gleichen Dienst erwies. Dann machte Bickley, der normalerweise glatt rasiert war, sich daran, seinen etwa eine Woche alten Bart zu entfernen, und ich, der ich einen Spitzbart trug, stutzte diesen, so gut es mir möglich war, unter Zuhilfenahme eines Handspiegels. Auch Bastin beschnitt seinen Bart, der gerade und ziemlich struppig war, nachdem er klugerweise Bickleys Rat abgelehnt hatte, ihn ganz abzurasieren, welchen dieser ihm meiner Überzeugung nach gegeben hatte, weil das Ergebnis an Bastin zu grauenhaft gewesen wäre, um es in Worte fassen zu können. Anschließend schnitten wir uns die Nägel, putzten die Zähne und badeten; ich überraschte Bickley sogar dabei, als er hinter einem Felsvorsprung versteckt heimlich Haarwasser in seine Kopfhaut massierte, und borgte mir etwas davon. Er gab es mir unter der Bedingung, daß ich Bastin nichts davon sagen würde, der, wie er sagte, sicher den ganzen Inhalt der Flasche über sich schütten und entsetzlich riechen würde.

Dann suchten wir saubere Hosen aus unseren Beständen heraus, denn die Orofenaner hatten diese zusammen mit unseren anderen Besitztümern herübergebracht und legten danach sogar Cumberbunds* und Krawatten an. Die meine steckte ich mit einer Nadel fest, die ich in Ägypten erstanden hatte. Sie war in der Form einer winzigen goldenen Statuette des Gottes Osiris gearbeitet, der die Krone des Unteren Landes mit dem Uräus-Symbol auf seinem Haupt trug, und in seinen aus den Mumienbinden hervorragenden Händen die Embleme des Krummstabes, der Geißel und des *crux ansata***, das Zeichen des Lebens, hielt, ein wunderbares Exemplar bester und früher Goldschmiedekunst.

Bastin stattete sich mit seinem vollen kirchlichen Ornat aus: schwarze Hose und langschößige Jacke, weißer, gestärkter Kragen, ein Aufzug, der, wie er bemerkte, in diesem heißen Klima äußerst unbequem und für seine Haushaltsarbeiten, wie das Geschirrwaschen, denkbar ungeeignet sei. Ich bot ihm an, seine Jacke zu halten, während er dieser Pflicht nachkam, und versicherte ihm, daß er sehr reizend aussähe.

»Wirklich schön!« bemerkte Bickley, »aber warum ziehst du nicht auch noch dein Chorhemd an und setzt das Birett

---

* »Kummerbund« – eine Art Schärpe, wird heute nur noch zu Smoking und Frack getragen – *Anm. d. Übers.*

** Das sog. *Crux ansata* ist ein Kreuz mit einem Ring oberhalb des Querbalkens – *Anm. d. Übers.*

auf?« (Als fanantischer Angehöriger der Hochkirche trug Bastin an kirchlichen Festtagen ein Birett*.) »Dann wüßte man sofort, was du bist.«

»Ich glaube nicht, daß das passend wäre«, antwortete Bastin, dessen Sinn für Humor unentwickelt war. »Es gibt zur Zeit keinen Gottesdienst, den ich abhalten könnte, und auch keine Kirche, obwohl man vielleicht in der Höhle ...« Er verstummte.

Als wir unserer Eitelkeit Genüge getan hatten, und Bastin das Frühstücksgeschirr abgewaschen und fortgeräumt hatte, saßen wir herum und wußten nicht so recht, was wir anfangen sollten. Wir hätten gerne einen Spaziergang unternommen, wagten es jedoch nicht, da wir befürchteten, unsere saubere Kleidung zu verschmutzen. Also saßen wir nur herum und dachten nach. Zumindest Bickley dachte nach, und auch ich tat es für eine Weile, bis ich es aufgab. Was nützte einem das Nachdenken, wenn man sich in einer Situation befindet, die jeder Logik zuwider läuft und allen bekannten menschlichen Erfahrungen widerspricht? Was Bastin tat, kann ich wirklich nicht sagen, doch glaubte ich am Ausdruck seines Gesichts erkennen zu können, daß er sich eine Predigt zurechtlegte, die er Oro und der glitzernden Dame zu halten beabsichtigte.

Eine Ablenkung hatten wir jedoch. Gegen elf Uhr kam ein Kanu von der Hauptinsel, beladen mit Nahrungsmitteln, und gepaddelt von Marama und zweien seiner Männer. Wir griffen nach unseren Waffen, eingedenk unserer Erfahrungen der vergangenen Nacht, doch Marama winkte mit einem Zweig als Zeichen des Friedens. Also traten wir, die Revolver in unseren Händen, zum Rand der Felsplatte, um ihn zu empfangen. Er kroch an Land und, Häuptling oder nicht, warf sich vor uns zu Boden, was mir verriet, daß er von dem Schicksal der Zauberer erfahren hatte. Seine Entschuldigungen waren ein verworrenes Gestammel. Er ver-

* Eine aus dem Barett entwickelte viereckige Kopfbedeckung vornehmlich bei katholischen Geistlichen – *Anm. d. Übers.*

sicherte uns, daß er keinen Anteil an dem Verbrechen gehabt habe und flehte uns an, für ihn und sein Volk bei dem wiedererweckten Gott des Berges Fürsprache einzulegen, nach dem er ständig, einen Ausdruck des Schreckens auf seinem Gesicht, Ausschau hielt.

Wir trösteten ihn, so gut uns das möglich war, und sagten ihm, daß er besser zurückfahren sollte, bevor der Gott erschiene und ihn vielleicht so behandeln mochte, wie er die Zauberer behandelt hatte. Und dann befahlen wir Marama in seinem Namen, uns die nötigen Materialien heranzuschaffen und uns ein richtiges Haus auf dem Felsen zu erbauen, und außerdem dafür zu sorgen, daß wir ständig reichlich mit Nahrung versorgt würden. Wenn er dies täte und auch alle weiteren Befehle ausführte, die wir ihm von Zeit zu Zeit erteilten, würde sein Leben und das seiner Leute vielleicht verschont werden. Doch könnten wir ihm dies nach dem verbrecherischen Verhalten einiger von ihnen natürlich nicht garantieren.

Marama verzog sich so eilig und so durch und durch verängstigt, daß er nicht einmal fragte, wer dieser Gott des Berges sei, oder woher er käme, oder wohin er ginge. Natürlich war der Berg seinen Menschen von Anbeginn an heilig gewesen, wann immer dieser Anbeginn gewesen sein mochte, doch daß diese Heiligkeit sich plötzlich in einem lebendigen Gott manifestieren sollte, welcher Zauberer der höchsten Reputation zu einem sehr unangenehmen Ende brachte, nur weil sie sich vorgenommen hatten, ihre Lehren in die Praxis umzusetzen, war eine andere Sache. Sie konnte nicht einmal durch die Tatsache erklärt werden, daß der Höhleneingang, der niemals sichtbar gewesen war, bei dem zurückliegenden Sturm plötzlich über das Niveau des Opfersteins emporgehoben worden war, obwohl natürlich alle religiösen und gebildeten Menschen erwartet hatten, daß bei dieser Gelegenheit etwas Besonderes geschehen würde.

So, wußte ich, waren seine Gedanken, doch, wie ich bereits sagte, war er zu verängstigt und zu sehr in Eile, um sie in Fragen auszudrücken, deren Beantwortung ich zugegebenermaßen äußerst schwierig gefunden hätte. So wie die Dinge lagen, schied er von uns in der Ungewißheit, ob nicht einer von uns der wirkliche ›Gott des Berges‹ sei, welcher die Macht besaß, auf alle Menschen, die ihm nicht genehm waren, einen schrecklichen Tod herabzubeschwören. Schließlich, was hatte er in der Hand, um das Gegenteil zu beweisen, außer den Worten der drei Priester, die so durcheinander gewesen waren, daß sie keinen klaren Bericht über das geben konnten, was geschehen war? Von diesem Vorfall gab es natürlich den furchtbar zugerichteten Leichnam des Obersten Zauberes, auch einige andere Tote, die im flachen Wasser am Grunde des Sees lagen. Doch darüber hinaus war alles vage, und in seinem Herzen war Marama überzeugt, daß Bastin der ›Gott des Berges‹ war. Natürlich sei dieser entschlossen, sich an denen zu rächen, die versucht hatten, ihn zu opfern und zu essen. Und hatte er nicht außerdem die Statue des Gottes des Palmenhains zerstört und dessen Kopf mitgenommen, aus welchem er Magie und Macht sog?

So argumentierte Marama, der die Geschichte von den verängstigten Zauberern nicht glaubte, wie er mir später selbst eingestand.

Marama hatte es sehr eilig, fortzukommen, da er fürchtete, daß der ›Gott des Berges‹, oder Bastin, dessen ungewohnte priesterliche Robe er voller Mißtrauen anblickte, irgendeine böse Kraft gegen ihn mobilisieren könnte. Wir gingen dann zu unserem Lager zurück und überließen es dem fleißigen Bastin, angefeuert von der Bemerkung Bickleys, daß die Früchte und die Nahrung verderben könnten, wenn sie in der Sonne gelassen würden, diese in den Schatten der Höhlenöffnung zu schaffen. Durch das Entsetzen, das die Orofenaner gepackt hatte, waren die Gaben so reichlich, daß er nicht weniger als siebenmal hin und her gehen mußte, was er gerne auf sich nahm, da Bastin körperliche Betätigung liebte. Die Wirkung auf seine klerikale Kleidung war jedoch katastrophal. Seine weiße Krawatte war verrutscht, der Saft zerdrückter Früchte und das Fett von gebratenem Schwein war über Weste und Hose geklekkert, und sein hoher Kragen war durch die feuchte, tropische Hitze zu einem nassen, faltigen Lappen geworden. Nur sein langer Rock war unbeschadet geblieben, da ich ihn in der Hand gehalten hatte.

Gerade als er mit der siebenten Ladung und in diesem schlimmen Zustand auf die Höhle zuging, traten Oro und seine Tochter aus ihr heraus. Bastin, der sehr kurzsichtig war und immer eine Brille trug, deren Gläser jetzt auf Grund seines Zustandes beschlagen waren, so daß er Oro nicht erkannte, ließ ihm den letzten Korb auf die Füße fallen und rief: »Da, du fauler Hund! Ich habe dir gesagt, daß ich es allein schaffen würde, und ich habe es getan.«

Er glaubte natürlich, Bickley vor sich zu haben und wollte ihn auf seine troglodytische Art auf den Arm nehmen.

Oro, der in seinem Alter nicht für solche Scherze aufgelegt war, mißfiel das jedoch, und er wollte gerade unangenehm reagieren, als seine Tochter mit außergewöhnlichem Takt bemerkte: »Bastin, der Priester, bringt dir eine Opfergabe dar. Danke ihm dafür, o Herr, mein Vater.«

Also dankte Oro ihm, nicht gerade sehr herzlich, da ihm sicher noch die Zehen schmerzten, und so kam Bastin wieder einmal davon. Als er seinen Irrtum erkannte, begann er sich weitschweifig auf englisch zu entschuldigen, während Yva ihn aufmerksam anblickte.

»Ist das das Kostüm der Priester deiner Religion, o Bastin?« fragte sie und musterten seinen zerzausten Zustand. »Wenn ja, so wärest du ohne es besser dran.«

Bastin trat zurück, um seine Krawatte geradezurücken, griff nach seiner Jacke, die ich ihm mit einem schadenfrohen Lächeln reichte, und zwängte seine schwitzenden Arme mit einer besonders plumpen und elefantenhaften Bewegung in die Ärmel.

Währenddessen brachten Bickley und ich zwei Faltstühle herbei, und auf diese setzte sich das seltsame Paar Seite an Seite.

»Wir sind gekommen, um zu lernen«, erklärte Oro. »Lehre!«

»Nicht so, Vater«, unterbrach Yva, welche, wie ich bemerkte, wieder eine andere Robe trug, obwohl ich mir nicht vorstellen konnte, woher diese kommen mochten. »Als erstes möchte ich eine Frage stellen. Woher kommt ihr, Fremde, und auf welche Art seid ihr hierher gelangt?«

»Wir kommen aus einem Land, das England heißt, und eine riesige Flutwelle hat unser Schiff hier an Land geworfen«, antwortete ich. »Vermutlich hat diese Flutwelle oder ein damit verbundenes Erdbeben auch den Höhleneingang über die Ebene der Felsenplattform angehoben.«

»Weil die Zeit dafür gekommen war, wo er angehoben werden mußte«, sagte Oro wie im Selbstgespräch.

»Wo ist England?« fragte Yva.

Nun befand sich unter den Büchern, die wir bei uns hatten, auch ein Taschenatlas, der auf seine Art recht gut war. Statt einer Antwort schlug ich die Weltkarte auf und zeigte ihr England. Dann deutete ich auch – innerhalb von tausend Meilen oder so – auf den Punkt der Erde, an dem wir uns befanden.

Der Anblick dieses Atlasses versetzte die beiden in großer Erregung. Sie hatten nicht die geringsten Schwierigkeiten, ihn zu begreifen, und alle Darstellungen der Erde, mit ihrer Unterteilung in Hemisphären, schien ihnen völlig vertraut zu sein. Was sie jedoch besonders zu interessieren schien, und vornehmlich Oro, waren die Land- und Seemassen, und ihr Verhältnis zueinander.

»Über dieses, Fremder«, erklärte er und deutete auf die Karte, »werde ich dir viel zu sagen haben, wenn ich die Bilder dieses Buches eingehend studiert und sie mit meinen eigenen verglichen haben werde.«

»Also besitzt er nicht nur Sternkarten, sondern auch Landkarten«, sagte Bickley auf englisch. »Ich frage mich, wo er sie aufbewahrt.«

»Zusammen mit seinen Kleidern, denke ich«, sagte Bastin.

Währenddessen hatte Oro den Atlas in seine weite Robe geschoben und gab seiner Tochter einen Wink fortzufahren.

»Warum seid ihr aus dem so weit entfernten England hierhergekommen?« sagte Yva – eine Frage, auf die jeder von uns eine andere Antwort hatte.

»Um fremde Länder kennenzulernen«, sagte ich.

»Weil der Zyklon uns hierher verschlagen hat«, sagte Bickley.

»Um die Heiden hier zu meinem christlichen Glauben zu bekehren«, sagte Bastin, nicht ganz der Wahrheit gemäß.

Es war diese letzte Antwort, auf die sie nun einging.

»Was lehrt deine Religion?« fragte sie.

»Sie lehrt, daß jene, die sie annehmen und ihren Geboten folgen, nach ihrem Tod auf ewig in einer besseren Welt leben werden, in der es weder Leid noch Sünde gibt«, antwortete er.

Als Oro diese Worte hörte, sah ich ihn zusammenzucken, als ob ihn eine Erleuchtung überkommen hätte, und er sah Bastin mit seltsamem Interesse an.

»Was sind Heiden?« fragte Yva nach einer Pause, denn auch sie schien beeindruckt zu sein.

»Alle jene, die nicht mit Bastins geistigen Ansichten übereinstimmen«, antwortete Bickley spöttisch.

»Solche, die, entweder aus Mangel an Belehrung oder aus der Verhärtung ihres Herzens, nicht dem wahren Glauben folgen. Zum Beispiel glaube ich, daß dein Vater und du Heiden sind«, setzte er unbekümmert hinzu.

Das schien sie zu erstaunen, doch kurz darauf begriff Yva, was er damit sagen wollte, während Oro erklärte: »Über diese wichtige Frage des Glaubens werden wir später sprechen. Sie ist eine sehr alte Frage in dieser Welt.«

»Warum«, fuhr Yva fort, »seid ihr, wenn ihr eine so weite Reise vorhattet, mit einem Schiff gekommen, das so leicht zerstört werden konnte? Warum seid ihr nicht durch die Luft gefahren, oder, noch besser, durch den Raum, während eure Körper schliefen, was ihr, gebildet wie ihr seid, sicher hättet tun können?«

»Was deine erste Frage betrifft«, antwortete ich, »so gibt es keine Flugmaschine, mit der man eine so weite Reise unternehmen könnte, und ...«

»Und was die zweite Frage angeht«, unterbrach mich Bickley, »so haben wir es nicht getan, weil es unmöglich ist, daß Menschen sich auf diese Weise durch den Raum nach anderen Orten befördern, sei es mit ihren Körpern oder ohne sie.«

Bei dieser Information hob die glitzernde Dame ihre geschwungenen Augenbrauen und lächelte ein wenig, während Oro sagte: »Ich stelle fest, daß die neue Welt nur sehr geringe Fortschritte auf dem Gebiet des Wissens gemacht hat.«

Da ich fürchtete, daß Bastin ein Streitgespräch beginnen könnte, begann jetzt ich Fragen zu stellen.

»Wir haben euch jetzt einiges über uns berichtet«, begann ich, »und werden euch gerne noch mehr sagen, falls ihr das wünschen solltet. Doch gestattet uns, euch vorher zu bitten, uns einiges zu sagen, das wir brennend gerne wissen würden. Wer seid ihr? Welcher Rasse gehört ihr an und von welchem Lande seid ihr? Und wie kam es, daß wir euch dort in der Höhle schlafend fanden?«

»Willst du es ihnen sagen, Vater?« erkundigte sich Yva.

Oro dachte eine Weile nach, dann antwortete er mit klarer Stimme:

»Ich bin ein König, der einst über den größten Teil der Welt herrschte, so wie sie zu meiner Zeit war, obwohl ich zugeben muß, daß viele meiner Untertanen gegen mich rebellierten, sogar meine Berater und meine Diener. Deshalb habe ich die Welt, so wie sie damals war, zerstört, bis auf einige Teile, in denen sich das Leben neu zu den Ländern verbreiten sollte, welche ich geschaffen hatte. Nachdem ich dies getan hatte, versetzte ich mich und meine Tochter für einen Zeitraum von zweihundertfünfzigtausend Jahren in den Schlaf, damit genügend Zeit wäre, daß neue Zivilisationen sich entwickeln konnten. Doch glaube ich jetzt, daß ich dazu noch zu wenig Zeit gelassen habe, denn nach allem, was ihr mir sagt, ist das Wissen der neuen Rassen noch sehr gering.«

Bickley und ich blickten einander an und schwiegen. Geistig waren wir zusammengebrochen. Wer konnte Behauptungen widersprechen, die auf einer solchen Grundlage gigantischer schockierender Lügen aufgebaut waren?

Nun, Bastin, zum Beispiel. Mit nicht mehr Überraschung in seiner Stimme, als ob er über das gestrige Abendessen spräche, sagte er: »Es muß da irgendein Fehler zugrundeliegen, oder vielleicht habe ich euch mißverstanden. Es ist doch offensichtlich, daß du, da du ein Mensch bist, nicht die Welt zerstört haben kannst. Das hätte nur durch die Macht geschehen können, welche sie und dich geschaffen hat.«

Ich zitterte, als ich an die Folgen von Bastins Methoden dachte, die Wahrheit darzulegen. Zu meinem Erstaunen antwortete Oro jedoch: »Du sprichst weise, Priester, doch mag die Macht, von welcher du sprichst, Werkzeuge gebrauchen, um ihre Dekrete durchzusetzen. Ich bin so ein Werkzeug.«

»Sehr richtig«, sagte Bastin, »so wie jeder andere. Du besitzt mehr Wissen über die Wahrheit, als ich angenommen hatte. Doch sage mir: auf welche Weise hast du die Welt zerstört?«

»Indem ich meine Weisheit gebrauchte und jene Kräfte einsetzte, welche im Herzen dieser großen Kugel wirksam sind, habe ich sie mit einer Flut ertränkt, indem ich veranlaßte, daß ein Teil von ihr sich senkte, und der andere sich hob, und außerdem Klimaveränderungen hervorrief, welche das Werk vollendeten.«

»Das ist völlig richtig!« rief Bastin begeistert. »Wir wissen alles über die große Sintflut, nur wirst *du* niemals im Zusammenhang mit ihr erwähnt. Ein anderer Mann, Noah, hatte damit zu tun, als er schon sechshundert Jahre alt war.«

»Sechshundert?« sagte Oro. »Das ist nicht sehr alt. Ich

hatte bereits mehr als eintausend Jahre gesehen, bevor ich mich zum Schlaf niederlegte.«

»Eintausend!« sagte Bastin, milde interessiert. »Das ist sehr ungewöhnlich, obwohl einige jener mächtigen Männer, die wir kennen, über neunhundert Jahre lebten.«

Hier schnaubte Bickley vernehmlich durch die Nase und sagte: »Er meint natürlich neunhundert Monde.«

»Ich habe nichts von Noah gehört«, fuhr Oro fort, »vielleicht hat er nach meiner Zeit gelebt und eine zweite Sintflut hervorgerufen. Gibt es sonst noch etwas, das ihr mich zu fragen wünscht, bevor ich euch verlasse, um diese Kartenbilder zu studieren?«

»Ja«, sagte Bastin. »Warum hat man dir erlaubt, deine Welt zu ertränken?«

»Weil sie böse war, Priester, und mir nicht gehorcht hat, mir und der Macht, welcher ich diene.«

»Oh, danke!« sagte Bastin. »Das stimmt genau; es war alles genauso wie zu Noahs Zeiten.«

»Ich hoffe, daß es nicht auch heute so ist«, sagte Oro und erhob sich. »Morgen werden wir zurückkehren, und wenn ich es nicht tun sollte, der ich vieles zu tun habe, wird doch meine Tochter zurückkommen und weiter mit euch sprechen.«

Er wandte sich um und trat in die Höhle. Yva folgte ihm in einigem Abstand.

Ich begleitete sie bis zum Eingang der Höhle, was auch Tommy tat, der während der ganzen Zeit zufrieden auf dem Saum ihrer prächtigen Robe gesessen hatte, ohne sich Gedanken um deren unermeßliches Alter zu machen, als ob sie nicht uralt, sondern erst gestern gewebt worden wäre, was ich natürlich nicht wissen konnte.

»Yva«, sagte ich, »habe ich Oro recht verstanden, als er sagte, daß er über tausend Jahre alt sei?«

»Ja, Humphrey, und ich glaube, daß er sogar weitaus älter ist.«

»Dann bist also auch du tausend Jahre alt?« fragte ich entsetzt.

»Nein, nein«, antwortete sie und schüttelte den Kopf. »Ich bin noch jung, sehr jung, denn die Zeit meines Schlafes zähle ich nicht.«

»Du siehst auch wahrhaftig so aus«, sagte ich. »Aber was verstehst du unter jung, Yva?«

Sie beantwortete meine Frage mit einer anderen.

»Welches Alter haben eure Frauen, wenn sie so aussehen wie ich?«

»Keine unserer Frauen hat je so ausgesehen wie du, Yva. Doch würde ich sagen, zwischen fünfundzwanzig und dreißig Jahren.«

»Ah! Ich habe eben nachgerechnet, und jetzt erinnere ich mich. Als mein Vater mich in den Schlaf schickte, war ich siebenundzwanzig Jahre alt. Nein, ich will dich nicht belügen, ich war siebenundzwanzig Jahre und drei Monde alt.« Dann sagte sie etwas, das wie eine Versicherung klang, daß sie wiederkommen würde, und verschwand in der Höhle, wobei sie auf eine amüsierte Art lachte, und, obwohl ich das erst viel später merkte, verschwand Tommy mit ihr.

Als ich Bastin und Bickley, die in einiger Entfernung stehengeblieben waren, die Ohren spitzten und mich ein wenig säuerlich anblickten, wiederholte, was sie gesagt hatte, bemerkte der erstere: »Wenn sie erst siebenundzwanzig ist, muß ihr Vater recht spät geheiratet haben, oder aber es hat eine ganze Weile gedauert, bis er Kinder hatte.«

Nun explodierte Bickley, der sich die ganze Zeit über zusammengenommen hatte, wie eine Bombe.

»Willst du uns damit etwa sagen, Bastin, daß du auch nur ein Wort von diesem Unsinn glaubst? Ich meine, daß dieser alte Scharlatan tausend Jahre alt ist und eine Flut hervorgerufen hat und alles andere?«

»Wenn du mich fragst, Bickley, so sehe ich momentan keinen Grund, daran zu zweifeln. Ein Mensch, der sich in einem Glassarg zum Schlafe niederlegen kann, der von einer Handvoll Radium warmgehalten wird, zusammen mit sehr genauen Sternkarten jener Zeit, zu der er aufzuwachsen gedenkt, kann, wie ich glaube, vieles tun.«

»Selbst die Sintflut hervorrufen?« sagte Bickley höhnisch.

»Ich weiß nicht, ob es *die* Sintflut war, doch mag es vielleicht *eine* Sintflut gewesen sein. Warum nicht? Du kannst die Dinge nicht aus einer hinreichenden Entfernung sehen, Bickley. Und wenn dir irgend etwas zu groß erscheint, schließt du immer flugs daraus, daß es unmöglich ist. Dieselbe Macht, die dir das Geschick verleiht, eine erfolgreiche Operation durchzuführen, welche man bis dahin für unmöglich gehalten hatte, was du, wie ich weiß, ein paarmal getan hast, könnte dem alten Knaben die Macht verliehen haben, eine Sintflut hervorzurufen. Du solltest das Universum und seine Möglichkeiten in den Maßstäben von Welten messen, und nicht in denen von Tagewerken, Bickley.«

»Und wahrscheinlich glauben, daß ein Mann tausend Jahre leben kann, während wir genau wissen, daß er es bestenfalls auf hundert bringt.«

»Das *weißt* du doch nicht, Bickley. Alles, was du weißt, ist, daß der Mensch während der kurzen historischen Zeitspanne, welche uns vertraut ist – sagen wir bestenfalls zehntausend Jahre – ein Alter von höchstens hundert Jahren erreichte. Doch selbst die Felsen, von welchen du so gerne redest, sagen uns, daß dieser Planet Millionen und Abermillionen von Jahren alt ist. Wer kann dann behaupten, daß die Menschen zu irgendeiner Zeit ihrer Geschichte nicht tausend Jahre lebten, und daß es keine verlorenen Zivilisationen gegeben hat, von denen Oro und seine Tochter zwei Überlebende sein mögen?«

»Dafür gibt es keinerlei Beweise«, erklärte Bickley.

»Ich weiß nicht, was für Beweise du haben willst, doch habe ich bei Plato von einem Kontinent namens Atlantis gelesen, der nach den Berichten der alten ägyptischen Priester vom Meer überflutet worden ist. Ich aber verfüge über alle Beweise dafür, denn all dies steht in der Bibel, über die du deine Nase rümpfst, und ich bin sehr glücklich, eine unerwartete Bestätigung dieser Geschichte gefunden zu haben. Nicht, daß es darauf ankäme, denn ich werde ohnehin alles darüber erfahren, wenn es dem Schicksal gefällt, mich in eine bessere Welt abzurufen, was unter unseren derzeitigen Umständen jeden Tag geschehen mag. Aber jetzt muß ich meine Kleidung wechseln, bevor ich mich um das Essen und andere Dinge kümmere.«

»Ich muß gestehen«, sagte Bickley, während er ihm nachblickte, »daß der alte Bastin nicht so dumm ist, wie er aussieht. Von seinem Standpunkt aus gesehen war seine Argumentation absolut logisch. Außerdem glaube ich, daß er recht hat, wenn er sagt, daß wir die Dinge durch das falsche Ende eines Teleskops betrachten. Schließlich ist das Universum unermeßlich groß, und wer weiß, was in ihm geschehen mag? Wer weiß, was selbst auf dieser winzigen Erde während all der Äonen ihrer Existenz geschehen sein mag, wenn immer ihr Gleichgewicht sich verschob, was, wie die Eiszeiten uns zeigen, häufig geschehen sein muß. Aber trotzdem glaube ich, daß der alte Oro ein König ist – der König aller Lügner.«

»Was zu beweisen wäre«, antwortete ich vorsichtig. »Alles, was ich weiß, ist, daß er ein hochgebildeter Mann von höchst bemerkenswerter Erscheinung ist, und seine Tochter die größte Schönheit, die ich jemals gesehen habe.«

»In diesem Punkt stimme ich dir absolut zu«, sagte Bickley sofort; »und sie is so klug, wie sie schön ist. Falls sie zu einer vergangenen Zivilisation gehören sollte, so ist es jammerschade, daß diese untergegangen ist. Aber jetzt wollen wir ein wenig schlafen. Bastin wird uns bestimmt wecken, wenn das Abendessen fertig ist.«

14

Die Unterwelt

In jener Nacht schliefen wir gut und ohne Angst, da wir sicher waren, daß die Orofenaner nach ihrer letzten Erfahrung nichts mehr gegen uns unternehmen würden. Die einzige Sorge bereitete mir Tommy, den wir nirgends finden konnten, als es an der Zeit war, ihm sein abendliches Fressen zu geben. Bastin schien sich jedoch erinnern zu können, ihn der glitzernden Dame in die Höhle folgen gesehen zu haben. Das war natürlich durchaus möglich, da er eine besondere Anhänglichkeit für sie entwickelt zu haben schien und sich bei jeder sich bietenden Gelegenheit so nahe neben sie setzte, wie es ihm möglich war. Sogar den uralten Oro schien er zu mögen und hatte keinerlei Hemmungen, an ihm hinaufzuspringen und seine schmutzigen Pfoten auf die prächtige Robe dieses furchteinflößenden Mannes zu legen. Und Oro mochte ihn auch, denn ich hatte mehrfach beobachtet, wie er dem Hund liebevoll auf den Kopf klopfte, was, wie ich bereits sagte, die einzige menschliche Regung war, die ich je an ihm bemerken konnte. Also gaben wir das Suchen und Rufen auf in der Hoffnung, daß er sich bei unseren übernatürlichen Freunden in Sicherheit befand.

Am nächsten Morgen erschien Yva bereits zu sehr früher Stunde, und sie kam allein; nein, nicht allein, denn mit ihr erschien unser verlorengegangener Tommy, der äußerst vergnügt und munter wirkte. Das treulose, kleine Biest begrüßte uns auf seine gewohnte Art setzte sich dann jedoch neben Yva. Und als der verschlafene Bastin es fertigbrachte, über den Saum ihrer Robe zu stolpern, knurrte Tommy ihn sogar an und zeigte ihm die Zähne. Außerdem hatte der Hund sich verändert. Er besaß von Natur ein glänzend schwarzes Fell, doch jetzt schimmerte es im Sonnenlicht wie das Haar Yvas.

»Die glitzernde Dame lasse ich mir schon gefallen, aber

ich weiß nicht recht, ob ich mich auch an einen glitzernden Hund gewöhnen kann. Irgendwie ist das nicht natürlich«, sagte Bastin und blickte Tommy mißbilligend an.

»Warum glänzt sein Fell so?« fragte ich.

»Weil ich es mit einem besonderen Wasser gewaschen habe, das wir besitzen, damit er schön aussieht und gut duftet«, antwortete sie lachend.

Es stimmte, der Hund roch wirklich sehr gut, was, wie ich hinzufügen möchte, bei ihm beileibe selten der Fall war, besonders, wenn irgendwo tote Fische umherlagen. Außerdem schien er gefüttert worden zu sein, denn er schnüffelte lustlos an den Bissen, die wir ihm vom Frühstück aufgehoben hatten.

»Er hat vom Lebenswasser getrunken«, erklärte Yva, »und wird deshalb zwei Tage lang nicht fressen.«

Bickley spitzte bei dieser Behauptung die Ohren und blickte sie ungläubig an.

»Du glaubst mir nicht, Bickley«, sagte sie und studierte ernst sein Gesicht. »Du scheinst überhaupt nichts zu glauben. Du denkst, daß mein Vater und ich euch Lügen erzählen. Bastin aber, er glaubt alles. Und Humphrey? Er ist sich nicht sicher; er sagt sich: ich werde abwarten und schon irgendwie herausfinden, ob diese seltsamen Menschen mich belügen oder nicht.«

Bickley lief rot an und murmelte etwas von gewissen Dingen, welche jeglicher Erfahrung zuwiderliefen, und daß Tommy allgemein ein recht gieriger Fresser sei.

»Auch du magst essen, Bickley«, sagte sie (und hatte recht damit, da er einen ausgezeichneten Appetit besaß), »doch wenn du von dem Lebenswasser getrunken hast, machst du dir viel weniger daraus.«

»Das freut mich zu hören«, erklärte Bastin, »denn für Bickley muß ich viel kochen, und das ist mir eine Last.«

»Auch du ißt, Yva«, sagte Bickley.

»Ja, ich esse manchmal, weil es mir schmeckt, doch kann ich wochenlang ohne Nahrung auskommen, wenn ich das Lebenswasser habe. Jetzt, nach einem so langen Schlaf, bin ich allerdings hungrig. Bitte gebt mir etwas von jenen Früchten. Nein, nicht das Fleisch. Ich hasse Fleisch.«

Wir reichten ihr den Korb mit Früchten. Sie nahm sich zwei Bananen, zog ihre Schale ab und aß sie mit vornehmer Eleganz. Irgendwie, ich weiß auch nicht warum, erinnerte sie mich an einen wunderschönen Schmetterling, der Nektar aus einer Blüte saugt.

Während sie aß, beobachtete sie uns forschend; nichts schien den aufmerksamen Blicken dieser wunderbaren Augen zu entgehen. Schließlich sagte sie: »Was, o Humphrey ist das, mit dem du deine Halsbekleidung befestigt hast?« Und sie deutete auf die winzige goldene Osirisfigur, die ich als Krawattennadel trug.

Ich erklärte ihr, daß es die Statuette eines Gottes namens Osiris sei, und daß sie sehr alt sei, wahrscheinlich fünftausend Jahre alt, eine Feststellung, über die sie ein wenig lächelte und auch darüber, daß sie aus Ägypten stamme.

»Ah!« rief sie. »Wirklich? Ich frage, weil wir Figuren haben, welche dieser sehr ähnlich sind, und die ebenfalls einen von einer Schlinge gekrönten Stab in ihrer Hand halten. Es sind dies Figuren, die den Bruder des Schlafes darstellen – den Tod.«

»Das trifft auch auf diese zu«, sagte ich. »Bei den Ägyptern war Osiris der Gott des Todes.«

Sie nickte und sagte, daß dieses Symbol zweifellos von den Ägyptern übernommen worden sei.

»Eines Tages sollt ihr mich zu jenem Lande bringen, das ihr sehr alt nennt, und es mir zeigen. Das heißt, ich werde euch dorthin bringen, das geht schneller.«

Wir verneigten uns und erklärten, daß wir mit großem Vergnügen dazu bereit seien. Selbst Bastin schien begierig, Ägypten in einer solchen Begleitung wiederzusehen, obwohl das Land ihn, als er dort war, zu langweilen schien. Doch was sie damit meinte, daß sie uns dorthin bringen wollte, konnte ich mir nicht vorstellen. Und wir hatten auch nicht die Zeit, sie danach zu fragen, da sie inzwischen weitersprach und uns dabei aufmerksam beobachtete.

»Oro schickt euch eine Botschaft, Fremde. Er läßt fragen, ob es euer Wunsch ist, den Ort zu sehen, an welchem wir wohnen. Er betont, daß ihr nicht kommen sollt, wenn ihr es nicht wirklich wollt oder wenn ihr eine Gefahr für euch befürchtet.«

Wir antworteten gemeinsam, daß wir nichts lieber täten, doch Bastin fügte hinzu, daß er die Grabkammer bereits gesehen habe.

»Nimmst du wirklich an, daß wir in einer Grabkammer wohnen, Bastin, nur weil wir dort eine Weile geschlafen und auf das Kommen von euch Wanderern zur festgesetzten Stunde gewartet haben?«

»Ich kann mir nicht vorstellen, wo sonst es sein könnte, wenn nicht noch tiefer im Innern der Höhle«, sagte Bastin. »Die Spitze dieses Berges wäre nicht sehr geeignet als Wohnsitz.«

»Das ist sie seit vielen Zeitaltern nicht mehr gewesen, aus Gründen, die ich euch zeigen will. Überlegt es euch, bevor ihr mitkommt. Von uns habt ihr nichts zu befürchten, und ich glaube auch nicht, daß euch etwas zustoßen wird. Doch werdet ihr viele seltsame Dinge sehen, die Bickley ärgern mögen, da er sie nicht verstehen wird, und die Bastin vielleicht langweilen, da sein Herz sich von allem abwendet, das alt und geheimnisvoll ist. Nur Humphrey wird sie genießen, da die Tür seiner Seele offen steht, und er sich danach sehnt – wonach sehnst du dich, Humphrey?«

»Nach dem, das ich verloren habe und bestimmt nie wiederfinden werde«, sagte ich offen.

»Ich weiß, daß du viele Dinge verloren hast – gestern nacht, zum Beispiel, hast du Tommy verloren, und während er bei uns schlief, hat er mir vieles von dir erzählt, und von – anderen.«

»Das ist doch lächerlich«, erklärte Bastin, »wie soll ein Hund denn sprechen?«

»Alles hat seine Sprache, Bastin, man muß sie nur verstehen lernen. Aber sei guten Mutes, Humphrey, denn jeder emsige Sucher wird schließlich finden, was er sucht. Oh, du törichter Mann, begreifst du denn nicht, daß alles dein ist, wenn du nur die Seele hast, zu verstehen, und den Willen, zuzupacken? Alles, alles, unterhalb, dazwischen, darüber! Selbst ich weiß das doch, ich, die noch so viel zu lernen hat.«

So sprach sie, und sie schien plötzlich zu erblühen. Ihr Gesicht, das bis dahin lediglich das einer außergewöhnlich schönen Frau gewesen war, bekam einen Ausdruck innerer Größe. Ihr Busen hob sich und ihre Persönlichkeit strahlte eine geheimnisvolle Kraft aus, so wie ihr Haar Licht ausstrahlte.

Wenige Sekunden später war es vorbei, und sie lächelte und sagte scherzend: »Wollt ihr mitkommen, Fremde, wohin mich zu begleiten Tommy keine Furcht hatte, hinab in die Unterwelt? Oder mögt ihr lieber hier im Licht der Sonne bleiben? Vielleicht wäre es besser, wenn ihr hierbliebet, denn die Unterwelt ist voller Schrecken für schwache Herzen, die erst gestern geboren wurden, und schwächliche Füße könnten im Dunkel stolpern.«

»Ich werde meine elektrische Taschenlampe mitnehmen«, erklärte Bastin entschlossen, »und ich möchte euch raten, dasselbe zu tun. Ich habe Keller von jeher gehaßt, und die Katakomben von Rom waren noch schlimmer als Keller, wenn auch voller heiligen Interesses.«

Wir brachen auf, und Tommy tobte auf eine höchst provozierende Art vor uns her, als ob er des Besuches bei fremden Menschen müde wäre und wieder nach Hause wollte; und Yvas Gesicht zeigte ein Lächeln, das halb geheimnisvoll war und halb spöttisch. Wir gingen an den Resten der Maschinen vorbei, und Bickley fragte, was sie darstellten.

»Wagen, mit denen man durch den Himmel fuhr, bis wir eine bessere Möglichkeit fanden, und die von den Uneingeweihten bis zuletzt benutzt wurden«, antwortete sie wegwerfend, und ich fragte mich, was, um alles in der Welt, sie damit meinen mochte.

Wir gelangten zu der Statue und in die Grabkammer ohne irgendwelchen Schwierigkeiten zu begegnen, denn das

Leuchten von ihrem Haar und von Tommys Fell spendeten uns genügend Licht in dem Halbdunkel. Die Kristallsärge waren noch immer vorhanden; wir sahen sie, als Bastin seine Taschenlampe einschaltete, doch die Radiumklötze waren fort.

»Laß dieses Licht erlöschen«, sagte Yva zu Bastin. »Humphrey, reich mir deine rechte Hand und Bickley deine linke. Bastin soll sich an ihm festhalten und nichts fürchten.« Wir gingen bis zum Ende der Grabkammer und stellten uns mit dem Rücken gegen eine Wand, die aus massivem Fels zu bestehen schien, so nahe beieinander, wie sie es uns befahl.

»Fürchtet nichts«, sagte sie wieder, doch in der nächsten Sekunde hatte ich eine solche Todesangst, wie noch nie zuvor in meinem Leben, denn wir wurden herum- und abwärtsgewirbelt mit einer Geschwindigkeit, die selbst einen amerikanischen Fahrstuhlführer hätte erblassen lassen.

»Du drückst mir die Luft ab!« hörte ich Bickley zu Bastin sagen, und diesen murmeln: »Ich habe diese Fahrstühle noch nie leiden können. Sie machen mich immer krank.«

Ich muß zugeben, daß auch ich mich ziemlich übel fühlte, und ich umklammerte fest die Hand der glitzernden Dame. Sie jedoch legte mir ihre andere Hand auf die Schulter und sagte leise: »Habe ich nicht gesagt, daß du nichts zu fürchten hast?«

Ich fühlte mich danach wohler, da ich aus irgendeinem Grunde sicher war, daß sie mir nicht schaden und schon gar nicht mich töten wollte. Tommy saß völlig ruhig, den Kopf an mein Bein gelehnt, und die Abwesenheit jeglicher Aufregung bei dem Tier war eine zusätzliche Beruhigung für mich. Der einzige Stoiker unter uns war Bickley. Ich habe keinerlei Zweifel, daß er genauso viel Furcht hatte wie wir, doch wäre er eher gestorben, als sie uns zu zeigen.

»Ich vermute, daß diese Maschine pneumatisch funktioniert«, sagte er, als wir plötzlich, doch ohne jeden Stoß, das Ende unserer Reise erreichten. Wie tief wir gefallen waren, kann ich beim besten Willen nicht sagen. Doch nach der entsetzlichen Geschwindigkeit zu urteilen, mit der wir in die Tiefe geschossen waren, mußten es mehrere tausend Fuß gewesen sein, vier- und fünftausend, würde ich sagen.

»Es scheint alles wieder stabil zu sein«, bemerkte Bastin, »also hat der Frachtenaufzug wohl gestoppt. Das Seltsame ist, daß ich nichts davon sehen kann. Es sollte doch irgendein Schacht vorhanden sein, aber wir stehen anscheinend auf ebenem Boden.«

»Das Seltsame ist, daß wir überhaupt sehen können«, erklärte Bickley. »Woher kommt das Licht hier, Tausende von Fuß unter der Oberfläche?«

»Das weiß ich nicht«, antwortete Bastin, »falls es hier nicht ein natürliches Gas geben sollte, wie es bei einer Stadt namens Medicine Hat in Kanada der Fall ist, wenn ich das richtig verstanden habe.«

»Natürliches Gas!« sagte Bickley verächtlich. »Dies ist doch mehr wie Mondlicht, zehnfach verstärkt.«

Und so war es auch. Der ganze Raum war von einem sanften Schimmer erfüllt, das wie Sonnen- oder Mondlicht war, jedoch matter, und ohne Hitze.

»Woher kommt es?« fragte ich Yva flüsternd.

»Oh!« antwortete sie, etwas ausweichend, wie es mir vorkam, »es ist das Licht der Unterwelt, das wir zu gebrauchen wissen. Die Erde ist voller Licht, was wirklich kein Wunder ist, da ihr Herz schließlich aus Feuer besteht. Doch sieh dich um!«

Ich tat es und lehnte mich noch stärker an sie, da das Erstaunen mich schwach werden ließ. Wir befanden uns in einem gewaltigen Raum, dessen Decke so hoch über uns zu sein schien wie der Himmel bei Nacht. Zumindest war alles, was ich ausmachen konnte, eine vage, weit entfernte Wölbung, welche aus Wolken bestehen mochte. Und nach allen Seiten erstreckte sich ein unermeßlicher Raum, so weit das Auge reichte, von jenem sanften Licht erhellt, von dem ich bereits sprach, also mehrere Meilen weit. Doch war dieser weite Raum nicht leer. In ihm stand eine gewaltige Stadt. Da gab es Straßen, welche viel breiter waren als Piccadilly, eingesäumt von Häusern, die jedoch, wie ich bemerkte, keine Dächer aufwiesen. Einige der Häuser waren sehr schön, aus einem weißen Stein oder aus Marmor erbaut. Ich sah Straßen und Gehsteige, die von unzähligen Füßen abgetreten waren. Dort, etwas weiter, lagen der Markt und einige andere Plätze und hinter diesen, im Zentrum der Stadt, ein von einer Mauer umschlossenes Gelände von mindestens einem halbem Quadratkilometer Ausdehnung, auf welchem sich majestätische Gebäude erhoben, die wie Paläste wirkten, und dahinter ein riesiger Tempel mit mehreren Höfen und einer zentralen Kuppel. Denn hier waren die Architekten, obwohl es nicht nötig war, offenbar den Traditionen der Oberwelt gefolgt und hatten dem Gebäude ein Dach aufgesetzt.

Und nun kam das Entsetzliche: diese ganze, gewaltige Stadt war *tot*. Niemand ging auf ihren Straßen, niemand blickte aus ihren Fenstern, niemand handelte auf ihren Märkten, niemand betete in ihrem Tempel. Gekehrt, sauber, erleuchtet, praktisch unberührt von der Hand der Zeit, da hier kein Regen fiel und kein Wind wehte, war es trotzdem eine entsetzliche Ödnis. Denn welche Ödnis kann entsetzlicher sein als eine, die einst die geschäftige Heimat von Menschen gewesen war? Mögen jene, die schon einmal zwischen den Ruinen der vergrabenen Städte Zentralasiens gestanden haben, oder denen von Anuradhapura in Ceylon, oder selbst zwischen den Ruinen auf Salamis oder an der Küste Zyperns, die Frage beantworten. Doch dies hier war noch weitaus entsetzlicher. Eine riesige menschliche Ansiedlung im Innern der Erde, völlig ohne jedes menschliche Leben, und doch so perfekt wie an dem Tage, an welchem sie aufhörten zu existieren.

»Mir gefallen solche unterirdischen Orte nicht«, bemerkte Bastin, dessen barsche Stimme seltsam durch die entsetzliche Stille hallte, »doch finde ich es schade, daß all diese schönen Gebäude ungenutzt bleiben. Ich nehme an, daß ihre Bewohner sie verlassen haben, um frische Luft zu schöpfen.«

»Warum haben sie sie verlassen?« fragte ich Yva.

»Weil der Tod sie geholt hat«, antwortete sie ernst. »Selbst solche, die tausend Jahre leben, müssen schließlich sterben, und wenn sie keine Kinder haben, stirbt ihre Rasse mit ihnen.«

»Dann wart ihr also die letzten eurer Rasse?« fragte ich.

»Frage das meinen Vater«, sagte sie und führte uns durch das große Bogentor eines prachtvollen Gebäudes.

Das Tor führte auf einen ummauerten Hof, in dessen Mitte sich eine glatte Kuppel aus Marmor erhob, deren Tür aus einem blassen Metall bestand, das wie eine Legierung von Platin und Gold aussah. Diese Tür stand offen. Im Innenraum der Kuppel befand sich eine Frauenstatue aus weißem Marmor, eine wunderbare Arbeit, die in einer Nische aus schwarzem Stein stand. Die Figur war eingehüllt, wie um ihre Gestalt zu verbergen, und ihr Gesicht war eher ernst und majestätisch als schön. Die Augen dieser Statue bestanden aus Email und wirkten seltsam lebendig. Ihr Blick war nach oben gerichtet, als ob sie sich von der Erde und ihren Belangen abwandte. Die Arme waren ausgestreckt. Die rechte Hand hielt einen Becher von schwarzem Marmor, die linke einen Becher von weißem Marmor. Aus jedem der beiden Becher rann ein dünner Strahl perlenden Wassers, und die beiden Strahlen trafen sich etwa drei Fuß unterhalb dieser Becher und vermischten sich dort. Dann fiel das Wasser in ein Metallbassin, in das, obwohl es mindestens einen Fuß dick war, von seinem ständigen Aufprall ein Loch geschlagen worden war, und verschwand offenbar in einem darunter befindlichen Rohr. Aus diesem Metallbassin begann Tommy, der uns vorangesprungen war, auf gierige Art zu trinken.

»Das Lebenswasser?« frage ich unsere Führerin.

Sie nickte, und dann stellte sie eine Frage.

»Was ist das für eine Statue, Humphrey, und was bedeutet sie?«

Ich zögerte, doch Bastin antwortete sofort: »Das ist nur eine recht häßliche Frau, die ihre Figur versteckt, weil sie unansehnlich ist. Wahrscheinlich eine Verwandte des Künstlers, die sich verewigt sehen wollte und ihm unentgeltlich Modell gestanden hat.«

»Die Göttin der Gesundheit«, meinte Bickley. »Ihre Proportionen sind perfekt; eine robuste und absolut normale Frau.«

»Nun, Humphrey?« sagte Yva.

Ich starrte die Statue an, und es fiel mir absolut nichts dazu ein. Doch dann kam mir der Gedanke so plötzlich, und mit einer solchen Gewißheit, daß ich felsenfest überzeugt bin, sie hat mir die Antwort eingegeben, denn sie stammte nicht aus meinem Gehirn.

»Es scheint ganz einfach«, sagte ich in überlegenem Tonfall. »Die Figur symbolisiert das Leben, und sie ist verhüllt, weil wir nur das Gesicht des Lebens sehen, während uns der Rest verborgen bleibt. Die Arme sind nackt, weil das Leben wirklich und aktiv ist. Der eine Becher ist schwarz, der andere weiß, weil das Leben uns sowohl gute wie auch böse Gaben bringt; und das ist auch der Grund dafür, daß die beiden Wasserstrahlen sich miteinander vermischen, um sich dann im Dunkel des Todes zu verlieren. Die Gesichtszüge sind eher ernst und sogar furchterregend als schön, weil dieses der Aspekt des Lebens ist. Die Augen blicken nach oben und weit fort von den gegenwärtigen Dingen, weil das wirkliche Leben nicht hier ist.«

»Natürlich kann man alles mögliche dazu sagen«, erklärte Bastin, »aber ich begreife überhaupt nichts.«

»Die Phantasie hat einen langen Atem«, unterbrach Bickley, der darüber verärgert war, daß nicht ihm diese Erklärung eingefallen war.

Doch Yva sagte: »Ich glaube, daß du recht klug bist, Humphrey. Ich frage mich nur, woher diese Wahrheit zu dir gekommen ist, denn genau dies ist die Bedeutung der Figur und der beiden Becher. Hätte ich sie dir selbst gesagt, hättest du sie nicht besser formulieren können.« Dabei blickte sie mich aus den Augenwinkeln heraus an. »Und jetzt, Fremde: wollt ihr trinken? Einst war diese Tür bewacht, und allein einem großen Priester, oder, als außergewöhnliche Belohnung, einem von Höchstem Blute wurde Zugang zu dieser Quelle gewährt, deren Wasser die Lippen gewöhnlicher Menschen niemals berühren durften. Das war übrigens der Grund für unseren letzten Krieg, denn alle Welt wollte dieses Wasser haben, welches jetzt von dem Hund eines Fremden aufgeleckt wird.«

»Ich hoffe, daß es keine Drogen enthält?« sagte Bastin. »Einst, als ich sehr durstig war, beging ich den Fehler, drei Becher von etwas zu trinken, das ich nicht sehen konnte, da es dunkel war, im Glauben, es sei Apollinaris, und ich möchte so etwas nicht wieder tun.«

»So etwas sieht dir ähnlich«, sagte Bickley. »Aber, Yva, was sind die Eigenschaften dieses Wassers?«

»Es verleiht Gesundheit«, antwortete sie, »und wenn es regelmäßig getrunken wird, für einen Zeitraum von mindestens dreißig Tagen, verhindert es Krankheiten, vermindert den Hunger und verzögert den Tod um viele, viele Jahre. Das ist der Grund dafür, daß jene von Hohem Blut so lange lebten und die Herrscher der Welt wurden, und das war, wie ich bereits sagte, der vorherrschende Grund dafür, weshalb die Völker, die damals in den äußeren Ländern lebten und nicht sterben wollten, Krieg gegen sie führten, um diese geheime Quelle in ihren Besitz zu bringen. Hab keine Furcht, o Bastin, denn siehe, ich nehme als erste einen Schluck von diesem Wasser.«

Sie hob aus dem Bassin einen seltsam geformten, flachen Metallbecher, dessen Henkel aus zwei ineinander verschlungenen Schlangen bestand, füllte ihn unter dem dünnen Strahl und trank. Und während sie trank, blickten ihre Augen allein mich an, als ob sie den Becher auf mich leere. Erneut füllte sie ihn mit dem glitzernden Wasser – es glitzerte wirklich, wie jener Likör, welchem winzige Goldflokken beigegeben sind –, und reichte ihn mir.

Ich verneigte mich leicht und trank. Ich nehme an, daß die Flüssigkeit Wasser gewesen ist, doch mundete sie mir eher wie starker Champagner mit einem Schuß Château Yquem.

Es war herrlich. Außerdem hatte es eine besondere Wirkung. Ein sanftes, rasches Prickeln rann durch meine Adern, etwas, das für ein paar Augenblicke alle Dunkelheit fortwischte, die die Gedanken überlagert. Ich begann mehrere Probleme zu verstehen, die mich verwirrt hatten, doch verloren ihre Erklärungen sich dann in einem hellen Licht, einem inneren Licht, meine ich. Außerdem kam es mir vor, als ob plötzlich ein Fenster im Herzen der glitzernden Dame, welche neben mir stand, geöffnet worden wäre. Zumindest wußte ich, daß es voller wunderbaren Wissens war, voller wunderbarer Erinnerungen, und voller wunderbarer Hoffnungen – und bei den letzteren spielte ich eine bedeutende Rolle. Was für eine Rolle das war, vermochte ich jedoch nicht zu sagen. Außerdem wußte ich, daß mein Herz ihr offenstand, und daß sie darin irgend etwas sah, dessen Anblick sie glücklich seufzen ließ.

Nach wenigen Sekunden – es mochten vielleicht dreißig gewesen sein – war alles vorbei. Nichts blieb zurück, außer daß ich mich sehr kräftig fühlte, und, ja, auch glücklicher, glücklicher als jemals zuvor während der letzten Jahre. Leise bat ich sie, mir noch mehr von diesem Wasser zu geben, doch sie schüttelte den Kopf, nahm mir den Becher aus der Hand, füllte ihn erneut und reichte ihn Bickley. Als er getrunken hatte, lief er rot an, schien seine Selbstbeherrschung zu verlieren, welche seine hervorstechendste Eigenschaft war, und sagte mit belegter Stimme: »Seltsam – aber ich habe das Gefühl, als ob es keine Operation gibt, die noch niemand gewagt hat, welche ich nicht ganz allein durchführen könnte, und zwar mit Erfolg!«

Dann wurde er still, und nun war Bastin an der Reihe. Er trank schlürfend, wie es seine Art war, und dann sagte er: »Meine liebe, junge Dame, ich glaube, die Zeit ist gekommen, wo ich Ihnen darlegen muß …« Hier unterbrach er sich und begann mit seiner rauhen, unmusikalischen Stimme zu singen:

From Greenland's icy mountains,
From India's coral strand,
Where Africa's sunny fountains
*Roll down their golden sand.**

Er hörte auf zu singen und sagte: »Ich war entschlossen, nichts Berauschendes zu trinken, während ich auf dieser Insel weile, damit ich ein leuchtendes Licht an einem finsteren Orte sei, doch jetzt, fürchte ich, habe ich unwissentlich einen Vorsatz gebrochen, welchen ich als einen Eid betrachtete.«

Dann wurde auch er stumm.

»Kommt!« sagte Yva. »Mein Vater, Oro, der Herr, erwartet euch.«

Wir überquerten den Hof, wo der Brunnen des Lebenswassers stand, und stiegen eine Treppe hinauf, welche zu einer weiten und beeindruckenden Säulenhalle führte, wobei Tommy uns lebhaft und aufgeregt voransprang. Offensichtlich hatte das Wasser auf ihn genauso gewirkt wie auf seine Herren. Die Säulenhalle war in einem feierlichen architektonischen Stil gehalten, den ich nicht beschreiben kann, weil er sich von allen anderen, die ich kannte, wesentlich unterschied. Er war nicht ägyptisch, und er war auch nicht griechisch, obwohl seine Solidität mich stark an den ersteren gemahnte, und die Schönheit und Grazie der Säulen an den letzteren. Das Übermaß und der recht groteske Charakter der Verzierungen erinnerte an die Ruinen von Mexico und Yucatan, und die gewaltige Größe der Steinblöcke an jene von Peru und Baalbek. Kurz gesagt: alle Formen der antiken Architektur mochten hier ihre Inspirationen gefunden haben, und die allgemeine Wirkung war überwältigend.

»Der Palast des Königs«, sagte Yva, »dessen Große Halle wir jetzt betreten.«

---

* *Von Grönlands eisige Bergen / Von Indiens Korallenstränden / Wo Afrikas sonnige Wasser / Über seinen goldenen Sand strömen.*

Wir traten durch eine immense Tür aus Metall, deren einer Flügel halb offen stand, in ein Vestibül, welches früher, wie ich aus verschiedenen Dingen schloß, wohl ein Wachzimmer oder aber ein Versammlungsraum gewesen sein mochte. Er war etwa vierzig Fuß tief und hundert Fuß breit. Von dort aus führte Yva uns durch eine kleinere Tür in die Halle selbst. Diese war ein gewaltiger Raum ohne Säulen, da ja kein Dach vorhanden war, das gestützt werden mußte. Die Wände aus Marmor oder Kalkstein waren mit Bas-Reliefs bedeckt, wie man sie in ägyptischen Tempeln findet. Sie stellten wahrscheinlich Schlachtszenen dar, doch bin ich dessen nicht sicher, da ich nicht nahe genug an sie herantrat. Ausgenommen den Mittelgang, welchen wir jetzt entlangschritten, wurde die ganze Weite der Halle durch lange Reihen von Marmorbänken eingenommen, auf welchen mehrere tausend Menschen Platz gefunden hätten. Doch sie waren leer – leer, und – oh! – wie verlassen alles wirkte.

Am anderen Ende der Halle befand sich eine umschlossene Estrade, welche von einer hoch aufragenden Konstruktion überdacht wurde, in der sich Eleganz und Majestät auf eine wundervolle Art mischten. Sie war nach dem Vorbild einer riesigen Muschel geformt. Der untere Teil der Muschel bildete die Plattform, dahinter befanden sich die Rippen, und über ihr hängend die obere Hälfte der Muschel. Auf dieser Plattform stand ein Thron aus einem silberigen Metall. Er wurde von zusammengewundenen Schlangenleibern getragen, deren Schwänze den Rückenteil des Thrones bildeten, und deren Köpfe die vorderen Teile seiner Armlehnen waren.

Auf diesem Thron, mit einer herrlichen Robe angetan und einer juwelenbesetzten Kappe auf dem Kopf saß Oro, der Herr, dessen weißer Bart über seine Brust wallte. Vor ihm stand ein niedriger Tisch, auf welchem gravierte Metalltafeln lagen, und zwischen ihnen eine große Kristallkugel.

Dort saß er, ernst und schweigend in seiner ehrfurchtgebietenden Einsamkeit, und er sah wahrhaftig wie ein Gott aus, so wie wir uns ein solches Wesen vorstellen. So klein er auch sein mochte, im Vergleich zu den gewaltigen Ausmaßen der Halle, schien er sie doch zu dominieren, auf eine gewisse Weise die Leere zu füllen, welche durch seine Anwesenheit akzentuiert wurde. Ich weiß, daß sein Anblick mich mit echter Furcht erfüllte, wie er es noch niemals beim Licht des Tages getan hatte, nicht einmal zu dem Zeitpunkt, als er sich aus seinem Kristallsarg erhoben hatte. Jetzt überkam mich zum ersten Mal das echte Gefühl, einem übernatürlichen Wesen gegenüberzustehen. Zweifellos wurde dieser Eindruck durch die Umgebung verstärkt. Was waren diese gewaltigen Bauten in den Eingeweiden der Erde? Woher kam das wunderbare, alles-durchdringende, sanfte Licht, dessen Quelle wir nirgends entdecken konnten? Wohin waren jene verschwunden, welche diese Häuser erbaut und bewohnt hatten? Wie konnte es geschehen, daß von ihnen allen nur dieser Mann, wenn er ein Mann war, und diese schöne Frau, die er bei sich hatte, und die, wenn ich meinen Sinnen und meinen Instinkten trauen konnte, wirklich eine Frau war, überlebt hatten?

Diese Fragen waren erdrückend. Ich blickte Bickley an, um mir Mut zu holen, doch der schüttelte nur ratlos den Kopf. Selbst Bastin war, nachdem die Wirkung des Lebenswassers vergangen war, offenbar überwältigt und murmelte etwas von den Hallen des Hades.

Allein Tommy blieb recht vergnügt. Er trottete durch die Halle, sprang auf die Estrade und ließ sich zu Füßen dessen, der dort auf dem Thron saß, zutraulich nieder.

»Ich grüße euch«, sagte Oro mit seiner tiefen, resonanten Stimme. »Tochter, führ diese Fremden zu mir! Ich will mit ihnen reden.«

15

Oro in seinem Hause

Wir stiegen über ein paar Stufen auf die Estrade, und setzten uns auf vier seltsam geformte Metallstühle, welche mehr oder weniger dem Thronsessel nachgebildet waren, zumindest endeten auch ihre Armlehnen in geschnitzten Schlangenköpfen. Diese Stühle waren so bequem, daß ich vermutete, ihre Sitze müßten auf Federn gelagert sein; außerdem stellten wir fest, daß sie wunderbar poliert waren.

»Ich frage mich, wie sie alles so sauber halten«, sagte Bastin, als wir die Stufen emporstiegen. »Dieses riesige Gebäude muß doch eine Menge Personal erfordern, doch ich kann nirgends einen Menschen sehen. Vielleicht gibt es hier keinen Staub.«

Ich zuckte die Achseln, und wir setzten uns, Yva und ich zur Rechten Oros, Bickley und Bastin links von ihm, wie er uns durch Deuten seines Fingers angewiesen hatte.

»Was sagst du zu dieser Stadt?« fragte mich Oro nach einer Weile.

»Ich weiß nicht, was ich dazu sagen soll«, antwortete ich. »Sie überwältigt mich. In unserer Welt gibt es nichts Vergleichbares.«

»Vielleicht wird es das in der Zukunft geben, wenn die Nationen die Kriegskunst besser beherrschen lernen«, sagte Oro düster.

»Bitte sag uns, Oro«, fuhr ich fort, »wenn es dir gefällt, warum die Menschen, die diese Stadt erbaut haben, es vorzogen, im Innern der Erde zu leben, anstatt auf ihrer Oberfläche.«

»Sie haben es nicht vorgezogen; es wurde ihnen aufgezwungen«, war die Antwort. »Dies ist eine Fluchtburg, in die sie sich im Kriege zurückzogen, und nicht, weil sie die Sonne haßten. In Friedenszeiten, bevor die Barbaren es wagten, sie anzugreifen, lebten sie in der Stadt Pani, was

›das Oben‹ bedeutet. Ihr mögt einige ihrer verbliebenen Ruinen auf dem Berg und auf der Insel bemerkt haben. Alle anderen sind jetzt im Meer versunken. Doch als der Krieg kam und der Feind Feuer vom Himmel auf sie herabregnen ließ, zogen sie sich in diese Stadt, Nyo, zurück, was ›das Untere‹ bedeutet.«

»Und dann?«

»Dann starben sie aus. Das Wasser des Lebens vermag zwar das Leben zu verlängern, doch kann es nicht Frauen Kinder gebären lassen. Das können sie nur unter dem blauen Himmel, und nicht tief in den Eingeweiden der Erde, wo zu leben für sie von der Natur nicht vorgesehen war. Wie würden die Stimmen von Kindern in solchen Hallen wie diesen klingen? Sag mir das, Bickley, der du Arzt bist!«

»Ich kann es nicht. Ich kann mir Kinder an einem solchen Ort nicht vorstellen, und wären sie hier geboren worden, wären sie gestorben«, antwortete Bickley.

Oro nickte.

»Also starben sie, und wenn sie nach Pani hinaufgingen, wurden sie ermordet. So ging die Gewohnheit des Gebärens bald verloren, und die Söhne der Weisheit starben einer nach dem anderen. Ja, sie, welche die Welt beherrscht und im Laufe von Zehntausenden von Jahren der Arbeit in ihrem Busen alle Geheimnisse der Welt angesammelt hatten, starben, bis nur noch wenige von ihnen, darunter ich und meine Tochter, übrig waren.«

»Und dann?«

»Dann, Humphrey, tat ich, der ich die Macht dazu habe, das, was ich bereits lange angedroht hatte, und entfesselte die Kräfte, welche im Herzen der Erde tätig sind. Ich vernichtete jene, die meine Feinde waren und übel, so daß sie zu Millionen starben, und mit ihnen alles, was sie geschaffen hatten. Danach schliefen wir und überließen die anderen, unsere Untertanen, die nicht das Geheimnis des Schlafes besaßen, dem Tode, welcher sie sicherlich auch geholt hat, sei es durch den Lauf der Natur oder durch die Hand von Feinden. Das weitere ist euch bekannt.«

»Könnte so etwas noch einmal geschehen?« fragte Bickley mit einer Stimme, die seinen Unglauben nicht verbarg.

»Warum fragst du mich das, Bickley, der du nichts von dem glaubst, was ich dir erzähle? Trotzdem will ich dir dies sagen: was ich damals habe geschehen lassen, könnte ich noch einmal geschehen lassen – jedoch nur noch einmal, glaube ich –, was du vielleicht erfahren magst, bevor alles getan ist. Doch werde ich dir, der du mir nicht glaubst, nichts mehr von unseren Mysterien erzählen, nein, ich werde dir weder sagen, woher unser Licht kommt, noch, was die Eigenschaften unseres Wassers des Lebens sind, beides Dinge, die zu wissen es dich verlangt, und auch nicht, auf welche Weise man den Funken des Seins in einem Grab des Traumlosen Schlafes bewahren kann, wie ein lebendes Juwel in einem Behältnis aus totem Stein, und auch sonst nichts. Was diese Dinge betrifft, Tochter, so befehle ich dir, über sie zu schweigen, da Bickley sich über uns lustig macht! Ja, mit all diesem um ihn her, macht er, der uns aus den Särgen steigen sah, sich insgeheim noch immer über uns lustig. Darum laß ihn, diesen kleinen Menschen eines kleinen Tages, wenn seine wenigen Jahre einst vorüber sein werden, unwissend ins Grab sinken, und seine Begleiter mit ihn, sie, die so weise sein könnten, wie ich es bin.«

So sprach Oro mit einer Stimme eisigen Zornes, und seine dunklen Augen glühten wie Kohlen. Als ich seine Worte hörte, verfluchte ich Bickley in meinem Herzen, da ich sicher war, daß dieser Befehl, einmal ausgesprochen, wie jene der Meder und der Perser war und nicht mehr geändert werden konnte. Bickley schien jedoch nicht im geringsten beeindruckt. Er versuchte Oro zu widersprechen, erklärte ihm geradeheraus, daß er das Unmögliche so lange nicht glauben könne, bis man ihm bewiese, daß es möglich sei, und daß die Naturgesetze noch nie umgestoßen worden seien und niemals umgestoßen werden könnten. Und es reiche ihm nicht als Beweis, ihm Wunder zu zeigen, ohne ihre Ursachen zu erklären, da alles, was er zu sehen scheine, nichts weiter als Illusionen sein mochten, welche auf eine ihm nicht erklärbare Art hervorgerufen würden.

Oro hörte ihm geduldig zu, dann antwortete er: »Gut. So sei es. Sie sind Illusionen. Ich bin eine Illusion: jene Wilden, die auf dem Felsen gestorben sind, werden dir das gerne bestätigen. Diese Frau, die du vor dir siehst, ist eine Illusion; Humphrey weiß das, und du wirst es ebenfalls wissen, bevor du mit ihr fertig bist. Diese Halle ist eine Illusion. Lebe doch in deinen Illusionen, du kleiner Mensch der Wissenschaft, der du, wenn du das Gesicht der Dinge siehst, glaubst, den Körper und das Herz zu kennen und die Seele lesen zu können, die darin tätig ist. Du bist ein würdiger Vertreter von Zehntausenden deiner Art, welche vor dir waren – und längst vergessen sind.«

Bickley blickte auf, um zu antworten, überlegte es sich dann jedoch anders und schwieg, da er weiteres Argumentieren für gefährlich hielt.

Oro fuhr fort: »Ich unterscheide mich auf diese Weise von dir, Bickley. Ich, der ich in meiner Fingerspitze mehr Weisheit besitze als du und alle Ärzte deiner Welt zusammen in ihren Gehirnen und ihren Körpern aufweisen, versuche dennoch von jenen zu lernen, die mir Wissen geben können. Ich habe den Worten, welche du an meine Tochter richtetest, entnommen, daß du, Bastin, einen Glauben lehrst, welcher mir neu ist, und daß dieser Glaube den Kindern der Erde ein ewiges Leben verspricht. Ist dem so?«

»Ja, dem ist so«, sagte Bastin eifrig. »Ich will damit beginnen …«

Oro unterbrach ihn mit einer ungeduldigen Handbewegung.

»Nicht jetzt, nicht in Gegenwart Bickleys, der sicher deinen Glauben genauso anzweifelt, wie er alles anzweifelt, und ihn, ob zu recht oder nicht, für eine weitere Illusion hält. Doch sollst du mich deinen Glauben lehren, und ich werde mir dann mein eigenes Urteil darüber bilden.«

»Mit dem größten Vergnügen«, sagte Bastin. Doch dann kamen ihn Zweifel an, und er setzte hinzu: »Warum willst du dich darüber belehren lassen? Doch nicht, um dich auch über meine Religion lustig zu machen, hoffe ich.«

»Ich mache mich über keines Menschen Religion lustig, weil ich weiß, daß das, was Menschen glauben, wahr ist – für sie. Ich will dir sagen, warum ich von deinem Glauben hören will, da ich die Wahrheit niemals verberge. Ich, der ich so weise und alt bin, muß trotzdem sterben – obwohl die Zeit dazu noch weit entfernt sein mag, muß ich sterben, denn das ist das Schicksal des vom Weibe Geborenen. Und ich will nicht sterben. Deshalb würde es mich glücklich machen, von irgendeinem Glauben zu erfahren, welcher allen Kindern der Erde ein ewiges Leben jenseits der Erde verspricht. Morgen wirst du damit beginnen, mich deinen Glauben zu lehren. Doch jetzt verlaßt mich, Fremde, da ich viel zu tun habe.« Er deutete mit einer Handbewegung auf den niedrigen Tisch.

Wir standen auf und verneigten uns, wobei wir uns fragten, was er in diesem leuchtenden Loch in der Tiefe der Erde zu tun haben mochte, er, der für so unendlich viele Jahre keinerlei Berührung mit der Welt gehabt hatte. Mir fiel jedoch ein, daß er während dieser langen Periode in Berührung mit anderen Welten gestanden haben mochte, wie es tatsächlich den Anschein hatte.

»Wartet!« sagte er. »Ich habe euch noch etwas zu sagen. Ich habe jenes Buch mit Schriften und mit Bildern der Erde studiert«, und er deutete auf meinen Atlas, der, wie ich jetzt bemerkte, ebenfalls auf dem Tisch lag. »Es interessiert mich sehr. Euer Land ist klein, sehr klein. Als ich es aus dem Meer erhob, war es, wie ich glaube, viel größer, doch ist seitdem die See über es hereingebrochen.«

Hier stöhnte Bickley laut auf.

»Diese sind erheblich größer«, fuhr Oro fort, nach einem Blick auf Bickley, der diesen durchbohrt haben mußte wie ein Messer. Dann schlug er die Karte von Europa auf und deutete mit seinem Finger auf Deutschland und auf Österreich-Ungarn. »Ich weiß nichts über die Völker all dieser Länder«, setzte er hinzu, »doch da ihr einem von ihnen angehört und meine Gäste seid, hoffe ich, daß das eure in dem Krieg erfolgreich sein wird.«

»Auf welche Weise?« fragten wir fast gleichzeitig.

»Da Bickley so klug ist, wird er das sicher besser wissen als so eine Illusion, wie ich es bin. Alles, was ich euch sagen kann, ist, daß es, wie ich erfahren habe, Krieg gibt zwischen diesem Land und jenen beiden.« Er deutete zuerst auf England, dann auf Deutschland und Österreich-Ungarn. »Und auch zwischen weiteren.«

»Das wäre durchaus möglich«, sagte ich und erinnerte mich an verschiedene Dinge. »Doch woher weißt du das?«

»Wenn ich euch das sagen würde, Humphrey, würde Bickley es mir nicht glauben, also werde ich es lassen. Vielleicht habe ich es in jener Kristallkugel gesehen, wie die Wahrsager der frühen Welt. Oder vielleicht dient die Kristallkugel anderen Zwecken, und ich habe es auf eine andere Weise erfahren – mit meiner Seele möglicherweise. Auf jeden Fall ist das, was ich sage, wahr.«

»Und wer wird den Krieg gewinnen?« fragte Bastin.

»Ich kann nicht in die Zukunft blicken, Prediger. Wenn ich das könnte, würde ich dich dann bitten, mir deine Religion zu erklären, die wahrscheinlich nicht mehr wert ist als einige Dutzend anderer, die ich studiert habe, nur weil sie von der Zukunft spricht? Wenn ich die Zukunft lesen könnte, würde ich ein Gott sein, und nicht nur ein Herrscher der Erde.«

»Deine Tochter hat dich einen Gott genannt, und du sagtest, du hättest gewußt, daß wir kommen würden, um euch aufzuwecken, was doch bedeutet, in die Zukunft blicken zu können«, wandte Bastin ein.

»Jeder Vater ist für seine Tochter in gewisser Weise ein Gott, oder sollte es zumindest sein; außerdem haben mich zu meiner Zeit Millionen als Gott verehrt, weil ich weiter sehen und härter zuschlagen konnte als sie. Was das erstere betrifft, so kam es in einer Vision zu mir. O Bickley, wenn du etwas weiser wärst als du zu sein glaubst, würdest du wissen, daß alle Dinge, welche geschehen sollen, an einem anderen Ort geboren werden und hierher reisen wie das Licht der Sterne. Manchmal kommen sie schon vor ihrer Zeit an und setzen sich in einem einzigen Bewußtsein fest, und das ist es, was die Menschen Prophezeiung nennen. Doch ist dies eine Gabe, die nicht erzwungen werden kann, selbst nicht von mir. Außerdem wußte ich nicht, daß *ihr* kommen würdet. Ich wußte lediglich, daß wir erwachen würden, und zwar mit der Hilfe von Menschen, denn wenn zu der vorbestimmten Stunde keine dagewesen wären, wären wir aus Mangel an Wärme und Nahrung gestorben.«

»Ich weise deine Hypothese *in toto* zurück!« rief Bickley, doch niemand achtete auf ihn.

»Mein Vater«, sagte Yva, erhob sich und verneigte sich mit ihrer schwanengleichen Grazie vor ihm. »Ich habe deine Befehle gehört. Doch erlaube mir, diesen Fremden den Tempel zu zeigen, und auch einige Dinge aus unserer Vergangenheit.«

»Ja, ja«, sagte er. »Das erspart mir viel Gerede in einer primitiven Sprache, die für mich schwierig ist. Doch bring sie nie wieder her, es sei denn, daß ich es dir ausdrücklich befehle – Bastin ausgenommen. Wenn die Sonne morgen auf der oberen Welt vier Stunden hoch steht, soll er zu mir kommen, um mich zu lehren, und auch später, wenn ich es so wünsche. Oder, wenn er es will, kann er auch hier schlafen.«

»Ich glaube, lieber nicht«, sagte Bastin hastig. »Ich kann wirklich nicht behaupten, besonders heikel zu sein, doch finde ich diesen Ort als Schlafzimmer nicht sehr anheimelnd. Es gibt gewisse Abstufungen des Vergnügens an der Einsamkeit, und außerdem will ich nicht deine Nachtruhe stören.«

Oro winkte mit der Hand, und wir gingen durch die entsetzliche, bedrückende Halle.

»Ich hoffe, daß du hier eine angenehme Zeit verbringen wirst, Bastin«, sagte ich, als ich von der Tür aus in ihre kalte, erleuchtete Leere zurückblickte.

»Das erwarte ich nicht«, antwortete er, »doch Pflicht ist

Pflicht, und wenn ich diesen alten Sünder vom Rand der Höllengrube zurückreißen kann, die ihn erwartet, ist es der Mühe wert. Nur habe ich da einige Zweifel, was ihn betrifft. Ich finde, daß er eine recht starke Familienähnlichkeit mit Beelzebub hat, und daß er ein schlechter Gefährte ist, wenn man ihn wochenlang ertragen muß.«

Wir gingen durch die Säulenhalle, mit Yva in Führung, und vorbei an der Quelle des Lebenswassers, von dem mehr zu trinken sie uns ernsthaft abriet und Tommy daran hinderte, indem sie ihn an seinem Halsband an ihr vorbeizerrte.

Bickley blieb jedoch zurück, unter dem Vorwand, sich die Statue genauer ansehen zu wollen. Da ich gesehen hatte, daß er den Inhalt einer Korkenflasche mit Chinintabletten, die er immer bei sich trug, in seine Tasche entleert hatte, vermutete ich, daß er vorhatte, sich eine Probe des Wassers für eine spätere Analyse zu beschaffen. Natürlich verlor ich kein Wort darüber, und Yva und Bastin kümmerten sich nicht darum, was er tat.

Als wir den Palast hinter uns gelassen hatten, von dem uns nur eine Halle zu Gesicht gekommen war, schritten wir über eine offene Fläche, die durch das völlige Fehlen jeder Vegetation und aller anderen Zeichen von Leben unbeschreiblich öde wirkte, auf ein riesiges Gebäude von wunderbaren Proportionen zu, das aus schwarzem Stein und Marmor erbaut war. Es ist mir unmöglich, irgendeine Vorstellung von der atemberaubenden Feierlichkeit dieses von einer Kuppel gekrönten Bauwerks zu vermitteln, das, wie ich bereits gesagt zu haben glaube, als einziges eine Bedachung aufwies, als es dort in jenem hellen, unveränderlichen und absolut unnatürlichen Licht stand, das von nirgendwoher kam und doch überall war. So war es auch, wenn man den Fuß hob, zwischen der Sohle und dem Boden; oder, um es besser auszudrücken: der Stiefel warf keinen Schatten. Ich glaube, daß dieses Fehlen von Schatten vielleicht das Schrecklichste an diesem allgegenwärtigen und alles durchdringenden Licht war. Durch dieses Licht traten wir in den Tempel. Wir überquerten die Höfe, welche alle parallel zueinander lagen, und gelangten in das Gebäude, das größer war als die St. Paul's-Kathedrale in London. Wir betraten es durch riesige Türen, die noch immer geöffnet waren, und standen schließlich unter der hohen, gewaltigen Domkuppel. Fenster gab es nicht; warum auch an einem Ort, wo überall Licht war? Es gab auch keinerlei Schmuck, es gab nichts als schwarze Wände. Und doch war der allgemeine Eindruck einer von majestätischer Schönheit.

»In diesem Tempel«, sagte Yva, und ihre warme Stimme wurde von den Wänden und der gewölbten Kuppel in einem vielfachen Flüstern zurückgeworfen, »sind die Könige der Söhne der Weisheit begraben worden. Sie liegen unter dem Boden, jeder in seiner Grabkammer. Der Eingang zu der Krypta ist dort drüben.« Sie deutete auf etwas rechts von uns, das wie eine kleine Kapelle aussah. »Möchtet ihr sie sehen?«

»Lieber nicht«, sagte Bastin. »Dieser Ort ist trostlos genug, auch ohne die Gesellschaft von einem Haufen toter Könige.«

»Ich würde einen von ihnen gerne sezieren«, sagte Bickley, »doch vermutlich ist das nicht erlaubt.«

»Nein«, antwortete sie. »Ich glaube nicht, daß es Oro, dem Herrn, recht wäre, wenn du seine Vorväter auf diese Weise in ihrer Ruhe störtest.«

»Warum haben du und dein Vater nicht die Familiengruft als Ruhelager gewählt, als ihr euch schlafen legtet?« fragte Bastin.

»Würdet ihr uns dort gefunden haben?« fragte sie zurück. Dann, als sie verstand, daß die Einladung allgemein abgelehnt wurde – obwohl ich sie gerne angenommen hätte und nie aufgehört habe, zu bedauern, daß ich es nicht getan habe –, führte sie uns auf ein riesiges Objekt zu, das unter dem Mittelpunkt der Kuppel stand.

Auf einem von Stufen gebildeten Sockel, nicht unähnlich jenem in der Höhle, jedoch erheblich größer, befand sich eine Statue, in einen Umhang gekleidet, auf welchem eine Anzahl von Sternen eingeschnitzt war, zweifellos, um den Himmel zu symbolisieren. Die Schnallen des Umhangs waren wie Mondsicheln geformt, und die Fußbank, auf der die Füße der sitzenden Figur ruhten, hatte die Gestalt einer Kugel, um den Sonnenball darzustellen. Diese bestand aus Gold oder einem ähnlichen Metall und war der einzige helle Fleck in dem ganzen Tempel. Es war unmöglich zu sagen, ob die Figur männlich oder weiblich sein sollte, da der Umhang in weiten, strengen Falten fiel, die ihre Gestalt verbargen. Und auch der Kopf sagte uns nichts darüber, denn das Haar wurde ebenfalls von diesem Umhang verdeckt, und das Gesicht mochte sowohl das eines Mannes als auch das einer Frau sein. Er wirkte schrecklich in seiner ernsten Ruhe, und sein Ausdruck war so entrückt wie der Buddhas, nur strenger. Außerdem war die Gestalt blind; es war unmöglich, die Blindheit ihrer starren Augäpfel zu mißdeuten. Über ihren Knien lag ein nacktes Schwert, und ihre Arme waren unter dem Umhang verborgen. Die Statue war einfach wunderbar in ihrer absoluten Schlichtheit.

Zu jeder Seite des Sockels kniete eine lebensgroße Figur. Die eine stellte einen alten, greisenhaften Mann dar, dessen Gesicht vom Tode gezeichnet war; die andere eine schöne, nackte Frau, die ihre Hände in einer Geste des Gebets vor der Brust gefaltet hatte, und auf deren Gesicht der Ausdruck einer unbestimmten Angst stand.

So sah diese herrliche Gruppe aus, deren Bedeutung nicht mißzuverstehen war. Es war das Schicksal, welches auf der Sonnenkugel thronte, mit den Sternbildern als sein Kleid, bewaffnet mit dem Schwert der Bestimmung, und angebetet vom Leben und vom Tod. Diese Auslegung erklärte ich den anderen.

Yva kniete kurze Zeit vor der Statue nieder, den Kopf im Gebet gesenkt, und ich fühlte das ehrliche Bedürfnis, es ihr nachzutun, obwohl ich mich schließlich, genau wie Bickley, mit einem Kompromiß begnügte, und meinen Hut abnahm, den ich, wie die anderen, aus reiner Gewohnheit trug, obwohl man ihn hier unten wahrlich nicht brauchte. Nur Bastin blieb bedeckt.

»Seht den Gott meines Volkes!« sagte Yva. »Hast du keine Ehrfurcht vor ihm, Bastin?«

»Nicht viel«, antwortete er, »außer als Kunstwerk. Du mußt wissen, daß ich den Herrn des Schicksals anbete. Ich könnte hinzufügen, daß *euer* Gott euch nicht viel Gutes getan zu haben scheint, da von all eurer Größe nicht mehr zurückgeblieben ist als zwei Menschen und ein paar alte Mauern und Höhlen.«

Im ersten Moment schien sie ihn zurechtweisen zu wollen, denn ich sah sie zusammenzucken. Doch dann veränderte sich ihr Gesichtsausdruck, und sie sagte mit einem Seufzen: »Der Herr des Schicksals! Wo lebt er?«

»Hier, unter anderem«, sagte Bastin. »Ich werde es dir bald erklären.«

»Ich danke dir dafür«, antwortete sie ernst. »Aber warum hast du es nicht Bickley erklärt?« Dann gab sie durch ein Heben der Hand zu verstehen, daß sie keine Antwort darauf haben wollte, und fuhr fort: »Freunde, mögt ihr etwas über die Geschichte meines Volkes erfahren?«

»Ja, sehr gern«, antwortete der immer eifrige Bastin sofort, »doch würde ich es vorziehen, wenn diese Belehrung in der freien Luft stattfände.«

»Das ist leider nicht möglich«, erwiderte sie. »Es muß hier und jetzt sein, oder überhaupt nicht. Kommt, stellt euch neben mich! Ich werde jetzt Kräfte freisetzen, die gefährlich sind, wenn sie gestört werden.«

16

Visionen der Vergangenheit

Sie führte uns hinter den Rücken der Statue, zeigte jedem von uns den Platz, an welchen er sich stellen sollte, und stand dann eine Weile reglos. Als ich ihr Gesicht betrachtete, bemerkte ich wieder – ja, ihr ganzer Körper verriet es mir – jene seltsame Aura der Macht, und ich sah, daß ihre Augen blitzten und ihr Haar sogar noch stärker glänzte als sonst, als ob eine übernatürliche Kraft es und sie durchströmte.

Dann sagte sie: »Als erstes werde ich euch unser Volk auf dem Höhepunkt seiner Geschichte zeigen. Blickt vor euch!«

Wir taten es, und nach und nach füllte sich der riesige Raum vor uns mit Gestalten. Anfangs waren diese vage und schattenhaft, konnten nicht voneinander getrennt oder identifiziert werden. Doch wurden sie dann so wirklichkeitsgetreu, daß Tommy sie anzuknurren begann und laut zu bellen drohte, bis ein harter Tritt von mir ihn zur Ruhe brachte.

Eine wunderbare Szene tat sich auf. Dort war ein Palast aus weißem Marmor, und davor ein weiter, von hellem Sonnenlicht beschienener Hof. Vor den Stufen des Palastes, unter einem seidenen Baldachin, saß ein König auf seinem Thron, eine Krone auf dem Haupt und in prachtvolle Roben gekleidet. In seiner Hand hielt er ein juwelenbesetztes Zepter. Er war ein vornehm wirkender Mann von mittleren Jahren, und um ihn herum standen reich gekleidete Beamte seines Hofes. Schöne Frauen fächelten ihm von links und von rechts, und ein wenig hinter ihm saßen weitere, in kostbare Roben gekleidete und mit Juwelen geschmückte Frauen, die, wie ich vermutete, seine Frauen und Töchter waren.

»Einer der Könige der Kinder der Weisheit, der nach seiner Krönung die Ergebenheitserklärungen der Welt entgegennimmt«, sagte Yva.

Während sie noch sprach, traten hintereinander andere Könige vor den Thron, alle mit Kronen auf dem Haupt und mit Zeptern in der Hand. Am Fuße des Throns kniete jeder von ihnen nieder und küßte den Fuß dessen, der darauf saß, wobei er sein Zepter auf den Boden legte und es erst auf ein Zeichen hin wieder aufnahm, sich dann erhob und fortging. Es mochten mehr als fünfzig dieser Könige sein, Männer jeder Hautfarbe und jeden Typs, weiße Männer, schwarze Männer, gelbe Männer, und rote Männer.

Dann kamen ihre Minister, welche Gaben trugen, offenbar Gold und Juwelen, die auf Tabletts vor dem Thron abgelegt wurden. Ich erinnere mich, einen Zwischenfall beobachtet zu haben. Ein alter Mann, der ein lahmes Bein hatte, stolperte und kippte sein Tablett, so daß das, was sich darauf befand, zu Boden fiel und nach allen Richtungen fortrollte. Seine Bemühungen, es wieder einzusammeln, wirkten so lächerlich, daß der Monarch auf dem Thron ein wenig von seiner Würde ablegte und lächelte. Ich erwähne dies, um zu zeigen, daß das, was wir sahen, keine vorbereitete Schau war, sondern offenbar ein lebendes Stück Vergangenheit, denn sonst wäre die absurde Szene mit dem verwirrten alten Mann, der das Bild jener prunkvollen Zeremonie störte, indem er am Boden nach verlorenen Preziosen suchte, sicherlich weggelassen worden.

Nein, es mußte Leben sein, wirkliches Leben, etwas, das tatsächlich geschehen war, und dasselbe mochte von dem gesagt werden, was nun folgte. Zum Beispiel sahen wir etwas, das man als eine Parade bezeichnen konnte. Kolonnen von Soldaten marschierten vorbei, manche von ihnen mit Speeren und Schwertern bewaffnet, obwohl ich diese für zeremonielle Leibwachen hielt, andere mit langen Röhren, die wie primitive Blasrohre aussahen, deren Zweck ich mir jedoch nicht erklären konnte. Es gab keine Artillerie, doch fuhren Streitwagen vorbei, die mit einer Art Säcke beladen waren, die eine Düse aufwiesen. Wahrscheinlich waren sie mit giftigen Gasen gefüllt. Den Streitwagen folgte die Kavallerie, auf einer anderen Art von Pferden beritten, als wir sie kennen, mit massigerem Körper und kürzeren Beinen, doch mit gekrümmten Hals und feurigen Augen, die sehr kräftig wirkten. Und auch diese Reiter, vermute ich, dienten eher zeremoniellen Zwecken. Dann folgten Männer auf einer langen Maschine, auf der sie zu je zweien in gepanzerten Körben saßen, aus welchen lediglich ihre Köpfe und ihre Arme hervorragten. Diese Maschine, die einem stark verlängerten Fahrrad ähnelte, fuhr mit rasender Geschwindigkeit vorbei, doch kann ich nicht sagen, durch was für eine Kraft sie angetrieben wurde. Sie hatte eine Besatzung von zwanzig Paaren von Männern, von denen jeder eine kleine, doch zweifellos tödliche Waffe in seiner Hand hielt, die Ähnlichkeit mit einer Orange hatte. Andere Maschinen ähnlicher Art, die dieser folgten, trugen Besatzungen zwischen vierzig und hundert Männerpaaren.

Das Wunder dieser Truppenschau waren jedoch die Flugzeuge, die in großer Zahl vorbeiflogen, manchmal in dichten Schwärmen, wie Gänse, manchmal einzeln, manchmal in gerader Reihe und manchmal in geordneten Geschwadern, mit Vorhut- und Führungsmaschinen und exakten Abständen von einer zur anderen. Keines der Flugzeuge schien sehr groß zu sein und mehr als vier oder fünf Männer tragen zu können, doch waren sie außerordentlich schnell und wendig wie Schwalben. Außerdem flogen sie wie Vögel mit Flügelschlag, doch auch hier konnten wir nicht feststellen, woher ihre Antriebskraft stammte.

Die Parade verblaßte, und als nächstes erschien die Szene eines Festes in einer riesigen, hell erleuchteten Halle. Der Große König saß auf einer Estrade, und hinter ihm befand sich jene Statue des Schicksals, zu deren Füßen wir jetzt standen, oder zumindest eine, die ihr sehr ähnlich sah. Vor ihm, in der Halle, saßen die Gäste dieses Festes an langen Tafeln, in verschiedenartigen Kleidungen ihrer Länder gewandet. Er erhob sich, wandte sich um und kniete vor der Statue des Schicksals nieder. Ja, er warf sich sogar dreimal vor ihr zu Boden. Dann nahm er wieder seinen Platz ein, hob einen Becher mit Wein und leerte ihn auf das Wohl der

Geladenen. Sie prosteten ihm zu und tranken ebenfalls, dann warfen sie sich vor ihm zu Boden, wie er sich vor der Statue des Schicksals zu Boden geworfen hatte. Mir fiel auf, daß gewisse Männer, welche in priesterliche Gewänder gekleidet waren, nicht unähnlich denen, die heute von griechisch-orthodoxen Geistlichen getragen werden, aufrecht stehen blieben.

Dann verblaßte diese Zurschaustellung irdischen Pomps. Die folgende Szene war bescheiden. Sie zeigte denselben König auf dem Sterbebett – wir erkannten ihn trotz seines von hohem Alter gezeichneten Gesichts wieder. Dort lag er, verbraucht und sterbend. Ärzte, Frauen, Höflinge, standen um sein Bett, um das Ende mitanzusehen. Das Tableau verschwand, und an seiner Stelle erschien das Bild seines jugendlichen Nachfolgers, inmitten einer jubelnden Menschenmenge, und die Wolken simulierter Trauer auf seinem Gesicht, wurden von dem Strahlen seiner Freude erhellt. Es verblaßte ebenfalls.

»So folgte Zeitalter auf Zeitalter ein großer König dem anderen«, sagte Yva. »Es waren ihrer achtzig, und ihre Regierungszeit betrug im Durchschnitt siebenhundert Jahre. Sie herrschten über die ganze Erde, so wie sie zu jenen Tagen war. Sie sammelten Wissen an, sie besaßen unumschränkte Macht, und ihr Reichtum war unermeßlich. Sie förderten die Künste, sie entdeckten Geheimnisse, sie nahmen Verbindungen zu den Sternen auf; sie waren Götter. Doch wie die Götter erlagen sie der Gier. Sie und ihre Berater wurden zu einer eigenen Rasse, welche allein das Geheimnis des langen Lebens besaß. Alle anderen Völker und die gewöhnlichen Menschen ihres eigenen litten und starben. Doch sie, welche dem Haushalt des Wissens angehörten, lebten Generation um Generation in Pomp und Überfluß, bis die Erde vor Neid auf sie wahnsinnig wurde.

Kleiner und kleiner wurde die göttliche Rasse der Söhne der Weisheit, da den Alten keine Kinder geboren wurden, auch nicht denen uralten, verbrauchten Blutes.

Da sagte die Welt: ›Sie sind mächtig, doch sind ihrer nicht

viele; laßt uns ein Ende mit ihnen machen und ihren Platz und ihre Macht übernehmen und von dem Lebenswasser trinken, das sie uns verweigern. Und wenn Milliarden von uns dabei umkommen sollten, was macht das, da wir unzählig sind?‹ So kam es, daß die Welt Krieg gegen die Söhne der Weisheit führte. Seht!«

Wieder formte sich ein Bild. Der Himmel war voller Flugzeuge, die Feuer auf die Erde herabregnen ließen wie Blitze. Von den Städten schossen Blitze hinauf, die die schnell fliegenden Maschinen über sich zerstörten, so daß sie zu Hunderten herabfielen wie Mücken, die von der Flamme einer Lampe verbrannt werden. Doch mehr und immer mehr von ihnen erschienen am Himmel, bis die Städte in Schutt und Asche fielen und die Blitze, die aus ihnen himmelwärts schossen, einer nach dem anderen erloschen. Die Söhne der Weisheit waren vom Angesicht der Erde vertilgt worden.

Wieder veränderte sich das Bild. Es zeigte die unterirdische Stadt, in der wir jetzt standen. Sie war voller Prunk und Leben, doch war alles nur ein Schatten dessen, was zu früheren Zeiten auf der Oberfläche der Erde stattgefunden hatte. Höflinge eilten durch den Palast, Menschen waren auf den Straßen und blickten aus den Fenstern der Häuser, denn die meisten von ihnen waren bewohnt, doch nur selten zeigte die Vision Kinder, die durch die Türen dieser Häuser gingen.

Plötzlich veränderte sich das Bild. Jetzt zeigte es die große Halle, in der wir vor noch nicht einer Stunde Oro aufgesucht hatten. Und dort saß er – ja, Oro selbst, auf der Estrade unter der überhängenden Muschelhälfte. Um ihn herum waren einige uralte Berater. Zu beiden Seiten der Estrade standen Männer in militärischer Kleidung, zweifellos Leibwachen, obwohl ihre einzige Waffe schwarze Stäbe waren, nicht unähnlich einem Lineal, falls sie überhaupt Waffen sein sollten, und nicht Insignien ihres Ranges.

Yva, deren Gesicht plötzlich seltsam starr geworden war, begann uns zu schildern, was in dieser Szene geschah, und sie sagte es in einer eigenartigen monotonen Sprechweise, wie ein Mensch, der etwas wiederholt, das er auswendig gelernt hat. Und dies war der wesentliche Inhalt dessen, was sie sagte:

»Die Lage der Söhne der Weisheit ist verzweifelt. Nur noch wenige von ihnen sind übriggeblieben. Wie andere Menschen brauchen sie Nahrung, die jedoch schwer erhältlich ist, da die Feinde die Obere Erde besetzt halten und das, was ihre Wissenschaftler hier, im Schattenreich, herstellen können, nicht für sie ausreicht, obwohl sie Lebenswasser trinken. Sie sterben und sterben. Dort kommt jetzt eine Gesandtschaft von dem Hohen König der konföderierten Nationen, um die Friedensbedingungen auszuhandeln. Seht, sie tritt herein!«

Während sie das sagte, schritt die Gesandtschaft durch die Halle. An ihrer Spitze ging ein junger Mann, hochgewachsen, dunkelhaarig und gut aussehend, der Autorität ausstrahlte und dessen Erscheinung mir auf seltsame Weise vertraut vorkam. Er trug einen kostbaren, purpurfarbenen Umhang und auf seinem Haupt einen Goldreif, der auf königlichen Rang hindeutete. Jene, die ihm folgten, waren zumeist alte Männer, mit den verschlossenen Gesichtern von Diplomaten, doch ein paar von ihnen schienen Heerführer zu sein.

Yva fuhr mit ihrer monotonen Stimme fort: »Dort kommt der Sohn des Königs der konföderierten Nationen, der Prinz, der einmal ihr König sein wird. Er verneigt sich vor Oro, dem Herrn. Er sagt: ›Großer und Alter Monarch des Göttlichen Blutes, Himmelsgeborener, deine Lage, und die jener, die dir verblieben sind, ist verzweifelt. Dennoch bin ich im Namen der Nationen ausgesandt worden, um Friedensbedingungen anzubieten, doch kann ich das nur in Gegenwart deiner Tochter tun, die eine Erbin ist und die zukünftige Königin der Söhne der Weisheit.‹

Hier hob Oro die Hand, und hinter der Marmormuschel trat Yva selbst hervor, mit den königlichen Insignien geschmückt und in eine prachtvolle Robe gekleidet, deren Schleppe von Hofdamen getragen wurde. Sie verneigte sich vor dem Prinzen und seinen Begleitern, und diese verneigten sich ebenfalls. Außerdem bemerkte ich, daß sie und der Prinz einen Blick des Verstehens tauschten.

Nun deutete die wirkliche Yva, die neben uns stand, auf die Schatten-Yva der Vision oder des Bildes, was immer es genannt werden mochte, und fuhr fort:

»Die Tochter Oros, des Herrn, kommt. Der Prinz der Nationen grüßt sie. Er sagt, daß der große Krieg zwischen den Kindern der Weisheit, die um die absolute Herrschaft kämpfen, und den gewöhnlichen Menschen, die für ihre Freiheit streiten, nun für Hunderte von Jahren angedauert habe. Viele Millionen der Söhne der Nationen seien in diesem Kriege gefallen, durch übernatürliche Künste zu Tode gebracht, durch Zaubereien und von Pestilenzen, welche von den Söhnen der Weisheit über sie verstreut worden waren. Und doch seien sie dabei, den Krieg zu gewinnen, denn die herrlichen Städte der Söhne der Weisheit seien zerstört, und jene, die von ihnen übrig geblieben seien, in die Höhlen im Innern der Erde vertrieben worden, in welchen sie sich trotz all ihrer Stärke und all ihrer Magie nicht vermehren könnten, sondern wie Blumen im Dunkel verwelkten.

Oro, der Herr, fragt nun, was die Bedingungen des Friedens sind, die von den Nationen verlangt werden. Der Prinz antwortet, es sind diese: Daß die Söhne der Weisheit all ihr Wissen die weisen Männer der Nationen lehren; daß sie ihnen vom Wasser des Lebens zu trinken geben, damit auch ihre Tage des Lebens verlängert werden; daß sie aufhören, sie durch Krankheit und durch die Beherrschung der Kräfte zu vernichten, welche im Schoße der Erde verborgen liegen. Falls sie all dies tun sollten, so würden die Nationen ihrerseits den Krieg einstellen, die Städte neu erbauen, welche sie mit Hilfe ihrer Flugmaschinen, die Tod herabregnen lassen, zerstört hätten, und sich damit einverstanden erklären, daß Oro, der Herr, und sein Same, für immer als König der Könige herrsche.

Oro, der Herr, fragt nun, ob dies alles sei. Der Prinz antwortet, daß dem nicht so sei. Er sagt, daß zu der Zeit, da er als Geisel am Hofe der Söhne der Weisheit weilte, er und die göttliche Jungfrau, die Tochter Oros, des Herrn, und sein einziges Kind, sich ineinander verliebt hätten. Deshalb verlange er, und deshalb verlangten die Nationen, daß sie ihm zur Frau gegeben werde, damit er eines Tages gemeinsam mit ihr herrschen könne, und ihre Kinder nach ihnen.

»Seht!« fuhr Yva mit ihrer monotonen, verträumten Stimme fort, »Oro, der Herr, fragt seine Tochter, ob das wahr ist. Sie sagt ...« – hier wandte die wirkliche Yva sich um und blickte mir direkt in die Augen –, »daß es wahr ist, daß sie den Prinzen der Nationen liebt, und daß sie keinen anderen Mann heiraten wird, und wenn sie eine Million Jahre leben sollte, da sie, die ihres Vater Sklavin ist, trotzdem, durch das Recht ihrer königlichen Mütter dennoch ihre eigene Herrin ist.

Seht wieder hin! Oro, der Herr, der göttliche König, wird zornig. Er sagt, daß es nun genug und mehr als genug sei, wenn die Barbaren verlangen, das Brot des verborgenen Lernens zu essen und von dem Lebenswasser der Söhne der Weisheit zu trinken, Gaben, welche jenen zu alten Zeiten vom Himmel gewährt worden seien, aus dem sie entsprungen sind. Doch daß jemand, und sei er noch so hochstehend, es wagte, sein Blut mit jenem der göttlichen Jungfrau vermischen zu wollen, seiner Erbin, der zukünftigen Königin der Erde, und einen Anteil an ihrem königlichen Thron zu verlangen, der von ihrer reinen Rasse von einem Zeitalter zum anderen innegehabt worden war, sei eine Beleidigung, die nur durch Blut getilgt werden könne. Eher wolle er seine Tochter einem Affen zur Frau geben, denn einem Kind der Barbaren, die so viel Leid über sie gebracht hätten und versuchten, die goldenen Fesseln ihrer Herrschaft zu zerbrechen.

Seht wieder hin!« fuhr Yva fort. »Oro, der Herr, der Göttliche, wird noch zorniger« (was er tatsächlich wurde, denn noch niemals zuvor hatte ich ein so furchtbares Bild der Wut gesehen, wie das seines Gesichtes in dieser Vision). »Er warnt, er droht. Er sagt, daß er bis jetzt, aus Liebe und Erbarmen, seine Hand zurückgehalten habe, und die Macht, über die er gebietet, und die sie töten könne, nicht zu Millionen in einem langsamen Krieg, sondern zu zehn und hundert Millionen auf einen Schlag, der sie und ihre Völker vom Antlitz der Erde vertilgen und die Wogen des Meeres dort branden lassen werde, wo jetzt noch ihre schönen und fruchtbaren Länder im Licht der Sonne liegen. Sie fahren zurück vor seinem Zorn. Seht! Ihre Knie zittern, da sie wissen, daß er solche Macht besitzt. Er spottet ihrer, Oro, der Herr. Er verlangt, daß sie sich ihm hier und jetzt unterwerfen, und daß sie im Namen der Nationen einen großen Eid schwören, der nicht gebrochen werden darf, daß sie beschwören, den Krieg gegen die Söhne der Weisheit augenblicklich einzustellen und ihnen bis zum Ende aller Tage in allen Dingen zu gehorchen. Einige der Gesandten wollen seinem Verlangen nachgeben. Sie blicken umher wie wilde Tiere, die in die Falle gegangen sind. Doch der Prinz wird von Wahnsinn gepackt. Er schreit, daß der Eid, den ein Affe schwört, ohne Bedeutung ist, und daß er die Kinder der Weisheit zerreißen werde, wie ein Affe Blätter zerreißt, und er sich dann die göttliche Jungfrau zur Frau nehmen werde.

Seht Oro, den Herrn, an!« fuhr die lebende Yva fort. »Sein Zorn verläßt ihn. Er blickt kalt, und er lächelt. Seine Tochter wirft sich vor ihm auf die Knie und fleht ihn an. Er stößt sie fort. Sie will an die Seite des Prinzen laufen. Er gebietet seinen Räten, sie festzuhalten. Sie schreit dem Prinzen zu, daß sie ihn liebe, und nur ihn allein, und daß sie ihn eines kommenden Tages heiraten werde, und niemals einen anderen. Er dankt ihr und sagt, daß es mit ihm genauso stehe wie mit ihr, und daß er wegen seiner Liebe zu ihr nichts fürchte. Sie sinkt in Ohnmacht. Oro, der Herr, gibt den Leibwachen ein Zeichen mit der Hand. Sie heben ihre Todes-Stäbe. Feuerzungen schnellten aus ihnen hervor. Der Prinz und seine Begleiter, alle bis auf jene, die Furcht hatten und bereit waren, den Eid zu schwören, stürzen zuckend zu Boden. Sie brennen, sie werden schwarz, sie sterben. Oro, der Herr, befiehlt jenen, die am Leben geblieben sind, in ihre Flugschiffe zu steigen und den Nationen der Erde zu berichten, was jenen geschieht, die es wagen, sich ihm zu widersetzen und ihn zu beleidigen, und ihnen zu sagen, daß sie essen, trinken und glücklich sein sollen, solange ihnen das möglich sei, da sie um ihrer Sündhaftigkeit willen sehr bald sterben würden.«

Die Szene verblaßte, und ihr folgte eine andere, die ich nicht wirklich beschreiben kann. Sie zeigte einen riesigen Ort im Innern der Erde und etwas, das wie ein gewaltiger Berg aus Eisen aussah, der in Licht gekleidet war, einem Gebirgsgipfel ähnelnd, der rotierend wie ein gewaltiger Kreisel einen Abhang hinabglitt, der sich weiter unten in zwei Hälften teilte, wo sich in seiner Mitte ein messerscharfer Berggrat erhob. Dort, in der Mitte dieses unendlichen Raums, in der Richtung, in die der leuchtende Berg wirbelte, stand Oro, in eine Art durchsichtige Rüstung gekleidet, wie um seinen Körper vor der Hitze zu schützen, und neben ihm war seine Tochter, die unter seiner Anweisung etwas hinter einem Felsen tat. Dann zuckte ein blendender Blitz auf, und alles verschwand. Diese ganze Szene lief so schnell ab, daß ich ihren Einzelheiten nicht folgen konnte: nur ein allgemeiner Eindruck ist geblieben.

»Oro, der Herr, verändert mit Hilfe der Kraft, welche sich in der Erde befindet, und deren Geheimnis ihm allein bekannt ist, das Gleichgewicht der Erde, und verursacht, daß das, was Land war, zu Meer wird, und das, was Meer war, zu Land«, sagte Yva mit ihrer monotonen, unnatürlichen Stimme.

Eine weitere Szene von überwältigender, wechselnder Entsetzlichkeit. Länder versanken, Städte stürzten zusammen, Vulkane spuckten Feuer. Das Ende der Welt schien gekommen. Wir sahen Tausende von Menschen hin und her laufen, wie Ameisen. Dann ergoß sich mit Wellen von mehreren hundert Fuß Höhe der Ozean darüber, und alles war wogende, schäumende See.

»Oro erfüllt seine Drohung, die Nationen zu vernichten, die sich gegen ihn aufgelehnt haben«, sagte Yva. »Der größte Teil der Erde versinkt im Wasser, doch an seiner Stelle hebt sich an anderen Orten neues Land aus den Wellen, um von dem Samen jener bevölkert zu werden, welche in den Teilen der Erde lebten, die von der Sintflut verschont blieben.«

Diese entsetzliche Vision ging vorüber und wurde gefolgt von einer letzten. Sie zeigte Oro in der Grabkammer der Höhle neben dem Kristallsarg stehend, in welchem offenbar bereits der Körper seiner Tochter lag. Er blickte auf sie hinab, trank irgendeine Flüssigkeit und legte sich dann in den zweiten Sarg, in welchem wir ihn dann fanden.

Alles verschwand, und Yva, die aus einer Trance zu erwachen schien, lächelte und fragte uns mit ihrer natürlichen Stimme, ob wir genug gesehen hätten.

»Mehr als genug«, antwortete ich in einem Tonfall, worauf sie antwortete: »Ich frage mich, was ihr gesehen habt, Humphrey. Ich selbst weiß es nicht, da es durch mich geschieht, daß ihr alles seht, und wenn ihr seht, bin ich in euch, die ihr seht.«

»Wirklich?« antwortete ich. »Nun, dann will ich es dir später berichten.«

»Vielen Dank«, rief Bastin, der sich plötzlich von seiner Überraschung zu erholen schien. »Ich habe schon viel von diesen Vorführungen bewegter Bilder gehört, die neuerdings so beliebt geworden sind, habe jedoch stets vermieden, eine zu besuchen, da ihr Einfluß auf junge Gemüter zweifelhaft sein soll, und ein Priester schließlich seiner Gemeinde ein gutes Beispiel geben muß. Jetzt habe ich jedoch erkannt, daß sie einen erheblichen Bildungswert besitzen, selbst wenn sie Werke reiner Fiktion sind.«

»Wie wird das gemacht?« fragte Bickley, beinahe heftig.

»Das weiß ich nicht genau«, antwortete sie. »Dies jedoch weiß ich: daß alles, was auf dieser Welt geschieht, von einem Moment zum anderen an einem bestimmten Punkt in der Tiefe des Raums gesehen werden kann, denn dorthin trägt es das Licht der Sonne. Dort kann es auch eingefangen und im selben Augenblick zur Erde zurückgebracht werden, um dort im Spiegel der Gegenwart durch solche reflektiert zu werden, die wissen, wie jener Spiegel gehalten werden muß. Frage mich nicht mehr! Einer, der so weise ist wie du, o Bickley, kann sich solche Fragen selbst beantworten.«

»Wenn es dir nichts ausmacht, Yva«, sagte Bastin, »so würde ich diesen Ort jetzt gerne verlassen, so interessant er auch ist. Ich muß oben Essen kochen und mich um eine Menge von Dingen kümmern, besonders, da ich, wie ich verstanden zu haben glaube, morgen wieder hierherkommen muß. Würdest du mir also bitte den Weg zu diesem Aufzug zeigen?«

»Komm!« sagte sie lächelnd.

Also gingen wir an der Statue des Schicksals vorbei, verließen den Tempel und schritten die breiten und verlassenen und so unnatürlich beleuchteten Straßen entlang zu der Stelle, an der wir uns nach der Ankunft in dieser Tiefe befunden hatten. Hier stellten wir uns nebeneinander.

Im nächsten Augenblick wurden wir hinaufgewirbelt, so wie wir zuvor herabgewirbelt worden waren. Ich nehme an, daß Yva mit uns kam, obwohl ich sie nicht sah, und das Seltsame war, daß sie, als wir in der Grabkammer eintrafen, bereits dort zu stehen und uns zu erwarten schien.

»Wirklich, das ist genau wie bei Maskelyne und Cook«, erklärte Bastin. »Hast du jemals eine ihrer Vorführungen gesehen, Bickley? Wenn ja, so muß sie dir Rätsel aufgegeben haben, an denen du lange Zeit zu knacken hattest.«

»Taschenspielereien haben mich noch nie besonders interessiert, weder in London noch in Orofena«, erwiderte Bickley mit säuerlicher Miene, während er ein Kerzenende aus der Tasche zog und es anzündete.

»Was sind Taschenspielereien?« fragte Bastin, und sie gingen streitend hinaus und ließen Yva und mich allein in der Grabkammer zurück.

»Was habe ich gesehen?« fragte ich sie.

»Ich weiß es nicht, Humphrey. Jeder sieht andere Dinge. Doch vielleicht war es ein Stück Wahrheit.«

»Ich hoffe nicht, Yva, denn unter anderem scheine ich gesehen zu haben, wie du dich einem Mann auf ewig versprochen hast.«

»Ja, und das habe ich wirklich getan. Was ist damit?«

»Nur daß dies für einen anderen Mann sehr schlimm sein könnte.«

»Ja, für einen anderen Mann könnte dies sehr schlimm sein. Du warst doch einmal verheiratet, nicht wahr, Humphrey? Mit einer Frau, die jetzt tot ist?«

»Ja, ich war verheiratet.«

»Und hast du jener Frau nicht geschworen, daß du niemals eine andere ansehen würdest?«

»Das habe ich«, sagte ich beschämt. »Doch woher weißt du das? Ich habe es dir nie erzählt.«

»Oh! Ich kenne dich und habe es erraten.«

»Nun gut, und was ist damit, Yva?«

»Nichts. Außer daß du deine Frau finden mußt, bevor du wieder lieben kannst, und bevor ich wieder lieben kann, muß ich jenen finden, den ich zum Ehemann haben will.«

»Wie soll das geschehen?« fragte ich, »da beide tot sind?«

»Wie ist all das geschehen, was du heute in Nyo geschehen sahst?« antwortete sie mit einem leisen Lachen. »Vielleicht bist du sehr blind, Humphrey, oder vielleicht sind wir beide blind. Wenn dem so ist, so mag eines Tages das Licht zu uns kommen. Doch bis das geschieht, sei nicht traurig. Morgen werde ich dich wieder treffen, und du sollst mich lehren – deine englische Sprache, Humphrey, und andere Dinge.«

»Dann aber bitte im Sonnenlicht, Yva. Ich mag diese düsteren Hallen von Nyo nicht, die wie etwas Totes glühen.«

»Das ist doch sehr passend, denn sind sie nicht tot?« antwortete sie, wieder mit einem kleinen Lachen. »Doch sei es so. Bastin wird meinen Vater dort unten lehren, da für ihn Sonne und Schatten eins sind, der nur an seine Religion denkt, und du sollst mich hier oben lehren.«

»Ich bin mir Bastins und dessen, was er denkt, nicht so sicher«, sagte ich zweifelnd. »Außerdem frage ich mich, ob Oro, der Herr, dir erlauben wird, zu kommen.«

»Ja, denn in solchen Dingen entscheide ich selbst. Und außerdem ...«, setzte sie entschlossen hinzu, »erinnert er sich an meinen Eid, daß ich keinen Mann lieben werde bis auf einen – und der ist tot. Nun lebe wohl für einige Zeit und sorge dafür, daß Bastin an dieser Stelle ist, wenn die Sonne drei Stunden hoch steht, nicht früher und nicht später.«

Dann verließ ich sie.

17

Yva erklärt

Als ich die Felsenplatte erreichte, sah ich zu meiner Freude, daß Marama und etwa zwanzig seiner Männer dabei waren, das Haus zu bauen, das zu errichten wir ihnen befohlen hatten, damit es uns als Unterkunft diene. Es war sogar schon fast fertig, da der Hausbau auf Orofena eine einfache Sache ist. Das Rahmenwerk aus Stangen, in Palmstämme eingelassen, da die Stangen nicht in den Fels getrieben werden konnten, war am anderen Ufer zusammengesetzt und dann mit Kanus herübergeschleppt worden. Der überhängende Felsen bildete eine Seite des Hauses, seine beiden Schmalseiten, wie auch das Dach, bestanden aus Palmblättern, welche an dem Stangenrahmen befestigt wurden. Die andere Seite wurde vorläufig offen gelassen, was bei dem milden und angenehmen Klima alles andere als ein Nachteil war. Das ganze Bauwerk war etwa dreißig Fuß lang und fünfzehn Fuß breit und durch eine Trennwand aus Palmblättern in zwei Räume unterteilt, einen zum Schlafen, und einen zum Wohnen. Es war wirklich eine recht bequeme Behausung, kühl und regendicht, besonders da Bastin sich eine eigene Hütte gebaut hatte, in welcher er kochte.

Marama und seine Leute gaben sich sehr unterwürfig und

flehten uns an, sie auf der Hauptinsel zu besuchen. Ich antwortete, daß wir das vielleicht bald tun würden, da wir uns gewisse Dinge aus dem Wrack holen wollten. Außerdem bat er, daß Bastin seine geistliche Arbeit fortsetzen möge, woran diesem sehr gelegen war. Doch erlaubte ich ihm nicht, darauf jetzt eine direkte Antwort zu geben. Um ehrlich zu sein, wagte ich nicht, das zu tun, ohne Oros Zustimmung sicher zu sein.

Gegen Abend fuhren sie in ihren Kanus ab und ließen, wie gewohnt, einen reichlichen Vorrat an Nahrung zurück.

Wir kochten unser Abendessen wie an jedem Tag, mußten jedoch feststellen, daß das, was Yva über das Lebenswasser gesagt hatte, tatsächlich stimmte, da wir kaum Appetit auf feste Nahrung hatten; dieser kehrte erst am folgenden Tage zurück. Dasselbe geschah auch später jedesmal, wenn wir jenes Wasser getrunken hatten, das wirklich eine höchst belebende Flüssigkeit war. Seit Jahren hatte sich keiner von uns so wohl gefühlt wie nach seinem Genuß.

Also steckten wir unsere Pfeifen an und sprachen über unsere Erlebnisse, obwohl wir, um ehrlich zu sein, kaum wußten, was wir über sie sagen sollten. Bastin akzeptierte sie als etwas, das natürlich außerhalb des Normalen stand, jedoch als Tatsache, über die keine Diskussion möglich war. Schließlich, sagte er, berichte das Alte Testament fast die gleiche Geschichte von Menschen, welche die Söhne Gottes genannt wurden, und die ein sehr langes Leben hatten und den Töchtern von Menschen nachstellten, die sie besser in Ruhe gelassen hätten, und so zu den Urvätern einer bemerkenswerten Rasse wurden. Von dieser Rasse, vermutete er, waren Oro und seine Tochter die letzten Überlebenden, besonders, da sie von ihrer Familie als ›himmelsgeboren‹ sprachen. Auf welche Weise sie überlebt hatten, war zwar mehr, als er begreifen konnte, jedoch kaum wert, sich darüber den Kopf zu zerbrechen, da sie ja hier waren.

Es sei dasselbe mit der Sintflut, fuhr Bastin fort, obwohl Oro natürlich log, oder zumindest maßlos übertrieb, wenn er behauptete, daß er diese Katastrophe ausgelöst habe, falls er nicht tatsächlich von einer völlig anderen Sintflut sprach, obwohl selbst diese nicht *er* verursacht haben konnte. Es sei jedoch seltsam, daß die Menschen, die ertrunken waren, sündig gewesen sein sollten, und Oro die gleiche Meinung von jenen hatte, die er ertränkt zu haben behauptete, obwohl er sich, was das anbetraf, kaum einen Menschen vorstellen könne, der sündiger war als Oro selbst. Denn wie er selbst gezeigt hatte, war er ein sehr rachsüchtiger Mensch, und einer, der sich weigerte, einer sehr passenden Verbindung zuzustimmen, die offenbar beiden Parteien erwünscht war, nur weil sein Familienstolz dadurch verletzt wurde. Nein, bei genauerer Überlegung mochte er Oro in *diesem* Punkte unrecht tun, da dieser die Geschichte nicht selbst berichtet hatte: sie war nur in einigen Bildern gezeigt worden, die vielleicht nur angefertigt wurden, um uns zu verblüffen. Seine Aufgabe aber war es vorläufig, dem alten Sünder unten in dem Loch das Evangelium zu predigen, und er gestand uns ehrlich, daß ihm diese Aufgabe gar nicht gefiel. Trotzdem mußte er sie erfüllen, deshalb wollte er sich jetzt, mit unserer Erlaubnis, entfernen, um Inspiration zu suchen, die ihm jetzt völlig zu fehlen schien.

Dieses erklärte Bastin und ging.

»Sag ihm bloß nicht deine Ansicht über die Sintflut!« rief Bickley ihm nach. »Er wäre imstande eine zweite hervorzurufen, nur um dir zu beweisen, daß du unrecht hast.«

»Dem kann ich nicht helfen«, antwortete Bastin, der stehengeblieben war. »Auf keinen Fall werde ich mit der Wahrheit hinter dem Berg halten, nur um Oros Gefühle zu schonen, falls er welche haben sollte. Falls er sich auf irgendeine Art an uns rächen sollte, müssen wir uns eben damit abfinden, wie die anderen Märtyrer.«

»Ich habe nicht den geringsten Ehrgeiz, zum Märtyrer zu werden«, sagte Bickley.

»Nein«, rief Bastin, der sich wieder in Bewegung gesetzt hatte und jetzt schon ein Stück entfernt war, »dessen bin ich mir durchaus bewußt, da du mir das bereits öfter gesagt hast. Falls du also einer werden solltest, sehe ich zu meinem

Bedauern nicht, wie du davon einen Vorteil haben könntest. Du wärst doch nur wie ein Mann, der versehentlich einen Sovereign statt eines Shillings in den Klingelbeutel steckt. Die neunzehn Extra-Shillings bringen ihm überhaupt nichts, da er in seinem Herzen den Irrtum bedauert und wünschte, er könne sie zurückhaben.«

Damit verschwand er, und ich lachte schallend. Doch Bickley lachte nicht.

»Arbuthnot«, sagte er, »ich habe die Schlußfolgerung gezogen, daß ich völlig verrückt geworden bin. Ich möchte dich bitten, daß du, falls ich Anzeichen von manischer Mordlust erkennen lassen sollte, die ich in mir aufkeimen fühle, soweit Bastin betroffen ist, oder von einer sonstigen abnormalen Gewaltätigkeit, die dir notwendig erscheinenden Maßnahmen zu ergreifen, sogar mich aus dem Wege zu räumen, falls sich das als unumgänglich erweisen sollte.«

»Was willst du damit sagen?« fragte ich. »Du wirkst auf mich völlig normal.«

»Normal – wenn ich eine große Zahl von Dingen gesehen oder erlebt zu haben glaube, von denen ich weiß, daß es absolut unmöglich ist, sie gesehen oder erlebt zu haben. Die einzige Erklärung dafür ist, daß ich unter Wahnvorstellungen leide.«

»Dann leidet also Bastin auch unter Wahnvorstellungen?«

»Ganz gewiß, doch ist das in seinem Falle nichts Neues.«

»Ich bin nicht deiner Meinung, Bickley – was Bastin betrifft, meine ich. Ich bin mir nicht sicher, ob er nicht der weiseste von uns dreien ist. Er besitzt einen Glauben und hält an ihm fest, wie es Millionen anderer vor ihm getan haben, und das ist besser, als spirituelle Experimente zu unternehmen, wie ich es tue, wie ich leider zugeben muß, oder alles abzulehnen, weil man es nicht versteht, wie du es tust – weil das im Grunde genommen nichts anderes als intellektuelle Eitelkeit ist.«

»Ich will mich über diese Sache nicht streiten, Arbuthnot; es hat keinen Sinn. Ich wiederhole, daß ich verrückt bin, und daß Bastin verrückt ist.«

»Und was ist mit mir? Ich habe diese Dinge ebenfalls gesehen und erlebt. Bin auch ich verrückt?«

»Du solltest es sein, Arbuthnot. Falls es nicht ausreicht, einen Mann in den Wahnsinn zu treiben, wenn er sein eigenes Ebenbild in einer absolut unmöglichen Schau bewegter Bilder sieht, die von einer absolut unmöglichen Frau in einer absolut unmöglichen unterirdischen Stadt vorgeführt werden, dann weiß ich wirklich nicht, was noch dazu nötig ist.«

»Was soll das heißen?« fragte ich erschrocken.

»Heißen? Also wirklich, wenn du das nicht bemerkt hast, besteht noch immer Hoffnung für dich.«

»Was habe ich nicht bemerkt?«

»Die ganze Gesandtschafts-Szene. In ihr ist, wie ich es nicht anders erwartet hatte, Yva erschienen. Gibst du das zu?«

»Natürlich. In dem Punkt war ja kein Irrtum möglich.«

»Sehr gut. Dann trat, in meiner Vision, ein Mann auf, recht jung, in eine recht exotische Garderobe gekleidet, welcher Friedensvorschläge unterbreitete und Yva heiraten wollte, die auch ihn zu ehelichen begehrte. Ist das richtig?«

»Absolut.«

»Schön. Und hast du jenen Mann nicht erkannt?«

»Nein. Ich erinnere mich nur, daß er ein gutaussehender Bursche war, der mich an irgend jemanden erinnerte.«

»Es muß wohl wahr sein«, murmelte Bickley nachdenklich, »daß wir uns selbst nicht erkennen.«

»Das hat schon jener alte Grieche festgestellt, da er uns drängte, dies zu unserem besonderen Studium zu machen. ›Erkenne dich selbst!‹ – du erinnerst dich sicher daran.«

»Ich meine das physisch, nicht intellektuell. Arbuthnot, willst du mir allen Ernstes weismachen, daß du nicht dein eigenes Double in jenem Manne erkannt hast? Rasier dir deinen Bart ab und zieh dir seine Kleider an, und niemand könnte euch auseinanderhalten.«

Ich sprang auf und ließ meine Pfeife fallen.

»Jetzt, wo du es erwähnst«, sagte ich langsam, »muß ich zugeben, daß da eine gewisse Ähnlichkeit bestand. Ich habe ihn nicht genauer angesehen; ich war auf das Simulacrum* Yvas konzentriert. Außerdem ist es, wie du weißt, schon einige Zeit her, seit ich ... ich meine, es gibt keine großen Spiegel in Orofena.«

»Der Mann warst *du*«, fuhr Bickley unbeirrt fort. »Wenn ich abergläubisch wäre, würde ich das für ein sehr seltsames Omen halten. Doch da ich es nicht bin, weiß ich, daß ich verrückt sein muß.«

»Warum? Schließlich mögen ein Mensch aus grauer Vorzeit und ein heutiger Mensch einander doch durchaus ähnlich sehen.«

»Es gibt Abstufungen der Ähnlichkeit«, sagte Bickley mit einem für ihn typischen verächtlichen Schnauben. »Gib dir keine Mühe, Humphrey, mein Junge«, setzte er hinzu. »Mir fällt dazu nur eine mögliche Erklärung ein – außer der offensichtlichen des Wahnsinns.«

»Und welche?«

»Die glitzernde Dame hat etwas produziert, das Bastin eine cinematographische Vorführung der einen oder anderen Art nannte – ist das richtig? Sie hat gesagt, daß sie, um das tun zu können, irgendwelche verborgenen Kräfte freigesetzt habe. Ich bin der Überzeugung, daß sie nichts dieser Art getan hat.«

»Wie hat sie dann diese Bilder produziert? Und warum?«

»Aus ihrem eigenen Gehirn, um uns mit einer an den Haaren herbeigezogenen Märchengeschichte zu beeindrucken. Wenn dem so war, hat sie natürlich die Rolle des Geliebten mit dem Mann besetzt, der sie in jüngster Zeit am meisten beeindruckte. Deshalb die Ähnlichkeit.«

»Du setzt eine Menge voraus, Bickley, einschließlich übernatürliche Gerissenheit und noch nie dagewesene hypnotische Beeinflussung. Ich weiß nicht, aus welchem Grunde sie so darauf bedacht gewesen sein sollte, eine weitere Impression denen hinzuzufügen, die wir bereits an jenem Ort empfangen hatten; und außerdem, wie sie in der

---

* Scheinbild – *Anm. d.Übers.*

Lage gewesen sein könnte, drei zwar durchschnittliche, doch völlig verschiedene Individuen so zu mesmerisieren, daß sie alle das gleiche sahen. *Meine* Erklärung ist, daß du dich getäuscht hast, was die Ähnlichkeit betrifft, welche ich – erinnere dich daran – nicht bemerkt habe; und Bastin offensichtlich auch nicht.«

»Bastin bemerkt nie etwas. Doch wenn du Zweifel haben solltest, so frage doch Yva selbst. Sie sollte es wissen. Aber jetzt werde ich gehen und versuchen, dieses verdammte Lebenswasser zu analysieren, das, wie ich vermute, ganz normales Quellwasser sein dürfte, mit natürlicher Kohlensäure versetzt und wahrscheinlich nicht unbeeinflußt von Radium. Das Dumme ist, daß ich hier nur sehr unzureichende Tests durchführen kann.«

Also ging auch er in die entgegengesetzte Richtung als der, in welche Bastin verschwunden war, und ich blieb mit Tommy allein zurück, der mich sehr aufregte, weil er immer wieder in die Höhle streunte, aus der ich ihn dann zurückrufen mußte. Ich vermute, daß meine Erlebnisse dieses Tages, die ich unter dem Einfluß der wundervollen Tropennacht Revue passieren ließ, eine starke Wirkung auf mich ausübten. Auf jeden Fall erwachte jene mystische Seite meiner Natur, auf die ich, wie ich glaube, zu Beginn dieser Aufzeichnungen bereits hingewiesen habe, jetzt auf eine aktive und auf eine gewisse Weise unheilige Art zum Leben. Das Normale verschwand, das Abnormale ergriff von mir Besitz, und das ist unheilig bei den meisten von uns Kreaturen der Gewohnheit und der Tradition, zumindest, wenn wir britisch sind. Ich verlor den Boden unter meinen Füßen, und mein Geist begann durch seltsame Welten zu wandern; das heißt, unter der Annahme, daß wir einen Geist besitzen sollten, was Bickley sicher ableugnen würde.

Ich gab die Logik auf; ich ergab mich der Unlogik; es ist dies kein unangenehmer Prozeß, wenn man ihn nur gelegentlich vollzieht. Nehmen wir einmal an, daß alles, was wir sehen und akzeptieren, lediglich ein winziges Fragment der Wahrheit ist, oder vielleicht nur eine Widerspiegelung davon? Nehmen wir einmal an, daß wir wirklich immer und immer wieder leben, und daß unser belebendes Prinzip, was immer das sein mag, verschiedene Körper bewohnt, welche es, ganz natürlich, nach seinem eigenen Geschmack und nach seinem eigenen Vorbild formt? Würden dieser Geschmack und dieses Vorbild sich im Laufe von – sagen wir einer Million Jahre – sehr stark verändern, die schließlich lediglich eine Stunde, oder eine Minute, im Lauf der Äonen der Ewigkeit sind?

Auf dieser Hypothese, die so abenteuerlich ist, daß man zu vermuten beginnt, sie könnte wahr sein, schien es durchaus möglich, daß jener ermordete Mann aus der fernen Vergangenheit und ich tatsächlich identisch waren. Wenn die Frau dieselbe war, auf irgendeine unbekannte Weise über den Abgrund der Zeit hinweg erhalten, warum sollte dann nicht auch ihr Geliebter derselbe sein? Was hatte ich da gesagt? – Ihr Geliebter? War ich ihr Geliebter gewesen? Nein, ich war der Geliebte einer gewesen, die gestorben war – meiner Frau, die ich verloren hatte. Doch wenn ich gestorben war und wieder lebte, warum sollte nicht ... warum sollte nicht die Schläferin – während ihres langen Schlafes in anderer Gestalt gelebt haben? Während all dieser Jahre mußte der Geist doch ein Heim gehabt haben, und wenn, in welcher Gestalt hatte sie gelebt? Da waren gewisse Punkte, Ähnlichkeiten, die über mich herfielen – oh, es war lächerlich. Bickley hatte völlig recht. Wir waren alle verrückt!

Doch war da noch etwas anderes! Oro hatte erklärt, daß wir im Krieg mit Deutschland stünden. Wenn dem so sein sollte, wie konnte er das wissen? Solches Wissen setzte telepathische Kräfte voraus, oder eine Sehkraft, welche über die dem Menschen gegebene hinausging. Ich konnte nicht glauben, daß er eines von beiden besaß; wie Bickley sagte, würde das über jede Erfahrung hinausgehen. Und dennoch war es seltsam, daß er, der über unsere nationale Geschichte und die derzeitige Weltlage absolut uninformiert war, ausgerechnet das Land genannt hatte, mit dem wir durchaus in einen plötzlichen Konflikt geraten sein konnten. In diesem Punkt war ich wieder verwirrt und überwältigt. Mein Gehirn schwankte. Ich wollte schlafen, und im Schlaf meinen Gedanken zu entfliehen versuchen, oder zumindest Ruhe vor all diesen Mysterien finden.

Am folgenden Morgen schickten wir Bastin los, um seine Verabredung mit Oro einzuhalten. Wenn wir das nicht getan hätten, würde er sie – dessen bin ich sicher – bestimmt vergessen haben, denn in diesem Falle war er ausnahmsweise ein recht unwilliger Missionar. Er versuchte einen von uns dazu zu überreden, mit ihm zu kommen – selbst Bickley wäre ihm willkommen gewesen –, doch erklärten wir ihm beide, daß wir nicht einmal im Traum daran dächten, uns in eine so berufliche Angelegenheit einzumischen, und daß außerdem unsere Anwesenheit verboten sei und ganz bestimmt die Aufmerksamkeit seines Schülers ablenken würde.

»Was ihr meint«, sagte Bastin düster, »ist, daß ihr vorhabt, euch hier in der Gesellschaft der glitzernden Dame zu amüsieren, während ich Tausende von Fuß unter der Erde sitze und versuche, die Finsternis im Herzen eines gewalttätigen alten Sünders zu erhellen, der, wie ich befürchte, mit Satan im Bunde steht.«

»Mit welchem du stolz sein solltest, eine Lanze zu brechen«, sagte Bickley.

»Das wäre ich auch, aber im Tageslicht. Zum Beispiel, wenn er *deinen* Mund benutzt, um seine Argumente vorzubringen, Bickley. Doch dies ist eine andere Sache. Wenn ich nicht zurückkehren sollte, so wißt ihr, daß ich für eine gute Sache gestorben bin, und werdet, wie ich hoffe, meine sterblichen Überreste retten und ihnen ein anständiges Begräbnis geben. Außerdem bitte ich euch, den Bischof davon in Kenntnis zu setzen, auf welche Weise ich mein Ende gefunden habe, das heißt, falls ihr jemals die Gelegenheit dazu finden solltet, was mehr als zweifelhaft ist.«

»Beeile dich, Bastin, beeile dich!« sagte der gefühllose

Bickley. »Oder du kommst zu spät zu deiner Verabredung und bringst deinen Neophyten in schlechte Laune.«

Da ging Bastin, unter dem Arm eine große Bibel, die in der Sprache der Südseeinsulaner gedruckt war.

Wenig später erschien Yva, in eine ihrer wunderbaren Roben gekleidet, die zu beschreiben mir, da ich ein Mann bin, unmöglich ist. Sie sah, wie wir bewundernd auf diese Robe blickten, und nachdem sie uns begrüßt hatte, und auch Tommy, der über ihr Kommen sehr glücklich war, fragte sie uns, wie die Damen unseres Landes sich kleideten.

Wir versuchten es ihr zu erklären, jedoch ohne nennenswerten Erfolg.

»Ihr seid in diesen Dingen genauso dumm wie die Männer der Alten Welt«, sagte sie, schüttelte den Kopf und lachte. »Ich hatte erwartet, daß ihr Bilder von Damen bei euch hättet, die ihr gekannt habt, und die ihr mir jetzt zeigen würdet.«

Nun hatte ich tatsächlich in meiner Brieftasche ein Photo meiner Frau im Abendkleid, und trug auch eine Miniatur ihres Kopfes und ihrer Büste, die auf Elfenbein gemalt war, eine wunderbare Arbeit von Meisterhand, auf meiner Brust. Diese beiden zog ich nach einigem Zögern hervor und zeigte sie ihr, da Bickley für einen Moment fortgegangen war, um nach etwas zu sehen, das im Zusammenhang mit seinem Versuch einer Analyse des Lebenswassers stand. Sie betrachtete die Bilder sehr interessiert, und während sie das tat, wurde ihr Gesicht zärtlich und mitfühlend.

»Diese war deine Frau«, sagte sie wie jemand, der weiß, daß er eine Feststellung trifft. Ich nickte, und sie fuhr fort: »Sie war so süß und so schön wie eine Blume, jedoch nicht so groß wie ich, möchte ich sagen.«

»Nein«, antwortete ich, »daran fehlte es ihr; wenn sie groß gewesen wäre, wäre sie eine wirkliche schöne Frau gewesen.«

»Ich bin froh, daß du Größe bei einer Frau für wichtig hältst«, sagte sie und blickte auf ihren Schatten. »Ihre Augen waren so wie die meinen es sind, nicht wahr? – In der Farbe, meine ich.«

»Ja, fast so wie die deinen, doch sind deine Augen größer.«

»Das ist eine wunderschöne Art, sein Haar zu tragen. Würdest du etwas dagegen haben, wenn ich sie ausprobierte? Ich bin dieser alten Form müde.«

»Warum sollte ich etwas dagegen haben?« fragte ich.

In diesem Augenblick tauchte Bickley wieder auf, und sie begann über Einzelheiten des Kleides zu sprechen und sagte, daß sein Halsausschnitt tiefer sei, als es bei den Frauen ihres Volkes üblich gewesen wäre, was jedoch sehr hübsch aussehe.

»Das liegt daran, daß wir noch immer Barbaren sind«, sagte Bickley, »zumindest sind es unsere Frauen, die deshalb auf primitive Methoden der Reizwirkung angewiesen sind, so wie diese Wilden dort drüben.«

Sie lächelte und gab mir, nach einem letzten, langen Blick, die Photographie und die Miniatur zurück, und sagte dabei: »Ich bin froh, zu sehen, daß du treu bist, Humphrey, und diese Bilder an deinem Herzen trägst und auch in ihm.«

»Dann mußt du eine sehr außergewöhnliche Frau sein«, sagte Bickley. »Noch nie zuvor habe ich gehört, daß eine deines Geschlechts froh darüber ist, wenn ein Mann einer anderen Frau treu ist.«

»Hat Bickleys Herz Enttäuschung in der Liebe erlebt, daß er auf uns Frauen so wütend ist?« fragte Yva mich unschuldig. Und dann, ohne eine Antwort abzuwarten, fragte sie ihn, ob er mit seiner Analyse des Lebenswassers Erfolg gehabt habe.

»Woher weißt du, daß ich das Lebenswasser untersuche? Hat Bastin es dir gesagt?« sagte Bickley mißtrauisch.

»Bastin hat mir nichts gesagt, außer, daß er sich vor dem Abstieg nach Nyo fürchte, daß er Nyo hasse, wenn er dort angelangt sei, was ich übrigens auch tue, und daß er Oro, meinen Vater, für einen Teufel hielte, oder für einen bösen Geist aus einer Unterwelt, die er Hölle nannte.«

»Bastin hat ein offenes Herz und einen offenen Mund«, erklärte Bickley, »wofür ich ihn achte. Folge seinem Beispiel, wenn du es willst, und sage uns, wer oder was Oro ist, und wer oder was du bist.«

»Habe ich euch das nicht bereits gesagt? Wenn nicht, so will ich es jetzt tun. Oro, der Herr, und ich sind zwei, welche aus der alten Zeit überlebt haben, als die Welt anders war, und dennoch, glaube ich, gleich: Er ist ein Mann und kein Gott, und ich bin eine Frau. Seine Macht ist groß, weil er großes Wissen besitzt, das er von seinen Vorvätern übernommen und in einem tausendjährigen Leben zusammengetragen hat, bevor er sich zum Schlaf niederlegte. Er kann Dinge tun, die euch unmöglich sind. So kann er, zum Beispiel, durch den Raum reisen und andere mit sich nehmen und wieder zurückkehren. Er kann erfahren, was in weit entfernt liegenden Teilen der Welt geschieht, was er tat, als er euch von dem Krieg berichtete, in welchen euer Land verwickelt ist. Er besitzt unheimliche Kräfte; so kann er, zum Beispiel, töten, wie er jene Wilden tötete. Außerdem weiß er um die Geheimnisse der Erde und kann, wenn er es will, ihre Drehung verändern, so daß Erdbeben geschehen und Meer zu Land wird, und Land zu Meer, und die Länder, welche heiß waren, kalt werden, und solche, welche kalt werden, heiß.«

»Alle diese Dinge sind im Laufe der Geschichte dieser Kugel mehrfach geschehen«, sagte Bickley, »und ohne die Hilfe von Oro.«

»Andere, die vor meinem Vater waren, besaßen Wissen, und andere, die nach ihm kommen, werden zweifellos ebenfalls Wissen besitzen. Selbst ich, Yva, besitze einiges Wissen, und Wissen ist Macht.«

»Ja«, warf ich ein, »doch ist eine solche Macht, wie du sie deinem Vater zuschreibst, Menschen nicht gegeben.«

»Du meinst, Menschen, wie du sie kennst; Menschen wie Bickley, der glaubt, daß er alles gelernt hat, was es zu lernen gibt. Doch dem ist nicht so. Vor Hunderttausenden von Jahren haben die Menschen mehr gewußt, als sie heute zu wissen scheinen, zehnmal mehr, da sie zehnmal länger lebten.«

»Menschen?« fragte ich.

»Ja, Menschen, nicht Götter oder Geister, wofür sie von den unwissenden Völkern gehalten wurden. Mein Vater ist ein Mensch, und den Hoffnungen und Ängsten des Menschen unterworfen. Er wollte Macht, und als die Welt sich seiner Herrschaft widersetzte, zerstörte er jenen Teil von ihr, der gegen ihn rebellierte, was einen Akt der Rache darstellte. Außerdem fürchtete er sich vor nichts so sehr wie vor dem Tode. Das ist der Grund dafür, weshalb er das Leben in sich und in mir für einen Zeitraum von zweihundertfünfzigtausend Jahren aussetzte, was ihm kraft seines Wissens möglich war, weil der Tod ihm nahe kam und er dachte, daß Schlaf besser sei als der Tod.«

»Warum fürchtet er den Tod?« fragte Bickley, »da Schlaf und Tod doch dasselbe sind?«

»Weil sein Wissen ihm sagte, daß Schlaf und Tod *nicht* dasselbe sind, wie du in deiner Torheit anzunehmen scheinst, denn in diesem Punkt ist Bastin weiser als du. Weil mein Vater trotz all seiner Klugheit nicht weiß, was geschieht, wenn das Lebenslicht vom Atem des Schicksals ausgeblasen wird, hat er Angst vor dem Tod, und das ist der Grund dafür, weshalb er mit Bastin, dem Prediger, spricht, der behauptet, das Geheimnis der Zukunft zu kennen.«

»Hast du Angst vor dem Tod?« fragte ich.

»Nein, Humphrey«, antwortete sie sanft. »Weil ich glaube, daß es keinen Tod gibt, und da ich nichts Böses getan habe, fürchte ich auch nichts Böses. Ich hatte Träume, während ich schlief, o Humphrey, und es schien mir ...«

Sie unterbrach sich und warf einen Blick auf meine Brust, an der ich, wie sie wußte, die kleine Miniatur trug.

»Aber jetzt«, fuhr sie nach einer kurzen Pause fort, »erzähle mir von deiner Welt, von ihrer Geschichte, von ihren Sprachen, von allem, was dort geschieht, denn ich brenne drauf, es zu wissen.«

Also begann ich, unterstützt durch Bickley, mit der Unterrichtung Yvas. Ich glaube nicht, daß es jemals auf der ganzen Welt eine fähigere Schülerin gegeben hat. Zum ersten war sie mit jedem Thema, das ich anschnitt, besser vertraut als ich; alles was ihr fehlte, waren Informationen über seinen modernen Aspekt. Ihr Wissen stammte aus einer Zeit, die zweihundertfünfzigtausend Jahre zurücklag, einer Ära, in der die Zivilisation, wie es schien, jedoch bereits einen höheren Stand erreicht hatte, als es ihr seither jemals gelungen war. So kannten die Menschen dieses untergegangenen Volkes die Astronomie, den natürlichen Magnetismus, die Schwerkraft, die Dampfkraft, und auch die Elektrizität, welche sie auf eine uns unbekannte Weise wohl auch für die Beleuchtung ihrer unterirdischen Stadt benutzten. Sie hatten die Architektur und die Künste gemeistert, wie ihre Gebäude und Statuen zeigten, sie konnten durch die Luft fliegen, besser als wir es während der letzten paar Jahre gelernt hatten.

Außerdem hatten sie, oder zumindest einige von ihnen, gelernt, die vierte Dimension zu gebrauchen, das heißt, daß ihre gelehrtesten Männer, sich *durch* die Dinge bewegen konnten, so gut wie über sie hinweg, an ihnen hinauf und auf ihnen entlang. Diese Macht, über die sie verfügten, besaß eine zweifache Form. Ich meine damit, daß sie entweder ihren Körper an einer Stelle auflösen und ihn an einer anderen wieder zusammenfügen konnten, oder daß sie jenes, das die alten Ägypter das *Ka* oder Double oder andere Ich nannten, und das die moderne Theosophen als Astralkörper bezeichnen, in die Ferne zu projizieren vermochten. Außerdem verfügte dieses Double, dieser Astralkörper, obwohl er unsichtbar war, über den Gebrauch seiner Sinne. Er konnte sehen, er konnte hören, und er konnte sich erinnern, und wenn er in den Körper zurückkehrte, konnte er sich die Erfahrungen zunutze machen, welche er auf diese Weise erworben hatte.

Dies behauptete Yva zumindest, während Bickley sie mit einem kühlen und skeptischen Blick musterte. Sie ging sogar noch weiter und erklärte, daß Individuen ihrer untergegangenen Rasse unter bestimmten Umständen fähig gewesen seien, durch den Äther zu reisen und andere Welten in der Tiefe des Raumes zu besuchen.

»Hast du das jemals getan?« fragte Bickley.

»Ein paarmal träumte ich, daß ich es tat«, antwortete sie ruhig.

»Wir alle können träumen«, antwortete er.

Da es mir bestimmt war, später selbst mit dieser seltsamen und unheimlichen Macht bekannt zu werden, will ich jetzt nicht mehr dazu sagen.

Die Telepathie, erklärte sie, sei ebenfalls eine entwickelte Begabung der Söhne der Weisheit gewesen; sie schienen sie sogar so gebraucht zu haben, wie wir heute telegraphische Botschaften gebrauchen. Nur daß in ihrem Falle die Sende- und Empfangsstationen dafür begabte und ausgebildete Individuen waren, welche täglich für eine bestimmte Anzahl von Stunden Dienst hatten. Auf diese Weise wurden Nachrichten genau und schnell von einem Punkt zum anderen übermittelt. Solche Menschen, die diese Fähigkeit besaßen, sagte sie, seien in der Lage gewesen, die Gedanken anderer zu lesen und deshalb schwer zu belügen.

»Hast du auf diese Weise erfahren, daß ich versuche, euer Lebenswasser zu analysieren?« fragte Bickley.

»Ja«, antwortete sie mit ihrem gewohnten Lächeln. »In dem Augenblick, als ich davon sprach, hast du dich gefragt, ob mein Vater wütend sein würde, wenn er wüßte, daß du Wasser von der Quelle in einer kleinen Flasche mitgenommen hast.« Sie blickte ihn einem Moment lang prüfend an, und setzte dann hinzu: »Jetzt fragst du dich, erstens, ob ich nicht gesehen habe, daß du das Wasser von der Quelle genommen hast, und mir denken konnte, wozu du es haben wolltest, und, zweitens, ob nicht Bastin mir gesagt hat, was du tust, als wir uns in der Grabkammer trafen.«

»Hör mal«, sagte Bickley gereizt. »Ich gebe zu, daß Telepathie und Gedankenlesen in einem gewissen, beschränkten Umfang möglich ist. Doch angenommen, du besitzt diese Fähigkeiten, wie kannst du wissen, was in meinem

Gehirn vorgeht, da ich auf englisch denke, und du diese Sprache nicht verstehst?«

»Vielleicht hast du mich während der ganzen Zeit darin unterrichtet, ohne dir dessen gewahr zu werden. Doch spielt das keine Rolle, da das, was ich lese, der Gedanke ist, nicht die Sprache, in welche er gekleidet wird. Der Gedanke kommt von deinem Gehirn zu dem meinen – das heißt, wenn ich es wünsche, was nicht oft der Fall ist – und ich übersetze ihn in meine eigene Sprache oder in eine andere.«

»Es freut mich zu hören, daß es nicht oft geschieht, Yva, da Gedanken allgemein als Privatangelegenheit gelten.«

»Ja, und deshalb werde ich die deinen nie wieder lesen. Warum sollte ich das auch tun, da sie so voller Unglauben über alles sind, was ich dir sage, und manchmal auch über andere mich betreffende Dinge, die ich gar nicht wissen will?«

»Es ist wirklich kein Wunder, daß jene Völker, die ihr als Barbaren bezeichnetet, ein Ende mit deinem Volke gemacht haben, Yva.«

»Du irrst dich, Bickley; Oro, der Herr, hat ein Ende mit jenen Völkern gemacht, wenn auch gegen mein Flehen, sie zu verschonen«, setzte sie mit einem Seufzen hinzu.

Bickley war jetzt so außer sich, daß er uns verließ und eine volle Stunde lang verschwunden blieb.

»Er ist wütend«, sagte sie und blickte ihm nach, »und das verwundert mich nicht. Es ist schwer für intelligente Menschen wie Bickley, die glauben, alles zu wissen, feststellen zu müssen, daß sie im Grunde genommen unwissend sind. Er tut mir leid, da ich ihn sehr mag.«

»Dann würde ich dir also auch leid tun, Yva?«

»Warum?« fragte sie mit einem strahlenden Lächeln, »wenn deinem Herzen nach Wissen dürstet, danach giert wie der Schnabel eines Vogeljungen nach Futter, und wenn ich, wie es der Zufall will, obwohl ich nicht sehr weise bin, deinen Seelenhunger zum Teil stillen kann?«

»Nicht sehr weise!« wiederholte ich.

»Nein, Humphrey. Ich glaube, daß Bastin, der auf viele

Arten so dumm ist, mehr Weisheit besitzt als ich, da er glauben und ohne Widerstand akzeptieren kann. Schließlich umfaßt die Weisheit meines Volkes das ganze Universum, und alle seine Wunder. Was du für Magie hältst, ist keine Magie, es ist lediglich angesammeltes Wissen, und die Entschlüsselung von Geheimnissen. Bickley wird dir dasselbe sagen, obwohl er bis jetzt noch nicht zu glauben vermag, daß der Geist des Menschen so weit ausgedehnt werden könnte.«

»Du willst damit sagen, daß deine Weisheit nichts von deinem Geist in sich trägt?«

»Ja, Humphrey, das ist es, was ich damit sagen will. Ich weiß nicht einmal, ob es so etwas wie einen Geist überhaupt gibt. Unser Gott war das Schicksal; Bastins Gott ist ein Geist, und der deine auch, wie ich glaube.«

»Ja.«

»Deshalb möchte ich, daß Bastin und du mich mehr über euren Gott lehren, wie er Oro, meinen Vater, lehrt. Ich möchte – oh, so sehr, Humphrey! – erfahren, ob wir nach dem Tode weiterleben.«

»Du?« rief ich. »Du, die du nach deiner Behauptung zweihundertfünfzigtausend Jahre lang geschlafen hast? Du, die du, falls ich mich nicht verhört haben sollte, angedeutet hast, daß du während dieses Schlafes in anderer Gestalt gelebt hast? Du zweifelst daran, daß wir nach dem Tode weiterleben?«

»Ja. Ein Schlaf, der durch geheime Künste hervorgerufen wird, ist nicht Tod, und während des Schlafes mochte das *Ich* in mir umherwandeln und andere Körper bewohnen, weil es ihm verboten ist, untätig zu sein. Außerdem mag das, was wie der Tod erscheint, kein Tod sein, sondern lediglich eine andere Form des Schlafes, aus welchem das *Ich* wieder zum Leben erwacht. Schließlich jedoch kommt der wirkliche Tod, wenn das *Ich* erlischt. So viel weiß ich, da mein Volk es erlernt hat.«

»Du meinst damit, du weißt, daß Männer und Frauen immer und immer wieder auf dieser Welt leben können?«

»Ja, Humphrey, das meine ich. Denn es gibt auf der Welt nur eine bestimmte Menge von Leben, welches, in verschiedener Gestalt, immer weiter reist, bis das Geschick eines jeden *Ichs* erfüllt ist. Dann kommt der wirkliche Tod, und nach ihm – was, oh, was?«

»Danach mußt du Bastin fragen«, sagte ich bescheiden. »Ich wage es nicht, in solchen Dingen eine Meinung zu äußern.«

»Nein, aber du kannst glauben, und du tust es, und das hilft mir, Humphrey, die ich im Gleichklang mit dir stehe. Ja, es hilft mir mehr, als Bastin und seine neue Religion, weil dies die Art der Frau ist. Doch da Bickley bald zurückkehren wird, wie ich glaube, wollen wir jetzt von anderen Dingen sprechen. Erzähl mir etwas von der Geschichte deines Volkes, Humphrey, das, wie mein Vater sagt, jetzt im Kriege steht.«

18

Der Überfall

Bickley kam zurück, nachdem er sich wieder gefangen hatte, da es für jeden Menschen unmöglich war, für eine längere Zeit auf Yva böse zu sein, und wir verbrachten eine sehr angenehme Zeit miteinander. Wir lehrten, und Yva war eine höfliche Schülerin.

Wie rasch und aufnahmefähig ihre Intelligenz war! An diesem einen Vormittag erlernte sie unser Alphabet und das Schreiben unserer Buchstaben. Es schien, als ob die einzige ihrem Volke geläufige Schriftform, zumindest während der späten Epoche, eine hochkonzentrierte Kurzschrift war, welche natürlich viel Arbeit ersparte. Sie besaßen keine Zeitungen, da Nachrichten telepathisch verbreitet wurden, einer Art von drahtlosem Funk, und sich jeder seine eigene Meinung drüber bildete. Auf die gleiche Art wurden auch

Gedichte und selbst Romane verbreitet, wie es in den Tagen Homers oder zu der Zeit der nordischen Sagas von Mund zu Mund geschah. Nichts von ihrem geheimen Wissen war aufgeschrieben worden. Wie das Ritual der Freimaurer, wurde es dafür als zu heilig erachtet.

Außerdem war das nicht notwendig, wenn die Menschen viele hundert Jahre lebten, besonders, da sie mehr als alles andere befürchteten, daß es in die Hände außenstehender Völker fallen könnte, die von ihnen als Barbaren bezeichnet wurden. Denn es sollte immer erinnerlich sein, daß die Söhne der Weisheit während ihrer ganzen Geschichte ein kleines Volk waren, das allein aufgrund seiner Intelligenz und durch das Gewicht angesammelten Wissens herrschte. Eigentlich konnte man sie kaum als Volk bezeichnen; es waren im Grunde genommen lediglich ein paar Familien, von denen alle mehr oder weniger mit der ursprünglich herrschenden Dynastie verbunden waren, welche sich als halb göttlich betrachtete. Diese Familien wurden von einer großen Menge von Dienern oder Sklaven bedient, die Angehörige unterworfener Völker waren, zum großen Teil in dem einen oder anderen Handwerk erfahren, oder, vielleicht, von ausgesuchter körperlicher Schönheit. Und doch blieben sie Außenseiter der Gesellschaft.

Die Söhne der Weisheit heirateten sie nicht, lehrten sie auch nicht ihr Wissen, und erlaubten ihnen nicht einmal, von ihrem Lebenswasser zu trinken. Sie hielten sie, wie Menschen Hunde halten, behandelten sie mit Freundlichkeit, doch nicht mehr, und so wie viele Hunde im Dienst an einem Herrn ihr Leben vollbringen und sterben, so taten es auch viele der Sklaven im Dienst eines der Söhne der Weisheit. Das war der Grund dafür, weshalb die Sklaven ihre Herren nicht als Menschen betrachteten, sondern als Götter. Sie lebten lediglich ihre durchschnittlichen siebzig Jahre, wie wir alle, und traten dann ab, deren Ur-Urgroßväter bereits demselben Herrn gedient hatten, und deren Ur-Ur-Urenkel ihnen noch immer dienen würden. Was würden wir von einem Herrn denken, welcher bereits zu Zeiten

Wilhelms des Eroberers ein erwachsener Mann gewesen war, und der noch zu Zeiten George V. auf der Höhe seiner Kraft stand? Einem, der außerdem ein fast unbegrenztes Wissen besaß, dessen Schlüssel uns verweigert wurde? Wir würden wahrscheinlich vor ihm erzittern und ihn als einen Halbgott betrachten, doch würden wir uns nicht auch danach sehnen, ihn zu töten und uns sein Wissen anzueignen und dadurch unser eigenes Leben auf die wunderbare Länge des seinen zu verlängern?

Dies, erklärte Yva, sei der Fall gewesen bei ihren Sklaven und den Völkern, von denen sie stammten. Sie wurden verrückt vor neidgeborenem Haß, und so kam es schließlich zu dem Ende, das wir kannten.

So sprachen wir stundenlang, bis es schließlich an der Zeit war, zu Abend zu essen. Wie zuvor aß Yva nur einige Früchte, und wir aßen von dem Fleisch, das gerade vorhanden war. Fleisch, merkten wir, widerte sie an, und sie erklärte uns, daß die Kinder der Weisheit niemals Fleisch anrührten, falls sie nicht dazu gezwungen würden, sondern sich allein von den Früchten der Erde und von Wein ernährten. Nur die Sklaven und die Barbaren aßen Fleisch. In diesem Punkt stimmte Bickley ihr sofort zu, denn theoretisch – wenn auch nicht in der Praxis – war er Vegetarier.

»Ich werde euch mehr von dem Lebenswasser bringen«, sagte sie, »dann werdet auch ihr diese toten Dinge hassen lernen. Und nun lebt wohl! Mein Vater ruft mich. Ich höre ihn, auch wenn ihr es nicht hört. Morgen kann ich nicht kommen, doch am Tag darauf werde ich wiederkommen und euch Lebenswasser bringen. Nein, begleitet mich nicht, doch da ich sehe, daß Tommy es will, laßt ihn mit mir gehen! Ich werde gut für ihn sorgen, und er ist ein Freund in der einsamen Tiefe.«

Sie ging, und Tommy sprang fröhlich um sie herum.

»Undankbarer Kerl!« knurrte Bickley. »Seit er ein kleiner Welpe war, haben wir ihn gefüttert und gestreichelt, oder zumindest du hast das getan, und trotzdem zieht er mit der erstbesten Fremden los. Ich habe noch nie erlebt, daß er sich einem weiblichen Wesen so angeschlossen hat – außer deiner Frau.«

»Ich weiß«, antwortete ich. »Ich kann es auch nicht begreifen. – Hallo, da kommt Bastin.«

Da kam er wirklich, zerzaust und recht mitgenommen, und ohne seine große Bibel in der Eingeborenensprache.

»Nun, wie bist du vorangekommen?« fragte Bickley.

»Ich möchte einen Tee haben, und auch etwas zu essen, falls ihr mir etwas übriggelassen habt.«

Wir versorgten ihn mit diesen Notwendigkeiten, und nach einer Weile sagte er langsam und feierlich:

»Ich muß immer wieder an eine kindische Geschichte denken, die Bickley eines Abends in deinem Hause erzählt oder erfunden hat. Ich erinnere mich, daß er eine Auseinandersetzung mit meiner Frau hatte, was ihn, wie er sagte, daran erinnerte, obgleich ich mir den Grund dafür nicht denken kann. Es ging um einen Affen und einen Papagei, die lange Zeit unter einem Sofa allein gelassen wurden, wo sie sich so still verhielten, daß sie von allen vergessen wurden. Dann, eines Tages, kam der Papagei unter dem Sofa hervor, nur noch eine Feder im Schwanz, den Körper völlig kahlgerupft, und er rief: ›Leute, habe ich mich vielleicht amüsiert!‹ wonach er tot umfiel. Wißt ihr, ich fühle mich jetzt genau so wie dieser Papagei, nur daß ich nicht vorhabe, zu sterben, und ich glaube, ich habe dem Affen Gleiches mit Gleichem vergolten!«

»Was ist passiert?« fragte ich gespannt.

»Nun, die glitzernde Dame hat mich in die Halle des Palastes gebracht, in der Oro hockt wie eine Spinne im Netz, und ließ mich dort zurück. Ich habe sofort mit meiner Arbeit begonnen. Er zeigte sich überaus interessiert an den Geschichten des Alten Testaments und sagte, daß eine gewisse Wahrheit in ihnen liege, obwohl sie offensichtlich von einem modernen Autor – er nannte ihn einen *modernen* Autor – in Form von Legenden überliefert worden seien. Ich hielt diese Bemerkung für überaus ungehörig und konnte mich nur mit großer Mühe zurückhalten, ihm das offen zu sagen.

Ich vermied es, von der Sintflut und ähnlichen Dingen zu sprechen, und wandte mich anderen Themen zu, erzählte ihm vom ewigen Leben und von Himmel und Hölle, von denen dieser arme, umnachtete Mann noch nie gehört hatte. Ich machte ihn besonders darauf aufmerksam, daß er, wenn er, dessen Leben, nach allem, was ich gehört hatte, so sündig gewesen sei, nicht bereue, an dem letzteren Ort enden würde.«

»Was hat er dazu gesagt?« fragte ich.

»Ob ihr es glaubt oder nicht, ich denke, ich habe ihn wirklich in Angst versetzt, falls man sich Oro in einem Zustand von Angst vorstellen vermag. Jedenfalls sagte er, daß die Wahrheit oder Unwahrheit dessen, was ich ihm sagte, für ihn eine Angelegenheit von überragender Wichtigkeit sei, da er nicht erwarten könne, mehr als noch ein paar hundert Jahre zu leben, obwohl er diesen Zeitraum vielleicht durch eine zweite Schlafperiode ein wenig verlängern könnte. Dann fragte er mich, warum ich ihn für sündig hielte. Ich antwortete ihm, weil er mir selbst gesagt habe, daß er Millionen von Menschen ertränkt habe, was sein böses Herz und seine bösen Absichten zeige, selbst, wenn er diese Tat nicht ausgeführt haben sollte. Er dachte eine Weile nach und fragte mich dann, was in solchen Umständen zu tun sei. Ich antwortete ihm, daß der einzige Weg, der ihm offen stünde, Reue und Wiedergutmachung sei.«

»Wiedergutmachung!« rief ich.

»Ja, Wiedergutmachung war das Wort, das ich gebrauchte, obwohl ich glaube, daß ich da einen Fehler beging, wie ihr gleich sehen werdet. So weit ich mich erinnern kann, antwortete er mir, daß er schon zu bereuen beginne, da er nach allem, was er von uns erfahren habe, zu der Schlußfolgerung gelangt sei, daß die Rassen, die sich als Folge seines Handelns entwickelt hatten, schlimmer seien als jene, die er vernichtet habe. Und was die Wiedergutmachung anginge, so könne er das, was er einmal getan habe, auch leicht ein zweites Mal tun. Er würde sehr ernsthaft über diese Sache nachdenken und überlegen, ob es möglich und ratsam sei, jene Teile der Welt, die im Meer versenkt worden waren, wieder zu heben, und jene zu versenken, welche angehoben worden waren. Falls dem so sei, wäre das sicher eine recht ansehnliche Wiedergutmachung für die untergegangenen Völker, die ihm von jeder Überlegenen Macht hoch angerechnet werden würde, falls eine solche existieren sollte. – Worüber lachst du, Bickley? Ich finde nicht, daß dies eine Angelegenheit ist, über die man lachen sollte, da solche Bemerkungen meiner Ansicht nach nicht auf einen wirklichen Sinneswandel Oros schließen lassen, den ich herbeizuführen versuchte.«

Bickley, der sich vor Lachen krümmte, rieb sich die Tränen aus den Augen und sagte: »Du guter, alter Esel, siehst du denn nicht, was du angerichtet hast, oder angerichtet haben könntest, wenn an dieser lächerlichen Geschichte über eine Sintflut auch nur ein wahres Wort wäre? Du würdest deinen kostbaren Schüler, der ohne Zweifel der meisterhafteste alte Lügner auf der ganzen Welt ist, dazu gebracht haben, seine Verbrechen zu wiederholen und Europa auf den Grund des Meeres zu schicken.«

»Daran habe ich nicht gedacht, doch spielt das auch keine Rolle, da ich völlig sicher bin, daß so etwas niemals erlaubt werden würde. Natürlich hat es wirklich einmal eine Sintflut gegeben, doch hatte Oro mit der genausowenig zu tun wie ich. Bist du nicht auch der Meinung, Arbuthnot?«

»Ich denke schon«, antwortete ich vorsichtig, »doch fällt es mir an diesem Ort wirklich schwer zu unterscheiden, was möglich ist und was nicht. Außerdem mag es natürlich viele Sintfluten gegeben haben; die Geschichte der Welt zeigt sogar, daß dem so war: es ist in den geologischen Schichten aufgezeichnet. Und wie war das Ende der Geschichte?«

»Das Ende war, daß er meine Südseebibel nahm und, nachdem ich ihm ein wenig unser Alphabet erklärt hatte, in der Lage schien, sie sofort lesen zu können. Ich nehme an, daß er in seiner Jugend mit der Druckerkunst vertraut gewesen ist. Auf jeden Fall erklärte er mir, daß er sie eingehend studieren und mir in zwei Tagen sagen werde, was er von meiner Religion hielte. Dann befahl er mir zu gehen. Ich erklärte, daß ich den Weg nicht wisse und befürchten müsse, mich zu verlaufen. Daraufhin winkte er mit der Hand – und was dann geschah, kann ich wirklich nicht sagen.«

»Bist du durch Levitation herausgekommen, wie der verstorbene Mr. Home bei seinen spiritistischen Séancen?«

»Nein, nicht direkt durch Levitation, sondern irgend etwas oder irgend jemand schien mich zu packen, und ich wurde auf eine sehr gewaltsame Art in einem atemberaubenden Tempo fortgebracht. Das nächste, was mir bewußt wurde, war, daß ich vor der Öffnung der Grabkammer stand, doch kann ich mich nicht erinnern, mit jenem Lift hinaufgefahren zu sein, oder was immer sonst es sein mag. Ich glaubte, daß diese unheiligen Höhlen voller Geister oder Teufel sind, und das Schlimmste ist, daß sie meinen Tropenhelm behalten haben, den ich heute morgen aufgesetzt hatte, ohne mir zu überlegen, daß er mir dort unten nichts nutzen würde.«

»Die vierte Dimension Yvas in Aktion«, mutmaßte ich, »doch scheint die sicher nicht auf Tropenhelme wirksam sein.«

»Ich weiß nicht, wovon du redest«, sagte Bastin, »aber wenn mein Hut verlorenging, warum nicht auch meine Stiefel und andere Kleidungsstücke? Bitte, hör jetzt auf, Unsinn zu reden, und reich mir den Tee herüber. Gott sei gedankt, daß ich morgen nicht hinunter muß, daß er fürs erste von mir genug zu haben scheint, deshalb schlage ich vor, daß wir alle morgen zum Schiff gehen. Das wäre eine angenehme Abwechslung. Ich könnte es nicht ertragen, zwei Tage hintereinander diesen alten Satan und seine Geister oder unsichtbaren Teufel in jener Höhle um mich zu haben.«

Am nächsten Morgen fuhren wir mit dem Kanu zur Hauptinsel hinüber, da wir von den Orofenanern nichts mehr zu befürchten hatten. Marama hatte uns offenbar kommen sehen, denn er und eine ganze Anzahl seiner Leute empfingen uns mit allen Zeichen großer Freude und begleiteten uns zum Schiff. Hier fanden wir alles so, wie wir es verlassen hatten; man hatte nicht versucht, zu stehlen oder sonst etwas anzustellen.

Als wir in der Kabine waren, schien Bickley von einem Anfall moralischer Skrupel gepackt zu werden, dem ersten und, wie ich gleich hinzufügen möchte, auch dem letzten, den ich bei ihm erlebte.

»Wißt ihr«, sagte er zu uns, »ich glaube, daß wir versuchen sollten, von hier wegzukommen. Selbst wenn wir einen großen Teil des Außergewöhnlichen abstreichen, mit dem wir hier in Berührung gekommen zu sein scheinen, ist es noch immer unbestreitbar, daß wir uns in einer sehr seltsamen und ungesunden Umgebung befinden. Ich meine damit geistig ungesund, und ich bin überzeugt, daß wir wahrscheinlich den Verstand verlieren werden, wenn wir noch länger hierbleiben. Das Rettungsboot an Deck ist unbeschädigt und seetüchtig geblieben. Warum sollten wir es nicht mit Proviant und Wasser beladen und uns unserem Schicksal anvertrauen? Wir wissen doch ungefähr, welchen Kurs wir steuern müssen.«

Bastin und ich blickten einander an. Er war es, der als erster sprach.

»Meinst du nicht, daß das ziemlich riskant wäre, in einem offenen Boot?« fragte er. »Doch darauf kommt es nicht an, da Risiken mich nicht schrecken, in der Gewißheit, daß ich dem Herrn wertvoller bin als ein Sperling unter dem Himmel, und daß die Haare auf meinem Kopf gezählt sind.«

»Sie sind unter Wasser genauso gezählt wie über Wasser«, murmelte Bickley, »und ich habe das sichere Gefühl, daß du nach deiner bisherigen Leistung tot genausoviel wert sein würdest wie lebend.«

»Mein Gefühl ist«, erklärte Bastin, »daß ich hier eine Arbeit zu erfüllen habe. Und ich fühle auch, daß der *locum tenens* in Fulcombe meine Herde so gut führt, wie ich es auch nicht besser könnte. Ich glaube sogar, daß er für jenen Ort besser geeignet ist als ich. Dieser alte Oro ist ein zäher Brokken, aber ich habe ihn noch nicht aufgegeben, und außer ihm ist da noch die glitzernde Dame, eine sehr aufgeschlossene junge Frau, bei der ich noch nicht die Gelegenheit gefunden habe, mich ihr auf geistlicher Basis zu nähern. Dann sind da auch die Eingeborenen, die ohne einen Lehrer nicht lernen können. Alles in allem genommen würde ich also sagen, daß ich lieber bleiben möchte, wo ich bin, bis die Vorsehung mir einen anderen Weg weist.«

»Ich bin der gleichen Meinung, wenn auch aus etwas anderen Gründen«, sagte ich. »Bestimmt ist es Menschen nicht oft vergönnt, mit solchen Dingen in Berührung zu kommen, wie wir sie auf dieser Insel vorgefunden haben. Sie mögen Illusionen sein, doch sind es zumindest sehr interessante Illusionen. Man mag zehn Menschenalter lang leben, und würde dennoch nichts von dieser Art finden. Aus diesem Grunde möchte ich das Ende des Traumes erleben.«

Bickley überlegte einen Moment, dann sagte er: »Im großen und ganzen stimme ich mit überein. Doch mein Gehirn taumelt, und ich habe entsetzliche Angst, den Verstand zu verlieren. Ich kann nicht glauben, was ich zu hören und zu sehen meine, und in jener Richtung liegt der Wahnsinn. Es ist besser zu sterben, als wahnsinnig zu werden.«

»Das wirst du ohnehin, wenn deine Zeit gekommen ist, Bickley; ich meine natürlich, sterben«, unterbrach Bastin. »Und wer weiß, vielleicht ist dies alles eine von der Vorsehung gegebene Gelegenheit, dir deine Augen zu öffnen, die, wie ich ganz ehrlich sagen muß, besonders blind sind. Du glaubst, daß du alles weißt, was es zu wissen gibt; die Wahrheit jedoch ist, daß du nichts weißt, so wie wir anderen auch, und dich, obwohl du ein guter Mensch bist, hartnäkkig weigerst, die Wahrheit einzugestehen und dir anderweitig Rat zu suchen. Was mich betrifft, so glaube ich, daß du befürchtest, dich in die glitzernde Dame zu verlieben und von ihr überzeugt zu werden, daß alle deine äußerst unbefriedigenden Schlußfolgerungen falsch sind.«

»Ich bin ohnehin überstimmt«, sagte Bickley, »und was andere betrifft, so solltest du dich um deine eigenen Angelegenheiten kümmern, Bastin, und mich in Ruhe lassen. Ich möchte hinzufügen, ich sehe ein, daß ihr beide recht habt und es für uns das beste ist, zu bleiben, wo wir sind, denn schließlich können wir nur einmal sterben.«

»Dessen bin ich nicht so sicher, Bickley. Es gibt da so etwas, das der Zweite Tod genannt wird, und der ist es, der den alten Sünder Oro so bedrückt. Aber jetzt will ich nach diesen Büchern suchen.«

Also wurde die Idee einer Flucht verworfen, obwohl ich zugeben muß, daß sie selbst mir gegenüber einige Reize hatte, denn ich hätte das Gefühl, in ein Netz von unlösbaren Geheimnissen verstrickt zu werden, aus dem ich kein Entkommen sah. Ja, und mehr noch als Geheimnisse; ich, der ich geschworen hatte, nie wieder eine Frau anzusehen, war im Begriff, mich in diese schöne und wundersame Yva zu verlieben, und was konnte das Ende davon sein?

Wir trugen alles zusammen, das zu holen wir hergekommen waren, und traten den Rückweg an, eskortiert von Marama und seinen Leuten, darunter auch junge Frauen, die in bunte Blütenkränze gekleidet waren und vor uns tanzten.

Wir gingen an unserem alten Haus vorbei und gelangten zu dem Palmenhain, in dem das Idol Oros gestanden hatte, und wo Bastin so nahe daran gewesen war, geopfert zu werden. Es war jetzt ein neues Idol da, das er gerne sehen wollte, doch ließ er sich schließlich davon abbringen, da die Eingeborenen ihm ohne Umschweife deutlich machten, daß sie etwas dagegen hätten. Marama erklärte mir sogar, daß es trotz des geheimnisvollen Todes der Zauberer auf dem Opferfelsen eine starke Gruppe auf der Insel gäbe, die uns nur zu gerne etwas antun würde, falls wir ihren ererbten Gott noch einmal beleidigen sollten.

Er befragte uns auch vorsichtig über die Erscheinung, denn für eine solche hielt er sie, die auf dem Felsen aufgetaucht war und die Zauberer getötet hatte, und ich antwortete ihm, da ich es für das klügste hielt, daß eine schreckliche Macht ins Land gekommen sei, und er gut daran täte, ihr zu gehorchen.

»Ja«, sagte er, »der Gott des Berges, von dem wir durch unsere Vorväter vernommen haben. Er ist wieder erwacht; er sieht, er hört, und wir haben Angst. Halte bei ihm Fürsprache für uns, o Freund-von-der-See!«

Während er sprach, gingen wir an einem kleinen Dickicht vorbei. Plötzlich sah ich einen Jungen aus diesem Gestrüpp herausspringen. Er trug eine Maske vor dem Gesicht, doch seiner Figur nach konnte er nicht mehr als dreizehn oder vierzehn Jahre alt sein. In der Hand hielt er eine Holzkeule. Er lief auf uns zu, blieb stehen, und schleuderte sie mit einem Wutschrei nach uns; ich glaube, daß er sie nach Bastin warf, doch traf sie mich. Auf jeden Fall spürte ich einen harten Schlag, und dann wurde es dunkel um mich.

Träume, Träume. Endlose Träume! Worüber? Ich weiß es nicht. Es schien mir, als ob ich in ihnen ständig die ehrwürdige Gestalt des alten Oro sähe, der mich ernsthaft anblickte, als ob er dabei wäre, irgendeine Entscheidung zu treffen, bei der ich eine Rolle spielte. Dann war da noch eine zweite Gestalt, die der anmutigen, doch hoheitsvollen Yva, die sich, wie ich glaubte, von Zeit zu Zeit über mich beugte und mir Worte der Ermutigung und Beruhigung ins Ohr flüsterte. Und das war noch nicht alles, da ihre Gestalt sich plötzlich in die meiner verstorbenen Frau verwandelte und sie mit deren Stimme sprach. Oder vielleicht sprach meine Frau mit der Stimme Yvas. Meinem verwirrten Gehirn kam es so vor, als ob die beiden eine Persönlichkeit wären, die zweierlei Gestalt besaß, von denen sie jede nach Belieben annehmen konnte. Es war äußerst seltsam und doch für mich äußerst glückhaft, da ich in der Lebenden die Tote gefunden zu haben schien, und in der Toten die Lebende. Außerdem unternahm ich Reisen, oder vielmehr irgendein ungekannter Teil von mir schien das zu tun. Eine dieser Reisen ist mir innerlich geblieben, denn ihr majestätischer Charakter hat sich auf eine solche Art in mein Gehirn gebrannt, daß alles Wasser des Deliriums diese Erinnerung nicht fortwaschen und kein Wind sie fortwehen konnte.

Ich reiste mit Yva durch den Raum, zehntausendmal schneller als das Licht. Wir passierten Sonne um Sonne. Sie kamen näher, sie wuchsen zu riesigen, flammenden Kugeln, um welche Planet um Planet kreiste. Sie wurden kleiner, schrumpften zu winzigen Lichtpunkten, und verschwanden.

Wir standen auf einem fernen Planeten und sahen eine wunderbare, weiße Stadt, in der sich Gebäude aus Kristall und Alabaster erhoben, und deren Fenster aus riesigen Edelsteinen bestanden, aus Saphiren oder Rubinen, wie es mir schien. Wir zogen durch ein liebliches Tal. Zu unserer Linken lagen Berge, von denen Wasserfälle herabschäumten; zu unserer Rechten befand sich ein Fluß, so mächtig und breit, daß er über seine Ufer zu treten schien, wie es der Nil tut. Jenseits des Flusses erhob sich eine Gebirgskette, auf deren Hängen dichte Wälder wuchsen, deren Bäume mit Blüten übersät waren, während auf den weit entfernten Gipfeln gigantische goldene Statuen standen. Sie wirkten wie Schutzengel, welche jenes Tal und die Stadt bewachten. Das Land wurde von einem Licht erhellt, das wie das des Mondes war, nur intensiver und von vielen Farben. Und als ich emporblickte, sah ich, daß tatsächlich über uns drei Monde standen, jeder von ihnen größer als der unsere; ich nahm deshalb an, daß es Nacht war.

Wir kamen zu einem Haus, das inmitten duftender Gärten stand und vor dem sich blumenbestandene Terrassen befanden. Es schien eine gewisse Ähnlichkeit mit meinem Haus in England aufzuweisen, doch sah ich es nicht genauer an, wegen einer Frau, die auf der Veranda saß, falls man sie als solche bezeichnen konnte. Die Frau war in eine Robe aus weißer Seide gekleidet und trug einen goldenen Gürtel um die Taille. Um ihren Hals hing eine Kette aus Juwelen. Ich habe ihre Farbe vergessen, und sie schien sich auch ständig zu verändern, je nachdem, wie das Licht der drei Monde darauf fiel, wenn sie sich bewegte, doch glaube ich, daß die vorherrschende Farbe Blau war. Auf ihren Armen hielt diese Frau ein hübsches, schlafendes Kind, und sie sang leise, während sie es hin und her wiegte. Yva trat auf die Frau zu, die aufblickte, als sie das Geräusch der Schritte vernahm, und dann einen kleinen Schrei ausstieß. Jetzt sah ich zum ersten Mal ihr Gesicht. *Es war das meiner verstorbenen Frau!*

Dann schien eine Nebelwolke meine Frau und Yva zu verdecken, und als ich die Veranda erreicht hatte, war Yva verschwunden. Nur meine Frau war noch da, sie und das Kind. Dort stand sie, ernst und lieblich. Als ich auf sie zutrat, legte sie das Kind auf das Kissen des Stuhls, von dem sie sich erhoben hatte. Sie streckte ihre Arme aus und schlang sie um meinen Nacken. Sie küßte mich, und ich küßte sie in unserem Glück, wieder vereint zu sein. Dann wandte sie sich um und hob das Kind auf, das ein Mädchen war, und hielt es mir entgegen, daß ich es küsse.

»Sieh deine Tochter an«, sagte sie, »und auch alles, das ich für dich bereitmache, wo wir eines künftigen Tages wohnen werden!«

Ich wurde verwirrt.

»Yva«, sagte ich. »Wo ist Yva, die mich hierher brachte? Ist sie ins Haus gegangen?«

»Ja«, antwortete sie glücklich. »Yva ist ins Haus gegangen. Sieh mich an!«

Ich blickte sie an – und es war Yvas Gesicht, das sich an das meine preßte, und es waren Yvas Augen, die in die meinen blickten. Doch war sie jetzt so gekleidet, wie meine Frau es gewesen war, und die sich ständig verändernde Halskette hing jetzt auf ihrem Busen.

»Du darfst nicht hierbleiben«, flüsterte sie – und es war meine Frau, die sprach, nicht Yva.

»Sag mir, was das bedeutet?« flehte ich.

»Ich kann es nicht«, antwortete sie. »Es gibt Geheimnisse, die du noch nicht wissen darfst. Liebe Yva, wenn du es willst, und ich werde nicht eifersüchtig sein, denn in Yva liebst du mich. Du kannst das nicht verstehen? Dann wisse dies: daß der Geist vielerlei Gestalt haben kann und doch derselbe ist – manchmal. Und jetzt sage ich, die ich fern bin und nicht nahe, dir für eine Weile lebewohl.«

Dann verschwand alles in einem grellen Blitz, und der Traum war vorbei.

Dies war die einzige dieser Visionen, an die ich mich erinnere.

Ich schien aus einem langen, unruhigen Schlaf zu erwachen. Das erste, was ich sah, war die Palmendecke unseres Hauses auf dem Felsen. Ich wußte, daß es unser Haus war, da sich direkt über mir ein Palmblatt befand, das ich selbst an dem Dachrahmen befestigt hatte, mit einem Rest farbiger Schnur, den ich zufällig in meiner Tasche gefunden hatte. Es stammte von der Programmkarte eines Balls, den ich in Honolulu besucht hatte, und ich hatte ihn aufgehoben, weil ich glaubte, ihn bei irgendeiner Gelegenheit brauchen zu können. Schließlich verwendete ich ihn dazu, jenes lose Palmblatt zu befestigen. Ich starrte zu der Schnur hinauf, deren Anblick eine Flut von Erinnerungen auslöste, und während ich so beschäftigt war, hörte ich Stimmen und lauschte. Ich erkannte Bickleys Stimme, und die Stimme Yvas.

»Ja«, sagte Bickley, »er hat es jetzt überstanden, aber es war knapp – sehr, sehr knapp.«

»Ich wußte, daß er nicht sterben würde, weil mein Vater es gesagt hat«, antwortete sie.

»Es gibt zwei Arten des Todes«, erwiderte Bickley, »den des Körpers und den des Verstandes. Ich befüchtete, daß sein Verstand zerstört werden würde, selbst, wenn er am Leben bliebe, doch glaube ich aus gewissen Anzeichen erkennen zu können, daß dies nicht geschieht. Er wird wieder völlig hergestellt werden – obwohl ...« Er verstummte.

»Ich bin sehr froh, das zu hören«, erklärte Bastin. »Seit Wochen habe ich geglaubt, die Trauerrede für den armen Arbuthnot halten zu müssen. Ich habe mir sogar schon Gedanken darüber gemacht, welches wohl der beste Platz für sein Grab wäre. Schließlich habe ich eine recht hübsche Stelle entdeckt, gleich um die Ecke, wo kein Felsen ist, sondern Erde, die man aufgraben kann. Ich habe mir sogar schon die Mühe gemacht, das Gebüsch abzuhacken und das Grab zu markieren – mit den Füßen nach Osten. In diesem Klima darf man nicht lange warten, müßt ihr wissen.«

So schwach wie ich auch war, mußte ich doch lächeln. Diese unumwunden praktische Einstellung war so typisch für Bastin.

»Nun, du hast dir die Mühe umsonst gemacht«, sagte Bickley.

»Ja, und ich bin ehrlich gesagt froh darüber. Aber ich glaube nicht, daß es deine Operation und alles andere waren, das ihn geheilt hat. Bickley, obwohl du dieses Verdienst für dich in Anspruch nimmst. Ich glaube, es war das Lebenswasser, das Yva ihn trinken ließ, und das Zeug, das Oro geschickt hat, und das wir ihm gaben, wenn du gerade nicht hinsahst.«

»Dann hoffe ich, daß du in Zukunft die Behandlung meiner Patienten mir überläßt«, sagte Bickley aufgebracht – und dann verstummten die Stimmen, oder ich bin eingeschlafen.

Als ich wieder erwachte, saß Yva neben mir und blickte mich an.

»Entschuldige, Humphrey, daß ich ... hier bin; andere ... sind ... fort ... gegangen«, sagte sie langsam auf englisch.

»Wer hat dich meine Sprache gelehrt?« sagte ich verblüfft.

»Bastin und Bickley, als du krank, sie ... mich lehren; sie ... mich lehren viel. Männer heute genau wie vor hunderttausend Jahren«, setzte sie rätselhaft hinzu. »Alle denken, eine Frau schön, wenn ... keine andere Frau da.«

»Wirklich!« sagte ich und fragte mich, was für Mißgriffe von seiten Bastins und Bickleys sie damit andeuten wollte. Konnte es sein, daß diese beiden ... – oh, es war durchaus möglich.

»Wie lange bin ich krank gewesen?« fragte ich, um von

dem Thema loszukommen, das ich als bedrückend empfand.

»Zwei Mond, ein halb Mond, ja, zehn Woche«, antwortete sie stolz.

»*Zehn Wochen!*« rief ich bestürzt.

»Ja, Humphrey, zehn volle Wochen und drei Tage, du warst erst sehr krank, und dann sehr verrückt«, fuhr sie auf Orofenanisch fort, der Sprache, die sie so perfekt beherrschte, obwohl es nicht die ihre war. Ihre Sprache habe ich nie gelernt, doch weiß ich, daß sie in ihr dachte und ihre Gedanken dann ins Orofenanische übersetzte, wegen der großen Schwierigkeiten, die sie hatte, ihre großen, komplizierten Ideen in einfachen Metaphern darzulegen, da es diese Sprache nicht anders erlaubte, und so kam sie oft zu recht seltsamen Wortbildungen. »Oh! Du warst sehr krank, Freund meines Herzens. Es gab Zeiten, wo ich glaubte, daß du sterben würdest, und ich habe geweint und geweint. Bickley glaubt, daß er dich gerettet habe, und er ist wirklich sehr geschickt. Doch er hätte dich nicht retten können, weil es dazu mehr Wissens bedurfte, als irgendeiner von euch besitzt. Doch bitte ich dich, ihm das nicht zu sagen, da es seinen Stolz verletzen würde.«

»Was hat mir eigentlich gefehlt, Yva?«

»Alles hat dir gefehlt. Erstens: die Waffe, welche der Junge schleuderte – er war der Sohn eines der Zauberer, die mein Vater tötete –, hat den Knochen deines Schädels zerbrochen. Er ist für sein Verbrechen erschlagen worden und möge auf ewig verflucht sein«, setzte sie in einem plötzlichen Ausbruch von Wut und Rachsucht hinzu, dem einzigen, den ich jemals bei ihr erlebte.

»Man hätte Verständnis für ihn haben müssen; sein Vater ist getötet worden«, sagte ich.

»Ja, das hat auch Bastin zu mir gesagt, und es stimmt. Trotzdem kann ich für diesen jungen Mann kein Mitleid empfinden; er hat feige und heimtückisch gehandelt. Nun, Bickley tat etwas, das er eine Operation nennt, und Oro, der Herr, kam aus seinem Haus herauf und half ihm dabei, da

Bastin in solchen Dingen nicht gut ist. Er kann nur seinen Kopf abwenden und beten. Und auch ich habe geholfen, habe heißes Wasser und Leinen bereitgehalten und die Flasche mit dem Zeug, das dich nichts mehr fühlen ließ, obwohl der Anblick mich so krank machte wie kein anderer, seit ich sah, wie einer, den ich liebte, getötet wurde, oh, vor so langer, langer Zeit.«

»War die Operation erfolgreich?« fragte ich, da ich nicht wagte, ihr zu danken.

»Ja. Dieser kluge Mann, Bickley, hob den Knochen an, der eingeschlagen worden war. Doch dann riß etwas in deinem Kopf, und du begannst hier zu bluten.« Sie deutete auf etwas, das, wie ich glaube, die Schläfenarterie genannt wird. »Die Ader war von dem Schlag eingedrückt worden und riß. Bickley arbeitete fieberhaft, und es gelang ihm, sie gerade noch rechtzeitig abzuklemmen, bevor du verblutetest. Oh – in diesem Moment hatte ich das Gefühl, Bickley zu lieben, obwohl Bastin später sagte, daß ich *ihn* geliebt haben sollte, da es nicht Bickley gewesen sei, der die Blutung zum Stehen gebracht habe, sondern er durch seine Gebete.«

»Vielleicht war es beides«, meinte ich.

»Vielleicht, Humphrey. Auf jeden Fall warst du gerettet. Doch kann kam eine weitere Komplikation. Du bekamst Fieber. Bickley sagte, es käme davon, daß eine bestimmte Art von Mücken dich gestochen habe, als du zum Schiff gegangen bist, und mein Vater, Oro, der Herr, sagte mir, daß dies richtig sei. Auf jeden Fall wurdest du sehr schwach und verlorst den Verstand, und es schien, als ob du sterben müßtest. Da, Humphrey, bin ich zu Oro, dem Herrn, gegangen, habe mich ihm zu Füßen geworfen und um dein Leben gefleht, denn ich wußte, daß er dich heilen konnte, wenn er es wollte, weil Bickley mit seiner Kunst am Ende war.

›Tochter‹, sagte er zu mir, ›nicht nur einmal, sondern immer und immer wieder hast du in der Vergangenheit deinen Willen gegen den meinen gestellt. Warum also sollte ich mir die Mühe machen, dir nun diesen Wunsch zu erfüllen und einen Mann retten, der mir nichts bedeutet?‹

Ich erhob mich, stellte mich auf die Füße und antwortete: ›Das weiß ich nicht, mein Vater, doch bin ich sicher, daß es um deiner selbst willen gut wäre, wenn du es tätest. Ich bin sicher, daß selbst du am Ende Rechenschaft ablegen wirst müssen über alles, was du getan hast, wenngleich du sehr groß bist, und sehr weise, vielleicht mag ein Leben, das du gerettet hast, die Waagschale zu deinen Gunsten zu senken.‹

›Ich bin sicher, daß dieser Priester, Bastin, mit dir gesprochen hat‹, sagte er.

›Das hat er in der Tat getan‹, antwortete ich, ›doch nicht nur er. Viele Stimmen haben zu mir gesprochen.‹«

»Was hast du damit gemeint?« fragte ich.

»Das spielt keine Rolle, Humphrey. Höre dir meine Geschichte an! – Mein Vater dachte eine Weile nach, dann sagte er: ›Ich bin eifersüchtig auf diesen Fremden. Was ist er denn anderes, als ein kurzlebiger Barbar, wie wir sie in jenen alten Zeiten gekannt haben? Und doch denkst du schon mehr an ihn als an mich, deinen Vater, den göttlichen Oro, der tausend Jahre lang gelebt hat. Zu Anfang habe ich jenem Arzt geholfen, ihn zu retten, doch jetzt wünsche ich, daß er stirbt.‹

›Wenn du diesen Mann sterben läßt, mein Vater‹, sagte ich, ›kenne ich dich nicht mehr. Denk daran, daß auch ich die Weisheit unseres Volkes besitze und sie gebrauchen kann, wenn ich es will.‹

›Dann rette ihn doch selbst!‹ sagte er.

›Vielleicht werde ich das tun, mein Vater‹, antwortete ich, ›doch wenn, so wird es nicht hier geschehen. Ich habe dir gesagt, daß ich dich dann nicht mehr kennen und dich verlassen werde, damit du in einsamer Majestät herrschen kannst.‹

Dies erschreckte Oro, den Herrn, denn er hat diese Schwäche, das Alleinsein zu hassen.

›Wenn ich tue, was du von mir verlangst, schwörst du mir

dann, mich niemals zu verlassen, Yva?‹ sagte er. ›Denk daran: wenn du mir das nicht schwörst, wird der Mann sterben!‹

›Ich schwöre es‹, antwortete ich – um deinetwillen, Humphrey – obwohl mir dieser Eid zuwider war.

Dann gab mein Vater mir eine Medizin, die ich mit Lebenswasser vermischen mußte, und obwohl du schon fast tot warst, hat diese Medizin dich gesund gemacht, wenn auch Bickley das nicht weiß, da nichts anderes dich retten konnte. Jetzt habe ich dir die Wahrheit gesagt, Humphrey, die nur für dich bestimmt ist.«

»Yva«, sagte ich, »warum hast du das alles für mich getan?«

»Das weiß ich nicht, Humphrey«, antwortete sie, »doch ich glaube, weil ich es tun mußte. Schlaf jetzt ein wenig!«

19

Die Vorschläge Bastins und Bickleys

Soweit es meinen Körper betraf, erholte ich mich sehr schnell, obwohl es eine Weile dauerte, bis ich wieder ganz bei Kräften war. So konnte ich nicht weit gehen und keine starke Belastung ertragen. Mit meinem Geist war es jedoch eine andere Sache. Ich kann nicht erklären, was mit ihm geschehen ist, ich weiß es wirklich nicht, doch schien er sich auf sonderbare Weise von mir getrennt zu haben und zu einer Art eigener Persönlichkeit geworden zu sein. Manchmal hatte ich das Gefühl, daß er nicht mehr ein Bewohner meines Körpers wäre, sondern sein mehr oder weniger unabhängiger Partner. Mein Denken war dabei vollkommen klar, und ich konnte keinerlei Anzeichen von Irrsinn feststellen. Doch war mein Verstand – ich benutze diesen Ausdruck, da mir kein besserer einfällt – nicht völlig in meiner Gewalt.

Zum einen schien er des Nachts weit umherzuschweifen, obwohl ich mich niemals erinnern konnte, wohin er ging und was er dort gesehen hatte.

Ich führe dies an, da es vielleicht gewisse mysteriöse Ereignisse erklärt – falls sie Ereignisse gewesen sein sollten, und nicht nur Träume –, die ich in Kürze schildern muß. Ich sprach mit Bickley über diese Angelegenheit. Er wischte sie zur Seite und erklärte, daß dies lediglich die Folgen meiner langen und sehr ernsten Krankheit seien, und daß sie sich im Laufe der Zeit wieder legen würden, besonders, wenn es uns gelänge, dieser Insel und ihrer unnatürlichen Atmosphäre zu entrinnen. Doch während er das sagte, blickte er mich mit seinen wissenden Augen an, und als er sich abwandte, um zu gehen, hörte ich ihn etwas von ›unheiligen Einflüssen‹ und ›diesem verdammten Oro‹ murmeln.

Diese Worte waren nur für ihn selbst bestimmt und so leise gesprochen, daß sie auf keinen Fall meine Ohren erreichen sollten. Doch einer der seltsamen Begleitumstände meines Zustandes bestand darin, daß alle meine Sinne, und besonders mein Gehör, übernatürlich scharf geworden waren. Ein Flüstern in weiter Entfernung war für mich jetzt so deutlich wie eine laute Bemerkung in einem geschlossenen Raum.

Bickleys innerer Monolog – man kann ihn kaum als mehr bezeichnen – machte mich nachdenklich. Yva hatte mir berichtet, daß Oro mir eine Medizin geschickt hatte, die mir ohne Wissen Bickleys eingegeben worden war, und die, wie sie glaubte, mir das Leben gerettet hatte, zumindest meinen Verstand. Was mochte sie enthalten haben? fragte ich mich. Dann war da auch das Lebenswasser, das Yva mir brachte und darauf bestand, daß ich es jeden Tag trank. Zweifellos war es ein wunderbares Tonikum und tat mir gut. Doch hatte es auch andere Wirkungen. So entwickelte ich, wie sie es vorausgesagt hatte, nach einer Weile einen unüberwindlichen Widerwillen gegen Fleisch – der mich, wie ich hinzufügen möchte, niemals mehr ganz verlassen hat – und auch gegen jede Form von Alkohol. Alles, wonach mich verlangte, waren dieses Wasser und Früchte und solche Gemüse, die hier erhältlich waren. Bickley mißbilligte das und veranlaßte mich, gelegentlich wenigstens Fisch zu essen, doch selbst der widerstand mir, und da ich wieder an Gewicht zunahm, wie wir mit Hilfe einer simplen, selbstgebauten Einrichtung feststellten, und auch auf jede andere Art gesund blieb, ließ er mich bald meine Kost selbst bestimmen.

Etwa um diese Zeit begann Oro mich häufig zu besuchen. Er kam stets bei Nacht, und ich wußte immer, wann er kommen würde, obwohl er sich niemals anmeldete. Ich sollte hier vielleicht erklären, daß Bastin während meiner Krankheit eine zweite Hütte gebaut hatte – er war überaus geschickt in solchen Dingen – in der er und Bickley schliefen, und unsere alte Schlafkammer mir allein überließen.

Nun, ich wachte auf und wußte, daß Oro kam. Und dann erschien er auf seine lautlose und mysteriöse Art, als ob er sich mitten im Raum materialisiert hätte, denn ich sah ihn nie durch die Tür eintreten. Im Mondlicht oder Sternenlicht, das durch den Eingang und die Front der Hütte hereinfiel, die lediglich mit einem Gitterwerk geschlossen war, sah ich ihn auf einem bestimmten Stuhl Platz nehmen, und er sah wie ein majestätischer Geist aus in seinen fließenden Roben, mit seinem langen, weißen Bart, seiner Hakennase und seinen Falkenaugen. Bei Tageslicht erinnerte er mich stark an den verstorbenen General Booth, dem ich oft begegnet war, doch war er größer als dieser, und sein Gesicht von einer klassischen Schönheit. Bei Nacht ähnelte er jedoch niemand anderem als sich selbst, und es war wahrlich etwas Machtvolles und Gottgleiches in seiner Erscheinung, etwas, das einem das Gefühl gab, daß er nicht war wie andere Menschen.

Eine Weile saß er schweigend da und blickte mich an. Dann begann er mit seiner tiefen, resonanten Stimme zu sprechen. Worüber er sprach? Über alles mögliche. Es war, als ob er eine Last von seiner kalten Seele laden wollte, weil er die Größe seiner Einsamkeit nicht länger ertragen konnte. Neben vielen anderen geheimen Dingen erzählte er mir auch von der frühen Geschichte dieser, unserer Erde, und von den großen Zivilisationen, über welche er und seine Vorväter viele Generationen lang durch die Stärke ihres Willens und ihres Wissens geherrscht hatten, von dem Schrumpfen ihrer Rasse und der schließlichen Vernichtung ihrer Feinde, obwohl ich bemerkte, daß er jetzt nicht mehr behauptete, daß dies allein sein Werk gewesen sei. Eines Nachts fragte ich ihn, ob er all diesen Prunk und diese Macht nicht vermisse.

Da brach es aus ihm heraus, und zum ersten Mal lernte ich wirklich kennen, was Machthunger sein kann, wenn er die Seele eines Menschen völlig in Besitz nimmt.

»Bist du verrückt«, fragte er, »daß du glaubst, ich, Oro, der König der Könige, könnte mich jemals damit zufrieden geben, allein in einer verlassenen Höhle zu leben, mit nicht mehr als den Schatten der Toten, um mir zu dienen? Nein, ich muß wieder herrschen und noch größer sein, als ich es je zuvor war, denn sonst würde ich sterben. Es ist besser, der Zukunft gegenüberzutreten, selbst, wenn sie das Erlöschen bedeutet, als ein Überrest der glorreichen Vergangenheit zu bleiben, noch am Leben, und doch schon tot, wie jene Statue des Gottes Schicksal, die du im Tempel meines Glaubens gesehen hast.«

»Bastin glaubt nicht, daß die Zukunft das Erlöschen bedeutet«, bemerkte ich.

»Ich weiß. Ich habe seinen Glauben studiert und finde ihn für meinen Geschmack zu bescheiden – und außerdem ist er nicht neu. Soll etwa ich, Oro, als Bittsteller zu Füßen irgendeiner Macht kriechen und das gestehen, was es Bastin so sehr gefällt, meine Sünden zu nennen? Nein, ich, der ich groß bin, will der Gleiche an Größe sein, oder nichts.«

Er schwieg einen Moment lang, und fuhr dann fort: »Bastin spricht von der ›Ewigkeit‹. Wo und was ist denn diese Ewigkeit, die, wenn sie kein Ende hat, auch keinen Anfang haben kann? Ich kenne das Geheimnis der Sonnen und ihrer Planeten, und sie sind nicht mehr ewig, als das Insekt, das eine Stunde lang glitzert. Aus der Formlosigkeit sammeln sich Gase, um ihre Zeit zu leben, und in Gase lösen sie sich wieder auf, mit allem, das sie getragen haben.«

»Ja«, antwortete ich, »aber sie formieren sich neu, um zu neuen Welten zu werden.«

»Die nichts mit den alten zu tun haben. Auch diese Welt wird eines Tages zerschmelzen, dorthin zurückgehen, woher sie kam, wie es deine heiligen Schriften ausdrücken, und was ist dann mit denen, die auf ihr gelebt haben, und die auf ihr leben? Nein, Mensch-von-heute, gib mir eine Zeit, in der ich herrschen kann, und behalte du deine Träume von einer Ewigkeit, die es nicht gibt, und in der du nach wie vor kriechen und dienen mußt, wenn es sie gäbe. Doch, um ehrlich zu sein, möchte ich für ewig leben, aber als Herr, nicht als Sklave.«

Bei einer anderen Gelegenheit begann er mich zu versuchen – und zwar auf eine sehr subtile Art.

»Ich kann einen Funken von Größe in dir erkennen, Humphrey«, sagte er, »und ich habe den Eindruck, daß auch du lernen könntest, zu herrschen. Bei Yva, der letzten meines Blutes, ist es anders. Sie ist ein Kind meiner Ära und einer verbrauchten Rasse: zu sanft, zu fraulich. Die Seele, die triumphieren soll, muß glänzen wie Stahl in der Sonne, und auch wie Stahl schneiden, wenn es notwendig sein sollte, und darf nicht nur hübsch und duftend sein wie eine Lilie im Schatten. Doch ist sie sehr weise und schön ...« – hier sah er mich an –, »und vielleicht mögen von ihr Kinder kommen, die wie ihre Vorväter sind, und die wieder das Zepter der Herrschaft über die Erde schwingen.«

Ich antwortete nicht, da ich mich fragte, was er damit sagen wollte, und es für das beste hielt, zu schweigen.

»Du gehörst einer kurzlebigen Rasse an«, fuhr er fort, »doch bist du ein echter Mann, nicht ohne Intelligenz, und mit Hilfe der Künste, die ich beherrsche, könnte ich deinen Körper so stärken, daß er die Belastungen von drei Leben wie dem deinen aushalten kann, vielleicht sogar mehr, und dann ...«

Wieder machte er eine Pause, und fuhr dann fort: »Die Tochter der Könige mag dich ebenfalls, vielleicht wegen deiner Ähnlichkeit mit ...« – hier blickte er mich mit seinen durchdringenden Augen an – »einem gewissen Prinzen niederen Geblüts, den sie einmal kannte, den ich jedoch getötet habe, wie es meine Pflicht war. Gut – ich muß nachdenken. Ich muß auch diese, deine Welt studieren, und dabei kannst du mir helfen. Später werde ich dir vielleicht sagen, auf welche Weise. Schlafe jetzt!«

Im nächsten Moment war er verschwunden, doch ungeachtet seines Befehls gelang es mir lange nicht, einzuschlafen. Ich begriff, daß er mir Yva anbot, doch zu welchen Bedingungen? Das war die Frage. Mit ihr sollte ich die Herrschaft über die großen Königreiche der Erde übernehmen. Ich mußte unwillkürlich daran denken, daß dies von jeher der Lieblingsköder Satans war und noch immer ist. Für mich war er jedoch nicht sonderlich verlockend. Ich hatte zu meiner Zeit einen gesunden Ehrgeiz besessen – welcher Mensch, der sein Salz wert ist, hat den nicht? Ich hätte mir vornehmen können, auf irgendeinem Gebiet Hervorragendes zu leisten, in der Literatur oder der Kunst, oder was immer sonst es sein mochte, um auf diese Weise die Erinnerung an meinen Namen in der Welt zu sichern.

Natürlich ist das ein vergebliches Unterfangen, da früher oder später jeder Name verblassen muß, wie eine unfixierte Photographie, welche der Sonne ausgesetzt wird. Und selbst wenn er bleiben sollte, wie es der alte Halbgott oder Halbteufel Oro angedeutet hatte, wird doch sehr bald, im Vergleich zur Unermeßlichkeit der Zeit, das ganze Sonnensystem ebenfalls verblassen. Was also nützt diese hinfällige Sucht nach Ruhm, dieser vergebliche Versuch, sich die Erinnerung der Menschen zu gewinnen, von dem wir so stark beherrscht werden? Außerdem übte die Vorstellung, lediglich weltliche Macht zu besitzen, im Gegensatz zu intellektueller Macht, überhaupt keinen Reiz auf mich aus. Ich habe mich ernsthaft mit der Geschichte beschäftigt und weiß, was das Schicksal vieler Könige war, und ich weiß auch von dem

Leid, das sie während ihrer kurzen Tage nur zu oft verursacht hatten.

Und falls ich ein weiteres Beispiel brauchte, so war schließlich auch Oro selbst da. Er hatte die Größe seines Hauses überlebt und sich nach einem gigantischen Mord, falls seine Geschichte wahr sein sollte, in einen langen Schlaf zurückgezogen. Jetzt war er erwacht und stellte fest, daß er völlig allein auf der Welt war, abgesehen von seiner Tochter, mit der er sich nicht sonderlich verstand. Mit anderen Worten, er war nichts weiter als eine Art lebende Mumie, beherrscht von dem einzigen Verlangen, das ihm – dessen war ich völlig sicher – nicht erfüllt werden würde, nämlich der Wiederherstellung seiner früheren Größe. Für mich war er einer der armseligsten Menschen, die man sich vorzustellen vermochte, der am Ende eines langen, aber vergeudeten Lebens brütend und sinnierend in seiner beleuchteten Höhle hockte.

Ich fragte mich, was er, oder vielmehr sein *Ego,* während all dieser zweihundertfünfzigtausend Jahre des Schlafes getan haben mochte. Wahrscheinlich war er, wenn Yvas Theorie, so wie ich sie verstand, richtig sein sollte, als Attila reinkarniert worden, oder als Napoleon, oder sogar als Chaka, jener schreckliche Zulukönig. Auf jeden Fall aber war er noch immer auf der Welt, erfüllt von Todesfurcht, doch nach wie vor von seinem unersättlichen und sinnlosen Machthunger besessen.

Und Yva? Ihr Fall war wie der seine – und doch so völlig anders. Im Laufe dieser langen Nacht der Zeit war sie zu der lieblichsten und sanftesten Frau herangereift, die die Welt jemals gesehen hatte. Auch sie war auf ihre Art groß, was sich in jedem ihrer Worte, in jeder Geste zeigte, doch wo war die Grausamkeit ihres Vaters? Wo war sein Verlangen, den Gipfel der Macht zu erklimmen, indem er sich einen blutbesudelten Pfad durch die Geschichte trampelte, der mit zerbrochenen menschlichen Herzen gepflastert war? Bei ihr existierte das nicht. Ihre Natur war anders, obwohl ihr Körper von einer langen Linie dieser machthungrigen Könige abstammte. Woher kam dann dieser grundlegende Unterschied ihrer Charaktere? Wie alles andere war es ein Geheimnis. Die beiden waren so weit voneinander entfernt wie die Pole der Erde. Jeder mußte Oro gehaßt haben, von Anbeginn an, so sehr man ihn auch gefürchtet haben mochte, doch jeder, der mit Yva in Berührung kam, mußte sie lieben ...

Hier mag mir erlaubt sein, meine persönliche Betrachtung zu unterbrechen, um festzustellen, daß dies auch bei zwei so verschiedenartigen Charakteren wie Bastin und Bickley zutraf.

»Die Wahrheit, die vor dir zu verbergen unrecht wäre, Arbuthnot«, sagte der erstere eines Tages zu mir, »ist, daß ich mich während deiner langen Krankheit in die glitzernde Dame verliebt habe, das ist der richtige Ausdruck dafür, nehme ich an. Nachdem ich eingehend darüber nachgedacht hatte, gelangte ich zu der Erkenntnis, daß der Anstand es gebiete, es ihr zu sagen, und sei es nur darum, Klarheit zu schaffen und zukünftige Mißverständnisse zu vermeiden. Wie ich ihr gegenüber bei dieser Gelegenheit bemerkte, hatte ich lange damit gezögert, da ich mir nicht sicher war, wie sie den Platz der Frau eines Pfründeninhabers einer englischen Landgemeinde ausfüllen würde.«

»Mit Kaffeekränzchen, und so weiter«, sagte ich.

»Genau das ist es, Arbuthnot. Außerdem war da auch noch die Haltung des Bischofs zu berücksichtigen, der vielleicht Bedenken haben mochte, eine so auffallend hübsche Frau in die Diözese einzuführen, die bis vor kurzem noch eine Heidin gewesen war, und die in einem so krassen Gegensatz zu meiner heimgegangenen, geliebten Sarah steht.«

»Ich vermute, daß du dir nicht die Ansichten der verstorbenen Mrs. Bastin über das Thema der Wiederverheiratung vor Augen geführt hast, die, wie ich mich erinnere, da sehr radikal waren«, bemerkte ich boshaft.

»Nein, das hielt ich nicht für notwendig, da die Belehrungen der Bibel zu diesem Thema absolut klar sind und in der anderen Welt jede Eifersucht, selbst die Sarahs, zweifellos getilgt sein wird. In diesem Punkt war mein Gewissen also völlig rein. Als ich also feststellte, daß Yva, im Gegensatz zu ihrem Erzeuger, durchaus geneigt war, die Prinzipien des Glaubens, in dem sie zu unterweisen mein Privileg war, anzunehmen, hielt ich es für richtig, ihr zu sagen, daß ich, wenn sie sich dazu entschlösse, sich zu ihm zu bekehren – natürlich war dies ein *sine qua non* –, es als eine große Ehre betrachten und alles tun würde, um sie glücklich zu machen – als Mann, nicht als Priester –, wenn sie mich zum Manne nehmen würde. Natürlich erklärte ich ihr auch, daß ich es unter den gegebenen Umständen für durchaus rechtens hielte, wenn ich die Trauungszeremonie selbst durchführte, mit dir und Bickley als Trauzeugen, selbst für den Fall, daß Oro sich weigern sollte, ihr seinen Segen zu geben. Außerdem machte ich sie darauf aufmerksam, daß das Leben in Flucombe, falls wir jemals dorthin gelangen sollten, ihr nach ihren früheren Erlebnissen vielleicht ein wenig monoton erscheinen mochte, jedoch durchaus nicht ohne Reiz sei.«

»Du meinst, sie könnte den Christbaum schmücken und so weiter.«

»Richtig, und Proben des Kirchenchors abhalten, Deputationen bewirten und sich mit anderen Kirchenangelegenheiten befassen.«

»Und was hat sie darauf gesagt, Bastin?«

»Oh! Sie war überaus freundlich und schmeichelhaft. Jene Stunde wird mir immer als eine der angenehmsten meines Lebens erinnerlich bleiben. Ich weiß nicht, wie es geschah, doch als es vorüber war, verspürte ich ein ungeheures Glücksgefühl darüber, daß sie meinen Antrag abgelehnt hatte. Wenn ich es mir richtig überlege, bin ich sogar sicher, daß ich mich in der Rolle des Bruders und Lehrers, die sie mich zu übernehmen bat, glücklicher fühlen werde, als in der ihres Ehemannes. Um ehrlich zu sein, Arbuthnot, gibt es Augenblicke, in denen ich daran zweifle, ob ich Yva wirklich verstehe. Es war irgendwie, als ob man seinem Schutzengel einen Heiratsantrag machte.«

»Ja«, sagte ich, »das ist richtig, alter Junge. ›Schutzengel‹ ist kein schlechter Name für sie.«

Später legte auch Bickley mir sein Geständnis ab.

»Hör mal zu, Arbuthnot!« sagte er. »Ich möchte dir etwas offenlegen. Ich glaube, daß ich es tun muß, da ich gewisse Dinge beobachtet habe und künftige Mißverständnisse vermeiden möchte.«

»Und was ist es?« fragte ich unschuldig.

»Nur dies: Wie du weißt, bin ich mein Leben lang im Prinzip ein überzeugter Junggeselle gewesen. Frauen bringen eine Menge Komplikationen in das Leben eines Mannes, und obwohl es einige Unbequemlichkeiten mit sich bringt, habe ich für das Beste gehalten, ohne sie auszukommen und die Sorge um das Weiterbestehen der Welt anderen zu überlassen.«

»Na und? Deine Einstellung ist alles andere als einmalig.«

»Höre! Während du krank warst, wurde ich von dem Liebreiz Yvas und von ihren wunderbaren Qualitäten als Krankenpflegerin überwältigt. Alle meine Prinzipien fielen in Trümmer. Ich sah sie in Relation zu jedem Ideal perfekten Frauentums, das ich jemals gehabt hatte. Meine lebenslangen Vorsätze zerschmolzen wie Wachs an der Sonne. Ohne Rücksicht auf ihre eigenartige Vergangenheit und die Wunder, in welche sie verwickelt ist, wollte ich sie heiraten. Zweifellos war ihre körperliche Schönheit der wesentliche Anstoß dazu, doch wie immer dem auch sein mochte, ich konnte es nicht ändern.«

»Sie ist sehr schön«, bemerkte ich, »wenn auch älter, als sie aussieht.«

»Das ist ein Punkt, zu dem ich keinerlei Erkundigungen eingeholt habe, und ich möchte dir raten, meinem Beispiel zu folgen, wenn die Reihe an dich kommt, was zweifellos geschehen wird. Weißt du, Arbuthnot«, sagte er nachdenklich, »ganz gleich, wie schön eine Frau auch sein mag, es würde einen doch sehr ernüchtern, wenn sie verkündete, daß sie – sagen wir einmal – einhundertfünfzig Jahre alt sei.«

»Ja«, gab ich zu, »denn niemand hat es gern, eine Zeitgenossin seiner Urgroßmutter zu heiraten. Doch sie hat mir ihr Alter mit siebenundzwanzig Jahren und drei Monaten angegeben.«

»Und zweifellos hat sie da ausnahmsweise einmal nicht die Wahrheit gesagt. Doch da sie nicht älter als fünfundzwanzig Jahre aussieht, sollten wir uns darauf einigen, es dabei zu belassen: siebenundzwanzig zuzüglich einer unbestimmten Periode des Schlafes. Auf jeden Fall ist sie eine reizende und äußerst warmherzige Frau, allem Anschein nach in der Blüte ihrer Jugend, und, um es kurz zu machen: ich habe mich in sie verliebt.«

»Genau wie Bastin«, sagte ich.

»Bastin!« rief Bickley empört. »Willst du damit etwa sagen, dieser klerikale Trottel hat sich eingebildet ... – nun gut, er ist schließlich auch ein Mann, vermute ich, also sollten wir nicht zu hart mit ihm sein. Doch wer hätte gedacht, daß er so hinterhältig sein könnte, wo er doch meine Gefühle für diese Dame kannte? Ich hoffe sehr, daß sie ihm ordentlich Bescheid gesagt hat.«

»Die Frage ist doch, was sie *dir* gesagt hat, Bickley.«

»Mir? Oh, sie war absolut bezaubernd! Es war wirklich ein Vergnügen, von ihr einen Korb zu bekommen, da sie einem alles so leicht macht.« (Hier erinnerte ich mich an Bastin und seine Geschichte, und wandte meinen Kopf ab um ein amüsiertes Lächeln zu verbergen.) »Sie sagte ... – was hat sie eigentlich gesagt? Es war so viel, daß es schwer ist, sich daran zu erinnern. Oh – daß sie nicht vorhabe, zu heiraten. Und daß sie außerdem noch nicht von irgendeiner kürzlichen Liebesaffäre erholt sei, die ihr das Herz gebrochen habe. Und daß ihr Vater nie seine Zustimmung dazu geben würde, ja, daß allein die Vorstellung einer solchen Verbindung seinen Zorn auf uns alle herabbeschwören würde.«

»Ist das alles?« fragte ich.

»Nicht ganz. Sie setzte hinzu, daß sie sich durch die Worte, die ich an sie gerichtet hatte, sehr geschmeichelt fühle. Sie hoffe jedoch, daß ich sie nicht wiederholen und auch nicht wieder von dieser Angelegenheit sprechen würde, da es ihr innigster Wunsch sei, mich als einen sehr nahestehenden Freund betrachten zu können, zu dem sie jederzeit kommen könne, um sich Beistand und Rat zu holen.«

»Und was geschah dann?«

»Nichts, natürlich, außer daß ich ihr alles versprach, was sie sich gewünscht hatte, und auch vorhabe, es zu halten. Natürlich war ich sehr gekränkt und verwirrt, doch ich komme darüber hinweg, da ich ja immer Selbstbeherrschung geübt habe.«

»Es tut mir leid für dich, alter Junge.«

»Wirklich?« fragte er mißtrauisch. »Dann hast du dein Glück vielleicht auch versucht?«

»Nein, Bickley.«

Sein Gesicht wurde ein wenig lang, als er das hörte, und er antwortete: »Nun, das wäre auch nicht sehr anständig von dir gewesen, da du ja erst vor so kurzer Zeit deine Frau verloren hast. Aber das trifft auch auf diesen scheinheiligen Bastin zu. Vielleicht wirst du darüber hinwegkommen – über den Verlust deiner Frau, meine ich –, so wie es ihm offenbar gelungen ist.« Er zögerte eine Weile und fuhr dann fort: »Natürlich wirst du das, alter Junge; ich weiß es, und außerdem glaube ich auch zu wissen, daß du eine andere Antwort erhalten wirst, wenn du an der Reihe bist. Und wenn ja, so würde sie dadurch in der Familie bleiben – sozusagen. Ich wünsche dir jedenfalls viel Glück. Nur ...«

»Nur was?« fragte ich beunruhigt.

»Um ehrlich zu sein, Arbuthnot, glaube ich nicht, daß irgendeiner von uns durch diese Frau sein wahres Glück finden kann – nicht im gewöhnlichen Sinne, meine ich. Diese ganze Geschichte ist zu seltsam, zu übermenschlich. Ist sie wirklich eine Frau, und könnte sie wirklich einen Mann heiraten, wie andere?«

»Es ist seltsam, daß du so etwas sagst«, erklärte ich beunruhigt. »Ich dachte, du seist zu der Erkenntnis gelangt, daß diese ganze Geschichte entweder eine Illusion oder ein Betrug ist – ich meine, ihre außergewöhnliche Seite.«

»Wenn sie eine Illusion ist, Arbuthnot, so kann ein Mann keine Illusion heiraten. Und wenn sie ein Betrug ist, so wird er bestimmt hereingelegt werden. Aber angenommen, ich hätte unrecht, was dann?«

»Du meinst, angenommen, die Dinge wären wirklich so, wie sie scheinen?«

»Ja. In diesem Falle bin ich sicher, Arbuthnot, daß irgend etwas geschehen würde, wodurch verhindert wird, daß du dich mit einer Frau vereinigst, die vor Tausenden von Jahren gelebt hat. Es tut mir leid, das sagen zu müssen, doch das Schicksal wird eingreifen. Denk daran, daß es der Gott ihres Volkes ist, den sie vermutlich anbetet, und vor dem sich die ganze Welt verneigt, möchte ich hinzufügen.«

Bei diesen Worten rann ein Frösteln über meinen Rücken. Ich glaube, daß er es bemerkte oder erahnte, denn nach ein paar kurzen Bemerkungen über ein unverbindliches Thema wandte er sich um und ging fort.

Kurz darauf kam Yva und setzte sich zu mir. Sie blickte mich eine Weile forschend an, und ich blickte forschend zurück. Ich hatte Grund, das zu tun, da ich in letzter Zeit bemerkt hatte, daß ihre Kleidung sehr viel moderner geworden war, und bei dieser Gelegenheit fiel mir das besonders auf. Ich kann nicht sagen, worin genau diese Veränderung oder Veränderungen bestanden, weil ich von solchen Dingen keine Ahnung habe und die Garderobe einer Frau lediglich nach ihrer allgemeinen Wirkung beurteilen kann. Auf jeden Fall waren die wunderbaren, bodenlangen Roben verschwunden, und obgleich ihre Kleidung noch immer fremdländisch und irgendwie orientalisch wirkte, mit einem Hauch barbarischer Pracht – war sie doch einfacher als zuvor und zeigte mehr von ihrer Figur, welche zierlich, und doch hoheitsvoll war.

»Du hast deine Kleidung verändert, Yva«, bemerkte ich.

»Ja, Humphrey. Bastin hat mir Bilder von solchen Kleidern gezeigt, wie sie eure Frauen tragen.« (Durch nähere Befragung stellte ich fest, daß sie sich damit auf eine alte Ausgabe der Zeitschrift *Queen* bezog, die irgendwie zusammen mit den Büchern aus dem Schiff geholt worden war.) »Ich habe versucht, sie ein wenig zu kopieren«, setzte sie ein wenig zweifelnd hinzu.

»Wie machst du das? Woher bekommst du das Material?« fragte ich.

»Oh!« antwortete sie mit einer wegwerfenden Geste. »Ich mache es – es ist da.«

»Ich verstehe nicht«, sagte ich, doch sie lächelte nur strahlend und gab mir keine weitere Erklärung. Und dann, bevor ich das Thema weiter verfolgen konnte, fragte sie mich plötzlich: »Was hat Bickley dir über mich gesagt?«

»Ich weiß es nicht«, antwortete ich ausweichend. »Bastin und Bickley haben zur Zeit nur dieses eine Thema. Du scheinst sehr viel mit ihnen zusammengewesen zu sein, während ich krank war.«

»Ja, sehr viel. Sie sind schließlich die Menschen, die dir am nächsten stehen, nicht wahr?«

»Ich weiß es nicht«, sagte ich wieder. »Während meiner Krankheit hatte ich das Gefühl, daß *du* mir am nächsten stündest.«

»Was Bastin gesagt hat, kann ich mir vorstellen«, fuhr sie fort. »Aber ich frage dich noch einmal: was hat Bickley dir über mich gesagt? Der erste Teil interessiert mich nicht, doch sag mir den anderen.«

Ich wollte ihrer Frage ausweichen, doch sie blickte mich mit ihren violetten, zwingenden Augen an, und es blieb mir nichts anderes übrig, als zu antworten.

»Ich glaube, daß du das genausogut weißt wie ich«, sagte ich, »aber wenn du darauf bestehst: – er sagte, daß du nicht so bist wie andere menschliche Frauen, und daß jeder, der dich als eine solche behandelt, leiden muß. Das war das Wesentliche seiner Worte.«

»Manch einer wäre glücklich, eine solche wie mich zu erleiden«, antwortete sie mit ruhiger, sanfter Stimme. »Selbst Bastin und Bickley mögen glücklich sein, auf ihre eigene, kleine Art zu leiden.«

»Du weißt, daß es nicht das ist, was ich meine«, sagte ich

wütend, da ich das Gefühl hatte, daß sie sich über mich lustig machte.

»Nein, du meinst, daß du mit Bickley einer Meinung bist und mich nicht für eine wirkliche Frau hältst, so wie du Frauen kennst.«

Ich blieb stumm, denn es war so.

Da flammte sie zu einem Blitz hoheitsvollen Zorns auf, wie etwas, das innerhalb einer Sekunde auflodert, wie der ferne, matte Stern, der vor dem Teleskop des Betrachters plötzlich zu feuriger Pracht aufstrahlt.

»Es ist wahr, daß ich nicht so bin wie eure Frauen – eure armen, blassen Frauen, die Schatten einer Stunde, mit Nacht hinter sich und Nacht vor sich. Nur weil ich bescheiden und geduldig bin, scheinst du anzunehmen, daß ich nicht auch groß bin. Mann aus dem kleinen Lande auf der anderen Seite des Meeres, ich habe gelebt, als die Welt jung war, ich habe das uralte Wissen einer Rasse zusammengetragen, welche größer war als die deine, und wenn diese Welt alt ist, werde ich, wie ich glaube, noch immer leben, wenn auch nicht in dieser Gestalt und an diesem Ort, mit der Essenz all jener Weisheit, die in meiner Brust lodert, und mit aller Schönheit in meinen Augen. Bickley glaubt nicht, obwohl er mich verehrt. Du glaubst nur halb und verehrst mich nicht, weil Erinnerungen dich davor zurückhalten, und ich selbst verstehe nicht. Ich weiß nur, daß ich, obwohl ich soviel Wissen besitze, noch immer Pfade des Lernens suche, und sei es nur ein bescheidener Pfad, der Bastin genannt wird, der aber dennoch meine Füße zum Tor einer unsterblichen Stadt führen mag.«

»Ich verstehe auch nicht, wie dies alles sein kann, Yva«, sagte ich leise, da sie mich mit ihrem Auflodern von Macht verwirrte und überwältigte.

»Nein, du verstehst es nicht. Wie könntest du auch, wenn selbst ich es nicht kann? Zweihundertfünfzigtausend Jahre habe ich geschlafen, und sie sind vergangen wie ein Blitz. In einem Augenblick gab mein Vater mir den Trank, und ich legte mich nieder, im nächsten erwachte ich und sah dich über mich gebeugt stehen, so zumindest kam es mir vor. Doch wo war ich während all dieser Jahrhunderte, als die Zeit für mich aufhörte, zu existieren? Sag mir, Humphrey, hast du geträumt, während du krank darniederlagst? Ich frage dich danach, weil unten, in der einsamen Kaverne, in der ich schlafe, eines Nachts ein seltsamer Traum zu mir kam. Er betraf eine Reise, die du und ich zusammen zu unternehmen schienen, vorbei an Sonnen und Sternbildern zu einem sehr weit entfernten Planeten. Doch er hat nichts zu bedeuten. Falls du und ich zufällig den gleichen Traum gehabt haben sollten, so nur deshalb, weil mein Traum zu dir gereist ist. Das ist völlig normal, oder war es zumindest einmal. Bickley hat absolut recht, Humphrey, ich bin nicht ganz so, wie eure Frauen es sind, und ich kann keinem Mann Glück bringen, oder zumindest keinem, der nicht warten kann. Deshalb wäre es gut für dich, wenn du weniger an mich denken würdest, wie ich es auch Bastin und Bickley geraten habe.«

Dann blickte sie mich wieder mit ihren wundervollen, großen Augen an, schüttelte leicht den Kopf, lächelte und ging.

Doch – oh! – ihr Lächeln zog mein Herz hinter ihr her.

20

Oro und Arbuthnot reisen bei Nacht

Als die Zeit weiterschritt, wurden Oros Besuche immer häufiger, bis schließlich kaum eine Nacht verging, in der er nicht auf seine geheimnisvolle Weise in meiner Hütte auftauchte. Das Seltsame daran war, daß weder Bickley noch Bastin etwas von diesen nächtlichen Besuchen zu merken schienen. Als ich ihnen gegenüber von diesen Besuchen sprach, starrten sie mich an und sagten, es sei seltsam, daß er gekommen und gegangen sei, da sie ihn nicht bemerkt hätten.

Als ich diese Angelegenheit wieder einmal erwähnte, lenkte Bickley das Gespräch sofort auf ein anderes Thema, woraus ich schloß, daß er annahm, ich litte unter Wahnvorstellungen, welche auf meine Krankheit zurückzuführen seien, oder ich hätte geträumt. Und dies war wirklich nicht verwunderlich, da Bickley, wie ich später erfuhr, es sich zur Angewohnheit gemacht hatte, nachts, wenn er sicher war, daß ich schlief, einen Faden über die Türöffnung meiner Hütte zu spannen und sich bei Tagesanbruch davon zu überzeugen, daß er nicht zerrissen worden war. Doch Oro konnte man auf eine solche Weise nicht fangen. Da es ihm unmöglich war, durch das Gitterwerk der offenen Seite des Hauses hereinzukommen, nehme ich an, daß er den Faden löste und ihn später, wenn er ging, wieder befestigte; und das war auch Bastins Erklärung, oder zumindest eine davon. Eine andere war, daß Oro unter dem Faden hindurchkröche, doch das schien mir unwahrscheinlich. Ich bin ganz sicher, daß Oro in all den vielen Jahren seines Lebens niemals gekrochen ist.

Auf jeden Fall kam er, oder schien zu kommen, und pumpte mich – ich kann dafür kein anderes Wort gebrauchen – sehr energisch über die derzeitigen Verhältnisse auf der Erde aus, besonders über jene der zivilisierten Länder, über ihre Regierungsformen, das Gesellschaftsleben, über die physischen Charakteristika der einzelnen Rassen, über ihre Religionen, über den genauen Stand der Kultur, welche sie entwickelt hatten, über ihre Leistungen in der Kunst, Wissenschaft und Literatur, über ihre militärischen Kapazitäten, ihre Gesetze und ich weiß nicht, was noch alles.

Ich berichtete ihm, so gut mir das möglich war, doch schien ich seinen ständigen Hunger nach Informationen nicht im geringsten stillen zu können.

»Ich würde es vorziehen, mir mein eigenes Urteil zu bilden«, sagte er schließlich.

»Warum bist du so darauf bedacht, über all diese Völker informiert zu sein, Oro?« fragte ich, völlig erschöpft.

»Weil das Wissen, das ich ansammele, meine Pläne für die Zukunft beeinflussen mag«, antwortete er dunkel.

»Man hat mir gesagt, Oro, daß die Menschen deiner Zeit die Macht erworben hätten, sich von einem Ort zum anderen zu transportieren.«

»Es ist wahr, daß die Herren der Söhne der Weisheit eine solche Kraft besaßen, und ich besitze sie noch immer, Humphrey.«

»Warum gehst du dann nicht hin und siehst dir alles mit eigenen Augen an?« schlug ich vor.

»Weil ich dazu einen Führer brauche, einen, der mir vieles in kurzer Zeit erklären kann«, sagte er und blickte mich mit seinen glühenden Augen an, bis ich mich unbehaglich zu fühlen begann.

Um das Thema zu wechseln, fragte ich ihn, ob er irgendwelche neuen Nachrichten vom Krieg habe, der jetzt in Europa tobe, wie er mir gesagt hatte.

»Nicht viele«, antwortete er, »ich habe nur erfahren, daß er mit wechselndem Erfolg geführt wird, und daß er weitergehen wird, bis die darin verwickelten Völker erschöpft sind« – jedenfalls glaube er das. Der Krieg schien Oro nicht besonders zu interessieren. Er sei, wie er feststellte, nur eine kleine Auseinandersetzung, verglichen mit jenen, die er in der alten Zeit erlebt hatte. Dann ging er, und ich schlief ein.

In der folgenden Nacht erschien er wieder, und nachdem er ein wenig über verschiedene Themen gesprochen hatte, erklärte er mir ruhig, daß er darüber nachgedacht habe, was ich ihm über seinen Besuch der modernen Welt gesagt hatte, und beabsichtige, diesem Vorschlag nachzukommen.

»Wann?« fragte ich.

»Jetzt«, sagte er. »Ich werde dieses England aufsuchen, aus dem du kommst, und die Stadt, die du London nennst, und *du* wirst mich begleiten.«

»Das ist unmöglich!« rief ich. »Wir haben kein Schiff.«

»Wir können ohne ein Schiff reisen«, sagte Oro.

Ich bekam es mit der Angst zu tun und meinte, daß Bastin

oder Bickley viel bessere Reisebegleiter wären als ich in meinem immer noch geschwächten Zustand.

»Ein hohlköpfiger Mann, oder einer, der ständig zweifelt und diskutiert, wären völlig nutzlos«, erwiderte er scharf. »Du wirst mit mir kommen, und nur du!«

Ich protestierte; ich versuchte aufzuspringen und zu fliehen – was ich auch tat, wenn auch in einem anderen Sinne.

Doch Oro starrte mich mit seinen glühenden Augen an und bewegte seine schmale Hand langsam über meinem Kopf hin und her.

Meine Sinne schwanden. Und dann kam eine große Dunkelheit.

Sie kehrten zurück. Ich stand in einem eisigen, dumpf riechenden Nebel, und ich wußte, daß es den nur an einem einzigen Ort der Welt gab: London im Dezember – und mir zur Seite war Oro.

»Ist dies das Klima deiner wundervollen Stadt?« fragte er, oder schien er zu fragen, in einem vorwurfsvollen Tonfall.

Ich antwortete, daß es während etwa dreier Monate im Jahr ihr Klima sei und begann mich umzusehen.

Bald hatte ich mich orientiert. Vor mir erhoben sich zwei große Gebäude, die im Nebel verschwommen und geheimnisvoll aussahen, und die ich als das Parlamentsgebäude und Westminster Abbey erkannte, und mir wurde bewußt, daß wir vor der Westminster Bridge Station standen. Ich erklärte Oro die Bedeutung der beiden Bauten.

»Gut«, sagte er. »Laß uns in euren Ort des Redens gehen!«

»Aber ich bin kein Mitglied des Parlaments, und wir haben keine Passierscheine für die Besuchergalerie.«

»Wir brauchen keine«, erwiderte er in einem verächtlichen Tonfall. »Führe mich!«

So aufgefordert überquerte ich die Straße, und Oro folgte mir. Als ich mich umblickte, sah ich ihn direkt im Weg eines Autobusses, der ihn zu zerschmettern drohte.

»Das ist das Ende von Oro«, murmelte ich im Selbstgespräch. »Nun, zumindest bin ich wieder zu Hause.«

Im nächsten Moment stand er neben mir, vollkommen unbeeindruckt von seiner Begegnung mit dem Bus. Wir traten auf die Tür zu, bei der ein Polizist stand, und ich zögerte, da ich erwartete, von dem Mann aufgehalten zu werden. Doch der Polizist kümmerte sich überhaupt nicht um uns, auch nicht, als Oro in seinen fließenden Roben an ihm vorbeischritt. Also folgte ich ihm, und mit dem gleichen Erfolg. Da begriff ich, daß wir unsichtbar sein mußten!

Wir traten ins Foyer, wo Parlamentsabgeordnete hin und her eilten und Wähler und Presseleute versammelt waren, und dann weiter in den Parlamentssaal. Oro ging den Mittelgang entlang und trat neben das Podium, vor den Parlamentssprecher. Ich folgte ihm, und niemand hielt uns auf.

Wie es der Zufall wollte, war gerade etwas im Gange, das eine Szene genannt wird – ich glaube, es ging über irgendwelche irischen Angelegenheiten, die Einzelheiten spielen keine Rolle. Abgeordnete schrien, Minister machten Ausflüchte und wurden wütend, der Sprecher forderte Ruhe. Alles in allem war es ein recht unwürdiges Schauspiel. Ich stand vor dem Podium, oder schien dort zu stehen, und beobachtete alles. Oro, in seinen bodenlangen Roben, die in dieser Umgebung so völlig deplaziert wirkten, trat – oder schien zu treten – zu den maßgebenden Persönlichkeiten der Regierungspartei und der Opposition, auf die ich ihn hinwies, und studierte sie nacheinander sehr eingehend und interessiert, wie ein Naturforscher bisher unbekannte Insekten studieren mochte. Dann wandte er sich wieder mir zu und sagte: »Komm! Ich habe genug gesehen und gehört. Wer könnte es für möglich halten, daß dieses dein Volk in einem Krieg um sein Leben kämpft?«

Wir verließen das Parlamentsgebäude und gelangten irgendwie zum Trafalgar Square. Dort fand gerade eine politische Kundgebung statt, die offensichtlich zusammengerufen worden war, um die Rechte der Arbeiter zu fördern, und auch die der Frauen, um gegen die Zustände im allgemeinen zu protestieren, und besonders gegen die Militärdienstpflicht zur Verteidigung des Landes.

Hier war der Lärm ohrenbetäubend, und da sich der Nebel ein wenig gelichtet hatte, konnten wir alles genau verfolgen. Redner schrien vom Sockel der Nelson-Säule. Ihre Anhänger jubelten ihnen zu, ihre Gegner stürzten sich auf sie, und in ein paar Fällen gelang es ihnen auch, sie herunterzuzerren. Eine Frau kletterte auf den Sockel und begann etwas zu schreien, das nur von ein paar Reportern gehört werden konnte, die sich um sie versammelten. Ich fand, daß sie alles andere als sympathisch wirkte, und das, was sie sagte, schien der Mehrheit ihrer Zuhörer gegen den Strich zu gehen. Es gab einen plötzlichen Ansturm, und sie wurde vom Sockel eines der Löwen am Fuße des Denkmals herabgezerrt. Dabei wurde ihr der Rock halb heruntergerissen, und der Rückenteil ihres Korsetts sprang bis zum Gürtel auf. Schließlich wurde sie von mehreren Polizisten fortgeschleppt, gegen die sie sich beißend, kratzend und um sich stoßend wehrte. Es war eine abstoßende Szene, aus der sich nun ein Tumult entwickelte.

»Laß uns gehen«, sagte Oro. »Eure Ordnungsleute sind gut, alle anderen sind nicht gut.«

Später standen wir vor der Tür eines berühmten Restaurants, wo ein hochgewachsener und in eine prächtige Uniform gekleideter Portier den Damen beim Aussteigen aus ihren Motorwagen half und dafür Geld von den Männern erhielt, in deren Begleitung sie waren. Wir traten hinein; es war die Zeit des Abendessens. Überall funkelten Edelsteine, und die nackten Rücken der Frauen glänzten im Licht elektrischer Lampen. Ein Gang folgte dem anderen; Champagner perlte, ein kleines Orchester spielte, alles war kostbar, und alles war, auf gewisse Weise, widerwärtig.

»Dies also sind die reichen Bürger eines Volkes, das um sein Leben kämpft«, bemerkte Oro und strich seinen langen Bart. »Interessant, sehr interessant! Laß uns gehen!«

Wir traten hinaus und gingen an einem Pub vorbei, der voller Frauen war, die ihre Babies in der Obhut von Kindern auf der eisigen Straße gelassen hatten. Es war dies der Tag der Fürbitte für den Sieg Englands im Kriege. Plakate, die darauf hinwiesen, waren überall angeschlagen. Wir traten – oder vielmehr Oro tat es, und ich folgte ihm – in eine der Kirchen am Strand, wo gerade ein Abendgottesdienst abgehalten wurde. Der Pastor, der auf der Kanzel stand und ein recht guter Prediger zu sein schien, sprach von der Notwendigkeit nationaler Einkehr und Selbstbeschränkung – und auch des Gebets. In dem Kirchenschiff befanden sich genau zweiunddreißig Menschen, die meisten davon ältere Frauen, die ihm in sanfter Ergebenheit zuhörten.

»Der Priester spricht gut, doch der Zuhörer sind nicht viele«, sagte Oro. »Laß uns gehen!«

Wir kamen zu dem grell erleuchteten Portal eines Varietés und traten hinein, obwohl das für jeden anderen unmöglich gewesen wäre, denn das Haus war brechend voll. In den Wandelgängen standen Männer, trinkend und rauchend, während auffällig wirkende Frauen, stark geschminkt und in tief ausgeschnittenen Kleidern, sie auffordernd anstarrten. Auf der Bühne tanzten Mädchen und warfen ihre Beine. Dann verschwanden sie inmitten von Applaus, und eine Frau in einem gelben Kleid, die so tat, als ob sie angetrunken sei, sang ein entsetzlich vulgäres Lied, voller Zweideutigkeiten, das von der riesigen Zuhörerschaft mit zustimmenden Schreien quittiert wurde.

»Hier sind der Zuhörer viel, doch jene, denen sie lauschen, sprechen nicht gut«, sagte Oro. »Laß uns gehen!« Und wir gingen.

Bei einem Rekrutierungsbüro blieben wir für einen Augenblick stehen und betrachteten die Plakate, die patriotisch sein sollten, deren Anblick mir jedoch einen Schauer der Scham über den Rücken jagte. Ich erinnere mich an den Text unter einem von ihnen: *Was wird deine Freundin sagen?*

»Ist das die Art, wie ihr eure Soldaten aushebt? Später wird das anders werden«, sagte Oro und ging weiter.

Wir erreichten Blackfriars und gingen auf einen Saal zu, an dessen Türen Frauen mit Schutenhüten standen, sehr freundlich aussehende Frauen, die jedoch irgendwie ernst wirkten. Ihre Gesichter schienen Oro zu beeindrucken, und er winkte mir, ihm in den Saal zu folgen. Er war recht voll, mit abgerissenen, elenden Gestalten, deren Zahl etwa tausend betragen mochte. Ein Mann in der blauen Uniform der Heilsarmee predigte von der Pflicht gegenüber Gott und Vaterland, von Selbstverleugnung, Hoffnung und Vergebung. Er machte einen bescheidenen Eindruck, doch waren seine Worte ernst, und er schien Liebe auszustrahlen. Einige Mitglieder seiner elenden Gemeinde weinten, andere starrten ihn mit offenem Mund an, ein paar schliefen. Er rief sie auf, Vergebung entgegenzunehmen, und eine Anzahl von ihnen trat, geführt von den Frauen mit den freundlichen Gesichtern, heran und kniete sich vor ihm nieder. Er und ein paar andere flüsterten ihnen etwas zu und schienen sie dann zu segnen, und sie erhoben sich mit veränderten Gesichtern.

»Laß uns gehen!« sagte Oro. »Ich verstehe diese Riten zwar nicht, doch habe ich in deiner großen und wundervollen Stadt endlich etwas gesehen, das rein und edel ist.«

Wir gingen hinaus. Auf den Straßen herrschte großer Aufruhr. Menschen liefen aufgeregt hin und her und deuteten zum Himmel empor. Scheinwerfer, wie riesige, suchende Finger, tasteten durch das Dunkel. Geschützfeuer dröhnte. Und dann sahen wir im grellen Licht der Scheinwerfer ein langgestrecktes, bedrohlich wirkendes Objekt hoch über uns schweben, und es glänzte, als ob es aus Silber bestünde. Feuerblitze schlugen aus ihm heraus, gefolgt von berstendem Donnern, das näher und näher kam. Ein Haus unmittelbar hinter uns stürzte krachend in sich zusammen.

»Ah!« sagte Oro lächelnd. »Dies kenne ich: es ist der Krieg, der Krieg, so wie er war, als die Welt anders war, und doch dieselbe.«

Während er sprach, rumpelte ein Motoromnibus vorbei. Wieder ein Krachen und eine Explosion. Ein Mann, der, den Arm um die Hüfte eines Mädchens gelegt, dicht vor uns ging, schien in die Luft gewirbelt zu werden und zu zerplatzen. Das Mädchen fiel wie eine zerbrochene Puppe zu Boden. Irgendwie lagen ihr Kopf und ihre Füße nebeneinander. Der Motoromnibus zerbarst, und seine Passagiere wurden durch die Luft geschleudert, blutige Fleischklumpen, die noch eben Männer und Frauen gewesen waren. Der Kopf eines von ihnen kam über das Pflaster auf uns zugerollt, eine brennende Zigarre im Mundwinkel.

»Ja, dies ist Krieg«, sagte Oro. »Es macht mich wieder jung, so etwas zu sehen. Aber begreift diese, deine Stadt, was Krieg ist?«

Wir blieben eine Weile stehen. Eine Menschenmenge sammelte sich. Polizisten kamen gerannt, Krankenwagen rollten an. Die Straße wurde aufgeräumt, alle menschlichen Überreste fortgeschafft. Wenig später ging ein anderer Mann an uns vorbei, seinen Arm um die Taille eines anderen Mädchens gelegt. Ein weiterer Motoromnibus rumpelte vorbei, wich dem tiefen Krater in der Fahrbahn aus und fuhr weiter.

Die Straße wurde von der Polizei geräumt, das Luftschiff zog seine Bahn, säte Bomben in einen anderen Teil der Stadt und verschwand. Der Zwischenfall war vorbei.

»Laß uns nach Hause gehen!« sagte Oro. »Ich habe genug von deiner großen und wunderbaren Stadt gesehen. Ich möchte jetzt in der Stille Nyos sitzen und nachdenken.«

Das nächste, woran ich mich erinnere, war die Stimme Bastins, die sagte: »Wenn es dir nichts ausmacht, Arbuthnot, solltest du jetzt wirklich aufstehen. Die glitzernde Dame (er nannte sie noch immer so) kommt her, um mit mir zu sprechen, und ich würde es vorziehen, dabei ungestört zu sein. Entschuldige bitte, daß ich dich gestört habe, aber du hast wirklich verschlafen. Ich glaube, es muß schon neun Uhr sein, soweit ich das am Stand der Sonne erkennen kann, denn meine Uhr ist sehr unzuverlässig seit der Zeit, als Bickley versuchte, sie zu reinigen.«

»Tut mir sehr leid, alter Junge«, murmelte ich verschlafen, »aber ich glaubte, in London zu sein – ich hätte wirklich schwören können, daß ich in London war.«

»Dann«, erklärte Bickley, der Bastin in die Hütte gefolgt war und mich mit jenem zweifelnden Blick ansah, der mir nun schon vertraut war, »hättest du uns wenigstens eine Abendzeitung mitbringen können.«

In der nächsten oder übernächsten Nacht wachte ich plötzlich auf, weil ich fühlte, daß Oro kam. Er erschien wie ein Geist in dem hellen Mondlicht, murmelte einen Gruß und sagte: »Heute nacht, Humphrey, wollen wir wieder eine Reise machen. Ich möchte den Schauplatz des Krieges sehen.«

»Ich möchte aber nicht dorthin.«

»Was du möchtest oder nicht, spielt keine Rolle«, erwiderte er. »Ich wünsche, daß du mit mir gehst, und deshalb wirst du es tun.«

»Höre, Oro!« rief ich. »Mir gefällt diese Sache nicht; sie kommt mir gefährlich vor.«

»Es gibt keine Gefahr, wenn du gehorchst, Humphrey.«

»Ich denke doch. Ich begreife nicht, was geschieht. Gebrauchst du das, was deine Tochter Yva die vierte Dimension genannt hat, so daß unsere Körper über das Meer und durch die Berge gleiten, wie die Wellen unseres drahtlosen Telegraphen, von dem ich dir erzählte?«

»Nein, Humphrey. Jene Methode ist zwar gut und leicht anwendbar, doch gebrauche ich sie nicht, denn wenn ich das täte, würden wir an all den Orten, welche wir aufsuchen, sichtbar sein, weil dort alle Atome, aus denen ein Mensch besteht, wieder zusammengesetzt werden müßten, um wieder zu einem Menschen zu werden.«

»Was tust du dann?« fragte ich verzweifelt.

»Der Mensch, Humphrey, ist nicht nur einer; er ist viele. So besitzt er, unter anderem, ein Double, das sehen und hören kann, genauso wie er im Fleische, wenn es von dem Fleisch getrennt wird.«

»Das haben auch die alten Ägypter geglaubt«, sagte ich.

»Wirklich? Zweifellos haben sie dieses Wissen von uns, den Söhnen der Weisheit, ererbt. Der Kelch unseres Wissens war so voll, daß dieses Wissen, wir mochten es geheimzuhalten versuchen, so viel wir wollten, von Zeit zu Zeit überschwappte und sich auf die Vulgären ergoß, und zweifellos brennt deshalb das Licht unseres Wissens noch immer irgendwo auf dieser Welt weiter.«

Ich dachte mir, daß die Söhne der Weisheit, was immer auch ihre anderen Charakteristiken sein mochten, auf jeden Fall jede Bescheidenheit verloren hatten, doch ließ ich diesen Gedanken nicht laut werden, sondern fragte nur, auf welche Weise er sein Double benutzte, vorausgesetzt, daß es existierte.

»Das ist sehr einfach«, antwortete er. »Während des Schlafs kann es dem Körper entzogen und von einem, der sein Herr ist, auf eine Reise geschickt werden.«

»Dann muß dein Double während der langen Zeit, die du schliefst, sehr viele Reisen unternommen haben.«

»Vielleicht«, antwortete er ruhig, »und mein Geist ebenfalls, der ja ein anderer Teil von mir ist, und der in den Körpern anderer Menschen gewohnt haben mag. Falls dem so gewesen sein sollte, habe ich es jedoch leider vergessen, und deshalb muß ich jetzt so vieles lernen und mich dazu selbst so armseliger Instrumente wie dir bedienen, Humphrey.«

»Ich nehme also an, daß du mein Double aus mir herausdestillierst, wenn ich schlafe. Doch wenn dem so ist, wer destilliert das Double aus *dir* heraus, Oro?«

Er wurde wütend und sagte: »Stell keine Fragen mehr, der du blind und unwissend bist! Es ist nicht an dir, zu erforschen, sondern zu gehorchen. Schlaf jetzt!« Und wieder schwenkte er seine Hand über mir hin und her.

In der nächsten Sekunde, wie es mir schien, standen wir in einer grauen, alten Stadt, die, nach ihrem Aussehen zu urteilen, entweder in Nordfrankreich oder in Belgien liegen mußte. Sie war durch Granaten stark zerstört; die Kirche, zum Beispiel, lag in Trümmern, und viele der Häuser waren ausgebrannt. Jetzt aber waren die Geschütze verstummt, denn die Stadt war genommen worden. Die Straßen waren voller bewaffneter Männer, die deutsche Uniformen und Helme trugen. Wir gingen eine dieser Straßen entlang und konnten in die Häuser sehen. In einigen von ihnen waren deutsche Soldaten beim Plündern, und in anderen taten sie so scheußliche Dinge, daß selbst der harte Oro den Kopf abwandte.

Wir erreichten den Marktplatz. Er war voll von deutschen Truppen und auch von einer großen Zahl von Einwohnern dieser Stadt, die meisten von ihnen ältere Männer, Frauen und Kinder, die sich in ihrer Gewalt befanden. Die Deutschen rissen, auf den Befehl ihrer Offiziere, die Männer von der Seite ihrer Frauen und Kinder, trieben sie zusammen, und stießen die schreienden Frauen mit Gewehrkolben zurück. Unter den Männern bemerkte ich zwei oder drei Priester, welche ihr bestes taten, die anderen zu trösten, und sie erteilten einigen sogar mit hastig geflüsterten Worten die Absolution.

Schließlich war die Trennung von Männern und Frauen erzwungen, und auf das Kommando eines Offiziers hin begann eine Kompanie Soldaten auf die Männer zu feuern, so lange, bis auch der letzte gefallen war. Dann gingen die Unteroffiziere zwischen ihnen hin und her und schossen jedem, der sich noch bewegte, mit ihren Pistolen in den Kopf.

»Diese Schlächter sind Deutsche?« fragte Oro mich.

»Ja«, antwortete ich, und mir war übel vor Entsetzen, denn obwohl ich nur im Geiste hier war, und nicht im Körper, konnte ich fühlen, so wie der Geist fühlt. Wenn ich auch im Körper hier gewesen wäre, würde ich sicher ohnmächtig geworden sein.

»Dann können wir uns die Mühe sparen, ihr Land aufzusuchen. Dies reicht mir. Laß uns weitergehen!«

Wir kamen in das offene Land und gelangten in ein Dorf. Es war von deutscher Kavallerie besetzt. Zwei dieser Männer hielten ein kleines Mädchen fest, der eine hielt ihren Körper umklammert, der andere hatte ihren rechten Arm gepackt. Vor dem verängstigten Kind stand ein Offizier mit gezogenem Säbel. Er war ein widerlicher Mann mit groben Gesichtszügen, der aussah, als ob er getrunken hätte.

»Ich werde dieses Gör lehren, uns die falsche Straße zu zeigen, damit die französischen Schweine entkommen können!« schrie er und schlug mit dem Säbel zu. Die rechte Hand des Mädchens fiel zu Boden.

»Der Krieg, wie er von den Deutschen praktiziert wird«, bemerkte Oro. Dann trat er – oder schien zu treten – zu dem Offizier, und flüsterte – oder schien zu flüstern – etwas in dessen Ohr.

Ich weiß nicht, welche Sprache oder welches Geister-Idiom er dabei benutzte, oder was er sagte, doch das aufgeschwemmte Gesicht des Kerls wurde plötzlich bleich, wurde aschfarben vor Angst.

»Ich glaube, es sind Geister in dieser Gegend«, sagte er mit einem deutschen Fluch. »Ich hätte schwören können, daß mir eben jemand zuflüsterte, daß ich sterben würde. Aufsitzen!«

Die Ulanen saßen auf und ritten aus dem Dorf.

»Paß auf!« sagte Oro.

Noch während er sprach, brach ein Flugzeug aus einer dunklen Wolke hervor. Sein Pilot sah den kleinen Trupp der Deutschen und warf eine Bombe. Er hatte genau gezielt, denn sie explodierte mitten unter ihnen und schleuderte eine gewaltige Sandfontäne empor, aus der die Schreie von Männern und Pferden ertönten.

»Komm und sieh!« sagte Oro.

Wir waren dort. Aus der Sandwolke galoppierte ein Mann heraus. Er war ein junger Bursche, der, wie ich bemerkt hatte, den Kopf abgewandt und die Augen mit der Hand bedeckt hatte, als die Abscheulichkeit in dem Dorf geschehen war. Alle anderen aber waren tot, mit Ausnahme des Offiziers, der die Untat begangen hatte. Er lebte noch, doch die Bombe hatte ihm beide Hände und einen Fuß abgerissen. Und dann starb er, während er Gott um Gnade anschrie.

Wir gingen weiter und gelangten zu einer Scheune, deren

breite Torflügel offenstanden und im Wind ein wenig hin und her schwangen, wobei die verrosteten Scharniere kreischten wie eine von Schmerzen gepeinigte Kreatur. An jedem dieser Torflügel hing ein gekreuzigter Mann. Die Mütze des einen lag auf der Erde, und ich erkannte an ihrer Form, daß er ein Kolonialsoldat war.

»Hast du mir nicht erklärt«, sagte Oro, nachdem er sie eine Weile betrachtet hatte, »daß diese Deutschen auch von eurem christlichen Glauben sind?«

»Ja, und der Name Gottes ist stets auf den Lippen ihres Herrschers.«

»Ah!« sagte er. »Ich bin froh, daß wir das Schicksal anbeten. Bastin, der Priester, braucht mich nicht länger zu belästigen.«

»Es gibt etwas hinter dem Schicksal«, sagte ich, Bastin zitierend.

»Vielleicht. Das habe ich schon immer geglaubt, doch selbst nach langem Studium kann ich die Art seiner Funktion nicht begreifen. Das Schicksal reicht mir.«

Wir zogen weiter und kamen in flaches Land, von Gräben durchzogen, die voller Menschen waren, Deutsche auf der einen Seite, auf der anderen Engländer und Franzosen. Ein furchtbares Bombardement ließ die Erde erzittern, und Granaten regneten auf die Gräben nieder. Plötzlich hörte das Feuer der englischen Kanonen auf, und aus den vor ihnen liegenden Gräben brachen Tausende von Männern hervor, die durch einen Feuerhagel, in dem Hunderte von ihnen fielen, über offenes, von Granattrichtern zernarbtes Gelände vorwärtsstürmten. Sie erreichten die Stacheldrahtverhaue, oder das, was von ihnen übriggeblieben war, zerschnitten sie mit Drahtscheren und rissen die Pfähle heraus. Dann strömten sie durch diese Breschen, wobei sie brüllten und Handgranaten schleuderten. Sie waren bei den deutschen Gräben, sie sprangen in sie hinein, und ein höllischer Lärm schallte aus ihnen heraus. Pistolen krachten, und überall blitzten Bajonette.

Hinter ihnen folgte eine Horde kleiner, dunkelhäutiger

Männer, Ghurkas, die riesige Messer schwangen. Sie setzten über den ersten Graben und stürzten sich mit wilden Schreien in den zweiten – solche, die übriggeblieben waren –, wo sie mit ihren Messern auf die Verteidiger einzuhacken begannen, und auf die Soldaten, die hinter den feuerspeienden Maxim-Gewehren* lagen. Innerhalb von zwanzig Minuten war alles vorbei; die Gräben der Gegner waren genommen, und jetzt setzte wieder das Donnern der Geschütze von allen Seiten ein.

»Das ist der Krieg«, sagte Oro hart, »sauberer, ehrlicher Krieg, wie ihn der Gott, den ich Schicksal nenne, den Menschen auferlegt hat. Ich habe genug gesehen. Jetzt möchte ich jene aufsuchen, die ihr Türken nennt. Ich habe gehört, daß sie einen anderen Glauben haben und vielleicht edler sind als diese Christen.«

Wir befanden uns in einem bergigen Land, das ich als Armenien erkannte, da ich dort einst gereist war und mich eine Weile an der Küste aufgehalten hatte. Hier sahen wir Türken zu Tausenden. Sie waren damit beschäftigt, eine unübersehbare Menge von Männern, Frauen und Kindern vor sich herzutreiben. Weiter und weiter trieben sie sie, bis sie die Küste erreichten. Dort massakrierten sie alle mit ihren Bajonetten, mit Kugeln, oder durch Ertränken. Ich erinnere mich an das entsetzliche Bild einer armen Frau, die bis zu ihren Hüften im Wasser stand. Drei kleine Kinder klammerten sich angstvoll an ihr fest ... – doch ich kann nicht weiterberichten, ich kann es wirklich nicht. Schließlich watete ein Türke zu ihr hinaus und erstach sie mit dem Bajonett, während sie versuchte, das letzte noch lebende Kind mit ihrem Körper zu schützen, aus dem es geboren worden war.

»Diese, so habe ich verstanden«, sagte Oro und deutete auf die türkischen Soldaten, »verehren einen Propheten, welcher, wie sie sagen, die Stimme Gottes ist.«

---

* Wassergekühlte Maschinengewehre, nach ihrem Erfinder benannt – *Anm. d. Übers.*

»Ja«, antwortete ich, »und deshalb schlachten sie jene ab, welche Christen sind, weil sie Gott ohne einen Propheten anbeten.«

»Und wofür schlachten die Christen sich gegenseitig ab?«

»Um Macht und Reichtum, und um Land, das Macht bedeutet. Das heißt, der König der Deutschen will die Welt beherrschen, doch die anderen Völker wollen seine Herrschaft nicht. Deshalb kämpfen sie für Freiheit und Recht.«

»Wie es schon immer war, und wie es immer sein wird«, bemerkte Oro, »nur mit diesem Unterschied: in der alten Welt waren einige der Menschen weise, doch hier ...« Er verstummte und blickte auf die armenische Frau, die sich im Todeskampf wand, während der Mörder ihr letztes Kind ertränkte, und sagte dann: »Laß uns gehen!«

Unser Weg führte uns über das Meer. Auf ihm entdeckten wir ein Schiff, welches so groß war, daß es Oros Aufmerksamkeit erregte, und zum ersten Mal sah ich ihn erstaunt.

»Zu meiner Zeit«, sagte er, »gab es keine Schiffe von dieser Größe auf der Welt. Ich will es mir ansehen.«

Wir landeten auf dem Deck des Schiffes, oder, besser gesagt, des schwimmenden Palastes, und betrachteten es eingehend. Es hatte eine große Zahl von Passagieren an Bord, zum Teil Engländer, zum Teil Amerikaner, und ich machte Oro auf die Unterschiede zwischen den beiden aufmerksam. Diese waren, wie ich ihm erklärte, nicht sehr groß, außer daß einige der amerikanischen Frauen mehr Schmuck trugen, und daß einige der amerikanischen Männer, deren Unterhaltung wir hörten, häufig von der Größe ihres Landes sprachen, während die Engländer, wenn sie ihr Land überhaupt erwähnten, es eher mit geringschätzigen Bemerkungen bedachten.

Plötzlich erschien auf der Oberfläche der See in geringer Entfernung etwas Seltsames: ein kleines Objekt, das aussah, wie eine Dose am Ende einer Stange. Eine Stimme schrie: »Unterseeboot!« und alles stürzte an die Reling, um zu gaffen.

»Wenn diese Deutschen einen von ihren lausigen Tricks

an uns anwenden sollten, kriegen sie von den Vereinigten Staaten eins übergebraten«, sagte eine Stimme neben uns.

Dann kam aus der Richtung der Stange mit der Dose an ihrem Ende etwas, das die glatte Oberfläche des Wassers kräuselte und Luftblasen aufsteigen ließ.

»Torpedo!« schrien mehrere Stimmen.

»Haltet doch den Mund!« sagte der Mann. »Wer würde es wagen, ein Schiff voller Bürger der Vereinigten Staaten zu torpedieren?«

Im nächsten Augenblick war eine schreckliche Explosion zu hören, und eine riesige Wassersäule stieg an der Bordwand empor, die den Sprecher über die Reling und in die Tiefe riß. Und dann – Schrecken! Schrecken! Schrecken! Unbeschreibliche Szenen spielten sich ab, während das mächtige Schiff sich im Todeskampfe wand. Boote wurden ausgesetzt; Boote kenterten; Boote wurden unter Wasser gedrückt durch die Fahrt des Schiffes, die nicht gestoppt werden konnte. Männer und Frauen liefen in Todesangst hin und her, mit hervorquellenden Augen, Kinder an sich gedrückt, Rettungswesten über ihre kostbaren Abendkleider geschnallt, oder sie kamen aus ihren Kabinen herausgestürzt, die Hände voller Schmuck, den sie zu retten versuchten. Von der Brücke und vom Achterdeck kamen die Befehle von Offizieren, die bis zuletzt ihre Pflicht taten. Und aus einiger Entfernung beobachtete die Stange mit der Dose an ihrem Ende das Ergebnis:

Das riesige Schiff kippte über den Bug in die Tiefe; die beiden Schrauben mahlten noch in der Luft, und man hörte das Donnern der explodierenden Kessel. Und dann war die See wieder leer, bis auf ein paar Rettungsboote, die in dem spiegelglatten Wasser trieben, und die dunklen Punkte, welche die Köpfe von Menschen waren, die im Wasser schwammen.

»Laß uns nach Hause gehen!« sagte Oro. »Ich werde dieses Krieges deiner christlichen Völker müde. Er ist nicht besser als der der barbarischen Nationen der frühen Welt. Er ist sogar schlimmer, da wir damals das Schicksal als Gott verehrten, und einige wenige von uns Weisheit besaßen. Jetzt behauptet ihr alle, Weisheit zu besitzen und erklärt, daß ihr einen Gott der Barmherzigkeit verehrt.«

Während diese Worte noch immer in meinen Ohren klangen, erwachte ich auf der Insel Orofena, erfüllt von Schrekken und einer entsetzlichen Angst vor weiteren Alpträumen.

Denn was sonst konnte es gewesen sein? Dort war der braune, uralte Kegel des erloschenen Vulkans. Dort waren die hohen Palmen der Hauptinsel und die See, die dazwischen im Sonnenlicht glitzerten. Dort war Bastin, der am Rand des Opferfelsens eine Art Sonntagsschule für die Orofenaner abhielt, was er jetzt mit der Erlaubnis Oros tun durfte. Dort war der Eingang der Höhle, aus dem gerade Bickley heraustrat, der im Licht einer unserer Hurrikan-Lampen die halb vergrabenen Reste untersucht hatte, die angeblich einst Flugmaschinen gewesen waren. Zweifellos war es ein Alptraum gewesen, und ich würde ihnen nichts davon erzählen, weil sie sich nur über mich lustig machen würden.

Doch zwei Nächte darauf war Oro wieder da und sagte nach den üblichen Präliminarien: »Humphrey, heute wollen wir diese mächtige amerikanische Nation besuchen, von der du mir so viel erzählt hast, und die anderen neutralen Staaten.«

An dieser Stelle ist eine Lücke in Mr. Arbuthnots Aufzeichnungen, so daß Oros Eindrücke von den neutralen Staaten, falls solche existieren sollten, nicht registriert wurden. Der Bericht fährt so fort:

Auf unserer Heimreise kamen wir über Australien, obwohl wir dazu einen Umweg machen mußten. Von seinen Städten nahm Oro kaum Notiz. Er sagte, daß sie zu groß und zu zahlreich seien, doch das Land interessierte ihn so sehr, daß ich annehme, er muß sich in einer zurückliegenden Zeit sehr stark mit der Landwirtschaft befaßt haben. Er wies mich darauf hin, daß das Klima des Landes ausgezeichnet sei, sein Boden fruchtbar, so daß es bei ausreichender Bewässerung und Wasserbevorratung viele Millionen Menschen aufnehmen und nicht nur sich selbst ernähren könnte, sondern auch große Teile der übrigen Welt.

»Aber wo sind die Menschen?« fragte er. »Außerhalb dieser riesigen Bienenstöcke« – er deutete auf die großen Städte – »sehe ich nur wenige von ihnen, wenngleich einige der Männer sicherlich in eurem Krieg kämpfen. Nun, in der Zukunft muß das geändert werden.«

Über Neu Seeland, das er wunderschön fand, schüttelte er aus demselben Grund den Kopf.

Während einer anderen Nacht besuchten wir den Osten. China mit seiner Bevölkerung von so vielen Millionen interessierte ihn sehr, vor allem, weil er behauptete, daß die Chinesen die Nachfahren eines der Barbarenvölker seiner Ära wären. Er machte eine Bemerkung in der Richtung, daß diese Rasse schon immer ein großes Potential und außergewöhnliche Fähigkeiten besessen habe, und er der Meinung sei, daß die Chinesen, ihre Nachfahren, mit der richtigen Regierung und richtiger Unterweisung einer regenerierten Welt von Nutzen sein könnten.

Bei den Japanern und all dem, was sie im Laufe zweier kurzer Generationen geschaffen hatten, ging er sogar so weit, offene Anerkennung zu zollen, was bei Oro höchst selten vorkam, der von Natur aus eher zum Kritisieren neigte. Ich konnte sehen, daß er im Geiste ein großes Kreuz hinter ihren Namen setzte.

Auch Indien bewegte ihn stark. Er bewunderte die alten Bauten in Delhi und Agra, besonders das Taj Mahal. Dieses Bauwerk, erklärte er, erinnere ihn an einige der Paläste, die in Pani gestanden hätten, der Hauptstadt der Söhne der Weisheit, bevor diese durch die Barbaren zerstört worden sei. Die englische Verwaltung dieses Landes errang ebenfalls seine Anerkennung. Wahrscheinlich wegen ihres recht aristokratischen Charakters. Er ging sogar so weit, zu erklären, daß diese, mit einigen Abänderungen, auch in der Zukunft so fortgeführt werden sollte und deutete an, daß er selbst diese Angelegenheit im Auge behalten werde. Demokratische Regierungsformen hatten keinerlei Reize für Oro.

Neben anderen Orten suchten wir auch Benares auf und beobachteten Begräbnisriten am Ufer des heiligen Ganges. Totenträger brachten gerade den Leichnam einer Frau, in ein rotes Tuch gewickelt, auf welchem Flitterschmuck glitzerte. Sie kamen heran und sangen beim Gehen; sie stellten die Bahre mit der Toten für eine Weile auf ein paar Steinen ab, hoben sie dann wieder auf und trugen sie zu den Steinstufen am Ufer des Flusses. Hier schöpften sie Wasser und gossen es über die Tote, vollzogen so den Ritus der Totentaufe. Als das getan war, schoben sie ihre Füße ins Wasser und gingen fort. Die Tote wirkte sehr klein und verlassen. Kurz darauf erschien eine hochgewachsene, weißgekleidete Frau, trat neben den Leichnam und begann laut zu klagen. Es war die Mutter der Toten. Kurz darauf kamen die Träger zurück und legten den Leichnam auf den flammenden Scheiterhaufen.

»Diese Riten sind alt«, sagte Oro. »Schon als ich als König der Welt herrschte, wurden sie an dieser selben Stelle praktiziert. Ich finde es schön, etwas zu finden, das die ständigen Veränderungen der Zeit überlebt hat. Laß uns bleiben, bis es vorbei ist!«

Hier will ich aufhören. Die Erlebnisse, die ich geschildert habe, sind lediglich ein paar Beispiele, denn wir haben auch Rußland und andere Länder aufgesucht. Doch vielleicht waren sie überhaupt keine Erlebnisse, sondern lediglich Träume, die auf meinen Gesundheitszustand zurückzuführen waren. Ich kann das nicht mit Bestimmtheit sagen, obwohl vieles, das ich zu sehen schien, sehr gut mit dem übereinstimmte, das ich zu späteren Zeiten erfuhr, und ganz gewiß erschienen sie mir in jenen Tagen so wirklich, als ob Oro und ich gemeinsam an all diesen Orten gestanden hätten.

21

Der ewige Altar der Liebe

Von all diesen Geschehnissen erzählte ich Bastin und Bickley nur sehr wenig. Der erstere würde sie überhaupt nicht begriffen haben, und der letztere schrieb das, was ich ihm andeutete, Wahnvorstellungen zu, welche auf meine Krankheit zurückzuführen seien. Mit Yva sprach ich jedoch offen über sie und flehte sie an, mir ihren Ursprung zu erklären und mir zu sagen, ob sie nicht nur nächtliche Visionen gewesen seien.

Sie hörte mir zu, und nicht ohne Sorge, woraus ich schloß, daß auch sie um meinen Geisteszustand fürchtete. Dem war jedoch nicht so, denn sie sagte: »Ich bin froh, Humphrey, daß deine Reisen nun vorüber sind, da so etwas nicht ohne Gefahr ist. Einer, der sich zu weit aus seinem Körper entfernt, könnte vielleicht nicht mehr in ihn zurückkehren.«

»Aber waren es nun Reisen oder Träume?«

Sie wich einer direkten Antwort aus.

»Das kann ich nicht sagen. Mein Vater besitzt starke Kräfte. Ich kenne sie nicht alle. Es ist durchaus möglich, daß es weder Reisen noch Träume waren. Vielleicht hat er dich benutzt, so wie ein Zauberer der alten Tage das magische Glas benutzte, und, nachdem er dich unter seinen Bann gebracht hatte, in deinem Gehirn das gelesen, was anderenorts geschieht.«

Ich begriff, daß sie damit etwas andeuten wollte, das wir als Hellsehen bezeichnen, wo eine in Trance versetzte Person über geheime oder an entfernten Orten geschehende Dinge berichtet. Dies ist ein mehr oder weniger anerkanntes Phänomen und weitaus weniger wundersam, als die wirkliche Reise des spirituellen Selbst durch den Raum. Nur hatte ich noch nie von einem Fall gehört, wo der Seher sich beim Erwachen aus der Trance an die Dinge erinnern konnte, welche er gesehen hatte, wie es bei mir der Fall war. So jedoch verblieben die Dinge, und so verbleiben sie noch immer, da ich nicht mehr aus Yva herausbekommen konnte, die, wie mir schien, Anweisungen zu diesem Thema erhalten hatte.

Und auch Oro sprach niemals von dem, das ich in seiner Gesellschaft gesehen zu haben glaubte, obwohl er in der Nacht nach wie vor gelegentlich zu mir kam. Doch unsere Gespräche drehten sich um andere Dinge. Wie Bastin entdeckt hatte, war es ihm nach sehr kurzer Zeit auf Grund irgendeiner besonderen Gabe möglich, englisch zu lesen, obwohl er niemals englisch sprach. Unter unseren Nachschlagwerken, die wir von der Yacht geholt hatten, befand sich auch eine Dünndruckausgabe der *Encyclopedia Britannica,* welche er sich auslieh, als er entdeckte, daß sie zusammengefaßt Informationen über die einzelnen Länder der Erde und auch über fast jedes andere Thema enthielt. Ich bin der Ansicht, daß dieser verblüffende alte Mann dieses gewaltige Werk innerhalb eines Monates nicht nur von der ersten bis zur letzten Seite durchlas, sondern auch alles, was von Interesse war, in seinem Gedächtnis behielt. Jedenfalls schien er mit bestimmten Themen und Gegebenheiten völlig vertraut zu sein und befragte mich nach weiteren Einzelheiten über sie, die ich ihm in vielen Fällen nicht geben konnte.

Ein Umstand, dessen Details unwichtig sind, führte mich zu der Entdeckung, daß sein erstaunliches Wissen doch seine Grenzen hatte. So wußte er während einer bestimmten Periode kaum etwas über irgendein modernes Thema, das, zum Beispiel, mit einem Buchstaben begann, welcher im Alphabet nach dem C kam. Ein paar Tage später war mit denen bis zum Buchstaben F oder G vertraut, und so weiter, bis er sich zum Z vorgearbeitet hatte, bis er alles zu wissen schien und das umfangreiche Werk zurückgab. Jetzt war er wirklich ein Monument des Wissens, vom uralten bis zum allerneuesten, und mit den aus der *Encyclopedia* entnommenen Fakten und Schlußfolgerungen über alles das, was während der dazwischenliegenden Zeit geschehen war.

Außerdem begann er, sich stark für die Astronomie zu interessieren, denn mehr als einmal sah ich ihn des Nachts auf dem Felsen stehen und den Himmel studieren. Bei einer dieser Gelegenheiten, als er die beiden Metallplatten, von denen bereits die Rede war, in den Händen hielt, fragte ich ihn, was er tue. Er antwortete, daß er an Hand seiner Berechnungen, die sich als absolut korrekt erweisen hätten, ersehen habe, daß ein Zeitraum von genau zweihundertfünfzigtausend Jahren vergangen sei, seit er sich zum Schlafe niedergelegt habe. Dann wies er mich, mit Hilfe der Metallplatten, auf gewisse Veränderungen in der Position einiger Sterne hin, die im Laufe dieses Zeitraums eingetreten waren.

Zum Beispiel zeigte er mir einen Stern, den ich unter Zuhilfenahme meines Fernglases als Sirius erkannte, und bemerkte, daß er vor zweihundertfünfzigtausend Jahren weiter entfernt gewesen sei, und viel kleiner. Jetzt stehe er genau an der Stelle und sei von der Größe, wie er es vorausberechnet hätte, und er bewies es anhand seiner prophetischen Sternkarte. Er deutete auf einen anderen Stern, den mein Glas mir als Capella enthüllte, und der wahrscheinlich einer der hellsten Sterne des Himmels ist, und zeigte mir auf einer der von ihm angefertigten Karten, daß es ihn vor zweihundertfünfzigtausend Jahren noch nicht gab, da er zu jener Zeit zu weit nördlich stand, um von diesem Teil der Erde aus gesehen werden zu können. Trotzdem, erklärte er, habe das Vergehen dieses ungeheuren Zeitraumes das Antlitz des Himmels nur geringfügig verändert. Für das menschliche Auge schienen die meisten der Sterne sich kaum bewegt zu haben.

»Und doch reisen sie mit großer Geschwindigkeit, Humphrey«, sagte er. »Überleg dir einmal, wie lang ihr Weg sein muß zwischen dem Tage, an dem sie sich formen, und dem Tage, wenn sie sich, verbraucht, wieder zu Gas auflösen. Du hältst mich für langlebig, doch im Vergleich zu ihnen existiere ich nur für den winzigen Bruchteil einer Sekunde, den ich auch noch zum allergrößten Teil im Schlafe verbracht habe. Und, Humphrey, ich will leben – da ich große Pläne habe, die die Welt erschüttern werden. Doch mein Tag nähert sich seinem Ende, in ein paar wenigen Jahrhunderten werde ich fortgegangen sein, und – wohin, wohin?«

»Auch wenn du so lange leben würdest wie die Sterne, wäre das Ende dasselbe, Oro.«

»Ja, doch das Leben der Sterne währt lange, Millionen mal Millionen von Jahren; und nach dem Tode formen sie sich neu, zu weiteren Sternen. Doch werde ich mich zu einem neuen Oro formen? Bei all meiner Weisheit weiß ich das nicht. Das ist allein dem Schicksal bekannt – dem Schicksal – dem Herrn der Planeten und der Menschen und der Götter, die diese anbeten – dem Schicksal, dem es gefallen mag, all mein angesammeltes Wissen achtlos fortzuschütten, so daß es im Sand der Zeit versickert.«

»Es scheint, daß du sehr groß bist«, sagte ich, »und lange gelebt und vieles gelernt hast. Doch das ändert nichts daran, daß dein Los um keinen Deut besser oder schlechter ist als das von uns Kreaturen einer Stunde.«

»So ist es, Humphrey. Du wirst bald sterben, und in einigen wenigen Jahrhunderten werde auch ich sterben und genauso sein wie du. Du glaubst, daß du in einer anderen Form auf ewig leben wirst. Dem mag so sein, weil du es *glaubst,* da das Schicksal dem Glauben erlaubt, die Zukunft zu formen, wenn auch nur für eine kurze Weile. In mir jedoch hat meine Weisheit den Glauben zerstört, und deshalb muß ich sterben. Selbst wenn ich für Zehntausende von Jahren schlafen sollte, was würde mir das nützen, da der Schlaf ja Bewußtlosigkeit ist, und ich nur wieder erwachen würde, um zu sterben, weil der Schlaf uns nicht unsere Jugend zurückgibt?«

Er schwieg und begann auf dem Felsen auf und ab zu gehen, unruhig und bedrückt. Dann blieb er vor mir stehen und sagte in einem triumphierenden Tonfall: »Doch zumindest werde ich eine Weile herrschen, und dann mag kommen, was da wolle. Ich weiß, daß du mir nicht glaubst, und der erste Sieg dieses, meines neuen Tages soll es sein, dich zum Glauben zu zwingen. Ich besitze viele Kräfte, und du sollst dabei sein, wenn ich sie einsetze, und danach, wenn alles gut geht, für eine kleine Weile mit mir zusammen herrschen, als der oberste meiner Untertanen vielleicht. Höre jetzt! In einem kleinen Punkt sind meine Berechnungen, die vor so langer Zeit aufgestellt wurden, falsch. Sie zeigten mir, daß um diese Zeit ein Tag großer Erdbeben kommen würde, von denen viele die Erde erschüttert und aufgerissen haben. Doch scheint es jetzt, als ob sich da ein Irrtum eingeschlichen hätte und noch elfhundert Jahre vergehen müßten, bevor diese Erdbeben auftreten.«

»Bist du sicher, daß es kein Fehler auf diesen Sternkarten ist, die du in deinen Händen hältst?« sagte ich bescheiden.

»Ich bin sicher, Humphrey. Eines Tages – wer weiß? – wirst du vielleicht in deine Welt der modernen Menschen zurückkehren, die, wie ich vermute, Kenntnisse in der großen Kunst der Astronomie besitzen. Nimm jetzt diese Karten, die ich angefertigt habe, und übergebe sie den besten jener Männer, damit sie dir sagen, ob das, was ich vor zweihundertfünfzigtausend Jahren auf diese Tafeln schrieb, richtig ist oder nicht. Was immer sonst auch falsch sein mag, zumindest die Sterne auf ihren Bahnen werden niemals sterben.«

Dann übergab er mir die beiden Platten und verschwand. Ich besitze sie noch heute, und falls dieses Buch jemals veröffentlicht werden sollte, werden sie zusammen mit ihm erscheinen, damit jene, die dafür qualifiziert sind, sie beurteilen und die Wahrheit oder Unwahrheit von Oros Worten feststellen mögen.

Von jener Nacht an sah ich Oro für eine sehr lange Zeit nicht mehr. Und auch die beiden anderen sahen ihn nicht, da Oro verboten hatte, ihn in seiner unterirdischen Stadt Nyo aufzusuchen. Seltsamerweise befahl er jedoch seiner Tochter, ihm hin und wieder den Spaniel Tommy hinunterzubringen. Als ich Yva nach dem Grund dafür fragte, erklärte sie mir, daß er sich einsam fühle und die Gesellschaft des Hundes schätze. Es kam uns sehr seltsam vor, daß dieser Mann, der in seiner Brust die Weisheit von zehn Salomos angesammelt hatte, die Gesellschaft eines kleinen Hundes suchen sollte. Worin bestand dann der Wert des Lernens und eines langen Lebens, oder von irgend etwas? Nun, diese Frage hatte Salomo sich schon vor einer langen Zeit gestellt und keine andere Antwort darauf finden können, als daß alles eitel sei.

Ich bemerkte etwa um diese Zeit, daß Yva sehr traurig und bedrückt wurde, bei zwei oder drei Gelegenheiten sah ich sogar, als ich sie plötzlich anblickte, Tränen in ihren Augen. Außerdem stellte ich fest, daß sie, während sie trauriger und trauriger wurde, auf eine gewisse Weise menschlicher erschien. Zu Anfang war sie sehr weit von mir entfernt. Ich konnte nie vergessen, daß sie das Kind einer fremden Rasse war und ihre Augen schon die Welt gesehen hatten, als die Menschheit noch sehr jung gewesen war; zeitweise kam sie mir sogar wie eine Bewohnerin eines anderen Planeten vor, die es auf die Erde verschlagen hatte. Und obwohl sie ihre Weisheit niemals zur Schau stellte, spürte man doch, daß diese selbst in ihren einfachsten Worten enthalten war, daß ihr Bücher offen lagen, welche wir nicht lesen konnten. Außerdem flammte, wie ich bereits sagte, hin und wieder Macht aus ihr heraus, eine Macht, die jenseits unseres Wissens und unseres Begreifens lag.

Und doch war nichts Unnatürliches um sie, nichts Unheimliches. Sie war stets freundlich, und, wie wir spürten, von innerer Güte und Herzenswärme, lediglich eine Frau, welche durch Gaben und Erfahrungen, die anderen mangelten, halb göttlich war. Sie benutzte ihre außergewöhnliche Schönheit nicht einmal dazu, Männer um ihren Verstand zu bringen, was sie sehr wohl hätte tun können, wenn sie es gewollt hätte. Es trifft zwar zu, daß Bickley und Bastin sich in sie verliebten, doch geschah das nur, weil alle, mit denen sie zu tun hatte, sie lieben mußten, und als sie ihnen dann sagte, daß sie ihre Liebe nicht erwidern könne, tat sie das in einer Form, die keine Wunden hinterließ. Sie liebten sie weiterhin, das war alles, so wie Männer ihre Schwester oder Tochter lieben; so wie sie in jenem Lande lieben mögen, in dem es, wie wir glauben, keine Heirat gibt.

Doch jetzt, in ihrer Trauer, kam sie uns näher und näher, besonders mir, stand mehr im Einklang mit unserem Zeitalter und mit unserem Denken. Genaugenommen konnte man sie jetzt, abgesehen von ihrer königlichen und strahlenden Schönheit, in der eine Qualität lag, die verriet, daß sie eines anderen Blutes war, und von jener Reserve verborgener Kraft, die von Zeit zu Zeit aus ihren Augen schimmerte oder sich in ihren Worten zeigte, für eine einmalig hochbegabte und schöne moderne Frau halten.

Jetzt ist der Zeitpunkt gekommen, wo ich über meine Beziehungen zu Yva und ihrem Höhepunkt sprechen muß. Wie man sicher erraten kann, habe ich sie von Anbeginn an geliebt. Und während die Wochen verstrichen, war diese Liebe gewachsen und gewachsen, bis sie völlig von mir Besitz ergriffen hatte, obwohl ich mich aus bestimmten Gründen, die in Beziehung zu einer Frau standen, die tot war, anfangs gegen sie wehrte. Doch entwickelte sie sich nicht auf die Weise, wie man es erwartet haben mochte. Es gab kein Auflodern von Flammen der Leidenschaft, sondern es war eher die immer stärker werdende Glut eines heiligen Gefühls, bis es schließlich zu einer Lampe wurde, bei deren Licht ich den Schritt meiner Füße durch Leben und Tod lenken mußte. Diese meine Liebe schien nicht irdisch zu sein, sondern von den Sternen zu kommen. Bis dahin hatte ich zu Yva noch nicht von ihr gesprochen, da ich aus irgendeinem Grunde das Gefühl hatte, daß sie dies nicht wünschte, und auch spürte, daß sie sich sehr wohl dessen bewußt war, was in meinem Herzen vor sich ging, und wünschte, ihm Zeit zu geben, um dort reifen zu können. Dann, eines Tages, trat die Veränderung ein, und obwohl kein Blick und keine Berührung Yvas es mir sagte, wußte ich, daß die Tür geöffnet worden war und ich sprechen durfte.

Der Mond schien hell in dieser Nacht. Den ganzen Nachmittag hatte sie mit Bastin gesprochen, über Religion, wie ich vermute, denn ich sah, daß er ein Buch in der Hand hielt, an Hand dessen er ihr auf seine langsame, ernsthafte Art etwas erklärte. Als wir später unser Abendessen zu uns nahmen, kam sie und setzte sich zu uns. Ich erinnere mich, daß das meine aus Lebenswasser bestand, welches sie mitgebracht hatte, und einigen Früchten, da ich, wie ich bereits erwähnt zu haben glaube, einen Widerwillen gegen Fleisch entwickelt hatte, und daß sie ein paar Bananen aß, deren Schalen sie weit fortwarf, damit Tommy sie apportierte, und über sein Spiel lachte. Als wir fertig gegessen hatten, gingen Bastin und Bickley gemeinsam fort, ob zufällig oder weil sie das so abgesprochen hatten, vermag ich nicht zu sagen, und sie sagte plötzlich:

»Humphrey, du hast mich oft nach der Stadt Pani gefragt, von der ein kleiner Teil der Ruinen auf dieser Insel verblieben ist, während der größte Teil von den Fluten des Meeres verschlungen wurde. Wenn du willst, werde ich dir zeigen, wo unser Königspalast gestanden hat, bevor die Barbaren ihn mit ihren Luftschiffen zerstörten. Der Mond ist hell, und bei seinem Licht können wir sehen.«

Ich nickte, denn weil ich wußte, was sie damit sagen wollte, konnte ich ihr aus irgendeinem Grunde nicht antworten, und wir begannen den Berghang hinaufzusteigen. Als wir die Ruinen erreicht hatten, erklärte sie mir den Grundriß, zeigte mir die Stelle, an der sich ihre Räume befunden hatten, und vieles andere mehr. Es war sehr seltsam, ihre ruhige Stimme über Bauten sprechen zu hören, welche vor mehr als zweihundertfünfzigtausend Jahren hier gestanden hatten, und von Ereignissen zu berichten, die sich damals abgespielt hatten, so wie eine moderne Frau von einem Haus sprechen mochte, das vor einem Monat durch ein Erdbeben oder die Bombe eines Zeppelins zerstört worden war, einer Katastrophe, deren Details für sie jetzt keinen Schrekken mehr enthielten. Ich glaube, daß dies der Zeitpunkt war, zu dem ich zum ersten Mal zu glauben begann, daß

Yva tatsächlich all diese Äonen von Jahren gelebt hatte.

Wir gingen vom Palast zu den Ruinen des Tempels, durch etwas, von dem sie sagte, daß es einst der Schloßpark gewesen sei, und sie zeigte mir, an welcher Stelle früher eine Reihe seltener Palmen zu beiden Seiten eines Weges gestanden hätten, auf dem sie sich in der Kühle des Abends zu ergehen pflegte. Das heißt, im Grunde genommen waren da zwei terrassierte Tempel, von denen der eine dem Schicksal geweiht war, wie der in der unterirdischen Stadt Nyo, und der andere der Liebe. Vom Tempel des Schicksals sei ihr Vater der Hohepriester gewesen, berichtete sie mir, vom Tempel der Liebe sie die Hohepriesterin.

Dies war der Augenblick, zu dem ich begriff, warum sie mich hierhergebracht hatte.

Sie führte mich zu einem Marmorblock, der mit den von Zeit und Witterung abgeschliffenen Reliefs bedeckt und von Trümmern und Sand fast völlig verschüttet war. Dies, erklärte sie mir, sei der Opferaltar gewesen. Ich fragte sie, was für Opfer hier dargebracht worden seien, und sie antwortete: »Nur Wein, der den Geist des Lebens symbolisieren sollte, und Blumen, um seinen Wohlgeruch darzustellen«, sagte sie und legte ihren Finger in eine schalenförmige Vertiefung, die noch immer in dem Marmor erkennbar war, und welche einst mit Wein gefüllt wurde.

Ich erkannte, daß dieser Verehrung eines Prototyps der Aphrodite nichts Grobes oder Bacchantisches anhaftete; im Gegenteil, daß sie mehr oder weniger spirituell und ätherisch war. Wir setzten uns auf den Altarstein. Ich wunderte mich ein wenig, daß sie dies tat, doch sie las meine Gedanken und antwortete: »Manchmal wechseln wir unseren Glauben, Humphrey, oder vielleicht wächst er. Und außerdem: habe ich dir nicht gesagt, daß auf diesem Altar Opfergaben dargeboten wurden?« setzte sie mit einem Seufzen hinzu und lächelte.

Ich weiß nicht, was mich mehr anrührte, ihr Lächeln, oder ihr Seufzen.

Wir blickten auf das Wasser hinab, das im Rund des Kraters schimmerte, auf dessen Rand wir saßen. Wir blickten zum Himmel empor, an dem der zunehmende Mond in fast seiner vollen Größe schwebte. Wir blickten einander in die Augen.

»Ich liebe dich«, sagte ich.

»Ich weiß es«, antwortete sie sanft. »Du hast mich von Anfang an geliebt, nicht wahr? Selbst als ich noch schlafend in dem Sarg lag, hast du schon begonnen, mich zu lieben, doch hast du nicht gewagt, es dir einzugestehen, bis du einen gewissen Traum hattest.«

»Yva, was ist die Bedeutung dieses Traumes?«

»Das weiß ich nicht, Humphrey. Doch dies will ich dir sagen: wie du mit der Zeit lernen wirst, kann ein Geist in verschiedene Roben des Fleisches gekleidet sein.«

Ich verstand sie nicht, doch auf eine seltsame Weise brachten ihre Worte jene in meine Erinnerung zurück, die Natalie gesprochen hatte, bevor sie starb, und ich antwortete: »Yva, als meine Frau im Sterben lag, befahl sie mir, an einem anderen Orte nach ihr zu suchen, wo ich sie bestimmt finden würde. Zweifellos meinte sie, jenseits der Ufer des Todes – doch vielleicht hat auch sie geträumt.«

Sie wandte den Kopf und blickte mich auf eine seltsame Art an.

»Auch deine Frau mag die Gabe des Traums gehabt haben, Humphrey. So wie du träumst, so wie ich träume, mag vielleicht auch sie geträummt haben. Doch von Träumen wollen wir nicht mehr sprechen, da sie, wie ich denke, ihren Zweck erfüllt haben und wir alle drei verstehen, was sie uns sagen wollten.«

Ich streckte meine Arme aus – und im nächsten Augenblick lag mein Kopf an ihrer Brust. Sie hob ihn an, küßte mich und sagte: »Mit diesem Kuß gebe ich mich dir erneut. Aber, o Humphrey, erwarte nicht zu viel von dem Gott meines Volkes, dem Schicksal.« Und sie blickte mir in die Augen und seufzte.

»Was meinst du damit?« fragte ich erzitternd.

»Viele, viele Dinge. Unter anderem, daß das Glück nicht für die Sterblichen ist, und erinnere dich daran, daß ich, obwohl mein Leben vor sehr langer Zeit begonnen hat, genauso sterblich bin wie du, und daß Zeit in der Ewigkeit keine Rolle spielt.«

»Wenn dem so ist, Yva, was dann? Haben wir uns getroffen, nur um wieder voneinander getrennt zu werden?«

»Wer hat das gesagt? Ich gewiß nicht. Ich sagte dir nur dies, Humphrey: Weder die Erde, noch der Himmel, noch die Hölle haben Gitter, die die Liebe nicht durchbrechen kann, um zur Vereinigung und zur Vollkommenheit zu gelangen. Nur, es muß Liebe da sein, manifestiert in vielerlei Gestalt und zu vielen Zeiten, doch immer ihrem Ziele zustrebend, das nicht fleischlich ist. Ja, Liebe, die sich selbst verloren hat, Liebe, die verachtet wird, Liebe, die besiegt wurde, Liebe, die falsch ist, Liebe, die verraten wurde, Liebe, die auf Abwege geraten ist, Liebe, die durch die Welten wandert, Liebe, die schläft und in ihrem Schlafe lebt, Liebe, die wach ist und dennoch schläft; jede Liebe, die den Samen des Lebens in sich trägt. Es kommt nicht darauf an, welche Form die Liebe annimmt. Wenn sie wahrhaftig ist, sage ich dir, wird sie ihren Weg finden, und unter den vielen, die sie zu verehren scheint, dennoch den einen finden, wenn auch vielleicht nicht hier.«

Bei diesen Worten wurde mein Herz von einer betäubenden Angst gepackt.

»Nicht hier? Wo dann?« sagte ich.

»Frage das deine tote Frau, Humphrey. Frage die stummen Sterne. Frage den Gott, den du anbetest, denn ich kann dir die Antwort darauf nicht geben, sondern dir nur ein Wort sagen: Irgendwo! Habe keine Furcht. Glaubst du wirklich, daß solche wie du und ich in den weiten Abgründen des Raums verloren gehen könnten? Ich weiß zwar nur wenig, doch sage ich dir, daß wir seine Herrscher sind. Und ich sage dir, daß auch wir Götter sind, wenn wir nur hoffen und glauben können. Für die Zweifelnden und die Ängstlichen ist nichts. Für jene, die mit den Augen der Seele sehen und ihre Hände ausstrecken, um zuzupacken, ist alles. Selbst Bastin wird dir das bestätigen.«

»Aber das Leben ist kurz«, sagte ich. »Jene Welten liegen weit entfernt, und du bist nahe.«

Sie wurde auf eine wunderbare Art geheimnisvoll.

»Nahe bin ich fern«, sagte sie, »und fern bin ich nah, wenn nur deine Liebe stark genug ist, um zu folgen und festzuhalten. Und das, Humphrey, erfordert *Kraft,* denn hier, fürchte ich, wird sie nur wenige solcher Früchte tragen, welche Männer zu pflücken begehren.«

Wieder ergriff mich die Angst, und ich blickte sie schweigend an, da ich nicht wußte, was ich sagen oder fragen sollte.

»Höre!« fuhr sie fort. »Mein Vater hat mich dir bereits zur Ehe angeboten, nicht wahr? Jedoch zu einem Preis, den du nicht kennst. Glaube mir, es ist ein Preis, den du niemals zahlen solltest, da die Herrschaft über die Welt mit der Vernichtung der halben Welt zu teuer erkauft ist. Und wenn auch du bereit sein solltest, ihn zu zahlen, ich bin es nicht.«

»Das ist doch Wahnsinn!« rief ich. »Dein Vater besitzt keine Macht über die Erde!«

»Ich wünschte, daß ich das glauben könnte, Humphrey. Ich sage dir, daß er über starke Kräfte verfügt und entschlossen ist, sie zu benutzen, so wie er es schon einmal getan hat. Und auch dich wird er benutzen! Und mich!«

»Wir sind doch unsere eigenen Herren, Yva. Laß uns einander gehören, solange das möglich ist! Bastin ist Priester.«

»Unsere eigenen Herren?! Vielleicht beobachtet uns Oro in diesem selben Moment mit seinen Gedanken und lacht. Nur durch den Tod, Humphrey, allein durch den Tod, können wir uns seinem Griff entziehen und unsere eigenen Herren werden.«

»Das ist doch Wahnsinn!« rief ich. »Da ist das Boot. Laß uns fliehen!«

»Welches Boot könnte uns aus der Reichweite seines Arms, der Reichweite des alten Gottes meines Volkes, des Schicksals, bringen, dessen Hohepriester Oro ist? Nein, hier müssen wir auf unser Verhängnis warten.«

»Verhängnis«, sagte ich – »Verhängnis? Was wird geschehen?«

»Etwas Schreckliches, wie ich glaube, Humphrey. Oder, vielmehr, es wird *nicht* geschehen.«

»Warum nicht, wenn es geschehen muß?«

»Geliebter«, flüsterte sie, »Bastin hat mir einen neuen Glauben erklärt, dessen Hauptbegriff Opferbereitschaft ist. Das Schreckliche wird nicht geschehen, *weil ein Opfer gebracht wird.* Frag mich nicht weiter!«

Sie saß eine Weile tief in Gedanken versunken im hellen Licht des Mondes auf dem uralten Opferaltar, und der Schleier, den sie trug, umrahmte ihr Gesicht und ließ es geheimnisvoll erscheinen. Dann warf sie ihn zurück, so daß ich ihre wunderbaren Augen und ihr glitzerndes Haar sehen konnte, und lachte.

»Es ist noch früh am Abend«, sagte sie, »darum laß uns die lang zurückliegende, tote Vergangenheit und die kommenden Ewigkeiten vergessen und diese Stunde genießen. Leg deine Arme um mich, dann werde ich dir seltsame Geschichten aus vergangenen Zeiten erzählen, und du sollst mir in die Augen sehen und Weisheit in dich aufnehmen, und du sollst meine Lippen küssen und das Glück schmekken – du, der du warst, der du bist, und der du sein wirst – du, der Geliebte Yvas vom Anbeginn bis zum Ende der Zeit.«

22

Der Befehl

Ich vermute, daß sowohl Bastin als auch Bickley, wahrscheinlich instinktiv, wußten, was sich zwischen Yva und mir abgespielt hatte, und daß sie sich mir versprochen hatte. Sie verrieten es mir dadurch, daß sie es peinlichst vermieden, ihren Namen zu nennen. Außerdem begannen sie von ihren Zukunftsplänen wie von einer Angelegenheit zu sprechen, an der ich keinerlei Anteil mehr hatte. So hörte ich sie über die Möglichkeit diskutieren, von dieser Insel entkommen zu können, der sie sehr müde geworden zu sein schienen, und ob es zwei Männern gelingen mochte (zweien, nicht dreien!), das Rettungsboot zu segeln und zu steuern, das auf dem Wrack verblieben war. Kurz gesagt, wie in allen solchen Fällen, war die Frau zwischen Freunde getreten; außerdem ließ der Druck eines gemeinsamen Verlustes sie alle ihre Meinungsverschiedenheiten vergessen und näher zusammenrücken. Ich, der erreicht hatte, was ihnen beiden versagt geblieben war, hatte mich, wie sie zu glauben schienen, aus ihrem Leben zurückgezogen, so völlig, daß unsere lange, enge Bindung ihr Ende gefunden habe.

Diese Einstellung verletzte mich, vielleicht vor allem deshalb, weil die Situation in vieler Hinsicht unangenehm war. Sie hatten, das sei offen eingestanden, ihre Zurückweisungen in sehr guter Haltung hingenommen, doch blieb die Tatsache bestehen, daß sie beide sich in dieses wundervolle Wesen verliebt hatten, in diese Frau, die doch mehr als eine Frau war, und welche nun mir verbunden war. Wie also sollte es uns möglich sein, weiterhin zusammenzuleben, wenn ich mich sozusagen im Besitz des Objektes befand, das sie beide begehrt hatten, und sie jenseits des Zauns standen?

Außerdem waren sie auch noch auf eine andere Art eifersüchtig, da sie beide mich auf ihre verschiedene Art gern hatten und überzeugt waren, daß ich, der ich sie bis dahin auch gern gehabt hatte, nun keinerlei Gefühle mehr für sie übrig haben würde, da die glitzernde Dame, dieses Wunder an Weisheit und körperlicher Perfektion, sie sicher ganz für sich beanspruchte. Natürlich befanden sie sich da in einem Irrtum, weil selbst wenn ich so niedrig und selbstsüchtig gewesen wäre, dies keine Haltung war, die von Yva gewünscht oder auch nur geduldet worden wäre. Trotzdem glaubten sie es.

Nachdem ich die Situation erkannt hatte, dachte ich eine Weile nach und sagte ihnen dann offen meine Meinung.

»Meine Freunde«, sagte ich, »wie ihr es richtig erraten zu haben scheint, sind Yva und ich miteinander verlobt und lieben uns.«

»Ja, Arbuthnot«, sagte Bastin, »das haben wir deinem Gesicht angesehen, und auch dem ihren, als sie uns vorhin eine gute Nacht wünschte, bevor sie in die Höhle ging, und wir gratulieren dir und wünschen dir alles Glück.«

»Ja, wir wünschen dir alles Glück, alter Junge«, sekundierte Bickley, und nach einer Pause setzte er hinzu: »Aber, ehrlich gesagt, bin ich nicht sicher, ob wir dir gratulieren sollen.«

»Warum nicht, Bickley?«

»Nicht aus dem Grund, den du uns vielleicht unterstellen magst, Arbuthnot. Ich meine, nicht, weil du dort gesiegst hast, wo wir verloren haben, da dies zu erwarten war, sondern aus einem völlig anderen. Ich habe ihn dir vor einiger Zeit genannt, und es ist überflüssig und schmerzlich, ihn zu wiederholen. Ich muß also heute nur hinzufügen, daß meine Überzeugung seit damals sogar verstärkt worden ist, und ich sicher bin, so leid es mir auch tut, dies zu sagen, daß du dich in diesem Falle auf eine Enttäuschung und auf eine Katastrophe vorbereiten mußt. Diese Frau – falls sie wirklich eine Frau ist – wird niemals die Gattin eines sterblichen Mannes sein. Du kannst jetzt wütend auf mich werden, wenn du willst, oder über mich lachen, was dein gutes Recht wäre, da auch ich, genau wie Bastin und du, sie gebeten habe, mich zu heiraten, doch zwingt mich irgend etwas, dir das zu sagen, was ich für die Wahrheit halte.«

»Wie Kassandra«, sagte ich.

»Ja, wie Kassandra, die alles andere als beliebt war.«

Im ersten Moment war ich geneigt, Bickley für seine Worte zurechtzuweisen – wer hätte das unter diesen Umständen nicht getan? Doch plötzlich zuckte in meinem Gehirn die Erkenntnis auf, daß er die Wahrheit gesagt hatte. Auf dieser Welt war Yva nicht für mich bestimmt, und auch nicht für einen anderen Mann. Und sie wußte das, dieses Wissen hatte sich in jedem Wort, das sie bei unserer leidenschaftlichen Liebesszene am See gesprochen hatte, deutlich gezeigt. Sie war sich bewußt, und ich war mir unterschwellig bewußt, daß unsere Liebe vom Verhängnis gezeichnet war, nicht nur für jetzt, sondern für die Ewigkeit. Mit dem Jetzt hatten wir wenig zu tun; nicht lange würde sie den Ring tragen, den ich ihr in dieser heiligen Nacht gegeben hatte.

Selbst Bastin, dessen Wahrnehmung normalerweise nicht sehr gut war, spürte, daß die Situation angespannt und bedrückend war, und er brach das Schweigen, indem er mit einem seltsamen Ausdruck erzwungener Genugtuung sagte: »Du hast wieder einmal großes Glück, alter Junge, einen Vertreter der Kirche in deiner Gesellschaft zu haben, da ich in der Lage bin, euch auf eine angemessene Weise miteinander zu vermählen. Natürlich kann ich nicht behaupten, daß die glitzernde Dame völlig zu unserem Glauben konvertiert worden ist, doch bin ich sicher, daß sie genügend seiner Prinzipien verinnerlicht hat, um meine Handlungsweise zu rechtfertigen, wenn ich sie im christlichen Ehebund mit dir vereine.«

»Ja«, antwortete ich, »die Prinzipien hat sie angenommen; das hat sie mir selbst gesagt. Das Opfer, zum Beispiel.« Und als ich das Wort aussprach, füllten meine Augen sich mit Tränen.

»Opfer!« sagte Bickley mit einem wütenden Schnauben, da er ein Ventil für seine innere Bedrückung brauchte. »Unsinn. Warum sollte jede Religion Opfer verlangen, wie die Wilden es tun? Dadurch allein schon verdammt sie sich.«

»Weil das Opfer, wie ich glaube, ein Lebensgesetz ist, zumindest ein Gesetz allen Lebens, das lebenswert ist«, antwortete ich bekümmert. »Auf jeden Fall denke ich, daß du recht hast, Bickley, und daß wir Bastin die Mühe ersparen können, uns zu trauen.«

»Du willst damit doch nicht etwa sagen«, rief Bastin mit

allen Zeichen des Entsetzens, »daß ihr beabsichtigt, ohne den Segen der Kirche ...«

»Nein, Bastin, das meine ich nicht. Ich will damit sagen, mir ist der Gedanke gekommen, daß irgend etwas diese Ehe verhindern wird. Ein Opfer, vielleicht, doch in welcher Form, weiß ich nicht. Und nun gute Nacht. Ich bin müde.«

In jener Nacht, in der kühlen, toten Stunde vor der Morgendämmerung, erschien Oro wieder. Ich wachte auf und sah ihn neben meinem Bett sitzen, majestätisch und, wie mir schien, funkelnd, doch mag das Einbildung gewesen sein.

»Du nimmst dir viele Freiheiten bei meiner Tochter heraus, Barbar, oder sie nimmt sich bei dir viele Freiheiten heraus, es spielt keine Rolle, welches von beiden zutrifft«, sagte er und blickte mich mit seinen ruhigen, durchdringenden Augen an.

»Was gibt dir das Recht, mich einen Barbaren zu nennen?« fragte ich und wich dem eigentlichen Problem aus.

»Aus diesem Grunde, Humphrey: Alle Menschen sind gleich. Sie haben die gleichen Organe, die gleichen Instinkte, die gleichen Triebe, welche im Grunde genommen nur zwei sind: Ernährung und Fortpflanzung, wie es die Natur verlangt; obwohl es zutrifft, daß sie Millionen von Jahren, vor meiner Geburt, wie ich aus den Schriften der Söhne der Weisheit erfahren habe, angeblich zur Hälfte Affen gewesen sind. Aber obwohl sie gleich sind, besteht doch zwischen ihnen ein ganzer Ozean von Unterschieden, da einige von ihnen über Wissen verfügen, und die anderen nichts davon besitzen, oder nur sehr wenig. Jene, die nichts oder nur wenig davon haben, zu denen auch du zu zählen bist, sind Barbaren. Jene, die viel davon besitzen, von denen meine Tochter und ich die einzigen Überlebenden sind, sind die Wissenden.«

»Es leben jetzt fast zweitausend Millionen Menschen auf der Erde«, sagte ich. »Nennst du sie alle Barbaren?«

»Alle, Humphrey, ausgenommen, natürlich, mich und

meine Tochter, von denen man jedoch nicht weiß, daß wir leben. Ihr bildet euch ein, vieles gelernt zu haben, während ihr im Grunde genommen absolut unwissend seid. Die niedrigsten Völker der Äußeren Nationen wußten, bevor ich sie vernichtete, mehr als die weisesten von euch heute wissen.«

»Du irrst dich, Oro, da wir einiges über die Seele gelernt haben.«

»Ah!« rief er. »Das interessiert mich, und vielleicht ist es die Wahrheit. Und wenn es die Wahrheit sein sollte, ist es mir sehr wichtig, wie ich dir bereits sagte – oder war es Bastin? Wenn ein Mensch eine Seele besitzt, lebt er, während selbst wir Söhne der Weisheit sterben, und was nützt einem die Weisheit im Tode? Weil ihr glauben könnt, habt ihr Seelen, und seid deshalb – vielleicht – Erben des Lebens, so töricht und unwissend ihr heute auch sein mögt. Deshalb erkenne ich dich und Bastin als mir gleichstehend an, doch Bickley, der genau wie ich an nichts glaubt, ist weiter nichts als ein gewöhnlicher Chemiker und Heiler von Krankheiten.«

»Dann beugst du dich also dem Glauben, Oro?«

»Ja, und ich denke, daß mein Gott Schicksal sich ebenfalls dem Glauben beugt. Vielleicht formt der Glaube sogar das Schicksal, und nicht das Schicksal den Glauben. Aber woher kommt jener Glaube, den selbst ich mit all meinem Wissen nicht befehligen kann? Warum wird er mir verweigert und dir und Bastin gegeben?«

»Weil er, wie Bastin es ausdrücken würde, eine Gabe ist, und zwar eine, die niemals den Stolzen und den Selbstgerechten gewährt wird. Werde bescheiden wie ein Kind, Oro, dann magst du – vielleicht! – den Glauben erlangen.«

»Und wie soll ich bescheiden werden?«

»Indem du alle deine Träume von Macht und Herrschaft von dir weist und als reuiger Sünder still zu den Pforten des Todes schreitest«, antwortete ich.

»Für dich, der du nichts oder nur wenig von diesen Dingen besitzt, mag das leicht sein. Doch für mich, der ich vieles davon habe, wenn nicht gar alles, ist das eine andere Sache. Du verlangst von mir, daß ich das Sichere für das Unsichere aufgebe, das Bekannte für das Unbekannte, und von einem Halbgott, der mit den Sternen kommuniziert, zu einem Erdenwurm werde, der im Schlamm kriecht und seine blinden Augen zum Dunkel ewigwährender Nacht erhebt.«

»Ein Gott, der sterben muß, ist kein Gott, weder ein halber, noch ein ganzer, Oro; jener Erdenwurm, der weiterlebt, ist größer als er.«

»Vielleicht. Doch solange ich lebe, werde ich leben wie ein Gott, damit ich, wenn die Nacht kommt, wenn sie kommen muß, meine Rolle gespielt und meine Spur auf dieser, eurer kleinen Welt hinterlassen habe. Schluß damit!« rief er mit einem Ausbruch von Unwillen. »Was willst du von meiner Tochter?«

»Was jeder Mann von einer Frau will: sie selbst, mit Leib und Seele.«

»Ihre Seele mag dir gehören, falls sie eine haben sollte, aber ihren Leib zu geben oder zu verweigern ist mein. Doch kann er gekauft werden – für einen bestimmten Preis«, setzte er langsam hinzu.

»Das hat sie mir bereits gesagt, Oro.«

»Ich kann mir denken, was sie dir gesagt hat. Habe ich euch nicht beobachtet, als ihr dort oben am Rand des Kraters saßet und du ihr den Ring gabst, der mit den Zeichen des Lebens und des Immerwährens graviert ist? Die Frage ist: Wirst du diesen Preis bezahlen?«

»Nein, die Frage ist: Was ist der Preis?«

»Dies: In meinen Dienst zu treten und von nun an meinem Willen zu gehorchen – ohne Widerspruch und ohne Bedingungen.«

»Um welchen Lohn, Oro?«

»Yva und die Herrschaft über die Welt, solange du lebst, nicht mehr und nicht weniger.«

»Und was ist dein Wille?«

»Den wirst du erfahren, wenn die Zeit dafür gekommen ist. Am zweiten Abend von heute befehle ich euch dreien, bei Sonnenuntergang in den Hallen des unterirdischen Nyo vor mir zu erscheinen. Bis dahin wirst du Yva nicht sehen, da ich ihr nicht traue. Denn auch sie verfügt über gewisse Kräfte, wenngleich sie sie noch nicht gebraucht hat, und vielleicht mag sie ihren Eid vergessen, um einem neuen Stern der Liebe zu folgen, und verschwindet für eine kleine Weile mit dir aus meiner Reichweite. Seid am zweiten Tage von heute bei Sonnenuntergang in der Grabkammer, alle drei, falls ihr Wert darauf legt, weiter auf Erden zu leben. Dann wirst du erfahren, was mein Wille ist und kannst deine Wahl treffen zwischen Yva und Majestät – und ihrem Verlust und Tod.«

Dann war er plötzlich verschwunden.

Am nächsten Morgen berichtete ich den anderen, was geschehen war, und wir besprachen die Angelegenheit. Die Schwierigkeit war, natürlich, daß Bickley mir nicht glaubte. Er bestritt die Realität meines angeblichen Treffens mit Oro, welches er für eine Wahnvorstellung semimesmerischer Art hielt. Dies war auch kein Wunder, da er in der vergangenen Nacht bis zum Morgengrauen vor meiner Tür gewacht hatte, also bis zu einem Zeitpunkt, da Oro wieder verschwunden war, und ihn weder kommen noch gehen gesehen hatte, obwohl es eine helle Mondnacht gewesen war.

Als er mir dies erzählte, konnte ich ihm nur erklären, daß er trotzdem dagewesen sei, was Tommy, wenn er nur sprechen könnte, sicher bestätigen würde. In jener Nacht hatte der Hund nämlich bei mir geschlafen und war beim ersten Anzeichen, daß jemand sich näherte, aufgewacht und hatte geknurrt. Dann, als er Oro erkannte, war er zu ihm gelaufen, hatte mit dem Schwanz gewedelt und sich zu seinen Füßen zusammengerollt.

Bastin glaubte mir meine Geschichte natürlich sofort und sagte, daß Oro ein sehr seltsamer Mensch sei, der sicherlich die Fähigkeit besäße, zu kommen und zu gehen, ohne daß wir etwas davon merkten. Bei ihm ergab sich jedoch die Schwierigkeit, daß er sich entschieden weigerte, noch einmal Nyo aufzusuchen. Die Wunder seiner unteriridschen Paläste und Tempel besaßen nicht den geringsten Reiz für ihn. Außerdem glaubte er nicht, daß seine Anwesenheit auf irgendeine Weise nutzbringend sein könnte, da ›dieser alte Vampir‹ ihn, nachdem er ihn ›wie eine Orange ausgelutscht‹ und ihn ›weggeworfen habe, wie deren Schale‹, und, wie er hinzufügen wolle, ›um nichts gebessert schien, nachdem er den Saft aufgesogen hatte‹.

»Ich bezweifle«, fuhr Bastin fort, »daß es dem Heiligen Paulus selbst gelingen würde, Oro zu bekehren, auch wenn er vor dessen Augen Wunder vollbrächte. Was nützte es auch, einem Mann Wunder vorzuführen, der jederzeit größere vollbringen könnte?«

Kurz gesagt, Bastins einziges Bestreben, und auch das Bickleys, war auf die Hauptinsel zu gelangen, und von dort aus auf irgendeine Weise mit dem Rettungsboot zu entkommen.

Ich wies sie auf Oros Drohung hin, daß wir unser Leben riskierten, wenn wir ihm nicht gehorchten; daß er dies sogar noch schärfer formuliert und gesagt habe, er würde uns töten, wenn wir seinem Befehl nicht nachkämen.

»Ich lasse es darauf ankommen«, erklärte Bickley, »da ich überzeugt bin, daß du das alles nur geträumt hast, Arbuthnot. Doch davon abgesehen gibt es einen sehr natürlichen Grund dafür, daß du den Wunsch hast, ihm zu folgen, der auch auf gewisse Weise der meine ist. Ich möchte sehen, was dieser alte Knabe in seinem außergewöhlich langen Ärmel stecken hat – falls überhaupt etwas darin stecken sollte.«

»Wenn du mich danach fragst, Bickley«, antwortete ich, »so glaube ich, daß es die Vernichtung der Hälfte der Erde ist, oder etwas anderes in dieser Richtung.«

Auf diese Worte reagierte Bickley nur mit einem verächtlichen Schnauben, doch Bastin erklärte fröhlich: »Ja, das würde er wirklich fertigbringen. Doch da das, wie ich bereits sagte, niemals zugelassen werden würde, bereiten seine Absichten mir keine allzu großen Sorgen.«

Ich bemerkte, daß er sie bereits einmal durchgeführt zu haben schien.

»Oh! Du meinst die Sintflut. Nun, zweifellos hat es mal eine Sintflut gegeben, doch bin ich sicher, daß Oro nicht mehr mit ihr zu tun gehabt hat als ich, wie ich wohl bereits sagte. Auf jeden Fall ist es unmöglich, dich allein in jenes Loch hinabsteigen zu lassen. Deshalb möchte ich vorschlagen, daß wir zu der von dir benannten Stunde, die, wie du glaubst, von Oro festgesetzt worden ist, in die Grabkammer gehen und abwarten, was geschehen wird. Falls du dich nicht irren solltest, wird die glitzernde Dame dort erscheinen, um uns abzuholen, da wir jenen Fahrstuhl, oder was immer es sein mag, ganz bestimmt nicht allein in Betrieb setzen können. Und für den Fall, daß du dich irren solltest, können wir einfach zurückkommen und schlafen gehen, wie immer.«

»Ja, das ist der beste Plan«, sagte Bickley, und damit fand dieses Gespräch sein Ende.

Während dieses Tages und des nächsten wartete ich auf Yva, doch sie kam nicht. Ich ging sogar in die Grabkammer, doch war sie genauso leer wie die beiden Kristallsärge, und nachdem ich eine Weile dort gewartet hatte, ging ich wieder zurück. Obwohl ich Bickley nichts davon sagte, war mir absolut klar, daß Oro, wie er es angedroht hatte, jede Kommunikation zwischen uns verhinderte.

Der zweite Tag ging seinem Ende entgegen. Unsere einfachen Vorbereitungen waren abgeschlossen. Sie bestanden im wesentlichen darin, unsere Hurrikan-Lampen aufzufüllen und etwas Proviant einzupacken, soviel, daß wir drei oder vier Tage damit auskommen konnten, falls dies notwendig werden sollte, zusammen mit einigen Schachteln Streichhölzern und einem reichlichen Vorrat an Petroleum, da Bastin nicht die Absicht hatte, wie er es ausdrückte, sitzengelassen zu werden wie die törichten Jungfrauen im bekannten Gleichnis.

»Man kann nämlich niemals wissen«, erklärte er, »wann es diesem alten Knaben einfallen mag, das Gaslicht oder elektrische Licht, oder was immer sonst das sein mag, mit dem er sein Familiengrab beleuchtet, einfach abzudrehen, und dann wäre es recht unangenehm, wenn wir kein Petroleum hätten.«

»Falls er uns nicht unsere Lampen stehlen sollte«, meinte Bickley, »denn dann stünden wir da wie Moses, als das Licht ausging.«

»Auch diese Möglichkeit habe ich bedacht«, antwortete Bastin, »und mich deshalb entschlossen, meinen Revolver mitzunehmen, obwohl es gefährlich ist, ihn geladen bei sich zu tragen. Falls es sich als notwendig erweisen sollte, würde ich mich durchaus gerechtfertigt fühlen, ihn zu erschießen, um unser Leben zu retten, und das Tausender anderer.«

Bei diesen Worten mußten wir beide lachen. Die Vorstellung, daß Bastin Oro zu erschießen versuchte, erschien uns in höchstem Maße lächerlich. Und doch sollte genau dies geschehen.

Es war ein besonders schöner Sonnenuntergang über dem südlichen Meer. Im Westen versank die große, flammende Kugel im Ozean, über den westlichen Horizont schob sich die silberne Scheibe des vollen Mondes. Meiner erregten Phantasie erschienen sie wie zwei Waagschalen, die von der Hand des materialisierten Geistes der Ruhe herabhingen, über dem Vulkankegel und dem See, über der Insel mit ihren Palmen, über dem hinter ihr liegenden Meer, brütete die Stille. Mit Ausnahme einiger Vögel war der Himmel leer; keine Wolke störte den Frieden; die Welt schien in Unschuld und Ruhe versunken.

Aller dieser Dinge war ich mir bewußt, und auch die beiden anderen waren es, wie ich glaube, weil mich gleichzeitig der Gedanke überfiel, daß wir sie sehr wahrscheinlich zum letzten Mal sahen. Es ist schön und gut, vom Unbekannten zu sprechen, und von der Unendlichkeit, dessen Erben zu sein man uns versichert hatte, doch macht es uns das um nichts leichter, sich von dem Bekannten und Endlichen zu trennen. Die Kontemplationen über die Wunder der Ewigkeit können nicht die Vorteile der jetzigen und existierenden Zeit überdecken. Kurz gesagt, gibt es keinen unter uns, vom heiliggesprochenen Erzbischof bis hinunter zum sündigen Selbstmörder, der nicht die Unumgänglichkeit bedauert, dem schönen Licht und der freundlichen Rasse der Menschen, die uns vertraut ist, Lebewohl sagen zu müssen.

Denn schließlich, wer kann des Jenseits' sicher sein? Es mag herrlich sein, doch ganz gewiß ungewohnt, und vor dem Ungewohnten schrecken wir, von einem gewissen Alter an, zurück. Wir wissen, daß dort alles anders sein wird, daß unsere menschlichen Beziehungen radikal verändert sein werden, daß vielleicht die Geschlechtlichkeit, die so viele von ihnen bestimmt, verschwindet, um durch etwas Unbekanntes ersetzt zu werden, daß wir nicht länger vom Ehrgeiz beherrscht werden, und daß allein schon der Verlust von Hoffnungen und von Furcht uns bestenfalls eine innere Leere schenken wird. Das zumindest denken wir, die wir keine Veränderung, sondern Fortbestehen suchen, da der Geist sich vom Körper unterscheiden muß, und dieser Gedanke versetzt unsere Intelligenz in Aufruhr.

Zumindest denken einige von uns so; andere, wie Bickley, schreiben die Zukunft als schwarze und endlose Nacht ab, was natürlich auch seinen Trost hat, da das Vergessen, wie schon so oft und so weise gesagt wurde, vielleicht besser ist als jede Erinnerung. Andere wiederum, wie zum Beispiel Bastin, mochten davon sagen wie die Franzosen: *plus que ça change, plus c'est la même chose.* Und wieder andere, wie Oro, betrachten es als ein Reich der Möglichkeiten, die wahrscheinlich unangenehm sind und vielleicht gar nicht existieren, nur dieses und nicht mehr. Allein eins ist sicher, daß keine Kreatur, die Leben besitzt, sich danach sehnt, ins Feuer zu springen, und aus dem Abraum der Zweifel, um das Gold – oder das Blei – der Gewißheit zu gewinnen.

»Es wird Zeit, daß wir gehen«, sagte Bastin. »In diesen Breiten scheint die Sonne herunterzustürzen und nicht anständig unterzugehen, wie in England, und wenn wir noch länger warten, kommen wir zu spät zu unserer Verabredung in der Grabkammer. Es tut mir leid, da, obwohl ich Naturszenen nicht oft wahrnehme, dieses ein ausnahmsweise schöner Abend zu sein scheint. Jener Stern dort ist, wie ich glaube, die Venus.«

»Und deshalb einer, den Arbuthnot verehren sollte«, sagte Bickley, der versuchte, die Stimmung mit einem Scherz aufzuhellen. »Aber kommt jetzt, damit wir diese sinnlose Sache hinter uns bringen. Die Welt ist sehr schön, und was mich betrifft, so hoffe ich, daß wir sie heute nicht zum letzten Mal gesehen haben«, setzte er mit einem Seufzen hinzu.

»Das ist auch meine Hoffnung«, sagte Bastin, »auch wenn der Glaube uns lehrt, daß uns im Jenseits eine bessere erwartet. Es hat keinen Sinn, sich den Kopf darüber zu zerbrechen, wie sie aussehen mag, doch hoffe ich, daß der Weg dorthin nicht durch das Loch führt, das dieser verstockte Oro Nyo nennt.«

Damit brachen wir auf, jeder von uns mit seinem Anteil der Vorräte beladen. Ich glaube, daß Tommy der einzige fröhliche Teilnehmer dieser Expedition war, denn er tollte ausgelassen um uns herum, lief immer wieder zum Höhleneingang und zurück, als ob er uns antreiben wollte, in die Tiefe hinabzusteigen.

»Also wirklich«, sagte Bastin, »es ist äußerst unheilig, daß ein Tier sich so aufführt, wenn es weiß, daß wir vorhaben, in die Eingeweide der Erde hinabzusteigen. Ich nehme an, daß es ihm dort gefällt.

»O nein!« wehrte Bickley ab. »Ihm gefällt nur das, was sich dort befindet – genau wie Arbuthnot. Seit diese kleine Bestie mit Yva in Berührung gekommen ist, hat sie sich ohne sie nicht mehr glücklich gefühlt.«

»Ja, das scheint so zu sein«, erklärte Bastin. »Auf jeden Fall habe ich bemerkt, daß Tommy während der letzten zwei Tage sehr niedergeschlagen war, wie immer, wenn sie nicht da ist. Er scheint sogar Oro zu mögen, der mir einen Schauer einjagt, vielleicht, weil er ihr Vater ist. Hunde müssen sehr nachsichtige Tiere sein.«

Inzwischen waren wir in der Höhle und gingen an den Wracks der halb im Staub vergrabenen Flugmaschinen vorbei, die Bickley, wie er bedauernd bemerkte, aus Zeitmangel noch nie genau untersuchen konnte. Um das zu tun, hätte er mehr schaufeln müssen, als es uns ohne die richtigen Geräte möglich gewesen wäre, da diese Maschinen groß waren und tief im Staub steckten.

Wir gelangten zur Grabkammer und traten ein.

»Nun«, sagte Bickley, setzte sich auf einen der Särge und hob seine Lampe, um sich umzusehen, »es scheint hier ziemlich leer zu sein. Es ist niemand da, um die Verabredung einzuhalten, obwohl die Sonne fast untergegangen ist.«

Während er das sagte, stand plötzlich Yva vor uns. Woher sie gekommen war, sahen wir nicht, da wir alle ihr im Moment ihrer Ankunft den Rücken zuwandten. Doch dort stand sie, ruhig, in strahlender Schönheit.

23

Im Tempel des Schicksals

Yva warf mir einen raschen Blick zu, und ich las in ihren Augen Zärtlichkeit und Besorgnis, und so etwas wie eine Frage. Es kam mir vor, als ob sie sich fragte, was wir unter den Umständen tun mochten, die sich ergeben könnten oder würden, und zog auf eine geheimnisvolle Weise, deren ich mir halb bewußt war, eine Antwort aus meiner Seele.

Dann wandte sie sich um, lächelte ihr strahlendes Lächeln und sagte: »Also, Bickley, hast du es, wie immer, nicht geglaubt? Weil du meinen Vater, Oro, den Herrn, nicht gesehen hast, meinst du, daß er nicht mit Humphrey gesprochen hat? Als ob Oro, der Herr, nicht ein- und ausgehen könnte, ohne daß ihr dessen gewahr würdet, oder vielleicht Gedanken, in seine Gestalt gekleidet, aussendet, um seine Vorhaben auszuführen.«

»Woher weißt du, daß ich Arbuthnots Geschichte nicht glaube?« fragte Bickley recht aggressiv und wich damit dem Problem aus. »Schickst auch du Gedanken aus, in deine Gestalt gekleidet, um *deine* Vorhaben auszuführen, Yva?«

»Leider nein, obwohl ich es vielleicht tun könnte, wenn ich es wollte. Es ist sehr einfach, Bickley. Als ich hier stand, hörte ich dich sagen, daß niemand hier weile und euch erwarte, wie Humphrey es angekündigt hatte, obwohl die Sonne fast untergegangen sei, und aus diesen Worten und dem Tonfall deiner Stimme konnte ich alles andere folgern.«

»Deine Kenntnisse der englischen Sprache sind wirklich erstaunlich. Und außerdem warst du nicht hier, als ich sprach.«

»Zumindest war ich sehr nahe, Bickley, und diese Wände sind dünner, als du anzunehmen scheinst«, antwortete sie und richtete einen unschuldigen Blick auf das, was wie gewachsener Fels aussah. »O Freund«, fuhr sie fort, »ich frage mich, was dich dazu bringen könnte, einzusehen, daß du nicht alles weißt, daß es vieles gibt, das jenseits der Reichweite deiner Erfahrung und deiner Vorstellungskraft liegt. Doch in einem oder zwei Tagen wirst selbst du das erkennen und es mir eingestehen – anderenorts.«

»Ich bin schon jetzt bereit einzugestehen, daß vieles geschieht, was ich gegenwärtig nicht verstehe, weil ich nicht den Schlüssel zu euren Tricks besitze.«

Yva schüttelte den Kopf über ihn und lächelte wieder. Dann bedeutete sie uns, dicht neben sie zu treten, bückte sich und nahm Tommy auf die Arme. Im nächsten Moment geschah wieder das Unerklärliche, das ich bereits beschrieben habe, und wir wurden abwärts durch den Raum gewirbelt, um uns Sekunden später sicher und unbeschadet in den Höhlen von Nyo wiederzufinden, nur ein wenig atemlos durch die rasende Schnelligkeit unserer Abfahrt. Wie und womit wir hinabgefahren sind, haben weder ich noch die anderen jemals erfahren. Es war eines der unerklärlichen Geheimnisse unseres großen Abenteuers und muß es für immer bleiben.

»Wohin jetzt?« fragte ich Yva und blickte in der leuchtenden Unermeßlichkeit umher.

»Oro, der Herr, möchte mit dir sprechen, Humphrey. Folge mir! Und ich bitte dich, alles zu tun, um nicht seinen Zorn zu wecken, denn seine Stimmung ist finster.«

Also gingen wir wieder die leeren Straßen jener unterirdischen Stadt entlang, die mich an die griechische Vorstellung des Hades erinnerte – nur daß sie besser beleuchtet war. Wir erreichten den heiligen Brunnen, über dem die Wächtergestalt des Lebens stand, die aus den beiden Bechern, die sie hielt, die Wasser von Gut und Böse rinnen ließ, die sich zu dem lebenspendenden Trank vermischten.

»Trinkt!« forderte Yva uns auf. »Denn ich glaube, daß wir viel Kraft brauchen werden, bevor die Sonne ein weiteres Mal hinter der Erde versinkt. Jeder von uns.«

Also tranken wir, und sie trank ebenfalls, und wieder spürte ich das Blut durch meine Adern tanzen, als ob das Wasser ein Nektar der Götter wäre. Dann, nachdem wir unsere Lampen gelöscht hatten, da sie hier unnötig waren und wir unser Petroleum sparen wollten, folgten wir ihr durch das große Tor in die riesige Halle und schritten den Gang zwischen den endlosen Reihen leerer Bänke entlang. An ihrem Ende, auf der Estrade unter der Muschel, saß Oro auf seinem Thorn. Wie zuvor trug er die juwelenbesetzte Kappe und seine prächtigen, fließenden Roben, und auf dem vor ihm stehenden Tisch lagen Metallfolien, auf die er mit einem Stift oder einer Feder schrieb, die wie ein Diamant glitzerte, oder wie seine grimmigen Augen. Dann hob er den Kopf und winkte uns, auf die Estrade zu treten.

»Ihr seid hier. Das ist gut«, sagte er, und das war die ganze Begrüßung. Nur als Tommy zu ihm lief, beugte er sich nieder und tätschelte dem Hund mit seiner langen, schmalen Hand den Kopf, und dabei wurde sein Gesicht etwas freundlicher. Ich hatte den Eindruck, daß Tommy ihm willkommener war als wir.

Lange Zeit herrschte Schweigen; er sah uns nur einen nach dem anderen mit seinem durchdringenden Blick an, der schließlich auf mir, dem letzten von uns, ruhen blieb, und dann zu Yva glitt.

»Ihr fragt euch sicher, warum ich euch habe herkommen lassen«, sagte er endlich mit einem trockenen Lachen. »Ich glaube, daß ich es getan habe, um Bickley, den Skeptiker davon überzeugen zu können, daß es Kräfte gibt, die er nicht versteht, die ich jedoch die Macht habe in Bewegung zu setzen. Und vielleicht auch, damit eure Leben verschont bleiben mögen bei dem, das nun geschehen wird. Seht! Meine Vorarbeiten sind abgeschlossen, meine Berechnungen fertig.« Er deutete auf die Metallfolien, die vor ihm auf dem Tisch lagen, mit kabalistischen Zeichen bedeckt. »Morgen werde ich das tun, was ich schon einmal getan habe, und die Hälfte der Welt in den Tiefen des Meeres versenken, und das wieder aus der Tiefe heraufheben, das für eine Viertelmillion Jahre unter den Wassern versunken lag.«

»Welche Hälfte?« fragte Bickley.

»Das ist mein Geheimnis, Arzt, und die Antwort darauf liegt hier in Zeichen, die du nicht lesen kannst. Bestimmte Länder werden von der Erde verschwinden, andere werden verschont bleiben. Doch welche es sind, bleibt mein Geheimnis.«

»Dann, Oro, wenn du wirklich tun können solltest, was du androhst, würdest du Hunderte von Millionen Menschen ertränken.«

»Wenn ich es tun können sollte! Wenn ich es tun können sollte!« Er starrte Bickley an. »Morgen wirst du sehen, was ich tun kann! Oh! Warum rege ich mich über diesen kleingläubigen Narren auf? Ja, sie werden ertrinken. Was kommt es darauf an? Ihr Ende wird rasch sein: ein paar Minuten der Todesangst, das ist alles, und in höchstens einem kurzen Jahrhundert wären sie ohnehin alle tot.«

Ein Ausdruck des Entsetzens trat auf Bastins Gesicht. »Hast du im Ernst vor, Hunderte von Millionen Menschen zu ermorden?« fragte er mit belegter, schleppender Stimme.

»Ich habe gesagt, daß es meine Absicht ist, sie in jenen Himmel oder in jene Hölle zu schicken, von der du so viel und gerne sprichst, Prediger, nur ein wenig schneller, als sie normalerweise ihren Weg dorthin würden gefunden haben. Sie haben mich enttäuscht; sie haben versagt; deshalb sollen sie gehen und anderen Platz machen, die erfolgreich sein werden.«

»Dann bist du ein größerer Mörder, als ihn diese Welt jemals geboren hat, schlimmer als alle von ihnen zusammengenommen. Es gibt keinen, der so schlecht ist wie du, selbst nicht im Buch der Offenbarungen!« schrie Bastin in einer Art Wutanfall. »Aber ich bin nicht wie Bickley. Ich weiß genug von dir und deinen teuflischen Kräften, um zu glauben, daß du das tun kannst, was du dir vornimmst.«

»Das glaube ich auch«, sagte Oro mit einem höhnischen Grinsen. »Aber wie kommt es, daß der Große, zu dem du betest, diese Tat nicht verhindert, falls es ihn geben sollte?«

»Er *wird* sie verhindern!« schrie Bastin. »Ja, in diesem Augenblick befiehlt er mir, sie zu verhindern, und ich gehorche!« Er zog den Revolver aus der Tasche, richtete ihn auf Oros Brust und sagte: »Schwöre, daß du dieses Verbrechen nicht begehen wirst, oder ich werde dich töten!«

»Also wird der Mann des Friedens zu einem Mann des Blutes«, sagte Oro, »und will töten, auf daß *ich* nicht zum Besten der Welt töte! Aber, was ist denn mit deinem Spielzeug, Prediger?« fragte er und deutete auf den Revolver.

Und die Frage war berechtigt, denn noch während er sprach, flog Bastin die Waffe aus der Hand. Hoch in die Luft flog sie, und im Fluge verfeuerte sie ihre Munition, alle sechs Patronen, kurz nacheinander, während Bastin auf seine Hand und den ausgestreckten Arm starrte, den er nicht senken zu können schien.

»Bedrohst du mich noch immer mit deinem ausgestreckten Arm, Prediger?« spottete Oro.

»Ich kann ihn nicht bewegen«, sagte Bastin. »Es ist, als ob er zu Stein geworden wäre.«

»Sei dankbar, daß du nicht ganz zu Stein geworden bist.

Doch weil dein Mut mir gefällt, will ich dir vergeben, ja, ich will dich sogar groß machen in meinem neuen Königreich. Was sollst du werden? Religionsminister, denke ich, da du alle Eigenschaften besitzt, die ein Hohepriester haben muß: Glauben, Fanatismus – und Torheit.«

»Wirklich seltsam«, sagte Bastin, »aber plötzlich sind mein Arm und meine Hand wieder völlig in Ordnung. Ich vermute, daß ich irgendeinen Krampf hatte, der mich den Revolver fortschleudern und den Abzug drücken ließ, als ich nicht die geringste Absicht dazu hatte.«

Dann trat er von der Estrade hinab, um die Waffe aufzuheben, die dort zu Boden gefallen war, und vergaß völlig seine Absicht, Oro zu töten, während er ihre Mechanik überprüfte und feststellte, daß sie zerstört worden war. Über seine vorgeschlagene Ernennung machte er sich keinerlei Illusionen. Falls er überhaupt verstanden hatte, was damit gemeint war, was ich bezweifle, so faßte er sie als einen Scherz auf.

»Hört her!« sagte Oro und hob mit einer plötzlichen Bewegung den Kopf, denn während Bastin seinen Revolver aufgesammelt hatte, war er tief in Gedanken versunken gewesen. »Das große Unternehmen, das ich morgen durchführen werde, müßt ihr mitansehen, denn nur so könnt ihr meine Kräfte ermessen. Außerdem seid ihr dort, wo ich es tun werde, tief in den Eingeweiden der Erde, sicherer als an jedem anderen Ort, da in dem Augenblick, wo es geschieht, und vielleicht schon zuvor, die ganze Erde erbeben und erschüttert werden wird und ich nicht sagen kann, was passieren mag, selbst in diesen Höhlen. Aus diesem Grunde vergeßt auch nicht, den kleinen Hund mitzubringen, da ich ihn mehr als jeden anderen von euch vor Schaden bewahren will, weil ich einst, vor Hunderten von Generationen, wie ihr die Zeit bemeßt, einen Hund besaß, der ihm sehr ähnelte. Deine Mutter hat ihn sehr geliebt, Yva, und als sie starb, ist der Hund ebenfalls gestorben. Er liegt einbalsamiert auf ihrem Sarg, drüben im Tempel, und gestern bin ich dort gewesen, um sie beide anzusehen. Es besteht eine erstaunliche Ähnlichkeit zwischen den beiden Tieren, was ein Beweis für die Ewigkeit des Blutes ist.«

Er schwieg eine Weile, in Gedanken versunken, und fuhr dann fort: »Wenn die Tat vollbracht ist, werde ich mit euch sprechen, und dann sollt ihr wählen, Fremde, ob ihr als eure eigenen Herren sterben wollt, oder leben und mir dienen. Nun ist da nur noch ein Problem, das ich jetzt lösen – frage mich nicht, was für ein Problem es ist, Humphrey, da ich die Frage in deinen Augen sehe – oder zusammen mit den anderen auf später verschieben muß. Ich will dir nur antworten, daß ich mein möglichstes tun werde, da du dieses Problem liebst. Also lebt für eine Weile wohl, und, Prediger, nimm meinen Rat an und ziele nicht wieder zu hoch.«

»Es spielt keine Rolle, wohin ich ziele«, erwiderte Bastin trotzig, »oder ob ich treffe oder daneben schieße, da etwas, das viel größer ist als ich, darauf wartet, sich mit dir zu befassen. Die Länder, die du zu zerstören trachtest, werden morgen genausogut schlafen, wie sie es heute nacht tun, Oro.«

»Viel besser, denke ich, Prediger, da sie dann alle Sorgen und Schmerzen und Sünden und Kriege werden weit hinter sich gelassen haben.«

»Wohin sollen wir gehen?« fragte ich.

»Yva wird euch führen«, antwortete er, winkte mit der Hand und beugte sich wieder über seine endlosen Berechnungen.

Yva winkte uns, und wir folgten ihr durch die Länge der Halle. Sie führte uns zu einer Straße nahe dem Tor des Tempels, und dort in eines der Häuser. Durch eine Säulenhalle gelangten wir in einen Hof, von dem, auf eine fast pompejanische Art, Türen zu den einzelnen Räumen führten. Doch betraten wir diese Räume nicht, denn auf der anderen Seite des Hofes standen ein Metalltisch und drei breite Bänke, ebenfalls aus Metall, auf denen kostbar wirkende Teppiche lagen. Woher diese stammten, weiß ich nicht, und habe auch nie danach gefragt, doch erinnere ich mich, daß sie sehr schön waren, und so weich wie Samt.

»Hier könnt ihr schlafen«, sagte sie, »falls es euch möglich ist, und die Nahrung essen, die ihr mit euch gebracht habt. Morgen früh werde ich euch wecken, wenn es Zeit ist, unsere Reise in die Eingeweide der Erde anzutreten.«

»Ich möchte nicht noch tiefer hinabsteigen, als wir bereits sind«, sagte Bastin skeptisch.

»Ich glaube, daß keiner von uns auf diese Reise gehen mag«, antwortete sie mit einem Seufzen. »Doch wir müssen es tun. Ich bitte dich, Oro, den Herrn, nicht wieder zu reizen, weder in dieser Angelegenheit, noch in irgendeiner anderen. In deiner Torheit hast du versucht, ihn zu töten, und bist nur unbeschadet davongekommen, weil er den Mut liebt. Doch ein anderes Mal mag er zurückschlagen, und dann, Bastin ...«

»Ich fürchte mich nicht vor ihm«, antwortete er, »doch ich mag keine Höhlen. Trotzdem mag es noch immer besser sein, mit euch zu gehen, als hier allein zurückzubleiben. Jetzt werde ich unser Essen auspacken.«

Yva wandte sich zum Gehen.

»Ich muß euch jetzt verlassen«, sagte sie, »da mein Vater meine Hilfe benötigt. Es geht dabei um die Kraft, die er morgen freisetzen wird, und ihre genaue Berechnung; außerdem um die Kleidung, die wir tragen müssen, wenn das geschieht, und die uns vor Verletzungen schützt.«

Irgend etwas in ihren Augen sagte mir, daß sie wünschte, ich möge ihr folgen, und ich tat es. Vor der Säulenhalle, auf der verlassenen, erleuchteten Straße, blieb sie stehen.

»Wenn du dich nicht fürchtest«, sagte sie, »so komm um Mitternacht zur Statue des Schicksals im großen Tempel, denn ich möchte an einem Ort mit dir sprechen, Humphrey, an dem wir allein sind – falls es so einen Ort überhaupt gibt.«

»Ich werde kommen, Yva.«

»Du kennst den Weg, und das Tor steht offen, Humphrey.«

Dann reichte sie mir ihre Hand zum Kuß und glitt davon.

Ich kehrte zu den anderen zurück, und wir aßen, recht zurückhaltend, denn da wir vom Lebenswasser getrunken hatten, waren wir nicht hungrig. Anschließend unterhielten wir uns eine Weile, vermieden jedoch aufgrund eines stillschweigenden Übereinkommens das Thema des Morgen, und was der morgige Tag uns bringen mochte.

Wir ahnten, daß schreckliche Dinge sich ankündigten, doch da wir nicht einmal andeutungsweise wußten, was diese waren, hielten wir es für sinnlos, darüber zu diskutieren. Außerdem waren wir zu niedergedrückt, so sehr, daß selbst Bastin und Bickley sich nicht stritten. Der letztere war so erschüttert von Oros Demonstration seiner Macht, als er den Revolver in die Luft springen und selbst seine sechs Patronen abfeuern ließ, daß er nicht einmal den Mut aufbringen konnte, sich über das Scheitern von Bastins Versuch lustig zu machen, dem alten Übermenschen Gerechtigkeit widerfahren zu lassen – oder ihn vielmehr daran zu hindern, ein kolossales Verbrechen zu begehen.

Schließlich streckten wir uns auf den Bänken aus, wobei Bastin bemerkte, er wünschte, er könne das Licht ausschalten, und dann sagte er, daß er nicht im geringsten seinen Versuch, Oro zu töten, bedaure. Der Schlaf schien den beiden rasch zu kommen, doch mir gelang es nur, in einen leichten Schlummer zu verfallen, aus dem ich immer wieder aufschreckte. Darüber war ich nicht böse, denn wenn immer ich einschlief, wurde ich von Träumen verfolgt. Zum größten Teil waren es Träume von meiner toten Frau. Sie schien mich über irgendeinen Verlust hinwegtrösten zu wollen, doch sprach sie seltsamerweise manchmal mit ihrer Stimme und manchmal mit der Stimme Yvas, und manchmal blickte sie mich mit ihren Augen an und manchmal mit denen Yvas. Sonst ist mir nichts von diesen Träumen in Erinnerung geblieben, da sie sehr konfus waren.

Nach einem dieser Träume, dem lebhaftesten, blickte ich auf meine Uhr, als ich aus ihm erwachte. Es war halb zwölf, also für mich fast an der Zeit aufzubrechen. Die anderen beiden schienen fest zu schlafen. Kurz darauf erhob ich mich und schlich aus dem Hof, ohne sie zu wecken. Vor der

Säulenhalle, die übrigens ein seltsames Beispiel für das Überleben von Stilformen in der Architektur darstellte, da eine solche Vorhalle in dieser klimalosen Unterwelt wirklich höchst überflüssig war, wandte ich mich nach rechts und folgte der breiten Straße zu der Umfassungsmauer des Tempels. Ich schritt über die von Säulen umstandenen Höfe, wo meine Schritte durch die absolute Stille hallten, obwohl ich mich bemühte, so lautlos wie möglich aufzutreten, und durch das große Tor in die bedrückende Einsamkeit des gewaltigen, perfekt gestalteten Tempels.

Worte können die Verlassenheit jenes Ortes nicht beschreiben. Sie ergoß sich über mich wie ein Meer und schien mein Sein zu verschlingen, so daß selbst das wildeste und gefährlichste Tier mir als Gefährte willkommen gewesen wäre. Ich fühlte mich wie ein Kind, das sich beim Erwachen verlassen im Dunkel findet. Außerdem wurde ich von einem unheimlichen Angstgefühl bedrückt, daß ich laut hätte schreien können, nur um den Laut einer menschlichen Stimme zu hören. Dort drüben stand die finstere Statue des Schicksals, das Orakel der Könige, den Herrschern der Söhne der Weisheit, von der behauptet wurde, daß sie in Beantwortung von Gebeten mit ihrem steinernen Kopf nikke. Ich lief zu ihr, begierig, diesen unheimlichen Schutz zu erreichen, denn zu beiden Seiten der Statue waren Menschenfiguren. Selbst ihr kalter Marmor war eine Art Gesellschaft, obwohl sich über allem die düstere Gestalt des Schicksals erhob.

Möge irgend jemand sich vorstellen, allein unter der Domkuppel der St. Pauls-Kathedrale zu stehen, im Mittelpunkt jenes Raums, der von einem hellen, geheimnisvollen Licht erleuchtet wird, und daß rings um sie herum ein London ist, das seit Zehntausenden von Jahren tot und völlig menschenleer ist. Wenn ihm das gelingt, kann er sich vielleicht eine Vorstellung von meinem physischen Befinden machen. Möge er diesem Gedankenbild noch das Wissen hinzufügen, daß am folgenden Tag etwas geschehen würde, das nicht unähnlich dem Ende der Welt war, wie es im Buch der Offenbarungen und von den meisten Astronomen vorausgesagt wird, dann hat er auch eine Vorstellung von meiner seelischen Verfassung. Und wenn er dieser Mischung noch eine höchst mysteriöse und sehr echte Liebesaffäre hinzufügt, und ein Rendezvous vor jenem Symbol des kalten Schicksals, das die Welten bis in die kleinsten Details menschlichen Lebens zu beherrschen schien, so mag er zu verstehen beginnen, was ich, Humphrey Arbuthnot, während meines Wartens in diesem Heiligtum einer untergegangenen Rasse durchgemacht habe.

Es schien mir eine Ewigkeit zu dauern, bis Yva kam, doch endlich war sie da. Ich sah sie durch die offene Tür des Tempels durch die unheilige Helligkeit der säulenumstandenen Höfe eilen wie eine weiße Motte in der Nacht, und so klein wirkte sie auch. Sie kam näher; jetzt war sie wie ein Geist, und als sie noch näher war, wurde sie zu einer lebenden, atmenden, wunderschönen Frau. Ich öffnete meine Arme, und mit einem leichten Aufschluchzen sank sie an meine Brust, und wir küßten uns, wie es Sterbliche tun.

»Ich konnte nicht eher kommen«, sagte sie. »Mein Vater brauchte mich, und diese Berechnungen waren umfangreich und schwierig. Außerdem mußte er zweimal den Ort aufsuchen, zu dem wir morgen gehen werden, und das erforderte einige Zeit.«

»Dann ist er also nicht weit von hier?«

»Hymphrey, sei bitte nicht töricht! Erinnerst du dich nicht mehr, du, der du mit Oro gereist bist, daß er seine Seele weit hinauswerfen und sie dann, beladen mit Wissen, wie die Beine von Bienen mit goldenem Blütenstaub, zurückholen kann? Nun, er ging dorthin, immer wieder, und ich mußte warten. Und dann die Roben und Schilde; sie mußten mittels seiner Künste und der meinen hergestellt werden. Oh – frage mich nicht, was das für Schilde sind, da keine Zeit mehr ist, es dir zu erklären, und es kommt auch nicht darauf an. Manche Menschen sind weise, und manche sind töricht, doch wichtig ist allein, daß in allen von ihnen das Blut des Lebens fließt, und daß Leben Liebe gebiert, und daß Liebe, wie ich glaube, wenngleich Oro es nicht glaubt, Unsterblichkeit gebiert. Und wenn dem so ist, was ist dann die Zeit anderes, als ein Sandkorn in einer Wüste?«

»Dies, Yva: Sie ist unser, die wir auf nichts anderes zählen können.«

»Oh – Humphrey, wenn ich das glauben würde, gäbe es heute nacht keine elendere Kreatur auf dieser großen Erde.«

»Was meinst du damit?« fragte ich und fühlte Angst in mir emporsteigen, mehr wegen ihres Tonfalls und ihres Gesichtsausdrucks, als wegen ihrer Worte.

»Nichts – nichts, außer, daß die Zeit so entsetzlich kurz ist. Ein Kuß, eine Berührung, ein wenig Licht und ein wenig Dunkel, und sie ist auch schon vorbei. Frage meinen Vater Oro, der tausend Jahre gelebt und eine Viertelmillion Jahre geschlafen hat, so wie ich, und er wird dir dasselbe sagen. Es ist die Zeit, gegen die er kämpft; er, der nicht glaubt, daß es etwas jenseits der Zeit gibt, wird nichts erhalten, wie Bastin sagt; er, dem die Zeit nichts gegeben hat als eine vorübergehende, blutbesudelte Größe, und einen Triumph, der in Dunkelheit und Unheil endet, und eine Hoffnung, die zweifellos zum Untergang der Hoffnung führt, und eine Macht, die ihre Krone in den Staub legen muß.«

»Und was hat sie dir gegeben, Yva, außer einem schönen Körper und einer starken Seele?«

»Sie hat mir einen Geist gebracht, Humphrey. Körper und Seele haben miteinander einen Geist erzeugt, und aus diesem Geist ist in den Feuern der Drangsal die Essenz ewiger Liebe destilliert worden. Dies ist die Gabe der Zeit an mich, und deshalb spotte ich das Schicksal, obgleich es mich hier nach wie vor beherrscht.« Und sie hob ihre Hand in einer Geste der Herausforderung gegen das strenge, geschlechtslose Idol, das über uns thronte, das Schwert über den Knien.

»Sieh! Sieh!« fuhr sie mit anschwellender Stimme fort und deutete auf die Statuen des Greises und der schönen Frau. »Sie flehen das Schicksal an, sie beten zu ihm. *Ich* flehe es *nicht* an! *Ich* bete nicht zu ihm oder bitte es um Zeichen, wie es selbst Oro tut, genau wie alle seine Vorväter. *Ich* erhebe mich über das Schicksal und triumphiere! So wie das Schicksal, der Gott meines Volkes, seinen Fuß auf die Sonne setzt, so setze ich meinen Fuß auf das Schicksal, und springe von dort, wie ein Schwimmer von einem Felsen, ins Wasser der Unsterblichkeit.«

Ich blickte sie an, deren Präsenz, wie es von Zeit zu Zeit geschah, eine Majestät angenommen hatte, die weit über der einer Frau lag. Ich sah in ihre Augen, aus denen ein Licht strahlte, das nicht von dieser Welt war, und mir wurde Angst.

»Was meinst du damit?« fragte ich. »Yva, du sprichst wie eine, die mit dem Leben fertig ist.«

»Es vergeht«, antwortete sie rasch. »Das Leben vergeht wie der Atemhauch auf dem Glas eines Spiegels. So sollten alle denken, die unter der Sonne atmen.«

»Ja, Yva, doch wenn du gehen würdest, während mein Atem noch immer das Glas des Spiegels trübt ...«

»Und wenn, was wäre dann? Wird nicht dein Atem auch vergehen und sich mit dem meinen dort vereinen, wo alles hingeht? Oder, wenn es der deine sein sollte, der verginge, und der meine, welcher ein paar Stunden länger zurückbliebe, wäre es nicht dasselbe? Ich denke, Humphrey, daß du schon einen geliebten Atem vom Spiegel des Lebens vergehen sahest«, fügte sie hinzu und blickte mich ernst an.

Ich senkte den Kopf und antwortete: »Ja, und deshalb schäme ich mich.«

»Oh! Warum solltest du dich schämen, Humphrey, der du nicht sicher bist, ob nicht zwei Atem dennoch ein Atem sein mögen? Woher willst du wissen, daß es einen Unterschied zwischen ihnen gibt?«

»Du treibst mich zum Wahnsinn, Yva. Ich kann es nicht begreifen.«

»Ich begreife es auch nicht ganz, und wie sollte ich auch, da ich nicht mehr bin als eine Frau, so wie du nicht mehr bist als ein Mann? Ich möchte, daß du immer daran denkst,

Humphrey, daß ich kein Geist und keine Zauberin bin, sondern nur eine Frau – wie jene, die du verloren hast.«

Ich blickte sie zweifelnd an und antwortete: »Frauen schlafen nicht zweihundertfünfzigtausend Jahre lang. Frauen unternehmen keine Traumreisen zu den Sternen. Frauen lassen nicht die tote Vergangenheit vor den Augen des Zuschauers auferstehen und wieder leben. Ihr Haar schimmert nicht im Dunkel, noch glitzern ihre Körper, noch besitzen sie eine solche Seelenstärke, oder so wunderbare Augen, oder so große Schönheit.«

Diese Worte schienen sie zu bekümmern, da ihr, wie mir schien, vor allem anderen daran gelegen war, mir zu beweisen, daß sie eine Frau war und nichts sonst.

»Alle diese Eigenschaften sind nichts, Humphrey«, sagte sie erregt. »Was meine Schönheit betrifft, soweit es sie gibt, so ist sie mir durch mein Blut gegeben worden, und mit ihr auch das Glitzern meines Haares, welches das Erbe jener ist, die seit Generationen das Lebenswasser getrunken haben. Meine Mutter besaß größere Schönheit als ich, genau wie deren Mutter, wie ich gehört habe, da allein die Schönsten zu Ehefrauen der Könige der Söhne der Weisheit wurden. Was alles andere betrifft, so entspringen solche Künste, wie ich sie besitze, nicht der Magie, sondern einem Wissen, das eure Völker im Laufe der Zukunft ebenfalls erwerben mögen, das heißt, soweit Oro sie verschonen sollte. Gerade du solltest eigentlich wissen, daß ich nichts anderes bin als eine Frau«, setzte sie zögernd hinzu und blickte suchend in mein Gesicht.

»Warum, Yva? Während der kurzen Zeit, die wir zusammen gewesen sind, habe ich vieles gesehen, das mich daran zweifeln läßt. Selbst Bickley, der Skeptiker, hat da seine Bedenken.«

»Ich werde dir etwas sagen, obwohl ich sicher bin, daß du es mir nicht glauben wirst.« Sie blickte umher, als ob sie befürchtete, daß irgend jemand ihre Worte hören oder ihre Gedanken lesen könnte. Dann streckte sie die Hände aus, zog meinen Kopf zu sich heran und flüsterte mir ins Ohr:

»Weil du mich einst *sterben* sahst, wie Frauen oft sterben: Leben für Leben gebend.«

»Ich habe *dich* sterben sehen?« fragte ich entsetzt.

Sie nickte und flüsterte weiter in mein Ohr, doch jetzt nicht mit ihrer Stimme, sondern mit der einer anderen:

»*Geh dorthin, wohin du gerufen zu werden scheinst, weit weit fort. Oh – wie wundervoll der Ort ist, an dem du mich wiederfinden wirst, ohne zu wissen, daß du mich gefunden hast. Lebe wohl für eine kleine Weile, nur für eine kleine Weile, mein Geliebter, mein Geliebter!*«

Ich kannte die Stimme, und ich kannte die Worte, und ich wäre sicher zu Boden gesunken, wenn sie mich nicht mit ihren kräftigen Armen festgehalten hätte.

»Wer hat sie dir gesagt?« stammelte ich. »War es Bickley oder Bastin? Sie wußten davon, obwohl keiner der beiden diese heiligen Worte selbst gehört hat.«

»Weder Bickley, noch Bastin«, antwortete sie und schüttelte den Kopf, »nein, auch nicht du selbst, wachend oder schlafend, obwohl du mir einmal, bei jenem Kratersee, sagtest, daß eine, als sie im Sterben lag, dir befohlen habe, anderenorts nach ihr zu suchen, da du sie ganz gewiß finden würdest. Humphrey, ich weiß nicht, wer mir diese Worte gesagt hat. *Ich glaube, daß sie Erinnerung sind, Humphrey!*«

»Aber das würde doch bedeuten, daß du, Yva, dieselbe bist wie eine, die ... die nicht Yva hieß.«

»Dieselbe, die *Natalie* hieß, Humphrey«, antwortete sie mit feierlicher Betonung. »Eine, die du geliebt und verloren hast.«

»Dann glaubst du also, daß wir wiedergeboren werden auf dieser Erde?«

»Wieder und wieder, bis die Zeit gekommen ist, wo wir die Erde für immer verlassen. Dessen bin ich sicher, denn dieses Wissen war Teil der geheimen Weisheit meines Volkes.«

»Aber du warst nicht tot. Du hast nur geschlafen.«

»Jener Schlaf war ein Todesschlaf, der wie ein Blitz vorüberging, ja, in einem Augenblick wie es mir vorkam. Doch lediglich die Hülle des Körpers blieb durch sterbliche Künste erhalten, und als der zurückkehrende Geist und das

Licht des Lebens wieder in sie gefüllt wurden, erwachte er. Doch während dieses langen Todesschlafes mochte sein Geist durch andere Lippen gesprochen und sein Lebenslicht aus anderen Augen geschienen haben, obwohl ich keine Erinnerung an diese habe.«

»Dann könnte also jener Traum von unserem Besuch auf einem gewissen Stern möglicherweise auch – kein Traum gewesen sein?«

»Es war kein Traum, glaube ich, und das hast auch du vermutet.«

»In gewisser Weise ja, Yva. Aber ich konnte es nicht glauben und habe mich von dem abgewandt, was ich für ein Produkt der Phantasie hielt.«

»Es war natürlich, Humphrey, daß du nicht glauben konntest. Höre! In diesem Tempel habe ich dir vor einer Weile ein Bild von mir und von einem Mann gezeigt, der mich liebte, und den ich liebte, und von seinem Tod durch die Hand Oros. Ist dir irgend etwas an diesem Mann aufgefallen?«

»Bickley ist etwas aufgefallen«, antwortete ich. »Hatte er recht?«

»Ja, er hatte recht, denn sonst hätte ich dich nicht lieben können, Humphrey.«

»Ich erinnere mich an nichts von diesem Mann, Yva.«

»Das war auch nicht anzunehmen, da du und er unendlich weit voneinander entfernt seid, da zwischen euch das Meer des Todes liegt, in welchem die Inseln des Lebens verstreut sind; vielleicht sehr viele. Doch ich erinnere mich an sehr vieles, da ich ihn erst vor einer kurzen Weile verlassen zu haben schien.«

»Als du in deinem Sarge erwachtest und deine Arme um mich schlangst, was hast du da gedacht, Yva?«

»Ich dachte, daß ... daß *du* jener Mann seist, Humphrey.«

Es herrschte eine Weile Stille zwischen uns, und in dieser Stille erkannte ich die Wahrheit. Dann erneuerten wir vor der Statue des Schicksals und in dem verlassenen, glühenden Tempel unseren Schwur, der durch eine Vergangenheit geweiht wurde, die so auf eine wunderbare Weise wieder zum Leben erweckt worden war.

Von dieser heiligen Stunde will ich nichts mehr erzählen. Mag jeder sie sich so vorstellen, wie es ihm beliebt. Ein Glücksgefühl wie aus dem Himmel senkte sich auf uns nieder, und wir verblieben eine Weile darin.

»Geliebter«, flüsterte sie schließlich mit einer Stimme, die von Tränen erstickt schien, »falls es geschehen sollte, daß wir wieder für eine kleine Weile voneinander getrennt werden, darfst du nicht zu sehr trauern.«

»Da ich jetzt alles weiß, werde ich versuchen, nicht zu trauern, Yva, weil wir in Wahrheit niemals getrennt werden können. Aber glaubst du, daß ich sterben werde?«

»Da wir sterblich sind, mag jeder von uns zu sterben scheinen, Humphrey«, sagte sie und senkte den Kopf, wie um ihr Gesicht zu verbergen. »Du weißt, daß wir uns heute in große Gefahr begeben.«

»Hat Oro ernsthaft vor, einen Teil der Welt zu zerstören, und besitzt er wahrhaftig die Macht dazu, Yva?«

»Er hat es so vor, und er besitzt die Macht dazu, wenn nicht ... wenn nicht eine andere Macht ihn daran hindert.«

»Welche andere Macht, Yva?«

»Oh! Vielleicht jene, die du anbetest, jene, die Liebe genannt wird. Die Liebe des Menschen mag das Massaker von Menschen verhindern. Ich hoffe es wenigstens von ganzem Herzen. – Still! Oro kommt. Ich spüre es, ich weiß, daß er kommt, doch nicht, um uns zu suchen, die in dieser Nacht seinen Gedanken sehr fern sind. Folge mir! Rasch.«

Sie lief durch die weite Tempelhalle zu einer Art Kapelle, welche mit den Statuen toter Könige angefüllt war, denn hier befand sich der Zugang zu ihrem Grabgewölbe. Wir erreichten sie und versteckten uns hinter dem Sockel einer der Statuen. Wenn wir aufgerichtet standen, konnten wir, ohne gesehen zu werden, zwischen den Füßen der Statue, welche auf dem Sockel stand, hinausblicken.

Und dann kam Oro.

24

Der Wagen in der Grube

Oro kam notwendigerweise allein. Und doch war da etwas um ihn, als er durch den Tempel schritt, das an den Auftritt eines großen Monarchen, umgeben von dem Pomp und dem Gefolge eines großen Hofes gemahnte. Er ging mit hoch erhobenem Kopf, als ob Herolde und Bedienstete ihm vorausschritten, als ob er von Höflingen umgeben wäre, als ob Leibwachen ihm folgten. Lassen Sie mich eingestehen, daß er eine großartige Figur machte, in seinen prachtvollen Roben, mit seinem langen weißen Bart, seinen habichtartigen Gesichtszügen, seiner hochgewachsenen Gestalt und seinen glühenden Augen, die ich selbst aus dieser Entfernung deutlich sehen konnte. Ein paarmal hatte ich sogar den Eindruck, als ob er aus den Augenwinkeln heraus zu der Kapelle blickte, in der wir uns versteckten. Doch glaube ich, daß dies nur Einbildung war. Denn, wie Yva gesagt hatte, waren seine Gedanken jetzt mit anderen Dingen beschäftigt.

Er erreichte die Statue des Schicksals und blieb eine Weile vor ihr stehen, betrachtete sie und die bittenden Figuren zu beiden Seiten, als ob er darauf wartete, daß sein unsichtbares Hofgefolge sich hinter ihm ordne. Dann zog er seine juwelenbesetzte Kappe vor dem Idol und kniete sich vor ihm auf den Boden. Ja, Oro, der Uralte, der Übermensch, der Gott, wofür ihn die frühen Menschen der Erde gehalten hatten, ein Wesen voller Zorn, Rachsucht, Eifersucht, Launenhaftigkeit und Machtgier, kniete bittend vor diesem Abbild aus Stein, welches er für das Heim eines Geistes hielt, und bewies damit, daß er trotz allem nicht sehr weit über den Wilden stand, deren Idol Bastin zerstört hatte. Mehr noch: Mit seiner klaren und volltönenden Stimme, die uns selbst durch die ganze Weite jenes Raumes erreichte, begann er zu beten. Sein Gebet hatte etwa folgenden Wortlaut, denn obwohl ich die Sprache, in der er redete, nicht verstand, übersetzte Yva sie mir flüsternd.

»Gott der Söhne der Weisheit, Gott der ganzen Erde, du einziger Gott, vor dem jede andere Macht oder Gewalt sich verneigen muß, zu dir schicke ich, Oro, der Große König, mein Gebet, dir bringe ich mein Opfer dar. Zwanzigmal zehntausend Jahre und mehr sind vergangen, seit ich, Oro, diesen deinen Tempel aufsuchte und vor diesem deinem lebenden Abbild kniete, doch du, Herr der Welt, erinnerst dich des Gebetes, das ich zu dir sprach, und des Opfers, das ich dir darbrachte. Das Gebet war für den Sieg über meine Feinde, und das Opfer ein Versprechen der Leben der Hälfte aller Menschen, welche an jenem Tag auf der Erde lebten. Ja, und das Gebet wurde erhört, und das Opfer dargebracht, und es bestand aus allen meinen Feinden.

Dann schlief ich. Durch unzählige Generationen schlief ich, zu meiner Seite das einzige Kind meiner Lenden, das mir geblieben war. Was mit meinem Geiste während des Schlafes geschah, und mit dem ihren, weißt du allein, doch sind sie zweifellos ausgezogen, um ihren Zielen zu dienen.

Zu der festgesetzten Zeit, die von dir bestimmt worden war, erwachte ich wieder und fand in meinem Haus Fremde aus einem anderen Land. In der Begleitung eines von diesen, dessen Geist ich hervorzog, besuchte ich die Völker dieser neuen Erde, und fand sie sogar noch niedriger und schlechter als jene, die ich gekannt hatte. Deshalb, weil sie nicht gebessert werden können, will ich auch sie vernichten, und auf ihren Trümmern ein herrliches Imperium errichten, eines wie das, welches bestand, als die Söhne der Weisheit auf dem Gipfel ihrer Macht standen.

Ein Zeichen! O Schicksal, Herr der Welt, gib mir ein Zeichen, daß mein Wunsch erfüllt werden wird!«

Er schwieg, streckte die Arme aus und starrte zu dem Gesicht der Statue empor. Während er wartete, spürte ich den gewachsenen Fels unter meinen Füßen erzittern und schwanken, so daß Yva und ich uns aneinander klammerten, um nicht zu Boden zu stürzen. Und auch dies geschah:

Die Gewalt des Erdstoßes – denn ein solcher war es zweifellos – stürzte die Figuren des alten Mannes und der schönen, jungen Frau, die vor dem Schicksal knieten, als ob sie es anbeteten, von dem Sockel und schleuderten das Marmorschwert von den Knien der Statue. Als es fiel, packte Oro es bei seinem Knauf, sprang auf und schwenkte es triumphierend über seinem Kopf.

»Ich danke dir, Gott meines Volkes!« rief er. »Du hast mir, deinem letzten Diener, dein eigenes Schwert gegeben, und ich werde es gut zu gebrauchen wissen. Für jeden deiner Verehrer, die du verloren hast, sollst du einen anderen bekommen, ja, alle jene, welche in der neuen Welt leben, die ich schaffen werde. Meine Tochter und der Mann, den sie auserwählt hat, der Vater der zukünftigen Könige der Erde zu sein, und mit ihm seine Gefährten, sollen die ersten jener Hunderten von Millionen sein, die folgen werden, denn sie sollen deine Füße küssen oder sterben. Du sollst deinen Fuß auf die Nacken aller anderen Götter setzen; du sollst herrschen, und nur du allein, und, wie zuvor, wird Oro dein Statthalter sein.«

Noch immer den Schwertknauf umklammernd, warf er sich zu Boden, wie in Ekstase, und war still.

»Ich deute das Omen anders«, flüsterte Yva. »Die Anbeter des Schicksals sind gestürzt worden. Sein Schwert der Macht ist ihm entglitten, und er schwankt auf seinem Thron. Ein größerer Gott verlangt die Herrschaft über die Welt, und dieses Schicksal ist lediglich sein Werkzeug.«

Oro erhob sich wieder.

»Noch eine Bitte«, rief er. »Gib mir Leben, langes Leben, damit ich deine Gebote erfüllen mag. Durch ein Wort oder eine Geste gib mir ein Zeichen, daß ich mit der Länge meines Lebens zufrieden sein werde, gib mir ein Jahr oder deren zwei für jedes, das ich bis jetzt gelebt habe.«

Er wartete, starrte umher, doch es kam kein Zeichen; das Idol sprach nicht, noch neigte es den Kopf, was es, wie Yva mir erzählt hatte, zu tun pflegte, zum Zeichen dafür, daß es eine Bitte gewährte, doch auf welche Weise das geschah, kann ich nicht sagen. Ich glaubte nur, das Echo von Oros Rufen als spöttisches Flüstern durch die riesige Kuppel hallen zu hören.

Wieder warf Oro sich auf die Knie und begann wie in Agonie zu beten.

»Gott meiner Vorväter, Gott meines untergegangenen Volkes, ich will nichts vor dir verbergen«, sagte er. »Ich, der ich sonst nichts fürchte, fürchte den Tod. Der Priester-Narr mit seinem neuen Glauben hat geifernde Worte von Gericht und Verdammung gesprochen, welche, obwohl ich sie nicht glaube, wie Pfeile in meinem Herzen stecken. Ich werde diesen Glauben ausrotten und mit diesem, deinem uralten Schwert die neuen Götter in das Dunkel zurücktreiben, aus dem sie gekommen sind. Doch was ist, wenn doch ein Tropfen Wahrheit über die bleiernen Lippen jenes Mannes geflossen sein sollte, und was, wenn ich, weil ich so geherrscht habe und herrschen werde, wie du es bestimmt hast, dafür später, an einem düsteren Orte der Seelen, die Lasten des Schreckens und der Verdammnis tragen muß, welche ich auf die Rücken anderer geladen habe? Nein, das kann nicht sein, denn welche Macht sollte es im ganzen Universum geben, die es wagte, Oro zu einem Sklaven zu machen und ihn zu zeichnen?

Und doch könnte es sein und wird vielleicht sein, daß ich plötzlich auf den Pfaden ewiger Finsternis von meinem Weg abkomme und machtlos und vergessen werde, wie es jenen geschah, die vor mir waren, und daß die Krone meiner Macht auf jüngeren Häuptern glänzt. Ach! Ich werde alt, da selbst Äonen des Schlafs meine Kraft nicht erneuert haben. Meine Zeit ist knapp, und dennoch will ich nicht sterben, wie es das Los der Sterblichen ist. Oh! Gott meines Volkes, dem ich so ergeben gedient habe, errette mich vor dem Tod, den ich fürchte. Denn ich will nicht sterben. Gib mir ein Zeichen, gib mir das uralte, geheiligte Zeichen!«

So sprach er, hob seinen stolzen und prachtvollen Kopf und blickte die Statue mit großen, erwartungsvollen Augen an.

»Du antwortest nicht«, rief er wieder. »Willst du mich verlassen, Schicksal? Dann hüte dich, daß ich nicht einen neuen Gott gegen dich stelle und dich von deinem uralten Thron stoße. Solange ich lebe, besitze ich Kräfte, ich, der ich der letzte deiner Verehrer bin, da es scheint, daß meine Tochter dir den Rücken zugekehrt hat. Ich werde jetzt in die Grabkammer der Könige gehen und mir Rat von dem Staub jenes alten Zauberers holen, der mich als erster Weisheit lehrte. Selbst aus der Tiefe des Todes muß er meinem Ruf folgen und mir Beistand leisten. Noch eine kleine Weile will ich warten, und wenn du mir nicht antwortest, dann, Schicksal, werde ich dir bald dein Zepter aus der Hand reißen und dich zu den anderen toten Göttern schicken.« Oro warf das Schwert zur Seite, drückte wieder seine Stirn auf den Boden und streckte beide Arme empor, eine letzte Geste der Unterwerfung und des Flehens.

»Komm«, flüsterte Yva, »solange noch Zeit dazu ist! Gleich wird er wiederkommen und in die Gruft hinabsteigen, und wenn er erfährt, daß wir sein Herz gelesen haben und wissen, daß er ein Feigling ist, der von seinem verbrauchten Gott in Stich gelassen wurde, wird er uns bestimmt töten. Komm, beeil dich, und sei leise!«

Wir schlichen aus der Kapelle, und an der Wand entlang, bis wir das Tor des Tempels erreichten. Hier blickte ich noch einmal zurück und sah, daß Oro, der unbeschreiblich klein wirkte in der gewaltigen Weite jenes Raums, noch immer ausgestreckt vor dem streng blickenden, schweigenden Idol lag, das er, trotz all seiner Weisheit als lebend und göttlich betrachtete. Vielleicht war es das sogar einst, doch wenn, so war sein Stern für immer untergegangen, wie jene von Amon, Jupiter und Baal, und Oro war sein letzter Verehrer.

Wir waren nun in Sicherheit, liefen aber dennoch weiter, bis wir die Säulenhalle unseres Quartiers erreicht hatten. Hier blieb Yva stehen.

»Es ist schrecklich«, sagte sie, »und meine Seele schmerzt. Oh, ich danke der Macht, die mich schuf, daß ich nicht das

Verlangen habe, die Erde zu beherrschen, und, da ich unschuldig am Tode anderer bin, den Tod nicht fürchte.«

»Ja, es ist schrecklich«, antwortete ich. »Doch alle Menschen fürchten den Tod.«

»Nicht, wenn sie die Liebe gefunden haben, Humphrey, denn das, glaube ich, ist sein wahrer Name, und, diesen auf seine Stirn geschrieben, steht er auf dem Nacken des Schicksals, das noch immer der Gott meines Vaters ist.«

»Dann ist er also nicht der deine, Yva?«

»Nein. Einst war er das, doch jetzt verleugne ich ihn; er ist nicht länger der meine. So wie Oro es angedroht hat, und wie er es vielleicht in seiner Wut auch tun mag, habe ich seine Ketten zerrissen, wenn auch auf eine andere Weise. Frage mich nicht mehr; vielleicht wirst du eines Tages erfahren, auf welchem Wege ich in die Freiheit gelangt bin.«

Dann, bevor ich ihr antworten konnte, fuhr sie fort: »Schlaf jetzt, denn in wenigen Stunden muß ich kommen, um dich und deine Begleiter zu einem schrecklichen Ort zu führen! Doch was immer du auch sehen oder hören magst, fürchte dich nicht, Humphrey, denn ich glaube, daß Oros Gott keine Macht über dich hat, so stark er auch einst gewesen sein mag, und daß Oros Pläne scheitern werden, weil ich, die ich auch Wissen besitze, die Kraft finden werde, die Welt zu erretten.«

Und wieder, von einer Sekunde zur anderen, wurde sie strahlend, beinahe göttlich; mehr als ein Engel es ist denn eine Frau. Ein Feuer der Entschlossenheit schien in ihr zu lodern und aus ihren Augen zu leuchten. Doch sagte sie nur wenig. Nur dies:

»Für jeden, glaube ich, kommt der Augenblick, wo er eine Entscheidung treffen muß zwischen dem, was groß ist, und dem, was klein ist, zwischen dem Selbst und seinen Wünschen und dem Wohl anderer Wanderer auf dieser Erde. Dieser Augenblick mag heute für dich oder für mich kommen, und wenn er kommt, so werden wir uns ihm gewachsen zeigen. Das ist die Lehre Bastins, die richtig zu begreifen ich mich bemüht habe.«

Dann schlang sie ihre Arme um meinen Hals, küßte mich auf die Stirn und war fort.

Seltsamerweise, vielleicht wegen meiner geistigen Erschöpfung, denn das, was ich erlebt hatte, schien mich so zu überwältigen, daß ich nicht einmal mehr klar denken konnte, schlief ich wie ein Kind und erwachte frisch und munter.

Ich blickte auf meine Uhr und stellte fest, daß es jetzt acht Uhr war in diesen entsetzlichen zeitlosen Höhlen, wo es weder Morgen, noch Mittag, noch Nacht gab, sondern nur eine ewige Helligkeit, von der ich nicht wußte, woher sie kam, und es auch niemals erfahren habe.

Ich sah, daß ich allein war, da Bickley und Bastin fortgegangen waren, um unsere Flaschen mit Lebenswasser zu füllen. Wenig später kehrten sie zurück, und wir aßen ein wenig; wenn man dieses Wasser trank, brauchte man nicht viel Nahrung. Es war ein recht schweigsames Mahl, da unsere Situation nicht zum Sprechen anregte; außerdem hatte ich den Eindruck, daß die beiden mich recht seltsam anblickten. Vielleicht ahnten sie etwas von meinem mitternächtlichen Besuch des Tempels, doch wenn dem so gewesen sein sollte, hielten sie es für das klügste, darüber zu schweigen. Und ich sprach auch nicht davon.

Kurz nachdem wir zu Ende gegessen hatten, erschien Yva. Sie war wunderbar ruhig und freundlich, sogar gelassen, und begrüßte uns drei mit großer Herzlichkeit. Unsere Erlebnisse dieser Nacht erwähnte sie mir gegenüber mit keinem Wort, selbst dann nicht, als wir allein waren. Eines jedoch fiel mir an ihr auf: sie trug eine Kleidung, wie ich sie noch nie an ihr gesehen hatte. Sie war eng anliegend, mit Ausnahme eines fließenden Capes, und bestand aus einem grauen Material, nicht unähnlich grobem Bauerngewebe oder Asbestleinen. Trotzdem sah sie sehr gut darin aus, und als ich eine Bemerkung darüber machte, sagte sie nur, daß der vor uns liegende Weg sehr rauh wäre. Selbst ihre Füße steckten in hohen Stiefeln aus jenem Material.

Sie berührte Bastin an der Schulter und sagte ihm, daß sie

mit ihm unter vier Augen sprechen wolle. Sie traten in einen der Räume jenes Hauses und verblieben dort für etwa eine halbe Stunde. Es war gegen Ende dieser Zeit, daß ich ein lautes Krachen aus der Richtung des Tempels hörte, als ob etwas sehr Schweres auf den felsigen Boden gestürzt wäre. Bickley hatte das Geräusch ebenfalls gehört. Als die beiden zurückkamen, bemerkte ich, daß Yva, wenn auch nach wie vor völlig ruhig, so doch strahlend wirkte, und, wenn ich so sagen darf, menschlicher und fraulicher als ich sie jemals zuvor gesehen hatte, und auch Bastin schien sehr glücklich.

»Man macht seltsame Erfahrungen im Leben, ja, sehr seltsame«, bemerkte er, anscheinend im Selbstgespräch, was mich wundern machte, was für besondere Erfahrungen er damit meinen mochte. Doch glaubte ich, sie erraten zu können.

»Freunde«, sagte Yva, »es wird Zeit zu gehen, und ich werde euch führen. Ihr werdet Oro, den Herrn, am Ende eurer Reise treffen. Ich bitte euch, eure Lampen mitzunehmen, da unser Weg nicht so beleuchtet ist, wie dieser Ort.«

»Ich würde gerne wissen«, sagte Bickley, »wohin wir gehen und zu welchem Zweck, zwei Punkte, zu denen ich bis jetzt keinerlei genaueren Angaben erhalten habe.«

»Wir gehen, Freund Bickley, tief in die Eingeweide der Erde hinab, viel tiefer als, wie ich glaube, irgendein Sterblicher jemals vorgedrungen ist – von deiner Rasse, meine ich.«

»Dann werden wir umkommen in der Hitze«, sagte Bickley, »denn bei jeden tausend Fuß steigt die Temperatur um mehrere Grade an.«

»Nein. Ihr werdet zwar eine Hitzezone passieren, jedoch so rasch, daß ihr nicht leiden müßt, wenn ihr den Atem anhaltet. Dann gelangt ihr an einen Ort, an dem ein starker Luftzug weht, der euch kühl hält, und von dort aus gelangen wir zum Ziel unserer Reise.«

»Ja, aber zu welchem Ziel, Yva?«

»Das werdet ihr selbst herausfinden, und mit ihm auch andere Dinge, die voller Wunder sind.«

Hier schien ihr ein neuer Einfall zu kommen, und nach kurzem Zögern setzte sie hinzu: »Doch warum solltet ihr überhaupt dorthin gehen? Oro hat es befohlen, das ist wahr, doch denke ich, daß er nichts unternehmen wird, wenn ihr dem Befehl nicht folgt. Ihr müßt euch rasch entscheiden. Noch ist Zeit dazu. Ich könnte euch in die Grabkammer bringen, in die Kammer des Schlafes, in der ihr uns gefunden habt. Dort seid ihr sicher. Setzt dann zur Hauptinsel über und segelt so rasch wie möglich mit eurem Boot auf das Meer hinaus, wo ihr Hilfe finden werdet, wie ich glaube. Wisset, daß ihr Oro nie wieder unter die Augen kommen dürft, nachdem ihr euch seinem Befehl widersetzt habt. Wenn ihr das wollt, dann laßt uns sofort aufbrechen. Was sagt ihr?«

Sie blickte mich an.

»Ich sage, daß ich bereit bin, fortzugehen, wenn du mit mir kommst, aber nicht ohne dich.«

»Ich sage«, erklärte Bickley, »daß ich diesen übernatürlichen Unsinn ein für alle mal entlarven will und es deshalb vorziehe, diese Sache zu Ende zu führen.«

»Und ich sage«, schloß Bastin, »daß es mein ernster Wunsch ist, mit dieser ganzen Sache nichts mehr zu tun zu haben, die mich mehr ermüdet und verwirrt, als ich euch sagen kann. Doch denke ich nicht daran wegzulaufen, falls du es nicht für wünschenswert hältst, Yva. Ich möchte dir klarmachen, daß ich nicht die geringste Furcht vor Oro habe und auch nicht eine Sekunde lang glaube, daß ihm erlaubt werden wird, Unheil über die Welt zu bringen, wie es sein Plan ist, wenn ich ihn richtig verstanden habe. Deshalb ist es mir gleich, was wir tun werden, und ich bin bereit, jede Entscheidung anzunehmen, die ihr treffen mögt.«

»Damit wir uns richtig verstehen«, sagte Yva mit einem leichten Lächeln, als Bastin seine kleine Predigt beendet hatte, »ich *muß* zu meinem Vater in die Eingeweide der Erde hinabsteigen, aus einem Grund, der euch später klar werden wird. Deshalb müßten wir uns trennen, wenn ihr fortgeht, und würden uns wahrscheinlich nie wiedersehen. Trotzdem aber rate ich euch zu gehen.«

Unsere Antwort darauf war*, daß wir unsere Lampen anzündeten und unsere anderen Sachen, wie Petroleumkannen und Wasserflaschen, untereinander aufteilten. Als Yva dies sah, lachte sie laut auf.

»Der Mut ist nicht mit den Söhnen der Weisheit ausgestorben«, sagte sie.

Dann brachen wir auf. Yva schritt uns voran, und Tommy sprang fröhlich um sie her.

Unser Weg führte uns durch den Tempel. Als wir durch das große Tor schritten, fuhr ich erschrocken zusammen, denn dort, in der Mitte der riesigen Halle, bemerkte ich eine Veränderung. Die Statue des Schicksals saß nicht mehr auf ihrem Podest! Sie lag zerborsten auf dem Steinboden, zusammen mit den Bruchstücken der beiden anbetenden Figuren, die ich wenige Stunden zuvor zu Boden geschleudert werden sah.

»Was hat das zu bedeuten?« flüsterte ich Yva zu. »Ich habe keinen zweiten Erdstoß gespürt.«

»Ich weiß es nicht«, antwortete sie, »und wenn ich es wüßte, so darf ich es nicht sagen. Doch wisse, daß kein Gott ohne einen einzigen Verehrer weiterleben kann. Und dieses Idol war, auf seine Weise, lebendig, obwohl du das sicher nicht glauben wirst.«

»Höchst bemerkenswert«, sagte Bastin, der auf die Trümmerstücke blickte. »Wenn ich abergläubisch wäre, was ich natürlich nicht bin, würde ich sagen, daß dieses Ereignis ein Omen ist, welches auf den endgültigen Sturz eines falschen Gottes hindeutet. Auf jeden Fall ist seine Statue in Trümmer gegangen, und ich frage mich, was dazu geführt haben mag.«

---

* Zu unserem Glück sind wir Yvas Rat nicht gefolgt. Wenn wir es getan hätten, wären wir eingeschlossen worden und elend gestorben, wie noch berichtet werden wird. – *H. A.*

»Ich habe während der vergangenen Nacht einen Erdstoß gespürt«, erklärte Bickley, »doch mir scheint es sonderbar, daß er sich nur auf diese Statue ausgewirkt haben sollte. Ein wahrer Jammer, denn sie war ein wunderbares Kunstwerk.«

Dann fiel mir etwas ein, und ich erinnerte Bickley an das Krachen, das wir gehört hatten, als Yva und Bastin sich zu ihrem privaten Gespräch in einen der Räume zurückgezogen hatten.

Als wir den gewaltigen Dom durchschritten – wenn man ihn so nennen konnte –, gelangten wir zu einer Apsis, an deren Ende, wo, wenn sie christlich gewesen wäre, der Altar gestanden hätte. In dieser Apsis befand sich eine kleine offene Tür, die wir durchschritten. Hinter ihr lag eine weite Fläche aus rohem Fels, die aussah, als ob sie für die Errichtung von Gebäuden vorbereitet und dann aus irgendeinem Grund verlassen worden wäre. Auch diese Fläche war erleuchtet, wie alles andere in der Stadt Nyo, und auf die gleiche geheimnisvolle Art. Geführt von Yva suchten wir uns unseren Weg zwischen den rohen Steinblöcken hindurch, über einen Boden, der stark abzufallen begann. Wir gingen etwa eine halbe Meile, bis wir schließlich den Rand einer riesigen Grube erreichten, die meiner Schätzung nach gute tausend Fuß unterhalb der Ebene des Tempels gelegen sein mußte.

Ich blickte über den Rand der Grube und fuhr entsetzt zurück. Sie schien bodenlos. Außerdem fuhr ein scharfer Wind aus ihr empor, der brüllte wie ein Sturm auf einem aufgewühlten Meer. Oder es waren vielmehr zwei Winde, vielleicht wäre Luftzüge ein besserer Ausdruck dafür, wenn man ihn auf ein so starkes und schreckliches Phänomen anwenden darf. Einer von ihnen fuhr in die Grube hinein, der andere aus ihr heraus. Oder es mochte auch sein, daß die Luft abwechselnd hineingesogen und herausgestoßen wurde. Es war wirklich unmöglich, das festzustellen.

»Was ist das hier?« fragte ich, hielt mich an den anderen fest und trat erschrocken von der scharfen Kante und der bodenlosen Tiefe zurück, die gewaltig sein mußte, weil das Lichtbündel kein Ende erhellte, soweit das Auge reichte.

»Es ist ein Ventilationsschacht, durch den Luft in die zentralen Höhlungen der Erde hinein- und herausströmt«, antwortete Yva. »Zweifellos ist zu Anfang auch die gewaltige Kraft durch ihn hinabgedrungen, die jene Hohlräume aus dem glühenden Fels herausblies, wie ein Glasbläser eine Flasche ausbläst.«

»Ich verstehe«, sagte Bastin. »So wie jemand mit einer Pfeife eine Seifenblase bläst, nur in einem größerem Maßstab. Nun, das ist wirklich sehr interessant, doch ich habe nun genug davon gesehen. Außerdem habe ich Angst, weggeweht zu werden.«

»Ich fürchte, daß du noch mehr wirst sehen müssen«, sagte Yva lächelnd, »da wir jetzt in diese Grube hinabfahren werden.«

»Du meinst, daß wir in dieses Loch steigen sollen?« fragte Bastin entsetzt. »Und wenn dem so ist, wie denn? Ich sehe keine Stufen, oder einen Aufzug, oder sonst etwas.«

»Es ist ganz einfach und völlig sicher, Bastin. Sieh!«

Als sie das sagte, tauchte eine flache Steinplatte von der Größe eines kleinen Zimmers auf, heraufgetragen, wie ich vermute, von dem gewaltigen Luftstrom, der an uns vorbeidröhnte. Als diese Platte die Höhe des Schachtrandes erreicht hatte, hing sie dort eine kurze Weile in der Schwebe, glitt dann zu seinem anderen Rand hinüber und begann ihren Abstieg mit einer so unglaublichen Geschwindigkeit, daß sie innerhalb weniger Sekunden aus unserem Blickfeld verschwunden war.

»Oh!« sagte Bastin, dem die Augen fast aus dem Kopf traten, »das ist der Lift, nicht wahr? Nun, dann will ich dir gleich sagen, daß er mir ganz und gar nicht gefällt. Angenommen, er würde kippen, was dann?«

»Er kippt nicht«, antwortete Yva, noch immer lächelnd. »Ich versichere dir, Bastin, das du nichts zu befürchten hast. Erst gestern bin ich auf dieser Felsplatte hinabgefahren und unbeschadet zurückgekehrt.«

»Das ist alles schön und gut, Yva, doch magst du wissen, wie sie ausbalanciert werden muß; und auch, wie man auf- und absteigt.«

»Wenn du dich fürchtest, Bastin, so bleib hier, bis deine Freunde zurückkehren. Sie, denke ich, haben keine Angst.«

Bickley und ich bestätigten, daß dem so sei, obwohl wir, um ehrlich zu sein, genauso verstört waren wie Bastin.

»Nein, ich komme auch mit. Man kann auf diese Art genausogut sterben wie auf jede andere, denke ich, und falls ihnen irgend etwas zustoßen sollte und ich allein zurückbleiben würde, wäre das noch schlimmer.«

»Dann macht euch bereit«, sagte Yva, »denn gleich wird dieser Luftwagen zurückkehren. Sowie er auftaucht und am Rand der Grube schwebt, müßt ihr draufsteigen und euch der Länge nach hinlegen, dann kann nichts passieren. Am Grund dieses Schachts verlangsamt sich die Fahrt, bis die Steinplatte fast zum Stehen kommt, und es ist ein Kinderspiel, von ihr auf den festen Boden zu springen, oder sogar zu kriechen.«

Dann bückte sie sich und nahm Tommy auf, der mißtrauisch am Rand des Schachtes herumschnüffelte, wobei seine langen Ohren senkrecht emporgeweht wurden, und barg ihn mit dem linken Arm unter ihrem Umhang, damit er nichts sah und sich ängstigen könnte.

Wir warteten eine Weile schweigend, vielleicht fünf oder sechs Minuten lang, sicher die unangenehmsten, die ich jemals erlebte. Dann sah ich tief unten in der Helligkeit einen dunklen Fleck auftauchen, der rasch größer wurde, während er emporschoß.

»Er kommt«, sagte Yva. »Bereitet euch vor und tut, was ich euch gesagt habe. Springt nicht oder lauft, damit ihr nicht über seinen Rand hinausschießt. Tretet langsam auf die Felsplatte, und zu seiner Mitte, und legt euch dort hin. Vertraut mir!«

»Etwas anderes bleibt uns ja gar nicht übrig«, stöhnte Bastin.

Die große Steinplatte kam herauf, und, wie zuvor,

schwebte sie am Rand der Grube. Yva trat ruhig auf sie, griff dabei mit ihrer freien Hand nach meinem Handgelenk und zog mich mit sich. Mir war recht übel, als ich ihr folgte, und ich setzte mich sofort. Dann kam Bickley, mit dem Ausdruck des tugendhaften Helden eines Romans, der die Planken eines Seeräuberschiffes betritt, und setzte sich ebenfalls. Nur Bastin zögerte, bis der Stein sich fortzubewegen begann. Dann sprang er mit dem Ausruf »Ich komme!« über den Spalt und landete mitten unter uns wie ein Sack Kohle. Wäre ich nicht gesessen, er hätte mich dabei von der Plattform gestoßen. Er packte mich mit der einen Hand bei meinem Bart und krallte die andere in Yvas Robe, und löste lange Zeit keinen seiner beiden Griffe, obwohl wir ihn zwangen, sich ausgestreckt hinzulegen. Die Laterne, die er in der Hand gehalten hatte, war über den Rand der Felsplatte geflogen und machte ihre Reise nach unten auf eigene Faust.

»Du verdammter Trottel!« rief Bickley, dessen Furcht sich in Wut umsetzte. »Jetzt ist eine unserer Lampen hin!«

»Soll sie doch hin sein!« murmelte Bastin. »Im Himmel werden wir sie nicht brauchen, und an dem anderen Ort auch nicht.«

Inzwischen hatte die Steinplatte, die unter dem Aufsprung Bastins ein wenig ins Schwanken geraten war, ihr Gleichgewicht wiedererlangt und schwebte langsam und majestätisch zur anderen Seite des Abgrundes. Dort wurde die Schwerkraft wirksam, oder vielleicht drückte das Gewicht der abwärts strömenden Luft auf sie, welches von beiden es war, kann ich nicht sagen. Sie begann zu fallen, langsam zuerst, dann schneller und immer schneller, schließlich mit einer so unvorstellbaren Geschwindigkeit, daß die Öffnung des Schachtes über uns winzig klein wurde und dann ganz verschwand. Ich blickte zu Yva empor, die völlig ruhig zwischen unseren liegenden Gestalten stand. Sie beugte sich herab und schrie mir ins Ohr: »Alles in Ordnung. Jetzt beginnt die Hitze, aber sie dauert nicht lange.«

Ich nickte und blickte über die Kante der Steinplatte auf

Bastins Laterne, die neben uns hinabsegelte, bis wir sie kurz darauf überholten. Bastin hatte sie angezündet, bevor wir aufgebrochen waren, in einem Moment geistiger Abwesenheit, wie ich vermute, und sie brannte eine recht lange Zeit, leuchtend wie ein Stern in dem dunkler und dunkler werdenden Schacht, was ein Beweis für ihre ausgezeichnete Qualität war.

Dann traten wir in die Hitzezone ein. Darüber gab es nicht den geringsten Zweifel, denn ich begann am ganzen Körper zu schwitzen, und die brennende Luft versengte meine Lungen. Auch Tommy streckte seinen Kopf unter Yvas Umhang hervor, und seine Zunge hing weit aus seinem hechelnden Maul.

»Haltet den Atem an!« rief Yva, und wir taten es, bis uns fast die Lungen platzten. Glücklicherweise war es bald vorbei, und die Luft wurde wieder kühler. Inzwischen waren wir eine gewaltige Entfernung in die Tiefe gefahren, viele, viele Meilen, wie es mir schien, und ich bemerkte, daß unsere enorme Geschwindigkeit sich zu verlangsamen begann, und auch, daß der Schacht sich zunehmend verengte, bis der Abstand zwischen dem Rand der Steinplatte und der Schachtwand nur noch wenige Fuß betrug. Dies führte dazu, daß die zusammengepreßte Luft als Puffer wirkte, der unsere Geschwindigkeit abbremste, bis die große Felsplatte nur noch sehr langsam abwärts glitt.

»Macht euch bereit, mir zu folgen!« rief Yva wieder, und wir standen auf, das heißt, Bickley und ich taten es, der arme Bastin war halb bewußtlos. Der Stein hielt an, und Yva sprang auf eine Felsenplattform, neben der er zur Ruhe gekommen war. Wir folgten ihr und schleppten Bastin zwischen uns mit. Als wir dieses taten, schlug mir etwas sanft auf den Kopf. Es war Bastins Lampe, die ich ergriff.

»Wir sind da. Setzt euch und ruht euch aus!« sagte Yva, als sie uns ein paar Schritte vom Rand der Plattform fortgeführt hatte.

Wir taten es, und kurz darauf sahen wir in dem matten Licht, daß der Stein sich wieder in Bewegung setzte, diesmal nach oben. Sekunden später war er verschwunden, befand sich wieder auf seiner nie endenden Reise.

»Macht er das ständig?« fragte Bastin, richtete sich auf und starrte ihm nach.

»Vor zweihundertfünfzigtausend Jahren ist er schon so auf und ab gefahren, und in weiteren zweihundertfünfzigtausend Jahren wird er es noch immer tun, jedenfalls vermute ich das«, antwortete sie. »Und warum auch nicht, da sich die Stärke des Luftzuges niemals verändert und es nichts gibt, das sich abnutzen könnte?«

Irgendwie wirkte die Vorstellung, daß dieser gewaltige Stein, einst von irgend jemand oder irgend etwas aus dem Fels gelöst und in Bewegung gesetzt, Jahrtausende lang diesen Schacht hinauf- und herabglitt, einem Gesetz folgend, das ich nicht begriff, auf meine Phantasie wie ein Alptraum. Ich träume sogar heute noch davon.

Ich sah mich um. Wir befanden uns in irgendeiner Höhlung, von der jedoch kaum Einzelheiten auszumachen waren, denn das Licht, das von den oberen Höhlen, wo es auf eine geheimnisvolle Weise entstand, durch den Schacht herabfiel, reichte kaum bis hier herunter und wurde völlig abgeschnitten, wenn der Stein auf seiner ewigen Reise durch die enge Passage im untersten Teil seiner Strecke glitt. Ich konnte jedoch erkennen, daß sich die Höhle nach links und nach rechts erstreckte, und fühlte, daß von links – wenn man mit dem Gesicht zum Schacht stand – ein starker Strom frischer Luft kam, welcher verriet, daß sie irgendwo, und sei es noch so weit entfernt, Verbindung zur Oberfläche der Erde haben mußte. Boden und Wände waren so glatt, als ob sie in längst vergangenen Zeiten durch die Einwirkung irgendwelcher kosmischer Kräfte geschliffen worden wären. Bickley bemerkte dies als erster und wies mich darauf hin. Wir hatten jedoch kaum Zeit, uns umzusehen, denn Yva sagte: »Wenn ihr ausgeruht seid, Freunde, möchte ich euch bitten, eure Lampen anzuzünden, da unser Weg eine Strecke durch Dunkelheit führt.«

Wir taten, wie geheißen, und setzten uns in Bewegung. Es

ging weiter abwärts, immer tiefer in die Erde hinein. Yva und ich gingen voraus, mit Tommy, der ein wenig ängstlich wirkte, dicht an unseren Fersen. Die anderen beiden folgten, wie immer in irgendeine Diskussion verstrickt. Es war ihre Art, Angst und Anspannung abzureagieren.

Ich fragte Yva, was nun geschehen würde, da ich von wachsender Furcht erfüllt war.

»Dessen bin ich nicht sicher, Liebster«, antwortete sie mit sanfter Stimme, »da ich nicht alle Geheimnisse Oros kenne, doch sind es große Dinge, nehme ich an. Wir befinden uns jetzt tief in den Eingeweiden der Erde, und vielleicht wirst du in Kürze einige der gewaltigen Kräfte, von denen eure unwissenden Rassen keinerlei Kenntnis haben, ihre bleibende Wirkung tun sehen.«

»Wie kommt es, daß wir hier Luft zum Atmen haben?« fragte ich.

»Weil dieser Tunnel, dem wir folgen, eine Verbindung zur Erdoberfläche hat, zumindest war das einst so, da ich ihm einmal selbst gefolgt bin. Es ist ein langer, langer Weg, und der Anstieg ist sehr steil, doch er führt ins gesegnete Licht der Sonne. Ich wünschte, daß wir ihn zusammen gehen könnten, Humphrey«, fuhr sie mit leidenschaftlicher Stimme fort, »um diesen Geheimnissen und dieser Finsternis zu entrinnen, und jenem Licht, das schlimmer ist als Finsternis.«

»Warum tun wir es nicht?« sagte ich. »Warum kehren wir nicht um und fliehen?«

»Wer kann meinem Vater, Oro, dem Herrn, entfliehen?« antwortete sie. »Er würde uns einfangen, bevor wir eine Meile gegangen wären. Außerdem müßte die halbe Welt untergehen, wenn wir fliehen würden.«

»Und wie können wir die Welt retten, wenn wir nicht fliehen, Yva?«

»Das weiß ich nicht, Humphrey, doch glaube ich, daß sie gerettet werden wird, vielleicht durch ein Opfer. Das ist doch der Eckpfeiler deines Glaubens, nicht wahr? Deshalb wirst du, wenn es von dir verlangt werden sollte, um die

Welt zu retten, nicht davor zurückschrecken, nicht wahr, Humphrey?«

»Ich hoffe nicht«, antwortete ich, alles andere als begeistert, wie ich zugebe. Dabei überlegte ich mir, ob nicht Bastin für so etwas viel besser geeignet wäre als ich, schon allein kraft seines Amtes. Ich glaube, daß sie meine Gedanken erriet, denn im Licht der Lampe sah ich sie auf ihre offene Art lächeln. Dann, nach einem raschen Blick zurück, wandte sie plötzlich den Kopf und küßte mich, und rief dabei ewigen Segen auf mein Haupt und auf meinen Geist herab. Es war etwas so Wunderbares um diese Segnung Yvas, daß mich ein Schauer überlief und ich ihr nicht antworten konnte.

Kurz darauf war es zu spät zur Umkehr, denn der immer enger werdende Tunnel machte plötzlich einen scharfen Knick, und wir befanden uns in einer unbeschreiblichen Kaverne. Ich bezeichne sie als unbeschreiblich, weil wir weder Anfang noch Ende von ihr sehen konnten, weder die Decke, noch sonst etwas, außer dem Fels, auf dem wir gingen, und die eine Seite oder Wand, die unsere Hände berührten. Und dieses lag nicht an der Dunkelheit, denn obwohl sie nicht auf die Art erhellt war wie die oberen Höhlen, gab es doch eine Art Licht. Es war ein seltsames Licht, das aus grellen, zuckenden Blitzen bestand, und aus Kugeln blauer, züngelnder Flammen, die von nirgendwo nach nirgendwo zu schießen schienen und manchmal für eine Weile in der Luft schwebten.

»Wie eigenartig«, hörte ich Bastin hinter mir sagen. »Sie erinnern mich an die blauen Funken, die man in einer dunklen Nacht von den Drähten der Londoner Straßenbahnen zucken sieht. Du kennst das doch, Bickley, nicht wahr? Ich meine, wenn der Schaffner an der Endstation diese lange Stange mit dem eisernen Rad an ihrem Ende herumlegt.«

»Niemand außer dir wäre ein solcher Vergleich eingefallen, Bastin«, erwiderte Bickley. »Trotzdem, mit tausend multipliziert sind sie einander nicht unähnlich.«

Und das stimmte irgendwie, abgesehen davon, daß hier

jeder blaue Blitz so groß war wie der volle Mond, und an einigen Stellen zuckten sie so rasch hintereinander, daß man bei ihrem Licht einen Brief hätte lesen können. Ihre Wirkung war schauerlich und höchst unnatürlich, und auch beängstigend, da selbst ihr Licht nicht die Ausmaße dieser gigantischen Höhle in den Eingeweiden der Erde erkennen ließ, in der sie hin und her sprangen wie Blitze, oder herumhingen wie unheimliche Laternen.

25

Das Opfer

»Die Luft hier drin muß irgendwie stark mit Elektrizität geladen sein, doch seltsamerweise scheint sie uns nicht zu schaden«, sagte Bickley sachlich, als ob er sich fest vorgenommen hätte, sich von nichts beeindrucken zu lassen.

»Auf mich wirken sie mehr wie Irrlichter in einem Sumpf oder St. Elms-Feuer, obwohl ich mir nicht vorstellen kann, wie diese in einer Umgebung auftreten sollen, in der es keine Luftfeuchtigkeit gibt«, antwortete ich.

Während ich sprach, fiel ein besonders großer Flammenball aus der Höhe herab. Er ähnelte einer Sternschnuppe oder einem Kometen mehr als alles andere, das ich jemals gesehen hatte, und ich fragte mich unwillkürlich, ob wir nicht vielleicht unter einem tintenschwarzen Himmel stünden.

Im nächsten Augenblick vergaß ich jedoch solche Spekulationen, denn in dem blauen Licht sah ich Oro vor uns stehen, in einen bodenlangen Umhang gekleidet, eine schreckliche und unheimliche Erscheinung.

»Mein Gott!« sagte Bastin. »Er sieht wirklich aus wie der Teufel, und jetzt kommt mir der Gedanke, daß dies eine recht gute Imitation der Hölle ist.«

»Wer sagt dir, daß es eine Imitation ist?« fragte Bickley.

»Ich weiß zwar nicht, wie es mit *dir* steht, Bickley, doch wenn dies die wirkliche Hölle wäre, würden Yva und ich nicht hier sein.«

Selbst in dieser Situation mußte ich über seine Retourkutsche lächeln, doch fand das Geplänkel damit seinen Abschluß, da Oro die Hand hob und Yva ihr Knie beugte, um ihn zu grüßen.

»Also seid ihr gekommen, alle drei«, sagte er. »Ich hatte angenommen, daß es einem oder zweien von euch vielleicht an Mut fehlen würde, auf dem fliegenden Stein zu reisen. Ich bin froh, daß dem nicht so ist, denn sonst würde derjenige, der sich als Feigling erwiesen hätte, keinen Anteil an der Herrschaft über die neue Welt erhalten, die jetzt geschaffen wird. Aus dem Grund nämlich habe ich diesen Weg ausgesucht, damit ich euch prüfen konnte.«

»Wenn du für unseren Rückweg einen anderen aussuchen würdest, wäre ich dir sehr verbunden«, sagte Bastin trocken.

»Woher willst du wissen, daß der nicht noch schrecklicher sein wird, Prediger? Woher willst du überhaupt wissen, daß dieses nicht die letzte Reise ist, von der es keine Wiederkehr gibt?«

»Natürlich kann ich dessen überhaupt nicht sicher sein, Oro, doch denke ich, daß dies eine Frage ist, die du dir lieber selbst stellen solltest. Nach deinen eigenen Worten bist du außerordentlich alt, und deshalb kann das Ende jeden Augenblick kommen. Natürlich würdest du, wenn es käme, noch eine letzte Reise machen müssen, doch wäre es nicht höflich, wenn ich dir sagte, in welche Richtung.«

Oro hörte diese Worte, und sein Gesicht wurde von plötzlicher Wut verzerrt. Und wenn ich an die Szene im Tempel dachte, wo er vor seinem Gott am Boden gelegen hatte und in flehentlichem, vergeblichem Gebet um zusätzliche Lebenszeit gewinselt hatte, verstand ich den Grund für seine Wut. Sie war so groß, daß ich fürchtete, er könnte Bastin an Ort und Stelle töten, was ihm zweifellos möglich gewesen wäre, wenn er es ernsthaft gewollt hätte. Glücklicherweise verflog dieser Wutausbruch rasch.

»Elender Narr!« sagte er. »Ich rate dir, deine Zunge im Zaum zu halten. Gestern wolltest du mich mit deinem Spielzeug töten. Heute stichst du mit deiner Zunge bösen Omens nach mir. Gib acht, daß ich sie nicht für immer zum Schweigen bringe!«

»Davor habe ich keinerlei Furcht, Oro, da ich sicher bin, daß du mir nicht das geringste tun kannst, genausowenig, wie ich dir gestern etwas antun konnte, weil es nicht erlaubt war. Wenn meine Stunde gekommen ist, werde ich sterben, doch *du* wirst nichts damit zu tun haben. Ehrlich gesagt, tust du mir sehr leid, da deine Seele, trotz all deiner Größe, von der Erde ist, irdisch, sinnlich und teuflisch, wie es der Apostel ausdrückte, und sehr bösartig, wie ich glaube, so daß du dich bald für sehr vieles wirst verantworten müssen. Dein Totenbett wird *kein* glückliches sein, Oro, denn du bist stolz auf deine Sünden und weißt nicht, was Reue ist.«

Ich muß gestehen, daß ich, als ich diese Worte hörte, von einer grenzenlosen Bewunderung für Bastins Furchtlosigkeit erfüllt war, die es ihm ermöglichte, diesen Tyrannen in seinem Bau zu stellen und zu beuteln. Und das galt auch für die anderen, denn ich sah es auf Yvas Gesicht und hörte Bickley murmeln: »Bravo! Wunderbar! Es steckt also doch etwas im Glauben!«

Selbst Oro bewunderte ihn mit seinem Intellekt, wenn auch nicht mit seinem Herzen, denn er starrte Bastin nur an und fand keine Antwort. Er wechselte das Thema.

»Wir haben noch ein wenig Zeit«, sagte er, »bis das geschieht, was ich beschlossen habe. Komm, Humphrey, ich möchte euch einige der Wunder dieser in die Eingeweide der Erde geblasenen Höhlung zeigen!« Er gab uns einen Wink, die Laternen zu nehmen. Dann führte er uns von der Höhlenwand fort, und nach etwa sechs- oder siebenhundert Schritten erreichten wir eine tiefe Rinne, die in den Felsboden gegraben war, so breit wie eine Straße, und vielleicht vier Fuß tief. Der Boden dieser Rinne war poliert und glänzte, und ich hatte den Eindruck, daß er aus Eisen bestand, oder aus einem anderen Erz, das unter dem Druck eines ungeheuren Gewichts zusammengepreßt worden war. In ihrer Mitte hob sich dieser Eisenboden, oder was es sonst gewesen sein mag; anfangs nur um weniger als einen Zoll, doch dann immer höher, und das an einer Stelle, wo die Rinne ziemlich steil abzufallen begann, und wer weiß wie weit in die Tiefe führte.

Während wir diesem erhöhten Mittelstreifen eine Weile folgten, fast eine Meile, würde ich sagen, sahen wir, daß er immer größer und größer wurde, um schließlich zu einer rasiermesserscharfen Klippe anzuwachsen, die sich höher erstreckte, als das Auge reichte, selbst im Licht der elektrischen Entladungen. Wir blieben stehen und sahen, daß es von hier an *zwei* Rinnen von etwa gleicher Breite gab. Eine von ihnen verlief in einem immer weiter werdenden Bogen nach rechts, wo sie im Dunkel verschwand, die andere führte in einem etwa gleichgroßen Bogen von der messerartigen Klippe nach links ab, wo sie ebenfalls im Dunkel verschwand.

Zwei weitere Dinge waren noch bemerkenswert. Die beiden fortführenden Rinnen waren vielleicht eine Viertelmeile von der Klippe entfernt. Es war so, als ob ein Schienenstrang sich in zwei Schienenstränge teilte, und ein auf einem erhöhten Platz zwischen ihnen stehender Beobachter beide links und rechts in Tunneln verschwinden sähe, die weit voneinander entfernt liegen.

Das zweite Bemerkenswerte war, daß die nach rechts führende Rinne nicht poliert war, wohl aber die linke, obwohl sie zu irgendeiner Zeit dem gleichen ungeheuren Druck ausgesetzt gewesen sein mußte, der auch die andere in ihr Bett aus Fels oder Eisen gepreßt hatte, wie Räder eines schwer beladenen Wagens Furchen in einen Fahrweg graben.

»Was hat dies zu bedeuten, Oro?« fragte ich, als er uns zu der Stelle zurückführte, wo sich die Rinne etwa eine Meile vor der rasiermesserscharfen Klippe zu teilen begann.

»Dies, Humphrey«, antwortete er. »Alles, was diese Straße entlangfährt, wird bei Erreichen der Stelle, an der wir jetzt stehen, auf den linken Pfad geleitet, der von vielem Gebrauch glänzt. Doch wenn ein Riese in dem Moment, wo es die Stelle berührt, auf die ich jetzt meine Hand lege, es mit ausreichender Kraft fortdrückte, würde es nicht den linken Weg einschlagen, sondern den rechten.«

»Und wenn es das täte, was geschähe dann?«

»Dann würde, innerhalb einer Stunde oder so, wenn es auf seinem Wege weit genug gerollt ist, das Gleichgewicht der Erde sich verschieben, und gewaltige Dinge würden sich auf ihrer Oberfläche ereignen, wie schon einmal in vergangenen Zeiten. Begreifst du jetzt, Humphrey?«

»Großer Gott! Ja, jetzt begreife ich«, antwortete ich. »Glücklicherweise gibt es jedoch keinen solchen Riesen.«

Oro brach in ein spöttisches Gelächter aus, und sein graues, altes Gesicht erstrahlte in teuflischer Freude, als er rief: »Narr! Ich, Oro, bin dieser Riese. Einst, in den toten Tagen der Vergangenheit, lenkte ich das Gleichgewicht der Erde vom rechten Pfad, der jetzt durch Nichtgebrauch stumpf ist, auf den anderen, der so hell glänzt, und das Antlitz der Erde wurde verändert. Jetzt werde ich es wieder von dem linken Pfad auf den rechten umlenken, auf dem es einst Jahrmillionen lang gelaufen ist, und wieder wird das Antlitz der Erde verändert werden, und jene, die auf ihr am Leben bleiben, müssen sich vor Oro verneigen und ihn und seinen Samen als ihre Götter und Könige preisen.«

Als ich dies hörte, war ich so erschüttert, daß ich nicht antworten konnte. Ich erinnerte mich an ein gewisses, konfuses Bild, das Yva uns im Tempel von Nyo gezeigt hatte. Doch Bickley, der ewige Zweifler, fragte: »Wie oft kommt dieses Gleichgewicht, von dem du sprichst, hier vorbei, Oro?«

»Nur einmal im Laufe vieler Jahre; ihre Anzahl ist mein Geheimnis, Bickley«, antwortete er.

»Dann besteht also ein Grund zur Hoffnung, daß wir davon verschont bleiben«, sagte Bickley mit einem Anflug von Spott.

»Glaubst du das allen Ernstes, gelehrter Bickley?« fragte Oro. »Ich nicht. Falls ich meine Kunst nicht verlernt habe und meine Berechnungen korrekt sein sollten, müßte jener Wanderer, von dem ich spreche, jeden Augenblick eintreffen. – Hört ihr das Geräusch?«

Während er das sagte, erreichte das erste, weit entfernte Murmeln einer furchterregenden Musik unsere Ohren. Ich kann sie nicht mit Worten beschreiben, da dies unmöglich ist, doch klang sie wie das Surren von tausend Brummkreiseln, wie sie die Kinder wegen ihres unheimlichen Gesanges lieben.

»Zurück zur Wand!« rief Oro triumphierend. »Die Zeit ist knapp!«

Wir gingen zurück, wobei Oro noch einen Moment zurückblieb, uns dann aber mit weiten, energischen Schritten einholte. Yva führte uns; sie ging an meiner Seite und warf hin und wieder einen Blick auf mein Gesicht, mit einem Ausdruck, der halb besorgt und halb mitleidig war. Zweimal blieb sie stehen und streichelte Tommy, um ihn zu beruhigen, weil er vor Angst wimmerte.

Wir erreichten die Wand, doch nicht an derselben Stelle, von der wir aufgebrochen waren, da ich ein kleines Fenter in dem glatten Fels bemerkte. Es befand sich etwa fünf Fuß oberhalb des Bodens und maß ungefähr zehn Zoll im Quadrat. Es ähnelte eher dem Bullauge eines Schiffes, als einem Fenster. Es schien aus einem Material wie Talkum oder etwas Ähnlichem zu bestehen und mehrere Zoll stark zu sein, doch fiel, nachdem Oro eine Art Abdeckung beiseite gezogen hatte, ein Lichtstrahl heraus, der wie der eines Leuchtfeuers war. Und es war wirklich ein Leuchtfeuer, soweit es eine seiner Funktionen betraf.

Vor diesem Fenster oder Bullauge lag ein Stapel von Umhängen, und auch vier Gegenstände, die wie Zulu-Kriegsschilde aussahen und aus einem mir unbekannten Metall oder einem anderen, metallähnlichen Material bestanden.

Yva hob diese Umhänge auf und hüllte jeden von uns in einen davon, und während sie das tat, bemerkte ich, daß sie aus einer Substanz bestanden, die der ihres Capes ähnlich war, nur härter. Dann gab sie jedem von uns einen dieser metallähnlichen Schilde und wies uns an, sie vor unseren Körper und unser Gesicht zu halten und nur durch die Sehschlitze zu blicken, die mit dem gleichen Zeug bedeckt zu sein schienen, aus dem das Leuchtfeuer-Fenster bestand. Sie befahl uns, nebeneinander Aufstellung zu nehmen, mit dem Rücken zur Wand, an einer ganz bestimmten Stelle, die sie uns genau anwies, und uns auf keinen Fall zu rühren, ganz egal, was wir sehen oder hören mochten.

Also stellten wir uns auf, Bickley links neben mir und Bastin auf der anderen Seite. Nun ergriff Yva einen weiteren Schild, der erheblich größer war als die unseren, und stellte sich zwischen mich und das Fenster oder Leuchtfeuer. Auf dessen anderer Seite stand Oro, der keinen Schild hatte.

Diese Vorbereitungen dauerten mehrere Minuten und nahmen während dieser Zeit unsere ganze Aufmerksamkeit in Anspruch. Als sie abgeschlossen waren, begannen unsere Neugier und unsere Furcht sich wieder bemerkbar zu machen. Ich blickte umher und sah, daß Oros rechte Hand auf etwas ruhte, das wie eine rohe Steinkeule aussah und in ihrer Form den Stangen ähnelte, mit denen Eisenbahnweichen umgestellt werden. Er rief uns zu stillzustehen und die Schilde vor unsere Gesichter zu heben. Dann drückte er sehr sanft auf den Steinhebel. Das Fenster senkte sich um den Bruchteil eines Zolls, und gleichzeitig schoß ein unbeschreiblich greller Lichtstrahl aus ihm heraus, der die Dunkelheit vor uns durchschnitt wie ein Blitz und in weiter, weiter Ferne auf eine andere Wand traf, eine Felswand wie die, an der wir lehnten.

»Alles funktioniert«, rief Oro befriedigt und löste seine Hand von der Stange, »und die Kraft, die ich gespeichert habe, ist mehr als ausreichend.«

Währenddessen war das summende Geräusch näher und näher gekommen und ständig lauter geworden.

»Hört mal!« sagte Bickley, »wie ihr wißt, bin ich sehr skeptisch, aber diese Sache hier gefällt mir ganz und gar nicht. Was hast du vor, Oro?«

»Ich habe vor, die halbe Welt im Meer zu versenken«, sagte Oro, »und die andere, die vor über zweihundertfünfzig Jahrtausenden ertränkt wurde, wieder zu heben. Doch da du nicht glaubst, daß ich die Macht dazu besitze, Bickley, warum stellst du eine solche Frage?«

»*Ich* glaube, daß du sie besitzt, was der Grund dafür ist, weshalb ich gestern versuchte, dich zu erschießen«, sagte Bastin. »Um deines Seelenheiles willen flehe ich dich an, von diesem Versuch Abstand zu nehmen, der, dessen bin ich gewiß, ohnehin nicht gelingen wird, jedoch auf jeden Fall zu deiner ewigen Verdammnis führt, da sein Fehlschlagen nicht von deinem Wollen verursacht werden wird.«

Nun sprach auch ich und sagte: »Ich bitte dich, Oro, diese Sache aufzugeben. Ich weiß zwar nicht genau, wie viel oder wie wenig du tun kannst, habe jedoch begriffen, daß es dein Ziel ist, Millionen und Abermillionen von Menschen zu töten, um eine neue Welt zu schaffen, deren absoluter Herrscher du sein möchtest, so wie du es in dem vergangenen Imperium gewesen bist, das zerstört wurde, entweder durch dich oder auf eine andere Weise. Aus solch ehrgeizigen Vorhaben kann niemals Segen erwachsen, Oro. Wie Bastin flehe ich dich um deines Seelenheils willen an, sie aufzugeben.«

»Was Humphrey gesagt hat, wiederhole ich hiermit«, sagte Yva. »Mein Vater, obwohl du dir dessen nicht bewußt sein magst, gehst du in dein Verderben, und von den Hoffnungen, die du aussäst, wirst du nichts anderes ernten als einen Verlust, von dem du nicht einmal träumst. Dein Plan wird fehlschlagen. Nun habe ich, die ich, wie du, zu den Kindern der Weisheit gehöre, zum ersten und zum letzten Male gesprochen, und meine Worte sind die Wahrheit. Ich bitte dich, auf sie zu hören, mein Vater!«

Oro wurde wütend.

»Was!« rief er. »Seid ihr alle gegen mich, sogar meine eigene Tochter? Ich wollte euch groß machen, zu Herrschern einer neuen Welt erheben; ich wollte eure nichtswürdigen Zivilisationen, die ich mit eigenen Augen studiert habe, vernichten, um bessere aufzubauen! Dir, Humphrey, wollte ich mein einziges Kind zur Frau geben, damit aus dir eine neue göttliche Rasse von Königen entspringe! Und dennoch bist du gegen mich und legst deine jammervollen Skrupel als Barriere über meinen Pfad der Weisheit. Aber ich werde sie niedertreten und den mir vorgezeichneten Weg gehen. Hütet euch, den Versuch zu machen, mich aufhalten zu wollen! Falls einer von euch versuchen sollte, sich zwischen mich und meine Ziele zu stellen, werde ich euch alle töten. Gehorcht oder sterbt!«

»Nun, er hat seine letzte Chance gehabt und will sie nicht wahrnehmen«, sagte Bastin in das Schweigen, das Oros Worten folgte. »Also muß er auf seinem eigenen Wege zum Teufel gehen. Es gibt nichts mehr zu sagen.«

Ich sprach von Stille, doch es war nicht mehr still. Das ferne Surren war inzwischen zu einem Brüllen geworden, dem Brüllen eines höllischen Hurrikans, der inzwischen jeden Versuch eines normalen Gesprächs scheitern ließ.

Und plötzlich, mit einem Gebrüll wie von zehn Millionen Bullen, tauchte in der Ferne etwas Schreckliches auf. Ich kann sein Aussehen nicht anders beschreiben, als daß es wie ein Berg wirkte, der in hellen Flammen stand. Als es näher kam, erkannte ich, daß es eher wie eine Gestalt aussah, die eine rasend schnelle Pirouette drehte. Nein, es war mehr wie ein Pilz mit zwei Stengeln, einen oben und den anderen unten, oder ein riesiger Kreisel, der sich rasend auf seiner Spitze drehte, mit einer ausladenden Mitte und einer weiteren Spitze oben. Aber was für ein Kreisel! Er mußte zweitausend Fuß hoch sein, und sein Durchmesser ... ich konnte ihn nicht einmal schätzen.

Es kam heran, tanzend, torkelnd und mit einer wahnsinnigen Geschwindigkeit um die eigene Achse rotierend, so daß es aussah wie ein gigantisches Flammenrad.

Doch war es kein Feuer, das es einhüllte, sondern vielmehr eine Art Phosphorenszenz, da keinerlei Hitze von ihm ausging. Ja, eine Phosphoreszenz, in Streifen von gleißendem Blau und grellem Rot und anderen, zwischen den beiden liegenden Farbtönen, und mit einer Art flackerndem Rand aus Purpur.

Der Feuerberg donnerte heran, mit einer Stimme wie der von Lawinen, oder von Eisbergen, die von ihren Gletschern brechen und ins Meer stürzen. Sein Anblick war grauenerregend, und sein Gewicht ließ den gewachsenen Fels erzittern wie Espenlaub. Während wir es herankommen sahen, fühlten wir uns, wie Ameisen sich fühlen mögen, wenn ein Stiefel auf sie niederfährt, denn allein schon seine Höhe und seine Größe wirkten überwältigend auf uns. Wir konnten nicht einmal sprechen. Die letzten Worte, die wir hörten, kamen von Oro, der schrie: »Seht, das ist das Gleichgewicht der Welt, ihr erbärmlichen, zweifelnden Menschen, und seht nun, wie ich seinen Lauf ändern, wie ich es umlenken werde, so wie ein Steuermann sein Schiff auf einen neuen Kurs bringt!«

Darauf gab er Yva ein Zeichen, die, ihm gehorchend, zu dem Fenster trat, wo sie etwas tat, das ich nicht erkennen konnte. Es bewirkte jedoch, daß der Lichtstrahl erheblich stärker und schärfer und auf einen Punkt am Fuß des rotierenden Berges gerichtet wurde, wo er, durch ständige Korrekturen der Linse, verblieb.

Dies dauerte eine Weile, da das furchtbare Ding trotz der rasenden Geschwindigkeit seiner Rotation nicht so schnell vorankam, wie es auf den ersten Blick schien. Ich möchte sogar bezweifeln, daß es sich viel schneller vorwärtsbewegte als mit Schrittgeschwindigkeit; auf jeden Fall kam es uns so vor. Doch hatten wir keinerlei Möglichkeit, die wirkliche Geschwindigkeit seiner Vorwärtsbewegung exakt abzuschätzen, über die wir genausowenig wußten, wie über die Bahn, welcher es durch die Eingeweide der Erde folgte. Vielleicht verlief sie spiralförmig, vom Herzen der Erde aufwärts, und dieses war der höchste Punkt, den sie erreichte. Oder es mochte viele Jahrhunderte lang an einer Stelle verharren, obwohl immer in rasend schneller Umdrehung, von dem aus es, unbekannten Gesetzen gehorchend, von Zeit zu Zeit diese unerklärliche Reise unternahm.

Niemand weiß es, mit Ausnahme von Oro vielleicht, der jedoch in diesem Falle sein Wissen für sich behielt, und niemand wird es jemals erfahren. Auf jeden Fall war es nun hier, bewegte sich auf seiner gewaltigen Spitze auf uns zu – der Spitze des Kreisels, sozusagen, die, umgeben von einer Wolke durch Reibung erzeugter Funken, die sie einhüllte, ein Blütenkelch aus Feuer – und rotierte dabei mit einer ungeheuren Geschwindigkeit um die eigene Achse. Diese Flammenblume war es, auf die der Strahl des Leuchtfeuers ständig gerichtet war, zweifellos deshalb, damit Oro den Weg dieses Monsters genau verfolgen konnte.

»Er wird versuchen, dieses Ding auf den rechten Pfad umzuleiten«, schrie ich Bickley ins Ohr.

»Unmöglich! Es gibt nichts, das einen rotierenden Berg von Millionen Tonnen Gewicht auch nur um einen Zoll verschieben könnte«, brüllte Bickley zuversichtlich zurück.

Yva jedoch schien zu wissen, daß es getan werden konnte, denn sie ließ plötzlich ihren Schild zu Boden fallen, warf sich vor ihrem Vater auf die Knie und streckte ihm flehentlich die Hände entgegen. Ich begriff, wie wir alle, daß sie ihn dazu bewegen wollte, sein teuflisches Vorhaben im letzten Moment aufzugeben. Er starrte auf sie hinab und schüttelte den Kopf. Dann, als sie ihn weiterhin anflehte, schlug er ihr ins Gesicht und riß sie auf die Füße. Mein Blut kochte, als ich das sah, und ich glaube, daß ich mich auf ihn gestürzt haben würde, hätte Bickley mich nicht festgehalten und mir zugeschrien: »Nein! Er wird sie töten, und uns auch!«

Yva hob ihren Schild auf und trat an ihren Platz zurück, und im Licht der blauen Blitze, die jetzt fast unaufhörlich zuckten, und in dem phosphoreszierenden Leuchten des näherwirbelnden Berges sah ich, wie sie ihr wunderbares Gesicht zwar vor Schmerz verzog, ihre Augen jedoch ihren ernsten und entschlossenen Ausdruck beibehielten. Und ich fragte mich, was das Ziel dieser Entschlossenheit sein mochte, die ich aus ihnen strahlen sah. Ich fragte mich, ob ich jetzt zu dem Opfer aufgerufen werden würde, von dem sie gesprochen hatte, und wenn ja, auf welche Weise. Und mein Entschluß stand fest: Wenn dieser Ruf kam, würde er mich nicht taub finden. Dennoch war ich die ganze Zeit über in einem Zustand entsetzlicher Furcht.

Auf ein zweites Zeichen von Oro tat Yva wieder etwas mit der Linse, und wieder konnte ich nicht erkennen, was es war. Der Lichtstrahl verschob sich, bis er, weit entfernt, genau auf die Stelle fiel, wo sich die erste Erhöhung in der Mitte der Rinne abzeichnete, aus der dann jene rasiermesserscharfe Klippe wurde, welche sie in zwei Bahnen spaltete. Ich bemerkte, daß Oro, der sie als letzter von uns verlassen hatte, entweder einen weißen Gegenstand genau an der Stelle deponiert hatte, wo die erste, noch kaum sichtbare Erhöhung in der Mitte der Rinne begann, oder aber diese Stelle mit Kreide oder einer glänzenden Farbe beschmiert hatte, um sie zu markieren. Und ich bemerkte etwas, das ich zuvor nicht hatte sehen können, nämlich einen schmalen weißen Strich, der quer durch die Rinne verlief, zweifellos, um die genaue Lage des markierten Beginns der felsigen Erhebung kenntlich zu machen; und der Lichtstrahl des Scheinwerfers lag jetzt genau auf dieser Linie.

Der gewaltige, flammende Kreisel, in der Werkstatt der Natur gefertigt, dessen war ich mir sicher, kam näher und näher, mit einem Getöse, dessen Lärmen, zusammen mit den von ihm hervorgerufenen Echos, fast unsere Sinne betäubte. Der arme kleine Tommy, ohnehin schon verängstigt, obwohl er sonst ein mutiges Tier war, brach völlig zusammen, und ich erkannte an seinem geöffneten Maul, daß er vor Angst schrie. Er starrte wild umher, dann lief er zu Yva und sprang an ihr hoch, zweifellos eine Aufforderung, ihn auf ihre Arme zu nehmen. Sie stieß ihn von sich, beinahe grob, und forderte mich durch Zeichen auf, ihn aufzuheben und hinter meinen Schild zu nehmen. Dies tat ich und überlegte dabei niedergeschlagen, daß Tommy, falls ich geopfert werden würde, mein Schicksal teilen müßte. Ich dachte daran, ihn Bickley zu geben, fand jedoch keine Gelegenheit, das zu tun, da es mir nicht gelang, seine Aufmerksamkeit zu erregen, denn Bickley starrte mit weit aufgerissenen Augen auf das Monster, das auf uns zukam. Und wirklich: Kein Alptraum, nicht die wildeste Phantasie, deren ein Mensch fähig ist, konnte sich mit dem grauenvollen Anblick dieser Wirklichkeit messen.

Versuchen Sie, sich dies vor Augen zu halten: Die unendliche Weite des nachtschwarzen Raums, nur erleuchtet von den unheimlichen Kugeln blauer Flammen, die manchmal eine Weile reglos in der Luft hingen, manchmal aufwärts oder abwärts oder seitwärts schossen, offenbar ohne Ursprung und ohne Ende, wie ein Schwarm wahnsinnig gewordener Meteore. Dann den vorwärtsgleitenden Berg, zweitausend Fuß hoch oder mehr, mit seiner gewaltigen tellerartigen Ausbuchtung, die von Streifen grellroter und blauer Färbung durchzogen war, und seinem mahlenden Fuß mit dem tulpenförmigen Mantel zuckender Flammen. Dann den finster blickenden Oro auf seinem Platz, eine Hand auf die Steinstange gelegt, der mit eisiger Ruhe darauf wartete, die Hälfte dieser Erde zu ertränken, hinter ihm die ruhig und gelassen wirkende Yva, wie eine Heilige in der Hölle, die mich über den Rand ihres Schildes hinweg anblickte, wie ihn eine solche Heilige tragen mag, um die feurigen Pfeile der bösen Mächte abzuwehren. Und schließlich uns drei Männer, die sich, von Entsetzen geschüttelt, an die Wand preßten.

Ein Alptraum! Ein Phantasieprodukt! Nein, diese verblassen vor jener Szene, die sich vor unseren eigenen Augen abspielte.

Und während der ganzen Zeit – torkelnd, schwankend, sich in unsere Richtung neigend und wieder von uns fort – mit einer Verbeugung vor dem vor ihm liegenden Pfad, wie zur Begrüßung, vor dem hinter ihm liegenden, wie zur Verabschiedung, besessen von einer entsetzlichen Lebendigkeit, von einer grauenhaften und gigantischen Grazie, wirbelte dieser titanische Schrecken weiter, auf die Markierung des Schicksals zu.

Im Augenblick konnte nichts mich davon überzeugen, daß er nicht lebendig war und nichts von seiner furchtbaren Aufgabe wußte. Visionen zuckten durch mein Gehirn. Ich dachte an die Menschen, die jetzt ruhig in ihren Betten schliefen oder ihrer täglichen Arbeit nachgingen oder sogar in Kriegen kämpften. Ich dachte an die Schiffe, die jetzt über die Meere zu fern gelegenen Häfen fuhren. Und dann dachte ich daran, was ihnen gleich geschehen würde, an die gewaltigen Beben, gefolgt von krampfartigen Erschütterungen, an das plötzliche Zusammenstürzen von Städten, wie in jenem Bild, das Yva uns im Tempel gezeigt hatte, vom Hereinbrechen gewaltiger Wassermassen, die sich in mächtigen Wogen aus den Tiefen der Ozeane erhoben, an das Leid und das Sterben beim Untergang der Welt, und an die Stille und Öde, die dem millionenfachen Tod folgte. An all dies dachte ich, und mein Herz flehte den Großen Architekten des Universums an, Seinen Arm auszustrecken, und diese grauenvolle Zerstörung Seiner Schöpfung zu verhindern.

Oro starrte auf die Markierungen in der Rinne, seine dünnen Finger schlossen sich fester um die Stange, sein Haar und sein Bart schienen sich in wilder und freudiger Erregung zu sträuben. Der purpurfarbene, fransige Feuerrand des Monsters hing längst über der weiß markierten Stelle; sein mahlender Fuß war kaum noch zehn Schritte von ihr entfernt. Oro gab Yva ein weiteres Zeichen, die sich hinter dem Schutz ihres Schildes erneut niederbeugte und etwas tat, das ich nicht sehen konnte. Dann, als ob ihre Rolle zu Ende gespielt wäre, richtete sie sich auf, zog die graue Kapuze fest über den Kopf und vor ihr Gesicht, so daß nur ihre Augen sichtbar blieben, trat einen Schritt auf mich zu und rief in dem mühsamen Englisch, das sie von uns gelernt hatte, in mein Ohr: »Humphrey, Gott segne dich! Humphrey, wir sehen uns bald wieder! Vergiß mich nicht!«

Sie trat zurück, bevor ich ihr antworten konnte, und im

nächsten Augenblick riß Oro, mit einer grauenhaft wirkenden, konzentrierten Bewegung, bei der er sich fast bis auf den Boden beugte, den Hebel herunter, und stieß dabei, wie ich an seinem offenen Munde erkannte, einen gellenden Schrei aus.

In derselben Sekunde sprang Yva mit einem entschlossenen Satz direkt vor die Linse des Fensters und preßte den metallischen Schild dagegen.

Oro warf seine Arme empor, wie in tödlichem Entsetzen.

Zu spät! Die Linse zersprang und fiel in Scherben zu Boden, und eine grelle Stichflamme schoß heraus. Sie fuhr gegen Yvas Schild und dehnte ihn nach rechts und nach links aus. Der isolierte Schild und die Schutzkleidung, die sie trug, schienen ihr standzuhalten. Ein paar Sekunden lang stand sie dort wie ein glühender Engel, von Flammen umlodert.

Dann wurde sie weg und nach oben geschleudert, löste sich in einiger Entfernung auf und war verschwunden.

Yva war zu Asche verbrannt! Yva war tot! Das Opfer war gebracht worden!

Und nicht vergebens! *Nicht vergebens!* Mit ihrer armen Brust hatte sie die ganze Gewalt jenes höllischen Blitzes aufgefangen. Und während er Yva zerstörte, wurde er von seinem eigentlichen Ziel abgelenkt, suchte sich einen unbehinderten Weg durch die Luft. So geschah es, daß seine Kraft, blockiert und abgelenkt, nicht ausreichte, den Fuß des gewaltigen Kreisels jenen Zoll weit zu verschieben, der notwendig gewesen wäre, und von dem das Schicksal der halben Erde abhing, traf ihn vielleicht überhaupt nicht, sondern fuhr zu beiden Seiten an ihm vorbei. Dennoch begann der riesige, feurige Berg zu schwanken und zu zittern. Einmal, zweimal, dreimal neigte er sich in unsere Richtung, wie in majestätischer Verbeugung vor einer Größe, die mit Yva vergangen war. Eine Sekunde lang verhielt er auch, wie unentschlossen, auf der Stelle, und dieses Stillstehen rief auf der Erde Beben und Erdstöße hervor. Ja, in diesem Moment erbebte die Welt; die blauen Feuerkugeln erloschen, und wir wurden zu Boden geschleudert.

Als die Feuerkugeln wieder aufflammten, glitt das feurige Monster majestätisch weiter, *den gewohnten linken Pfad entlang!*

Ja, das Opfer war nicht umsonst gebracht worden. Die Welt war erschüttert worden – doch Yva hatte sie gerettet!

26

Tommy

Ich lag reglos auf dem Rücken, so wie ich zu Boden geschleudert worden war, unter dem Schild, den Yva mir gegeben hatte. Obwohl er aus einem feuerfesten, metallischen Material bestand, war er verzogen und fast durchgebrannt. Zweifellos hatte die angesammelte Elektrizität, oder der geballte Erdmagnetismus, oder was immer sonst diese Kraft gewesen sein mag, die aus jenem Fenster herausgefahren und durch den Widerstand, auf den sie traf, abgelenkt worden war, mich mit ihrem äußersten Rand gestreift, und wenn es nicht um meinen Schild und meinen Umhang gewesen wäre, würde ich ebenfalls zu Asche verbrannt worden sein. Ich wünschte – oh, wie sehr wünschte ich es –, daß es so gekommen wäre. Dann wäre jetzt alles vorüber, und ich würde die Wahrheit darüber wissen, was uns nach diesem Wechsel erwartet: Schlaf, oder Träume, oder vielleicht das erfüllteste aller Leben. Und ich wäre dem nicht allein teilhaftig geworden.

Während ich so lag, reglos, wie im Halbschlaf, spürte ich, daß Tommy mein Gesicht leckte, und als ich meinen Arm um das arme, verängstigte Tier schlang, blickte ich dem

Gleichgewicht der Welt nach, wie es auf seiner ewigen Reise davonglitt. Vor kurzer Zeit hatte sein riesiger, ausladender Rand über uns gehangen und scheinbar fast die Wand berührt, gegen die wir uns preßten. Ich erinnere mich, daß der Anblick dieses leuchtenden Kreisels von tausend Fuß Durchmesser oder mehr über unseren Köpfen überwältigend war. Er erinnerte mich an eine nachtschwarze Wolkendecke, unter der ein Kranz von Regenbogen herumwirbelte, aus dem alle Teufel vor Freude kreischten. Ich wurde mir dessen jedoch wenige Sekunden vor dem Zeitpunkt bewußt, als Yva zu mir sprach und dann in den Pfad des Blitzes sprang.

Jetzt aber war er bereits weit entfernt, nur noch ein flammendes Rad, das kleiner und immer kleiner wurde, und seine satanische Stimme erstarb nach und nach. Wie gesagt, ich lag auf dem Boden und blickte ihm nach, wobei ich mir überlegte, ob ich so etwas jemals wiedersehen würde, und mir wurde bewußt, daß sich um dieses Anblicks willen allein schon alle Mühen gelohnt hatten. Dann wurde mir bewußt, daß das surrende, heulende Getöse inzwischen so weit abgeklungen war und ich wieder menschliche Stimmen hören konnte. Bastin sagte etwas zu Bickley; sie beide lagen, genau wie ich, auf dem Boden.

»Ihre Tat war heldenhaft. Hat dich der Anblick nicht auch an Elias gemahnt?« fragte Bastin. »Sie bot wahrlich das Bild eines Menschen, der auf einem Feuerwagen zum Himmel emporfährt. Und der Umhang, den sie trug, verstärkte diese Ähnlichkeit noch.«

»Auf den Kopf scheint er dir nicht gefallen zu sein«, antwortete Bickley mit erstickter Stimme. »Mein Gott, Bastin! Hör doch mit deinen biblischen Parallelen auf und laß uns das göttlichste Wesen, das die Erde jemals gesehen hat, anbeten – ja *anbeten!*«

Nie habe ich Bickley mehr geliebt, als in dem Augenblick, da ich ihn diese Worte sagen hörte.

»›Göttlichste‹ ist ein großes Wort, Bickley, und eines, zu dem ich mich ungern bekennen möchte, da ich dabei an einige der Propheten denken muß, und die Frühen Väter, mit all ihren Fehlern, gar nicht zu reden von den Aposteln. Aber dennoch ...« Er verstummte, denn plötzlich stand Oro über uns.

Auch er war zu Boden geschleudert worden von der Gewalt der Kräfte, die er gesammelt und dann freigesetzt hatte, doch war er von ihnen, wie ich mit Genugtuung feststellte, schwerer mitgenommen worden als wir. Zweifellos war dies darauf zurückzuführen, daß er vorgesprungen war, in einem letzten, verzweifelten Versuch, seine Tochter zu retten, oder aber ihr Eingreifen zu verhindern, ich weiß nicht, welches der wahre Grund war. Als Folge davon war seine rechte Wange versengt, sein rechter Arm hing verdorrt und kraftlos herab, und sein prachtvoller Bart war zur Hälfte weggebrannt. Außerdem litt er offensichtlich unter einem schweren Schock, denn er wiegte seinen Oberkörper hin und her und zitterte wie Espenlaub. All dies tat jedoch der Heftigkeit seiner Trauer und Wut keinerlei Abbruch.

Er stand vor uns, eine überwältigende Gestalt, wie eine vom Blitz getroffene Statue, und verfluchte uns, besonders aber Bastin.

»Meine Tochter ist tot!« schrie er, »verbrannt von der Kraft, die mein Diener ist. Nichts ist von ihr übriggeblieben als Asche und Staub, und das, Priester, ist dein Werk! Du hast ihr Herz vergiftet mit deinen kindischen Lehren von Gnade und Opfer und allem anderen, so daß sie sich in den Pfad des Blitzes warf, nur um ein paar jämmerliche Völker zu retten, die sie nicht einmal kannte.«

Er machte eine Pause, um wieder zu Atem zu kommen, und Bastin antwortete ihm forsch:

»Ja, Oro, da sie eine heilige Frau war, ist sie an einen Ort gegangen, zu dem *du* ihr niemals folgen wirst. Nein, es ist deine Schuld, da du auf ihr Flehen hättest hören sollen, anstatt ihr ins Gesicht zu schlagen.«

»Meine Tochter ist tot«, wiederholte Oro, der erstaunlich rasch wieder zu Kräften kam, »und mein großer Plan ist gescheitert. Doch nur vorübergehend«, setzte er hinzu, »denn das Gleichgewicht der Erde wird zurückkehren, wenn auch erst, lange nachdem eure Lebensspanne vorbei sein wird.«

»Falls du es nicht selbst wissen solltest, Oro«, sagte Bickley und erhob sich ebenfalls, »möchte ich dir sagen, daß dies wahrscheinlich geschehen wird, wenn auch *deine* Lebensspanne vorbei sein wird. Schocks durch Verbrennungen und Übererregung wirken sich auf alte Menschen oft tödlich aus, wenn auch ihre Wirkung oft verzögert wird.«

Oro knurrte ihn an; kein anderes Wort könnte es beschreiben.

»Und es gibt andere Dinge, Arzt«, sagte er, »die sich auf die Jungen tödlich auswirken. Zumindest wirst du jetzt nicht mehr meine Macht anzweifeln.«

»Dessen, bin ich nicht sicher«, antwortete Bickley, »da es ganz den Anschein hat, als ob es eine größere Macht gäbe, nämlich die der Liebe und des Opfers einer Frau.«

»Und eine noch größere«, erklärte Bastin, »die ihr diesen Entschluß ins Bewußtsein gepflanzt hat.«

»Und was dich betrifft, Humphrey«, fuhr Oro fort, »so bin ich glücklich, wenn ich daran denke, daß zumindest du zwei Dinge verloren hast, die ein Mann vor allen anderen begehrt: die Frau, die du liebtest, und die zukünftige Herrschaft über die Welt.«

Ich stand auf und trat vor ihn hin.

»Das erste habe ich errungen, obgleich du nie begreifen würdest, wodurch, Oro«, antwortete ich. »Und was das zweite betrifft, so bin ich ehrlich froh, davon frei zu sein, da es von dir gekommen wäre, und zu deinen Bedingungen. Mich verlangt nicht nach einer Macht, die dem Mord entspringt, und nach keinem Geschenk von einem, der das Flehen seiner Tochter mit Schlägen beantwortet.«

Einen Augenblick schien Oro von Reue ergriffen.

»Sie hat mich gereizt mit ihrer Torheit«, sagte er. Doch dann flammte seine Wut wieder auf. »Und ihr wart es, die sie ihr beigebracht habt«, fuhr er fort. »Ihr seid schuldig, alle drei, euretwegen habe ich keinen mehr, der mir in meinem

Alter dient, und euretwegen sind auch meine großartigen Pläne zunichte geworden.«

»Und außerdem, Oro, ist unseretwegen, wenn du die Wahrheit gesagt haben solltest, die halbe Welt gerettet worden«, setzte ich ruhig hinzu, »und eine hat sie verlassen, deren sie unwürdig war.«

»Du glaubst also, daß diese Zivilisationen, wie du sie zu nennen beliebst, gerettet sind, ja?« sagte Oro mit einem verächtlichen Grinsen. »Aber selbst, wenn Bickley recht haben und ich sterben und machtlos werden sollte, bleiben sie nach wie vor verdammt, das versichere ich dir! Ich habe sie in deinen Büchern studiert und sie mit eigenen Augen gesehen, und ich sage dir, daß sie schon verfault waren, bevor sie reiften, und daß ihr Ende wie das Ende der Söhne der Weisheit sein wird, das Aussterben aus Mangel an Vermehrung. Das ist der Grund dafür, weshalb ich den Osten bewahren wollte, weil es allein dort Vermehrung gibt, weil allein dort die große, letzte Rasse der Menschen entstehen kann, die ich deinen Kindern zum Erbe geben wollte. Du darfst nicht glauben, daß ihr Europäer mit den Kriegen fertig seid. Ich sage dir, daß sie erst begonnen haben, und daß das Schwert euch verschlingen wird, und was dem Schwerte entgeht, wird eine Klasse der anderen rauben in einem gnadenlosen Kampf um Macht und Wohlleben.«

So sprach er mit außerordentlicher Verbitterung, und ich muß gestehen, daß seine Worte mich in Furcht versetzt haben würden, wenn ich der Furcht noch fähig gewesen wäre, was in dem Moment jedoch nicht der Fall war. Wer hat noch Furcht, wenn er schon alles verloren hat?

Und auch Bastin regte sich nicht darüber auf, wenn auch aus anderen Gründen.

»Ich glaube, dir sagen zu können, Oro, daß die einzige Zukunft, um die du dir Sorgen zu machen brauchst, deine eigene ist«, erklärte er. »Gott der Allmächtige wird sich um die westlichen Zivilisationen kümmern, und auf eine Weise, wie Er sie für richtig hält, so wie Er es, wie du dich erinnern wirst, gerade eben getan hat. Nur bin ich sicher, daß *du* nicht mehr hier sein wirst, um zu sehen, wie Er es tut.«

Wieder loderte Wut in Oros Augen auf.

»Zumindest werde ich mich um *euch* kümmern, ihr schlecht dressierten Hunde, die Prophezeiungen bösen Omens von Tod in mein Gesicht kläffen. Da ihr alle drei meine Tochter geliebt habt, der ihr den Tod brachtet, und von ihr geliebt wurdet, wenn auch jeder von euch auf andere Art, halte ich es für das beste, wenn ihr ihr auf ihrem Wege folgt. – Wie? Ist das die Frage? Soll ich euch hier unten in diesen riesigen Höhlen zurücklassen? – Nein, denkt nicht an den Weg nach draußen, auf den sie euch sicherlich aufmerksam gemacht hat, denn, wie Humphrey weiß, kann ich sehr schnell reisen und dafür sorgen, daß ihr ihn blockiert findet. Oder soll ich ...?« Er blickte zu den großen Kugeln schwebenden Feuers hinauf, als ob er sie herbeirufen wollte, um uns zu Tode zu bringen, was er zweifellos hätte tun können.

»Mir ist es gleich, was du tun wirst«, sagte ich müde. »Ich bitte dich nur darum, daß mein Ende schnell kommt. Doch um meine Freunde tut es mir leid, da ich es war, der sie zu diesem Abenteuer verleitet hat, und auch um dich, Tommy«, setzte ich hinzu und blickte den armen, kleinen Hund mitleidig an. »Du warst töricht, Tommy, zumindest um deiner selbst willen«, fuhr ich fort, »als du den Sarg diesen alten Tyrannen gewittert hast.«

Der Hund war schrecklich verängstigt. Er winselte ununterbrochen, lief immer wieder ein Stück fort und kehrte zu uns zurück, womit er uns wohl auffordern wollte, diesen unheimlichen Ort doch endlich zu verlassen. Schließlich, als ob er begriffe, daß es Oro war, der uns hier festhielt, lief er zu ihm, sprang an ihm empor und leckte auf bittende Art seine Hand.

Der Übermensch blickte den Hund an, und dabei wich der Ausdruck der Wut aus seinem Gesicht und machte etwas Platz, das Mitleid ähnelte.

»Ich möchte nicht, daß dieses Tier stirbt«, murmelte er mit

leiser, nachdenklicher Stimme wie im Selbstgespräch, »denn von allen ist er der einzige, der mich mag und nicht fürchtet. Ich könnte ihn natürlich mit mir nehmen, doch würde er in der Einsamkeit der Höhlen trotzdem vor Trauer sterben. Außerdem hat sie ihn geliebt, sie, die ich nie wiedersehen werde; ja, Yva ...« Und als er den Namen aussprach, versagte seine Stimme. »Doch wenn ich sie entkommen lasse, werden sie meine Geschichte der Welt berichten und mich zum Gespött der Menschheit machen. Aber wenn schon – was kommt es darauf an? Keiner dieser westlichen Narren würde sie ihnen glauben, da sie sich einbilden, alles zu wissen; so wie Bickley würden sie nur darüber lachen und erklären, daß sie verrückt seien, oder lögen.«

Wieder leckte Tommy seine Hand, doch jetzt selbstsicherer, als ob irgendein Instinkt ihm sagte, was in Oro vor sich ging. Ich blickte ihn ein wenig verwundert an und fragte mich, ob es möglich sein könnte, daß dieses erbarmungslose Wesen uns allein um des Hundes willen verschonen mochte.

Und, so seltsam es scheinen mag, genau dies geschah, denn plötzlich blickte Oro auf und sagte:

»Verschwindet, und rasch, bevor ich es mir anders überlege! Der Hund hat euch gerettet. Um seinetwillen schenke ich euch das Leben, das ich euch sonst genommen hätte. Sie, die nicht mehr ist, hat euch zweifellos den Weg gezeigt, der zur Luft hinaufführt. Ich denke, daß er nach wie vor offen ist. Ja« – er schloß für einen Moment die Augen –, »ich sehe, daß er offen ist, wenn auch lang und beschwerlich. Folgt ihm, und falls ihr ihn bezwingen solltet, nehmt euer Boot und segelt so rasch wie möglich fort! Ob ihr leben oder sterben werdet, ist mir gleich, doch sind meine Hände dann rein von eurem Blut, obwohl die euren mit dem Blute Yvas befleckt sind. Geht! Und mein Fluch sei mit euch!«

Ohne auf eine zweite Aufforderung zu warten, gingen wir, um unsere Laternen, Wasserflaschen und den Beutel mit Proviant zu holen, die wir in einiger Entfernung abgelegt hatten. Als wir sie erreichten, sah ich Oro immer noch an der Stelle stehen, wo wir ihn verlassen hatten. Das Licht einer der blauen Feuerkugeln, die über seinen Kopf hinwegschwebte, fiel auf ihn und ließ ihn geisterhaft und unheimlich erscheinen. Und es kam mir vor, als ob der näherkommende Tod seinen Namen auf sein bösartiges Gesicht geschrieben hätte.

Ich wandte den Kopf, denn es lag etwas Entsetzliches in seinem Anblick in dieser unheimlichen Umgebung, etwas Bedrohliches und Abstoßendes, und ich wollte ihn nicht wiedersehen. Und das sollte ich auch nicht, denn als ich noch einmal in die Richtung blickte, war Oro verschwunden. Ich nahm an, daß er in die Schatten zurückgetreten war, wohin kein Licht gelangte.

Wir nahmen unsere Sachen, und während die anderen beiden die Laternen anzündeten, trat ich ein paar Schritte abseits, zu der Stelle, an der Yva von dem verzehrenden Feuer zu Asche verbrannt worden war. Irgend etwas auf dem felsigen Boden erregte meine Aufmerksamkeit. Ich hob es auf. Es war der Ring, oder vielmehr die Überreste des Rings, den ich ihr in jener Nacht gegeben hatte, als wir einander in den Ruinen am Kratersee unsere Liebe gestanden hatten. Sie hatte ihn nie an ihrer Hand getragen, sondern aus bestimmten Gründen, wie sie mir erklärte, an einer Kette unter der Robe auf ihrer Brust. Es war ein uralter Ring gewesen, aus Gold gearbeitet und mit einem Stein aus hartem Basalt oder einem anderen schwarzen Mineral. Ich hatte ihn in Ägypten gekauft. Auf dem Stein war das *Ank* eingraviert, das von einem Ring gekrönte Kreuz, welches das Lebenssymbol der Ägypter war, eingerahmt von einer Schlange, dem Ewigkeitssymbol. Das Gold war zum größten Teil weggeschmolzen, doch der Stein, der sehr hart und durch den Schild und den Asbestumhang geschützt gewesen war, hatte die Gewalt des Blitzes überdauert. Nur war er jetzt weiß, anstatt schwarz, wie ein verbrannter Onyx, der durchs Feuer des Scheiterhaufens gegangen war. Vielleicht war es sogar ein

Onyx. Ich küßte ihn und steckte ihn sorgfältig ein, denn er schien mir einen Gruß zu übermitteln, und mit dem Gruß ein Versprechen.

Dann brachen wir auf, ein sehr trauriges, niedergedrücktes Trio. Nachdem wir mit einem letzten Schaudern den Ort verlassen hatten, an dem auf ewig blaue Feuerkugeln tanzten, erreichten wir den Schacht, in dem der reisende Stein seinen endlosen Weg verfolgte.

»Ich frage mich, warum er uns nicht auf diesen Weg geschickt hat«, fragte Bickley und deutete auf den Schacht.

»Was mich betrifft, so bin ich heilfroh, daß ihm das nicht eingefallen ist«, erklärte Bastin, »denn ich bin sicher, daß wir die Fahrt ohne unsere Führerin, Yva, nicht überleben würden.«

Ich blickte ihn an, und er schwieg. Irgendwie konnte ich es noch nicht ertragen, ihren Namen von anderen gesprochen zu hören.

Dann traten wir in die Passage, auf die sie uns hingewiesen hatte, und begannen einen entsetzlichen Marsch, der, so weit wir es abschätzen konnten, da wir jedes Zeitgefühl verloren hatten, etwa sechzig Stunden dauerte. Der Tunnel war glatt und nicht blockiert, das war richtig, doch war der Boden unvorstellbar steil und sehr rutschig, so daß wir immer wieder ausglitten und einander aufhelfen mußten, und oft gezwungen waren, uns hinzulegen, um wieder zu Kräften zu kommen.

Wenn nicht diese großen, filzbezogenen Flaschen mit Lebenswasser gewesen wären, hätten wir es sicherlich nicht geschafft, doch dieses wunderbare Elixir, von dem wir immer wieder winzige Schlucke nahmen, belebte uns und gab uns die Kraft, weiterzumachen. Außerdem hatten wir einigen Proviant und glücklicherweise reichte unser Vorrat an Petroleum, denn es war völlig dunkel in jenem Tunnel. Tommy war nach einer Weile so erschöpft, daß wir ihn abwechselnd tragen mußten. Ohne das Lebenswasser wäre er bestimmt gestorben; ich war mir sicher, daß er sterben würde.

Nach unserer letzten Rast und einem kurzen Schlaf

schien er sich jedoch wieder zu erholen, und es war irgend etwas in seinem ganzen Verhalten, das uns sagte, daß er die Nähe der Erdoberfläche spürte, zu der wir aus einer Tiefe von Tausenden und Abertausenden Fuß emporgekrochen waren, glücklicherweise ohne in eine Hitzezone zu geraten.

Wir hatten recht, denn als wir einige Zeit weitergestolpert waren, lief Tommy plötzlich voraus und verschwand. Dann hörten wir ihn bellen, doch konnten wir ihn nicht sehen, da der Tunnel an dieser Stelle einen scharfen Knick machte und sich abwärts senkte, während das Bellen irgendwo von rechts kam. Wir suchten die Stelle im Licht unserer Laternen ab, deren Flammen jetzt zu flackern begannen, und entdeckten eine kleine Öffnung, die fast völlig von herabgefallenen Steintrümmern verschüttet war. Wir räumten mit unseren Händen den Schutt zur Seite, bis die Öffnung groß genug war, um hindurchkriechen zu können. Nach wenigen Schritten sahen wir Licht, das gesegnete Licht des Mondes, und in ihm stand Tommy und bellte aufgeregt. Als nächstes hörten wir das Rauschen des Meeres. Wir krochen weiter und drängten uns schließlich durch Büsche und Gestrüpp, das an einem steilen Berghang wucherte. Wir rollten und krochen diesen Hang hinab und fanden uns schließlich auf dem Sand eines Strandes, über dem der Mond hell am Himmel stand.

Hier warfen wir uns, nach einem Dankgebet, nieder und schliefen.

Wenn Tommy nicht gewesen und wir dem Tunnel weiter gefolgt wären, der, dessen bin ich sicher, unter das Meer führte, wo, frage ich mich, hätten wir wohl dann geschlafen?

Als wir erwachten, stand die Sonne schon hoch am Himmel. Offensichtlich hatte es gegen Morgen geregnet, doch da wir im Schutz eines breitblätterigen Baumes lagen, hatte uns das nicht weiter gestört. Oh, wie herrlich waren nach all den Tagen in jenen unheiligen Höhlen das Licht der Sonne, das Meer und die frische Luft, und die Regentropfen, die an den Blättern hingen.

Wir waren nicht von selbst wachgeworden; wenn wir in Ruhe gelassen worden wären, hätten wir sicher rund um die Uhr geschlafen, da wir furchtbar müde waren. Was uns aufgeweckt hatte, war das Geschnatter einer Horde von Orofenanern, die sich in einiger Entfernung von unserem Baum versammelt hatten und uns furchtsam anstarrten, und das Bellen Tommys, der gegen ihr Eindringen in unser Revier protestierte. Unter den Leuten erkannte ich unseren alten Freund, den Häuptling Marama, an seinem Federumhang, setzte mich auf und winkte ihm, zu uns zu kommen. Nach einigem Zögern trat er vorsichtig näher, wobei er immer wieder stehenblieb und uns musterte, als ob er nicht sicher wäre, ob wir wirklich waren.

»Was macht euch Angst, Marama?« fragte ich ihn.

»Ihr macht uns Angst, o Freund-von-der-See. Woher seid ihr gekommen, du und der Heiler und der Schreier, und warum sehen eure Gesichter aus wie die von Geistern, und warum ist das kleine, schwarze Tier so hohläugig und so mager? Über den See seid ihr nicht gekommen, das wissen wir, da wir ihn Tag und Nacht beobachtet haben; außerdem ist kein Kanu an seinem Ufer. Und schließlich wäre euch das auch gar nicht möglich gewesen.

»Warum nicht?« fragte ich.

»Kommt und seht selbst«, antwortete er.

Wir erhoben uns, ein wenig steif vom Liegen am Strand, traten unter unserem Baum hervor und sahen, daß wir uns am Fuß jener Klippe befanden, gegen die der Hurrikan das Wrack unserer Yacht geschleudert hatte. Es lag nur wenige hundert Schritte entfernt.

Wir folgten Marama, der uns den steilen Pfad hinauf auf den Kamm der Klippe führte, und von dort auf eine kleine Erhebung, von der aus wir den See und den Vulkankegel in seiner Mitte sehen konnten. Zumindest hatten wir den Vulkankegel von dort aus sehen können, doch jetzt konnten wir nichts mehr davon erkennen, jedenfalls nicht mit dem bloßen Auge, außer einer kleinen, braunen Stelle in der Mitte des Sees.

»Der Berg, der sich viele Fuß gehoben hatte bei jenem Sturm, der euch nach Orofena brachte, Freund-von-der-See, ist jetzt versunken, so daß nur noch ein winziger Teil seiner Spitze aus dem Wasser ragt«, sagte Marama ernst. »Selbst der Fels der Opfer ist im Wasser verschwunden, und mit ihm das Haus, das wir für euch gebaut haben.«

»Ja«, sagte ich und bemühte mich, meine Überraschung nicht zu zeigen. »Doch wann ist dies alles geschehen?«

»Vor fünf Nächten erbebte die Welt, Freund-von-der-See, und als die Sonne aufging, sahen wir, daß der Eingang der Höhle, der am Tage eurer Ankunft freigelegt worden war, wieder verschwunden war, und daß der heilige Berg selbst sich so tief ins Wasser versenkt hatte, daß nur noch seine Spitze herausragte.«

»Solche Dinge geschehen eben«, sagte ich gleichgültig.

»Ja, Freund-von-der-See. So wie viele andere Dinge geschehen, wo du und deine Begleiter sind. Deshalb bitten wir euch, die ihr wie Geister aus der Erde steigen könnt, uns sofort zu verlassen, bevor unsere Insel mit allem, die auf ihr leben, vom Ozean verschlungen wird. Verlaßt uns, bevor wir euch töten, falls ihr Menschen seid, oder sterbt durch eure eigene Hand, wenn ihr, wie wir glauben, böse Geister seid, die Berge emporheben und herabziehen können, und Götter schaffen, die töten, und sich in den Eingeweiden der Erde bewegen.«

»Das ist auch unsere Absicht, da unsere Aufgabe hier erfüllt ist«, antwortete ich ruhig. »Kommt jetzt und helft uns bei unserer Abreise! Doch vorher bringt Nahrung! Bringt eine große Menge davon, da wir unser Boot verproviantieren müssen!«

Marama verneigte sich und gab die entsprechenden Anweisungen. Nahrung für den momentanen Bedarf war bereits als Opfer gebracht worden, und wir aßen dankbar und mit Appetit.

Dann stiegen wir auf das Schiff und untersuchten das verbliebene Rettungsboot. Dank unserer Vorsichtsmaßnahmen befand es sich in sehr gutem Zustand und mußte nur an einigen Stellen kalfatert werden, was wir mit Kokosfasern und mit Pech aus unseren Bordbeständen taten. Danach zogen wir unter Mithilfe der Orofenaner, die in ihrer Verzweiflung, uns loswerden zu wollen, sehr kräftig zupackten, das Boot ins Wasser, beluden es mit einigen Dingen aus dem Schiff und mit einem reichlichen Vorrat an Wasser. Als schließlich alles bereit war, warteten wir auf den Abendwind, der immer vom Land her wehte, um in See zu stechen. Da dieser erst in einer halben Stunde oder mehr aufkommen würde, ging ich zu dem Baum zurück, unter dem wir geschlafen hatten, und versuchte das Loch wiederzufinden, durch das wir aus dem Tunnel auf den Hang der Klippe gekrochen waren.

Meine angestrengte Suche blieb jedoch ohne Erfolg. Der Hang der Klippe war mit dichter, tropischer Vegetation bedeckt, und der heftige Regen hatte alle Spuren unseres Abstiegs ausgelöscht und wahrscheinlich das Loch mit Erde verschüttet. Auf jeden Fall konnte ich nichts davon entdekken. Dann, als die Abendbrise zu wehen begann, ging ich zum Boot zurück und sagte Lebewohl zu Marama, der mir als Abschiedsgeschenk seinen Federumhang überreichte.

»Lebe wohl, Freund-von-der-See«, sagte er zu mir. »Wir sind glücklich, euch kennengelernt zu haben, und danken euch für viele Dinge, doch wollen wir euch nicht mehr sehen.«

»Lebe wohl, Marama«, antwortete ich. »Was du sagst, erwidern wir dir. Zumindest hast du jetzt keinen großen Klumpen mehr an deinem Hals, und wir haben dich von deinen Zauberern befreit. Doch hütet euch vor dem Gott Oro, der in dem Berg wohnt, denn wenn ihr ihn erzürnt, wird er eure Insel im Meer versinken lassen.«

»Und denkt an alles, was ich euch gelehrt habe«, rief Bastin.

Marama überlief ein Schauder, doch ob wegen der Erwähnung des Gottes Oro, an dessen Macht die Orofenaner eine so schmerzvolle Erinnerung hatten, oder über das Ergebnis von Bastins Lehren, kann ich nicht sagen. Und das war das letzte, das wir voneinander in dieser Welt sahen.

Die Insel verschwand unseren Blicken, und mit wundem Herzen über alles, das wir gefunden und wieder verloren hatten, segelten wir drei Tage lang nach Norden, getrieben von einem guten und stetigen Wind. Am Abend des vierten Tages stießen wir durch unwahrscheinliches Glück auf einen amerikanischen Tramp-Frachter, der in der Südsee Fracht für San Francisco geladen hatte. Dem Kapitän, der uns mit großer Freundlichkeit behandelte, erklärten wir lediglich, daß wir Engländer seien, deren Yacht an einer einige hundert Meilen entfernt liegenden kleinen Insel Schiffbruch erlitten hätte, von der wir weder den Namen wüßten, falls sie einen haben sollte, noch die Position.

Diese Erklärung wurde ohne weitere Fragen akzeptiert, da solche Dinge in diesen Breiten des öfteren vorkamen, und zu gegebener Zeit machte das Schiff in San Francisco fest, wo wir beim britischen Konsul die erforderlichen Angaben zum Verlust der Yacht *Star of the South* machten. Dann, nachdem ich telegraphisch das nötige Geld angefordert hatte, reisten wir durch Amerika an die Ostküste, und von dort an Bord eines Schiffes, das die Flagge der Vereinigten Staaten führte, nach England.

Von dem großen Kriege will ich hier nichts sagen, da er nichts, oder doch nur recht wenig mit dieser Geschichte zu tun hat. Schließlich kamen wir sicher in Liverpool an und reisten von dort aus nach Devonshire, das unser Zuhause war.

So endete die Geschichte unseres Zusammentreffens mit Oro, dem Übermenschen, dessen Leben vor mehr als zweihundertfünfzigtausend Jahren begann, und mit seiner Tochter, Yva, die Bastin noch immer die glitzernde Dame nennt.

27

Bastin entdeckt eine Ähnlichkeit

Es gibt noch etwas zu berichten.

Kurz nach unserer Rückkehr meldete Bickley als britischer Patriot sich freiwillig zum Dienst an der Front und reiste in der Uniform des R.A.M.C.* als Sanitätsarzt nach Frankreich. Bevor er uns verließ, nahm er die Gelegenheit wahr, Bastin zu erklären, wie viel besser es im Falle eines solchen nationalen Notstandes sei, einem Berufsstand anzugehören, der es einem ermöglichte, die Körper seiner Landsleute zu heilen, die im Dienst an der Allgemeinheit verwundet worden waren, als einem wie dem seinen, wo man diese armen Leute nur mit eitlen Worten traktieren konnte.

»Das glaubst du wirklich, Bickley, nicht wahr?« antwortete Bastin. »Aber ich halte es für viel wichtiger, Seelen zu heilen als Körper, weil diese, wie selbst du in Orofena gelernt haben magst, von erheblich längerem Bestand sind.«

»Ich bin mir nicht sicher, ob ich irgend etwas in dieser Richtung gelernt habe«, sagte Bickley, »oder selbst, daß Oro mehr war als ein ganz gewöhnlicher, alter Mann. Er hat zwar behauptet, tausend Jahre gelebt zu haben, doch welchen Beweis gibt es dafür, außer seinem Wort, das nichts wert ist?«

»Es gibt dafür auch das Wort Yvas, das sehr viel wert ist, Bickley.«

»Ja, aber vielleicht hat sie tausend Monate gemeint. Außerdem war sie, wie sie selbst sagte, noch sehr jung. Wie also konnte sie das Alter ihres Vaters wissen?«

»Sehr richtig, Bickley. Doch war alles, was sie gesagt hat, lediglich, daß sie vom gleichen Alter sei wie eine unserer Frauen von siebenundzwanzig Jahren, was genausogut zweihundert und siebzig bedeuten mochte, so weit wir das

---

* Royal Army Medical Corps – *Anm. d. Übers.*

beurteilen können. Aber, von dieser Frage abgesehen, mußt du zugeben, daß sie beide zweihundertfünfzigtausend Jahre geschlafen haben.«

»Ich gebe zu, daß sie geschlafen haben, Bastin, weil ich dabei geholfen habe, sie zu erwecken, doch gibt es nichts, das uns zeigen könnte, wie lange – mit Ausnahme jener Sternkarten, die höchstwahrscheinlich recht ungenau sind.«

»Sie sind nicht ungenau«, wandte ich ein, »denn ich habe sie von führenden Astronomen überprüfen lassen, die mir übereinstimmend erklärten, daß sie ein ungewöhnliches astronomisches Wissen bewiesen, weil sie den Himmel zeigten, wie er vor zweihundertfünfzigtausend Jahren aussah und wie er heute aussieht.«

Hier sollte ich anmerken, daß jene beiden Himmelskarten aus Metall und die Reste des Ringes, den ich Yva gab und nach der Katastrophe wiederfand, das einzige waren, das in irgendeiner Beziehung zu ihr oder zu Oro stand, das wir mit uns gebracht hatten. Von den ersteren hatte ich mich niemals trennen wollen, da ich ihren Wert als Beweismittel erkannte. Deshalb hatte ich sie, in ein Tuch gewickelt, in meine Tasche gesteckt, als wir zu der Stadt Nyo und in die noch größere Tiefe hinabfuhren. Auf diese Weise blieben sie erhalten. Alles andere ging verloren, als der Felsen der Opfer und der Höhleneingang im Wasser des Sees versanken.

Dies mochte entweder während des Erdstoßes geschehen sein, welcher zweifellos durch das Herannahen des riesigen Gleichgewichts der Erde hervorgerufen worden war, oder dadurch, daß die gewaltige elektrische Energie, wenngleich durch Yvas isolierten Körper abgelenkt und vermindert, den Fuß des riesigen Kreisels mit einer Kraft traf, die zwar nicht dazu ausreichte, ihn auf die rechte Bahn abzulenken, wie Oro es geplant hatte, jedoch genügte, ihn für den Bruchteil einer Sekunde taumeln zu lassen oder sogar anzuhalten. Selbst diese winzige Unterbrechung seines normalen Laufs mochte genügt haben, um auf der Oberfläche der Erde Naturkatastrophen auszulösen; wie ich von

Marama und anderen Orofenanern erfahren hatte, waren solche Naturkatastrophen auch tatsächlich auf der Insel und um sie herum in dem Moment aufgetreten, als jene Kraft freigesetzt worden war.

Der Verlust all unserer Habseligkeiten im Haus auf dem Opferfelsen war besonders schmerzlich, weil sich darunter einige Kodak-Photographien befanden, die ich aufgenommen hatte, auch mehrere Porträts von Oro, und eines von Yva, das sehr gut gelungen war, gar nicht zu sprechen von mehreren Bildern des Höhleneingangs und der Ruinen und des Kratersees. Wie bitterlich ich es bereute, diese Photographien nicht zusammen mit den Sternkarten-Platten in meiner Tasche verwahrt zu haben.

»Selbst wenn diese Sternkarten korrekt sind«, erklärte Bickley, »so beweisen sie doch nichts, da Oros astonomisches Wissen es ihm leicht ermöglicht haben kann, ein Bild des Sternenhimmels zu jeder beliebigen Epoche zu zeichnen, obwohl ich zugeben muß, daß dies unwahrscheinlich ist.«

»Ich bezweifle, ob er sich so viel Mühe gemacht hätte, nur um drei Reisende zu beeindrucken, denen ohnehin die Kenntnisse fehlten, sie nachzuprüfen«, sagte ich. »Aber dies alles geht an dem entscheidenden Punkt vorbei. Ganz gleich, wie lange sie geschlafen haben mögen, dieser Mann und diese Frau sind aus dem scheinbaren Tod auferstanden. Sie haben in jenen Höhlen mit ihren Zeugnissen untergegangener Kulturen gelebt, und sie haben uns den entsetzlichen, durch die Erde wandernden Kreisel gezeigt. Diese Dinge haben wir mit eigenen Augen gesehen.«

»Ich gebe zu, daß wir diese Dinge gesehen haben, Arbuthnot, und ich gebe auch zu, daß sie alle jenseits jeden menschlichen Verstehens liegen. In dieser Hinsicht bin ich bekehrt, und, wie ich hinzufügen möchte, beschämt«, sagte Bickley.

»Und das solltest du auch sein«, rief Bastin, »der du stets geschworen hast, daß es nichts auf der Welt gibt, das nicht auf eine ganz natürliche Weise erklärt werden könnte.«

»Was bei all diesen Dingen durchaus der Fall sein mag, Bastin, wenn wir den Schlüssel dazu besäßen.«

»Vielleicht, Bickley, aber wie erklärst du dir das, was Yva getan hat? Ich darf euch jetzt sagen, was sie mich damals für mich zu behalten gebot, nämlich, daß sie Christin wurde, eine so überzeugte, daß ich sie ihrem Willen folgend, an jenem Morgen ihres Opfers taufte. Zweifellos war das der Grund dafür, daß sie bereit war – natürlich ohne mein Wissen –, alles aufzugeben, was sie liebte« – dabei blickte er mich an – »und ihr Leben hinzugeben, um die Erde zu retten, deren Hälfte, wie sie wußte, von Oro ertränkt werden sollte. Wenn man ihr Herkommen und ihre Erziehung in Betracht zieht, nenne ich das ein Wunder, ein viel größeres, als du es zuzugeben bereit bist, und eines, das *du* nicht erklären kannst, Bickley.«

»Nein, ich kann es nicht erklären, und will es auch gar nicht versuchen«, antwortete er und blickte ebenfalls mich dabei an. »Was immer sie geglaubt oder nicht geglaubt haben mag, und was immer geschehen oder nicht geschehen sein mag, sie war eine große und wunderbare Frau, deren Erinnerung ich immer in Ehren halten werde.«

»Sehr richtig, Bickley, und jetzt begreifst du vielleicht, was ich meine, wenn ich das, was du als eitle Worte abtust, auch als eine Hilfe für die Menschheit bezeichne, die vielleicht wichtiger ist als deine chirurgischen Instrumente und deine Pillen.«

»Immerhin ist es dir nicht gelungen, Oro zu bekehren«, rief Bickley aufgebracht.

»Nein, Bickley, doch habe ich von Anfang an gewußt, daß der Teufel jenseits jeder Bekehrung steht, da er jenseits von Reue ist. Ich glaube nämlich, daß dieser alte Schurke, wenn nicht der Teufel selbst, so doch ein Stück von ihm war, und wenn ich damit recht haben sollte, so brauche ich mich nicht zu schämen, in diesem Fall versagt zu haben.«

»Selbst Oro war nicht nur schlecht, Bastin«, sagte ich, als ich mich an verschiedene Gelegenheiten erinnerte, zu denen er Barmherzigkeit gezeigt hatte, oder von denen ich geträumt hatte, daß er sie während unserer geheimnisvollen, mitternächtlichen Reisen zu den verschiedenen Teilen der Erde gezeigt habe. Und ich erinnerte mich auch daran, daß er Tommy geliebt und uns um seinetwillen das Leben geschenkt hatte. Und schließlich war ich nicht allzu sehr erschüttert, daß er zu einigen voreiligen Schlußfolgerungen über den Wert unserer Zivilisation gelangt war.

»Ich bin sehr froh, daß du das sagst, Humphrey, da, solange noch irgendwo ein Funken glüht, das ganze Feuer wieder auflodern kann, und ich glaube, daß der göttlichen Gnade keine Grenzen gesteckt sind, obwohl Oro einen langen Weg vor sich haben würde, bevor er sie findet. Und jetzt möchte ich euch etwas sagen: Es hat mich sehr bedrückt, jene armen Orofenaner in einer Art religiösen Zwielichts zurücklassen zu müssen.«

»Dagegen konntest du nichts tun«, sagte Bickley, »denn wenn du dort geblieben wärst, würdest jetzt du in einem religiösen Licht wandeln.«

»Trotzdem bin ich mir nicht sicher, ob es nicht meine Pflicht gewesen wäre, zu bleiben«, sagte Bastin. »Ich habe das Gefühl, ein Feld verlassen zu haben, das mir offen lag. Doch ist dem jetzt nicht mehr abzuhelfen, da ich sicher bin, daß wir jene Insel niemals wiederfinden würden, selbst wenn Oro sie nicht inzwischen unter die See gezogen haben sollte, wozu er durchaus in der Lage wäre, um seine Spuren zu verwischen, wie man sagt. Also werde ich mich jetzt einem anderen Feld zuwenden, um meine Sünden zu büßen.«

»Du willst doch nicht etwa Missionar werden?« fragte ich.

»Nein, doch mit Zustimmung des Bischofs, der, wie ich glaube, der Ansicht ist, daß mein *locum* mit der Gemeinde besser zurechtkommt als ich, was zweifellos der Fall ist, habe ich mich an die Front gemeldet und bin als Feldgeistlicher der 201. Division zugeteilt worden.«

»Aber das ist doch meine Einheit!« rief Bickley.

»So? Das freut mich aber, da wir dann unseren anregenden Meinungsaustausch fortsetzen und unser bestes tun können, uns gegenseitig zu erleuchten.«

»Ihr beiden habt mehr Glück als ich«, sagte ich. »Natürlich habe auch ich mich freiwillig gemeldet, aber sie wollten mich nicht haben, obwohl ich sie bei der Angabe meines Alters angelogen habe. Sie sagten mir, daß der Schlag auf den Kopf, den ich damals von dem Sohn jenes Zauberers ...«

»Ich weiß! Ich weiß!« unterbrach Bickley, beinahe ungebührlich. »Natürlich kann da zu jeder Zeit etwas passieren. Aber bei entsprechender Pflege könntest du ein biblisches Alter erreichen.«

»Es tut mir leid, das zu hören«, sagte ich seufzend, »zumindest glaube ich das. Doch gibt es so vieles, das ich hier zu Hause tun kann – ich habe da sogar ein Angebot von einem alten Freund bekommen, der jetzt in verantwortlicher Position ist.«

Wieder waren Bickley und Bastin – jetzt in ihren vom Kriegsdienst mitgenommenen Uniformen – zum Abendessen bei mir, als sie, für mich unerwartet, von der Front zurückgekehrt waren. Tommy wurde fast verrückt vor Freude, als er ihre Stimmen in der Diele hörte. Die beiden, die in dem großen Krieg wichtige Rollen spielten, hatten mir viel zu erzählen, und natürlich hatten ihre letzten Erlebnisse zu einem gewissen Grade jene überlagert, die wir auf der geheimnisvollen Insel Orofena geteilt hatten. Genaugenommen sprachen wir von diesen erst, als Bastin beim Gehen vor einem wunderbaren Porträt meiner verstorbenen Frau stehen blieb, dem Werk eines Künstlers, der berühmt dafür war, den inneren Charakter eines Menschen herauszubringen, oder das, was man eine Seele nennen mag. Er starrte es eine Weile auf seine kurzsichtige Art an, und dann sagte er: »Weißt du, Arbuthnot, es ist mir schon einige Male aufgefallen, doch noch nie so sehr wie in diesem Moment, daß, obwohl es natürlich Unterschiede in der Körpergröße und so weiter gab, eine wirklich frappierende Ähnlichkeit zwischen deiner verstorbenen Frau und Yva bestand.«

»Ja«, antwortete ich, »das glaube ich auch.«

Bickley blickte das Porträt ebenfalls sehr eingehend an, und ich sah ihn zusammenzucken. Dann wandte er sich ab und ging, ohne ein Wort zu sagen.

Dies ist, kurz gefaßt, alles, das in meinem Leben von Wichtigkeit war. Es ist, wie ich offen zugebe, eine sehr seltsame Geschichte, und darüber hinaus eine, die für mich unlösbare Probleme aufwirft. Bastin entledigt sich solcher Dinge durch jene Demut, die das Privileg und das Zeichen seines Glaubens ist; Bickley wird mit ihnen fertig – oder pflegte dies zu tun – indem er sie einfach ableugnete, jedoch ohne jede Überzeugung, am wenigsten sich selbst gegenüber.

Was ist denn das Leben für die meisten von uns, die wir uns, wie Bickley, für gebildet halten? Eine Episode, kurz, doch trotzdem mit so viel Zeit, um sich gelangweilt und einsam zu fühlen; eine schicksalhafte Tretmühle, zu der wir aus einem uns unbekannten Grunde verurteilt wurden – doch wahrscheinlich allein durch die flüchtigen Leidenschaften jener, die vor uns waren und längst vergessen sind, und welche uns, wie die Bibel es sagt, in Sünde zeugten – und in der wir müde trotten, ohne zu wissen, warum wir es tun, ohne das Gefühl zu haben, vorwärtszukommen, bis wir ausgelaugt herunterfallen, ohne zu wissen, wann, und wohin.

So scheint es, oberflächlich betrachtet, zu sein, doch unser fundiertes Wissen, wie Bickley es summieren würde, bringt uns, genau genommen, auch nicht viel weiter. Noch ist kein Prophet aufgestanden, der versucht hat, Ursprung und Sinn des Lebens zu erklären. Selbst der Größte von ihnen, Er Selbst, schweigt über dieses Problem. Wir sind versucht, uns zu fragen, warum. Ist es, weil das Leben, wie es sich in dem höherentwickelten menschlichen Wesen darstellt, zu gewaltig, zu vielfältig und zu wunderbar ist, oder sein wird, für irgendeine Definition, die wir verstehen könnten? Ist es, weil es für einige, wenn nicht für alle, zu Majestät von unergründlicher Majestät führen würde, und zu Herrlichkeit von unvorstellbarer Herrlichkeit, die jenseits unseres Vorstellungsvermögens liegen?

Die Erlebnisse, welche ich auf diesen Seiten niedergeschrieben habe, wecken in meinem Herzen eine Hoffnung, daß dem so sein mag. Bastin neigt dazu, wie viele andere auch, recht leichtfertig von der Ewigkeit zu sprechen, ohne auch nur andeutungsweise zu wissen, was er mit diesem gigantischen Begriff meint. Es ist nicht übertrieben zu sagen, daß die Ewigkeit, etwas, das ohne Anfang und ohne Ende ist, und, wie es den Anschein hat, eine immerwährende Unveränderlichkeit umfaßt, ein Zustand ist, der jenseits menschlichen Begriffsvermögens liegt. Wir Sterblichen denken doch nicht in Konstellationen, wenn man so sagen will, oder in Äonen, sondern in den Maßstäben unserer kleinen Erde und den wenigen Tagen, die wir auf dieser verbringen. Wir können uns keine wirkliche Vorstellung von einem Leben machen, das sich auch nur über tausend Jahre erstreckt, wie es Oro behauptete, und wie es die Bibel einer gewissen frühen Rasse von Menschen zugesteht, ganz zu schweigen von seinem zweitausendfünfhundert Jahrhunderte währenden Schlaf. Und doch: was ist dies mehr als ein Sandkorn im Stundenglas der Zeit, ein Tag in der verlorengegangenen Geschichte unserer Erde, von ihren Schwestern, den Planeten, und von ihrer Mutter, der Sonne, gar nicht zu reden von dem jenseits davon liegenden Universum?

Es ist, weil ich mit einer vielfach verlängerten, wenn auch definitiv endlichen Existenz in Berührung gekommen bin, daß ich versuche, die Überlegungen weiterzugeben, die diese Begegnung in mir geweckt hat. Es gibt andere Überlegungen, die mit Yva zu tun haben und dem Wunder ihrer Liebe und deren verschiedenen Manifestationen, die ebenfalls in mir aufsteigen. Doch will ich diese für mich behalten. Sie betreffen das Wunder des Herzens einer Frau, die ein Mikrokosmos der Hoffnungen und Ängste, der Wünsche und der Verzweiflung dieser Menschheit bildet, deren Mutter sie seit Anbeginn ist.

HUMPHREY ARBUTHNOT

ANMERKUNG
von J. R. Bickley, M.R.C.S.

Etwa sechs Monate nach dem Tage, an dem er das letzte Wort der Geschichte unseres gemeinsamen Abenteuers niedergeschrieben hatte, ist mein lieber Freund, Humphrey Arbuthnot, wie ich es vorausgeahnt hatte, an den Folgen einer Verletzung, die er auf der Insel Orofena erlitten hatte, plötzlich gestorben.

Er hat mich zu seinem Testamentsvollstrecker ernannt, und seinem letzten Willen entsprechend soll sein Vermögen in drei Teile aufgeteilt werden. Ein Drittel hat er mir hinterlassen, ein zweites (das mündelsicher angelegt ist) Bastin, und das letzte soll, unter meiner Ägide, der Förderung der Wissenschaften dienen.

Sein Ende scheint plötzlich gewesen und von einer massiven Gehirnblutung hervorgerufen worden zu sein. Als ich gerufen wurde, fand ich ihn tot neben dem Schreibtisch seiner Bibliothek in der Priorei von Fulcombe liegen. Er hatte am Schreibtisch gesessen und geschrieben, denn auf ihm lag ein Papierbogen mit diesen Worten:

Ich habe sie gesehen. Ich …

Das war alles. Es gab keine Angabe darüber, wen er in den Augenblicken geistiger Verwirrung oder Wahnvorstellung, die seinem Tod vorausgingen, gesehen zu haben glaubte.

Mit Ausnahme einiger sprachlicher Korrekturen veröffentliche ich dieses Manuskript ohne Veränderungen und ohne Kommentar, wie er es in seinem Testament gefordert hat, und möchte lediglich hinzufügen, daß es unsere gemeinsamen Erlebnisse absolut wahrheitsgetreu wiedergibt, doch decken sich Arbuthnots Schlußfolgerungen selbstverständlich nicht immer mit den meinen.

Ich möchte noch erwähnen, daß ich eine zweite Reise zu jener Südseeinsel plane und dort einige weitere Nachforschungen anstellen möchte. Ich will jedoch schon jetzt sagen, daß ich mir nicht viel davon verspreche, da der Brunnen des Lebenswassers für immer versunken ist und ich nicht glaube, daß jemals wieder ein menschliches Wesen in des an die griechische Unterwelt erinnernden Hallen von Nyo stehen wird. Wahrscheinlich wird es mir nicht einmal gelingen, die Insel Orofena wiederzufinden, selbst wenn dieses vulkanische Eiland noch über die Wasser des Meeres hinausragen sollte.

Jetzt, da Bastin ein sehr reicher Mann ist, spricht er davon, mich auf dieser Reise zu begleiten, wenn auch aus einem völlig anderen Grunde als dem meinen, und ich hoffe, daß er diesen Gedanken wieder fallen läßt. Ich möchte noch erwähnen, daß Bastin, als er von seinem unerwarteten Erbe erfuhr, sehr viel von der ›Eitelkeit des Reichtums‹ gesprochen hat, doch hat er bis jetzt noch keinerlei Schritte unternommen, sich der goldenen Fesseln zu entledigen. Jetzt spricht er sogar von den ›nützlichen Möglichkeiten‹, die sich ihm böten, womit er wahrscheinlich missionarische Unternehmungen meint.

J. R. BICKLEY

P. S.: Ich vergaß zu erwähnen, daß der Spaniel, Tommy, drei Tage nach seinem Herrn gestorben ist. Das arme kleine Tier war dabei, als Arbuthnot starb und schien, als wir ihn fanden, unter Schockeinwirkung zu stehen. Tommy verweigerte jede Nahrung und wurde schließlich tot neben Maramas Federumhang aufgefunden, welchen Arbuthnot oft als Morgenmantel benutzt hatte. Obwohl Bastin einige religiöse Einwände vorbrachte, habe ich dafür gesorgt, daß die Asche dieses Hundes bei seinem Herrn und seiner Herrin ruhen, die er so geliebt hat.

J. R. B.

NACHWORT

Ein Gott erwacht

von Bernhard Heere

Unter Kennern der phantastischen Literatur ist der Name Rider Haggard schon lange kein unbekannter mehr, gehörte doch dieser Schriftsteller der Jahrhundertwende zu den Klassikern einer Literatur, die unter dem Namen Fantasy und Science Fiction bekannt geworden ist und eine ungeheuere Popularität erreicht hat. Über den zu seiner Zeit hochbeliebten Autor schrieb vor einiger Zeit der Literaturhistoriker Jochen Schmidt in der Frankfurter Allgemeinen Zeitung: »Rider Haggard verfertigte Großvaters Science Fiction: spekulative Abenteuerunterhaltung mit dem Anstrich des Wissenschaftlichen.«

Diese etwas flapsige Charakterisierung trifft zwar auf viele der umfangreichen Werke Rider Haggards zu, ist aber auch für das mangelnde Verständnis bezeichnend, das man diesem Autor vor allem im deutschen Sprachraum entgegenbrachte. Es ist sicherlich richtig, daß Rider Haggard oft in einer paradoxen Mischung aus Abenteuer-Genre und okkult-esoterischer Spekulation schreibt, die Virtuosität aber, mit der er beides miteinander verquickt, macht ihn zu einem Leseerlebnis ersten Ranges. Die englische Literatur des ausgehenden 19. Jahrhunderts kennt viele solcher Autoren, denen es gelungen ist, Meisterwerke phantastischer Spannung zu produzieren. Zu nennen wäre hier Edgar Rice Burroughs (1875–1950), der Begründer der Tarzan-Legende, Algernon Blackwood (1869–1951), der Verfasser vieler subtiler Horrorgeschichten, Abraham Merritt (1884–1943), der Thriller über Hexen und schwarzer Magie schrieb, oder auch Talbot Mundy (1879–1940), ein Abenteuerautor mit okkultem Hintergrund, der Rider Haggard vielleicht am nächsten steht und heute in völlige Vergessenheit geraten ist.

Okkultes und Spekulatives, wie es im Bereich parapsychologischer Grenzwissenschaften zu Hause ist, durchzieht fast leitmotivisch das Werk Rider Haggards. Immer wieder taucht der Glaube an Wiedergeburt und Reinkarnation auf, geht es um Astralkörper und magische Geistwanderungen oder werden irgendwo auf einem fernen Kontinent verborgene Kulturen und versunkene Zivilisationen aufgespürt. Den Stoff für solche Motive entnahm Rider Haggard dem Mythos und der Geschichte jener weit zurückliegenden Völker, denen auch heute noch die Aura des Geheimnisvollen anhaftet. Ob es nun die Reste einer phantastischen Kultur der Vorzeit sind, auf die seine Helden mitten in Zentralafrika stoßen, oder ob es sich um die Zeit des altägyptischen Reiches oder der wiedererstandenen griechischen Mythologie handelt, immer erreicht Rider Haggard eine Faszination des Geheimnisumwobenen, die den dafür empfänglichen Leser in ihren Bann zieht.

Als ein vielbewanderter Schriftsteller erweist sich Rider Haggard auch in dem vorliegenden Roman ›Als die Welt erbebte‹ aus dem Jahre 1918. Diesmal ist es eine Insel in der Südsee, die im Mittelpunkt der Handlung steht. Drei schiffbrüchige Engländer stranden nach einem furchtbaren Orkan auf der Insel Orofena und werden dort Zeuge der erstaunlichsten Dinge und Ereignisse. In einer unterirdischen Grabkammer entdecken sie den von den Eingeborenen ängstlich verehrten Gott Oro, der nach einem künstlichen Tiefschlaf von einer Viertel Million Jahre zusammen mit seiner auserlesenen Tochter wieder die Augen öffnet. Dieser durch eine Art von Radium-Kristall am Leben gehaltene Gott erweist sich als der letzte König und Überlebende einer sagenhaften Rasse von Übermenschen, die einmal in einer phantastischen Vorvergangenheit der Menschheit vor Hunderttausenden von Jahren die Beherrscher der Erde waren. Damals, so weiß der vermeintliche Gott Oro zu berichten, hatten jene Menschen, die sich ›Söhne der Weisheit‹ nannten, einen geistig-zivilisatorischen Stand erreicht, von dem wir heute nur träumen können. Man kannte nicht nur

Dampfkraft und Elektrizität, baute prächtige Städte und Paläste, sondern war auch in der Lage, durch ein besonderes Lebenselexir das Alter des Menschen um Jahrhunderte zu verlängern. Darüber hinaus war man mit telekinetischen Fähigkeiten ausgestattet, konnte mittels einer besonderen Technik von Geist-Verlagerung in Sekundenschnelle in die entferntesten Gegenden gelangen und sogar in den Äther vorstoßen. Doch auch dieses mächtige Herrschervolk der Vergangenheit existierte nicht ewig, man zwang Oro und die Seinen in die Tiefe, und als letzter Rest von ohnmächtiger Rachsucht löste dieser entmachtete König der Vorzeit eine Flutkatastrophe aus, die die Hälfte der damaligen Welt auslöschte. Solche und ähnliche Schilderungen, die die gesamte menschliche Evolutions- und Kulturgeschichte auf den Kopf stellen, haben Rider Haggard in den Ruf eines abenteuerlichen und abstrusen Phantasten gebracht. Versucht man jedoch einmal den Hintergründen dieses Romans auf die Spur zu kommen, so stößt man auf durchaus ernstzunehmende Fakten und Theorien, die gerade heute wieder von vielen Seiten der Altertumswissenschaft zum Gegenstand der Diskussion gemacht werden. Wenn man sich zunächst genauer mit der Ethnologie der Südseevölker beschäftigt, kann man tatsächlich den Nachweis für die Existenz eines Kultes finden, der dem Gott Oro galt und besonders auf den Gesellschaftsinseln um Tahiti verbreitet war. Es gibt sogar in der Nähe der Karolinen eine Insel mit dem Namen Nukuoro, was übersetzt ›Land des Oro‹ bedeutet. Der Legende zufolge stieg dieser einstige Gott auf einem Regenbogen zur Erde hinab und nahm sich dort ein sterbliches Mädchen zur Frau. Als er seiner Frau nichts Irdisches als Geschenk bieten konnte, verwandelten sich seine beiden Brüder in Schweine, um ihr angeboten werden zu können, und zum Dank für diesen Dienst machte Oro seine Brüder zu den ersten Priestern seines Kults, der in der Inselwelt Polynesiens weit verbreitet war. Neben dem Oro-Mythos gab es in der Südsee noch zahlreiche andere Götter- und Schöpfungslegenden, vor allem aber glaubten die Polynesier an sagenhafte göttliche Vorfahren, die vor langer Zeit einmal auf ihre Inseln gekommen sein sollen. Besonders auf den Marshall-Inseln gibt es einen Mythos, wonach ein mächtiges gottähnliches Volk dort einmal vor Jahrtausenden gelebt hat und mit großen Schiffen weit nach Osten und Westen gesegelt ist.

Rider Haggard scheint also mit dem vielfältigen Mythen- und Sagenkreis der Südsee vertraut gewesen zu sein, als er sich an diesen Roman machte. Die Idee einer vormenschlichen Super-Zivilisation im Raum des Pazifischen Ozeans wird zwar von der heutigen Schulwissenschaft als Legende belächelt, dennoch werden gerade heute wieder durchaus gültige Beweise erbracht, die die These versunkener Kontinente und prähistorischer Kulturen erhärten. Schon Platon berichtete in seinen Dialogen über die Staatskunde von der berühmten Insel Atlantis, auf der einmal eine großartige Kultur existiert haben soll, und die ›im Verlaufe eines einzigen schlimmen Tages und einer einzigen schlimmen Nacht‹ im Meer versunken ist. Tatsächlich geben auch Tiefseeforschungen, die man in neuerer Zeit im Bereich der Azoren und Kanarischen Inseln unternahm, wo man den versunkenen Kontinent Atlantis vermutete, Anlaß zu der Annahme, daß es hier einmal starke erdgeschichtliche Bewegungen gegeben haben muß, denen vielleicht das sagenumwobene Inselreich zum Opfer gefallen ist. Der Überlieferung nach soll es in der Prähistorie der Menschheit neben Atlantis noch einen anderen und viel älteren Kontinent mit einem gewaltigen Imperium gegeben haben, den man das Land Mu nannte. Es erstreckte sich von der Osterinsel bis zu den Marquesas und soll vor 700000 Jahren versunken sein, zu einem Zeitpunkt also, der noch weit vor den ersten Steinzeitkulturen des Neolithikums lag. Daß bei den Legenden, die sich um das Land Mu ranken, Spekulationen im Spiel sind, steht außer Zweifel, Tatsache ist jedoch, daß auf den meisten Inseln Polynesiens und Mikronesiens gewaltige Trümmer und Ruinen ehemaliger Bauten liegen, die man mit vollem Recht als die Überbleibsel einer einstmal blühenden Kultur betrachten kann. Die Riesenstatuen der Osterinsel, aus schwarzem Tuff herausgehauene Steingesichter, die eine Höhe bis zu zwanzig Meter erreichen, sind weltbekannt, aber auch auf den übrigen Inseln befinden sich eindrucksvolle Steinmonumente, ehemalige Ringwälle oder Reste kegelförmiger Pyramiden. So gibt es etwa auf den Marshall-Inseln, genauer gesagt auf der Insel Lele, eine gigantische Einfriedung aus fünf Meter dicken und neun Meter hohen Basaltmauern, die auf eine einstige Festungsanlage hinweisen. Auch auf der Insel Tongatabu, die im Tonga-Archipel südlich von Samoa liegt, erhebt sich ein seltsames torartiges Monument mit zwölf Meter hohen und siebzig Tonnen schweren Pfeilern. Auf welche Art die Vorfahren der Polynesier diese schwere Steinlast auf das Eiland transportiert haben, ist bis heute unbekannt, da die Insel zur Gänze aus Ackerland besteht und der nächste Steinbruch in einer Entfernung von vierhundert Kilometern liegt. Auf alle Fälle muß hier ein Volk am Werk gewesen sein, das über riesige Schiffe und ausgezeichnetes Hilfsmaterial verfügte, um die Steine transportieren, bearbeiten und aufrichten zu können.

Bis heute sind diese Rätsel der Vergangenheit noch immer nicht gelöst, und man stellt sich weiterhin die Frage, welche ausgestorbene Rasse oder welches verschollene Volk einmal im Inselreich des Pazifischen Ozeans geherrscht haben mag. Die wissenschaftliche Lehrmeinung geht davon aus, daß die Inseln der Südsee von Südostasien aus besiedelt wurden, was jedoch zu berechtigten Zweifeln Anlaß gibt, da die Polynesier so gut wie nichts mit der asiatischen oder mongolischen Rasse gemeinsam haben, und auch die monumentale Steinmetzkunst der Südseevölker im asiatischen Raum nahezu unbekannt ist. Vielmehr scheint es hier eine Verbindung zu geben zu den Kulturen Altamerikas und besonders zu den riesigen Monumentalbauten der Inkas und Azteken, die auch vom Menschentypus her mit den Bewohnern der Südsee eine viel größere Ähnlichkeit besitzen. Es war der norwegische Forscher Thor Heyerdahl, der als erster den

Nachweis erbrachte, daß die polynesische Kultur ihre Wurzeln in Altamerika haben könnte. Er baute nach dem strengen Vorbild der alten Inkas ein Floß, dem er nach einem vorinkaischen Gott den Namen Kon-Tiki gab, und führte damit von Peru aus eine Fahrt zu den ostpolynesischen Inseln durch, die er tatsächlich auch erreichte.

Vieles, was die Herkunft der Ureinwohner Polynesiens und Altamerikas anbetrifft, liegt noch im Dunkel der Menschheitsgeschichte, genauso wie das Geheimnis ihrer Riesenbauten noch lange nicht gelöst ist. Anhänger der Atlantis-These stellen hier gelegentlich die Behauptung auf, daß es einmal vor dem Untergang jenes Kontinents ein prähistorisches atlantisches Weltreich gegeben haben soll, das in allen Teilen der damaligen Welt Kolonien errichtete und von der iberischen Halbinsel bis hin zu Peru und Neumexiko seinen Einfluß ausübte.

Ob oder inwieweit Rider Haggard mit diesen oder ähnlichen Fragen der menschlichen Frühgeschichte vertraut gewesen war, soll hier nicht erörtert werden, auf alle Fälle hat er auch bei diesem Roman auf die Mythen und Rätsel der Vergangenheit zurückgegriffen. Die Gestalt Oros, das vorzeitliche Geschlecht der ›Söhne der Weisheit‹, die zerstörte Stadt ›Pani‹, oder aber die Labyrinthe der unterirdischen Geisterstadt ›Nyo‹: alle diese Motive und Erfindungen Rider Haggards sind jedoch nur im fiktionalen Rahmen des Fantasy-Genres denkbar und lassen sich kaum auf die Ebene eines wissenschaftlichen Diskurses erheben. So wirkt Rider Haggard immer dann am unglaubwürdigsten, wenn er sein irrationales vorwissenschaftliches Weltbild mit pseudowissenschaftlichen Erklärungen bestätigen möchte. Gerade der Roman ›Als die Welt erbebte‹ ist nicht frei von solchem Bemühen und zeigt, wie wenig eigentlich Rider Haggard als ein Vorläufer des Science Fiction in Anspruch genommen werden kann. Das unterscheidet ihn von einem anderen Klassiker dieser Literaturgattung, von Jules Verne nämlich, dem es besser gelang, in seinen Abenteuergeschichten eine technisch-fiktionale Weltsicht einzubringen. Um so mehr hingegen ist er ein Klassiker der modernen Fantasy, die sich wenig oder überhaupt nicht um gesicherte wissenschaftliche Fakten kümmert, sondern vorgefundene Mythen neu belebt oder neue erschafft.